Shehza

Boek 1
Zonder heden geen toekomst

Aruna Baldew

Shehza

Boek 1
Zonder heden geen toekomst

Aruna Baldew

Uitgeverij Macc

Uitgeverij Macc, Rijen
www.uitgeverijmacc.nl

Omslag:
Bar productions

ISBN: 978-90-78437-819
NUR: 334

Inhoud

Op een dag had ik het helemaal gehad met alles.
Dat was het moment waarop ik een pen en papier pakte en begon te schrijven.
Alles wat in mijn hoofd op kwam, pende ik neer.

Wanneer ik werd meegetrokken naar een andere wereld, had ik niet eens door.
Ik moest en zou weten hoe het verhaal zou eindigen.
Een verhaal hoe iemands verleden, het heden werd en uiteindelijk hoop gaf voor de toekomst.

Want een leven zonder hoop, is als een wandeling in het donker zonder licht…
Een leven zonder hoop is als een zonnestraal zonder warmte…

Zo zijn er ook personages geweest die soms bewust en soms onbewust een bijdrage hebben geleverd aan mijn verhaal.
Zonder hen was mijn verhaal incompleet geweest…

Aruna

Hoofdstuk 1

Met een luid knarsend geluid, stopte een deftige, open koets voor de poort van de ommuurde stad. Een klein luikje ging open en het bebaarde gezicht van de stadswacht verscheen.

'Wat brengt je hier?' schreeuwde de stadswacht grof door het open luikje. Stenen muren stonden aan weerskanten van de poort. Aan de binnenkant van de muren stond een haastig in elkaar geflanst houten hokje. In dat hokje zaten twee stadswachten aan tafel een potje te dobbelen, terwijl de derde door het open luikje keek naar de menner van de koets.

Terwijl de menner op gedempte toon antwoorden gaf aan de stadswacht, keek de man achter op de koets geïrriteerd naar het gebeuren. Het was een lange zonnedag geweest en hij wilde graag zo snel mogelijk naar huis.

Humeurig trok hij de kap van zijn mantel over zijn hoofd, terwijl het gestaag bleef regenen. Het was een koude dag voor deze periode. Hij dook rillend in elkaar om zijn lichaamswarmte zo lang mogelijk vast te houden.

'Ga maar door,' schreeuwde de stadswacht na een lange ondervraging en opende met veel moeite de poort.

De man in de mantel slaakte een zucht van verlichting nu de koets zich moeizaam weer voortbewoog. Hij hoorde het grind onder de wielen van de koets knarsen, terwijl hij langs de vele krotten die vlak bij de muren gevestigd waren reed. Een doordringende geur van uitwerpselen en afval drong door de kieren en gaten van de koets en hij trok zijn neus met afschuw op. Vol afkeer wendde hij zich af van de arme mensen gehuld in lompen, die her en der verspreid voor de armoedige bouwvallen zaten. Zodra ze de wijken van de MiddenKlassers in reden, haalde hij weer opgelucht adem. Hier werd er wat steviger gebouwd en de geur was minder penetrant. De wegen waren breder en de straten veel schoner. Warm licht stroomde uit de ramen van de vele stenen woningen met platte daken. De straten waren voor een groot deel verlaten, alleen hier en daar liepen nog enkele MiddenKlassers op weg naar huis. Hier voelde de man zich prettiger, maar thuis voelde hij zich pas in de HoogereKlassersbuurt. Nog even en dan zou hij thuis zijn, terwijl hij tevreden achterover leunde. Ineens weerklonken luide kreten van gekwelde mannen in het schemerdonker, gevolgd door het geluid van een tweetal vleugelslagen, weer een luide kreet en daarna een langgerekte stilte. Nerveus tuurde de man in het donker om de bron van het geluid te ontdekken. ‘Wees maar niet bang, heer Karie,’ zei de menner van de koets. ‘Het is slechts een carpiche. Het is op jacht.’

Met een zwakke glimlach van herkenning knikte de man. Hij kende de roodbruine vogel met witte vlekken op de nek en vleugels, die alleen in de nacht op jacht ging. Het had een kromme, gebogen snavel en de poten hadden lange tenen met scherpe klauwen. Het werd ook wel de Duivelsvogel genoemd, omdat zijn kreet leek op het geluid van gekwelde kreten van mannen in de hel.

Toen de koets verder reed, tuurde de man in het donker naar sporen van de carpiche. Zijn gezicht werd nat van de regen, maar het deerde hem niet: de vogel fascineerde hem. Maar hij hoorde of zag het beest niet. Teleurgesteld liet Karie zich weer achterover zakken en staarde sip naar de donkere gebouwen waar ze stapvoets voorbij reden tot hij thuis was.

*

Ergens in dat kuststadje Dubron, voorbij de hoge muren en de sloppenwijken, in een donker steegje van de MiddenKlassers, zat een eenentwintig zomers jong meisje op de modderige grond te huilen. De afgelopen twee zomers hadden hun tol geëist en ze voelde zich lichamelijk en geestelijk gebroken. Haar blauwe jurk zat vol met modder en schuurde bij elke beweging over haar pijnlijke gewrichten. Lange, zwarte haren, die over haar rug tot aan haar middel vielen, zaten vol met klitten veroorzaakt door de aanhoudende regendruppels en haar omzwervingen door de straten in de afgelopen dagen.

Toen de stroom van tranen uiteindelijk voor een deel bedaarde, hees Taniya zichzelf een eindje op en kroop verder het smalle, donkere steegje in. Daar ging ze met haar rug tegen de muur van de woning zitten, trok haar knieën hoog op en sloeg haar armen er omheen. Afgemat liet ze haar hoofd rusten op haar armen en dacht na. Haar maag rommelde van de honger, maar ze had niets om voedsel te kunnen kopen. Geen goudstuk, geen zilverstuk, zelfs geen koperen munt. Ze wist niet eens waar ze de nacht zou doorbrengen.

Al meerdere nachten lang had ze geslapen in de hoeken van verschillende steegjes. Tijdens daglicht stal ze hier en daar een appel of een stuk brood, maar verder moest ze de wegen mijden uit angst dat *hij* haar zou vinden. De sloppenwijken waren niet veilig voor een jong meisje, dus verstopte ze zich in de wijken van de MiddenKlassers. Maar ze bleef wel waakzaam voor de Handhavers, want het was niet toegestaan om in de buurt van de MiddenKlassers rond te hangen. Als ze haar zouden vinden, zou een afstraffing volgen die ze nog weken later zou voelen. En omdat ze een vrouw was, zou ze meteen afgevoerd worden naar de Vrouwenhuizen, tenzij ze kon bewijzen dat ze bij een man hoorde, een echtgenoot, broer, vader, zoon of een ander familielid. Maar Taniya had niemand meer, tenzij je *hem* meerekende en dat deed zij niet. Niet meer...

Het was allemaal onrechtvaardig in haar ogen, maar dit was Palanika, het land van de mannen en haar mening telde niet. Wanneer een man een vrouw beval, dan diende zij dit uit te voeren. Wanneer een man zijn vrouw aframmelde, kreeg hij een schouderklopje van zijn maten. De man was de baas en de vrouw was niets anders dan iemand die alle huishoudelijke taken deed, aan de behoeften van de man voldeed en kinderen baarde.

Dat was het leven van praktisch iedere vrouw in Palanika, maar zo was die van Taniya vroeger nooit geweest. Haar vader had haar behandeld als een gelijke. Hij had graag een zoon gewild, maar Taniya's moeder was tijdens de bevalling van haar broertje overleden. De Vroeders deden hun best om op zijn minst haar broertje te redden, maar het kind was te zwak geboren en overleefde het niet. Deze vrouwen hadden haar vader een aantal woorden van medeleven toegesproken en het huis verlaten. Taniya had hen daarna nooit meer gezien.

Haar vader was nooit hertrouwd, waardoor Taniya opgroeide als enig kind. Zij was zijn leven geworden en samen hadden ze veel plezier gehad. Haar vader had haar alles geleerd, van koken tot het omgaan met wapens. Vele wijze levenslessen had hij haar meegegeven en ze was vol liefde en vreugde opgegroeid. Mooie dromen over het land Shehza waren er met de paplepel ingegoten en haar vader had beloofd dat ze er eens naartoe zouden gaan. Het land was een paradijselijk oord met een mild klimaat en een prachtig natuur.

En toen was *hij* gekomen. Alles veranderde en ze raakte alles kwijt. Ze haatte *hem* en vervloekte het moment dat ze *hem* was tegen gekomen. Haar vader was er niet meer en niemand kon haar helpen. Niemand die lieve woordjes in haar oor zou fluisteren en vertellen dat alles wel goed zou komen.

Een wanhopige snik ontsnapte uit haar mond en de tranen begonnen weer over haar wangen te stromen. Verwoed wreef ze met haar handen over haar ogen om de tranen tegen te houden. Ze beet grimmig haar tanden op elkaar. 'Nee, zo kan je jouw problemen niet oplossen,' mompelde Taniya binnensmonds. 'Denk na wat je volgende stap wordt. Je vader heeft je toch niet geleerd om problemen op te lossen door te huilen?'

Het geluid van het knarsen van wielen op het grind bereikte haar oren. Met een ruk keek ze op en tuurde in het donker. Voorzichtig kroop ze naar het begin van het steegje naar de weg toe. Ze gluurde de hoek om en zag de koets naderen. De koets werd getrokken door een weldoorvoed, bruin paard. De man die achter op de koets zat, had een lange, zwarte mantel om met de kap over zijn hoofd. De mantel had een brede, gouden rand aan de onderkant en die doorliep aan de voorkant.

Dit kon alleen iemand van de HoogereKlasse zijn, dacht Taniya. Mensen die zich zonder enig mededogen hebben verrijkt en bevoordeelt over de ruggen van anderen en meer goudstukken hebben dan zij kunnen besteden. Bitter wendde ze haar gezicht af. Palanika was een land dat bestond uit de HoogereKlasse, de MiddenKlasse en de LaagereKlasse. En daaronder stonden de vrouwen. Dit was het leven voor een vrouw in Palanika, dit was háár leven hier in Palanika. En ze weigerde om zo verder te leven. Ze wilde dit alles achterlaten en een nieuw begin maken, een nieuw leven opbouwen, maar waar moest ze beginnen en hoe? Wilde ze wel in Palanika blijven, een land waar de regen het grootse deel van het jaar met geweld uit de hemel viel? Waar het altijd koud was, waar niemand elkaar wilde kennen? Waar bedrog en goud alles was? Waar zoveel pijn werd gedaan? Waar de vrouw geen enkele waarde had? Taniya keek weer naar de koets die al bijna uit het zicht was verdwenen en balde haar vuisten. 'Nee, hier een nieuw begin maken, dat nooit. Hier is alleen het einde van het leven. Genoeg gehuild, nu is het tijd om hard te worden. Tijd om te vertrekken naar Shehza, het land van het paradijs.' En ze begon zo snel als mogelijk was ongezien de koets te volgen.

*

'Vrouw,' zei Karie tegen zijn vrouw. 'Ik ga op inspectie naar ons landgoed in Arthira. Ik zal een aantal dagen weg zijn.'

'Maar je bent pas twee dagen geleden terug gekomen van je laatste inspectie in Teguchi. Je kunt niet weer weg,' protesteerde Brionna.

Karie keek zijn echtgenote vol warmte aan. Ze was een mooie vrouw met een donkerbruine huidskleur en zwart kroeshaar. Haar ogen waren zo donker dat het haast zwart leek. Veel vrouwen werden mollig nadat ze een kind hadden gebaard, maar zijn Brionna had haar slanke figuur behouden, na de geboorte van hun, inmiddels achttien zomers jonge dochter Shashti.

Brionna negeerde zijn liefdevolle blik en keek hem misprijzend aan. Karie begreep haar reactie wel. Hij was inderdaad net twee zonnedagen terug van zijn laatste inspectie in de streek Teguchi. Deze was verder in het zuiden gevestigd en hij was bijna twee manen weggeweest. Maar er waren belangrijkere zaken dan het misprijzen van zijn vrouw.

'Boodschappers hebben gemeld dat de adjanabomen zijn aangetast. Ik ga kijken of er nog wat te redden valt. Zonder de verkoop van de rode vruchten is er geen inkomen voor de lieden die daar wonen en werken.'

Brionna begreep meteen over welke bomen Karie het had. Adjanabomen groeiden voornamelijk in het zuiden van Palanika. De bomen werden adjana genoemd vanwege de rode vruchten. De zuidelijke bewoners van Palanika waren voor hun inkomen afhankelijk van de verkoop van deze vruchten aan het binnen- en buitenland. Vooral in het buurland Qabia bracht de verkoop een hoop muntstukken op. Brionna begreep het belang van Karies besluit, maar wilde alsnog protesteren.

Voor zij een woord kon uitspreken, keek Karie al streng naar zijn vrouw. 'Ze zijn afhankelijk van ons, vrouw. Dat weet jij net zo goed als ik. Ik moet gaan. Ik vertrouw erop dat alles goed zal gaan in mijn afwezigheid.'

Brionna wendde zich berustend af en knikte zonder Karie aan te kijken. Karie legde zijn hand vol genegenheid op haar wang en draaide haar hoofd naar hem toe. Zachtjes gaf hij haar een licht kusje op haar lippen. 'Ik zie je gauw weer. Bewaar mijn hart tot ik terug ben.' Daarna draaide hij zich om en liep naar buiten naar de koets, die al voor hem klaarstond.

Brionna snelde naar het raam. 'Een behouden reis, mijn lief,' fluisterde ze zachtjes.

*

Taniya zag de man met zijn mantel omgeslagen, vertrekken op de koets. Zijn zwarte kroeshaar was zo kort dat de wind er geen vat op kon krijgen. Kort voordat de man de koets in was gestapt, had ze gezien dat zijn bedienden een grote reistas hadden ingeladen. *Hij ging op reis,* dacht Taniya grimmig, *dat komt goed uit. Het zou niet lang duren, voordat de Handhavers haar zouden opmerken.*

Tot nu toe had de regen het vuil van haar lichaam voor een groot deel weggespoeld en haar kleren van de MiddenKlasse hadden ervoor gezorgd, dat men nog geen aandacht aan haar had besteed. Maar ze wist dat het slechts een kwestie van tijd was, voordat ze haar zouden opmerken en dan zou ze weer terug moeten naar *hem*. Ook al had ze een beter leven als MiddenKlasser dan de minder goed bedeelden, ze was niet meer bereid om samen met *hem* te leven.

Taniya liet zich achterover zakken tegen een laag muurtje en wachtte af. Twee zonnedagen geleden had Taniya de koets tot deze woning gevolgd. Zij had zich verscholen gehouden tot de man in het huis was verdwenen en bedienden de paarden aftuigden en naar de stallen brachten. Daarna was ze op het dak van de bediendewoning geklommen, vlak bij de woning van de heer des huizes.

De bediendewoning was in vergelijking met de HoogereKlassewoning armoedig, maar toch was het in een goede staat. Het was een rechthoekige, stenen woning met een plat dak met hoge randen. Zolang Taniya niet opstond, was zij niet zichtbaar vanaf de woning of de binnenplaats.

Fronsend tuurde Taniya voor zich uit en dacht na over alles wat ze had opgemerkt in de afgelopen twee zonnedagen. Nog twee uren en dan zou de vrouw weggaan. Een groot aantal bedienden gaat mee. De paardenknechten gaan de paarden trainen op het veld achter de woning. De dikke vrouw die in de keuken werkt, gaat naar de bediendewoning om snel een maaltijd bij elkaar te scharrelen voor ze weer aan het werk gaat. In die tijd was het huis praktisch verlaten. Dat zou het moment zijn.

Een golf van angst sloeg door Taniya heen, maar verbeten onderdrukte ze deze. Het moest lukken, het kon niet anders.

De twee uren gingen sneller voorbij dan haar lief was en ze had nog steeds niet het gevoel dat ze er klaar voor was. Maar als ze het wilde doen, als ze in de woning wilde inbreken, dan was dit haar enige kans.

Zodra ze de dikke vrouw de bediendewoning in zag gaan en de knechten naar het trainingsveld, liet ze zich van het dak zakken. Na haar omgeving kort gadegeslagen te hebben, rende ze zo snel mogelijk naar het huis. Ze trok paniekerig aan de deurhendel. Opgelucht dat de deur niet op slot was, snelde ze naar binnen en sloot de deur zachtjes. Door het kleine raampje aan de rechterkant van de deur, keek ze of iemand haar had opgemerkt. Maar er was geen beweging te zien, dus draaide ze zich om en bekeek de woning vluchtig.

De vloer, de muren en het plafond waren van steen. De wanden waren bekleed met prachtige, handgemaakte tapijten, die verschillende verhalen en landschappen toonden. Op ruime afstand van elkaar hingen olielampen. Tegenover haar was een brede trap met hoge balustraden. Aan de linkerkant van de hal was een grote ruimte, waar ze een tafel, krukjes en lage stoelen verspreid in de kamer zag. Daar moest Taniya niet zijn.

Ze liep naar de rechterkant van de hal en opende de eerste deur op een kier. Hier was de keuken. Er brandde een groot vuur in de schoorsteen. Daar boven hing een grote, metalen kookpot aan een ijzeren haal. Een meisje van rond de zestien zomers oud roerde luidruchtig zingend met een grote, houten lepel in de kookpot. Ze stond met haar rug naar de deur toe en merkte Taniya niet op. Op een grote, rechthoekige tafel zag Taniya restjes brood, pasteitjes en andere soorten voedsel. De resten voedsel waren bedoeld voor de bedienden, nadat de Hoogereklasse naar voldoening had gegeten. Taniya's maag rommelde luidruchtig en voor ze de verleiding kon weerstaan, stapte ze stilletjes de keuken in en griste gauw wat brood en pasteitjes uit de schalen. Ze wierp een vlugge blik op het vals zingende meisje, verliet de keuken geruisloos en rende de hoge trap op naar boven en schoot de eerste de beste kamer in die ze zag.

Hijgend bleef ze staan en luisterde daarna aandachtig of iemand haar had gehoord.

Ze hoorde niets. Ze schrokte snel het gestolen voedsel naar binnen, terwijl ze haar omgeving in één oogopslag bekeek.

De gehele kamer was in het roze ingericht, de meubels, de vloer en de gordijnen. Voor een moment keek Taniya verbaasd naar de kleurig ingerichte ruimte, maar liep vervolgens resoluut naar de kledingkast. Ze pakte het bovenste jurkje uit de stapel in de kast en kleedde zich snel om. Haar eigen blauwe jurkje propte ze onderin de kast. Maar in haar haast had ze niet door dat een klein stukje van de jurk nog zichtbaar was.

Onwetend liep ze voorzichtig de kamer uit en ging het vertrek naast de meisjeskamer in. Ook hier zag ze een bed en meerdere kasten. Ze besteedde er geen aandacht aan, maar trok de deur zachtjes dicht en liep naar de volgende deur. Na nog een aantal deuren geopend en hoofdschuddend weer gesloten te hebben, kwam Taniya bij de laatste deur vanaf de rechterkant van de trap, opende het en gluurde naar binnen. Hier was ze naar op zoek!

Aan de linker- en rechterzijde van de muur stonden kasten vol met boeken. In het midden van het vertrek stond een bureau met een aantal perkamenten, een inktpot en een ganzenveer. Taniya liep vlug naar binnen en sloot de deur.

Toen begon ze aan haar zoektocht. Ze trok de lades van het bureau open, bekeek in één oogopslag de inhoud en sloot ze weer. Daarna beende ze naar de kisten aan de rechterkant van het bureau en opende ze. Behalve nog meer rollen perkament, inktpotten, ganzenveren en doeken, bevatten deze niets van waarde. Maar dat had ze ook niet verwacht. Een rijke man zou zijn goudstukken niet in kisten zonder sloten bewaren, daar was ze van overtuigd. Maar waar zou hij het wel bewaren? Ze keek peinzend om zich heen. Alle rijke mannen verstopten hun geld in de werkkamer en vaak nog wel op de meest logische plaatsen. Daar zat weinig verschil in, dat wist Taniya van haar ervaringen met *hem*.

Een schelle stem beneden in de woning trok haar aandacht. Taniya's hart begon te bonzen van angst. Ze had niet veel tijd, nog even en dan zou ook de HoogereVrouw terug zijn. Met moeite kalmeerde ze zichzelf en keek weer de kamer rond en dacht na. *Waar zou ik mijn goudstukken bewaren als ik rijk was?* Naast de deuropening tegenover het bureau hing een aantal portretten.

Taniya stapte er op af en trok één voor één de portretten een stukje naar voren om te kijken of er een nis achter ze verstopt zat. Ze vond niets anders dan de massieve wanden van de kamer. Misschien was het dan toch niet hier, misschien verstopte hij het wel in één van de andere kamers.

Ze liep naar de deur en pakte de hendel vast om de deur open te trekken. Een gevoel van twijfel trok door haar heen en ze draaide zich weer naar de kamer om. Vluchtig nam ze elk aspect van de kamer in haar op om zichzelf ervan te vergewissen dat ze niets over het hoofd had gezien tot haar aandacht werd getrokken naar een kras op de vloer bij de kasten aan de rechterkant van de kamer. Het was een dunne kras, nauwelijks opvallend, maar het paste verder niet in deze uitstekend onderhouden kamer.

Taniya liep er naar toe, boog zich voorover en volgde met haar vinger de kras tot aan de boekenkast. Deze was gemaakt door het verschuiven van deze kast, besefte ze. Ze duwde met alle kracht die ze in zich had tegen de boekenkast, maar deze week nog geen duimbreed. Het was te zwaar om te schuiven.

Ze bekeek geconcentreerd de zijkant van de boekenkast in de hoop een opening te vinden, maar vond er geen. Nog meer stemmen galmden door de hal beneden. Inwendig de stiptheid van de bedienden vervloekend, bleef Taniya doorgaan met haar zoektocht naar een manier om de boekenkast te verplaatsen.

Helemaal onderaan de zijkant van de kast, zag ze het: een nauwelijks zichtbaar bobbeltje. Ze drukte moeiteloos het bobbeltje in met haar vinger. Een klik volgde en de boekenkast schoof een duimbreed naar voren.

Eenmaal voor een deel verschoven kon Taniya de boekenkast wel iets naar haar toe trekken, maar veel was het niet. Ze taste met haar vingers in de nis tot ze verschillende buideltjes voelde. Ze trok één van de buideltjes eruit en maakte het open. Een scheef lachje trok over haar mond bij het zien van de goudstukken en snel trok ze nog meer buideltjes uit de nis.

Daarna kwam ze overeind en liep snel naar één van de kisten. Ze haalde een lang, stevig, wit doek uit de kist en spreidde het uit op de grond. De buideltjes met muntstukken legde ze op de doek, vouwde de doek naar binnen en legde er een knoop in. Ze tilde de geïmproviseerde zak op. Het was zwaar, maar ze kon het wel dragen, constateerde ze tevreden.

Een ander doek haalde ze door de knoop van de eerste doek heen en bond de uiteinden vast. Daarna trok ze de band over haar schouder heen en liep bedachtzaam naar de deur.

Het vinden van de goudstukken was gelukt, maar het vinden van een weg naar buiten zou een lastige klus kunnen worden, bedacht ze peinzend.

Hoofdstuk 2

'Ik heb een voorstel voor je, waarmee je een hoop muntstukken kunt verdienen. Ben je geïnteresseerd?' Taniya keek de dikke man in de groene tuniek met rijkversierde randen tegenover haar doordringend aan.

Ondanks zijn prachtige kleren, maakte de man zelf weinig indruk. Op zijn nagenoeg kale hoofd, prijkte nog hier en daar enkele blonde haren. De man had bolle, rode wangen met een kleine pruilmond.

Taniya kende deze man, zijn naam was Tabor. Hij was één van de weinigen die ze kende van de HoogereKlasse via *hem*. Nadat ze had ingebroken bij de andere HoogereKlassewoning en haar weg naar buiten had gezocht, had ze niet geweten wat ze moest doen. Om Palanika te verlaten, had ze alsnog een man nodig die haar op een schip kon zetten. Dat had ze niet goed doordacht op het moment dat ze de keuze had gemaakt om in te breken.

Ze had niet verwacht dat het haar zou lukken, ondanks haar besluit om het te doen. De goudstukken had ze met niet al teveel moeite gevonden, maar het verlaten van het huis met haar grote, geïmproviseerde tas, was iets lastiger geweest. Taniya had de tas uit het raam op de grond gegooid, nadat ze zich had vergewist, dat de paardenknechten klaar waren met de oefeningen en op weg waren naar de keukens. Daarna had ze zich langzaam laten zakken tot de smalle richel aan de buitenkant van de woning, waarna ze voorzichtig verder schuifelde tot ze aan de rechterzijde van de muur kwam en de afvoerpijp vast kon grijpen en naar beneden kon klimmen. Daarna had ze de tas gepakt en was ze zo snel mogelijk vertrokken uit de woning.

'Waarom zou ik muntstukken willen verdienen? Ik heb al genoeg muntstukken. Ik woon in de HoogereKlassersbuurt, zoals je ziet.' Tabor keek Taniya zelfgenoegzaam van top tot teen aan en sloeg zijn armen over elkaar heen. Hij likte langzaam zijn lippen af.

Taniya begon keihard te lachen. 'Wie hou je voor de gek, Tabor? Denk je niet dat hij me heeft verteld over jouw geldproblemen? Dat jij alles hebt vergokt en dat je op het punt staat om uit huis gezet te worden?'

De zelfvoldane glimlach van Tabors gezicht verdween langzaam en hij balde zijn handen tot een vuist.

Taniya pakte een zakje uit haar geïmproviseerde tas en liet de inhoud ervan op de tafel vallen. Gouden munten vielen rinkelend op de tafel en een hebberige blik verscheen in Tabors ogen.

'Ben je nu wel geïnteresseerd in mijn voorstel?'

Met moeite rukte Tabor zijn ogen los van de muntstukken. 'Ik kan je niet helpen. Hij is overal op zoek naar je. Als hij erachter komt, dat ik je heb geholpen...' Tabor slikte moeizaam.

'Hij komt er niet achter. Ik heb het helemaal uitgedacht.' In korte bewoordingen legde Taniya haar plan aan Tabor uit die ongewild geïnteresseerd luisterde. Aan het einde van haar verhaal, haalde Taniya diep adem. 'En? Wat denk je?'

'Ik denk dat er nogal veel risico's zijn verbonden aan jouw verhaal. Ik weet niet of deze goudstukken, dat wel waard zijn.'

'Oh, maar dat is niet alles wat je krijgt.' Taniya keek hem met een opgetrokken wenkbrauw aan, pakte nog vier bundeltjes uit haar tas en legde ze op de tafel voor haar neer.

Tabor keek haar voor een tel ongelovig aan en strekte vervolgens zijn arm om de bundeltjes op te pakken.

Taniya legde haar handen op de bundeltjes en keek Tabor strak aan. 'De munten op de tafel mag je houden, maar deze bundeltjes krijg je pas nadat je me op het schip hebt gekregen.'

Tabor trok zijn arm terug, terwijl hij toekeek hoe Taniya de bundeltjes weer opborg in de tas. Hebberig keek Tabor naar de tas, maar zei verder niets.

'En? Wat is je keuze?' Uiterlijk kalm, maar inwendig bevend keek ze hoe Tabor taxerend het ene moment haar tas bekeek en dan weer inschattend naar haar gezicht keek, alsof hij de risico's voor hem afwoog ten opzichte van de aangeboden mogelijkheden van het beloofde goud.

'Ik zal je helpen,' zei Tabor na een stilte van enkele tellen. Taniya knikte kalm, terwijl ze zachtjes opgelucht haar adem uitblies.

*

'Karie, je bent eindelijk terug,' riep Brionna opgelucht uit. Karie lachte vrolijk. 'Ik ben ook blij om je te zien.' Hij sloeg zijn armen om haar heen.

'Dat is het niet.' Ze wurmde zich ongeduldig uit zijn armen. 'Ik ben blij om je te zien, maar er iets gebeurd. En we weten niet zeker hoe ernstig het is. Kom mee.' Ze trok hem aan zijn armen mee.

Met een frons op zijn voorhoofd liet Karie zich leiden naar zijn werkkamer. Zijn lange, zwarte mantel met de gouden randen sleepte over de vloer, terwijl hij met grote stappen zijn vrouw volgde.

Brionna trok hem de kamer in en sloot de deur.

'Wat is er aan de hand?' Karie keek ongeduldig naar zijn nerveuze vrouw, die friemelde aan een stukje stof van haar oranjegroene jurk. Ze liet de stof los en liep naar de tafel. Daar pakte ze een blauw stuk stof vol met modder op en liet het zien aan Karie.

'Wat is dat?' Vol afschuw keek hij naar de smerige stof in Brionna's handen.

'Het is een jurk. Shashti vond het drie zonnedagen geleden in haar kast. Het viel haar op, doordat een stukje van deze vieze stof onder haar stapel jurken zichtbaar was.'

Karie keek peinzend naar de jurk. 'Waarom koopt Shashti een jurk van de MiddenKlassers? Dat past niet bij onze status.'

'Dat zeg ik! Ze heeft het niet gekocht, het lag in haar kamer. Iemand heeft het achtergelaten! Het kan nooit van één van onze bedienden zijn, want zij zijn van de LaagereKlasse.'

'Heb je de bedienden ondervraagd of iemand in het huis is geweest die er niet hoorde?'

Brionna knikte. 'Shashti mist een jurk. We vermoeden dat de eigenaresse van deze jurk het heeft meegenomen.'

'Een huis inbreken om een jurk te stelen?' Karie keek haar ongelovig aan.

Brionna keek Karie aan alsof hij niet goed wijs was. 'Nee, natuurlijk niet! Ik heb het hele huis doorzocht en er mist niets anders. Maar ik weet niet waar jij de goudstukken bewaard en hoeveel er horen te zijn. Ik weet zelfs niet wat er allemaal ligt in je werkkamer, maar ik denk dat er iemand hier is geweest.'

Er begon een alarmbelletje te rinkelen in Karies hoofd en haastig liep hij naar de boekenkast aan de linkerkant van de muur. 'Heb je de Handhavers op de hoogte gebracht?'

'En wat moest ik precies zeggen? Er is een jurk gestolen, dus zoek de dief? Ze verklaren me voor gek!' Brionna ijsbeerde handenwringend. 'Ik wachtte tot jij thuis was, zodat jij kon controleren wat er nog meer mist.'

Karie bukte en klikte de kast open. Hij pakte de zijkant van de kast vast en trok het met alle kracht naar zich toe. Knarsend ontstond een brede opening tussen de kast en de muur. 'Kom eens hier en neem die lamp mee.'

Karie wees naar de lamp op de tafel. Brionna pakte het op en scheen er verbaasd mee in de nis, terwijl Karie de inhoud bestudeerde. Stapels buideltjes en sieradendozen lagen door elkaar in de nis. Na lange tijd de inhoud bestudeerd te hebben, liep hij woedend bij de bergplaats weg.

'Het gaat me minstens een halve zonnedeel kosten om te achterhalen wat er allemaal mist!'

'Hoe hield je het al die tijd bij dan?' Verward keek Brionna de nis in en liep daarna naar Karie.

'Met deze lijsten.' Karie draaide zich om, boog zich over een kist, haalde er een aantal rollen perkament uit en gooide die hardhandig op de tafel.

Brionna keek ontsteld naar de rollen perkamenten.

'Denk je dat er veel mist?'

'Het gaat niet om de hoeveelheid munten die mist. De vraag is of er andere belangrijke dingen ook missen.'

'Belangrijke dingen zoals wat?'

Karie keek Brionna aan alsof hij teveel had gezegd. Hij wendde zijn gezicht af van haar en mompelde iets voor zich uit, maar gaf geen antwoord op haar vraag. Daarna keek hij, gespannen zijn handen in elkaar wringend, zijn vrouw weer aan.

'Roep Shashti nu meteen hier. Ik heb de hulp van jullie beiden nodig.'

Brionna wilde haar vraag weer herhalen, maar bij het zien van Karies afwerende houding, veranderde ze van gedachten. Met een vlugge tred ging ze op zoek naar Shashti.

*

'Hier, de spullen waar je om hebt gevraagd.' Nijdig gooide Tabor een pakketje op de tafel. Zijn bolle wangen waren rood gekleurd en een reeks stoppels ontsierden zijn kaak en onderkin. Hij liep naar de andere kant van de tafel en liet zich woest zakken op een stoel.

De tafel stond in de gemeenschappelijke kamer. Deze kamer werd vroeger gebruikt als gezelschapsruimte voor de gezinsleden. Sinds Tabors vrouw was overleden, werd het nog maar zelden gebruikt. In vroegere tijden had de kamer vol gestaan met de tafel, twee lederen banken bij de brandende, open haard, een berg stof en meerdere spillen om te spinnen. Vrolijk gekleurde kopjes thee en borden met koekjes hadden op de hoge tafel gestaan. Gordijnen in pastelkleuren voor het raam wapperden toentertijd in de wind.

Nu was de kamer verstoken van alle kleur. Behalve de lege tafel en de bijbehorende stoelen stonden geen andere meubels in de kamer. De open haard brandde niet en de gordijnen hingen grauw en slap naar beneden.

Aan deze tafel had Taniya aandachtig geluisterd naar een acht zomers oud jongetje, dat uit een rol perkament voorlas. Het was een mager knulletje met blonde haren tot aan zijn schouders. Hij had alleen een wit, met vlekken besmeurd hemd aan boven een beigekleurige, losse broek.

De jongen las enthousiast het verhaal voor over de jonge carpiche die de jager steeds te snel af was tot Tabor lawaaiig de kamer in kwam en het pakket op tafel gooide. Taniya keek hem alleen even strak aan. De blauwe tuniek van Tabor sloot nauw aan op zijn dikke buik. Zijn vlezige armen had hij over elkaar geslagen en wachtte tot Taniya zou reageren. Ondertussen keek hij regelmatig naar de kleine jongen die naast haar zat.

'Ga maar spelen, liefje, maar blijf in de buurt,' zei Taniya zacht tegen de jongen. De jongen stond met een vrolijk gezicht op en rende de kamer uit.

'Het is niet nodig om mijn zoon vast te houden. Ik heb al beloofd dat ik je zou helpen.' Tabor keek Taniya geïrriteerd aan.

'Tigho is mijn verzekering dat jij je houdt aan jouw woord.'

'Maar…'

Taniya wuifde Tabors protesten met een achteloos gebaar weg. De wijde mouw van haar groene tuniek met de zwarte, brede banden aan de randen, zwaaide mee. 'Heb je alles gekocht wat ik je had gevraagd?'

Tabor knikte grimmig.

'Je hoeft niet zo woest te kijken. Tot nu toe heb je geen verlies geleden. Ik heb je de muntstukken gegeven om nieuwe kleren en de benodigde papieren voor mij te halen. Jouw zoon hou ik hier alleen als garantie voor mijn veiligheid vast. We willen toch niet dat je de Handhavers erbij gaat halen? Ik doe hem niets, zolang jij je woord maar houdt. Zo simpel ligt het.'

Tabor kalmeerde enigszins. 'En wat is het plan nu?'

Taniya stond op, trok de deur open en riep om Tigho. Binnen een aantal tellen stond de jongen weer in de kamer. Ze pakte hem bij de hand. Voor ze de kamer uitliep, keek ze over haar schouder. 'Zorg voor twee kaartjes op het schip naar Shehza. Eén voor mij en één voor je zoon. Zodra het schip aanstalten zal maken om weg te varen, zal ik hem laten gaan. Je hebt mijn woord.'

Met Tigho in haar kielzog liep ze de slaap- en speelkamer van de jongen in. De jongen rende meteen naar zijn half voltooide blokkentoren en werkte verder aan zijn bouwwerk.

Nadat Taniya de hendel op de deur had verschoven, liep ze naar het bed om zich met een zucht erop te laten vallen. Het hele gebeuren vermoeide haar meer dan als ze twee keer om de muren van Dubron, zonder te stoppen, had gerend. Toch was alles minder lastig gebleken dan ze had verwacht. Het was domweg niet te geloven, dat er zo weinig bewakers rondom het huis, waar ze had ingebroken, waren opgesteld. De heer des huizes waardeerde of zijn muntstukken niet voldoende of hij geloofde dat niemand het zou aandurven om in zijn woning in te breken.

Aan de andere kant zou niemand de Handhavers een reden geven om hen op te pakken. De Handhavers traden streng op tegen wetsovertreders, van het geven van aframmelingen tot het onthoofden van schuldigen. *Niemand* zou ver komen met gestolen munten. Een LaagereKlasser die met veel munten op stap ging, viel meteen op, als een bedelaar met HoogereKlasserskleren.

Dat was één van de redenen waarom Taniya op Tabor af was gestapt. Tabor was de sleutel die haar zou helpen om aan nieuwe kleren te komen en om haar vertrek naar Shehza te bewerkstelligen. Het was ongelooflijk hoe dom de man was. Ze had aangeklopt op zijn deur en liefjes naar hem gelachen. De man had vanaf het begin al een oogje op haar gehad, maar was net zoals zij altijd bang geweest voor *hem*. Toen hij haar alleen voor zijn deur zag, dacht hij zijn kans te kunnen pakken. Maar Taniya had het heft in eigen handen gehouden en hij had haar niets kunnen maken.

Taniya was geen dief van nature, maar ze wist geen ander manier om dit wrede mannenland te kunnen verlaten en was wanhopig. Ze wilde naar Shehza, het land waar haar vader en zij altijd over hadden gedroomd. Het was een prachtig land, waar de zon vaak scheen. Palanika zou meer dan tien keer passen in dat land, zo groot was het.

Er werd gezegd dat Shehza een primitief land was. Men kende de bureaucratie niet, zoals men in Palanika gewend was. Er werd nergens bijgehouden hoeveel inwoners het land had, waar mensen naar toe verhuisden, hoeveel er werden geboren en hoeveel er stierven. Er werd zelfs niet bijgehouden welke lieden vanuit het buitenland kwamen.

Palanikanen hadden een lage dunk van de Shehzanen. Taniya had vaker op feesten ongelovige opmerkingen horen vallen over Shehza. Men vond dat zij de voortreffelijke manier van klassenindeling om de lagere mensen van de edelen te scheiden niet kenden. Vrouwen liepen zonder begeleiding van de man over de straten, alsof zij een man waren!

De HoogereKlasse en MiddenKlasse gooiden dit soort opmerkingen vaak in de vele gesprekken tijdens de sociale evenementen in Dubron. Men kon maar niet begrijpen hoe Shehzanen op deze wijze konden leven. Ook Taniya had moeite om deze levenswijze te begrijpen, ondanks de mooie woorden van haar vader, maar wat ze wel begreep, waren de kansen die dit land haar bood. En ze was van plan om die met beide handen aan te grijpen.

'Taniya?'

Taniya draaide zich naar de jongen toe. Leunend op een elleboog keek ze hem vragend aan. Tigho was niet bang voor haar, dat kon ook niet anders. Taniya was erg vriendelijk tegenover hem geweest en ook Tabor had niets gezegd tegen de jongen. De afgelopen dagen had Tigho tijd met Taniya doorgebracht alsof ze oude vrienden waren.

Tigho wipte enthousiast neer op zijn voeten. ‘Kijk eens hoe hoog mijn toren al is geworden!’

Taniya knikte gemoedelijk, kijkend naar de toren vanuit haar ligplaats.

‘Denk je dat ik de toren net zo hoog als het plafond kan bouwen?’

‘Misschien. Maar zolang je het niet probeert, kom je daar niet achter.’ Taniya lachte kort om de geestdrift van de jongen.

Tigho draaide zich weer om naar de toren. ‘Dan moet ik maar zo snel mogelijk verder gaan,’ riep hij uitgelaten.

Taniya volgde de levendige, maar voorzichtige bewegingen van Tigho voor een paar tellen, terwijl hij langzaam de blokken opstapelde en liet zich vervolgens weer peinzend achterover zakken op het bed.

Als alles goed ging, zat ze over twee zonnedagen op het schip naar Shehza. Tot die tijd had ze een man nodig om het in Palanika te overleven, om te voorkomen dat ze of in handen van de Handhavers viel of in de handen van de Vrouwenhouders in de Vrouwenhuizen.

Op het schip zelf zouden er geen problemen zijn. Palanikanen konden uren besteden met wauwelen over de juiste papieren, maar zodra je door dat gedeelte van de bureaucratie heen was, kwam het makkelijke gedeelte. Niemand zou nog aandacht aan haar besteden en ze was dan vrij, vrij en op weg naar Shehza!

Maar ze moest niet te vroeg juichen. Er kon nog een hoop mis gaan. Vermoeidheid golfde weer door haar lichaam en aangezien ze van de onschuldige Tigho weinig te duchten had, sloot ze haar ogen voor een kort dutje.

*

Ergens aan de andere kant van de stad Dubron in een MiddenKlasserswijkje galmde het geluid van een deurklopper in de stilte van de vroege ochtend bij één van de hoogstaande woningen. Binsa haastte zich naar de deur en maakte het open. Geschrokken staarde ze de jonge man aan. De blanke man met het donkerbruine haar en lichtgrijze ogen die haar koel bekeken, zorgde voor een huivering die ze tot in haar tenen voelde. Hij droeg een bosgroene broek met losse pijpen met een donkerrood overhemd. Een dunne, gouden ketting hing aan zijn hals. Met een ontspannen houding keek de man naar haar.

'Manu. Wat een verrassing. Kom binnen.' Binsa's nauwelijks zichtbare boezem ging jachtig op en neer, terwijl ze met een benauwd gevoel ademhaalde. Haar nauwsluitende, kastanjebruine jurk die tot aan haar voeten kwam, voelde ineens erg strak aan haar magere lichaam. Ze dribbelde met korte pasjes naar de woonkamer met Manu in haar kielzog.

Manu liep op zijn gemak door het huis en nam zijn omgeving vol walging op. Hij vond dit een afzichtelijk huis. De kale muren in de hal hadden een leigrijze kleur en werden alleen gesierd door diverse lampen. Zelfs de vloer had geen behoorlijk tapijt maar een zwarte loper die over de vloer was gerold.

De woonkamer was al helemaal geen verbetering. De muren hadden dezelfde tint als de hal en in plaats van een zwarte loper, was een zwart tapijt over de vloer gespreid. Een klein, houten tafeltje met twee stoffen banken stonden voor de open haard. Hier en daar lagen houten kisten tegen de muur gestald.

Vol afschuw trok hij zijn neus op. Hij wendde zich tot Binsa, die midden in de kamer was blijven staan en reageerde nu pas op haar opmerking.

'Een verrassing? Ik had toch gezegd dat ik vandaag mijn vrouw zou komen ophalen? Waar is ze?'

'Tja, eh… Ze wil niet terug naar je. Ik heb geprobeerd haar om te praten, maar ze wil niet luisteren.'

Manu trok langzaam één wenkbrauw op. Binsa slikte krampachtig, ondertussen proberend een goede smoes te verzinnen. Voor ze een antwoord had verzonnen, sprak Manu weer.

'Waar is ze? Ik wil haar nu meteen zien, anders zal ik je moeten aangeven bij de Handhavers. Je houdt mijn vrouw tegen haar wil in bij je. Je bent toch niet vergeten hoe zeer de Handhavers bereid zijn mij te helpen?'

'Nee, eh ja, ik weet dat.' Binsa struikelde over haar woorden heen, terwijl haar hersenen nog steeds op topsnelheid werkte. Maar Manu keek haar met zo'n koelbloedige blik aan, dat het klamme zweet haar uitbrak.

'Het probleem is dat... Nou... Ze is een aantal dagen geleden weggelopen. Haar kamer was verlaten, maar haar spullen lagen er nog. We hebben het huis afgezocht en ook buiten, maar we kunnen haar niet vinden.'

'Ze is weggelopen?' Manu staarde Binsa ongelovig aan. 'Hoe bedoel je, ze is weggelopen? En waarom hoor ik dit nu pas?' Een zenuw begon te trekken bij zijn kaken en hij klemde ze boos op elkaar. Met moeite kalmeerde hij zichzelf een beetje.

'Jij zou toch op haar letten? Je zou er toch voor zorgen dat zij mee ging naar huis? Weet je niet dat mensen over mij gaan praten?' Een golf van woede sloeg weer door hem heen.

Binsa kreeg het zowel warm als koud. Ze trilde van angst bij het zien van de furieuze blik in Manu's ogen.

'Ik ga naar de Handhavers. Om aangifte te doen dat je mijn vrouw vasthoudt en dat je haar pas laat gaan als ik je goud heb gegeven.'

Nu werd het Binsa helemaal benauwd. 'Manu, wees nou redelijk. Ze heeft helemaal niets meegenomen, alleen wat ze aan had. Ze heeft geen muntstukken, geen kleren, geen voedsel. Ze komt vanzelf terug.'

'Wat had ze aan,' blafte Manu boos.

Binsa deinsde geschrokken achteruit. 'Ze had haar lichtblauwe jurk met de witte randen aan de onderkant aan. Je weet vast wel over welke jurk ik het heb. Ze droeg het heel vaak.'

Met een hoopvolle blik in haar ogen en haar klamme handen zenuwachtig in elkaar wrijvend, keek ze hem aan.

Manu bleef een moment stil, terwijl hij diep nadacht. Vervolgens draaide hij zich om en liep de woonkamer uit, de hal door naar buiten. Binsa volgde hem en bleef in de deuropening staan tot Manu de weg op ging.

Met een zucht van opluchting keek ze hem na tot Manu aan het einde van de weg was. Toen draaide hij zich ineens om. 'Je hoort nog van me. Denk maar niet dat je er zo makkelijk van af komt.'

Daarna liep hij weg tot hij uit het zicht was verdwenen.

Inwendig grommend duwde Binsa de deur dicht en liep de waskamer in, zodat ze een langdurig bad kon nemen. De man werkte op haar zenuwen. Iedere keer wanneer ze hem tegenkwam, brak haar het zweet uit. Alsof de man de duivel zelf was, dacht ze nijdig alle zweet van haar lichaam schrobbend met een harde borstel.

Hoofdstuk 3

Opgelucht keek Taniya naar de kade, terwijl het schip de haven verliet. Tabor was misschien wel erg slecht in gokken, maar illegale papieren regelen kon hij als de beste. Daarna was het een simpel karwei geweest om Taniya aan boord van het schip te krijgen. Net voordat het schip de haven zou verlaten, had ze Tigho met vier bundels muntstukken laten gaan naar zijn ongeruste vader op de kade. Met een korte zwaai van zijn hand naar Taniya had Tabor samen met zijn zoon de haven zo snel mogelijk verlaten. Hij kon daar beter niet worden gezien door de Handhavers, noch door zijn kennissen.

Een korte steek van spijt ging door Taniya heen. Palanika was een afschuwelijk land, maar toch was ze hier geboren en getogen. Ze had ongelukkige tijden meegemaakt, maar haar jeugd was vol mooie herinneringen. Melancholisch staarde Taniya net zolang naar de steeds kleiner wordende kade met de krioelende mensen die druk aan het werk waren tot het uit haar zicht verdween.

Ze draaide zich na een tel met een zucht om en probeerde zichzelf op te beuren door aan andere zaken te denken en door zichzelf in gedachten moed in te praten. *Goed, kop op, Taniya. Je bent op een mooi zeilschip op weg naar een prachtig land. Kijk op zijn minst een beetje rond.*

In het midden van het bovendek stond een prachtig fontein. Een zeemeermin hield een dolfijn liefdevol vast, terwijl het water in verschillende kleuren spoot uit de staarten van beiden. Twee voet om de fontein heen stonden kunstmatige bomen en banken. Als Taniya geen vruchten aan de bomen gezien zou hebben, zou ze nooit geloven dat de bomen nep waren. Maar de oranje vruchten zouden beslist nooit gedijen op de temperatuur van het schip. Deze ronde, sappige vruchten konden het alleen overleven op de warme vlakten van het Palanikaanse buurland Shakshida.

Het dek stond vol met mensen die opgewonden met elkaar kletsten, matrozen die hard aan het werk waren en kinderen die luidruchtig tikkertje speelden.

'Het is heerlijk om op het water te zijn. Vind je niet?'

Taniya keek naar de vrouw die haar had aangesproken. Het was een welgevormde vrouw met roze wangen. Haar kleren droegen een onmiskenbaar teken van de HoogereKlasse en op haar haren prijkte een sjieke hoed met een veer. Taniya wendde haar hoofd weer af en knikte kort.

'Heb je geen last van zeeziekte?'

Taniya schudde kort haar hoofd en bleef zwijgen. De vrouw leek niet door te hebben, dat Taniya weinig behoefte had in een gesprek en bleef doorbabbelen.

'Met wie ben je op het schip? Je hebt vast een man, een mooie dame zoals jij.'

Weer knikte Taniya, maar bleef naar het water staren. Een gevoel van onbehagen trok door haar heen en ze greep de rand van het dek vast.

'Nou, waar is hij? Ik ben benieuwd wie de deftige man is. Ik ken bijna iedereen op het schip. Mijn man behoort tot de HoogereKlasse in Palanika, hij is erg belangrijk.'

Taniya's hoofd begon te bonzen. Ze kon de bemoeizuchtige vrouw wel wurgen. Ze drukte haar handen tegen haar hoofd en mompelde vaag iets over zeeziekte, terwijl ze snel wegliep, de babbelende vrouw beduusd achterlatend.

Via een brede trap liep ze een verdieping lager. Er waren verscheidene kamers, waarin verschillende soorten spullen werden verkocht. Zo stond er op een naambord bij de ene deur sieradenverkoop en bij de ander weer schoenenmaker. Ook was er een deur waarachter heerlijke etensgeuren vandaan kwamen.

Verder stonden er op een soort plein verscheidene kraampjes, waar achter de verkopers kleinigheden verkochten. Ook hier was het erg rumoerig met de winkelende mensen en luidruchtig schreeuwende winkeliers die hun waren aanprijsden. Taniya's hoofd begon nog erger te bonzen en met een zucht liep ze naar haar kamer op het schip.

Haar kamer was niet groot, maar wel luxe ingericht. Er stond een breed bed, een kast dat heel de rechterwand besloeg en een salontafeltje met twee banken omheen. Een duur uitziende, lichtblauwe sprei lag over het bed heen. De banken bij de salontafel waren bekleed met leer. Een vaas met bloemen prijkte op de salontafel. In het andere vertrek stond een badkuip gevuld met warm water.

'Ja, daar heb ik behoefte aan. Een warm bad zal mij goed doen.'

Taniya gooide hardop pratend tegen niemand in het bijzonder, een flesje geparfumeerd zeep in het water, trok haar kleren uit en ging in het bad liggen. Nadat ze klaar was, wond ze één van de doeken die er hingen om haar lichaam heen.

Met haar haren nog nat, liep Taniya weer de slaapkamer in. Daar ging ze zitten achter een klein kaptafeltje met een spiegel. Ze keek naar zichzelf. Een meisje van eenentwintig zomers jong, pikzwart haar, donkerbruine, amandelvormig ogen. Ze had een mooi figuur, maar door het weinige eten was ze de afgelopen weken sterk vermagerd. Verder had ze een mokkabruine huidskleur.

Terwijl ze in de spiegel keek, bracht een gevoel van wanhoop haar gedachten weer op aarde. Wat heb ik gedaan, dacht ze verdrietig. Ik heb ingebroken in een huis. Ik heb voedsel, kleren en goud gestolen. Zo ben je helemaal niet, maar toch heb je het gedaan. Je wordt inderdaad slecht. Wat mensen over je zeiden, ben je nu echt geworden. Hoe kun je zo laag gevallen zijn? Hoe kan je zo ver gaan?

En terwijl ze in de spiegel keek, verloor ze haar gedachten naar een aantal zomers geleden.

*

'Taniya, wakker worden! Je moet naar school!' Balie schreeuwde vrolijk vanuit de keuken zijn dochter wakker.

'Ja, paps. Ik ben al bijna wakker.' Slaperig deed Taniya weer haar ogen dicht.

Even later, wat voor haar maar een paar tellen leek, werd haar deken weggetrokken.

'Kom op, Taniya. Nu opstaan.' Haar vader keek streng op haar neer en keek toen met een nadenkende frons haar kamer door.

Stapels perkamenten, ganzenveren, inktpotten, kleren en nog een hoop rommel slingerden door de kamer. Haar tafel in de hoek was nauwelijks zichtbaar onder de ravage. Hemelsblauwe gordijnen sloten de kleine ramen aan de ene kant van de muur. Balie liep er naartoe en trok ze open.

'En wanneer ga je nou een keer je troep opruimen? Je kamer ziet er afschuwelijk uit. Het lijkt net alsof er een orkaan heeft gewoed.'

Taniya draaide zich om en trok de deken weer over haar hoofd.

Balie draaide zich weer om en keek naar Taniya die op haar bed lag. Alleen haar haren waren nog lichtjes zichtbaar onder het donkerblauwe dekbed. Een aantal kleine kussentjes in verschillende kleuren lagen op het bed en enkelen waren in haar slaap van het bed afgevallen.

'Ik praat tegen je, Taniya. Kijk me aan, als ik tegen je praat. Ik vroeg je wat en ik heb daar nog steeds geen antwoord op gekregen. Tijd om wakker te worden en je rommel op te ruimen.'

Met een luide zucht haalde Taniya het dekbed voor haar gezicht weg en keek haar vader nijdig aan. 'He paps, wist je dat je een slavendrijver bent?'

Balie begon te lachen. Taniya trok nijdig de deken weer over haar hoofd heen.

'He Taniya!' Balie liep naar het bed toe en trok de deken nogmaals weg.

'Wat?'

'Wist je dat je een grote luilak bent?' Hij liep hardop lachend naar de deur, toen Taniya hem weer riep.

'Wat is er?'

'Wist je dat je de verkeerde baan hebt uitgekozen. Je had een dienstdoender moeten worden.' Een dienstdoender was iemand die voor de Handhavers en Vrouwenhouders werkte. Onder het volk had dit beroep vrijwel geen aanzien en had men de grootste deel van de tijd een grote hekel aan de dienstdoender. Toch waren er genoeg mensen uit de LaagereKlasse die in de hoop een paar muntstukken te verdienen, alsnog dit werk deden.

Chagrijnig keek ze toe hoe haar vader met een gemene lach op zijn gezicht terugliep. 'Mijn lieve Tanbaby, als je niet nu meteen opstaat, dan ga ik je kietelen onder je voeten. Tijd gaat nu in. 1, 2, 3...10!'

'Nee!' Taniya sprong geschrokken uit bed en rende lachend naar de badkamer. Ze bleef staan bij de deuropening. 'Ik zei het verkeerd, paps. Je had martelaar moeten worden!'

Lachend liep haar vader naar de keuken en begon het ontbijt klaar te maken.

Na een tijd kwam Taniya gedoucht en aangekleed de keuken in. Haar kamer had ze nog steeds niet opgeruimd. Maar haar vader merkte niets op.

Haar vader was diep in gesprek met iemand, maar toen hij Taniya hoorde binnenkomen, kapte hij dit af. Hij nam afscheid van de man en nadat de man was vertrokken, zette hij met verwoede bewegingen brood en beleg op de houten tafel. Vervolgens liep Balie naar de hoek van de keuken. Daar waren stenen opgestapeld ter hoogte van zijn middel. In het midden van de bovenkant van de stenen was een gat uitgehold, waarin een klein vuur likte aan de houtstukjes. Een pan met water kookte op dat vuurtje.

'Wat is er, Pap?'

'Er zijn mensen aan het stelen geweest bij onze buurman.' Balie keek Taniya kort met een boze frons aan. Hij draaide zich weer naar het vuur toe en haalde de pan eraf. Met een houten lepel schonk hij twee bekers vol met water en voegde er enkele bladeren aan toe.

Taniya pakte een lang, gekarteld mes uit de kast en begon het brood in stukken te snijden. Ze zei niets tegen haar vader, want ze wist dat hij heel slecht tegen onrechtvaardigheid kon en ze had niet veel behoefte aan een lange tirade over de slechtheid van de mens.

Balie liep weer terug naar het vuur en plaatste er een ijzeren plaat over heen. Dat zou ervoor zorgen dat het vuur weer uit zou gaan. Hij stak zijn hoofd door het open raam en haalde diep adem om de rook van het vuur uit zijn longen te krijgen.

Taniya fronste haar wenkbrauwen, terwijl ze toekeek hoe haar vader zichzelf probeerde te kalmeren en ernstig aan tafel kwam zitten.

'Taniya, dit is heel belangrijk. Vergeet dit nooit. Wat je ook doet, doe alleen goede dingen. Steel niet, want misschien steel je iemands geld, geld dat hij gedurende zijn hele leven heeft gespaard. Moord niet, want zo ontneem je iemands geliefde. Betreed niet een wereld van leugens, want om de ene leugen te verbergen, zal je altijd moeten blijven liegen.'

Taniya rolde in haar gedachten met haar ogen, maar keek haar vader wel net zo ernstig aan. Ineens kwam er een schalkse blik in haar ogen.

'Paps, nu weet ik welk beroep je had moeten kiezen. Je had een priester moeten worden. Je preekt teveel.' En ze begon keihard te lachen, waardoor haar hele lichaam mee schudde.

Haar vader keek haar eerst kwaad aan, maar moest toen ook lachen. Hij kende zijn dochter goed genoeg om te weten, dat ze weinig animo had in een serieus gesprek, dus hij liet het ook verder gaan. Hij stond op, gaf haar een aai over haar hoofd en bracht daarna zijn bord weg. 'Kom op, eet je brood nu maar op.'

Een flauw glimlachje trok over Taniya's gezicht, terwijl ze terugkeerde met haar gedachten naar het heden. Ze had altijd kunnen dollen met haar geweldige vader, zoveel verschilde hij van andere mannen in Palanika. Haar vader behandelde iedere vrouw als een gelijke. Nooit had Taniya begrepen hoeveel geluk zij had met haar vader, totdat ze *hem* had leren kennen. *Hij* had al haar mooie dromen om zeep geholpen, haar geleerd hoe wreed het leven kon zijn. Met mooie woorden had hij zowel haar als haar vader een rad voor de ogen gedraaid en haar prachtige leven was gereduceerd tot een puinhoop. Boos gingen haar gedachten terug naar die dag, dat het startpunt was van haar ondergang.

Balie schreeuwde boos door de gang, terwijl hij door het raampje in de voordeur keek.

'Tani, die jongen staat nu al weer voor de deur. Waarom ontvang je hem niet gewoon?'

Taniya negeerde haar vader en deed haar kamerdeur op slot.

Met een zucht deed hij de deur open en wenkte de jongen naar binnen. Terwijl hij een beker limonade schonk voor de jongen, nodigde hij hem uit om te gaan zitten.

Toen ze allebei aan de keukentafel zaten, begon Balie te spreken. Hij draaide er niet om heen, zo was hij niet, maar sprak de jongen direct aan.

'Normaal bemoei ik me niet met Tani's zaken, maar dit hangt me nu echt de keel uit. Al sinds een paar weken, sta je elke dag voor de deur, elke keer vraag je om Taniya, ook al wil ze je niet zien. Wat is het probleem, jongeman?'

'Nou, mijn naam is Manu,' begon de jongen langzaam. 'Al sinds twaalf manen zijn Taniya en ik samen. We houden van elkaar en alles leek goed te gaan, totdat ik haar ten huwelijk vroeg. Ze vroeg me waar we zouden wonen en ik zei in mijn huis natuurlijk. Vervolgens is ze weggegaan, zonder een antwoord te geven. Sindsdien negeert en ontwijkt ze me steeds. Ik begrijp maar niet waarom. Ik weet niet wat ik verkeerd heb gedaan of gezegd.'

'Wij zijn van de LaagereKlasse.' Balie keek de jongen met zijn armen over elkaar aan.

Manu keek terug, maar antwoordde niet en wachtte af.

'Jij bent een MiddenKlasser.'

Manu haalde zijn schouders op en zei nog steeds niet.

'Je weet dit alles en toch wil je met haar trouwen?'

Manu knikte. 'Ik hou van haar en zij houdt van mij. Verder is onze status niet belangrijk. Ik wil haar en niemand anders. Ik zou haar voor geen enkele HoogereVrouw inruilen.'

Balie dacht even na met zijn hand onder zijn kin. 'Goed, ik zal met haar praten. Tot die tijd wil ik je niet continu hier voor de deur zien. Zodra ik erachter ben wat het probleem is, zal Taniya jou zelf een antwoord op jouw vraag verschaffen.'

Manu knikte en toen namen ze afscheid van elkaar. Balie ging naar de kamer van Taniya en bleef voor de deur staan. 'Tani, maak die deur open. ' Een gedempt gestommel klonk vanuit de andere kant van de deur.

'Is hij al weg?'

'Ja.'

Taniya maakte de deur open en liet haar vader binnen. Ze ging op haar bed zitten en begon zenuwachtig te wiebelen. Ze durfde haar vader niet aan te kijken.

Balie ging naast Taniya zitten en keek haar kalm aan. 'Taniya, wat is er aan de hand?'

Taniya zweeg.

'Ken je die jongen, Taniya?'

Ze knikte.

'En jullie gaan al twaalf manen met elkaar om?'

Weer knikte Taniya.

'Hij wil met je trouwen, dat weet je toch wel?'

'Ja.' Ze keek haar vader kort aan en wendde daarna weer haar hoofd af.

'Wil jij met hem trouwen?'

Taniya schudde haar hoofd.

'Waarom niet? Is het geen goede jongen?'

'Jawel. '

'Maar..?' Balie keek haar afwachtend aan.

'Als ik met hem ga trouwen, dan moet ik bij hem thuis wonen. En hoe moet het dan met jou, paps. Wat ga jij doen zonder mij?' Haar stem verhief zich steeds verder tot ze het bijna uitschreeuwde.

'En hoe ga ik leven zonder jou? Met wie ga je praten? Wie gaat mij in de morgenstond wakker maken? Wie gaat tegen jou zeggen dat je beter schoonmaker kon worden?' Taniya begon luidruchtig te snikken.

Balie lachte hardop. 'Gekkerd, hou je daarom die arme jongen aan het lijntje? Er komt sowieso een tijd dat je me los moet laten. Je moet toch ook een eigen leven opbouwen. Als je dat niet doet, hoe zal ik dan ooit met mijn kleinkinderen kunnen spelen? Ik wil grootvader worden. En als je weg bent, dan heb ik tenminste een beetje rust.'

Taniya keek hem ontsteld aan.

Lachend ging Balie met zijn knokkels over Taniya's hoofd.

'Goed, dat laatste was een grapje. Ik ga je missen, Tanbaby, maar als je om die reden niet wil trouwen, dan ga ik nog liever dood. Ik wil niet in de weg van jouw geluk staan.'

Taniya keek haar vader kwaad aan. 'Jij gaat nooit dood, hoor je me? Ik hou van je, papa. Praat nooit meer over doodgaan.' Huilend viel ze in de armen van haar vader.

Terwijl haar vader haar vasthield, veegde hij een paar tranen van zichzelf weg. 'Ik hou ook van jou Tani. Ik wil je nooit pijn zien lijden. Ik zou dat nooit aankunnen, nooit...'

Dikke tranen rolden uit Taniya's ogen, toen ze zichzelf weer in de spiegel zag. Het beeld van haar vader, vervaagde weer langzaam, maar de pijn bleef hangen. Met een ruk stond ze op. Het stoeltje kiepte om, maar ze liet het liggen. Rusteloos ijsbeerde ze door de kamer, ondertussen denkend aan hoe alles in haar leven was veranderd. Natuurlijk was ze met Manu getrouwd, haar vader had zijn toestemming gegeven. En daarna volgde de beschuldigingen, de onmogelijke taak om de perfecte vrouw te zijn, alles was misgegaan.

En toen was ze naar Tante Binsa gegaan. Met haar vuisten gebald bleef Taniya staan, zette de stoel weer recht en ging voor de spiegel zitten, toen die periode haar voor ogen kwam.

Tante Binsa trok met haar mond, terwijl ze Taniya probeerde te overtuigen.

'Ik vind dat je terug moet gaan naar Manu. Hij heeft gezegd dat hij je wil vergeven dat je hebt gestolen van hem.'

'Gestolen? Ik heb niets gestolen van hem. Waarom vertelt hij niet gewoon de waarheid, dat hij me elke dag sloeg?'

'Ja, maar liefje, wat verwacht je anders als je ongehoorzaam bent en stomme dingen doet. Een man heeft het recht om je dan te slaan. Hij verzorgt jou en dan bedank je hem op deze wijze? Je bent zelf met een andere man gegaan. Het is al een wonder dat hij je nog terug wil. Zie je niet in hoeveel hij van je houdt? Je hoort bij hem, daarom ben je met hem getrouwd. En dat wil jij opgeven voor een andere man?'

'Ik ben nog nooit ontrouw geweest. ' Aan Taniya's stem was te horen hoeveel ze haar woede probeerde te bedwingen.

'Je hoeft toch niet te liegen tegen mij.' Minachtend keek Tante Binsa naar Taniya.

'Ik weet dat je op deze leeftijd gauw kan worden verleid door een andere man, wanneer je jouw eigen man niet zo vaak ziet als hij werkt. Dat begrijp ik allemaal wel. Maar je man wil je terug, dat is toch goed? Waarom ga je niet gewoon?'

'Ik heb nog nooit gekeken naar een andere man, laat staan er één nemen! Hij verzint dat allemaal! Jullie leven zo onder de voeten van een man, dat je de waarheid niet eens durft in te zien!'

'Met dit gedrag is het logisch dat hij je sloeg.' Tante Binsa wendde geïrriteerd haar hoofd af.

'Je hoort niet eens wat ik zeg. Het dringt niet eens tot je door. Je hebt vroeger zolang geleefd als vuil onder de voeten van jouw man, dat je niet eens door hebt, dat nu hij dood is, je meer uit jouw leven kan halen!' Taniya hield het niet uit en stormde woedend de kamer uit, nijdig nagekeken door haar tante.

In de zonnedagen erop bleef ze Taniya proberen over te halen om naar huis te gaan, maar Taniya weigerde domweg. Op een dag toen ze net de woonkamer in wilde gaan, hoorde ze haar naam vallen in een gesprek. Ze bleef stokstijf staan.

'Een waardeloos kind is ze, die Taniya.'

Binsa sprak op geanimeerde toon met haar vriendin Bimi.

'Zij heeft gestolen. En ze is met een andere man gegaan en dan wil ze alsnog niet terug naar haar eigen man. Hij vergeeft haar alles! Echt, ik begrijp dat kind niet, Bimi. Die man van haar is een nette jongen, met goede manieren, een goede baan, een eigen huis. Wat wil ze nog meer?'

'Ja, maar wat ik niet begrijp. Waarom is ze ontrouw, Binsa? Met zo'n man zou ik het risico niet willen nemen hem te verliezen.'

Binsa trilde inwendig, maar durfde haar vriendin niet te vertellen wat voor een man Manu daadwerkelijk was. Taniya moest terug, anders zou zij in de problemen komen. Ze kon hem niet aan en wilde er ook niet eens aan denken om Taniya te helpen. Zodra de Handhavers op de hoogte waren, dat er twee vrouwen, waarvan één weggelopen bij haar man, in dit huis woonden, zou zij diep in de problemen komen. En als haar zoon terug kwam van zijn reis en Taniya opmerkte, dan zou Binsa tot op de huid worden afgeranseld. Toch had ze Taniya destijds in huis genomen in de hoop haar uiteindelijk te kunnen overtuigen terug te gaan. Dat was niet uit liefde geweest, maar uit angst dat Manu erachter zou komen dat Taniya hier was geweest en zij haar had weggestuurd. Haar gedachten onderdrukkend, keerde ze terug naar haar gesprek met Bimi die niet door had dat ze maar voor de helft luisterde.

'Ik weet het niet.' Binsa zuchtte diep.

'Ik denk dat ze ervan houdt om aandacht te krijgen. Zo was ze ook bij haar vader, altijd om hem heen hangend, zoekend naar aandacht. Balie vond dat allemaal niet erg. Hij vond het juist geweldig. Er wordt gezegd dat hij haar echte vader niet was en dat haar moeder ontrouw was. Daaruit was Taniya geboren. Daarom was Balie altijd zo intiem met Taniya, omdat hij haar wilde hebben.'

'Wat erg.' Bimi hield een hand geschrokken voor haar mond en schudde ongelovig haar hoofd. Het werd even stil. Taniya kookte intussen van woede, maar hield zich stil om het gesprek verder te kunnen volgen.

'Ik wist altijd wel dat hij niet goed snik was. Voordat dat kind ging trouwen, had ik zo'n goede jongen gezien. Ik vroeg Balie of hij die jongen niet iets vond voor Taniya. Maar hij sloeg helemaal door en liep zonder een antwoord te geven weg. Hij wilde haar natuurlijk voor zichzelf hebben. En daarna werd ze verliefd op die andere jongen. Toen moest hij ze natuurlijk wel laten trouwen. Anders was ze waarschijnlijk weggelopen met die jongen en was hij haar zeker kwijt. Het is maar goed dat die man er niet meer is, anders was dit kind waarschijnlijk weer terug gerend naar hem.'

Bimi schudde haar hoofd van walging.

'Die twee zijn een schande op deze wereld. En Taniya is ontrouw, omdat haar moeder dat ook was. Het zit in het bloed.'

Binsa knikte bevestigend.

'Wat een rare wereld. Maar goed, ik moet nu weer gaan. Ik moet nog koken voor mijn man.' Bimi stond hoofdschuddend van ongeloof op en liep met Binsa in haar kielzog naar de voordeur. Daar omhelsde ze Binsa nog stevig.

'Veel geluk met die meid. Ze zal nog een hoop gedoe veroorzaken. Nog even en mensen gaan beginnen te praten.'

Binsa schudde beslist met haar hoofd.

'Wat er ook gebeurd, morgen komt haar man haar ophalen. Het interesseert me niet wat ze zegt, maar ze gaat weg. Ik wil haar niet in mijn huis hebben. '

Taniya verliet geruisloos de hal en liep haar kamer in, waar ze tijdelijk mocht verblijven van haar tante.

Gemene heks, dacht Taniya boos. De enige die praat ben jij en nog onzin ook. Mijn vader was de beste vader van de hele wereld en hij was ook zeker wel MIJN vader. En die jongen had hij geweigerd, omdat hij nog drie andere vrouwen had.

Met een machteloos gevoel liet ze zich op het bed vallen en dacht na wat ze nu nog kon doen.Taniya staarde voor zich uit en sprak in haar hoofd met haar vader. *Paps, u zei altijd tegen me, doe goede dingen, dan krijg je goede dingen terug. Maar hoe goed ik ook probeer te zijn, alles blijft maar mis gaan. Tante wil me niet hebben, Manu slaat me waarschijnlijk tot ik ooit dood ben en u bent er niet meer, pap. Wat moet ik doen?*

Ze drukte haar gezicht in het kussen. Ineens leek het alsof ze de stem van haar vader hoorde in haar hoofd. *Vlucht Tanbaby, ga weg van hier. Begin ergens anders een nieuw leven. Er is hier niets meer voor jou. Hier zal je niets goeds vinden. Je leven zal hier altijd een hel blijven. Ga weg en bouw een nieuw leven op. Denk aan onze dromen.*

De stem in haar hoofd bleef maar doorgaan, totdat Taniya uiteindelijk haar besluit nam. Ze stond op en liep naar het raam. Zacht maakte ze die open, klom er door en begon te rennen. Ze rende weg, weg van Manu, weg van haar tante, weg van alles wat haar pijn bezorgde, weg van haar oude leven. Ze rende en rende tot ze niet meer kon.

Uiteindelijk viel ze vermoeid neer op de grond. Hijgend van vermoeidheid en de pijn, hees ze zichzelf een beetje op en kroop in een smal, donker steegje. Ze liet zich plat vallen op de grond en begon onbedaarlijk te huilen.

'Papa, was je maar hier bij mij.' Een onuitputtelijke bron van tranen stroomden over haar wangen, zoals het water in een waterval continu blijft stromen.

Het beeld van het steegje vervaagde voor Taniya's ogen en weer rolden tranen over haar wangen. Toen ze haar gezicht ophief, zag ze haar ogen in de spiegel. Ogen waarin haar verdriet weerspiegeld werd. Een ieder die haar op dit moment gezien zou hebben, zou tranen hebben gekregen van medelijden. Nooit zal ik weer in een spiegel kijken, dacht ze gedeprimeerd, terwijl ze haar gelaat afwendde.

Hoofdstuk 4

Karie zat gespannen in de koets met in zijn handen stevig een tas geklemd. Ongeduldig wipte hij op en neer op de bank van zijn koets gedurende de rit door de straten van de HoogereKlassersbuurt. Hij zocht met zijn ogen het hoge, statige Gerechtshuis van de Handhavers tussen de verschillende woningen af. Eindelijk zag hij een glimp van het symbool van hen op een gebouw in de verte, een blauwgekleurde cirkel waaruit van het middelpunt drie druppelvormige lijnen naar boven, linksonder en rechtsonder liep. Dit werd een triquetra genoemd en het was een symbool voor de perfecte balans tussen het lichamelijke, geestelijke en het energetische. De Handhavers waren erg trots op dit symbool, vooral omdat zij vonden dat zij dit bewerkstelligden in het leven van de mensen door daadkrachtig op te treden. Helaas zag de LaagereKlasse hier niets van terug.

De koets stopte met piepende wielen voor het hoge gebouw. Een lange rij van mensen in armoedige kleren stond voor de ingang van het gebouw. Een viertal Handhavers hield de rij nauwlettend in de gaten. Een andere riep één voor één de mensen naar binnen, maar er leek maar geen einde te komen aan de rij.

Karie keek kort naar de rij en liep toen naar de zijkant van het gebouw. Daar was een andere ingang met twee Handhavers die de ingang bewaakten.

Zodra de mannen Karie in het oog kregen, sprongen ze meteen opzij en maakten een diepe buiging voor hem. Zodra Karie hen voorbij was gelopen, sprongen ze weer op hun plek en staarden naar voren met een stramme houding.

Ook binnen kreeg Karie dezelfde behandeling. Hij hoefde nergens te wachten, maar kon meteen door lopen. Uiteindelijk werd hij in een aparte kamer met de Hoogste Handhaver gezet. Andere Handhavers renden om iets te drinken en te eten halen voor Karie, maar hij wees ze allemaal af en keek alleen naar de leider die nerveus op en neer wipte.

'Waarmee kan ik u van dienst zijn? Als u mij had geroepen, dan was ik naar u gekomen. U had niet de moeite hoeven te nemen om helemaal hier naar toe te komen. Neem iets te drinken.'

De Hoogste Handhaver pakte een beker en zette het voor Karie neer, maar Karie negeerde het bekertje voor zich.

'Er is gestolen in mijn huis. Er missen een hoop goudstukken.'

De man keek Karie geschrokken aan.

'Dat is onmogelijk! Hoe durft iemand tegen het gezag van de Handhavers in te gaan? Ik stuur meteen mijn mannen naar uw huis om te zoeken naar aanwijzingen. De rest gaat op zoek in de straten.'

Voor Karie iets kon zeggen, stond de Hoogste Handhaver op en liep naar de deur. Hij riep een aantal mensen en gaf ze enkele bevelen. Meteen repten zij zich naar de overige Handhavers en met z'n allen verlieten ze het gebouw. Hier en daar bleven enkelen nog zitten om de orde in het gebouw te bewaren.

Toen ging de Hoogste Handhaver weer zitten.

'Maakt u zich geen zorgen. Geen enkele dader kan ons ontsnappen. Ieder muntstuk dat wordt gestolen, merken wij op en we lossen het meteen op. De man zal nooit meer durven te stelen.'

'Ik mis niet één goudstuk, Handhaver. Ik mis er tweehonderd.' Karie keek de man nijdig aan.

'En het is gestolen door een vrouw, niet door een man.'

De Hoogste Handhaver keek verward. 'Een vrouw?'

Karie haalde het blauwe jurkje uit de tas en toonde het aan de man. 'Deze heb ik gevonden in mijn huis.'

'Maar dat kan niet. Wat zou een vrouw moeten met zoveel goudstukken? Dat valt meteen op! Zonder een man kan ze niet eens het geld uitgeven. Het lijkt onlogisch dat een vrouw zou stelen.'

'Zie ik eruit alsof ik gek ben, Handhaver? Dat ik hier sprookjes kom vertellen?' Onbeweeglijk staarde Karie naar de man die nu rood werd door de bedekte beschuldiging van de Hoogereman.

'Nee, natuurlijk niet.' Hij struikelde over zijn woorden. Gauw stond hij op en repte zich weer naar de deur met het jurkje in zijn handen. Hij schreeuwde naar één van de weinig overgebleven Handhavers zijn bevelen toe. Deze rende met het blauwe jurkje het gebouw uit op zoek naar de leiders van de groepjes zoekende mannen.

'Het zal opgelost worden, meneer Karie. Gaat u maar naar huis.

Zodra we meer weten, neem ik persoonlijk contact met u op.'
Karie knikte kort en verliet het Gerechtshuis.

*

Taniya liep een kamer in waar vrouwen werden verwend met gezichtsmassages en opmaaksels. Ze had besloten om zichzelf eens goed in de watten te laten leggen. Taniya had op dit moment een grote behoefte aan iets wat haar beter zou doen voelen. Ze ging naast een mooie, jonge vrouw zitten, die nogal hooghartig om zich heen keek.

De jonge vrouw bekeek zichzelf in de spiegel. 'Ik wil dat je me zo mooi maakt, dat iedereen op het schip naar me zal staren van bewondering.'

Een vrouw stapte snel op de jonge vrouw af.

'Niet jij! Ik word alleen opgemaakt door mijn persoonlijke opmaakster. Ik ben hier alleen omdat er op mijn kamer niet genoeg spiegels zijn om mij goed op te kunnen maken, kind.'

Hooghartig nam ze langzaam de trillende vrouw van top tot teen op.

'Ik, Malini, prinses van Shehza, moet vandaag de mooiste van het schip zijn.'

Taniya verstond niet echt wat Malini allemaal zei, maar de paar woorden die ze wel begreep, aan de toon en aan de manier van doen, begreep ze voor een deel wat Malini wilde. Shehzaans is een andere taal dan Palanikaans, al lijkt het erg veel op elkaar. Maar als Shehzaans vlug achter elkaar wordt gesproken, dan is het heel moeilijk te begrijpen voor een Palanikaan.

Het enige wat Taniya eruit had begrepen was dat er iets was met de spiegels, dat het jonge meisje Malini heette, dat ze Shehzaans was en dat ze er heel mooi uit wilde zien.

'U bent aan de beurt, mevrouw. Wat kan ik voor u doen?' Een vrouw van de schoonheidssalon, die Lana werd genoemd, ging naast Taniya staan en wachtte geduldig op het antwoord. Vrouwen die in zo'n salon werken werden Lana genoemd en de mannen Lano.

'Vandaag mag u doen wat u wil, Lana.' Taniya glimlachte vriendelijk naar de vrouw. 'Verwen me maar eens, daar ben ik echt aan toe.'

De vrouw glimlachte zwakjes, terwijl ze vanuit haar ooghoeken Malini een tel gadesloeg om zich daarna weer te richten op Taniya.

Tijdens de gezichtsmassage van Taniya door de vrouw, werd Malini opgemaakt door haar eigen persoonlijke Lana. Nadat ze klaar was, wuifde ze hooghartig haar Lana weg.

'He Lan, wat vind je ervan? Ziet er veel beter uit dan wat jij zou doen, vind je niet?'

'U heeft helemaal gelijk prinses.' De Lana achter Taniya boog nederig haar hoofd, terwijl ze afwachtte tot Malini nog wat zou zeggen.

Malini keek naar Taniya met één wenkbrauw omhoog.

'Nou, wat vind jij?'

Taniya die het gesprek niet gevolgd had, maar wel een beetje geïrriteerd was dat haar massage was onderbroken, hield zich met moeite in.

'Excuses, maar ik versta je niet.'

'Oh, een Palaneesje.' Malini trok een gezicht alsof ze met een gestoorde praatte en sprak nu wat langzamer, maar nog steeds op een hooghartig toon. 'Wat vind je van mijn gezicht? Is het mooi of niet?'

Koel bekeek Taniya haar. Malini's gelaat was al heel bleek en haar opmaakster had haar nog bleker gemaakt door er een licht poeder op te smeren. Haar ogen waren zo zwaar opgemaakt dat haar ogen er wel uit leken te puilen. Ze had hele roze wangen doordat er een gekleurd poeder op haar wang was gesmeerd. Hierdoor leek het net alsof iemand haar een dreun had verkocht. En haar lippen waren zo felrood gekleurd met een mengsel van rood bessensap, dat ze er nog bleker uitzag.

'Wil je een eerlijk antwoord of een leugen?' Taniya sloeg haar armen over elkaar heen en keek kritisch naar de vrouw.

Malini trok één wenkbrauw omhoog en antwoordde streng. 'Een eerlijk antwoord.'

Taniya die nog steeds niet wist dat Malini een prinses was, antwoordde zoals ze ieder ander een antwoord had verschaft in haar vroegere tijden. 'Je ziet eruit als een lijk, die kleuren kloppen gewoon niet.'

'Wat? Wat zei je daar?'

Taniya dacht dat Malini haar niet had verstaan en vervolgde nu wat langzamer. 'Je ziet eruit als een dooie.' De Lana trok verwoed aan Taniya's mouw om haar te onderbreken, maar Taniya merkte het niet op. Ze verwonderde zich over het boze gezicht van Malini. Ze begreep het niet meer, de jonge vrouw had toch een eerlijk antwoord gewild?

'Hoe durf je? Weet je wel tegen wie je het hebt? En hoe bedoel je de kleuren kloppen niet?'

'Je wilde een eerlijk antwoord. Dat heb ik je gegeven. En nee, ik weet niet wie jij bent. Ik heb je namelijk nog nooit gezien. En die felle kleuren maken je gezicht nog bleker, waardoor je op een lijk lijkt. Ik bedoel het niet gemeen, ik ben alleen maar eerlijk.'

Malini zat zo vol verontwaardiging, dat ze een moment sprakeloos was.

De Lana bleef trekken aan Taniya's mouw. Eindelijk reageerde Taniya en keek haar ongeduldig aan. 'Wat is er?'

'Dat is prinses Malini, de prinses van Shehza die jij aan het neerhalen bent. Nog even en ze laat je onthoofden. De prinses is bekend om haar wrede straffen.'

'Wat?' Taniya keek de Lana ongelovig aan, maar die keek alleen doodsbang naar haar terug. Langzaam begon het tot Taniya door te dringen, dat de vrouw heel serieus was. Een koud gevoel trok door haar heen, terwijl ze ongerust naar de zwijgende Malini keek. Ze boog diep voor de prinses.

'Mijn excuses, prinses. Ik wist niet wie u was. Het spijt me heel erg. Ik bedoelde het niet zo. U ziet er heel mooi uit.'

Een boze frons trok over Malini's voorhoofd, maar ze reageerde niet en sloeg Taniya zwijgend gade.

Heel slim, Taniya, dacht Taniya in haar achterhoofd, ondertussen hardop verontschuldigingen makend. *Even de prinses van het land waar je van hebt gedroomd neerhalen. Mooi begin van een nieuwe toekomst, hoor.*

'Hou je mond.'

Taniya's sloot meteen haar mond en keek de prinses van onder haar wimpers aan. Die was nu ondertussen gekalmeerd en keek Taniya nadenkend aan.

'Dus mijn gezicht is niet mooi opgemaakt?'

'Jawel, prinses, zo bedoelde ik het niet. Het ziet er heel mooi uit.'

'Niet liegen! Je zei net heel wat anders. Spreek de waarheid.'

Taniya besloot dat ze maar beter de waarheid kon zeggen. Ze had spijt van haar grote mond, die had haar wel vaker in problemen gebracht.

'De kleuren kloppen niet helemaal. Niet dat het niet mooi is, alleen er is weinig gebruik gemaakt van uw eigen schoonheid. U heeft zoveel versiersels niet nodig met uw mooie huid.'

'Kan jij het beter doen dan dit?'

De persoonlijke Lana van de prinses keek minachtend neer op Taniya, terwijl Malini haar antwoord afwachtte.

'Ik kan het proberen.'

'Begin maar dan. Als het er niet mooier uitziet dan nu, dan zal je gestraft worden voor je grote mond.'

Taniya boog weer haar hoofd. 'Mijn excuses, prinses, ik bedoelde het echt niet zo.'

'Begin nu. Ik heb niet veel tijd en geduld.'

Taniya stond verschrikt op. Op haar aanwijzingen gaf de Lana verschillende kleuren poeder en mengsels aan Taniya. Met een nat doek maakte ze het gezicht van Malini schoon en begon haar op te maken.

Na een tijdje was ze klaar en bleef ongemakkelijk naast Malini staan. Het zweet brak haar uit, terwijl ze haar reactie afwachtte.

Malini bekeek zichzelf in de spiegel en draaide zich vervolgens om naar de Lana.

'En? Hoe ziet het eruit?'

De vrouw keek enthousiast en knikte.

'Veel beter hoogheid, heel mooi, perfect.'

'Nou...'

De persoonlijke Lana van Malini keek naar haar met een zuur gezicht.

'Het is...'

'Hou jij je mond maar. Je bent ontslagen. En verdwijn nu uit mijn ogen.' Nijdig kijkend naar de onwetende Taniya liep de opmaakster weg. De prinses sprak veel sneller als ze tegen haar opmaakster of de Lana sprak, maar Taniya kon haar dan niet volledig verstaan.

Malini draaide zich om naar Taniya.

'Goed, je hebt mooi werk geleverd. Je zal niet worden gestraft.'

Taniya slaakte een zucht van opluchting en wilde met een buiging weglopen, maar Malini riep haar weer terug.

'Wat is jouw naam, kind?'

'Taniya.'

'Ik ben Malini, de prinses van Shehza. Wat ga je in Shehza doen? Ben je samen met nog iemand of ben je alleen? Niet liegen tegen mij.'

'Ik ben er nog niet helemaal uit wat ik ga doen.'

'Ga je voor werk of vakantie?'

'Ik wil daar gaan wonen, dus ik moet zoeken naar werk als ik daar arriveer.'

Malini knikte goedkeurend en sloeg haar armen tevreden over elkaar heen.

'Wil je voor mij werken als Lana?'

'Opmaakster? Maar u heeft er toch al één?'

Langzaam begon het haar te dagen, waarom de opmaakster zo woedend was weggegaan. Een bevestiging kwam van Malini, die op een achteloze toon sprak.

'Die is ontslagen. Je andere taken zullen zijn om mij te kleden en zo mooi mogelijk te maken.'

'Ho eens even.' Taniya keek verbluft naar Malini.

'Waarom heb je haar ontslagen, dat was mijn bedoeling helemaal niet. En ik weet niet wat ik in Shehza ga doen. Ik weet niet of ik wel wil werken als opmaakster.'

'Ze deed haar werk niet goed en daarom moest ze weg. En je hebt wel lef om aan mij mijn beweegredenen te vragen.'

Taniya kreeg een blos op haar wangen.

'Je gaat voor mij werken. Je weet niet wat je wil in Shehza, zo kan je voorlopig aan de kost komen. Je hebt veel verstand van hoe je iemand mooi kan maken. En in mijn positie is uiterlijk alles, dus ik kan je goed gebruiken. Je zult meer dan genoeg verdienen.'

'Is het goed als ik er nog even over nadenk?'

'Wanneer geef je een antwoord?'

'Wanneer ik het zelf weet.'

Malini keek haar geïrriteerd aan, maar negeerde dit en verliet het salon met haar persoonlijke helpsters om haar heen.

Een aantal dagen later sprak ze Taniya geestdriftig aan op het dek.

'En… kom je voor me werken?'

Met moeite hield Taniya zich in. Het zat niet in haar karakter om haar boosheid in te houden, maar na haar verleden met Manu, had ze wel geleerd op haar tellen te passen.

'U vraagt het me de afgelopen vijf dagen zeker wel tien keer op een dag. Ik weet het niet. Er is nog tijd voor we in Shehza aanmeren. Kunt u niet nog wat geduld opbrengen?'

'Ja, maar wanneer neem je dan een beslissing? Dadelijk zijn we er al en dan weet ik het nog niet.'

'Ik weet het zelf ook nog niet. U hoort het echt wel voor we er zijn.'

De waarheid was dat Taniya het echt niet wist. Ze bleef maar twijfelen. Aan de ene kant leek het haar wel leuk werk, maar het hooghartige gedrag van de prinses beviel haar niet. Ze had sowieso werk nodig, als ze in Shehza wilde blijven wonen en als persoonlijke opmaakster zou ze meer dan genoeg verdienen. Maar de prinses was natuurlijk beroemd en als iemand Taniya zocht in verband met het gestolen geld of als Manu haar nog zocht, dan was het niet slim om door de prinses in het middelpunt te komen. De kans dat Manu zou weten dat ze in Shehza was, was klein, maar ze wilde voor de zekerheid toch een tijdje uit het beeld blijven.

Maar voor opmaken en aankleden hoefde ze alleen maar bij Malini in het paleis te zijn en niet buiten, dus dat hoefde niet per se een probleem te zijn. Ze zou alsnog buiten beeld blijven. Niemand zou erachter komen waar ze was en op het paleis zouden ze haar toch niet komen zoeken.

Peinzend staarde ze over het water en volgde de golven met haar ogen. Uiteindelijk nam ze haar besluit.

Terwijl het schip aanlegde in de havenstad Shiba, de hoofdstad van Shehza, vertelde ze Malini dat ze voor haar zou komen werken. Malini begon opgewonden te kwebbelen over haar taken, maar Taniya luisterde al niet meer. Met grote ogen keek ze naar de stad.

De huizen waren niet hoger dan één of twee verdiepingen en de stenen waarvan ze gebouwd waren, hadden een zandstenen kleur. De stad had geen hoge muren, zoals in Palanika om ieder stad gebouwd was, maar hoge gewelven.

Groene bomen en struiken prijkten uit tussen de woningen. Het was een grote, bedrijvige stad vol met mensen in felgekleurde tunieken en jurken.

En het weer kon geen grotere tegenstelling zijn dan in Palanika. De zon scheen, maar het was niet te heet. Er heerste een heerlijke temperatuur.

Taniya trok het sjaaltje om haar nek los en bond deze om haar haren. Ze spreidde haar armen uit om volop te kunnen genieten van de zon. Toen boog ze over de reling van het schip en dacht: *daar gaan we dan. Ik ben in Shehza, papa. Op naar de volgende stap van een nieuw begin.*

*

Ondertussen ver weg aan de andere kant van de wereld in het stadje Dubron wandelde Manu gefrustreerd door de straten. Hij was al meer dan een kwart maan op zoek naar zijn vrouw en tot nu toe had het hem niets opgeleverd. Hij had het tot nu toe vermeden om naar de Handhavers te gaan. Dit was iets wat hij zelf wilde oplossen. Los daarvan, als meerderen erover zouden horen dan kon hij het wel vergeten om ooit tussen de HoogereKlasse te kunnen lopen. Hij was maar een MiddenKlasser en hij had hard gewerkt om hogerop te komen. Nog even en dan had hij behoord tot de HoogereKlasse, maar zijn vrouw had geen slechter tijdstip kunnen uitkiezen om te vluchten dan nu. Als hij haar zou vinden, was hij nog lang niet klaar.

Hij had hopeloos gezocht tussen het handjevol aan familieleden dat zij bezat, maar aan hen had hij niets. Zij stonden achter hem, dus zouden haar nooit verbergen. Met haar vrienden had ze al bijna twee zomers geen contact, maar hij had ze voor de zekerheid opgezocht en bedreigd. Daar had hij haar ook niet gevonden. Hij wist niet waar hij haar nog meer kon zoeken. Was ze misschien naar hem? Zou ze het weten dan? Een beeld van een man kwam voor zijn ogen.

'Nee, ze weet het niet over hem. Daar zou ze nooit gaan.' Hardop mompelend liep hij door de straten van de HoogereKlassersbuurt. Hij lette niet op en werd bijna ondersteboven gelopen door een tiental Handhavers.

'Kijk eens uit. Zie je niet dat wij hier lopen?'

Manu stapte opzij en keek met een frons naar de stoet Handhavers. Er was iets gaande, besefte hij. Het kon geen kwaad om uit te vogelen wat dat was.

Op zijn gemak volgde hij de stoet tot deze bij een dure woning van een HoogereKlasser kwam. Bedienden stonden op een plein nieuwsgierig te kijken naar de mannen die met hun heer spraken.

Manu kuierde nonchalant naar de bedienden. Hij glimlachte charmant naar ze.

'Mooie dag vandaag.'

Enkele jonge bedienden giechelden zachtjes, maar werden meteen terechtgewezen door de strenge, oudere vrouwen.

'Wat is er gaande met jullie heer?'

Niemand antwoordde, maar één jonge bediende keek langs haar wimpels heen naar hem. Manu glimlachte liefjes naar haar. Ze keek verlegen weg, maar bleef stiekem weer kijken naar hem.

Toen liep Manu weg, terwijl het meisje hem nakeek. Hij was net uit het zicht van de bedienden verdwenen toen het jonge meisje achter hem aan kwam rennen.

Manu lachte in zichzelf en bleef stil staan.

'Vergeef ons, heer. Heer Karie heeft ons ten strengste verboden om iets te zeggen, omdat hij bang is dat de dader zal ontvluchten.'

'Dader? Wat voor dader? Maak je niet druk, ik zal niemand wat zeggen.'

Het meisje keek hem weifelend aan. Manu glimlachte geruststellend naar haar.

'Als je het niet wil vertellen, hoeft het niet hoor. Ik begrijp dat je veel geeft om je heer en dat je hem niet wil teleurstellen. Het is echt niet erg hoor. Ik ga maar weer eens verder.'

Manu draaide zich om en liep langzaam weg.

'Nee, wacht.'

Manu draaide zich weer om en keek naar het meisje dat één hand had opgestoken om hem tot wachten te manen. Verlangend naar zijn aandacht keek ze hem weer verlegen aan. 'Er is ingebroken in het huis bij de heer Karie. Er mist een hoop goudstukken en nog iets heel belangrijks, maar ik weet niet wat dat is. Heer Karie wil niet dat het uitlekt, omdat hij bang is dat de dader dan juist ermee zal vluchten of het uit angst zal weggooien.'

Manu knikte zogenaamd geïnteresseerd, maar eigenlijk interesseerde het gesprek hem al niet meer. Hij had gehoopt op wat nieuws over Taniya, maar dit was weer een dood spoor. Hij wilde zich weer omdraaien tot de volgende woorden van het meisje hem weer stilhield.

'Het enige spoor van de dader is een blauwe jurk. Dat is het meest vreemde aan het hele gebeuren. Het is een vrouw die heeft gestolen. Is dat niet raar? Een vrouw met veel geld valt op. Ik denk dat het niet lang duurt voor ze haar vinden.'

Manu knikte afwezig, terwijl hij deze informatie probeerde te verwerken. Het meisje bleef doorbabbelen en lachte liefjes naar hem. Dit meisje zou hem nog goed van pas kunnen komen. Hij tilde zachtjes met één hand haar kin op en keek haar diep in de ogen aan.

Het meisje keek hem verschrikt met grote ogen aan. Haar onderlip trilde een beetje.

Zacht drukte Manu zijn lippen op die van haar voor een paar tellen. Toen liet hij haar los. Een rode blos kleurden de wangen van het meisje.

Manu lachte naar het meisje en keek toe hoe ze langzaam haar ademhaling weer onder controle kreeg. 'Ik vind het reuze interessant over die inbraak. Een vrouw, zei je niet? ik wist niet dat vrouwen ook zulke dingen konden doen.'

'Nou, geen enkel vrouw zou dat doen, ik vooral niet! Dit meisje is niet goed bij haar hoofd.'

'Ik ben benieuwd of je heer haar zal kunnen vinden.'

'Heer Karie vindt haar wel hoor! Hij heeft veel connecties.' Het meisje knikte vol overtuiging met haar hoofd.

Manu lachte naar het meisje. 'Ik ben heel benieuwd hoe dit afloopt. Zal je mij vertellen, als er nieuwe dingen bekend worden?'

Het meisje knikte geestdriftig bij de gedachte om Manu nog een keer te zien. Manu legde haar uit waar zij hem kon vinden. Vervolgens ging hij lichtjes met zijn duim over haar lippen. Met een zwaai van zijn hand draaide hij zich zonder wat te zeggen om en liep weg, vol aanbidding nagekeken door de jonge bediende.

Hoofdstuk 5

Nashmi, de persoonlijke bediende van Malini, bracht Taniya naar haar kamer.

'Het is naast die van de prinses.' Nashmi keek kritisch het kamertje rond. De twee één persoonsbedden waren tegenover elkaar geplaatst. Kleine kastjes stonden aan de voeteneinden van de bedden. Alles was goed schoongemaakt. Nashmi knikte goedkeurend om het werk van haar medebediendes.

'Je zult deze kamer delen met mij, dus ik hoop niet dat je daar problemen mee hebt.'

'Ik ben juist de indringer hier. Ik hoop dat jij het niet erg vindt om met mij te moeten delen.' Taniya keek enigszins verlegen naar Nashmi.

'Nee hoor, het kan best eenzaam zijn hier in deze kamer met alleen de prinses als gezelschap.' Een droog lachje trok over Nashmi's gezicht. 'Zet je spullen maar hierin.' Nashmi wees op het kastje en keek toe hoe Taniya haar spullen erin zette.

'Kom, ik laat je het paleis zien.' Ze pakte Taniya's hand en trok haar druk kwebbelend met zich mee.

'Vertel eens, wat was jouw eerste indruk van het paleis?'

'Nou, mijn ogen puilden uit. Het is prachtig!' Taniya dacht terug aan het moment, waarop ze het paleis had gezien. Het paleis was vele malen groter dan de woningen eromheen en stond middenin de hoofdstad Shiba. Het bestond uit vele rechthoekige gedeeltes met platte daken en vele koepelvormige torens eromheen. Het zou uren kosten om lopend de binnenplaats te doorkruisen naar de ingang van het paleis toe. In tegenstelling tot de stad was het paleis omlijst met hoge muren, waar ieder poort streng werd bewaakt door de wachters.

Nashmi knikte trots bij het horen van Taniya's woorden. 'En van binnen is het nog mooier. Onze Shezna's wisten wel hoe zij paleizen moesten bouwen.'

'Shezna?'

'Oh, dat ken jij natuurlijk niet. Wat jullie in Palanika een koning noemen, wordt hier Shezna genoemd. Een Shezna is een koning en een Shezina een koningin.'

Taniya knikte begrijpend.

'En hoe is het koninklijk huis verder opgebouwd dan? Is er een Shezina aanwezig? Zijn er nog meer prinsessen en prinsen in het paleis?'

Nashmi schudde haar hoofd. 'De Shezina is lang geleden overleden. Malini's is de enige prinses, de Shezna heeft niet nog meer kinderen. Daarom heeft hij Malini nogal verwend. Zolang zij alles doet wat hij wil, mag zij doen en laten wat zij wil.'

Taniya knikte en keek om zich heen. Ze liepen door een lange hal met aan de linkerkant open gewelven die uitkeken op een soort binnentuin. Er was een grote vijver aangelegd met mooie planten erom heen.

'We zijn er.'

Taniya rukte haar blik los van haar omgeving en keek waar Nashmi wees.

'Dit is het bediendegedeelte. Wij besteden onze vrije tijd hier en nuttigen hier ons voedsel. Taniya ging de open deur door en zag een grote kookplaats op een open plek. Aan de linkerkant van de kookplaats was er een lang stuk afdak gebouwd. Hier konden de bedienden schuilen als het regende. Grote vuren brandden aan de rechterkant van de kookplaats met ketels erboven. Een aantal vrouwen roerden in de grote ketels, terwijl een ander met een grote soeplepel de kommen volschonk van de bedienden. Kinderen speelden met elkaar in het zand.

'Kom mee.' Nashmi pakte Taniya bij de hand en trok haar mee naar de andere kant van het plein. Via een andere deur gingen ze weer het paleis in en liep door verschillende gangen heen tot ze weer door een deur ging en weer buiten belandden.

'Wow.' Taniya keek met open mond en grote ogen naar de prachtige tuin. Vele verschillende soorten bloemen en planten waren aan weerszijden van een smal paadje geplant.

Nashmi lachte om het gezicht van Taniya. 'Ik heb nu geen tijd om je alles te laten zien van deze tuin, maar dit valt ook onder het bediendegedeelte. De oude Shezna's bedachten dat als hun bedienden vrolijk waren, zij het werk ook veel beter deden. De huidige

Shezna heeft de oude tradities maar zo gelaten.'

Blij glimlachend liepen ze het paleis weer in, waar Nashmi haar rondleiding voortzette.

'Verderop is er een open veld. Daar zijn er schommels en hangmatten. Een speelveld voor kinderen en dergelijke. Maar er zijn maar weinig bedienden die de tijd vinden om hier te komen ontspannen. In de weinige keren dat ik hier heb kunnen komen, is het altijd leeg geweest.'

'We hebben dus maar weinig vrije tijd hier?'

Ja, voor jou zal het wel iets meer zijn. Jij hoeft eigenlijk alleen maar in de morgenstond en na zonsondergang te werken. Verder moet je bijstaan op feesten en andere evenementen.'

In gedachten verzonken liep Taniya achter Nashmi aan tot ze weer in hun kamer waren en Nashmi met een zwaai afscheid van haar nam.

*

Yildau liep zo snel mogelijk naar de MiddenKlasserwoning. Ze klopte drie keer hard op de deur en wipte toen ongeduldig tot iemand open deed. Na enkele tellen ging de deur open en Manu verscheen in de deuropening.

'Jij!' Manu keek fronsend naar het meisje. Hij had het meisje al weken niet gezien, nadat ze hem het nieuws had verteld over de inbraak. Tot nu toe was hij nog geen ene stap verder gekomen bij de zoektocht naar zijn vrouw.

Yildau keek verschrikt naar beneden.

'Ik dacht... ik dacht dat u wilde weten... over die inbraak...'

Manu's gezicht klaarde op.

'Ik wilde je niet laten schrikken. Ik was alleen verrast dat je hier voor de deur stond. Nadat jij me het nieuws vertelde over de inbraak heb ik niets van je gehoord. Ik wist niet zeker of je me nog wilde zien.'

Het meisje keek ademloos naar Manu. 'Natuurlijk wilde ik u wel zien. Ik wilde wel komen, maar ik wist niet zeker of het mocht. En nu had ik nieuws over de inbraak, dus ik dacht dat u dat misschien wel zou willen weten.'

'Het nieuws is niet zo belangrijk, maar wel erg interessant. Het is belangrijker dat je hier bent.' Manu pakte de hand van Yildau en trok haar mee het huis in.

Yildau volgde vol met vreugde. Ze had weinig ogen voor haar omgeving, zo geïmponeerd was ze door Manu's persoonlijkheid.

Manu liet haar op de bank zitten. 'Wil je iets te drinken?'

Yildau schudde haar hoofd, maar Manu schonk alsnog een beker Vandi in en gaf deze aan Yildau. Ze nam voorzichtig een slok en keek toen afwachtend naar Manu.

'Dus dè inbraak is al opgelost? Ze hebben eindelijk de vrouw te pakken? Hoe zag ze eruit?'

Manu ging naast het meisje zitten en sloeg zijn ene been over de andere. Met zijn ene arm op de leuning keek hij haar geïnteresseerd aan.

'Nee, haar hebben ze niet gevonden. Maar ze weten wel waar ze naar toe is!'

Manu fronste zijn wenkbrauwen.

'Waar is ze naar toe dan?'

'Ze is naar Shehza!'

'Shehza?' Manu keek Yildau verward aan. 'Hoe weet je dat ze daar naar toe is?'

Yildau sprak op een opgewonden toon. Ze vond de situatie erg boeiend, maar goed, ze hield nou eenmaal van sensatie.

'Nou, heer Karie heeft alle Handhavers ingezet om dat meisje te vinden. Hij bedacht dat als iemand veel goudstukken heeft, dit ook vast wel zou willen uitgeven. Onze dader is een vrouw en die zou heel wat meer problemen hebben met uitgeven dan een man. Dus heer Karie heeft iedereen in de gaten laten houden die in de afgelopen tijd veel geld heeft uitgegeven.'

Manu knikte goedkeurend. Tot die conclusie was hij ook al gekomen, maar hij had de middelen niet ervoor om de Handhavers naar zijn hand te zetten.

'Dus uiteindelijk viel een man erg op. Iemand van de HoogereKlasse. Hij had geen vrouw of dochter, maar toch besteedde hij ineens veel goudstukken aan het kopen van vrouwenkleren. Ook bleek dat hij illegale papieren had laten opstellen.'

Tabor, gromde Manu van binnen. *Vuile hond, ze is bij je geweest en je hebt haar laten ontsnappen. Hier kom je niet mee weg.*

'Natuurlijk konden de Handhavers de man niet te hard aanpakken, hij is van de HoogereKlasse. Maar op de één op andere manier hebben ze hem alsnog zover gekregen dat hij alles heeft verteld.'

Een golf van angst sloeg door Manu heen. Daar ging zijn kans om ooit tot de HoogereKlasse te behoren.

'Haar naam is Taniya. Die man Tabor vertelde dat ze op een dag naar hem toe was gekomen met heel veel goudstukken. Omdat hij zelf in geldnood zat, besloot hij haar te helpen. Ze had kleren aan van de HoogereKlasse. Hij wist niet dat zij het geld had gestolen, vertelde hij. Hij wist niet dat zij een dief was.'

Manu haalde opgelucht adem. Zijn oude 'vriend' had hem dus niet verraden. Hij had op zijn minst één ding goed gedaan. Maar alsnog zou hij hier niet mee wegkomen.

'Maar hoe weten jullie dan dat het meisje naar Shehza is gegaan?'

'Tabor heeft haar op een schip naar Shehza gezet. Hij zei dat hij met eigen ogen heeft gezien hoe het schip met haar erop wegvoer.'

'Dus jouw heer Karie is nu al zijn goudstukken kwijt?'

Yildau keek verdrietig naar beneden. 'Het is nog niet helemaal kwijt, want heer Karie gaat over enkele dagen met het schip naar Shehza. Hij gaat op zoek naar dat meisje.' Ze haalde verdrietig haar schouders op. 'Heer Karie zal door ons allemaal gemist worden, wanneer hij weg is.'

Manu sprong op van de bank. 'Ik was een afspraak vergeten. Ik moet nu weg.'

Hij pakte Yildau bij de elleboog en loodste haar de woonkamer uit naar de voordeur.

'Maar…' Yildau keek Manu verward aan.

'We zien elkaar gauw weer.' Enigszins ruw duwde Manu haar het huis uit en beende naar zijn werkkamer. Hij had alle informatie die hij nodig had. Nu moest hij nadenken wat zijn plannen zouden zijn. Dat schip naar Shehza zou ook hij nemen, maar hij wilde eerst Tabors bevestiging dat het echt zijn vrouw was die bij hem was geweest.

Met grote stappen hield hij een koets aan en ging op weg naar het Gerechtshuis naar zijn "vriend".

*

'Kami!' Malini schreeuwde boos. Ze stond met een groot doek om haar lichaam heen voor een badkuip met water, terwijl ze woedend wachtte op haar kami. 'Kom nu meteen hierheen.' De persoonlijke bediende van de prinses snelde naar haar toe.

'Is dit mijn bad? Moet ik met zulk koud water baden?'

'Het spijt me, prinses.' Nashmi struikelde over haar woorden, terwijl ze een aantal meiden de opdracht gaf om water op te warmen. 'Ik zal het meteen laten opwarmen, prinses.'

'De volgende keer wil ik het van te voren opgewarmd hebben en niet als ik er al in lig!' Boos ging ze op het bed zitten en wachtte ongeduldig met haar tenen tikkend op de grond tot het water was opgewarmd.

Taniya werkte nu al enkele weken in het paleis. Ze had gemerkt dat de prinses soms uitbarstingen kreeg, die erg onrechtvaardig waren. Taniya had de situatie niet kunnen wijzigen, maar het ging tegen haar karakter in om er niets van te zeggen. Dus had ze vaak op een kalme, vriendelijke toon uitgelegd, wanneer de prinses onrechtvaardig was en waarom zij dit was.

Ook dit keer hoorde Taniya het geschreeuw en ze kwam kalm de kamer in.

'Dan zal je ook meteen moeten opstaan als je wakker wordt gemaakt. Het water was uren geleden warm toen we je wakker maakten, maar je wilde doorslapen. Daarom is het water nu ondertussen koud geworden.'

'Bemoei je alleen met taken waarvoor je bent aangenomen.'

'Dat doe ik ook, maar ik kan er moeilijk tegen als iemand onrechtvaardig is. Het water was warm, prinses. Wij hebben onze taak wel behoorlijk afgerond. Jij bent diegene die niet is opgestaan.'

Nashmi gaapte de twee met open mond aan.

'Verdwijn uit mijn ogen, allebei, nu meteen!'

Nashmi pakte Taniya bij de arm en trok haar snel de kamer uit. 'Lieve goden, zag je haar gezichtsuitdrukking? Ze keek echt heel kwaad.'

'Tja, moet ze de mensen maar normaal behandelen, vooral degenen die voor haar werken.' Taniya haalde haar schouders op.

'Ik snap niet hoe je tegen haar in durft te gaan.' Nashmi keek

Taniya met grote, bewonderende ogen aan. Taniya lachte warm naar haar. In korte tijd was Nashmi dicht tot haar hart gekomen en ze was om het jonge meisje gaan geven alsof ze haar al meerdere zomers kende.

'Het is heel simpel hoor. Altijd opkomen voor dingen waarvan je weet dat je gelijk hebt en dat wat goed is. Dat zei mijn vader...' Taniya's stem stierf weg, terwijl ze verdrietig in de verte tuurde. Nashmi keek haar nieuwsgierig aan.

'Waar is je vader eigenlijk?'

Taniya dacht aan het brede gezicht en de bruine ogen van haar vader. Het mooie, vriendelijke gelaat, dat werd omlijst met zwarte krullen en altijd een brede glimlach had.

'Hij leeft niet meer.' Taniya staarde verdrietig voor zich uit. 'Hij is bijna drie manen geleden overleden.'

'Wat erg.' Nashmi kneep even meelevend in Taniya's schouder, terwijl ze aarzelde of ze haar volgende vraag moest stellen of niet.

'Hoe... als ik vragen mag, hoe is hij...?' Ze kreeg het woord overleden niet over haar lippen.

'In onze buurt werd vaak ingebroken en mijn vader had daar een grote hekel aan. Alles wat hij kon doen om te voorkomen dat er werd ingebroken, deed hij ook. Dus toen er bij ons thuis werd ingebroken, probeerde hij het te verhinderen. Ze hebben hem net zolang gestoken, totdat hij niet kon opstaan en uiteindelijk was hij ook niet meer te redden. Hij had al teveel bloed verloren.'

'En jij? Waar was jij op dat moment?'

'Ik? Ik was bij een vriend.' Een vieze smaak kwam in Taniya's mond bij deze leugen.

'Je mist je vader, hé?'

'Hij was mijn alles, net zoals ik alles was voor hem.' Taniya staarde treurig voor zich uit. 'Hij hield zoveel van me, dat hij er niet tegen kon als iemand me pijn deed. Het deed hem zelfs zoveel pijn en verdriet, dat ik nog liever dood zou gaan, dan hem te belasten met mijn pijn.'

Nashmi keek naar het verdrietige gezicht van Taniya en zuchtte meelevend.

'Er zijn zoveel dingen die ik hem nog zou willen zeggen. Alleen is het er nu veel te laat voor. Ik ben nu alleen, helemaal alleen.'

'Dank je wel dat ik niet meetel.' Nashmi keek Taniya zogenaamd verwijtend aan.

Ze knuffelde Taniya. 'Ik ben er ook nog hoor, spookje.'

'Ja ja, jij bent er ook nog.' Taniya glimlachte.

'En omdat je mij was vergeten. Moddergevecht!'

En keihard lachend en grapjes makend begonnen ze, net als kleine kinderen, aan een moddergevecht.

Malini lag ondertussen boos in het bad voor zich uit te turen. *Waarom accepteer ik van haar, dat ze zo doet tegen me,* vroeg ze zich woedend af. *Ik kan haar ontslaan. Ik kan doen en laten met haar wat ik wil, maar waarom doe ik dat niet? Ze heeft een grote mond en blijft me continu wijzen op dingen die ik volgens haar fout doe. Ze doet het niet eens op een gemene manier, maar op een kalme manier. En toch maakt het me woedend. Ze heeft geen respect voor haar meerderen. Waarom laat ik dit toe? Ze is zo trots en weet precies wat ze wil.*

Je bent gewoon jaloers op Taniya, dacht Malini verder mokkend. *Je wilt maar al te graag zoals haar zijn. Ze is onafhankelijk. Ze heeft zich gevestigd op een nieuwe plaats en nu al heeft ze meer vrienden dan jij.*

Jij bent misschien wel hartstikke mooi, dacht Malini over zichzelf, *maar je kan verder niets. Alles doet je vader voor je. Alle beslissingen neemt hij. Jij bent verder niets waard. Taniya is een goed persoon voor iedereen en jij bent de slechte heks. Niemand wil jouw in de buurt hebben, maar iedereen wil haar wel.*

'Inclusief jij,' zei ze hardop, terwijl ze in de spiegel voor haar naar zichzelf keek. En daarom kan en wil je haar niet kwijt. Ze kan je veel dingen leren, Malini,' zei ze bedachtzaam tegen zichzelf. Veel dingen die niemand anders je kan leren, puur door haar eerlijkheid. Alleen daarom laat je dit toe.

Een aantal dagen later lag Taniya in bed te draaien en te woelen. Ze kon maar niet in slaap komen. Het was zo verschrikkelijk warm en de muggen bleven maar om haar hoofd zoemen.

Met een zucht draaide ze zich om op haar rug en opende haar ogen. Vermoeid staarde ze naar het witte plafond.

Een beweging vanuit haar ooghoeken trok haar aandacht. Taniya tuurde naar het balkon dat aansloot op hun kamer. Ze zag niets. Ze keek even naar Nashmi die vredig in bed lag te slapen en niets opmerkte. Voor de zekerheid wierp Taniya nogmaals een blik op het balkon en wat zij daar zag, liet haar bijna van schrik het bed af vallen.

Manu stond daar en keek met een boosaardig lachje op zijn gezicht naar haar.

Nee, dit kan niet waar zijn. Hoe had hij haar zo snel gevonden? Onzeker keek ze weer naar Nashmi om te kijken of ze wakker was, maar ze sliep nog steeds.

Taniya keek weer naar het balkon, maar er was nu niemand! Ze stapte uit bed en liep naar het balkon toe. Voorzichtig keek ze om zich heen, maar er was echt niemand te zien.

Je laat je gek maken, Tani, dacht Taniya opgelucht. *Het was maar een droom.* Trillerig ging ze op het bed zitten en begon bibberig te lachen.

Nu val ik dus echt niet meer in slaap, dacht Taniya natrillend van de opwinding en stond op om naar het bediendegedeelte te gaan. Daar waren altijd wel mensen druk in de weer of het nou tijdens daglicht was of midden in de nacht. Ze zou vast wel een beker warme melk kunnen krijgen.

Met een kamerjas om zich heen geslagen, snelde Taniya geruisloos door de donkere gangen tot ze bij het bediendegedeelte kwam. Deze was helemaal leeg. Enkele vuren brandden nog in de verder donkere kookplaats.

Taniya schonk onrustig om zich heen kijkend melk, dat in één van de kruiken in de hoeken stond, in een klein pannetje. Het pannetje zette ze op het vuur tot het heet genoeg was en toen schonk ze zichzelf een beker melk in en voegde daar een beetje suiker aan toe. Met een metalen lepeltje roerde ze door haar melk en ging ze daarna zitten aan één van de tafeltjes. Ze zat daar maar een beetje met haar lepeltje te spelen, terwijl ze af en toe om zich heen keek. Tot ze ineens een lichte beweging in de weerspiegeling van haar lepeltje zag. Ze staarde en staarde er naar, maar kwam er niet achter wat het was.

Ze draaide zich langzaam om te kijken wat het was… en viel bijna van haar stoel af.

Manu, flitste het door haar heen. Oh nee, waar moet ik vluchten? Ze keek wanhopig om zich heen voor een uitweg, maar ze zat geklemd tussen de tafel en hem. Manu stapte op haar af en hief zijn hand om haar te slaan. Taniya sloeg haar armen voor haar gezicht, sloot haar ogen en wachtte de pijn af die nu zou komen.

Maar er gebeurde niets en na een paar tellen deed ze langzaam haar ogen weer open. Ze zag niemand. *Je wordt inderdaad gek, Taniya. Je ziet dingen die er niet zijn,* dacht ze wrevelig.

Ze draaide zich opgelucht om tot ze bijna een hartstilstand kreeg. Manu zat tegenover haar, dronk haar melk en keek haar met een wrede glimlach aan.

'He liefje, dacht je dat je mij kon ontvluchten? Je weet toch dat ik je altijd kan vinden. Je bent van mij, dat weet je toch wel?'

Hij boog over de tafel naar haar toe en pakte haar haren vast.

Taniya's keel leek wel dichtgesnoerd. Ze kon van de angst geen geluid uitbrengen.

Manu keek haar diep in de ogen aan. Zijn stem klonk haar akelig in de oren. 'Je weet toch dat ik niet hou van zoeken en je hebt mij laten zoeken. Dat betekent straf hé, liefje.'

Taniya begon te schreeuwen. Ze schreeuwde zo hard dat haar longen leken uit te barsten. Ze probeerde zichzelf los te rukken, maar het lukte maar niet.

'Taniya. Word wakker.'

Iemand schudde Taniya aan haar armen.

'Nee, nee.' Taniya schreeuwde angstig. 'Laat me met rust.'

'Taniya, word wakker!' Nashmi schudde nog harder aan haar armen.

Taniya schrok eindelijk wakker en keek verwilderd om zich heen. Zweetdruppeltjes parelden op haar voorhoofd. Ze keek angstig in zichzelf mompelend om zich heen. 'Hij is er, hij is er.'

'Taniya, wie is er?' Nashmi hield Taniya nog steeds vast en sprak op zachte, geruststellende toon met haar.

'Er is hier niemand.'

Taniya keek Nashmi met grote ogen aan en begon te huilen. Nashmi vroeg verder niets en hield Taniya alleen in haar armen.

'Het was maar een nachtmerrie. Er gaat je niets gebeuren. Ga maar weer slapen.'

Nashmi hield het meisje waar ze in de afgelopen weken om

was gaan geven, geruststellend in haar armen tot ze in slaap viel. Daarna ging ze weer terug naar haar eigen bed en viel met moeite weer in slaap.

De volgende dag voelde Taniya zich nogal ongemakkelijk door haar nachtmerrie, maar Nashmi begon er niet over. In plaats daarvan haalde Nashmi Taniya over om naar de tuin te gaan. Daar gingen ze op twee schommels naast elkaar zitten, terwijl ze zachtjes heen en weer schommelden.

'Nash?'

Nashmi keek afwachtend naar Taniya.

'Hoe ben je hier eigenlijk beland?'

Nashmi staarde even in de verte en dacht na.

'Nou… Mijn vader, moeder, broer Freno en ik woonden op een boerderij. Elke maand moesten we de vader van de prinses, de Shezna, koning van Shehza, belasting betalen. Dat lukte elke keer maar net op het nippertje en ook alleen maar omdat mijn beide ouders werkten.

Na een tijdje werd mijn moeder het harde leven zat en verliet ons voor een andere man. Mijn vader alleen kon de belasting niet betalen, dus gingen mijn broer en ik van de leerschool af. Maar omdat wij jonger waren, verdienden we minder. Zelfs met onze salaris erbij, naast ons werk op de boerderij, redden we het niet.

Uiteindelijk werden we gedwongen de boerderij te verkopen. Na lang zoeken hebben we uiteindelijk hier werk gevonden. Mijn vader en broer werken in de stallen en zorgen voor de paarden. Mijn vader is de stalmeester. Mijn broer helpt hem daarbij. Af en toe werkt hij ook als drager van de draagstoel van de Shezna of de prinses.'

'Wat spijt me dat voor je.' Taniya keek meelevend naar Nashmi.

'Hoe het voelt om je thuis te verliezen, weet niemand beter dan ik, dus ik kan niets tegen je zeggen wat je troost zou kunnen bieden.'

Nashmi haalde verdrietig haar schouders op.

'Misschien dat dit helpt. Wat er ook gebeurd is, je hebt het heel goed gedaan en je bent niet veranderd in een krengekop.' Taniya knipoogde vrolijk naar Nashmi.

Nashmi begon te lachen. 'Ja, jij kunt ook af en toe wel lief zijn hoor. Niet slecht voor iemand die voor onze rechten blijft opkomen bij de prinses.'

'Over haar gesproken.' Taniya rolde met haar ogen en zuchtte diep. 'Zullen we maar weer aan het werk gaan, voordat ze weer begint te brullen?'

Lachend gingen ze weer naar binnen voor hun dagelijkse karweitjes.

Hoofdstuk 6

Manu ijsbeerde ongeduldig op het dek van het schip naar Alba. Er was al teveel tijd voorbij gegaan vanaf het moment dat Taniya was ontsnapt met het goud. Ze zou nu overal kunnen zijn, maar hij had geen keus gehad. Er was geen rechtstreekse verbinding naar Shehza geweest op korte termijn, dus had hij een overtocht via Alba daar naar toe geboekt. Hierdoor duurde de reis een wassende maan langer dan dat hij had gewild.

Morgen zou het schip in Alba aanmonsteren en hij had nog steeds geen idee hoe hij Taniya moest vinden. Hij fronste zijn wenkbrauwen en probeerde te bedenken wat zijn volgende stap zou zijn, maar er schoot hem niets te binnen. Met ferme passen liep hij naar de houten reling van het schip en tuurde over het water.

Een groep tuimelaars liet zich met grote snelheid over de golven, veroorzaakt door het schip meevoeren. Af en toe sprong er één boven water, waarop de rest van de groep ook volgde.

De schoonheid van het schouwspel ging Manu voorbij, met zijn gedachten was hij bij Taniya. Hij kneedde met zijn duim en wijsvinger de rimpels van pijn op zijn voorhoofd, terwijl hij zijn ogen dicht kneep voor de felle zon in zijn ogen. Hij ging terug met zijn gedachten naar alle stappen die zij al had ondernomen en probeerde vanuit haar oogpunt te denken en een antwoord te krijgen op de vele vragen die in zijn hoofd maalden.

Wat is ze in Shehza gaan doen? Een nieuw begin maken.

Waarom niet in Palanika? Onmogelijk voor vrouwen, om aan hem te ontsnappen. Mis ik hierin iets?

Als ze daar is en dan? Wat gaat ze als eerst doen? Huisvesting zoeken.

Wat heb je daarvoor nodig? Goudstukken, maar die heeft ze al. Maar dit is niet genoeg voor een langdurig termijn, dat bleek al uit zijn gesprek met de bediende Yildau.

Grimmig bedacht Manu dat Taniya de stappen zou ondernemen om eerst een woning te vinden en dan nog een plaats om meer muntstukken te verdienen, maar waar? Shehza was groot, geld om haar te laten opsporen had hij niet.

Als hij een Hoge man was geweest, dan hadden mensen voor hem gekropen om haar te vinden. Maar precies het moment waarop hij het had kunnen zijn, was zij ontsnapt. Woedend balde hij zijn vuisten en een zenuw aan zijn kaak begon weer te trekken. *Is zij al die moeite wel waard?* bedacht hij zich gefrustreerd.

Maar deze gedachte werd al gauw verstoten door zijn trots. Taniya had ervoor gezorgd dat meerdere zomers aan gehuichel bij de Hoogere Klasse teniet was gegaan. Zijn kansen om hogerop te komen was in het geding geraakt. Daar zou zij voor boeten! Hij gunde haar geen greintje plezier in haar leven zolang hij zichzelf niet had gewraakt.

Met zijn handen in zijn haren ging hij zitten tegen de rand van de reling. 'Bedenk iets, Manu,' mompelde hij in zichzelf, 'de tijd begint te dringen. Hoe langer het duurt, hoe moeilijker ze te vinden zal zijn, hoe kleiner je kansen zijn om een Hoogere Man te zijn.'

Vanuit zijn ooghoeken zag hij twee mannen stilletjes langs hem heen lopen, maar hij besteedde er geen aandacht aan. Ook zij zagen hem niet zitten op de grond en gingen op in hun gesprek wat niet hard genoeg was voor buitenstaanders. Toch ving Manu iets op in het gesprek dat zijn aandacht trok, waarop hij de drie mannen aandachtig bekeek. De kleine man had een kakikleurige, korte broek aan en een overhemd. Omdat hij zweette, had hij zijn helm met het blauwe symbool van de triquetra niet op, maar liet hij die in zijn hand langs zijn zij bungelen. De Hoogere Man leek in tegenstelling tot de Handhavers niet veel last te hebben van de hitte.

Vol onbegrip keek de korte man met lang blond haar naar de Hoogere Man. 'Ik begrijp niet waarom u zoveel moeite doet om het meisje te pakken te krijgen, dat van u heeft gestolen. Als u haar heeft gevonden, is uw goud waarschijnlijk al verspild.'

Karie keek de man van top tot teen aan. De man was ongeveer een halve kop kleiner dan hem. Zijn lange haren had hij strak vastgebonden en hij had een smal gezicht. Hij had blauwe ogen met zware wenkbrauwen. Zijn neus was een beetje krom en zijn mond leek net iets te groot voor zijn gezicht. Zijn lichaam was ook heel smal, waardoor zijn kleren nog groter leken te zijn dan ze waren.

Karie zuchtte luid en legde zich erbij neer dat hij de Handhaver wat meer uitleg dan hij wilde, zou moeten geven. Hij wenkte beide mannen om hem te volgen naar zijn kamer en sloot de deur achter zachtjes achter zich dicht. Manu, die hen was gevolgd, liep snel langs de deur een smal gangetje in tot hij bij het grote raam van Karie's kamer kwam. Hij had de Hoogere Man herkend waardoor zijn nieuwsgierigheid was gewekt. Zachtjes knielde Manu neer en wipte geruisloos het luikje voor het raam open met een mes die hij altijd bij zich droeg. Aandachtig luisterde hij naar de stemmen van Karie en de Handhavers.

Karie zette inmiddels het gesprek voort alsof er geen onderbreking was geweest. 'Omdat, beste Bila, en dit moet je niet verder vertellen anders laat ik je vierendelen, tussen al dat goud een medaillon zat. Die heb ik op één van mijn reizen gekocht van een zwerver die de waarde van het ding niet kende. Waarschijnlijk dacht hij dat het een gewone, gouden ketting was, want anders was het nooit bij hem opgekomen om het te verkopen. Dit zou hem alle rijkdom kunnen geven wat hij zou willen. Dat medaillon is de sleutel om het rijk Shehza toe te kunnen eigenen.'

Voorzichtig vroeg Bila die het nog steeds niet helemaal snapte. 'Hoe zou je een totaal rijk kunnen toe-eigenen? Ik begrijp het niet?'

De derde man die er bij stond rolde met zijn ogen. Het was Handhaver Kadjira die mee was gekomen voor het onderzoek naar Taniya. Hoewel hij zelf ook nieuwsgierig was naar het volledige verhaal deed hij alsof hij er alles van wist. 'Stel geen domme vragen en doe je werk. Laat meneer Karie met rust.' Beschaamd keek Bila naar de grond en mompelde tegen Karie dat het hem speet dat hij zoveel vragen stelde. 'Het is al goed,' zei Karie luchtig. Na even nagedacht te hebben begon hij te vertellen.

'De verhalen gaan ongeveer zo. Shehza heeft zijn eigen manieren om een Shezna uit te kiezen. Een Shezna is diegene die het land regeert. Een Shezina is een vrouwelijke regeerder. Als eerste is het logisch dat de eerstgeborene van de Shezna de opvolger of opvolgster wordt, maar zij moeten wel bewijzen dat zij de taak van een Shezna aankunnen.

Van jongs af aan worden ze getraind voor de taak die zij moeten volbrengen. Volgens de verhalen is dit medaillon de sleutel van een plaats waar de kroon ligt. Als de opvolger deze kroon draagt, dan ligt automatisch heel Shehza aan zijn voeten. Een ieder heeft de eed afgelegd dat het zijn rechtmatige Shezna zal dienen. Dus zelfs misdadigers durven op zo'n moment niets te doen uit angst dat de Shehzanen achter hen aan zullen komen om de eed te vervullen.

Maar waar de kroon precies is, weet alleen de Shezna van dat moment. Niet ieder opvolger kan zijn taak volbrengen en dan wordt er iemand anders uitgekozen die de taak zal proberen te volbrengen.

Zo'n opvolger was prins Vashik. Deze prins had niet veel moed. Hij was egoïstisch en hij hield er niet van om teveel moeite te doen voor iets. Maar deze keer moest hij dat wel doen voor de kroon. Terwijl hij zocht naar de kroon, werd er een groep mensen bestaande uit zowel mannen als vrouwen opgeleid tot Shezna. Als de opleiding eerder was afgerond, dan dat het medaillon was gevonden, dan betekende dat, dat de tijd voor de opvolger om was.

Om meer tijd te krijgen om de taak te kunnen vervullen, moest de prins duelleren met de meest geschikte persoon van de opgeleide groep. Won hij, dan werd zijn tijd verlengd met nog eens zes manen. In die periode werd een nieuwe groep opgeleid.

Na de eerste zes manen moest prins Vashik duelleren met Kashish, de zoon van Shamtia uit haar eerste huwelijk. Ze was voor de tweede keer getrouwd met Klarif, die het broertje was van de vrouw van de Shezna. Kashish was heel sluw en hij kon snel dingen onthouden en dan ook toepassen. Hij zag zichzelf het liefst als de troonopvolger, dus was hij ook zeer toegewijd aan zijn opleiding. Hij had zijn opleiding dan ook heel snel als de beste leerling afgerond en Vashik werd teruggeroepen voor het duel of om zijn medaillon op te geven.

Zoals eerder gezegd was Vashik erg egoïstisch, maar ook een lafaard. Uit angst om het duel te verliezen, gooide hij het medaillon in de zee. De Shezna was zeer ontriefd en gaf hem de doodstraf. Ondanks de smeekbedes van Vashiks vrouw, wijzigde hij zijn besluit niet, waarop zij vol verdriet het paleis verliet. De Shezna overleed twaalf manen later.

Kashish liet zich niet neerleggen bij het feit dat zijn Sheznaschap hem was ontnomen. Het echte medaillon vond hij niet terug, maar hij liet er wel één namaken. Op basis daarvan verliet hij het paleis om zijn taak te volbrengen. Na een paar maanden kwam hij terug met tevens een namaakkroon.

Er was geen Shehzaan die ervan was overtuigd dat het de echte kroon was, maar niemand durfde het hardop te zeggen uit angst om te worden opgepakt voor verraad aan de Shezna. Van deze angst maakte Kashish goed gebruik om de troon toe te eigenen. En sindsdien regeert hij met harde hand over Shehza.

Vele zomers later werd het medaillon in de zee vlakbij de oostkusten van Thessa gevonden door een parelvisser. Maar deze werd kort daarop weer gestolen door een zwerver en aangeboden op de zwarte markt in Shiba.'

'Uiteindelijk heb ik het medaillon gekocht voor mijn dochter Shashti, die het medaillon herkende als de sleutel van Shehza. Dit is ook geverifieerd door mijn vriend die gespecialiseerd is in artefacten.

Iemand met het medaillon heeft het recht om de troon toe te eigenen, mits hij de kroon ook heeft gevonden. Aangezien ik dus het medaillon heb, durf ik dus ook te beweren, dat de Shezna van nu een bedrieger is.' Karie staarde nietsziend de kamer in met zijn gedachten naar de verloren dagen in het verleden.

Met grote ogen vol verbazing en open mond keken Handhaver Kadjira en Bila naar Karie, die zijn relaas vervolgde en het niet zag.

'Ik verzamel al meerdere zomers informatie over de vindplaats van de kroon. Zodat op een dag een ware Shezna kan opstaan en Shehza weer voorspoed zal brengen. Zonder het medaillon en alle gevonden informatie, kan de troonopvolger de kroon niet vinden. De goudstukken kunnen mij gestolen worden, maar het meisje met het medaillon moet gevonden worden.'

Handhaver Kadjira en Bila keken naar het ernstige gezicht van Karie. Met opgeheven hoofd, een vastberaden blik en hernieuwde standvastigheid knikten beiden en verlieten de kamer.

Manu kwam overeind met een sluwe grijns op zijn gezicht. Van deze situatie kon hij goed gebruik maken, de donkere man was blijkbaar wanhopig om dat prutssieraadje te vinden. Manu maalde er niet om, maar het gaf hem wel de voordelen waar hij naar op zoek was geweest. Hij moest dit alleen wel goed aanpakken.

Enkele dagen later na aankomst in Alba kwam de kans waar Manu op zat te wachten. Het schip naar Shehza zou over drie zonnedagen, na ingeladen te zijn vol nieuwe waren en mensen, vertrekken. In afwachting daarvan bracht hij dagelijks wat tijd door in de taveerne van de haven met drank en het gezelschap van de dames.

De korte man van het schip, die Bila werd genoemd, was daar ook iedere dag te vinden. Elke keer dronk, zong en danste de man met de zeelui tot hij niet meer op zijn benen kon staan. De Handhaver en Karie waren hier niet te vinden, zij besteedden hun tijd in betere kroegen.

In die dagen werd Manu goede vrienden met Bila, waarbij ze samen in hun dronkenmanschap aan de vieze vettige bar dronken en verhalen uit hun levens, de politiek en overige onderwerpen uitwisselden. Na veel onschuldige vragen en bijsturingen vertelde Bila stomdronken wat hij in Shehza ging doen en waar ze naar op zoek waren. De volgende dag herinnerde hij zich uiteraard niets meer, maar Manu hoefde nu niet te laten merken dat hij het gesprek van Karie als een gluiperd had afgeluisterd en zou wat serieuzer over komen.

Manu stapte vol ongeduld met al zijn spullen op de loopplank van het schip naar Shehza. Het had hem al veel te lang geduurd en het feit dat het schip goed uitgerust was en een prachtig uiterlijk had, deed hem helemaal niets. Hij kon niet wachten om Alba achter te laten. Na zijn spullen in zijn kamer gegooid te hebben, liep hij ongedurig heen en weer op het dek van het schip.

Wekenlang voer het schip op zee en het zou nog maar even duren voordat dit zou arriveren op de kades van Shiba, de hoofdstad van Shehza. Ondanks de reden van zijn komst naar Shehza benam het aanblik ervan Karie nog steeds de adem. Vol vervoering keek hij naar de drukke havenstad met alle verschillende soorten schepen. Er liepen zoveel verschillende mensen, van jong tot oud, van de rijken tot het uitschot van de riolen, van Qabianen tot Shakshidanen. Vrouwen liepen in lange gewaden tot aan praktisch zonder kleding, terwijl er mannen rondliepen met kale hoofden en gouden oorbellen tot mannen die hun gezicht bedekten met doeken en andere hoofddeksels. Achter de schots en scheve huizen van zandsteen met groene planten, zag je in de verte het paleis met haar hoge muren en daarom heen de netjes gebouwde huizen van zandsteen en de platte daken met de hoge, groene bomen en planten. Het was een prachtig aanzicht om naar te kijken, een lust voor het oog.

Karie ontspande zich zienderogen en voelde weer langzaam de hoop opkomen. Naast hem liepen de andere twee mannen, Bila en Kadjira, opgewonden op en neer over het dek om het ene na het andere moois aan te wijzen. Dit was hun eerste keer in Shehza, dus het aanzienlijke verschil met Palanika was een grote schok voor ze.

Manu zag de drie mannen staan en liep op zijn gemak naar hen toe. Met een charmante glimlach op zijn lippen, sprak hij Karie beleefd aan. 'Heer Karie, ik begrijp dat u op zoek bent naar een dievegge uit Palanika.'

'Ik ben op zakenreis naar Shehza, ik weet niet van wie u onjuiste informatie heeft gekregen.'

Woedend keek Karie naar zijn twee metgezellen. Benepen keek de zwijgende Bila naar Karie in tegenstelling tot de andere Handhaver die meteen in de verdediging wilde schieten. Maar Karie gaf hem niet de kans om te spreken en maande ongeduldig met zijn hand wuivend Kadjira tot stilte.

Manu vond dit vermakelijk en glimlachte zijn scheve lachje. Daarna rechtte hij zijn rug en trok zijn schouders op. Op een ernstige toon ging hij verder. 'Ik weet dat u uw reis geheim wil houden, maar onze doelen zijn eensgezind. Laten we het elkaar vooral niet moeilijk maken.'

Onderzoekend bekeek Karie Manu van top tot teen en legde zich toen met nog een laatste geërgerde blik naar Bila en Kadjira, neer bij de situatie. 'Wie ben jij en waarom denk je dat wij hetzelfde doel hebben?'.

'Mijn naam is Manu en ik ben een Zoeker. Ik ben door Heer Tabor ingehuurd om het meisje te vinden en haar terug te brengen naar Palanika. Hij wil graag zijn fout herstellen en ervoor zorgen dat gerechtigheid geschied.'

Karie staarde vol minachting Manu aan bij het horen van Tabors naam. 'De man is een lafaard en een leugenaar. Ik wens geen zaken te doen met mensen die betrokken zijn bij hem. Veel geluk met zoeken. Moge de beste het meisje als eerst vinden.' Hij wendde zich met een ruk af van Manu.

Voordat hij twee stappen had gezet, werd hij geroepen door Manu.

'Ik maal niet om het medaillon wat zij bij zich draagt. Ik moet haar vinden, meer niet.'

Geschokt draaide Karie zich om en stak zijn hand uit om Manu tot stilte te manen. Manu zei niets en keek Karie alleen met zijn koele grijze ogen en een valse glimlach op zijn mond afwachtend aan.

'Wat en hoe weet je ervan?' Vol wantrouwen keek hij Manu gespannen aan.

Manu keek onderzoekend naar Bila, maar keek kort daarna Karie weer gevoelloos aan. 'Dat is niet belangrijk. Zoals ik al zei, zijn onze doelen eensgezind. Laten we elkaar helpen of ik zal de hulp inschakelen van een meedogenloze Shezna die zich nu veilig op de troon waant. Jouw keus, Karie.'

Het viel Karie op dat de nederige houding, waarin de man hem met heer had aangesproken, was verdwenen. 'Wat wil je?' Gelaten legde Karie zich erbij neer dat hij geen keus had.

Manu wist dat hij voor nu had gewonnen en lachte inwendig. Dit was het moment om alles eruit te halen wat er te halen viel en met een handgebaar wees hij richting de kade. 'Laten we onze spullen ophalen en een wat rustiger plek opzoeken om te praten.'

De woning waar de vier mannen logeerden was op zijn minst paradijselijk te noemen. Ruime witte kamers met in elk kamer een bad en een bed voor twee personen. Aansluitend op elk kamer toegang tot de prachtige tuinen vol gekleurde bloemen met heerlijke geuren aanwaaiend van de bloemen, maar ook vanuit de keukens, waar ieder dag een heerlijk maal werd voorgeschoteld door de werklieden van de bewaarders van het huis. De bewaarders hielden streng toezicht op alle werkzaamheden zowel binnen als buiten het huis. De maaltijden konden onder de warme zon genuttigd worden aan de lange tafels in de tuinen, maar ook binnenshuis in de schaduw, terwijl er een licht briesje naar binnen waaide. Als Manu niet zo gedreven was op zijn doel, had hij hier vast net zoveel van genoten als dat Handhaver Kadjira en zijn assistent Bila genoten. Ongeduldig om weer nieuwe stappen te ondernemen, ging de schoonheid van alles aan hem voorbij en bleef hij Karie in zijn nek hijgen om iets te doen.

Toen het Karie teveel werd, barste hij in woede uit naar Manu.

‘Wat wil je dat we gaan doen? We kunnen geen Zoekers inhuren om een grootschalige jacht in te zetten, daar hebben wij het al over gehad. Er is geen andere keus dan de Vadegus laten zoeken naar tekenen van het meisje.’

Boos sloeg Manu met zijn vuist op tafel. ‘Hoe kan een zooitje verstotenen het werk van Zoekers doen? Dat is onmogelijk.’

‘Dat is niet onmogelijk. Deze ogen zien meer dan ogen van de Zoekers. Alle donkere hoekjes en eenzame paden zijn bekend bij hen. Zij komen overal zonder gezien te worden. En als ze al worden gezien, wordt er niet meer achter gezocht dan dat men op zoek is naar voedsel. Heb wat geduld.’

Nog niet geheel overtuigd liet Manu de zaak voorlopig rusten.

Hoofdstuk 7

'We zijn nu al weken op zoek en nog steeds geen spoor van haar.' Karie ijsbeerde gefrustreerd door de woonkamer van zijn vakantiehuisje. Sinds hij een aantal weken geleden in Shehza was gearriveerd, had hij alle stappen ondernomen om Taniya te vinden en tot op heden toe was er geen nieuws.

'We doen alles wat we kunnen,' probeerde Handhaver Kadjira Karie gerust te stellen. 'We zijn naar de Vadegus geweest, maar tot nu toe hebben we niet veel resultaat, omdat we geen afbeelding van Taniya hebben. Ook hebben we alle passagierslijsten opgevraagd, maar het vergt veel tijd om uit te zoeken waar ze heen zijn gegaan. En we moeten wel alle namen controleren, omdat ze waarschijnlijk een schuilnaam heeft gebruikt.'

'Ik zei je toch al eerder.' Boos snauwde Manu naar Kadjira. 'Ze is te simpel. Ze zal daar niet aan gedacht hebben. Ze was te wanhopig om weg te komen. En met een afbeelding van haar had je ook niets kunnen doen, want zodra ze een beetje lucht krijgt, dat we op zoek zijn naar haar, dan vlucht ze nog verder weg.'

'Jij hoorde ons te helpen,' schreeuwde Karie nu woedend terug naar Manu. 'We zouden haar dankzij jou snel vinden, volgens jezelf, maar het enige wat je tot nu toe hebt gedaan is mijn tijd en mijn geld vreten.'

Kil keek Manu naar Karie.

'Als ik te openlijk hier navraag ga doen en ze komt erachter, dan vlucht ze nog verder weg als ze hier überhaupt nog is. Samen met jouw medaillon! Rinkelt er al een belletje in je hoofd? Het medaillon?'

Karie kalmeerde bij het horen van het medaillon, maar keek nog steeds gefrustreerd. 'Goed, wat is het plan dan nu? Ook aan de hand van haar afbeelding die jij hebt laten tekenen, heeft de Vadegus haar nog niet gevonden.'

'En als we nou gewoon meerdere Zoekers laten zoeken?' Bila keek de mannen gretig naar goedkeuring om zijn bijdrage afwachtend aan.

'Die hangen een paar tekeningen van haar op verspreid over de stad. Als ze die ziet, is ze binnen korte tijd helemaal verdwenen. Als je niets zinnigs in te brengen hebt, zeg dan helemaal niets.' Manu keek geïrriteerd naar Bila die zich geschrokken weer terug trok.

'Dus wat gaan we dan doen?' Karie keek vol ongeduld naar Manu, die op zijn beurt ook hem geïrriteerd aan keek.

'Wat dacht je ervan om ook wat denkwerk te verrichten in plaats van heel de tijd te zeuren als een klein kind om aandacht. Ik ben geen bedelaar die komt bedelen om jouw geld, noch ben ik jouw slaafje die alles voor je gaat doen. Ik ben je aan het helpen, voor het geval je dat nog niet doorhad.'

Karie keek hem woedend aan, maar reageerde niet. Manu staarde met een hand onder zijn kin voor zich uit.

Uren later zat hij nog steeds zo voor zich uit te staren tot een zachte klop hem opwekte uit zijn sluimer.

Bila die de deur had open gemaakt, keek vol afschuw met zijn neus opgetrokken naar de in de oude gewaden omwikkelde man met zijn gele tanden.

'Ik heb gevonden wat u zoekt.' De man keek hem aan met een smerige grijns op zijn gezicht.

Met een kille glimlach op zijn lippen bekeek Manu de man van top tot teen.

Eindelijk, dacht Manu kil, *het is veel te lang geleden dat ik mijn vrouw heb gezien. Ze zal zwaar boeten voor het feit dat ik haar heb moeten zoeken. Ik zal het haar meteen afleren.*

Kadjira die ondertussen ook de kamer in was gekomen, keek Manu zorgelijk aan. Die man gaf hem de kriebels. Vooral zijn ogen, er was iets met die ogen. Ze keken zo gevoelloos en kil de wereld in. Iedere keer als het over die vrouw gaat, krijgt hij iets duisters over zich heen. Ik kan het maar niet plaatsen, fronste Kadjira nadenkend. Maar hij legde dit gevoel naast zich neer toen de zwerver de kamer in werd begeleid door Bila.

'Beste heren,' begon de man. 'Mijn naam is Denal. Ik heb niet echt een woonplaats. Om te overleven zoek ik bruikbaar afval op, waaruit ik spullen haal die ik verder kan verkopen.'

'Het interesseert ons geen ene zier wat je allemaal doet,' snauwde Manu. 'Wat heb je voor nieuws over dat meisje?'

Een benauwend gevoel trok door Denal heen toen hij naar Manu keek. Hij kreeg kippenvel over zijn armen, terwijl hij lichtjes huiverde.

'Geef antwoord op de vraag van die man,' beval Karie.

Met moeite trok Denal zijn blik eindelijk weg van Manu en richtte zich nu tot Karie. Hij vertelde over een meisje wat met de prinses was meegekomen van haar tussenstop in Palanika op haar reis vanuit Qabia. Blijkbaar had de prinses haar kwaliteiten als Lana gewaardeerd en haar om die reden aangenomen.

Op Karies verzoek begon de man Taniya in details te beschrijven.

Nadat hij met zijn beschrijving klaar was, viel hij stil en keek de mannen afwachtend aan.

Ook Karie keek afwachtend naar Manu, die langzaam bevestigend naar hem knikte.

Met een zwaai gooide Karie enkele goudstukken naar de zwerver en met een wuif gebaarde hij Bila de man weer naar buiten te begeleiden. Zodra de man weg was, begonnen Karie, Manu en de Handhavers onderling te bespreken hoe zij dit het beste konden aan pakken.

Na twee zonnedagen van plannen smeden waren de mannen er nog steeds niet uit. Op zoek naar inspiratie dwaalden ze dan weer door de donkere steegjes, dan weer door de brede lanen in de mooie hoofdstad. Opgewonden rende Bila op de mannen af en wipte van zijn ene been op de andere been. 'Er is een optocht in de stad.'

Zuur keek Kadjira naar zijn assistent. 'Wij maken hier ons druk om onze kleine dief en jij wil plezier gaan maken tijdens een optocht.

Verward keek Bila naar zijn baas. 'We zijn toch op zoek naar het meisje?'

Met een grom wendde Kadjira zich af en antwoordde niet.

'Nee, we zijn op zoek naar manieren om mijn rijkdom nog meer te vergroten.' Karie rolde met zijn ogen en schudde ongelovig zijn hoofd.

Met grote ogen vol verwarring keek Bila de mannen aan. 'Ik

snap er niets van. Ik dacht dat wij het meisje zochten.'

'Natuurlijk zoeken wij het meisje, domme imbeciel. Wat denk je dat we al weken aan het doen zijn?' Vloekend om de domheid van de man, duwde Manu de man weg en wilde doorlopen.

Bila keek hem beschaamd aan, maar riep vervolgens uit. 'Nou, ik heb dan toch de oplossing! Bij de optocht van de prinses staat haar Lana haar bij om eventuele onvolkomenheden weg te werken. Het meisje zal er dus ook zijn!' Vol trots keek hij naar de mannen, die nu heel wat vrolijker keken dan de afgelopen dagen.

Met z'n vieren liepen ze naar het plein toe, waar de prinses langs zou komen. Er heerste grote drukte op het plein. Manu probeerde dichterbij de weg, waar de prinses langs zou komen, te dringen, maar het lukte niet. Met een grom keek hij nadenkend om zich heen de drukte in. In het midden van het plein was een levensgroot beeld van een leeuw geplaatst. Trekkend en duwend liep Manu naar het beeld toe. Van de weg af ging makkelijker dan naar de weg toe, merkte hij onbewust op. Met een sprong kon hij nog net met zijn vingertoppen reiken aan de onderkant van de poot van het leeuwenbeeld. Het ruwe oppervlak deed pijn aan zijn vingers en met heel veel moeite trok hij zichzelf op de poot. Hijgend bleef hij een paar tellen zitten en keek daarna om zich heen. Hij was nu hoog genoeg om over de mensen heen te kunnen kijken. Nog even en dan zou de stoet langskomen met de prinses erin. Nog even en dan zal ik zien of het mijn lieve vrouwtje is of niet, dacht Manu grimmig. Hij wachtte vol ongeduld tot de stoet eindelijk in zicht kwam. Hij zag de draagstoel met de prinses erin, maar er was verder niemand in de draagstoel. Waar is ze, dacht Manu grimmig. Hij probeerde om de stoet heen te kijken, maar zag alleen de dragers.

Ineens hoorde hij rumoer en voor hij door had wat er gebeurde, zag hij de draagstoel omkiepen met de prinses erin. Minachtend keek hij naar het gebeuren en dacht, als mij dit zou overkomen, zou ik ze allemaal laten onthoofden. Hij zag de prinses opstaan en een zweep erbij pakken. Waarderend keek hij naar haar en sloeg zijn armen goedkeurend over elkaar heen. Hij begon genietend toe te kijken, hoe ze de zweep keer op keer liet knallen op één van de dragers die haar had laten vallen.

Ineens liet een boze stem hem opschrikken en vol herkenning

hief hij zich op om een beter zicht te krijgen. Haar stem! Is zij dat? vroeg hij zich opgewonden af. Over de hoofden van de mensen probeerde hij een blik te werpen op het meisje dat sprak, maar ze stond gebukt over de drager heen en hij zag haar niet goed. Maar ook zonder haar te zien, durfde hij zijn leven erom te verwedden dat zij het was.

Manu sprong van de poot van de leeuw af en begon de menigte voor hem weg te duwen om bij Taniya te komen. Maar de mensen waren nieuwsgierig wat er gaande was en niemand liet hem erdoor. Hij stompte en schopte zich een weg naar voren, maar het duurde te lang, veel te lang. Toen hij eindelijk bij de open plek aan kwam waren de stoet en al zijn dragers al verdwenen. Er was geen spoor van haar te bekennen.

'Nee!' Manu schreeuwde het vol frustratie uit en bleef met gebalde vuisten staan. De mensen om hem heen keken hem ongerust aan, maar hij negeerde ze. *Ze is me weer ontglipt!*

Hij keek rond, maar zag haar nergens. Woedend liep hij terug naar het huis.

'We hebben haar.' Manu liep op Karie af die al naar huis was gegaan, nadat hij Manu kwijt was geraakt in de menigte. Aan de lange tafel zat hij een paar plakjes brood te eten. 'Zij is het.'

'Mooi, we roepen de Handhavers erbij en laten haar oppakken.' Gedecideerd gooide hij zijn brood weer op zijn bord en stond op.

'Dat kunnen we niet doen.' Manu keek Karie met zo'n kille blik aan, waarmee iedere man zichzelf zou bevuilen uit angst. 'Wat dacht je van het medaillon? Denkt u dat de Shehzanen hun eigen erfstuk niet zullen herkennen? Denkt u niet dat ze dat medaillon voor zich zelf zullen houden? En dat ze je misschien zullen oppakken als misdadiger?'

Karie keek Manu geschrokken aan, daar had hij even niet aan gedacht. 'Wat stel jij dan voor?'

'We zetten ons oude plan door en proberen zo snel mogelijk te integreren in het paleis. Van daaruit zullen we haar met het medaillon samen ontvoeren. We pakken de boot terug naar Palanika en hebben zodoende allebei waar we voor zijn gekomen.'

'Maar het plan heeft nog vele gaten, die moeten wij eerst dichten.'

Vol ongeduld ging Manu zitten en sloeg zijn armen over elkaar.

'Prima, laten we dan vooral geen tijd verspillen.'

Karie wenkte Kadjira en Bila om met alle papierwerk aan te schuiven aan de lange tafel. Al gauw waren de vier mannen verdiept in de uitgebreide plannen.

*

Malini liep opgewekt met een bekoorlijke lach naar haar vader. Haar vader zat samen met zijn adviseur, een magere man met een weerzinwekkend karakter, op een lange bank vol met kussens. Ze rook de sterke geur van de sigaren en een sterk alcoholisch drankje, Vandi genaamd.

Haar glimlach bestierf en op haar hoede bleef ze op een kleine afstand van de bank staan.

'Ga zitten, mijn dochter. Kashish klopte op de bank naast hem ten teken dat ze dichterbij moest komen. Een gevoel van onbehagen trok door Malini heen, haar vader was nooit hartelijk, wat dus nu inhield dat hij iets van haar moest hebben. En wat het ook was, het zou haar niet bevallen, dat wist ze nu al. In een poging alle negatieve gedachten uit haar hoofd te bannen, keek ze de kamer rond. In het paleis was dit één van de weinige kamers die ze afstotelijk vond. De kleuren klopten niet, felrode en felgele kleuren pijnigden haar ogen, de meubels waren onpersoonlijk en de meiden met de waaiers en onzedige kleding om haar vader en de adviseur heen maakten haar misselijk. Onsuccesvol om haar warrige gedachten opzij te zetten, keek ze toch maar naar haar vader in de hoop dat het gesprek mee viel. Zwijgend ging ze naast hem zitten. Ze deed haar handen op haar schoot en terwijl ze naar haar vingers keek, wachtte ze af tot haar vader wat zou zeggen. Helaas sprak de walgelijke adviseur met zijn stinkende, naar Vandi geurende adem.

'Over drie zonnedagen wordt je achttien en ben je volwassen.' De adviseur liet een stilte vallen, maar Malini reageerde niet. Terwijl hij verder sprak, keek Kashish zijn dochter peinzend aan.

'Het is de plicht van een Shezna om zijn rijk welvarend en machtig te maken, zodat ieder Shehzaan zich veilig voelt. Daarvoor moet Shehza uitbreiden, zodat andere landen niet zullen durven aan te vallen. Als wij andere landen zullen aanvallen, zal er onnodig bloed vergoten worden en rijkdommen zullen verloren gaan. Maar als wij één worden met die landen, dan zal dit bespaard blijven.'

'Begrijp je wat er wordt gezegd, mijn dochter?' Onderzoekend op tekenen van onbegrip bekeek hij de gezichtsuitdrukking van zijn mooie dochter en wachtte haar reactie geduldig af.

Malini wierp een voorzichtige blik op haar vader. 'Ik begrijp wat u bedoelt, maar ik begrijp niet hoe ik u hiermee kan helpen? Ik ben maar een meisje van zeventien zomers oud en wat kan ik beginnen tegen andere grote regeerders?'

Kashish keek zijn adviseur weer aan ten teken dat hij zijn gesprek kon vervolgen. Nadat de adviseur zich had gegarandeerd dat hij de aandacht van Malini had, vervolgde hij zijn gesprek.

'Jij kunt meehelpen door te trouwen. Prins Firoz van Alba heeft aan de Shezna jouw hand gevraagd en jouw vader heeft, na overleg met alle adviseurs en tactici ermee ingestemd. Als Alba en Shehza verenigd zullen worden, dan zullen wij één groot rijk worden en geen land ter wereld zal ons durven aan te vallen.' Met een air vol grootheidswaanzin keek de adviseur de kamer rond.

Vol ongeloof staarde Malini de man aan en wendde zich tot haar vader, die net zo kalm en onbewogen was als altijd. 'Ik wil niet trouwen met Firoz.'

Eén wenkbrauw van Kashish ging omhoog en hij sloeg zijn armen stellig over elkaar. 'Dit is het beste voor ons allemaal.'

'Maar hij heeft meerdere vrouwen die voor hem werken, die hij heel slecht behandelt!'

'Firoz is een rijke en machtige man en hij mag doen wat hij wil met een simpel slaafje. '

'Als hij zijn bedienden al zo behandelt, hoe gaat hij mij dan behandelen? Nee papa, dit kunt u mij niet aan doen, ik wil niet trouwen met hem.' Malini keek haar vader smekend aan. 'Ik ben uw dochter, alsjeblieft.'

Onverbiddelijk keek Kashish naar zijn dochter. 'Jouw moeder heeft me geen zoon gegeven die mij zou opvolgen en een dochter zal mij nooit opvolgen. Zolang jouw moeder leefde kon ik niet hertrouwen. Toen zij overleed, ben ik hertrouwd. Maar ook daaruit is geen zoon uit voortgekomen. Nu zit ik met jou opgescheept. Maar toch heb ik jou opgevoed, je alles gegeven wat je wilde, want ik wist dat jij me in de toekomst goed van pas zou komen. En dat moment is nu gekomen. Dit huwelijk zal plaatsvinden. Punt. Dit gesprek is klaar. Je kunt nu gaan.'

Ondanks de tranen die uit Malini's ogen rolden, bleef Kashish haar ijzig aankijken tot ze de kamer zou verlaten.

Malini keek haar vader aan. Hij zag er zo gevoelloos uit. Hoe kon deze man haar vader zijn? Hij behandelde haar als een voorwerp die hij dolgraag wilde verruilen voor iets mooiers. Haar verdriet werd steeds meer omgezet in boosheid, maar ze zei niks en keek haar vader alleen opstandig aan.

'Je kunt nu gaan.' Haar vader herhaalde zijn opdracht, maar Malini week geen duimbreed en bleef haar vader boos aan kijken. Binnen een paar tellen stond haar vader naast haar en greep haar bij haar haren. Hij trok haar omhoog vanaf de bank, draaide haar gezicht naar de deur toe en trok haar mee naar de deur. Malini slaakte kreten van pijn en keek angstig vanuit haar ooghoeken naar haar vader. Zo boos had ze hem nog nooit gezien. Hij keek alsof hij haar zou vermoorden als ze niet deed wat hij vroeg. 'Je zult trouwen met hem, over drie dagen, dus bereid je erop voor. Je kunt nu gaan.' Met een harde hand duwde hij haar de deuropening door en keerde zich weer om naar zijn adviseur.

Piepend van angst, struikelde Malini de gang door zonder weer om te kijken naar haar vader.

*

Taniya en Nashmi kwamen druk kwebbelend de tuin van het paleis in. Malini was naar haar vader, dus ze hadden even vrije tijd. 'Ik mag eerst op de schommel.' Als een klein kind pakte ze de touwen van de schommel vast.

'Nee, ik ga eerst.' Met een grote sprong zat ze op de schommel en zette zich af. 'Kijk me niet zo aan. Ik trap daar niet in.' Vrolijk lachend keek ze naar Taniya.

'Nou, goed dan. ' Met een zucht veranderde ze haar zogenaamd verdrietige gezicht in een zielige blik als een poedel doorweekt in de regen en keek weer naar Nashmi.

Nashmi keek haar aan en schoot in de lach. 'Nee nee, en daar trappen wij ook niet in! Schaterend van het lachen schommelde ze steeds harder.

Taniya kreeg een brede glimlach op haar gelaat. 'Ach ja, ik kon het altijd proberen.'

Opeens stond Nashmi stil. Taniya keek vragend naar haar. Nashmi knikte hatelijk naar voren.

Onderzoekend keek Taniya in de richting waar Nashmi naar toe had geknikt en het drong tot haar wat de reden van Nashmi's vijandigheid was.

Malini zat een eindje verder op één van de banken en staarde voor zich uit. Ondanks haar gemengde gevoelens begon Taniya naar Malini toe te lopen en met een diepe zucht van frustratie sprong ook Nashmi van de schommel en volgde haar.

'Gaat het goed, prinses Malini?' Malini reageerde niet. Taniya keek vragend naar Nashmi, maar die haalde haar schouders ongeïnteresseerd op. Met een gefronst voorhoofd keek Taniya naar Malini. Haar ogen leken leeg voor zich uit te staren. Iedere emotie was uit haar ogen verdwenen. Ze leek in een soort shocktoestand te verkeren. Ze leek totaal niet op de Malini die Taniya kende. Die keek altijd heel arrogant en hooghartig, maar deze Malini keek nu levenloos voor zich uit. Er was iets goed mis, dacht Taniya ongerust.

Voorzichtig tikte ze Malini aan. 'Prinses, wat is er?' Malini reageerde niet. Taniya hurkte voor haar neer en draaide haar gezicht naar zich toe. Taniya vroeg zacht. 'Is er wat gebeurd, prinses, bij je vader?'

Malini schrok op toen ze het woord vader hoorde en keek de meiden wezenloos aan.

Taniya herhaalde haar vraag. Malini's blik werd weer helder en alles speelde zich weer voor haar ogen af. Met een bittere stem zei ze. 'Nee hoor, over drie zonnedagen word ik achttien en mijn vader vindt dat ik met prins Firoz moet trouwen, zodat onze beide koninkrijken voor altijd lang en gelukkig zullen leven, ook al is dat ten koste van mij.' Ze vertelde wat er tussen haar en haar vader was voorgevallen. Zowel Taniya als Nashmi schrok.

Dat is niet handig voor onze plannen, dacht Nashmi verontrust.

Een gedwongen huwelijk, dacht Taniya geschrokken, *dat verdient zelfs zij niet.*

'Wat ga je dan doen?' De emotionele bui waarin Malini hing,

kon nooit goed zijn voor haar. Taniya keek bezorgd naar Nashmi om haar zwijgend steun te vragen.

'Wat er ook gebeurt, ik trouw niet met hem. Ik pleeg nog liever zelfmoord.'

Nashmi's adem stokte in haar keel, terwijl ze paniekerig nadacht. *Dat moet helemaal niet gebeuren. Ik moet de groep waarschuwen.*

'Zelfmoord plegen helpt u niet uit deze situatie. Nashmi pakte Malini bij haar schouders vast en schudde haar hard door elkaar. Taniya keek haar verbaasd aan, maar zei niks.

'Geef me twee dagen, ik zal u helpen. Doe geen dingen die je niet kan terug draaien. Blijf zo normaal mogelijk doen, alsof je akkoord bent met het huwelijk. Ik kom terug.' Zonder verder nog woorden vuil te maken, draafde Nashmi weg.

Verdwaasd keek Taniya de steeds kleiner wordende gedaante na. Ook Malini leek vol twijfels te zitten. Taniya gaf een kneepje in Malini's handen. 'Zij kan u helpen, maakt u zich niet druk. Kom we gaan naar binnen.' Ze gaf een kneepje in Malini's schouders en leidde haar het paleis in.

*

Freno zat aan de eettafel te vergaderen met nog tien andere mannen en vrouwen. Hij keek naar hun leider met opgeheven hoofd. 'U had me die dag niet moeten helpen. U hoorde wat Malini zei. Ze komt het te weten als iemand me zou helpen. Voorlopig moet u nog niet in het daglicht gesteld worden.'

Raihan keek hem alleen ongenaakbaar aan tot Freno zijn gezicht afwendde. 'Wij vechten voor een vrij Shehza, een plek die goed is voor iedereen. Wat heeft een vrij Shehza voor zin, als zijn strijders het niet overleven? Ik weet dat jij ons land vrij wil zien van zo'n wrede Shezna, net zo graag als ik dat wil, dus ik had geen keus. Ik moest je wel helpen. Ik had je al eerder te hulp moeten schieten, maar ik had te laat door dat jij degene was die werd geslagen.'

Een scherp gesnuif kwam vanaf de linkerkant van Raihan. Het was Binoez, een van zijn trouwe helpers. Met haar middelbare leeftijd had zij de wijsheid bereikt die de jongere lieden om haar heen nog niet hadden. 'Dat meisje is er net op tijd tussen gekomen. Als jij je ermee had bemoeit, Raihan, dan was ons plan mislukt. Ze mogen je nog niet opmerken. Overigens wil ik wel beamen dat het oftewel een dapper oftewel een domme daad is geweest van het meisje om zich erin te mengen. Dat de prinses haar niet ter plekke heeft laten onthoofden is een wonder. Of misschien heeft ze dat wel bewaard voor later.'

'Voor zover ik heb begrepen, zijn er geen sancties geweest tegen betreffende dame.' Ook Shilpa mengde zich in het gesprek.

Freno haalde opgelucht adem en keek naar Raihan en zijn moeder die naast hem zat.

'Wat is er twee dagen geleden gebeurd, Freno?' Raihans moeder keek streng naar Freno. Ongemakkelijk schuifelde Freno met zijn door het harde werk gespierde lichaam heen en weer en vertelde het verhaal.

Na een kwart maan bijna geen voedsel te hebben gehad, kreeg Freno de opdracht om te dragen bij de stadstoer van prinses Malini. Dit hield in dat zij zou paraderen in haar rood met goud versierde draagstoel, waarbij vier dragers haar gewicht droegen en door de stad wandelden. Ook Taniya, de Lana van de prinses had voor even in de draagstoel gezeten en was uit medelijden weer eraf gestapt en naast de draagstoel gaan lopen, ondanks de woedende blikken van Malini. Daar hadden Freno en Taniya blikken vol wederzijds begrip uitgewisseld. Taniya had hem onderzoekend aangekeken. Waarschijnlijk had zij niet door gehad dat hij de broer van Nashmi was en hem gevraagd of ze hem niet ergens van kende. Nadat ze elkaar hadden voorgesteld, had hij haar bedankt voor het opkomen van zijn zusje tegenover de prinses.

Ineens was een klein jongetje voor Freno's voeten gerend en hij was opzij gestapt om het kind niet te vertrappelen. Door de onverhoedse beweging was Freno gestruikeld en ondanks dat hij alle moeite deed om overeind te blijven, werd hij door het gewicht van de draagstoel onderuit gehaald. Ook Taniya was de menigte in gestruikeld in haar poging de stoel te ontwijken.

Malini was de stoel uit gekropen en met gekrenkte gevoelens had ze de zweep witheet van woede uit de handen van haar bewaker getrokken. Keer op keer had ze furieus uitgehaald naar Freno's rug.

Taniya was verontwaardigd opgekomen voor Freno, maar Malini bleef razend schreeuwen. 'Zijn werk is ervoor te zorgen dat ik heelhuids kom op de plek waar ik moet zijn en dat heeft hij niet gedaan. Hij verdient straf!'

Vol afschuw had Taniya gestaard naar Malini en een golf van woede leek door haar heen te gaan. 'Je denkt dat je machtig bent. Maar je ziet niet in dat de mensen om jou heen elke dag weer hun best doen. Zonder hen was jij niets. Jouw arrogante houding is walgelijk. Ik moet ervan kotsen.'

Malini had hierop woedend gereageerd. 'En nu is het genoeg. Wij gaan nu terug en je zult je straf krijgen! Een kwart maan in de kerkers zullen je doen beseffen hoe goed ik tot nu toe voor je ben geweest. Begin te lopen.'

Taniya had boos geweigerd, waarop Malini zich met een scherpe ruk had afgewend en haar bewakers had gewenkt. Met boze stappen was ze naar de draagstoel gelopen. Een man uit de groep omstanders was naar de draagstoel gerend om Freno's plek in te nemen. Malini ging hooghartig op haar draagstoel zitten tot die werd weggedragen.

Ondertussen had Taniya uit alle macht Freno geprobeerd op te tillen. Raihan die nog niet zo lang geleden was aangekomen en nog had proberen te begrijpen wat er gebeurde, was inmiddels ook afgerend op het tweetal. Samen hadden ze met moeite Freno naar zijn huis gebracht en was hij door zijn vader Bruno en de verzorgster Shira aan zijn wonden verzorgd.

Vermoeid eindigde Freno zijn relaas en keek naar Raihans moeder die hem vol medelijden aan keek. 'Zijn je wonden al aan het herstellen?'

Freno knikte geruststellend. 'Na twee dagen aan zalfjes en gedwongen bedrust sta ik te springen om weer aan de slag te gaan.'

Raihans moeder wendde zich gerustgesteld weer tot Raihan en riep hem.

Raihan die ergens ver met zijn gedachten leek, reageerde niet. Zijn moeder riep hem nogmaals, waarop Raihan nogal geschrokken op keek. 'Binoez heeft gelijk, je mag nog niet opgemerkt worden, dan kunnen alle plannen mislukken en dan krijgen we nooit een vrij Shehza. Waar ben jij met je gedachten?'

Shilpa barstte in lachen uit en negeerde de boze gezichten van de mannen. 'Ik denk dat ze allemaal nog onder de indruk zijn van deze Taniya, want ze dromen allemaal weg.

Zathi, de wat oudere man en een grote zuurpruim, reageerde met een humeurige stem. 'Vrouwen geven alleen maar problemen. Denk maar niet aan ze, jongen, want ze zullen je leven verpesten. Ze gaan net zo lang door tot je helemaal gek van ze wordt.'

Shilpa barstte in nog harder lachen uit en ook haar mannelijke voorvechters voegden zich bij haar lach. Voordat Zathi hier ook op kon reageren, vloog de deur open en stormde Nashmi buiten adem naar binnen. Nadat ze iets op adem was gekomen, gooide ze er happend naar lucht uit. 'De Shezna wil haar laten trouwen, over drie dagen, met prins Firoz.'

Raihan en zijn moeder Rashmi keken elkaar aan. Rashmi stond op, pakte Nashmi bij haar schouders en drukte haar in een stoel. Terwijl ze een glas water gaf aan Nashmi maande ze haar tot rust en vroeg om te vertellen wat er was gebeurd.

Toen Nashmi's ademhaling weer een beetje onder controle was, vertelde ze wat er op het paleis was voorgevallen. Over de trouwerij, over dat Malini misschien zelfmoord wilde plegen en haar belofte om over twee zonnedagen terug te zijn met een oplossing.

'Dat kan problemen opleveren.' Mopperend in zichzelf bleef hij herhalen dat vrouwen alleen maar problemen gaven. Zathi was één van de mannen die aan tafel zaten. De man was rond de vijftig zomers oud. Hij had korte, witte haren en een oud gezicht. Toch was hij nog redelijk fit voor zijn leeftijd. Het was over het algemeen een aardige man, maar reageerde vaak knorrig op mensen. Daarnaast had hij een bloedhekel aan problemen die volgens hem altijd kwamen door vrouwen. Volgens Zathi veroorzaakten vrouwen altijd problemen, hij kon het dan ook nooit nalaten om dat luidkeels kenbaar te maken.

'Laat het plan nu ingaan.' Binoez keek Rashmi, Raihans moeder kalm aan. Rashmi keek bedachtzaam de kamer rond, dacht even na en knikte.

Met een gevoel van opluchting dat het lange wachten voorbij was, stond Raihan gedreven op. Vijf mensen zouden bij hem achterblijven en de overige leden zouden terug gaan naar Mandjira. Met een kort knikje nam hij afscheid van zijn moeder en liep met zijn vijf vrijwilligers weg om de plannen door te nemen.

*

'Het is onmogelijk om ongezien het paleis te verlaten. Papa laat me continu in de gaten houden. Hij vertrouwt mij niet.' Malini was de wanhoop nabij, terwijl ze met haar geijsbeer Taniya gek maakte. Met moeite probeerde Taniya haar te sussen. 'Rustig, vertrouw op Nashmi. Het komt wel goed.'

'Ik vertrouw jou alleen.' Malini pakte een jurk op van haar bed, bekeek het zonder interesse en gooide het met kracht terug op het bed. 'Ik heb gezien hoe ze naar me kijkt. Alsof ze me het liefst onder haar voeten wil vertrappen. Jij kijkt me tenminste alleen boos aan, als je vindt dat ik onrechtvaardig handel.'

Taniya schoot in lachen uit. 'Ik vertrouw Nashmi wel. Als ze zegt dat ze er over twee dagen is, dan is ze er ook. Doe zo normaal mogelijk tegen je vader, zodat hij denkt dat jij je bij zijn beslissing hebt neergelegd en hij je minder in de gaten laat houden. We gaan samen een bruidsjurk uitkiezen en al die dingen die met je bruiloft te maken hebben, zodat hij denkt dat je je druk aan het voorbereiden bent.'

'Ik wil geen bruidsjurk.' Malini liep nijdig weg van het bed naar het raam toe.

Taniya begon te giechelen, waarop Malini nog bozer keek. 'Jawel, dan sturen we het later naar hem toe. Dan leg je een briefje erbij: liefste vader, aangezien u zo gek bent op trouwerijen, trouwt u maar hierin met Firoz, zodat u en uw koninkrijk heel blij kunnen worden.'

Een grijns trok over Malini's gezicht en ging over in een slappe lach. Deze was zo aanstekelijk dat ook Taniya het uitproestte van het lachen.

Hoofdstuk 8

'Taniya, er zijn al twee dagen voorbij,' zei Malini in paniek, 'en Nashmi is er nog steeds niet. Wat moet ik doen als ze niet komt?' Ze gooide een handvol water met een harde plons weer in het heerlijk naar rozengeur ruikende badwater. Haar lange haren waren om het droog te houden in een ingewikkelde knot gevlochten boven haar hoofd, terwijl haar blote schouders net boven het water uitkwamen. Met haar grote, violetkleurige ogen keek ze Taniya, die op een krukje naast het bad zat, vol angst aan.

'Ze komt wel,' zei Taniya geruststellend. 'Ze zei over twee dagen en de tweede dag is nog niet voorbij.'

'Ja, maar stel dat vader ons heeft ontdekt?' Onrustig speelde ze met de rozenbladeren in haar bad. 'Ze had er allang al moeten zijn. Dadelijk is ze gevangen genomen! Misschien is ze gevlucht of misschien kon ze niets bedenken en is ze daarom niet op komen dagen?'

'Je maakt jezelf gek. Probeer te ontspannen.' Quasi zelfverzekerd liep Taniya naar het raam en tuurde kort naar buiten in de verte voor ze haar aandacht weer geruststellend op Malini vestigde. Aan de houding van Taniya was geen greintje twijfel te zien, maar diep in haar hart begon ze zich ook zorgen te maken. Dit kon zij niet laten blijken aan Malini. Malini was zonder haar ongerustheid al een zenuwpees en nog een twijfelaar zou niet ten goede van haar gemoedsrust zijn. Wie weet wat voor gekke fratsen ze dan zou uithalen? Nee, Nashmi zou er op tijd zijn, dacht Taniya, ondertussen een baddoek uit de hoge kast in de badruimte pakkend. Ze hield die open voor Malini en staarde ondertussen weer weifelend uit het raam.

Niet dat het veel zin had om te staren, want vanaf haar standplaats kon ze alleen de heldere, blauwe lucht zien. Inwendig zuchtend sloeg ze de baddoek om Malini heen die inmiddels uit het bad was gestapt. Met snelle bewegingen droogde Taniya haar af en schoof een stel pantoffels aan haar voeten.

In Malini's slaapkamer aangekomen kleedde ze Malini, die

ongedurig heen en weer hopte van de ene voet op de andere met moeite aan. Zodra ze het laatste knoopje van Malini's jurk had dicht gemaakt, rukte Malini zich los en liet zich met een plof op haar buik op het bed vallen.

Niet eens twee tellen later draaide ze zich weer hard om op haar rug, maar ook dat gaf haar geen rust. Ze keek met zo'n doordringende, nadenkende blik naar Taniya die naast het bed was blijven staan, dat Taniya automatisch achterdochtig een stap achteruit deed. Malini was iets van plan en zij wist niet zeker of het haar zou bevallen of niet.

Malini begon breeduit te glimlachen.

Nee, het zou haar inderdaad niet bevallen, fronste Taniya argwanend.

'We gaan verkleden!' Malini klapte met zo'n vrolijke glimlach in haar handen, dat Taniya gelaten haar schouders liet zakken en inwendig met een diepe zucht naar Malini knikte. Het zou een goede afleiding van de paniekerige gedachten van Malini zijn, maar inwendig vervloekte ze Nashmi vanwege haar afwezigheid.

*

Een bontgekleurd stel stond aan de hoge poort van het paleis, terwijl de huizen lange schaduwen in het maanlicht wierpen om hen heen. Aan weerszijden van de poort stonden zandkleurige, hoge muren die doorliepen tot om het paleis heen. Hier en daar staken de groene bladeren en de donkere vruchten van de hoge, dunne kokabomen boven de muren uit. Door de zware vruchten bogen de toppen van enkele bomen over de muren heen tot iets minder dan twee voet boven de grond. De wat oude kinderen klommen vaak stiekem in het daglicht op elkaars schouders en plukten de vruchten van de bomen om te kunnen smullen van het lekkere, zoete vruchtensap. Dat stiekeme was alleen niet zo stiekem als dat de kinderen het dachten en de poortwachters knepen altijd grinnikend een oogje dicht en deden alsof ze de kinderen niet zagen.

De volwassen dieven kregen een totaal andere behandeling. Zij werden streng aangesproken en soms ook hard afgestraft. Het stelen van kokavruchten was een misdrijf, hoewel het bij de kinderen werd gezien als kattenkwaad.

Zo keken ook beide poortwachters nu streng naar de drie jonge mannen en de twee jonge vrouwen vanaf de hoge muren.

'Wie zijn jullie en wat willen jullie?'

Eén van de mannen deed een stap naar voren en hief zijn gezicht op. Een felgele veer op de kleurrijke hoed van de man veerde naar achteren, toen hij een hand ter groet ophief naar de poortwachters.

'Wij zijn de dansers en muziekmakers van de bruiloft morgen. In opdracht van prinses Malini maken wij onze opwachting hier. Als ons optreden niet naar haar wens is, heeft ze de opdracht gegeven om ons te onthoofden.'

De poortwachter aan de linkerkant van de poort rolde zijn ogen naar de poortwachter aan de rechterkant. Die schudde alleen zijn hoofd minachtend en keek weer naar het bonte gezelschap en de man die zijn relaas weer vervolgde.

'De prinses heeft ook gezegd dat ze iedereen die haar dag verpest zal laten onthoofden. Als wij er niet op tijd zijn, dan zullen dat jullie hoofden zijn.' De man haalde zijn schouders onwetend omhoog en stapte weer terug naar zijn gezelschap.

De poortwachter links keek weifelend naar de groep. Het zag er inderdaad uit als een groep dansers en muziekmakers, maar de Shezna had opdracht gegeven niemand toe te laten tot de prinses. Maar als de prinses in een humeurige bui was, dan zou ze hem laten onthoofden als de groep niet werd toegelaten. *Misschien is het beter om ze gewoon door te laten,* overwoog de poortwachter. *Mocht er iets niet kloppen aan het verhaal, dan zullen de andere wachten het wel op kunnen vangen. Zo is de prinses veilig, maar ook mijn hoofd.* Hij wenkte de poortwachters beneden om de poort te openen.

De scharnieren van de poorten werden goed bijgehouden en vaak geolied, dus met een geluidloze, soepele beweging werd de poort opengetrokken. Een gevoel van trots trok door de poortwachter heen, terwijl de groep de binnenplaats op liep. Zodra andere bewakers zich over de groep hadden ontfermd, draaide hij zich weer om en tuurde in het donker naar andere gevaren.

De donkere binnenplaats was leeg op het gezelschap en de twee bewakers na. Met de schaduwen van de kokabomen, opgeworpen door het maanlicht, zag de binnenplaats er onveilig uit. Daarnaast was er nog het licht van de fakkel van de bewaker waardoor nieuwe schaduwen werden gevormd.

Met een frons keek één van de bewakers naar de grote tassen van de groep. 'Wat zit er in die tassen?'

Met een wulpse beweging stapte één van de vrouwen naar de bewaker toe en beantwoordde zijn vraag. 'Onze muziekinstrumenten en verkleedkostuums. De prinses verwacht een volledig optreden gekleed en al. We kunnen geen halve zaken aanleveren.'

Ze maakte een dansbeweging naar de bewaker toe en knipperde verleidelijk met haar wimpers. 'Als je wil, kan ik ook wel een volledig optreden aan jou alleen geven?'

'Ik wil ze controleren.' De bewaker negeerde de vrouw en staarde onverstoorbaar naar de tassen.

De vrouw trok één wenkbrauw op en haalde haar schouders quasi beledigd op.

'Wat jij wil, schat.' Verveeld wendde ze zich van hem af en bekeek haar nagels.

De mannen die ondertussen alle tassen hadden opengemaakt, bekeken het schouwspel met licht geïrriteerde ogen. De man die aan de poort had gesproken met de poortwachters, wenkte nu naar de bewakers, terwijl de andere vrouw in het gezelschap gehaast op een strenge toon sprak.

'Bekijk ze, beste man, maar doe het gauw.'

Met één oogopslag bekeek ze de omgeving en sprak verder.

'Wij zijn opgeroepen door de prinses. Hoe langer zij wacht, hoe meer wij de kans lopen onthoofd te worden. En niet alleen wij, maar jullie ook.'

Beide bewakers bekeken snel de inhoud van de tas en wenkte het gezelschap om door te lopen.

Vlug deden de mannen de tassen dicht en liep het gezelschap de bewakers achterna.

*

Een harde klop op de deur liet Taniya en Malini schrikken. Met ingehouden adem hield Taniya haar tuniek stil voor zich. Ze had zich net weer willen omkleden in haar normale kledij na haar verkleedpartijtje met Malini.

'Wie is daar?' Bevend liep Malini naar de deur.

De bewaker aan de andere kant van de deur antwoordde met een luide stem. 'De dansgroep is gearriveerd voor een proefoptreden.'

Verbaasd keek Malini naar Taniya, maar die haalde haar schouders op en wilde verder gaan met omkleden. Met een heftig gebaar gaf Malini te kennen, dat ze haar tuniek over haar kleding heen moest trekken en de deur moest openen.

Haastig trok Taniya haar tuniek over haar kleren aan. Een snelle blik op haar kleren liet haar weten dat de andere kleren niet zichtbaar waren en ze spoedde zich naar de deur en opende deze.

'Laat ze maar naar het terras gaan.' Malini wenkte de bonte groep naar het terras en wuifde de bewaker weg. Maar die volgde de groep naar het terras en bleef toen met zijn armen over elkaar staan.

'Wie zijn dat?' siste Malini naar Taniya toe die antwoordde: 'Normaal blijven doen. Je vader zal hen wel gestuurd hebben.'

Met een grom liep Malini het terras op en ging zitten op de witte bank met kussens. Taniya bleef er achter staan, terwijl ze het gezelschap bekeek. Twee van de mannen kwamen haar bekend voor, maar van de spanning kon ze de vinger niet erop leggen waar ze hen van kende. Binnen een mum van tijd hadden ze hun muziekinstrumenten uitgepakt en een vrolijk deuntje werd ingezet. Na bijna een uur geluisterd en gekeken te hebben, begon Malini zich steeds meer te frustreren. Net op het moment dat zij woedend het terras wilde verlaten, liet één van de jongleurs één van de borden vlak voor haar voeten vallen en boog snel om de scherven op te rapen. Met een schamper snuif stond Malini op en wilde net weglopen tot de man ineens zachtjes sprak.

'We zijn gestuurd door Nashmi. We komen u halen, sta klaar.'

Met grote ogen draaide Malini zich naar Taniya toe, die op haar af snelde. 'Kom prinses, voor vandaag is het wel genoeg geweest.' Ze pakte Malini bij haar arm vast en loodste haar de slaapkamer in.

De bewaker die tot dan toe niets had gezegd of enige beweging had gemaakt, liep op de groep af en beduidde hun de muziekinstrumenten weer weg te bergen. Nadat ze deze snel en efficiënt hadden weggeborgen, liep hij voorop om de groep weer de weg naar buiten te wijzen. Maar voordat hij de deur kon open doen, voelde hij een snelle beweging van twee vingers bij zijn nek. Een tel later zakte de bewaker door zijn benen en kon hij zich niet verroeren. De groep liet de bewaker verborgen in het donker achter op het terras en stapten de slaapkamer van de prinses in.

Raihan pakte een ingepakte bundel uit één van de tassen. Rap maakte hij de knopen los en gaf toen de inhoud aan de prinses. 'Vlug prinses, draag deze kleren.'

Malini keek vol twijfel naar Taniya, maar die knikte dat ze het moest doen. Achter een kamerscherm kleedde Malini zich binnen enkele tellen om in een felgekleurd danskostuum. Binoez, één van de oudere vrouwen uit het dansgezelschap pakte Malini bij de hand en maande haar om te gaan zitten op een krukje. Met snelle bewegingen maakte ze het gezicht van Malini op en goot druppels van een vloeistof in haar ogen.

Taniya was ondertussen naar de kamerscherm gelopen om de prinseskleren onder haar tuniek weg te halen. Verbaasd bleef ze met haar tuniek in haar handen staan kijken naar de verkleuring van de violetkleurige ogen van Malini naar felblauwe ogen.

'Dit houdt maar enkele ogenblikken aan, dus we moeten snel zijn,' mompelde de vrouw binnensmonds, terwijl ze verder ging met haar werk. De vrouw wenkte verwoed naar Taniya tot ze haar tuniek weglegde en haar kwam helpen. Binnen korte tijd was Malini veranderd van een prinses naar een onherkenbare danseres van het gezelschap. Binoez knikte naar Shilpa ten teken dat ze kon gaan. Met een drafje rende Shilpa naar het terras, over het hek heen naar de muur toe, nagekeken door Freno bij de terrasdeur. Bij de muur klom ze een kokaboom in en sprong soepel de muur over. Meer dan een zachte plof was niet te horen.

Vluchtig bekeek Freno de omgeving voor hij zich weer met een frons omdraaide de slaapkamer in. Er was een discussie gaande op zachte toon tussen Taniya en Malini en aan Raihans houding te zien, beviel die hem niet. Freno zag Raihans ogen af en toe een korte blik werpen op Taniya, die zich nog steeds niet had kunnen omkleden en nog de prinseskleren aan had. Op het anders altijd lachende gezicht van Gan was nu ook een ongeruste gezichtsuitdrukking voor in de plaats gekomen.

Freno liep met grote stappen op Binoez af. 'Wat is er aan de hand? We hebben hier geen tijd voor. We moeten nu gaan.'

Binoez knikte met haar hoofd naar de twee meiden. 'Blijkbaar wil de prinses niet zonder haar bediende gaan en zij weigert mee te gaan. Ze geeft aan dat de prinses dan maar met prins Firoz moet trouwen.'

Raihan keek geïrriteerd naar de twee meiden. Door de woede waren Taniya's wangen rood gekleurd en haar ogen schoten vuur. Ongewild kwam een diep verlangen in Raihan op, dat hij snel onderdrukte en hij dwong zichzelf om weer naar Malini ze kijken.

Malini schudde resoluut haar hoofd en keek dwingend naar Raihan. 'Zonder haar ga ik niet.'

Raihan dacht na. Hij kon de prinses verdoven en ontvoeren, maar dat zou er verdacht uitziet. Om hun plannen te doen slagen, had hij haar vertrouwen nodig. En dat meisje? Was ze eigenlijk wel te vertrouwen? Wat zou zij doen als de Shezna haar aan de tand zou voelen? Zou ze haar mond dicht houden? Hij overwoog alle mogelijkheden.

Risico in de plannen, dacht hij, er moet zo min mogelijk ophef worden gemaakt, zodat de plannen makkelijker uitgevoerd kunnen worden. De prinses moet ook nog netjes overgehaald worden, want we hebben haar nodig voor onze plannen. Voordat hij een stap kon zetten, voelde hij een beweging naast hem.

'Hier hebben we geen tijd voor.' Binoez liep met grote stappen op Taniya af die in een reflex een paar stappen achteruit deed. Handhandig pakte Binoez haar bij haar hoofd en met twee vingerbewegingen voelde Taniya alle gevoel uit haar lichaam verdwijnen. Voordat zij door haar benen kon zakken, ving Freno haar op. Gan maakte met een touw haar handen vast en trok deze naar benen toe die hij vervolgens ook vast maakte. Taniya voelde zich als een jongeling in de baarmoeder van een vrouw, maar kon niet bewegen en zelfs niet protesteren van boosheid.

Geschokt keek Malini naar de efficiënte samenwerking tussen de mannen en vrouwen. Ze durfde geen woord uit te brengen en keek met grote ogen toe, terwijl Raihan de grote, inmiddels geleegde tas openhield. Freno legde Taniya in de tas en drapeerde een doek om haar heen. De spullen van de optreden werden er bovenop gelegd, waardoor zij niet zichtbaar was.

Goedkeurend knikte Binoez. 'Tijd om te gaan.' Ze pakte Malini bij de armen en liep de deur uit.

De gangen waren op een paar wachten na volledig verlaten. De enkele wachten die er wel waren werden snel en geruisloos uitgeschakeld door Freno en Binoez. Gan had de grote tas met Taniya erin vast en Raihan de andere tas, terwijl hij de prinses aan de arm mee troonde naar de muur. Daar aangekomen liet hij haar arm los en wenkte naar de poortwachter boven aan de muur. Die herkende de groep en schreeuwde vrolijk naar ze toe.

'Jullie hoofden zitten er nog op, dus de optreden was geslaagd?'

Vrolijk antwoordde Gan. 'Het was een geweldig optreden. Morgen zullen wij rijkelijk beloond worden!'

Luid grinnikend wenkte de poortwachter naar de bewaker onder aan de muur om de poort te openen. Zonder verder tegen gehouden te worden liep het gezelschap de poorten uit en de straten door naar de rand van de hoofdstad waar het Vergaderhuis van de Voorvechters stond. Daar werden ze opgewacht door Shilpa en een zevental paarden dat al opgezadeld was. Met een frons bekeek ze hoe Freno de tas open maakte en Taniya weer eruit haalde, maar ze zei niets. Zwijgend gooide iedereen lange zwarte gewaden, die niet zouden opvallen in de nacht om hun schouders heen. Freno bond Taniya vast aan hem, zodat ze niet van het paard af kon vallen. Daarna reed het gezelschap met hoge snelheid en zonder om te kijken de stad uit en de donkere nacht in.

Taniya die voor zonsopgang al door het gehobbel van het paard in slaap was gevallen, werd in de ochtend wakker met barstende koppijn en een lichaam dat geradbraakt leek te zijn. Versuft en kreunend van de pijn, maakte ze haar ogen langzaam open. Het zonlicht deed pijn aan haar ogen en ze begonnen te tranen. Ze kon niets voor zich zien en door de op en neer gaande beweging van het paard werd ze misselijk. Kreunend sloot ze haar ogen weer.

Na wat uren leek werd ze van het paard getild en hardhandig op de grond gelegd. Iemand drukte een waterfles aan haar mond. Haar lippen waren helemaal uitgedroogd en gescheurd. Met moeite slikte ze een paar druppels water door. Met een zucht liet ze zich achterover vallen. Ze voelde alleen maar vermoeidheid en pijn door haar lichaam gaan.

Na een aantal ogenblikken hees ze zichzelf overeind en keek om zich heen. Ze zag de leden van de dansgroep op een efficiënte manier aan het werk. De één zette de tenten op, de ander verzamelde het hout. Iemand anders was weer bezig met koken en een ander laadde de spullen uit. Binnen een half uur was het gehele kamp opgezet.

Met een frons bekeek Taniya haar omgeving. Ze begreep niet hoe zij bij het groepje was beland. Het laatste wat zij zich herinnerde was haar discussie met Malini waarin zij Taniya probeerde te overtuigen mee te gaan met de groep. Maar Taniya had dit niet gewild, zij had haar toekomst in eigen handen willen houden. Rusteloos zocht ze de omgeving af tot ze Malini bij het kampvuur zag zitten, blazend in een beker hete thee in haar handen om deze af te koelen. Naast haar zat de lange, blonde vrouw zwijgzaam in het vuur te turen. Eén voor één gingen de Voorvechters zitten rondom het vuur met een beker thee in hun handen, maar de donkerharige man die haar had geholpen met Freno zat aan de overkant tegen een boom geleund en bekeek haar nadenkend.

Stuurs keek ze terug naar hem, maar een beweging uit haar ooghoeken trok haar aandacht en opgelucht keek ze naar Freno die met een beker thee op haar af kwam lopen.

'Freno, wat is er aan de hand? Waarom ben ik hier?' Met een gevoel van lichte paniek keek ze hem aan, terwijl een blos over zijn wangen heen trok.

Hij schuifelde met zijn voeten, terwijl hij naar beneden keek en probeerde uit te leggen waarom ze haar hadden meegenomen, dat de prinses niet zonder haar weg wilde en de tijd aan het dringen was. Ook waren ze tegen het feit aan gelopen, dat ze het niet konden veroorloven dat Taniya de waarheid zou vertellen, als de Shezna haar aan een strenge ondervraging en waarschijnlijk een zware mishandeling zou onderwerpen. Ze hadden geen andere keus gehad dan haar mee te nemen. Na zijn relaas beëindigd te hebben, liep Freno met een verontschuldigend knikje weer terug naar de groep.

Hoewel ze begreep wat de redenen van de groep waren om haar mee te nemen, ze was alsnog boos dat haar vrijheid haar was ontnomen. Met haar vuisten gebald tuurde ze voorbij de groep de verte in. Een machteloos gevoel trok door elk zenuw in haar lichaam heen.

'De Shezna weet niet waar wij zijn. Als ik nu mijn eigen weg op ga, dan zal hij mij niet vinden,' riep ze de groep toe.

De Voorvechters keerden zich naar Taniya toe, maar antwoordden niet en keken Raihan afwachtend aan. Taniya keerde zich ook naar hem toe, terwijl hij zijn armen over elkaar heen sloeg en haar onverstoorbaar aan keek.

'Dat risico kunnen wij niet nemen.'

'Maar ik kan naar Shakshida gaan, daar vindt hij mij al helemaal niet.' Taniya gooide nog een aantal redenen naar hem toe, maar Raihan wendde zich onvermurwbaar af en stond op.

'Je blijft hier en dat is dat.' Hij wenkte de groep dat het tijd was om verder te trekken. Taniya die zich fel had opgeheven tijdens haar tirade, liet zich met een machteloos gevoel weer zakken tegen de boom. Moedeloos keek ze toe hoe de groep weer het kamp opbrak en klaarmaakte voor vertrek.

Hoofdstuk 9

'Wanneer mag ik gaan,' kreunde Taniya van de pijn, toen ze uren later nog steeds onderweg waren. Haar armen deden pijn, ze had een stijve nek en de rest van haar lichaam voelde aan alsof tien elephas overheen hadden gestampt. Haar handen waren vastgebonden en om Freno's nek geslagen.

Freno keek naar Raihan die stoïcijns op zijn paard zat zonder op Taniya te letten en antwoordde zacht dat hij het niet wist.

'Dus zo word ik bedankt voor de hulp die ik je laatst gaf,' zei Taniya met een schamper lachje.

Freno boog zijn hoofd beschaamd, maar antwoordde niet.

Malini kwam naast hen rijden en bekeek hen ongerust. 'Is alles goed met je, Taniya?'

Woedend keek Taniya naar Malini. 'Wat denk je zelf?'

Malini hield geschrokken haar paard in, maar Taniya keurde haar geen blik waardig en stapte door. Getroffen door de hardheid in Taniya's stem werden Malini's ogen vochtig, maar ze drong haar tranen terug. Langzaam stapte ze voort met haar paard, terwijl Mansi die het gesprek had opgevangen een vragende blik op Freno wierp. Die haalde alleen zijn schouders op ten teken dat hij het ook niet wist.

Zwijgend trok de groep verder naar Kratsj, waar ze hun paarden achterlieten. Na een halve dagreis bereikten ze een groot meer. Van grote hoogte klaterde het water van de waterval in het meer. De waterval was prachtig om te zien en het water wat in grote kracht het hemelsblauwe meer in viel, kolkte en spetterde. Om het meer heen waren hoge bomen met brede bladerdaken, waardoor het meer afgeschermd was voor onwelkome blikken. Prachtige roze en witte bloemen met hun puntvormige bladeren rustten op grote hartvormige, groene bladeren die het water aan de randen van het meer bedekten. Deze padinibloemen waren een lust voor het oog en ook de vrolijke, luid kwakende kikkers in het meer leken het hier mee eens te zijn.

Maar Taniya zag al deze weelde door haar paniek niet en

schreeuwde woedend naar Raihan. 'Ik ga dat water niet in!' Ze had zojuist één voor één de Voorvechters en Malini met hun spullen gewikkeld in glad materiaalachtige, waterdichte zakken, het water in zien springen en Raihan had haar gewenkt hetzelfde te doen.

Helaas kende Raihan haar angst voor water niet en Taniya was te trots om dit met hem te delen. Hij dacht dat dit haar koppigheid was om met hen mee te gaan en liep al met resolute stappen naar haar toe.

Haar angst onderdrukkend stapte Taniya een paar stappen terug. 'Ik kan niet zwemmen! Ik kom daar niet door heen. Laat mij hier achter!'

'Ik loods je er wel door heen.' Hij pakte haar hardhandig vast. Schreeuwend en om haar heen slaand probeerde Taniya los te komen, maar hij was te sterk en duwde haar hard het water in en dook er achterna.

Water vulde zich in Taniya's neus en oren. Ze was verlamd van angst en kon noch bewegen noch nadenken.

Van dat moment van beweginloosheid maakte Raihan gebruik en trok haar steeds dieper het water in. Het water werd donkerder tot je er bijna niet door heen kon kijken, maar Raihan wist precies waar hij naar toe moest. Aan de stroming voelde hij dat hij nu bij de bergwand was gearriveerd onder aan de waterval. Hij zwom erlangs tot hij een opening, met de breedte van twee paarden naast elkaar, vond.

Hij zwom erdoorheen ondertussen Taniya aan één hand met zich mee trekkend een grote grot in. Nog steeds verlamd van de angst kwam er geen beweging in Taniya.

De grot was zo donker als de nacht, maar aan de onderkant van de grot gleden merkwaardige, kwalachtige dieren over de ruwe bodem met kleurrijke planten die heen en weer wuifden door de zachte golven. De dieren leken een soort gloed te verspreiden, waardoor de randen van de grot goed zichtbaar waren. Hierdoor waren de tunnels in verschillende richtingen op ook goed zichtbaar. Voor Raihan één van de tunnels in ging, trok hij Taniya mee naar de bodem van de grot en pakte één van de dieren in zijn vrije hand. Het leken net halve bollen die licht gaven en alleen doordat ze bewogen bij het ademhalen zag je dat ze leefden. Ze hadden geen tentakels, maar een gladde huid, zonder ogen, neus of een mond.

Met een snelle beweging drukte hij het dier in het gezicht van Taniya die tot nu toe nog weinig weerstand had geboden. Maar het gevoel dat iets zich aan haar gezicht vastzoog, deed alle alarmbellen in haar hoofd rinkelen. Met een schok keerde ze terug en langzaam drong het besef door waar ze was, maar ze begreep niet wat zich aan haar mond had vastgeklampt. Ze begon in paniek het beest lost te trekken. Ze gilde het uit, zich er niet van bewust dat ze onder dat dier ineens normaal kon ademhalen en dat haar longen automatisch nieuwe zuurstof aanzoog.

Raihan probeerde haar te kalmeren, maar in paniek stribbelde ze tegen. Ze dacht dat ze werd aangevallen door hem en ze gaf hem een schop tussen zijn benen. Door de pijn verblind liet Raihan haar los.

Met beide handen trok Taniya het dier van haar gezicht en schoot snel zwemmend weg in één van de tunnels. Ze had tegen Raihan gelogen dat ze niet kon zwemmen. Want zwemmen kon ze wel, maar het drukkende gevoel onder water bracht een onverklaarbaar paniekgevoel in haar op. Om die reden zwom zij nooit onder water. Paniekerig zocht ze dan nu ook naar een weg boven het water.

Had ze Raihan een beetje vertrouwd, dan had hij haar binnen enkele ogenblikken eruit kunnen wegleiden. Maar ze vertrouwde op niemand meer dan zichzelf en vluchtte weg van hem.

Raihan had niet kunnen zien in welke tunnel Taniya was gegaan en zwom daarom met grote slagen naar de tunnel waar de overige groepsleden in waren gegaan. Toen hij met zijn gezicht, happend naar lucht, boven water kwam, zag hij de anderen aan de rand van een inham wachten op hen.

Eén blik op hen maakte hem al duidelijk dat Taniya hier niet was. Kort legde hij uit wat er was gebeurd en met een snelle duik zwom de groep de grot weer in en verspreidde zich over de verschillende tunnels.

*

Ondertussen had Taniya niet veel zicht in de tunnel, dus zocht ze haar weg langs de wand van de tunnel. Ze kon al niet meer helder nadenken, haar angst voor het water en voor het donker maaide al haar gedachten weg. Toch bleef ze langzaam voelend doorgaan.

Papa had gelijk, dacht Taniya verdwaasd. *De wil om te overleven zorgt ervoor dat je angst je zelfs niet kan tegenhouden.* De wand van de tunnel voelde heel slijmerig aan. Onderaan voelde ze waterplanten langs haar benen strijken door de stroming van het water. Huiverend trok ze haar benen hogerop. Ze voelde iets bewegen onder haar hand. Met een ruk trok ze haar hand weg.

Maar door deze beweging kwamen haar benen terecht in de sierlijke waterplanten met hun lange, golvende bladeren. Met grote snelheid wikkelden de bladeren zich om haar benen heen. Paniek maakte zich van Taniya meester. Ze trok en trok om haar benen los te krijgen met als enig effect dat de planten zich nog strakker wikkelden om haar benen.

Taniya begon buiten adem te raken. Ze pakte de bladeren die om haar benen gewikkeld waren en probeerde zich los te rukken. Haar hart klopte in haar keel van de angst.

Ze voelde de druk van het water toenemen en hoorde het geluid van het water in haar oren, het geluid van de druk, van het water dat om haar heen golfde. Angst maakte haar hart kil en water vulde zich in haar mond. Ze probeerde te schreeuwen, maar ze kreeg geen geluid over haar lippen.

Langzaam voelde ze hoe de kracht uit haar lichaam sijpelde. In een flits zag ze haar vader, haar moeder, alle dierbaren en als laatst zag ze Raihan voor haar ogen. *Ik ga dood,* dacht ze nog en daarna viel ze weg. Ze zag niets. Haar gedachten, haar gevoel en haar angst, alles verdween.

*

De groep verdeelde zich snel in de tunnels en begon te zoeken naar Taniya. Malini ging de linkertunnel in. Met de kwallaba op haar gezicht had ze genoeg licht om rond te kunnen kijken en genoeg zuurstof om te kunnen ademen. Het dier nam namelijk koolstofdioxide op en gaf zuurstof af voor zijn lichamelijke processen, net als bij planten. De tunnel zag er griezelig uit en Malini's hart klopte snel van de spanning. Ze zwom verder de tunnel in net zolang tot ze aan het einde van de tunnel tegen een onneembare muur aan keek.

Taniya, waar ben je, dacht Malini ongerust. Ze zwom terug weer richting de grot in. Ineens zag ze iets wits onderin bij de planten. Nee, dat zal haar wel niet zijn, dacht Malini en ze zwom verder. Ineens twijfelde ze en draaide zich om. Ze keek nog eens goed en toen zag ze het: Taniya's bleke gezicht. Haar haren die voor haar ogen en mond zweefden. Haar lichaam dat meedeinde met de stroming. Snel zwom Malini naar Taniya toe. Ze omvatte Taniya's gezicht met twee handen en schudde haar zachtjes door elkaar. Taniya reageerde niet.

Taniya, schreeuwde Malini in haar hoofd terwijl ze harder aan Taniya begon te schudden. Ze probeerde Taniya mee te trekken, maar ze zat vast. Malini keek paniekerig om zich heen om iets te vinden om haar los te kunnen rukken, maar zag niets. Met snelle slagen zwom ze de grot weer in, zag Shai en trok hem aan zijn armen mee de tunnel weer in.

Raihan zag hen de tunnel in gaan en volgde ze. Malini wees Taniya aan en samen met Shai begon ze aan haar te trekken, maar ze kwam niet los.

Raihan besefte wie daar was en wat er aan de hand was. Met grote slagen zwom hij op ze af, pakte zijn mes vastgebonden aan zijn enkel en sneed de planten los.

Daarna trok hij Taniya heel snel de tunnel uit, de grot door en de bovenste tunnel in. De rest, die vruchteloos van de zoektocht was teruggekeerd in de grot, zag Raihan naar boven gaan samen met Taniya. Snel volgden ze hem. Ze kwamen boven het wateroppervlak, waar ze zagen dat Raihan Taniya op haar buik had gelegd. Hij duwde op haar rug om al het water uit haar longen te krijgen. Taniya ademde nog steeds niet. Iedereen keek angstig toe.

'Kom op, kom op,' mompelde Raihan, 'ademen!' Maar Taniya ademde niet.

Raihan bleef koortsachtig mompelen, 'kom op, toe dan, ademhalen!' Hard drukte hij op haar rug om het water uit haar lichaam te duwen.

Water golfde uit Taniya's mond, maar ze haalde nog steeds geen adem.

'Is ze...' vroeg Malini met een krampachtige vuist tegen haar mond gedrukt van angst, 'Is ze... dood?'

*

Manu liep gefrustreerd door de stad heen. Hij merkte op dat het wel erg druk en rumoerig was in de stad. Er was iets gaande, dacht hij met een frons op zijn gezicht. Hij trok een rennende man aan zijn kraag naar hem toe en vroeg wat er was gebeurd. 'Heb je het niet gehoord,' zei de man gehaast. 'De prinses is verdwenen. De Shezna is in alle staten, hij zal iedereen laten onthoofden als hij haar niet vindt. Iedereen is in paniek.'

'En haar Lana,' vroeg Manu met klem, 'waar is zij?'

'Zij en de Kami van de prinses zijn allebei verdwenen. Ik denk dat ze haar hebben ontvoerd.' Ongedurig wipte de man op zijn korte beentjes heen en weer. 'Mag ik nu gaan, de Shezna heeft me ontboden op het paleis. Ik moet er zijn.'

Met een duw liet Manu de man gaan. Nadenkend liep hij terug naar het huis. Verdwenen, dacht hij met een frons, maar waar naar toe? En waarom met de prinses? Wat was hier gaande? Hij kwam aan bij het huis en klopte op de deur. Nadat hij binnen was gelaten, liep hij de werkkamer in. Daar was Denal in gesprek met Karie en Kadjira.

Aan Karies bedrukte gezicht te zien, had hij ook zojuist het bericht gekregen over de gevlogen dief. In de hoop meer informatie te krijgen, ging Manu op de tafel zitten en wachtte af. 'En Taniya's spullen?' vroeg Manu, na een tijdje gezwegen te hebben.

'Er is wat goud gevonden en haar kleding.'

'Alleen dat?'

Denal knikte waarop Manu zich licht opgelucht, nu hij wist dat Karie zijn zoektocht niet zou staken, van hem afwendde en zich tot Karie keerde.

'Wat wordt onze volgende stap?'

'Volgens deze man,' Karie wees nadenkend naar Denal, 'heeft men een groep mensen op paarden richting het zuiden zien gaan. Vele ogen bevestigen dat de prinses erbij zat. Ook was er een meisje vastgebonden achterop bij één van ze aan het paard. Het meisje had pikzwarte, lange haren en een mokka-bruine huidskleur. Goed hebben ze haar niet kunnen zien, maar meer dan dit hebben we niet.'

'Dus wat doen we nu?' vroeg Manu lichtelijk gespannen.

Grimmig zei Karie, 'en nu, nu gaan we spullen inpakken. We gaan richting het zuiden.'

Manu's lippen trokken op tot een half zelfvoldane grijns.

Hoofdstuk 10

Taniya zag niets om haar heen. Het was zo donker als de nacht en ze wist niet of haar ogen gesloten waren of dat ze verblind was door de schroeiende pijn in haar lichaam. Water golfde langs haar lichaam, maar het bood haar geen verlichting. Haar mond voelde kurkdroog aan, maar ze durfde haar mond niet open te doen, bang dat het water in haar longen zou terechtkomen. Ze voelde leeg aan, alsof er geen bloed door haar aderen stroomde. Haar lange, zwarte haren voelde ze langs haar gezicht zweven. In het donker taste ze af naar een uitgang, naar een manier om te ontsnappen uit de zwarte nacht, maar ze vond niets.

Langzaam zichzelf voortduwend door het donkere water kwam ze vooruit tot ze ver voor haar uit een klein lichtpuntje zag. Een gevoel van opluchting daalde over haar neer en met hernieuwde kracht zwom ze naar het lichtpuntje toe.

Buiten adem bereikte ze de opening van de grot, waar er nog net wat zonlicht doorheen schemerde. Maar voor zij zichzelf uit het water omhoog kon trekken, voelde ze meer dan dat ze het zag, een donkere schaduw over haar heen vallen. Ze deinsde geschrokken met een gil achteruit dieper het water in. Met een diepe grom vol triomf sprong Manu ook het water in en met trage slagen zwom hij naar Taniya toe.

Paniekerig probeerde Taniya weg te zwemmen, maar lange, donkergroene bladeren van de normaal, o zo mooie waterplanten wikkelden zich om haar benen heen. Angstig probeerde ze zich los te rukken van de planten, maar hoe meer zij zich probeerde weg te draaien, hoe strakker de planten zich om haar heen wikkelden.

Met wijd opengesperde ogen zag ze de schrikbarende man op haar afkomen. Vol onmacht liet ze zich met haar handen voor haar mond in het water zakken, haar ogen vulden zich met tranen die meteen door het water werden weggespoeld.

Twee ruwe handen om haar keel deden haar weer wakker schudden uit haar machteloze toestand. Ze probeerde zich los te rukken, maar ze voelde al hoe alle kracht uit haar lichaam begon te sijpelen. Hij was zo sterk, zoveel sterker dan zij. Smekend hief ze haar gezicht op naar hem, maar het deed hem niets. Gevoelloos staarde hij op haar neer en gaf als antwoord op haar stille smeekbede aan dat dit haar straf was, dat ze dit verdiende en dat dit de manier was waarop het voor haar zou eindigen.

Taniya opende haar mond om te vragen wat haar fout was dat hij haar bleef straffen, maar haar mond vulde zich met het water. Het drong door tot in haar neusgaten en haar longen. Haar ogen draaiden weg in haar oogkassen. Haar lichaam schokte van de pijn.

'Dit is je straf,' hoorde ze nog Manu's stem nagalmen in haar hoofd, terwijl alle gevoel met een laatste schok uit haar lichaam weg trok.

*

Kritisch sloeg Rashmi de twee zonnedagen geleden in Mandjira aangekomen strijders en verwende prinses gade. Het gebeuren was haar de eerste dag al ten ore gekomen en het deed haar geen genoegen, ondanks dat de ontsnapping een geslaagde actie was geweest. De prinses was hier en nu moesten ze haar alleen zover krijgen dat ze mee zou werken aan de volgende stappen naar vrijheid. Grommend bedacht ze zich dat een dode Lana geen positieve bijdrage aan hun zaak zou leveren. Boos balde ze haar vuisten en keek de groep doordringend aan.

Behalve Raihan en Malini lieten Freno, Shilpa, Binoez, Zathi en Mansi hun hoofden beschaamd zakken. Raihan leek onaangedaan met de situatie, maar Malini staarde verdrietig voor zich uit. Zij voelde zich schuldig, schuldig dat ze niet alleen had gedurfd weg te gaan, schuldig dat haar vriendin in zo'n situatie was beland, waaruit ze niet had kunnen ontsnappen. Vriendin was een groot woord, maar enige genegenheid tussen de twee was wel ontstaan en voor Malini was zij de vriendin geweest die zij nooit had gehad, ondanks de bittere woorden vanuit Taniya's kant aan het eind.

Inwendig zuchtend vestigde Rashmi haar blik op Malini's gezicht en schudde vermoeid haar hoofd vanwege de extra complicaties. Het gevoel onderdrukkend, hief ze haar armen op om de omgeving om haar heen aan te duiden en sprak met een luide stem tot Malini.

'Prinses, Nashmi, een geliefd meisje uit ons volk, heeft ons verzocht om u het paleis te helpen verlaten. Wij hebben veel aan haar te danken en konden haar verzoek niet weigeren. Maar wellicht hebt u al begrepen, dat wij geen normale burgers van het rijk zijn. Wij vechten voor ons recht op vrijheid, om te kunnen gaan en staan waar wij willen, zonder de strenge wetten van de Shezna die bedoeld zijn om de armen te onderdrukken en de rijken nog rijker te maken.'

Malini keek verward naar de vrouw, die nu begrijpend naar haar knikte.

'Ja, voor een buitenstaander is dit niet zichtbaar. Alles lijkt in Shehza te gaan, zoals het al eeuwenlang gaat, waar alle rijkdom eerlijk verspreid is over ieder inwoner. Maar als u diep in uw hart kijkt, prinses, dan weet u dat dit niet zo is. Buiten het paleis heeft u vast wel de zwervende kinderen met vodden aan hun lichaam gezien. U heeft vast wel de verhalen van de bedienden gehoord over zware belastingheffingen, die bij het niet voldoen ervan, zorgt voor huisuitzettingen en mensen die sterven van de honger.'

Rashmi viel stil en keek Malini vragend aan. Langzaam begonnen de verhalen van de bedienden en alles wat zij in Shiba had gezien aan armoede, tot haar door te dringen. Diep in haar hart had zij altijd geweten, dat haar vader niet zorgde voor voorspoed, maar dat hij Shehza verdronk in een diepe poel van armoede. Zolang zij alles naar wens kreeg, had zij haar oogkleppen op gehad. Ook nu nog wenste ze dat ze deze oogkleppen op kon blijven houden en een gevoel van ontkenning trok door haar heen. Ze onderdrukte het gevoel dat Rashmi in haar had losgemaakt en schudde haar hoofd, de woorden van Rashmi ontkennend.

'De Shezna brengt voorspoed, hij heeft Shehza tot grotere hoogten gebracht dan alle Shezna's ervoor en hij zal zelfs nog meer rijkdom brengen. Ik moet hem alleen zien te overtuigen dat er andere manieren zijn om dit voor elkaar te krijgen dan middels een huwelijk met Firoz. Alles zal dan goed komen.'

Rashmi glimlachte alleen alsof Malini een klein kind was dat haar zin niet kreeg. Malini voelde dit ook aan en zei niets meer. Met haar armen over elkaar heen geslagen, staarde ze langs Rashmi heen. Ze voelde de anderen naast haar onwennig schuifelen, alsof zij ook wat wilde zeggen, maar ze zwegen allemaal.

Rashmi rechtte haar rug waardoor Malini nog erger het gevoel kreeg alsof ze tegenover een strenge ouder stond. Malini boog haar hoofd, maar gluurde tussen haar wimpers door naar de tengere vrouw voor haar, die het verhaal van zojuist wegwuifde met een klein handgebaar.

'Ik heb je niet geroepen om de misdaden van jouw vader te bespreken.' Malini merkte de nauwelijks waarneembare overgang van tutoyeren met een onbehaaglijk gevoel op, maar wachtte af wat Rashmi te zeggen had.

'Ik heb je hier geroepen om een keuze te maken. Je bent opgegroeid in een paleis. Dit is niet het paleis waar je al die zomers bent opgegroeid. Hier gelden niet de regels van jouw vader, maar de regels van Mandjira. Nu je onze schuilplaats kent, kunnen wij jou niet laten gaan. Jij zal dus hier blijven tot Shehza weer vrij is.'

Vol ongeloof staarde Malini de vrouw aan. 'Ben ik een gevangene? Je redt mij uit de ene gevangenis om naar de volgende te gaan?'

Rashmi antwoordde vriendelijk, maar wel met een stem waaruit duidelijk was dat de prinses maar aan haar wensen te schikken had. 'Je kunt hier vrijwillig blijven, houden aan alle regels van Mandjira of inderdaad als een gevangene. Als gevangene heb je geen rechten. Je krijgt geen nieuwe kleren, tenzij wij dat beslissen. Je krijgt geen eten, tenzij wij dat beslissen. Je staat op wanneer wij dat zeggen, je gaat slapen wanneer wij dat zeggen.'

Malini keek haar aan en wilde wat gaan zeggen, maar Rashmi hief haar hand op ten teken dat ze stil moest blijven.

'Als Mandjiraan zal je werken voor je voedsel en kleding. Je hebt de vrijheid om te doen wat je wil, je mag alleen Mandjira niet zonder toestemming verlaten en je mag geen handelingen uitvoeren die de Mandjiranen ten nadele kunnen beïnvloeden. Je bent niet verplicht om mee te doen in onze strijd voor de vrijheid van Shehza, tenzij je dat uiteraard wel wil. Wanneer de tijd rijp is, zullen we je uiteindelijk laten gaan en ben je vrij om te gaan en staan waar je wil, ook buiten Mandjira.'

Malini opende haar mond om te protesteren, maar weer hief Rashmi haar hand op om haar het zwijgen op te leggen. 'Leer eerst Mandjira, haar volk en haar handelingen te kennen. Maak dan je keuze.'

Rashmi wendde zich af en liep naar de uitgang van de zaal. Daar draaide ze zich om naar de groep. 'Ik ga ervan uit dat jullie haar zo snel mogelijk de wetten en regels van Mandjira uitleggen en zij binnen een korte tijd een positieve bijdrage zal beginnen te leveren aan ons volk.' De groep knikte bevestigend, waarop Rashmi zich weer omdraaide en weg liep.

Vol ongeloof om haar lot keek Malini haar na tot Rashmi allang niet meer zichtbaar was en zij alleen een lege gang in keek.

*

Met een frons keek de donkerharige man de Brouwer rond, terwijl hij aan een lange pijp trok. Een groep taraka was zojuist de Brouwer binnen gelopen en stonden nu vol eigendunk met de brouwbroeder te praten. Nederig vroeg de man wat de mannen uit het leger van de Shezna wilden drinken. Eén van de taraka sloeg met zijn vuist op de hoge lange tafel waarachter de man stond. 'Moeten wij hier staand drinken of geef je ons nog een plek aan tafel om te zitten?'

Meerdere lieden die al aanwezig waren geweest in de Brouwer stonden op om stilletjes de ruimte te verlaten. Zij hadden geen behoefte aan mot met de taraka, waar het hier gegarandeerd op zou uitlopen. Angstig liet de brouwbroeder de groep in een hoek aan tafel zitten. Een tarak duwde de man ruw weg en ging zitten met zijn been op tafel. 'En nu dat drankje nog.'

Snel wenkte de brouwbroeder zijn bedienden om houten bekers met bier te brengen. Vliegensvlug werd deze door de bedienden geserveerd, waarop zij meteen weer achter de hoge tafel gingen staan. De mannen uit het leger waren niet bekend als de meest gemanierde wezens binnen Shehza en vooral de bediendevrouwen hadden hier veel van te duchten. Afwachtend keek de brouwbroeder naar de taraka in afwachting van zijn muntstukken.

'Waar wacht je op?' snauwde een tarak naar de man. 'Ga je nu staan kijken hoe wij ons drankje opdrinken?' De brouwbroeder mompelde iets ontkennend binnensmonds en koos eieren voor zijn geld. Hij schuifelde snel terug achter de hoge tafel in de hoop dat de taraka snel weg zouden gaan. Dit was heel slecht voor zijn zaken, de meeste klanten waren intussen vertrokken.

Bohar wenkte met zijn grote hand naar één van de brouwzusters om zijn bierpul bij te vullen en bekeek tersluiks de mannen, terwijl zijn pul werd bijgevuld. Inwendig kookte hij van woede, maar van buiten was dit niet zichtbaar. Zogenaamd onaangedaan nam hij een grote slok van zijn bier en trok hij weer aan zijn pijp, terwijl hij de groep bleef bestuderen en meeluisterde in de hoop op zinnige informatie. Maar het bleef bij een hoop gewauwel over opschepperige praatjes over vrouwen en zogenaamde heldendaden die nooit verricht waren. Als Bohar wilde kon hij met één maai van zijn dikke, gespierde armen de groep de vloer laten schoonlikken, maar daar was het nu de tijd niet voor. Informatie was wat hij nodig had en geduldig bleef hij luisteren naar de praatjes van de mannen.

Een nieuwe groep taraka bestaande uit vijf man kwam de Brouwer binnen lopen. Bohar ging iets rechter zitten. Deze groep was anders dan de dronken groep in de Brouwer. Met stramme schouders en een strenge blik op hun gezichten marcheerden ze naar de tafel van de dronken mannen. De caposquadre van de nieuwe groep taraka keek de mannen aan tafel zo neerbuigend aan, dat ze automatisch in elkaar doken van angst.

'Alle verlofdagen zijn ingetrokken. Je wordt per direct verwacht in het kamp. Gooi een emmer water over die dronken, mislukte koppen van jullie en zorg ervoor dat je binnen een uur nuchter voor mijn neus staat.'

Eén van de taraka waagde het nog om piepend de vraag te stellen waarom het verlof was ingetrokken. Vol weerzin keek de leider naar de man, die nu nog dieper in elkaar dook.

'We hebben de opdracht om elke stad en dorp af te branden in onze zoektocht naar de prinses. De Shezna is erg misnoegd over het feit dat wij haar nog steeds niet hebben gevonden.' Met een ruk draaide de leider zich van de groep af en verliet de Brouwer samen met zijn mannen. De overige taraka keken elkaar verward aan, maar stonden vervolgens murmelend op om hen te volgen.

Inwendig grommend van boosheid keek Bohar naar de brouwbroeder die zijn blik beantwoordde met een bezorgde frons. Hij gooide een paar muntstukken op tafel en verliet de Brouwer zonder wat te zeggen, de brouwbroeder en zijn brouwzuster achterlatend vol bezorgdheid.

Een groep mannen te paard haastten zich richting het zuiden. In ieder dorp dat ze passeerde, vroegen ze om informatie over een groep ruiters die al eerder deze weg afgelegd moest hebben. Doch kon of wilde niemand hen meer informatie verschaffen.

Na tien dagreizen vanaf Shiba kwam deze groep aan bij het kleine, vervallen dorpje Passar. Van een afstand keek Karie met een frons naar het dorpje in de hoop hier informatie over het medaillon te krijgen. De huizen waren gegroepeerd langs een rivier. Het was alleen nauwelijks nog een rivier. In vroegere tijden was het waarschijnlijk een brede rivier met een woeste stroming geweest, maar nu was het niet meer dan een smal stroompje. Het dorpje telde acht huizen. De woningen waren van houten planken gemaakt, waarvan de daken een beetje schuin afliepen. In betere tijden kon de regen hier vanaf stromen, maar tegenwoordig regende het bijna niet in deze streek. De planken van de woningen waren schots en scheef aan elkaar getimmerd, alsof de woning met grote haast in elkaar was gezet. Het zag er dan ook niet erg stabiel uit.

Hij liep het dorpje in, maar het werd er niet beter op. Hier en daar zag hij enkele haveloze honden die vochten om de resten van iets, wat leek op een rat.

Kippen waar geen restje vlees op zichtbaar was, liepen los voor enkele huizen. Voor het eerste huis stond een kraampje met vlees. Daarachter stond een magere, lange man met een spits gezicht en lange haren die vastgebonden waren met een touw. Met een slagersmes was hij bezig een konijn te villen. Het zweet droop van zijn rode gezicht af. De man keek vijandig naar de zojuist gearriveerde groep mannen. Nogal onwennig liep de groep behalve Manu verder. Manu keek de man net zo lang strak en doordringend aan, tot de man zijn blik ongemakkelijk weghaalde. Met een huivering ging hij weer aan het werk. Met een schamper lachje slenterde Manu op zijn gemak achter de groep mannen aan en bekeek de omgeving.

Bij het volgende huisje stond er een kraampje met groente en fruit. De helft van de etenswaren leken verrot. Manu liep door tot hij op een plein met een grote eikenboom kwam. Onderweg was hij ook nog langs de bakker en de schoenmaker gelopen. Maar beide mannen hadden hem met een moedeloze blik in hun ogen aangekeken. Hier en daar zag hij nog kinderen met ontblote bovenlijven en een korte broek rondrennen. Maar echte vreugde was er in dit dorpje niet te vinden. Manu bleef op een paar passen van de mannen staan die nu onder de boom op een verhoging zaten.

Karie verwachtte ook in dit dorp geen antwoorden te vinden. De tijd begon steeds meer te dringen en hij had nog geen enkel idee waar het medaillon kon zijn. Nog even en dan was het onvindbaar!

Toch kon hij het niet nalaten om het te proberen. Aan de teleurgestelde blik van Karie te zien, was er inderdaad geen nieuws.

Manu kwam binnen gehoorsafstand van de groep en hoorde één van de mannen uit het dorp zeggen dat het moeilijke tijden waren. Men had geen muntstukken in dit dorp. Door de droogte groeide er bijna niets op het land. De rivier droogde steeds verder uit en het werd alsmaar moeilijker om de magen gevuld te krijgen. De meeste dorpelingen trokken weg richting Shiba in de hoop op een beter leven.

Karie sprak geruststellende woorden naar de dorpelingen toe en beloofde hen dat hij zou zoeken naar oplossingen voor hen. Manu slaakte een gefrustreerde zucht. In dit tempo zouden zij helemaal niet vooruit komen. Zijn woede begon te stijgen. Met heel veel moeite probeerde hij zichzelf te kalmeren. Pas nadat hij zijn eigen onverstoorbare uiterlijk weer had, voegde hij zich bij het groepje.

'Enig nieuws?' informeerde hij bij Kadjira.

'Nee,' zei Kadjira teleurgesteld. 'Ze weten niets over dat groepje. We hebben ze zelfs muntstukken aangeboden, maar ze weten gewoon echt niets.'

Ondertussen was Karie nog steeds met de dorpelingen in gesprek over de hitte en de moeilijke tijden.

Manu tikte Karie aan op zijn schouder. 'Tijd om te vertrekken, de tijd dringt.'

Verstoord keek Karie hem aan. 'Een moment,' zei hij en ging weer verder met zijn gesprek. Knarsetandend van woede keek Manu hem aan.

Weer tikte hij Karie op zijn schouder aan en met een stem vol ijs antwoordde hij. 'We vertrekken nu.'

Chagrijnig richtte Karie zijn gezicht op naar Manu om hem van repliek te dienen, maar bij het zien van de woede in Manu's kille, grijze ogen, veranderde zijn houding in een lichtelijk angstige. Manu knikte kort en draaide zich daarna beslist om in de wetenschap dat Karie hem zou volgen.

Eén van de dorpelingen sprak nu tot Karie. 'Die man is niet te vertrouwen. Ogen zijn een spiegel tot de ziel van een man. Deze man is zielloos, vertrouw hem niet.'

Karie mompelde wat binnensmonds, maar antwoordde niet. Na een korte groet stond hij op om weer door te trekken.

Manu hoorde het met een grimmig lachje aan, maar vond de dorpelingen de moeite niet waard om zijn energie aan te verspillen.

*

Met een schok werd Taniya wakker. Haar hart bonsde in haar keel. Haar mond was uitgedroogd. Haar lichaam voelde verhit aan en ze baadde in het zweet. Een laken was zo strak om haar lichaam gedraaid dat het pijn deed.

Een zwak schijnsel van licht viel op haar bleke gezicht. Verder was het donker om haar heen. Verward probeerde Taniya los te komen uit de lakens.

'Rustig maar,' klonk een vrouwenstem vanuit het donker. 'Je had een nachtmerrie. Je bent veilig hier, Raihan heeft jou uit het water gehaald. Blijf liggen. Je hebt hoge koorts.'

Taniya keek op en zag een vrouw in het schijnsel van het licht opdoemen. De vrouw was mollig. Haar haren waren gevlochten in een dikke staart. De vrouw had een vriendelijke en kalme gelaatsuitdrukking, terwijl ze weer herhaalde. 'Je bent veilig hier. Blijf liggen.'

Taniya liet zich weer zakken in het bed. De vrouw gaf haar water te drinken en begon daarna haar gezicht te deppen met een natte doek. Vermoeidheid daalde over haar heen, maar vechtend tegen haar slaap mompelde ze. 'Waar ben ik? Wat doe ik hier? Wat is er gebeurd?'

Ze keek de vrouw met haar ogen half gesloten van vermoeidheid aan.

Met diezelfde kalme uitdrukking op haar gezicht zei de vrouw. 'Later kind, rust nu eerst goed uit. Je moet op krachten komen.'

Ze dekte Taniya weer toe met het laken. Vermoeid viel Taniya weer in een rusteloze slaap.

'Hoe is het met haar?' Vanuit het donker klonk een prettige, heldere stem op.

Janie zuchtte ongeduldig. 'Hetzelfde als gisteren, hetzelfde als dat ik al dagenlang tegen je zeg. Ze heeft hoge koorts en dat verdwijnt niet binnen een paar tellen.'

'Maar er is nu al meer dan een kwart maan voorbij. Waarom duurt het zo lang? Er lijkt geen verbetering in te komen?' Raihan verscheen in het schijnsel van het licht en keek Janie beschuldigend aan. Janie duwde verontwaardigd haar handen in haar zij en richtte zich boos op.

'Ik ben een medicijnvrouw, niet God. Ik kan haar medicijnen geven, maar geen één werkt. Ze moet er zelf tegen vechten, ik doe alles wat ik kan. En dat jij hier loopt te zeuren maakt de zaak er niet beter op. Als jij beter had opgepast, was deze hele situatie er niet eens geweest!'

Een lichte blos trok over zijn lichtbruine wangen en schuldig boog Raihan zijn hoofd.

'Het spijt me,' klonk zijn stem nu vermoeid. 'Je levert goed werk en ik twijfel ook niet aan je deskundigheid. Maar ik snap niet waarom ze niet beter wordt.'

Janie's blik van verontwaardiging veranderde in een van diep medeleven. 'Het komt wel goed. Ze heeft tijd nodig. Op dit moment vecht ze tegen haar eigen demonen in haar hoofd. Het slaapdrankje zorgt ervoor dat ze kan rusten. Je schuldig erover blijven voelen, helpt noch haar noch jou. Ga ook wat rusten.'

Met een vriendelijk, maar ferme hand op zijn schouder dirigeerde ze Raihan de kamer uit.

Hoofdstuk 11

Freno liep de kamer van Taniya binnen, in het huis van de genezeres. Hij had al het hele huis doorzocht, waar hij haar nu uiteindelijk op het lege balkon vond in een grote schommelstoel gezeten voor zich uit starend. Ze reageerde niet op zijn klop aan de deur, dus hij liep door en ging tegenover haar op een bankje zitten.

Na een tijdje zwijgend om zich heen gekeken te hebben, richtte hij zijn blik op haar. 'Taniya, wat ben je aan het doen?'

Bij het horen van haar naam schrok Taniya op en Freno herhaalde zijn vraag na haar verwarde blik.

'Nadenken.' Ze wendde zich weer van hem af en keek weer de blauwe wolkeloze lucht in

'Over wat?' vroeg Freno, terwijl Taniya bleef staren naar de lucht.

'Over wat mijn volgende stap nu zal zijn.'

'Zo verkeerd is het hier niet in Mandjira. Waarom geef je het niet een kans?'

Taniya antwoordde niet, maar sloeg haar handen ineen en deed alsof ze hem niet hoorde.

'Waarom wil je hier niet blijven?' Freno bleef haar net zo lang aankijken tot ze een antwoord zou geven. Met een zucht keerde Taniya zich naar hem toe.

'Omdat het niet mijn eigen keus is. Ik ben hier gedwongen naar toe gehaald. Ik wil mijn leven in mijn handen houden. Die keus hebben jullie mij ontnomen, toen ik hier naar toe ontvoerd werd.' Freno schudde met zijn hoofd inwendig zuchtend.

'Weet je al wat je wil dan?'

Vermoeid door zijn eindeloze stroom aan vragen zuchtte Taniya hardop.

'Wat wil je van mij, Freno? Wat moet ik doen om van je af te komen?'

Freno kreeg een brede lach op zijn gezicht, stond op en trok ook haar overeind. 'Voor nu? Ik wil dat je meegaat naar buiten. Ik wil je wat laten zien.'

Taniya keek naar zijn glimlach en onwillekeurig verscheen er een lach op haar gezicht. Met een droge stem en een scheef lachje antwoordde ze. 'En dan hou je op met proberen mij te ontleden.'

Freno barstte in lachen uit en trok haar aan één hand de deur uit. 'Misschien hou ik wel daarmee op. Maar misschien ook weer niet. We zullen zien.' Met een schalks knipoogje wendde hij zich weer af van haar. Zo liepen ze samen de woning uit, de stad uit en het woud in. Daar beklommen ze zwijgend een hoge heuvel tot Taniya hijgend vroeg waar hij haar naar toe nam.

'We zijn er bijna,' lachte Freno. 'Jij hebt een waardeloze conditie, Taniya, daar moet je echt wat aan gaan doen.'

Boos keek ze hem aan.

'Ik laat je al met rust. ' Freno lachte plagerig naar haar. 'Maak je geen zorgen. Dat kunnen we er niet bij hebben, nu je al je energie nodig hebt voor onze tocht.'

Ze stak kinderachtig haar tong naar hem uit.

Na een tijdje arriveerden ze bij de opening van een grote grot. Na uitgehijgd te zijn, keek Taniya onwillig naar de opening van de grot. 'Ben je van plan om mij te vermoorden en te verstoppen in de grot?'

Freno barstte in lachen uit. 'Nee dommerd. Denk je nou heus dat ik je wat aan zou doen? Vertrouw je me echt niet?' Hij keek haar aan.

Ze haalde haar schouders nietszeggend op en keek hem niet aan.

'Meen je dat? Kijk me aan, Taniya,' beval hij, 'en geef een antwoord op mijn vraag.'

Ze keek op in zijn ogen. Lichtbruine ogen die haar warm aankeken. Ze voelde zich veilig bij hem. Hij zou haar nooit wat aan doen, dat wist ze zeker diep in haar hart.

'Ik vertrouw je' zei Taniya met een zachte stem.

Freno knikte goedkeurend en pakte haar hand beet. Samen liepen ze naar de grot.

Met grote ogen keek Taniya naar het tafereel dat voor haar ogen opkwam, zodra ze de grot binnen liep. Verlicht door het zonlicht, wat nog lichtjes naar binnen scheen, zag ze een beest ter grootte van twee keer het formaat van Taniya met haar welpen liggen in de grot.

Freno maande Taniya tot voorzichtigheid en wenkte haar dieper de grot in naast hem op haar knieën. 'Dit is een sherien. Ik heb voor haar gezorgd sinds kleins af aan. Ze doet mij niets. Kom.' Hij pakte Taniya's hand vast en liet die over de ruige manen van het beest vleien. Met een zacht gesnor van genot liet de sherien haar hoofd zakken tot Taniya's schoot. De hoorns ter grootte van haar hand tussen de oren van het hoofd met de felblauwe ogen zagen er ongevaarlijk uit, maar voelden zo hard als steen aan. Een stoot van deze hoorns zou alle botten in haar lichaam kunnen breken. Lange hoektanden waren zichtbaar over het gesloten bek van de sherien. Ongetwijfeld zouden die haar ook levend kunnen verscheuren als ze boos was.

Vol spanning en nieuwsgierigheid bekeek Taniya het beest. Eén van de welpen kroop nieuwsgierig naar het tweetal toe. De moeder hield de welp met één oog in de gaten, maar hield hem niet tegen. Freno tilde de welp op en zette het in Taniya's armen. Ontroerd aaide ze het beest over zijn hoofd tot Freno zei dat het weer tijd was om te gaan. 'Komen we hier weer terug?' Taniya keek gretig naar Freno die naar haar glimlachte. 'Als je Mandjira een kans geeft, dan komen we zeker terug.' Taniya glimlachte weer naar hem terug met een blik waarin haar antwoord al zichtbaar was.

*

Malini raapte met een diepe zucht de losse takken op de grond in het woud op en gooide deze in een mand. Ze begon steeds meer spijt te krijgen, dat ze niet de keuze had gemaakt om als gevangene te leven. Ze had dan nog steeds vrij mogen rondlopen, maar bepaalde privileges had ze dan niet gehad. Maar daar tegenover had ze dan ook niet hoeven te zwoegen als een paard om haar "beloningen" te verdienen. De wassende maan was inmiddels al overgegaan naar een volle maan, maar nog steeds had ze geen beloning gezien. Zeuren en vleien bij de werkgroep had haar er ook niet geliefder op gemaakt. Niemand wilde nog bij haar in de buurt komen en elke keer als ze sprak, werd ze vol minachting aangekeken. Treurig gooide ze één van de takken van zich af en liep doelloos door het woud.

'Het is de bedoeling dat je werkt voor je voedsel. Hier ben je geen prinses. Van een beetje werk gaat niemand dood.' Binoez keek streng naar Malini en wendde zich weer af. Inwendig grommend dacht Malini terug aan het gesprek met Rashmi, waar ze de keus had gehad om als gevangene te leven of als Mandjiraan. Als Mandjiraan leven had haar toen veel beter geleken dan als gevangene.

'Ik heb besloten om de eed af te leggen en te leven als een Mandjiraan,' had Malini met gebogen hoofd gezegd. 'Zoveel keus heb ik niet en ik wil wel gewoon rond kunnen lopen. Ook het gedeelte betreft de nieuwe kleding. Ik kan niet wachten tot jullie besluiten me er één te geven. Ik word er gek van om in deze afschuwelijke gewaden rond te lopen.' Ze was vol verontwaardiging met haar handen over de donkerbruine tuniek die ze aan had gegaan.

'Straks krijg ik pas na meerdere manen nieuwe kleding. Ik moet er elk moment goed uitzien. Ik ben een prinses. Het leven als gevangene zal mij geen goed doen. Om die redenen heb ik besloten om me maar vrijwillig aan te bieden.' Ze had haar armen over elkaar heen geslagen, maar behalve een toestemmend knikje van Rashmi, had ze geen reactie van haar gekregen.

Shilpa had daarna kort wat aanvullende informatie over Mandjira gegeven, maar Malini had maar met een half oor geluisterd. Als ze beter had geluisterd, had ze eerder begrepen wat een Mandjiraan zijn inhield.

'Zoals je ondertussen wel begrepen hebt,' was Shilpa begonnen met haar uiteenzetting,' ligt Mandjira tussen twee bergkammen in. Het is praktisch ondoordringbaar. Er zijn vier in- en uitgangen, bij de watervallen. Het lijkt op de ingang waaruit wij zijn gekomen op weg naar Mandjira toe. Daarnaast zijn er nog zeven tunnels die leiden buiten Mandjira. Al deze gangen worden zichtbaar en onzichtbaar bewaakt.'

'Dus ik zou het niet in me hoofd halen om zonder toestemming, proberen Mandjira te verlaten,' had Binoez op een strenge toon Shilpa's verhaal aangevuld.

Shilpa had haar beschrijving vervolgd. 'Het woongedeelte van Mandjira heeft een ovale vorm. Vanuit vogelvlucht gezien bestaat het bovengedeelte van deze ovale cirkel uit een gedeelte akkers. Hier verbouwen wij enkele groenten en granen.

In het midden van de cirkel is er het plein met het Raadshuis, daar zijn wij nu.

Rechtsboven is de kookruimte en opslagplaats. Voedsel wordt gekookt in de kookruimte, maar je mag zelf weten waar je eet. In principe eten de meeste mensen daar, zodat zij verhalen over hun dag met elkaar kunnen uitwisselen. Wat in de opslagplaats ligt is voor iedereen. Wil je extra voedsel of kleding, dan dient dit te worden verdiend.

Aan de linkerkant van dit plein heb je de trainingsruimte. Hier leert iedereen zichzelf te verdedigen tegen potentiële aanvallers. Het resterende gedeelte van de ovale vorm wordt opgevuld door de woningen van de mensen. Om deze ovale vorm is er het woud. Hier moeten je oppassen. Er kunnen roofdieren rondlopen. Daarnaast zijn er ook gevaarlijke planten die gifstoffen afgeven. Voorzichtigheid is gebaat in het woud.

Rivieren banen zich een weg door dit woud om ons woongedeelte heen, maar drinkwater kunnen we alleen halen bij de bronnen bij de bergkammen en bij één van de vele waterputten verspreid door Mandjira heen.

Aan de onderkant van de ovale vorm stroomt op loopafstand de rivier. Over het algemeen wassen de meesten zichzelf daar. Ook kleren kunnen daar gewassen worden. Mandjira lijkt klein, maar om van de ene bergkam naar de andere bergkam te gaan heb je minstens twee dagreizen nodig. Later kan je jouw woongedeelte en de omgeving ervan verkennen.'

Malini knikte ten teken dat ze het begrepen had, terwijl ze naar Zathi had gekeken die het gesprek had overgenomen.

'Dan ga ik het nu hebben over de verhoudingen tussen de lagen in de mensen in Mandjira,' had Zathi gezegd met een stem waardoorheen de ouderdom duidelijk klonk. Malini had geïnteresseerd geknikt en de man vol verwachting aangekeken.

'Die zijn er niet.' Zathi had haar met een grijns aangekeken. 'Niemand is hoger of lager. Ongeacht welk beroep iemand uitoefent, er wordt geen onderscheid gemaakt. Iedereen dient elkaar met respect te behandelen.'

Malini had hem beduusd aangekeken, want ze begreep het niet helemaal. Hoe konden er nou geen verschillende lagen zijn? Had niemand dan hogere privileges dan het normale volk? Ze had hem vast verkeerd begrepen, had ze gedacht. Maar nu wist ze wel beter, weer tegen een dikke tak aan schoppend. Iedereen moest net zo hard werken voor zijn brood en het ergste was nog dat iedereen het graag wilde doen in Mandjira! Alleen de kinderen, de ouderen en de zieken hadden deze verplichting niet. Na dagenlang schrobben, takjes oprapen, wortels zoeken en kleren wassen, waren haar handen schraal geworden. Kleine blaartjes prijkten aan haar vingers, maar nog kreeg ze geen respijt.

'Geen werkzaamheden verrichten, betekent geen eten aan het einde van de werkdag.' De stem van Binoez drong tot haar wrokkige gedachten heen en met een diepe zucht wijdde ze zich weer aan haar werk.

*

Karie, Bila, Kadjira en Manu zaten om het kampvuur. Het was al diep in de nacht en ze bespraken hun vorderingen op de zoektocht naar Taniya met de drie Zoekers. Na lang getwijfeld te hebben, had Karie besloten dat het aannemen van de Zoekers het beste was wat hij nu nog kon doen. Zij hadden ervaring met het vinden van zowel de, voor het blote oog, de zichtbare als niet zichtbare sporen.

Uit een kort gesprek haalde een Zoeker meer informatie dan iemand met een ongeoefend oog.

'Jullie zijn nu al meerdere weken onderweg en hebben tot nu toe geen enkel idee waar dat meisje naar toe is gegaan.' Eén van de Zoekers keek Karie bestuderend aan. Karie knikte bevestigend, terwijl de andere mannen afwachtten.

'Misschien moeten we jullie weg opnieuw evalueren.' De andere Zoeker keek zijn mede-Zoeker nadenkend aan. Vol belangstelling keken de drie Zoekers naar de vier mannen voor zich. 'Wanneer is ze verdwenen?'

Kadjira schoof naar voren. 'Tegelijkertijd met de prinses. Samen met een groep ruiters.'

'Volgens die bedelaar was er een meisje vastgebonden aan het paard. De beschrijving die hij gaf voldoet aan het uiterlijk van Taniya,' vulde Bila aan.

'Wat voor een persoon is de prinses en wat waren de laatste ontwikkelingen rondom haar,' vroeg Mashk zich wendend tot Gustav, één van de andere Zoekers.

'De prinses is een hooghartig, arrogant wezen.' antwoordde Gustav schouderophalend. 'Ze geeft om niemand, behalve zichzelf. Haar vader heeft haar erg verwend.'

'Ze heeft altijd alles gekregen wat ze wilde,' zei Bastion. Hij leunde achterover tegen een rotsblok en speelde met een dun takje in zijn mond.

'Wanneer ze boos werd, kon ze om de kleinste dingen haar dienaren en volk straffen,' ging Bastion verder. 'Ze gaf nooit de doodstraf, maar haar dienaren werden wel afgeranseld.'

Mashk knikte instemmend om de dingen die hij al wist. 'En wat speelde er nog meer op dit moment in het leven van de prinses?'

'Ik heb begrepen dat ze zou gaan trouwen, één dag nadat ze was verdwenen.'

'Hoe keek de prinses tegen haar naderende bruiloft aan?' vroeg Karie zich met het gesprek bemoeiend.

'Ze zal wel blij geweest zijn,' zei Bastion schouderophalend. 'Ieder meisje wordt toch blij met de kans om te trouwen?'

De anderen knikten instemmend, maar Mashk zei aarzelend: 'ik heb wel van de andere bedienden begrepen dat ze ruzie heeft gehad met haar vader, omdat ze tegen de trouwerij was. Misschien hebben ze haar daarom meegenomen?'

'Maar wat voor baat hebben haar redders dan als ze de prinses hebben helpen ontsnappen?' vroeg Bila hardop twijfelend.

'Misschien willen ze die nieuwe wetgeving toepassen van de Shezna,' zei Gustav nadenkend. 'Je weet wel, over het Hoederschap en trouwerij met de prinses.'

'Ik denk het niet.' Bastion haalde het takje uit zijn mond en speelde er nu met zijn vingers mee. 'We hebben onze Shezna. Het Hoederschap neemt de man van de prinses pas over, als de Shezna aftreedt en dat zie ik nog lang niet gebeuren.'

Mashk dacht even na en zei toen hardop. 'Of ze hebben dit puur gedaan, zodat de trouwerij niet door zou gaan. Deze Shezna is al verschrikkelijk genoeg, als prins Firoz daar bij komt, dan wordt Shehza een hel.'

'Het zouden de vrijheidsstrijders van Shehza kunnen zijn.'

Gustav wreef nadenkend over zijn kin. 'Maar dan wordt het vrijwel onmogelijk om hen te vinden. Die gasten kunnen verdwijnen als een dief in de nacht.'

'Maar we moeten hen vinden,' riep Karie uit. 'Ik moet dat kind vinden!'

Een diepe stilte viel over de groep, terwijl iedereen nadacht. Manu die tot nu toe stil was gebleven, stond op. Vol verwachting op nieuwe inspiratie of nieuwe ideeën keek de groep hem aan. Maar hij pakte een deken, ging liggen en rolde zichzelf zonder wat te zeggen erin. Verwonderd keek de rest van de groep elkaar aan, maar een verdere reactie bleef uit.

*

Vanachter een dikke boom keek Malini mokkend naar Taniya. *We zijn hier dezelfde tijd aangekomen en ze heeft nu al meer vrienden dan ik,* dacht ze verbitterd. *Ik snap niet hoe ze dat doet. Kijk haar nou lachen en praten, alsof ze die mensen al meerdere zomers kent.*

Freno was ondertussen bezig takken te verzamelen. Hij keek op en zag Malini achter de boom staan. 'Kom je mij helpen?'

Malini negeerde hem en tuurde stuurs voor haar uit.

Inwendig zuchtte Freno en liep op haar af. Over haar schouders heen zag hij de bron van de irritatie van Malini. 'Je zult toch moeten werken als je er iets voor terug wil.' Hij liep weer terug naar zijn plek en begon nieuwe takken te verzamelen.

Malini sloeg haar armen over elkaar, terwijl ze tegen de boom aan leunde met één voet en haar rug er tegen aan. Vandaag was ze weer ingedeeld in de verzamelploeg met een groep van nog negen anderen. Freno en Taniya behoorden ook tot deze groep, maar iedereen ging in paren aan het werk. Taniya vormde samen met Gan, één van de lange voorvechters een paar en Malini vormde met Freno een paar.

Mandjira kende een tiental ploegen, van een kook- en verzamelploeg tot een vecht- en bewaakploeg. Elke dag werd je in een nieuw ploeg met nieuwe mensen ingedeeld. Na tien werkdagen kwam je weer in de eerste ploeg terecht, mits je geen vrije dagen had aangevraagd. Bezwaar indienen tegen deze werkwijze had niet veel zin, aangezien je dan bij de Raad terecht kwam. De Raad bestond uit twaalf leden, allen inwoners van Mandjira. Voor kleine zaken staan de daders terecht voor één of twee leden. Voor grotere zaken, dient de voltallige Raad aanwezig te zijn. Haar bezwaar zou waarschijnlijk vallen onder nutteloze zaken.

Ondanks alle frustraties hier, was Malini zich er alsnog van bewust dat ze hier beter af was dan in een huwelijk met prins Firoz. Toch kon ze het niet laten om op ieder moment dat ze kon haar misnoegen kenbaar te maken. Om die reden keek ze geërgerd naar Freno en wendde zich toen weer af naar Taniya.

Na een tijdje keek Freno met een zucht op naar Malini en liep naar haar toe. Kalm keek hij in haar violetkleurige ogen tot ze haar blik naar de grond richtte en beantwoordde haar stille vraag.

'Het is je gedrag, waardoor je geen vrienden maakt. Je stelt geen vragen op een normale toon, maar eist antwoorden. De minachting straalt van je gezicht af. Hoe kan je van anderen respect vragen, als je die zelf niet geeft?

Een blos kleurde Malini's wangen, maar ze hief haar gezicht naar hem op om heftig te protesteren. Maar voor ze een woord kon zeggen, sprak Freno op vriendelijke toon verder.

'Anderen werken hard voor hun voedsel en jij verwacht dat het op een dienblaadje aan je wordt gepresenteerd. Je roept wel om je heen dat je een prinses bent, maar een prinses hoort de moeilijkheden en zware tijden van haar volk te kennen. Leer dit beter kennen en ik beloof je dat je binnen onafzienbare tijd vrienden zal maken.'

Freno glimlachte met zijn ogen naar haar en stak zijn hand naar Malini uit. 'Help mij met takken verzamelen en ik zal jou helpen jouw volk beter leren kennen.'

Onzeker pakte Malini zijn hand. 'Het spijt me,' zei ze zachtjes.

Freno lachte alleen vriendelijk en wenkte haar om te werken.

*

Ondertussen ergens ver weg in een paleis in de mooie hoofdstad Shiba ijsbeerde Kashish woedend over de huidige gang van zaken in zijn werkkamer rond. Inmiddels was prins Firoz al meerdere kwart manen geleden in Shiba voor het geplande huwelijk met zijn dochter Malini verschenen en was van een koude kermis thuis gekomen.

Firoz was niet erg inschikkelijk geweest over de verdwijning van de prinses en had geweigerd met lege handen terug te keren. Zijn gevolg had hij weg gestuurd, maar zijn vriend Baram was bij hem gebleven. Beide mannen werkten Kashish zwaar op de zenuwen, maar hij kon er niets over zeggen.

Een klop op de deur zorgde ervoor dat zijn geijsbeer ophield, terwijl Firoz en Baram afwachtend op de bank bleven zitten.

Shehza had duizenden taraka, mannen uit het leger die te voet streden en honderden caloresies, mannen die te paard streden. Elke troep, bestaande uit tien taraka en vijf caloresies, werd geleid door een caposquadre, die op zijn beurt weer bevelen aan nam van zijn Cratus. Die rapporteerde weer aan de Charalam. Bovenaan de ladder stond de Shezna die het gezag had over het volledige leger.

Cratus Pilahi stond nu aan de deur van de Shezna, terwijl hij gespannen afwachtte tot hij naar binnen werd geroepen. Toen de deur met een zwaai open werd getrokken door de twee bewakers aan de deur, liep Cratus Pilahi met voorzichtige stappen de mooie kamer in. Aan het einde van de kamer stond een lang, breed bureau van lichtgekleurd hout. De grote ramen zorgden ervoor dat er bij zonsopgang genoeg daglicht was in de kamer en prachtige kandelaars gehangen aan de muren en staande op de tafel zorgden voor voldoende licht in de schemering.

Een klein kuchje trok zijn aandacht naar de twee mannen op de bank. Quasi nonchalant leunden ze achterover, maar aan de opblinkende gretigheid in hun ogen was te zien hoe nieuwsgierig ze waren over het nieuws wat hij bij zich had. Maar beide mannen zwegen verder en loerden afwachtend naar de Shezna die luidruchtig met zijn knokkels knakten en met één opgetrokken wenkbrauw naar Pilahi keek.

Cratus Pilahi schraapte even zijn keel en begon aan een lange uiteenzetting over de zoektocht van de taraka. Na een tijdje geluisterd te hebben, stak Kashish ongeduldig zijn hand op.

'Ik hoef al het gebazel niet te horen. Hebben jullie haar gevonden?'

Schoorvoetend keek Cratus Pilahi naar zijn voeten en schudde zijn hoofd. Na een paar tellen hief hij zijn hoofd op naar de Shezna, die een paar stappen dichter naar hem toe had gezet. Hoewel er in zijn hoofd alarmbellen begonnen te rinkelen, bleef hij alsnog verstijfd staan. Toen rechtte hij zijn rug en sloeg zijn handen achter hem in elkaar. Met opgeheven hoofd keek hij naar de Shezna.

Kashish stapte door tot hij bijna neus aan neus stond met Pilahi en keek hem doordringend aan.

'Wij zullen haar vinden, Shezna, ik heb meer tijd nodig.' Angstig van binnen, maar onaangedaan van buiten keek Pilahi onbevreesd naar de Shezna, van wie een zenuw bij zijn violetkleurige ogen trok.

Kashish keek met een minachtende, woedende blik naar Cratus Pilahi en wilde zich weer afwenden. Doch hoorde hij een schamper lachje achter zich komen, waarbij hij vanuit zijn ooghoeken de twee mannen zag. Zijn woede steeg tot hij een rood waas voor zich zag.

Cratus Pilahi die met gebogen hoofd zich opgelucht had willen afkeren naar de deur voelde één hand om zijn keel grijpen. Voor hij enige beweging ter ontsnapping kon maken, voelde hij het leven al uit zijn lichaam verdwijnen.

Kashish duwde de levenloze man van zich af en twee bewakers haastten zich om het lichaam van Cratus Pilahi weg te dragen. Met een ruk keerde hij inmiddels gekalmeerd met een blik als een jager om naar de twee mannen. Een scheef lachje verspreidde zich over het gezicht van Baram en goedkeurend knikte hij naar de Shezna.

Prins Firoz stond op vanuit zijn luie positie en liep zelfverzekerd naar Kashish. 'Het ziet eruit alsof je wel wat hulp kan gebruiken. Met mijn mannen erbij besla je een groter gebied dan met alleen jouw mannen.' Kashish bekeek Firoz en Baram beurtelings onderzoekend aan, terwijl hij nadacht of hij de mannen wel kon vertrouwen. Na de ernstige mannen nog een paar tellen geobserveerd te hebben, knikte hij instemmend waarmee hij de onderlinge samenwerking hiermee bezegelde.

Hoofdstuk 12

Taniya en Freno bogen zich ongerust over Janie heen in de halfdonkere grot naar de zieke sherien. Kommen met hete kruidenpapjes en planten lagen her en der verspreid en sterke dampen stegen op om het beest heen. Haar lange manen lagen slap langs haar gezicht en de oogleden bedekten half de felblauwe, bijna levenloze ogen.

'Shibani,' murmelde Freno verdrietig het beest aaiend over het hoofd.

Verdrietig boog Taniya ook haar hoofd en ongerust vroeg ze aan Janie wat het eens zo mooie, fiere beest mankeerde.

Janie schudde verdrietig haar hoofd. Na nog een korte blik op het beest en een klein klopje op haar heup, begon ze haar spullen te verzamelen.

'Janie..?' Freno keek smekend naar Janie, maar ze schudde nogmaals verdrietig haar hoofd.

'Ik heb haar iets gegeven tegen de pijn, meer kan ik niet voor haar doen.'

'En de welpen? Hoe gaat het met hen?' Overbezorgd keek Taniya naar Janie die al bij de uitgang van de grot stond. Janie wendde zich naar Taniya toe en wees naar een hoop stro. Daarna verliet ze met een diepe zucht de grot.

Een ogenblik keek Taniya naar Freno die het hoofd van Shibani op zijn schoot had gelegd en haar bleef aaien. Toen stond ze op en liep naar de hoop stro aan het einde van de grot.

Het duurde even voor ze door had wat zij zag en met een snik liet ze zich vallen bij het hoopje. Haar ogen traanden van verdriet om het groepje van de vijf beweginloze welpen en met een ruk wendde ze zich weer af naar de jammerende Freno. Met een laatste brul had Shibani haar gevecht opgegeven en nu staarden levenloze, felblauwe ogen haar dof aan.

Grote tranen rolden over Freno's wangen, maar hij zei niets en liep de grot uit.

Enkele uren later maakte een groep mensen zich op voor de begrafenis van de mooie Shibani en haar welpen. De begrafenis bracht vele tranen met zich mee. Een hoop mensen, maar vooral de kinderen waren gek op het beest geweest. Het was niet zomaar een tamme sherien. Deze sherien had velen het leven gered tijdens de gevechten voor Shehza. Haar dood bracht veel verdriet met zich mee. Na een korte begrafenis verspreidde de groep zich om zich weer aan hun taken toe te weiden.

Maar Taniya liep verdrietig naar het meer en liet haar benen toen aan de rand van het meer in het water zakken. Gedachteloos tuurde ze voor zich uit het water in tot een lichte beweging vanuit haar ooghoeken haar aandacht trok. Uit één van de bosjes aan de rand van het meer kwam een lichtbruin beestje langzaam naar haar toe gekropen.

Taniya herkende de welp die zij in haar armen had gehouden aan de stervormige, witte vlek op zijn hoofd. Inmiddels hadden zich ook vingergrote hoorns zich tussen de oren gevormd. In tegenstelling tot zijn moeder had de welp nog geen manen om het hoofd. Langzaam begon het Taniya te dagen dat zij vijf levenloze welpen had gezien, maar aan de zesde welp had zij niet gedacht! En nu was hij hier, zwakjes, maar toch gezond ogend voor haar neus.

Met lieve woorden lokte ze het beestje naar zich toe en tilde het kleine lichaampje op in haar armen. Het beestje likte zachtjes aan haar arm, terwijl Taniya snel het dorp in liep op zoek naar Freno.

'Freno, kijk eens wie ik hier heb gevonden,' zei Taniya vergenoegd.

Freno keek verstoord op van zijn gesprek met Raihan tot hij zag wie ze bij zich had. Ondanks zijn verse verdriet om Shibani trok er een brede glimlach over zijn gezicht. Hij snelde naar Taniya toe om het beest over te nemen, maar die grauwde boos naar Freno. Licht verbaasd probeerde hij nogmaals het beest over te nemen, maar nogmaals grauwde het beest naar hem en klauwde met zijn kleine poten naar hem.

Freno gaapte Raihan even verbaasd aan en nam een stap terug.

'Waarom wil hij niet naar je toe gaan. Hij kent jou toch?' vroeg ze ongerust.

Raihan wreef nadenkend onder zijn kin en stapte naast Freno en plaatste een hand op zijn schouder. 'Blijkbaar vertrouwt het beest alleen haar. Nu ze haar moeder niet kan vinden, is zij misschien wel de beste kans op overleving voor het beest. Laat de zorg maar aan haar over.' In de verte riep iemand zijn naam en met nog een korte, strenge blik op Taniya met de kleine sherien in haar handen liet hij Freno en haar achter.

Achter zijn rug hoorde hij Taniya vol verwarring aan Freno vragen wat ze moest doen.

Freno antwoordde met een lach dat ze maar moest beginnen met een naam verzinnen en dan ervoor zorgen dat de sherien het zou overleven. Dat gezegd te hebben liep hij, Taniya verbouwereerd achterlatend, naar Raihan toe richting de ingang van het Raadshuis.

Het beestje likt nu aan Taniya's gezicht. *Wat moet ik met jou aan,* dacht Taniya vertederd. *Het was een schat van een welp, maar ze kon het toch moeilijk houden? Al met al, we zien wel wat er gebeurt,* besloot ze. 'Maar eerst moet jij een naam krijgen. Je moeder heette Shibani. Wat vind je van de naam Shiba, net als de hoofdstad van Shehza dat leeuw betekent? Shiba, de koning der dieren. Lijkt het je wat?' Lief pratend liep ze langzaam met het beestje in haar armen weg.

Shiba gleed nogmaals met zijn tong over haar wang, waardoor Taniya moest giechelen. 'Ik neem aan dat je de naam goedkeurt.'

Freno die het gesprek van Taniya met Shiba had opgevangen, keek grijnzend naar Raihan wiens mondhoek kort omhoog trok in een glimlach. Na nog een blik op Taniya geworpen te hebben, liepen beide mannen het huis in.

De voltallige Raad zat bij elkaar rondom de grote, ovaalvormige, houten tafel in de vergaderzaal in het Raadshuis. De Raad bestond uit onder andere de zes vrouwen: Rashmi, Amala, Kanti, Mayrin, Opal en Uriel en uit de zes mannen: Zathi, Qabil, Ulf, Xanthi, Yair en Raihan.

Raihan keek naar de overzijde van de tafel over de aangestoken kaarsen in de metalen kandelaars naar de vrouwen. Rashmi was zijn moeder. Haar haren hadden de diepste zwarte kleur die je ooit gezien had, een tegenstelling tot haar beminnelijke karakter. Lange lokken hingen tot over haar middel heen. Haar lichtbruine ogen keken streng, maar vriendelijk naar de leden van de Raad. Ze was een tengere, maar wilskrachtige vrouw die zelden haar kalmte verloor. Haar huid was lichtbruin gekleurd door de zon. Haar houding sprak gezag uit over de Raadsleden.

Raihan verschoof zijn blik naar de andere vrouwen van de Raad. Amala was een vrouw van rond de vijftig zomers oud en de oudste vrouw onder de leden. Ze had dikke, blonde haren met enkele grijze strepen erin. Het was een mollige vrouw met een grote boezem. Amala kwam vaak met wijze en kalme uitspraken.

Kanti was net als Raihan vijfentwintig zomers oud. Ze was het jongste lid van de Raad en erg gedreven en enthousiast, maar ze liet zich veel leiden door haar emoties. Ze had korte, zwarte haren en grote, lichtgrijze ogen. Ze had een slank figuur met weinig vormen erin, maar was wel gespierd.

Mayrin was een vrouw van middelbare leeftijd. Ze was streng en onverbiddelijk. Mayrin week zelden af van haar eigen denkwijzen. Haar ogen keken de Raadsleden streng aan.

'Goed,' hoorde Raihan voor hij zijn blik kon verschuiven naar de overige twee vrouwen in de Raad, een mannenstem zeggen. 'We beginnen met de vergadering.' Raihan wendde zijn gezicht af van de vrouwen en richtte zich tot de spreker.

Ulf had zwarte haren met grijze strepen er door heen. De bovenkant van zijn hoofd begon al te kalen. Het was een brede, maar korte man met een klein buikje. Ulf deed Raihan een beetje denken aan een kleine gorilla, maar dan met een blanke huidskleur. Het was een vriendelijke en rechtvaardige man.

'We hebben deze Raad bijeengeroepen om te beslissen wat onze volgende stap zal zijn,' begon Ulf. 'We zijn nu al meer dan vijfentwintig zomers bezig met het toebrengen van kleine wespensteken aan de Shezna. Tot nu toe hebben we hem voornamelijk irritatie toegebracht, maar er is verder niets veranderd in de situatie van Shehza. Het wordt tijd om grovere beslissingen te nemen.'

Verontrust keek Xanthi hem aan en zei, 'is dat wel nodig? We hebben het nu toch goed in Mandjira?'

Raihan keek de man aan. Xanti was negenentwintig zomers oud. Hij had praktisch zijn hele leven lang in Mandjira gewoond. Hij had lange, blonde haren die hij bijeen had gebonden met een touw. Zijn gezicht was breed met vaak een vriendelijke lach. Deze was ongelukkigerwijs nu overgenomen door een strakke lijn gevormd door zijn lippen. Blauwe ogen keken verontrust. Xanthi was lang als een beer, maar verder had hij de moed van een muis. Met een ganzenveer in zijn hand kriebelde hij onrustig over het vel perkament wat voor hem lag.

'Wij hebben het inderdaad goed,' zei Raihan instemmend. 'Maar de mensen buiten Mandjira hebben het erg moeilijk. De Shezna maakt hen het leven onmogelijk. Onze verantwoordelijkheid ligt bij het volledige volk van Shehza, niet bij een klein gedeelte ervan.'

Qabil, een ander mannelijk lid van het Raadshuis, antwoordde, 'maar dat is toch niet ons probleem. Wij leven in Mandjira.'

Doordringend keek Raihan de tafel rond naar de verschillende gezichten. De ene sprak moed uit, waar de ander zich weer verschool achter lafhartige praatjes. Hij bedacht zich dat hier een aantal Raadsleden was die al lange tijd niet in de overige streken van Shehza was geweest. Het besef hoe moeilijk het volk het had, drong niet tot hen door. Ieder dag verloren talloze Shehzanen hun leven door ziekte, door honger, door dorst en door armoede. Steeds meer kinderen renden in alleen maar lompen gehuld over de op het oog schone, maar van dichtbij gezien smerige straten van vooral de grote steden zoals Shiba, Kratsj, Messin, Thessa, Pular en Agusa. Het zuiden van Shehza had hier iets minder van te duchten, maar ook daar begon er al een langzame groei van verval plaats te vinden.

Raihan wendde zich weer tot Qabil. 'Mandjira maakt deel uit van Shehza, onze geboortegrond en wij hebben recht op een vrij leven. Mandjira is alleen een plaats om te schuilen. We zijn niet vrij om te gaan waar we willen gaan. Of wil jij je familie in Kesar niet zien? Maakt het lot van hen jou niets uit?'

Qabil boog beschaamd zijn hoofd. Zijn gezicht was smal met harde trekken erin. Rode, golvende haren omlijsten zijn gelaat. Lichtgrijze ogen keken ernstig de wereld in. Hij was nooit bang voor een gevecht, maar als hij dit niet kon voorkomen, dan stond hij vooraan de rij.

Op vijftien zomers oude leeftijd was Qabil door zijn ouders het dorpje Kesar uitgestuurd om te ontsnappen aan de Shezna. Hij had zijn familie al twintig zomers niet gezien.

Qabil keek Raihan weer aan met een harde blik in zijn ogen.

'Mijn doel zal altijd zijn mijn familie weer te bereiken, niets zal mij hiervan weerhouden. Ik probeer te voorkomen dat anderen ook hun geliefden en dierbaren zullen verliezen in deze strijd.'

Nu was het Raihans beurt om zijn ogen neer te slaan.

Zathi die tot nu toe niet veel had gezegd, bromde in zijn plaats. 'Als we nu niets doen, dan zal iedereen zijn dierbaren verliezen. Mandjira is niet onoverwinnelijk. Vroeg of laat zal de Shezna onze locatie traceren en dan zijn wij gedwongen om de strijd aan te gaan.'

'Ik ben het daar ook mee eens.' Aan het einde van de tafel zat Yair die nu ook wat van zichzelf liet horen. Yair was het laatste lid binnen de Raad. Hij was drieëndertig zomers oud met korte, blonde, golvende haren. Zijn ogen waren zo donker dat het bijna zwart leek. Hij was getrouwd met Opal die een eeneiige tweeling van ongeveer dertig zomers oud vormde met Uriel. Oranjeblonde haren kwamen tot over hun schouder en ernstige, donkerblauwe ogen keken voor zich uit. Ze hadden een slank lichaam, dat gehard was door de vele ontberingen die zij hadden geleden. De tweeling had hun familie verloren door de huidige Shezna en hadden alleen nog elkaar. Hoewel zij het eens waren met de mannen dat er nu grotere stappen ondernomen moesten worden, lieten zij hun stem niet gelden. Elkaars handen vasthoudend onder tafel wachtten ze af.

Amala en Mayrin keken elkaar sceptisch aan. Met een zwaai gooide Amala haar dikke vlecht over haar schouder heen en sloeg haar handen in elkaar. Met een autoritaire houding richtte ze zich tot Raihan. 'Je hebt gevraagd om deze vergadering. Wat is de reden hiervan en wat hoop je ermee te bereiken?'

Een verwachtingsvolle stilte heerste nu onder alle Raadsleden. Raihan liep naar een tafel overladen met perkamentrollen aan het einde van de kamer. Na even gezocht te hebben, vond hij de perkamentrol die hij zocht. Hij rolde de grote perkamentrol uit op tafel waarbij hij de hoekeinden vastdrukte met zware, vierkante voorwerpen, waardoor het perkament niet in elkaar kon rollen. Met een kleine stok wees Raihan naar de steden en landen getekend op het perkament. "Dit is Shehza. Verspreid liggen onze voornaamste steden: Shiba, Manav, Kesar, Kratsj, Tahya, Madden, Bari, Mycen, Agusa, Emim, Phygal en Shurat.

Shurat en de kleinere dorpen eromheen zijn vrijwel veilig voor de Shehza. Maar dit komt voornamelijk doordat de twee bergkammen om Mandjira heen, hen afschermen. Maar dit zal niet lang duren.

Op dit moment is de Shezna zijn stempel aan het drukken op de steden en dorpen boven in Shehza. Hij rekruteert overal zijn taraka.

Jongens die twaalf zomers oud worden, worden meegenomen. Meisjes die net hun eerste bloeding hebben gehad, worden opgepakt en verkocht aan Palanika en Alba.'

'Weten we dit zeker?' Onthutst legde Mayrin een hand op haar mond. Ook de andere leden, behalve Rashmi, Opal en Uriel die onaangedaan leken, keken elkaar geschokt aan. Raihan reageerde niet en vervolgde onbewogen zijn verhaal.

'Maar daar blijft het niet bij, op dit moment heerst er droogte in de dorpen Thessa, Messin, Pylar en Passar. De Shezna helpt deze mensen niet, maar vraagt hen nog hogere belastingen. Graan wat de dorpelingen zelf nauwelijks hebben, moeten ze inleveren. Doen ze dit niet, dan worden ze vermoord of de vrouwen worden verkracht. De mensen worden daar wreed mishandeld en overleven nauwelijks. Ze hebben geen enkel hoop in het leven.' Raihan stopte nu met zijn verhaal en keek langzaam de Raadslieden één voor één aan met een dwingende blik in zijn ogen. 'En dan durven jullie het over de goedheid in Mandjira te hebben?' Beschaamd liet Xanthi zijn hoofd zakken.

'Ja, we hebben het goed,' riep Raihan smartelijk uit. 'Maar voor hoe lang?'

Raihan viel stil en ging droevig aan tafel zitten. Zijn fanatieke relaas was als een uitgedoofde vlam ook vervlogen en zijn hart ging uit naar de heftige beelden die hij in zijn reizen door Shehza had gezien.

Qabil stond op en nam het woord over. 'Hier is het niet bij gebleven,' zei Qabil. 'We hebben informatie gekregen dat de Shezna zich steeds aan het verplaatsen is. Hij probeert op meerdere dorpen zijn invloed te laten gelden. Maar het was wel een tegenslag voor hem dat de prinses was verdwenen. Hierdoor heeft hij vertraging opgelopen met zijn plannen.

Prins Firoz van Alba is overgekomen naar Shehza en momenteel houden zij besprekingen. De Shezna is furieus dat de prinses is verdwenen. Dorpelingen en stedelingen worden gemarteld om antwoorden te krijgen. De bewakers bij de poort worden van zonsopgang tot zonsondergang gemarteld totdat er een antwoord uit hun mond komt.'

'Is het niet beter om de prinses weer uit te leveren aan de Shezna dan?' vroeg Uriel kalm.

'En dan?' vroeg Opal geërgerd. 'Het zal niets veranderen aan de huidige situatie, maar zal het juist erger maken. De vereniging van Shehza met Alba zorgt ervoor dat de mogelijkheden van de Shezna juist beter worden. En prins Firoz is geen haar beter.'

'Wat er ook gebeurt, die man moet gestopt worden,' stemde Ulf in.

Een aantal Raadsleden knikte instemmend. Anderen keken weer weifelend.

Neutraal deed Ulf een uitzetting van de verschillende mogelijkheden die de Mandjiranen hadden. De ene optie was om een revolutie te ontketenen, maar Mayrin wees deze meteen af met de reden dat er teveel bloed zou vloeien in een oorlog.

Xanthi deed weer wrevelig een poging om iedereen te overtuigen om Mandjira niet te verlaten en hier een leven op te bouwen, maar Zathi antwoordde hier humeurig op dat de Shezna op zoek was naar Mandjira en het vroeg of laat zou vinden. Zijn caloresies doorzochten al tijden de verschillende streken en bergkammen in de hoop de rebellen te vinden. Het was alleen een kwestie van tijd voordat hij in zijn zoektocht zou slagen.

Raihan richtte zich weer op en keek de Raad smekend aan. 'Ons volk lijdt, wij moeten hen helpen. Niet iedereen kan hiernaartoe vluchten. We moeten vechten om een beter toekomst voor alle Shehzanen.' Hij richtte zijn blik op zijn moeder en hoewel ze hem met een vleugje trots in haar ogen kort aan keek, verschoof haar aandacht meteen naar de Raadsleden.

Die zwegen nadenkend. Een ieder verzwolgen in hun eigen ideeën, angsten en emoties.

'We moeten iets doen,' zei Raihan dwingend een blik werpend op de leden tot Zathi op stond. Met zijn hand wenkte hij Raihan om te gaan zitten.

'In vroegere tijden hadden we de opvolgmethode van de eerdere Shezna's. De opvolging werd bepaald door afkomst en vaardigheden. Het medaillon werd steeds doorgegeven en er waren allemaal taken die de opvolger moest volbrengen. Pas wanneer dit was gelukt, dan kwam er een nieuwe Shezna. Anders werd iemand uit het volk gekozen als Shezna.'

'Waar is het medaillon nu dan?' vroeg Raihan peinzend.

'Die is verloren gegaan in de zee.' Ulf keek een tel naar Rashmi, maar die bleef ongenaakbaar voor zich uit kijken. 'Iedereen weet, maar durft niet te zeggen, dat deze Shezna onrechtmatig is.'

'Dus dat is ook geen optie,' zei Kanti teleurgesteld.

Zathi knikte instemmend, maar bleef nog steeds staan, terwijl hij zijn verhaal vervolgde.

'De Shezna heeft de wetgeving zodanig veranderd dat de opvolging blijft in de familie. De eerste toevoeging in de wetgeving luidt als volgt: *De zoon van de Shezna neemt de troon over, wanneer de huidige Shezna besluit af te treden, langdurig ziek is of overlijdt.'*

Uriel keek met een sceptische blik naar Zathi. 'De Shezna heeft geen zoon, alleen een dochter. Hoe zit het daar dan mee?'

'Dat is de tweede regel van de wetgeving,' vervolgde Xanthi. *'Als er geen zoon aanwezig is, maar wel een dochter, dan zal haar eerste zoon de troon overnemen. De man van de dochter wordt de Hoeder van de troon met alle macht en gezag, mits de huidige Shezna is afgetreden of overleden. De man van de dochter mag niet uitgedaagd worden voor een duel. De zoon neemt zijn taken over vanaf zijn zestiende leeftijd.'*

Zathi haalde zijn schouders nietszeggend op. 'In principe komt het erop neer dat de Shezna en zijn kinderen de macht voor altijd behouden. De oude tradities komen hiermee te vervallen.'

Langzaam begon Opals ogen te glimmen van de mogelijkheden die dit opende voor hen. 'En als eenmaal een huwelijk voltrokken is met de prinses, kunnen wij hem dwingen af te treden. Dan zit hij vast aan zijn eigen wetten.'

'En Raihan is de perfecte kandidaat om met haar te trouwen.' Ulf keek naar Rashmi, die instemmend knikte.

Raihan keek de man beduusd aan. Ook de jongere Raadslieden begrepen de opmerking van Ulf niet en keken hem vragend om meer duidelijkheid aan. 'Prins Vashik was de laatste rechtmatige kandidaat voor de troon, maar heeft deze kans verspild. De huidige Shezna heeft de troon ongeoorloofd verkregen. Het is niet meer dan eerlijk dat de troon weer teruggaat naar de familie van onze toenmalige rechtvaardige Shezna.'

De jongeren leken niet wijzer op geworden te zijn door de uiteenzetting van Ulf. Met een boze frons keek Kantie naar de man, terwijl ze haar handen ophief dat ze het niet begreep.

Ulf vervolgde kalm zijn verhaal. 'Er zijn maar weinigen die het nog weten, maar prins Vashik had een vrouw. Hij was net een aantal manen getrouwd, toen hij zijn zoektocht begon naar de kroon. Deze vrouw smeekte bij de Shezna om prins Vashik te laten leven, maar het mocht niet baten. Rechtvaardig als de Shezna was, liet hij zijn eigen zoon ter dood veroordelen. De vrouw verliet het paleis en niemand hoorde ooit nog wat van haar.'

Iedereen luisterde geboeid naar Ulf en het viel dan ook niemand behalve hem op, dat Rashmi licht onrustig met haar handen friemelde, terwijl hij zijn verhaal deed.

'Waar was ze dan?' vroeg Kanti nu nieuwsgierig.

Ulf ging verder. 'Het was niet alleen om prins Vashik dat de vrouw smeekte bij de Shezna. Het was ook om haar kind. Ze was in verwachting geraakt, net voordat de prins het paleis verliet. Op het moment dat de prins ter dood was veroordeeld, was zij zes manen zwanger.'

Iedereen, behalve Rashmi keek Ulf verward aan, toen hij weer stil viel. Mistroostig staarde hij naar de brandende kaars op de tafel met zijn gedachten dwalend in het verleden. Daarna hief hij zijn hand op en wees naar Rashmi en vervolgens naar Raihan. 'Daar zit prins Vashiks vrouw en daar zijn zoon.'

Raihan keek Ulf en daarna zijn moeder ongelovig aan. Ook de anderen konden geen woorden vinden en keken alleen geschokt naar Rashmi, die iedereen negeerde en alleen naar haar zoon keek. 'Het is waar. Nadat ik het paleis verliet, kwam ik in Mandjira terecht. Ulf, Mayrin en nog een aantal anderen vingen mij op. We hoorden wat de huidige Shezna had gedaan. Als het een goed mens was geweest, hadden we het erbij gelaten. Maar het is een verschrikkelijke mens, dus bouwden we hier ons verzet op.

Eén van onze strijders gaf, verkleed als een bediende, de Shezna's vrouw een drankje, waardoor ze geen kinderen kon verwekken. Doch waren we niet snel genoeg geweest en kreeg ze wel een kind; een dochter.

Met een opgelucht gevoel weidden we ons verder uit aan onze taak. De Shezna vermoordden konden wij niet, dan zouden we iedereen achter ons aankrijgen door de eed. Want iedereen zou zijn of haar eed vervullen, of ze in de Shezna geloofden of niet.'

Rashmi sprak met een verheven toon en een ongenaakbare blik in haar ogen tot Raihan. Trots stond ze op en hief haar arm naar hem op. 'Ik heb je gemaakt tot wat je nu bent, in voorbereiding op je toekomst. Een prinses is alleen een prins waardig en dat ben jij, Prins Raihan.' Raihan die verslagen was neergezakt op zijn stoel, zag de beduusde en ontzagvolle ogen van de jongere Raadslieden en de meelevende gezichten van de oudere leden niet.

Met een zwaai van haar arm stuurde Rashmi de Raadslieden de vergaderzaal uit tot ze alleen over bleef met Raihan, die in de tussentijd lichtelijk bekomen was van de schok en boos aan zijn moeder vroeg waarom ze hem nooit wat had verteld.

Op bedaarde toon had Rashmi verteld, dat ze wilde dat hij zou opgroeien als een normaal kind en niet als een verwend kind zoals zijn vader, die toen het erop aan kwam het harde leven niet aan kon. Ook zou het niet veilig geweest zijn als men had geweten dat er nog een nakomeling van prins Vashik rond liep.

'Maar wat als ik geen prins wil zijn, wat als ik de Hoeder niet wil zijn, wat als ik dat leven niet wil?'

'Je grootvader was een rechtvaardige Shezna, een groot man met een liefdevol hart, die gebroken werd door jouw vader. Hij liet mij gaan, ook al wist hij dat ik in verwachting was, in ruil voor een belofte.'

Raihan keek zijn moeder vragend aan, maar zij staarde langs hem heen verloren in haar gedachten in het verleden. 'In ruil voor onze vrijheid liet hij mij beloven dat ongeacht of mijn kind een jongen of meisje zou zijn, maar dat deze zou terugkeren om de troon weer op te eisen.'

Hoofdstuk 13

'Mijn nagels,' jammerde Malini naar haar nagels kijkend. 'Mijn vingers zijn helemaal ruw en doen echt pijn. Ik kan dit werk niet doen.' Talloze blaren en sneetjes ontsierden haar handen.

Malini was ditmaal ingedeeld in de schoonmaakploeg, waarin afval van de straten gehaald moest worden, de openbare tuinen dienden bijgewerkt te worden en de kookruimte moest worden schoongemaakt. Deze ploeg viel Malini meer dan de andere werkploegen zwaarder, omdat zij dit soort zware werk niet gewend was. In het paleis hoefde ze maar een vinger op te heffen en iedereen rende voor haar.

Chen, die samen met haar in de werkploeg was ingedeeld, negeerde haar en ging aan het werk. Ze mocht de prinses niet. Het enige wat ze elk moment van een dag deed was klagen. Ze klaagde vaker dan dat ze tijd aan haar werkzaamheden besteedde. Alsof ze een of andere verheven wezen was waar iedereen voor moest kruipen.

Chen maakte met grote snelheid haar werkzaamheden af en liep toen Malini in haar bui achterlatend naar haar ploegleden in de kookruimte toe. Ze pakte een bord pap en ging aan tafel zitten.

Na eindelijk haar werkzaamheden afgerond te hebben, ging Malini met ook een bord pap in haar hand de eetruimte in en keek om zich heen. De eetruimte stond vol met lange tafels en banken. De vloer was betegeld met prachtige zwartbruine tegels en de muren waren witgeverfd. Aan de muren stonden lange tafels overladen met verschillende soorten voedsel, van soepen en salades tot lekkere tutukbouten en borghovlees. Verscheidenheid aan voedsel was er voldoende, maar de hoeveelheid was wel zodanig, dat aan het einde van de dag niets weggegooid hoefde te worden.

Lusteloos keek Malini naar al het lekkers. Aan alle tafels zaten mensen gezellig te praten met elkaar terwijl zij genietend van de rust na een lange werkdag een hapje aten. Niemand keek op of om naar Malini en moedeloos liep ze naar één van de weinige lege tafels en liet zich langzaam zakken op de bank. Een vriendelijke stem die haar vroeg of hij bij haar mocht zitten, sleurde haar uit haar troosteloze gedachten.

Verrast keek Malini naar Freno en met een verlegen knikje stemde ze in.

Freno ging zitten en begon smakelijk te eten. Lichtelijk onwennig vervolgde Malini ook haar maaltijd.

'En hoe ging het vandaag,' informeerde Freno vriendelijk.

'Het ging wel.' zei Malini zacht. Ze keek Freno niet aan.

'Het komt wel goed,' zei Freno gemoedelijk. 'Het is even wennen, maar je doet het goed.'

'Het is heel lief van je dat je me probeert gerust te stellen,' zei Malini met een bittere ondertoon in haar stem. 'Maar ik weet heus wel dat iedereen mij hier haat.'

'Hoe kom je daar nou weer bij?' vroeg Freno verbaasd. 'Niemand haat jou hoor.'

'Nee, ze negeren me alleen maar,' zei Malini lichtelijk geïrriteerd. Natuurlijk nam hij het voor de Mandjiranen op. Alsof ze allemaal een heilig zootje bij elkaar waren en zij alleen de boosdoener. Al dagenlang was zij hier aan het ploeteren om te laten zien, dat zij het ook verdiende daar te zijn en niet alleen een verwend nest was. Maar iedereen bleef net zo onaardig tegen haar doen, als hoe ze van begin af aan hadden gedaan.

'Niemand negeert jou.'

Malini gromde alleen maar zacht, maar gaf geen andere reactie.

Freno zuchtte diep. 'Je beseft het misschien niet, maar wij hebben ons leven in de waagschaal gesteld door jou te helpen. Terwijl wij hier praten, worden anderen door je vader wreed afgestraft. En dan ben je hier aan het mopperen en tieren over alle werkzaamheden zonder rekening te houden hoe denigrerend dit op ons overkomt. Als jij niemand respect toont, dan zal je dat omgekeerd niet krijgen.'

Malini keek verdrietig naar Freno en toen naar haar pijnlijke handen. 'Ik ben gewoon niet gewend om iets te doen. Alles werd altijd voor mij gedaan. In het begin dacht ik misschien niet erg hoog over jullie, maar dat is nu ondertussen veranderd.'

'Het komt wel goed,' zei Freno sussend. 'Geef het even de tijd.

Malini viel stil. Zwijgend lepelde ze haar pap naar binnen.

'Waarom praat jij eigenlijk wel met mij?' vroeg Malini met een nadenkende blik naar Freno. 'We hebben niet echt een geweldloos verleden samen.' Malini doelde op de dag dat ze hem met een zweep had geslagen.

Freno grijnsde vriendelijk naar Malini. 'Omdat je er zo eenzaam uitzag en ik bedacht dat je wel een vriend kon gebruiken.'

Malini gaf hem een zwak glimlachje van dankbaarheid en legde haar lepel neer. Vergoelijkt pakte Freno haar handen vast en kneep er zachtjes in. Een zachte kreet ontsnapte Malini's lippen en tranen van pijn stonden in haar ogen.

Een korte blik op haar handen vertelden Freno alles wat hij moest weten. Streng vroeg hij aan Malini waarom ze niemand had verteld over haar handen.

'Het is echt niets,' zei Malini zacht. 'Ik ben gewoon niet gewend aan schoonmaken. Ik heb het eerder gehad, na een aantal dagem trekt het vanzelf weg.' Malini boog haar hoofd waardoor haar bruine lokken voor haar gezicht vielen en haar gezichtsuitdrukking niet zichtbaar was voor hem.

Met een woedend gezicht trok Freno haar mee naar het Verpleeghuis. Nadat haar handen verbonden waren door de Verplegers, bracht hij haar naar het Raadshuis om de zaak met Raihan te bespreken.

'Niet te geloven dat wij hier nu al bijna anderhalve maan zijn,' zei Malini op een melancholieke toon terwijl ze achterover leunde tegen een boom. Ze wierp een blik op Taniya die instemmend knikte. Het had meerdere kwart manen geduurd en toen had Taniya haar eindelijk vergeven. Na nog niet zo lang geleden nog hatelijke opmerkingen, waren deze intussen weer overgegaan in gemoedelijke buien. Vrienden waren ze nog lang niet, maar meer dan kennissen waren ze ook wel weer. Samen waren ze vandaag ingedeeld in de Veeploeg. Deze ploeg was één van de makkelijkste werkploegen ten opzichte van de andere werkploegen. Nadat de tutuks waren weggeleid naar de open plekken met de lage omheiningen, hoefden zij hen alleen te voeren en eieren te verzamelen. De tutuks waren zowel een lekkernij als voor de sier voor de Shehzanen. De vogels hadden een paarsblauw hoofd met rode bollen die op staken uit hun hoofd prijkten. Het lichaam had een bolle vorm op vier korte poten met scherpe nagels. Het was goed te merken wanneer de tutuk boos was, want dan stampte het boos met zijn achterpoten.

Daarnaast moest de ploeg de mest van de borgho's opruimen en moesten de carpiche grotten schoon gemaakt worden. Taniya had zich in eerste instantie verbaasd over de carpichen. Deze gevaarlijke vogels, in Palanika werden ze ontweken als de pest, werden hier in groten getale getemd en geloof het of niet, men kon er ook nog op vliegen!

Instemmend mijmerde Taniya over de afgelopen dagen. 'Ik had niet verwacht dat jij zo'n harde werkster zou worden.' Plagerig keek ze naar Malini, maar die hapte niet toe.

'Mis je het paleis?' Taniya keek nu ernstig naar Malini die verrast ontkennend haar hoofd schudde. 'Ik vind mijn leven wel prettig zo. Het is hard werken, maar ik begin er steeds meer aan te wennen.'

'En de mensen?' vroeg Taniya voorzichtig.

'Nou,' zei Malini aarzelend. 'Er zijn er nog velen die niets van me moeten hebben, maar Freno en Shilpa zijn erg aardig tegen mij. Zelfs Daruk begint langzaamaan te ontdooien.'

Beide vrouwen dachten stilzwijgend na. Malini dacht terug aan hoe Freno haar had meegenomen naar het Raadshuis toen haar handen verwond waren. Raihan had bezorgd gekeken naar Malini's handen en haar vervolgens onder druk gezet om aan te geven bij wie ze haar verwondingen had gemeld. Malini had geweigerd daar een antwoord op te geven en uiteindelijk had Raihan het opgegeven. Hij had Freno de opdracht gegeven om Malini's handen te laten verzorgen in het Verpleeghuis en tot haar handen volledig hersteld waren, mocht zij niet in de schoonmaakploeg.

'Je klaagt al heel wat minder,' zei Taniya ineens weer plagerig.

Malini begon te lachen. 'Dat was inderdaad nogal vervelend van mij, hè,' zei ze lachend.

Taniya grinnikte. 'Volgens mij heb ik het wel eens eerder gezegd. Maar op zich val je best mee, het zijn gewoon af en toe die buien die jou zo vervelend maken.'

Beiden proestten het uit van het lachen, maar stopten hier gauw mee toen Chen en Freno op hen af kwamen lopen. 'Waar lachen jullie zo hard om?'

Malini reageerde niet op Chens vraag, dus antwoordde Taniya

dat ze gewoon een binnenpretje hadden gehad. Plagerig vroeg Taniya aan Freno wat de reden van zijn bezoek was, terwijl ze vrolijk lachte met een blik op Malini. Die kreeg een lichte blos op haar wangen en keek de rest van de groep niet aan. Met haar vingers speelde ze met een lok van haar haren. Freno grijnsde alleen naar de meiden en gaf aan dat hij dacht dat de meiden wel wat mannelijke hulp konden gebruiken met sjouwen.

'Als je toch bent komen helpen, kom dan maar mee. Ik heb een aantal dozen met eieren liggen, waar Malini en ik al over aan het bekvechten waren wie het zou sjouwen. Heb je mooi het probleem voor ons opgelost.' Plagerig knipoogde Taniya naar Malini en wenkte Freno mee naar de grote dozen. Met nog een heimelijke blik op Malini volgde Freno.

Achtergebleven met Chen bleef Malini ongemakkelijk bij de boom zitten. Het liefst was ze ervandoor gegaan, maar dat zou helemaal niet getuigen van enig respect naar wie dan ook. Maar feit was dat Chen altijd onaardig tegen haar was en Malini zat niet te wachten op nog meer beledigingen. Maar voor zij kon opstaan, begon Chen te spreken.

'Freno heeft mij op mijn kop gegeven, omdat ik niets had gedaan aan jouw verwonde handen. Hij vertelde dat hoeveel Raihan en hij ook bij jou had aangedrongen, je niet had willen vertellen dat je jouw verwonding aan mij had doorgegeven. Blijkbaar is hij daar zelf achter gekomen.'

Malini haalde haar schouders op, stond op en keek Chen stil aan.

'Eerlijk gezegd, interesseerde het me niet hoe jouw handen eraan toe waren,' vervolgde Chen beschaamd. 'Je was zo vol van jezelf en ik irriteerde me aan jou. Maar ik zat fout, niemand hoort zo behandeld te worden. Het spijt me.'

Schuldbewust keek ze naar Malini.

Malini keek naar de ranke gestalte voor haar. De lange, rode lokken van de vrouw vielen langs haar gelaatstrekken. Ze had een blank, ovalen gezicht, waarin blauwe ogen die vroegen om vergiffenis, haar aankeken. De vrouw had een slank lichaam met volle borsten en billen. Haar lichaam was gespierd, maar haar spieren kwamen niet overduidelijk naar voren.

Ze droeg een wijde, blauwe broek met een tuniek in dezelfde kleur.

Het was een mooie vrouw, dacht Malini terwijl ze de vrouw goed bekeek. Haar blik viel weer op het gezicht van de vrouw.

'Vergeet het maar,' zei Malini zacht. 'Ik was zelf ook geen lieverdje in het begin. En ik begrijp best dat ik mensen tegen mij in heb gewerkt al vanaf de eerste dag. Ik hoop dat jij het me juist kan vergeven voor de laatdunkende opmerkingen die ik heb gemaakt.'

'Er valt niets te vergeven,' zei Chen meteen. 'We hebben gewoon een slechte start gemaakt. Zullen we opnieuw als vrienden beginnen?'

Ze stak haar hand uit naar Malini.

Malini nam haar hand aan en zei met een bevestigende glimlach, 'goed, vrienden!'

Vanuit haar ooghoeken zag ze Taniya en Freno met een brede lach naar hen kijken.

Freno gaf Malini een knipoog en Taniya stak haar beide duimen naar haar op.

Met een warm gevoel in haar lichaam, beantwoordde Malini de lach van hen.

*

Na bijna een maan bereikte de groep mannen de stad Kratsj. Omdat ze totaal geen idee hadden hoe ze hun zoektocht konden vergemakkelijken, hadden ze hun eerdere methode maar weer opgepakt. Alle dorpen en plaatsen waar ze langs kwamen vroegen ze om informatie over de prinses of de strijders. Niemand kon hen een antwoord verschaffen.

Uiteindelijk vermoeid en met minder lust om te zoeken, kwamen ze aan in Kratsj. Ze zochten een herberg op, zodat ze het vuil van hun lichamen konden wassen en echt voedsel naar binnen konden werken.

'Dit is de laatste plek waar we nog op zoek gaan naar een teken waar dat meisje zich bevindt,' zei Karie na een aantal dagen in Kratsj. 'En daarna geef ik het op. We keren terug naar Shiba, wanneer ook hier geen antwoorden te vinden zijn. Misschien is daar ondertussen wat meer bekend over het lot van de prinses.'

Met een opgelucht gevoel keken de mannen elkaar aan.

Maar Manu snoof van woede. Zijn neusvleugels trilden van boosheid. Met ogen waar vlammen uitschoten bekeek hij de mannen. 'Ik geef het niet op, stelletje zwakkelingen. Ik moet en zal haar vinden, met of zonder jullie hulp. Maar mocht ik jullie hulp niet hebben, dan kan je jouw zoekgeraakte, mooie ketting ook vergeten, wanneer ik haar vind.'

Nijdig keek hij naar Karie tot die dieper in de sofa wegkroop en zich klein maakte.

'Zo bedoelde ik het niet,' zei Karie stamelend. 'Natuurlijk zullen we zoeken. Maar als we hier ook niets vinden, dan is dit een hopeloze zoektocht. Snap je wat ik bedoel?'

Nijdig wendde Manu zich zonder iets te zeggen af. Hij stond op en liep de herberg uit.

'Ik zeg het je, meneer Karie,' begon Bila weer. 'Ik krijg echt de kriebels van die man. Hij heeft iets donkers over zich heen.' Iedereen knikte instemmend en at zwijgend verder.

Manu liep boos naar het grote plein toe en ging daar zitten op een bankje bij de fontein met een omtrek van wel 60 voet lang. Hij staarde naar het beeld van een sherien.

De sherien hief zijn hoofd in de lucht in een brul. Doch kwam er geen geluid uit zijn mond, maar een dikke straal van water. Lange manen volgden zijn gezicht. Uit de uiteinden van de manen kwam er ook water uit. Het beest zat op zijn achterpoten. Dit deel van het beeld ging volledig onder in het water van de fontein.

Een troep taraka liep op hem af, maar Manu besteedde geen aandacht aan hen. Hij overdacht wat hij nu moest doen om Taniya te vinden.

De taraka bleven voor hem staan. Eén van de mannen tikte hem ruw aan.

Verstoord keek Manu hem boos aan.

'Wat?' vroeg hij geïrriteerd.

De man keek hooghartig op hem neer en zei, 'wij zitten hier altijd in onze rusttijd.'

Manu keek de man nog steeds geïrriteerd aan. Met een hooghartig gebaar wuifde hij de mannen weg. 'Daar is nog een bank, ga daar maar zitten.'

Een ander tarak kwam naar voren en zei kil, 'ik geloof dat je het niet begrijpt. Dit is ONZE bank, dus sta op.'

'En wat als ik het niet doe?' vroeg Manu met een strak gezicht. Hij probeerde uit alle macht zijn boosheid in te houden. Zijn vuisten waren gebald en zijn hart begon steeds sneller te kloppen van de opwinding.

'Dan *slaan* we je van dit bankje af,' zei de man uit het leger ferm.

'De laatste keer dat ik hoorde, was Shehza een vrij land,' zei Manu hard. 'Dus zoek maar een andere plek op.'

Een paar omstanders keken toe naar de woordenwisseling tussen de taraka en Manu. Enkelen keken Manu goedkeurend aan, anderen zagen hem voor een dwaas aan.

De tarak begon nu te briesen van woede, 'en nu sta je op, jij wriemelende worm op de aarde.' Hij haalde uit met het uiteinde van zijn speer, niet om Manu te verwonden met de punt, maar alleen te duwen met de bovenkant van de speer.

Maar Manu pakte de speer met één hand en trok het langs hem heen. De tarak struikelde en viel precies voor zijn voeten neer.

'Dat is jouw plek, man,' zei Manu minachtend. 'Onder mijn voeten.'

De vijf tarak stonden van schrik toe te kijken. Dit was hen nog nooit voorgekomen. Het volk was bang voor hen en deed altijd meteen wat er werd gevraagd. De brutaliteit van deze man bracht hen voor een paar tellen in shock.

Maar toen ze van de schrik bekomen waren, sprongen ze met een kreet op Manu af. Manu gaf de ene man een trap in zijn kruis en haalde met zijn vuist uit naar de andere. De overmacht van de taraka werd hem echter na een paar vuistslagen al teveel en uiteindelijk haalden de mannen hem neer.

Met een paar trappen in zijn ribben, liepen ze arrogant weg. 'Hij heeft nu vast wel zijn lesje geleerd. Hij zal nooit meer durven tegen te spreken tegen één van ons.'

Kreunend van de pijn bleef Manu liggen op de grond.

Een man snelde naar hem toe en mompelde in zichzelf, 'je zou een goede vrijheidsstrijder geweest kunnen zijn.'

'Wat?' vroeg Manu kreunend.

'Niets,' zei de man. 'Kom, ik help je overeind.'

Met veel kracht hielp de man Manu overeind en zei, 'als je wil kan ik je wonden verzorgen. Mijn huis is hier vlakbij. Een flinke borrel zal jou ook wel goed doen, lijkt mij.'

Manu knikte instemmend. Met behulp van de man bereikte hij al gauw zijn woning. Met veel vaardigheid begon de man de wonden van Manu te verzorgen. Het waren meer schrammen dan diepe wonden. Zijn gezicht werd wel ontsierd door een blauwe plek op zijn wang en een diepe snee bij zijn oog. Hij zoog zijn adem scherp in toen de man de wond ontsmette met alcohol.

'Bedankt,' zei Manu nadat de man klaar was en opstond om zijn spullen weg te bergen.

De man zei niets, maar bracht een fles Vandi en twee glazen naar de tafel. Hij schonk twee borrels in en begon toen tabak in zijn pijp te stoppen. Pas nadat hij klaar was en de rook eruit kringelde, zei hij, 'geen dank, maar wat bezielde je? Een beetje tegen de taraka in gaan?'

Grimmig antwoorde Manu, 'ik dacht dat Shehza een vrij land was. Als ik dan ergens ga zitten, ga ik niet voor een stelletje idioten opstaan. Ik heb ook mijn rechten!'

De man knikte waarderend en nam nog een trek aan de pijp. Daarna gaf hij deze door aan Manu die het ding naar zijn mond bracht.

Terwijl de man de rook uit zijn mond blies, zei hij, 'hoewel je gelijk hebt, zijn er vaak betere en minder pijnlijke manieren om tegen de taraka in te gaan.'

Manu snoof van woede, maar zei niets.

'Blijf eten,' stelde de man voor. 'Dan kunnen we dit gesprek verder voortzetten.'

Manu haalde zijn schouders op en zei, 'waarom niet. Ik heb toch even geen betere opties voor me liggen om de dag door te brengen.'

De man stond op en begon aan het voorbereiden van het diner. Tijdens het snijden van een ui, keek hij over zijn schouder en vroeg, 'hoe heet je eigenlijk, jongeman?'

'Mijn naam is Manu,' antwoordde Manu.

De man knikte en zei welgemeend, 'aangenaam kennis te maken, Manu, mijn naam is Bohar.'

Hoofdstuk 14

Taniya stond aan de rand van het trainingsveld bij het worstelen. In de afgelopen manen had ze voornamelijk op de renbaan of hindernisbaan geoefend. Haar slechte conditie was binnen korte tijd een hoop verbeterd door de zware oefeningen. Waar ze eerst binnen enkele ogenblikken al buiten adem was, rende ze nu met groot gemak de helft van de baan. Zathi trainde hen meedogenloos, waarbij hij om de zoveel tijd even benadrukte hoeveel problemen vrouwen wel niet opleverden. In het begin had Taniya hem niet gemogen, maar nu merkte ze dat ze toch steeds meer genegenheid voor de oude man begon te voelen, wat ook wederzijds was.

Na de zware conditietrainingen waren de basislessen van speerwerpen, boogschieten en schermen gestart. Voor boogschieten leek ze een talent te hebben, maar de overige lessen bakte ze er niet veel van. Vandaag zou ze beginnen met haar eerste les worstelen.

Taniya stond met een frons toe te kijken naar de twee mensen voor haar die in een hevig gevecht gewikkeld waren. Het was een mengeling van zelfverdedigingslessen en worstellessen. Hier zou ze leren hoe ze kon aanvallen en verdedigen tijdens een gevecht, wanneer er geen wapen beschikbaar was. Ze keek erg op tegen deze oefeningen.

Teerth was de leermeester voor deze vechtsport. Hij was een lange, gespierde man van rond de vijftig zomers oud. Teerth had zijn leven lang deze vechtsport bestudeerd en er steeds meer zijn eigen draai aan gegeven. Betere manoeuvres en tactieken volgden nog dagelijks zijn methoden.

Taniya bestudeerde de man, terwijl hij zijn toespraak hield over de inhoud van de les van vandaag en tegelijkertijd de twee vechtende mensen begeleidde. De man had een breed gezicht met dikke wenkbrauwen. Zijn huidskleur was chocoladebruin en zijn hoofd was kaalgeschoren. Er prijkte een piercing door zijn ene wenkbrauw en een andere door zijn linkeroor. Hij droeg een wijdvallende, vaalbruin broek met een tuniek in dezelfde kleur.

Met een onbuigzame houding aanschouwde hij zijn leerlingen

en begon op een harde, maar kalme toon uit te leggen waarmee ze zouden beginnen.

'In de afgelopen twee kwart manen heb ik jullie basisstappen laten zien,' begon Teerth. 'Deze hebben jullie kunnen oefenen op de bokspalen en zakken. Maar het wordt nu tijd dat jullie een echte tegenstander voor jullie krijgen. De ervaren strijders zullen het opnemen tegen jullie, maar niet om jullie te verslaan.' De leerlingen keken elkaar een moment onrustig aan.

'We weten al dat ze dan zullen winnen,' vervolgde Teerth met een droog lachje. 'De tegenstander is bedoeld om jullie te wijzen op jullie zwakke plekken. Zodoende weet je dan, waar je nog aan moet werken.'

Teerth wierp een scherpe, onderzoekende blik op Malini, Taniya en nog vier andere beginnelingen. Deze hadden net de leeftijd van zestien zomers bereikt en werden nu getraind. Mocht het nodig zijn, dan zouden zij in staat zijn zichzelf te verdedigen.

Taniya keek om zich heen waar haar sherien was. Shiba begreep tegenwoordig bijna alle opdrachten die zij hem gaf. Aangezien hij haar nog steeds overal volgde, had ze hem geplaatst aan de rand van het veld, waar hij stond toe te kijken. De sherien was inmiddels al gegroeid tot boven haar middel en de kleine hoorns waren inmiddels ook al uitgegroeid tot de helft van Taniya's hand. De momenten dat het beestje op haar buik kon slapen waren voorbij. Een korte blik op hem stelde haar gerust. De sherien was met een brede gaap op het veld gaan liggen met zijn hoofd op zijn voorpoten en keek toe.

Teerth wees aan iedere beginneling een ervaren vechter toe. Toen iedereen verdeeld was, gaf de man het bevel om te beginnen.

Taniya keek met een angstige blik in haar ogen naar haar aanvaller. Maar zodra deze een stap naar haar toe deed om een vuistslag te geven die zij diende te ontwijken, hief ze haar armen voor haar gezicht op in een reflex en dook in elkaar.

'Wat ben je aan het doen,' schreeuwde Teerth vanaf de andere kant van het veld. 'Je moet ontwijken!'

Taniya klemde haar kaken op elkaar en knikte ten teken dat ze het begreep.

De oefening duurde voort, waarbij Teerth steeds bozer keek. Na de oefening verspreidde de groep zich om aan hun volgende taken te weiden, maar de groepsleden kwamen de dagen erop wel terug voor de lessen.

Na meerdere halve manen had Teerth zich terug getrokken in zijn werkkamer waar hij tegen Raihan zijn beklag deed. Alle beginnelingen deden het goed, behalve Taniya. Zelfs de prinses kroop niet bij elke vuistslag in elkaar en verbeet de pijn om door te gaan. Over zes manen zou ze zelfs tot de half ervaren strijders kunnen horen.

'Ik kan niets met haar aan,' mopperde Teerth tegen Raihan in zijn werkkamer.

'Toen ze nog geen tegenstander had, deed ze goed mee met de oefeningen,' ging Teerth door met zijn relaas. 'Maar sinds de oefeningen met tegenstanders zijn begonnen, is er iets mis gegaan.'

Raihan hoorde het verhaal van de man met een frons aan. De oefeningen van Taniya waren veranderd van de bokspalen naar een levende tegenstander. Doch iedere keer wanneer er een vuist of trap richting haar kant op kwam, dook ze steeds in een reflex angstig in elkaar. Uiteindelijk kon ze trillend van angst niet opstaan.

'Ik denk dat het beter is om met haar oefeningen te stoppen,' zei Teerth gefrustreerd. 'Ik weet echt niet wat ik nog kan doen. Ik heb haar ademhalingsoefeningen geleerd. Ik ben begonnen met strozakken naar haar toe te gooien, maar uit angst ontwijkt ze die zelfs niet. Ik weet niet waar ze zo bang voor is, maar ik krijg het er niet uit.'

Raihan dacht even na en zei daarna kalm tegen Teerth dat hij haar uit de training kon halen. Nadat hij nog een aantal vragen had gesteld over de vorderingen van de beginnelingen, nam hij met een compliment naar Teerth toe afscheid van hem, waarna hij op zoek ging naar Idre, de twaalf zomers oude jongen die Taniya in haar hart had gesloten. De kleine jongen had vanaf het begin af aan al om haar heen gehangen en haar wegwijs gemaakt in Mandjira. Idre was een wees, zijn ouders waren vermoord door de taraka van de Shezna. Na meerdere zomers vol ontberingen was hij terecht gekomen bij Bohar, die de jongen naar Mandjira had gebracht. Hoewel iedereen vriendelijk was geweest tegen de jongen, had hij zich pas bij Taniya opengesteld voor zijn gevoelens. Hij begon zich steeds meer te gedragen naar een kind van zijn leeftijd. Nadat hij hem had gevonden, droeg hij hem op om Taniya te zoeken.

Binnen korte tijd had Idre haar gevonden en hij rende terug om Raihan op te halen en naar het trainingsveld voor het boogschieten te begeleiden. Taniya schoot net een pijl af die de roos op enkele haren na miste.

'Goed werk,' prees Raihan. 'Niet slecht na enkele dagen getraind te hebben. Je hebt beslist talent voor dit.'

Taniya draaide zich met een ruk om en zag Raihan aan de rand van het veld staan. Ze haalde verlegen een hand door haar haren en bedankte hem zachtjes.

'Ik wilde je even spreken,' zei Raihan. 'Onder vier ogen.'

Taniya keek hem verontrust aan.

'Kan ik haar even lenen, Barack,' riep hij de leermeester van de boogschieters toe. Barack stak een duim naar hem op en ging verder met zijn instructies aan een leerling.

'Kom,' zei Raihan vriendelijk tegen Taniya. Ze volgde hem.

Samen liepen ze het trainingsveld af richting de woningen. Overal in Mandjira waren er bankjes geplaatst, zodat iedereen even kon rusten voordat hij zijn tocht verder vervolgde.

Op één van die bankjes nam Raihan plaats en maande Taniya aan om ook te gaan zitten. Ze ging zitten en keek hem met een voorzichtige blik afwachtend aan.

'Hoe bevalt Mandjira je?' vroeg Raihan terloops.

'Ik voel me hier wel thuis,' antwoordde Taniya ingetogen. 'Ik ben vrij om te doen en laten wat ik wil. Op zich is het wel leuk om met de anderen samen te werken, maar ik ben toch wel blij dat ik mijn eigen plek heb om terug te vallen.'

Taniya refereerde naar het kleine huisje wat tot haar beschikking was gesteld om te wonen. 'Heb ik wat verkeerds gedaan?' vroeg ze zich ineens ongerust af.

'Nee nee, maak je geen zorgen,' stelde Raihan haar gerust. 'Ik was alleen benieuwd hoe je het hier vond. Waar ik het wel met je over wilde hebben, zijn jouw trainingslessen van het worstelen.'

Taniya boog beschaamd het hoofd.

'Wil je erover praten?' vroeg Raihan kalm.

'Ik weet niet wat er gebeurd,' mompelde ze. 'Het gaat vanzelf. Ik probeer mezelf iedere keer erover heen te zetten, maar uiteindelijk duik ik alsnog in elkaar.' Het bleef een tel stil.

'Het is niet dat ik bang ben voor de pijn,' vervolgde ze. 'Ik ben dat wel gewend. Het is meer dat iedere keer wanneer een vuist of trap op mij af komt, er andere beelden in mij op komen. Ik zie dan behalve die beelden niets meer en duik vanzelf in elkaar.'

Ze keek recht in de ogen van Raihan en zei ferm, 'dat worstelen is gewoon niets voor mij. Kan ik het niet gewoon laten? Met de andere lessen doe ik het geloof ik wel redelijk?'

'Nee,' zei Raihan op een vriendelijke toon. 'Je zult het toch moeten leren.'

Met een gefrustreerde zucht sloeg Taniya haar ogen weer neer.

'Je zult de lessen niet met de groep volgen,' zei Raihan. 'Ik neem de trainingslessen van Teerth voorlopig over.'

Verbaasd keek Taniya hem aan. 'Maar jij hebt toch andere werkzaamheden?' vroeg ze verward. 'Jij geeft toch geen lessen?'

Raihan lachte kort en zei, 'Ik geef vaak genoeg lessen, alleen de afgelopen tijd had ik het even druk met andere zaken. Aangezien die nu weer opgelost zijn, kan ik helpen met de lessen en daar beginnen we dan ook nu meteen mee.' Taniya knikte langzaam, terwijl ze opstonden en samen het bos in liepen. Op een open veld in het bos zag Taniya een kleine zak met dennenappels, worstelpalen en nog een aantal zakjes waarvan ze de inhoud niet wist. 'We beginnen met een korte proef.' Raihan liet haar anderhalf voet voor hem staan. Ze keek ongemakkelijk toe.

'Goed,' zei Raihan tegen Taniya. 'Ik begin eerst met het gooien van deze dennenappels naar jou. Probeer die te ontwijken.'

Taniya knikte begrijpend en keek een ogenblik naar Shiba die aan de rand van de open plek zichzelf zat te likken. Voor de rest was er niemand op het veld aanwezig, behalve een troep vogels die vrolijk in de bomen zaten te kwetteren en te fluiten. In het groene gras huppelden hier en daar kleine konijntjes rond en bijen zoemden vrolijk over de felgekleurde bladeren aan de randen van het veld. Shiba bekeek met één lui oog de bijen en snoof af en toe aan ze.

Raihan gooide inmiddels op snelle tempo dennenappels naar haar en trof haar meerdere keren op haar armen en buik. Een kreet van pijn onderdrukkend, fronste ze haar wenkbrauwen en probeerde zich nu beter te concentreren op de naderende projectielen.

Na een tijdje stopte Raihan ermee om over te gaan op de kleine zakjes. Deze waren pijnlijker dan de dennenappels, daar deze vol met kleine kiezels gevuld waren. Hard gooide hij ze niet, maar als deze tegen haar been of arm aan kwam, dan welde er vaker dan zij wilde kreunen van pijn uit haar mond.

Na een tijdje was Raihan uitgegooid. Goedkeurend knikte hij naar haar, waarop hij naar haar toe liep om over te gaan op de fysieke lessen. In plaats van dennenappels en zakjes kiezels moest zij nu vuisten en schoppen ontwijken. Uiteraard begon hij eerst op een hele langzame tempo.

'Kijk goed,' zei Raihan en hij ging eerst heel langzaam met zijn linkervuist naar Taniya's gezicht. Taniya ontweek de vuist.

Vervolgens ging Raihan met zijn rechtervuist naar haar rechterwang. Ook deze ontweek ze.

Na enkele keren zei Raihan, 'nu ga ik het ietsjes sneller doen. Probeer het nog steeds te ontwijken.' Hij ging wat sneller op haar gezicht af, maar in plaats van ontwijken, dook Taniya in elkaar. Met een frons keek Raihan haar aan. 'Opnieuw,' beval hij.

Taniya klemde haar kaken op elkaar, maar zodra zijn vuist te snel kwam, kromp ze in elkaar. Na drie gefaalde pogingen, besloot Raihan om eerst de andere oefeningen aan te pakken.

'Ik ga je een handgreep leren, waarmee je ervoor kan zorgen dat iemand niet los kan komen,' zei hij. Hij deed een stap op Taniya af.

Geschrokken deed ze een stap naar achter.

'Ik ga je geen pijn doen,' zei Raihan op een rustige, kalmerende toon.

Ze liet toe dat hij haar hand vastpakte en met een polsdraai haar arm achter haar rug klemde. Ze stond nu met haar rug naar hem toe.

Beelden van Manu vlogen voor haar ogen. Manu die haar sloeg, Manu die haar pols omdraaide, Manu's wrede blik wanneer hij lachte om haar pijn. Ze begon te hijgen van angst en haar hart klopte razendsnel. Shiba kwam met een grom overeind en rende naar hen toe. Verontrust liet Raihan haar los. Taniya deinsde van hem weg en rende met de sherien in haar kielzog het bos uit naar huis toe.

*

Taraka en bedienden liepen af en aan in de grote, bruine tent van prins Firoz. De tent was een eindje voor het dorpje Pandir, dat zich twintig dagrezeizen vanaf de hoofdstad Shiba bevond, opgesteld en was behangen met gekleurde hangers en versieringen aan de buitenkant. Binnen de tent waren de wanden en vloeren bekleed met zachte tapijten om een grote, vierkante tafel heen. Op hoge krukken zaten prins Firoz en zijn Baram tegenover de Albaanse Charalam en de Charalam van de Shezna. Terwijl zijn bedienden karaffen met Vandi en bekers bracht, bogen de mannen zich over de grote landkaart in het midden van de tafel. Vele dorpen en kleine steden die zij hadden doorkruist waren met rood krijt gemarkeerd.

Kashish had zich niet bij de mannen gevoegd in hun zoektocht. Ten eerste vond hij dat hij op een centrale plek aanwezig moest zijn om de troepen te kunnen leiden. Anderzijds vond hij het beneden zijn waardigheid om van het ene kleine, vieze dorp naar het andere te reizen. Eindelijk verlost van de twee mannen zou hij vast en zeker meer rust vinden dan dat hij de afgelopen periode had gehad.

Firoz en Baram daarentegen verheugden zich op de zoektocht. Het gaf hun een gevoel van macht om mensen bang te maken, te martelen en hun eigen stempel te drukken.

Binnen korte tijd waren de Shehzanen banger voor de Albaanse prins dan de Shezna die ze toch al wreed en onrechtvaardig vonden.

Overal lieten de Albanen een spoor van vernieling achter. In geen enkel dorp was een persoon te vinden die was ontkomen aan de martelingen van de prins en zijn gezelschap. Ook kinderen vanaf zeven zomers oud was het leed niet bespaard gebleven.

Volgens Baram vingen kinderen vaak genoeg woorden op van hun ouders en was het heel goed mogelijk dat zij informatie konden vrijgeven die de ouders niet wilden vertellen. En daarnaast waren de kinderen een goed onderhandelingswapen tegen hun ouders.

Maar tot op heden toe hadden zij geen zinnig antwoord gekregen waar de prinses naar toe was. Hier en daar werd melding gemaakt dat de prinses te paard was gezien richting het zuiden. Maar een daadwerkelijke locatie hadden ze tot op heden niet ontvangen.

Maar het lag niet in Firoz' karakter om zich door zulke kleinigheden te laten weerhouden en zijn zoektocht op te geven. De voordelen van een samengevoegde Shehza met Alba wogen voor hem zwaarder, dan de nadelen van de zoektocht. De nieuwe wetten van Shehza waren ook hem ter ore gekomen en hij verheugde zich nu al om de twee landen te regeren. En bij deze twee landen zou het niet blijven, Firoz was van plan om de hele wereld te veroveren als het aan hem lag. Zijn vriend Baram was één van de weinigen die zijn ambities begreep en hem met alles steunde en vaak genoeg zelfs het voortouw nam. Net zoals dat ook nu gebeurde in de urenlange discussie van de vier mannen.

Met een zelfverzekerde stem had Baram de twee mannen voor hem weten te overtuigen dat de lichte martelingen weinig zin hadden en dat zij nu over zouden moeten gaan op zwaar geschut. De twee mannen konden zich niet goed voorstellen hoe ze nog zwaarder geschut konden instellen, daar zij naar hun gevoel dit al toepasten. Maar de volgende dag bleek al hoe naast zij er hadden gezeten.

Firoz bereikte namelijk met zijn gevolg op paarden het dorpje Pandir.

Nadat de caloresies alle dorpsleden hadden gedreven naar het open plein in het midden van het dorp, draafde hij op zijn paard om de mensen heen.

'Wij zijn op zoek naar Malini, de prinses van Shehza. Ze is ontvoerd door een groep terroristen. Wij willen weten waar zij is!'

De dorpsleden dromden dichter naar elkaar toe, terwijl ze angstig, maar ook boos toekeken.

'Iedereen die de terroristen helpt, zal ook worden beschouwd als een terrorist en zal ook de straf ondergaan van een terrorist. Als je leven je lief is, dan vertel je ons alles!'

Een vermagerde man van wie de botten door zijn huid leken te schijnen, gooide een steen naar Firoz, maar hij werd op tijd uit de weg geduwd door Baram en de steen miste rakelings zijn hoofd. 'Noem je dit een leven? De magere man spuwde voor de poten van Firoz' paard. Boos gemurmel steeg op vanuit de menigte.

'Laat deze man leven en spiets de hoofden van de rest op staken. Jong en oud, maakt niet uit, allemaal! Furieus spoorde Firoz zijn paard aan om het dorp uit te rijden. 'Breng de man naar de kleine tent!'

Meerdere dagdelen verstreken, maar het leken er veel meer voor de magere man. Pitus genaamd. Bloed stroomde uit zijn vingers door de getrokken nagels en door de vele wonden op zijn rug, benen, buik en armen. Door al het geschreeuw was zijn stem schor geworden, maar noch liet Firoz hem gaan, noch liet hij hem sterven. Hij zou deze man als voorbeeld stellen voor de rest van het volk, ook al wist hij niet waar de strijders zich ophielden. Puur vanwege zijn daad, had Firoz besloten om hem aan te pakken. Tegen het einde van de nacht hield het gejammer uiteindelijk met een diepe zucht op en Firoz beval zijn taraka zich van het lijk te ontdoen.

Nadat hij een aantal uren had geslapen, ging Firoz op zoek naar zijn vriend Baram tot hij hem uiteindelijk vond aan het begin van het dorp. Het lijk van Pitus was getimmerd aan de hoge boom op het open plein, waar de hoofden van de dorpelingen aan lange staken in de grond waren gespietst. Baram timmerde met nog een laatste klap een groot, houten bord door de ogen van de man tegen de boom aan. Bloed druppelde langzaam vanaf de boomstam naar de zandstenen rand om de boom heen.

Toen hij klaar was, liep hij een paar passen achteruit om zijn kunstwerk te bekijken om zich daarna om te keren op weg naar de grote tent. Zodra hij Firoz zag, verscheen een valse grijns op het gezicht van Baram en hij stapte een paar passen opzij, zodat Firoz het bord kon zien, waar met grote letters op stond: *de wetten van Firoz gelden hier. Wie tegen hem in gaat, zal nergens meer tegen in kunnen gaan in zijn leven.* Firoz proestte het uit van het lachen en op elkaars schouders kloppend liepen ze vol trots het dorp uit.

Hoofdstuk 15

Lui dobberden Malini, Freno, Nashmi en Zathi op het grote vlot met de hoge randen. In het midden van de vlot was een kleine hut, waar materiaal om te vissen was opgeslagen, emmers met aas, hengels, grote netten, maar ook lag er een mand met etenswaar. Malini was dol op deze taak. Urenlang op het water dobberen met een hengel in haar hand, gaf haar een hoop rust in haar hoofd en de opwinding als er een vis aan de haak was geslagen, gaf haar weer energie.

De zonnestralen verwarmden haar lichaam en ze staarde dromerig onder haar hoed met brede randen door naar de overkant, waar ze tussen de bomen door nog net een stukje van het trainingsveld zag. Hoewel ze af en toe een glimp opving van kleine lichamen die heen en weer renden, ving ze vrijwel niets op van het rumoer van het trainingsveld.

Mijmerend keek ze het vlot rond, waar Zathi eindelijk zijn slechtgehumeurde bui had weggestopt en een keer ontspannen in zijn stoel achterover geleund was. Een dikke pijp prijkte er in zijn mond en kleine, ronde rookwolkjes stegen op. Een hengel was naast hem aan de rand van het vlot vast gezet, zodat hij deze niet continu vast hoefde te houden.

Een stukje naast Zathi zat Nashmi. Haar had Malini al tijden niet gezien, maar wat zij had begrepen was dat ze aan de andere kant van Mandjira werkzaamheden had verricht. Nu was zij dan teruggekeerd naar huis om zich weer bij haar vader en broer te voegen.

Tegen de rand van het vlot geleund in kleermakerszit probeerde zij nu met een tong tussen haar lippen geklemd een groot net te ontknopen, zodat zij deze daarna in het water kon leggen. Hier was zij al een tijdje mee bezig, maar enig teken van irritatie was er nog steeds niet te zien op het vriendelijke gezichtje van Nashmi.

In het kleine hutje was Freno druk in de weer met iets wat zij niet kon zien. Af en toe ving ze een glimp van hem op en iedere keer weer sloeg haar hart een tel over. Toen hij met de mand met voedsel door de opening van de hut naar buiten liep, verschoof ze haastig haar blik weer naar het water. Een lichte blos kleurde haar wangen.

'Tijd om wat te eten.' Freno stalde vrolijk het eten op een kleine, beklede verhoging aan de voorzijde van het vlot. Deze deinde zo lichtjes over het water dat je het bijna niet voelde. Vergenoegd kwam Zathi vanuit zijn luie positie en Nashmi kreunend van de pijn door haar slapende benen naar het kleine tafeltje toe. Malini volgde iets langzamer, maar toen iedereen haar ongeduldig van de honger aan keek, versnelde ze haar stappen.

Freno lachte breed naar Malini toen ze eindelijk aan het tafeltje zat. Met snelle bewegingen deelde hij het voedsel uit, waarop iedereen met grote snelheid aanviel. Alleen Malini leek geen honger te hebben en langzaam knabbelde ze op een beschuitje met een plakje kaas. Vertederd dacht Freno terug aan hoe hooghartig ze in het begin was geweest en hoe hard ze nu werkte ongeacht wat voor werkzaamheden ze kreeg. Onder de warme zon was haar mooie huid niet rood verbrand, maar had ze een prachtige lichtbruine teint gekregen. Haar wangen die altijd licht leken te blozen brachten hem vol vervoering. In korte tijd was hij heel veel om de eens zo verwende prinses gaan geven en aan de steelse blikken te zien, was het gevoel wederzijds. Hij gooide een bord vol met aardappelsalade en tutukstukjes en deelde deze aan iedereen uit. 'Je moet wel voldoende eten, anders moeten we jou straks uit het water vissen als je flauw valt.' Met een grijns keek hij naar Malini op wiens wangen een nog grotere blos kwam. Vrolijk gooide hij zijn eigen bord vol en begon smakelijk aan zijn eigen maaltijd.

Ondertussen wierp Nashmi een schalkse grijns naar Zathi, terwijl ze de stiekeme blikken van Malini en Freno naar elkaar bekeek. Beiden hadden niet eens door hoe zichtbaar hun gevoelens voor elkaar uitstraalden naar de omgeving. Haar zegen hadden ze, de eigenwijze prinses was in haar ogen veranderd in een hardwerkende jongedame.

Zathi daarentegen mompelde binnensmonds weer dat vrouwen alleen problemen opleverden. Hoofdschuddend stopte hij zijn mond stampvol met brood en salade, zodat hij niet hoefde te praten.

*

Na een zoektocht van manenlang had Karie het eindelijk opgegeven. Manu had hij in dit proces achter gelaten in Kratsj, waar het hem blijkbaar ook beviel. Manu had met geen woord gerept over de status van de zoektocht en had toen op een dag Karie benadrukt nog te wachten. Hij had een nieuw spoor ontdekt.

Karie had de man niet echt geloofd. Hij had Manu elke keer zien rondhangen met een brede man van middelbare leeftijd. Hij begreep niet hoe Manu dacht een weg gevonden te hebben naar de vrijheidsstrijders toe. Maar hij begreep de man ook in zijn geheel niet. Dus hij wachtte en wachtte, maar er kwam geen bericht.

Na een lange tijd was zijn geduld opgeraakt en had hij besloten terug te keren naar Shiba. Daar zou hij wachten op de volgende boot naar Palanika, hij zou terug keren naar huis.

In de havenplaats in Shiba liep Karie gehaast langs de zeelui die af en aan ladingen in de schepen aan het laden en lossen waren. De stinkende geur van rotte vis drong door tot diep in zijn neusgaten, dus haalde hij maar door zijn mond adem. De grote zeilschepen en de kleine roeibootjes met de vissers in het water lieten hem op dit moment koud. Ook alle rumoer van de zeelui en havenmeesters gleed langs hem heen. In de verte stond een groep taraka te dollen en te grappen met de dames die zichzelf verkochten voor een paar bronzen muntstukken om in voedsel voor hun kleine kinderen te kunnen voorzien of om hun eigen pleziertjes te behouden. Maar niets van dit drong tot Karie door die alleen maar naar zijn huis, naar zijn vrouw en naar zijn dochter verlangde. Hoewel hij Shehza een prachtig land vond, was hij er voor nu klaar mee.

Eindelijk bereikte hij een klein, stenen gebouw met een plat dak. Aan de voorkant van het gebouw was een afdak wat volgehangen was met kleine prutswerkjes, zoals kleine houten ankers, schepen en kralenkettingen. Op de vensterbank van het open raam zag hij kleine flessenscheepjes en beelden van de zogenaamde watergoden.

Voor Karie een beter zicht op het geheel kon krijgen, had hij de voordeur al bereikt en automatisch klopte hij erop. Toen hij naar binnen mocht, liep hij door en schrok lichtjes van de breedgeschouderde, kale man met een woest gezicht achter het rommelige bureau. Aan de wand achter de man hingen wandtapijten met kaarten van de wereld en zijn zeeën met de lengte van Karies lichaam en de hoogte tot aan Karies middel. Het was een prachtig zicht geweest, als het tapijt niet bezaaid was met kleine dolken verspreid over de wereld. Andere plekken waren met rode verf omcirkeld, alsof ze gemarkeerd waren voor een bepaald doel. Misschien waren dit de plekken waar de man nog naar toe wilde varen in zijn leven.

Voor hij hier lang over kon nadenken, trok een zacht kuchje zijn aandacht en verlegde Karie zijn aandacht weer naar de man. Zijn tuniek die boven het bureau uitkwam had vele olie- en inktvlekken erop, maar dit leek de man niet te deren. Nors keek de man Karie afwachtend aan.

Karie schraapte nerveus zijn keel en sloeg zijn handen in elkaar. 'Wanneer gaat het volgende schip naar Palanika?'

De man wroette tussen een aantal rollen, opende er een paar en gooide ze weer terug. Hoe kan deze man werken in deze chaos, vroeg Karie zich onwillekeurig af en dacht terug aan zijn eigen goed geordende werkkamer. Ieder perkamentrol was netjes opgeborgen en zijn bureau was altijd leeg, los van een kandelaar en inktpot met ganzenveer na.

De man krabde even aan zijn kruis, terwijl hij verder zocht. Karie trok vol afschuw zijn neus op, maar trok meteen zijn gezicht weer normaal toen de man hem aankeek met een grote rol in zijn hand. Hij schoof de rollen perkament opzij en plaatste meerdere kleine blokken aan de hoeken van het perkament. De rol bevatte een lijstje met zonnedagen en tijden van het vertrek en de aankomst van de boten uit Palanika. Hij gleed met zijn vingers langs de tijden en prikte toen op een datum.

'De volgende boot gaat de volgende afnemende maan,' zei de man.

Karie knikte opgelucht, want voor hetzelfde geld had het misschien manen geduurd voor hij naar huis kon gaan. Vol enthousiasme regelde hij alle zaken voor zijn vertrek met de kale havenmeester. Toen hij hiermee klaar was, liep hij met een opgewekte tred terug naar de herberg waar zijn spullen lagen. Ook Kadjira en Bila deelden zijn blijheid toen ze het goede nieuws over de terugtocht naar hun koude, regenachtige landje vernamen. Ze verlangden naar de stabiliteit van hun dagelijkse leven in Palanika en konden niet wachten om de onvoorspelbare avonturen in Shehza achter hen te laten.

'Ik wil deze training niet.' Verdrietig liet Taniya haar hoofd zakken naar de grond. Raihan stond tegenover haar op de open plek in het bos waar zij al manenlang hadden geoefend. Ondertussen was zij al zover dat ze de vuistslagen op een hogere snelheid kon ontwijken dan aan het begin van de training. Doch bleef ze moeite hebben met de oefeningen waarbij er wat meer lichamelijk contact nodig was. Of ze klapte dan dicht van de angst of ze rende in paniek weg van Raihan. Het duurde dan vaak een aantal dagen voor zij weer gekalmeerd was. Meer dan een paar dagen kreeg ze overigens niet, Raihan was meedogenloos in de training en stuurde Idre al gauw weer om haar op te halen.

Vandaag zouden ze opnieuw aan de slag gaan met een zelfverdedigingmanoeuvre en ze keek er erg tegenop.

Raihan stond met zijn handen in zijn zij streng naar haar te kijken. Bij het zien van haar verdrietige ogen verzachtte deze iets en met grote stappen liep hij naar haar toe.

'Vertrouw je mij?' vroeg hij op zachte toon. Taniya antwoordde niet en bleef naar de grond kijken. Een aantal mieren scharrelde over een steen voor haar voeten en afwezig staarde ze er naar. Raihan pakte haar bij haar kin en hief haar gezicht naar hem op. Hij herhaalde nogmaals zijn vraag en keek haar met geruststellende ogen aan. Een gevoel van veiligheid trok door haar en zachtjes knikte ze.

Tevreden pakte Raihan haar bij de schouders. Kort legde hij haar uit welk handgreep zij zouden uitvoeren en dat hij zou beginnen met een langzame snelheid. Stap voor stap legde hij de greep uit en wachtte tot zij deze had uitgeprobeerd op hem. Dat leek goed te gaan, dus voerde hij het tempo wat op tot ze na meerdere pogingen de greep in één keer zonder na te denken kon doen. Daarna stapte hij over naar de aanvalsoefeningen.

'Val mij aan met trappen en vuistslagen.' Geconcentreerd keek hij naar Taniya, bedacht op elk aanval. Het maakte niet uit hoe hard ze haar best deed, maar ze kwam niet door zijn verdediging heen. Inwendig moest hij vertederd lachen om het strakke gezicht van Taniya waarvan enkele plukken haar uit haar knot waren gegleden. Zweetdruppels parelden op haar voorhoofd en haar wangen waren vuurrood geworden van de concentratie. Uiteindelijk gaf ze het op en buiten adem stond ze met haar handen op haar knieën uit te hijgen.

Toen Taniya weer op adem was, wenkte Raihan haar om een andere oefening te doen. Om snelheid te creëren en haar te leren zichzelf te verdedigen, moest zij blijven oefenen met de verdedigingsmanoeuvres. Hij begon weer met de langzame en de daarna iets snellere slagen en trappen, wat heel goed leek te gaan. Daarna stapte hij over op een veel hogere snelheid. In paniek dook Taniya in elkaar met haar vuisten om haar hoofd heen en boog haar lichaam om de klappen op te vangen.

Fronsend stopte Raihan met de aanvallen en stapte op Taniya af tot hij een duimbreedte voor haar neus stond. Hij pakte haar vuisten en haalde die voor haar gezicht weg. 'Ik zal je echt geen pijn doen. Ik zal je nooit kwetsen. Ik zal ervoor zorgen dat je geen pijn krijgt, vertrouw mij.'

Een moment keek Raihan haar diep in haar donkerbruine ogen met goudkleurige spikkels aan en toen deed hij een paar stappen terug. In de vechthouding bleef hij staan tot Taniya met een strak gezicht knikte ten teken dat ze hem vertrouwde en er klaar voor was.

Taniya's kaken stonden zo strak op elkaar geklemd dat het bijna pijn deed, maar ze negeerde het. Ze moest en zou haar angsten overwinnen en het leren. Met haar vuisten gebald probeerde ze te anticiperen op elke beweging van Raihan in haar richting. Na een tijdje met waarschijnlijk een hoop blauwe plekken op haar benen en armen die haar het waard waren om te leren, begon ze zich veiliger in deze situatie te voelen.

Ineens begon Raihan allemaal beledigingen naar haar te roepen. Bevreemd keek ze hem aan, maar aangezien hij niet was gestopt met zijn aanvallen, bleef ze doorgaan met verdedigen. Haar volle concentratie lag hierin en het meeste van zijn verwensingen gleden langs haar heen. Af en toe brak hij door haar verdediging heen en ging hij over op minachtende triomfkreten. Lichtelijk begon Taniya geïrriteerd te raken. Ze wist dat Raihan met een nieuwe tactiek bezig was, maar het doel ervan begreep zij niet.

Na een aantal pijnlijke vuistslagen in haar zij en de triomfkreten steeg haar irritatie tot een lichtelijk kookpunt. In plaats van verdedigen ging ze nu vol in de aanval, maar Raihan blokkeerde met gemak al haar aanvallen.

Taniya begon steeds bozer te worden en viel nu nog heftiger aan. Maar Raihan danste om haar heen in een serie bewegingen wat niet te volgen was voor haar. Hij anticipeerde op iedere beweging van haar en beantwoordde deze met een reeks pijnlijke stompen.

Taniya gromde in haar hoofd van woede. Vanuit haar ooghoeken zag ze dat Shiba zich ook vanuit zijn luie positie had opgericht. Haar lieve sherien was er bij elke oefening bij geweest, maar in tegenstelling tot de eerste keer, was ze daarna al die tijd voornamelijk lui aan de rand van de open plek geweest. Af en toe was ze achter een konijn aan gerend, maar dit waren maar hele korte momenten geweest en ze was steeds gauw weer terug gekeerd.

'Eén vuist maar,' zei Raihan tartend. 'Eentje maar, kan je dat zelfs niet? Waar is je moed en je lef? Ik hoef toch niet te zoeken naar jouw moed? Je weet toch wel dat ik niet van zoeken hou?'

Zijn woorden sloegen als de bliksem in Taniya's hoofd en galmden na. Haar hart begon sneller te kloppen en haar oren begonnen te suizen. Een rood waas kwam voor haar ogen, terwijl ze in haar hoofd Manu's stem hoorde die zei dat hij niet van zoeken hield, precies op dezelfde manier als Raihan dat had gezegd. In dat korte moment werd ze terug getrokken in het verleden en zonder dat ze het door had slaakte ze een kreet vol bittere woede en stormde op hem af.

Raihan die afgeleid was door de woeste blik in Taniya's ogen was hier niet op voorbereid en struikelde, Taniya met zich meetrekkend, achterover. Hij greep haar vuisten toen ze weer naar hem wilde uithalen en dacht verwoed na over wat hij had gedaan of gezegd om haar uit te laten barsten van boosheid. Haar blik was zoals die van gewonde dieren die uithalen wanneer ze pijn hebben.

Ook al had Raihan haar vuisten in zijn handen geklemd, wist Taniya niet van ophouden. Woedend probeerde ze zich los te rukken. Ze hoorde alleen maar Manu keer op keer in haar hoofd zeggen dat hij haar zou straffen als hij moest zoeken naar haar. Ze voelde alleen de pijn die hij haar elke keer had toegebracht wanneer hij haar sloeg. Ze voelde alleen de vernedering van iedere vuist, van iedere trap op haar lichaam.

Ze schopte en rukte om los te komen, een hoop verwensingen en vervloekingen schreeuwend naar Raihan. 'Wie ga jij straffen. Ik zal je leren,' schreeuwde Taniya uitzinnig van woede. Raihan rolde zich boven haar, maar ze raakte hem met haar knie aan de binnenkant van zijn bovenbeen. Met een kreun van pijn liet hij haar voor een tel los.

Taniya duwde hem van haar af en probeerde hem weer te raken.

Maar Raihan herstelde zich gauw van de pijn en rolde weer boven haar. Hij klemde haar benen kruislings met de zijne en greep haar polsen boven haar hoofd vast. Haar lange haren, losgeraakt uit haar knot lagen verspreid over het groene gras, waar hier en daar een witte of gele bloem uit prijkte. Hij probeerde de zoete geur van haar lichaam en haar haren te negeren en dat lukte ook tot er ineens een grommende sherien met ontblote hoektanden voor zijn neus stond. Raihan keek het beest alleen strak aan, terwijl Taniya onder hem bleef kronkelen om los te komen. Het mooie dier herkende Raihan intussen en zag geen gevaar in hem. In de war snuffelde Shiba aan Taniya's gezicht, maar haar geschreeuw liet hem weer een paar stappen achteruit doen. Raihan verlegde zijn aandacht weer naar Taniya.

'Taniya, kijk mij aan,' zei Raihan dwingend.

Maar Taniya zag nog steeds niets, zo verblind was ze door haar woede. Ze voelde alleen een hard lichaam op haar drukken, die haar vast had en ervoor zorgde dat ze niet weg kon. Alle boosheid die ze al die zomers had opgestapeld, leek een manier gevonden te hebben om eruit te komen.

'Taniya kijk mij aan, ik ben het, Raihan,' zei Raihan weer op een dwingende toon.

Ze kronkelde onder hem om los te komen, maar hij liet haar niet gaan. Na nog een aantal vergeefse pogingen om los te komen, gaf Taniya het hijgend op.

'Ben je weer rustig?' vroeg Raihan kalm.

Ze keek naar hem op met een gevoel van lichte herkenning.

'Ben je weer rustig,' herhaalde Raihan zijn vraag.

Boos keek Taniya hem aan en snauwde, 'dit is allemaal jouw schuld. Jij liep me maar te treiteren en te treiteren. Ga van me af!'

'Blijkbaar niet,' mompelde Raihan binnensmonds en liet haar niet los.

'Tani, kijk me eens aan,' verzocht Raihan.

Met grote ogen keek Taniya hem aan. Hij had onbewust het koosnaampje gebruikt wat haar vader altijd gebruikte. Op slag kalmeerde ze weer.

'Ik weet niet wat jou zo boos heeft gemaakt, maar het was mijn bedoeling niet. Wil je erover praten?' vroeg Raihan zachtjes.

Taniya wendde haar gezicht af.

'Blinde woede zorgt ervoor dat je hersenen bedwelmd raken,' begon Raihan uit te leggen, en staarde de verte in. 'Zorg er dus altijd voor dat je woede jou niet gaat overheersen.'

Voorzichtig riep Taniya zijn naam en hij verlegde zijn aandacht weer naar haar. 'Kan je deze les voortzetten, nadat je van me af bent gegaan?'

Raihan werd zich toen pas bewust van het feit dat hij nog op haar lag en haar geklemd hield. Hij begon te lachen, maar ging niet van haar af.

'Raihan,' zei Taniya smekend. 'Ga nou van me af.'

'Wat krijg ik ervoor terug?' vroeg Raihan plagerig, terwijl hij een lok langs haar gezicht om zijn vinger krulde. Hij ging met zijn neus langs haar wang om haar geur op te snuiven.

Taniya hield onbewust haar adem in en bleef bewegingloos liggen, toen Raihans handen over haar schouders gleden en hij haar nadenkend aan keek. 'Ik ben benieuwd of je tegen kietelen kan.' En nog voordat Taniya geschrokken kon wegrollen, kietelde hij haar in haar zij en nek. Zonder dat ze er wat aan kon doen, brulde ze het uit van het lachen en kronkelde ze onder hem om los te komen. Shiba, die blij was dat Taniya weer zichzelf was, boog door het dolle heen zijn poten en sprong daarna in één keer op Raihans rug. Het plotselinge extra gewicht van de sherien op Raihan die op haar lag, benam haar de adem en lachend beval ze beiden om van haar af te gaan. Raihan rolde zich opzij, waardoor ook de sherien van zijn rug af rolde. Het beestje stond snel weer op en gaf hem een lik aan zijn hand. Raihan aaide Shiba even over zijn hoofd en zei lachend, 'goed, goed, Ik laat je al gaan.' Hij stak zijn hand uit om Taniya overeind te helpen. Quasi boos negeerde Taniya zijn hand en stond zelf op.

'Ben je nou boos?' vroeg Raihan op een plagerige toon.

Taniya snoof alleen even, maar zei niets.

'Mijn excuses,' zei Raihan nog steeds lachend. 'Ik kon het niet laten. En trouwens, nadat ik je zo boos als een dolle stier had gemaakt, moest ik ook wat doen om je te laten lachen.'

Taniya keek hem aan en stak kinderachtig haar tong naar hem uit, terwijl ze Shiba achter zijn grote oor kriebelde.

Even zeiden ze niets en keken elkaar alleen aan tot een klein kuchje hun aandacht trok. Gan en Shilpa zaten op een boomstronk aan de rand van de open plek met hun armen over elkaar en met een duivelse grijns op hun lippen. 'Dat zag er erg gezellig uit, ga vooral door. Negeer ons maar.' Lachend zwaaide Shilpa heen en weer met benen en ze gaf Gan een elleboogstoot om mee te doen met haar plagerijtjes.

'Misschien moet ik je ook even vloeren, dan krijg ik vast wat meer aandacht van je,' speelde Gan het spelletje vrolijk mee.

Taniya sloeg verlegen haar ogen neer en vroeg zich koortsachtig af hoeveel de andere twee hadden gezien. Steels wierp ze een blik op Shilpa en Gan. 'Maak je niet druk, veel hebben wij niet gezien hoor, maar vast wel het mooiste stuk van de training. Namelijk de dolle stier versus de tamme borgho.'

Taniya voelde haar gezicht steeds roder worden, waarop Shilpa alleen maar harder lachte. Als zij de mogelijkheid had om iemand te plagen, dan stond zij altijd vooraan in de rij. Een verschrikkelijke plaaggeest was het die haar grenzen niet kende. Het ergste was dat zij als ze niet gestopt werd nog uren kon door gaan.

Raihan leek in tegenstelling tot Taniya onaangedaan te zijn en keek Shilpa en Gan alleen streng aan. 'Zal ik je even vloeren, dan krijg je wat aandacht van MIJ!' Hij wenkte Gan, maar die sprong snel van de boomstronk af en ging erachter staan. Grinnikend zei hij dat hij wel gek zou zijn om met hem te vechten. Hij had er niet veel behoefte aan om binnen een paar tellen te proeven van het mooie groene gras. Raihan trok alleen één wenkbrauw op.

‘Wat is de reden van jullie komst? Was dat nog iets nuttigs of hebben jullie teveel vrije tijd? Ik heb anders nog wel een paar karweitjes waar jullie geschikt voor zijn.’

Haastig sprong Shilpa van de boomstronk af. ‘Ik heb het heel druk hoor! Maar je moeder stuurde mij om je te halen, iets over het naderende festival. Gan heeft daarentegen niets te doen, daarom is hij meegekomen. Hij kan wel wat nieuwe karweitjes gebruiken.’ Plagerig duwde ze Gan richting Raihan en liep snel weg. Gan volgde Shilpa na heftig zijn hoofd ter ontkenning geschud te hebben om vervolgens een ruk aan haar lange vlecht te geven. Voor hij weg kon rennen, kreeg hij een stomp van de wraakbeluste Shilpa in zijn rug.

Zo liepen de twee vechtend en stompend met kreten van pijn en gelach het pad op richting de stad. Raihan schudde lachend zijn hoofd en reikte Taniya zijn hand aan. Samen liepen ze zo vriendschappelijk hand in hand achter de twee anderen aan met Shiba en zijn vrolijk kwispelende staart in hun kielzog.

Hoofdstuk 16

In het donker gehuld in zwarte mantels met kappen over hun hoofden zat een groep mensen van jong en oud gehurkt aan de rand van het tarakakamp de mannen te observeren. Wekenlang hadden ze dit kamp in de gaten gehouden, alle tijdsindelingen van de wachten noterend, alle rustmomenten bepalend en vandaag was het juiste moment om de volgende stap te zetten. Er was geen zuchtje geruis te horen vanuit de groep, zo getraind waren ze in hun heimelijke avonturen in de stappen naar vrijheid.

Bohars ogen gleden onderzoekend over het gezicht van zijn metgezel, maar er was geen spoor van angst in de lichtgrijze ogen van de man te vinden. Geconcentreerd tuurde deze naar de taraka. Hoewel de man nog niet zo lang bij Bohar was, was hij erg tevreden met zijn kennen en kunnen. In korte tijd had hij veel van de vrijheidsstrijders geleerd, maar ook zijn kennis met hen gedeeld. Goedkeurend knikte hij in zijn hoofd en bedacht dat de man er klaar voor was om de volgende stap te nemen. Als ze vandaag succes hadden, dan zou Bohar samen met de man Kratsj verlaten, besloot hij nadenkend.

Een geluid als van de koekeroe trok de aandacht van de groep. Bohar tikte Manu tegen zijn schouder aan en samen slopen ze naar één van de vele wachtposten binnen het kamp. Na een paar tellen hoorde ze het tweede sein, waarop beide mannen in hoge snelheid naar de wachtpost rende. Voordat de twee taraka beseften dat er gevaar dreigde, werden ze al beschoten met kleine, verdovende pijltjes uit de blaaspijpen van Bohar en Manu. Binnen enkele tellen waren beide mannen gevloerd.

Samen trokken ze de taraka mee het hutje in bij de wachtpost. Daar bonden ze de handen en voeten van de mannen vast en knevelden hen met een stuk doek. Vervolgens verlieten ze de wachtpost en liepen langs de verscheidene tenten, waar de andere strijders de taraka al hadden verdoofd.

Toen er doodse stilte heerste in het kamp, waar eerst nog hier en daar wat gesnurk en gelach had geklonken, werd er een grote kar het kamp in getrokken. De vrijheidsstrijders verplaatsten zich naar de opslagplaatsen binnen het kamp om deze leeg te plunderen. Ook Manu en Bohar haastten zich naar de voedselopslagplaats in het midden van het kamp. Terwijl Bohar de etenswaren op een kruiwagen laadde, keek Manu onderzoekend naar de aanwezige spullen. Ineens, meer dan dat hij het voelde dan hoorde, ving hij een geluid aan de achterkant van de rekken met voedsel op. Op zijn hoede liep hij richting het geluid.

Een angstig in elkaar gekropen, jonge tarak had zich achter de rekken verstopt. 'Doe mij alsjeblieft niets. Ik zal niemand wat zeggen.' Smekend met zijn handen opgeheven, keek hij Manu doodsbang aan. Manu staarde de jonge kerel een paar tellen aan en toen knikte hij met zijn hoofd dat de jongen kon gaan. Opgelucht haalde de jonge tarak adem en haastig krabbelde hij overeind om weg te rennen.

Voor hij twee stappen had gezet, voelde hij twee handen om zijn nek. Hij kon nog net geschrokken adem halen en toen voelde hij een scherpe steek in zijn nek. Al het gevoel vloeide weg uit zijn lichaam, toen hij met opengesperde ogen op de grond lag.

Met een kil glimlachje keek Manu naar de jongen. Hij had maar één doel en dat was om de geheime plek van de vrijheidsstrijders te betreden. Het doden van de jongen was om zijn eigen inwendige frustraties weg te krijgen en voor zijn eigen plezier. Een geschrokken kreet trok zijn aandacht naar Bohar, die weer een nieuwe lading voedsel had willen wegbrengen, maar nu stokstijf voor Manu's neus was blijven staan.

Manu hield zijn hand zogenaamd geschrokken voor zijn mond en keek vol spijt naar de jongen. 'Hij was niet verdoofd en wilde alarm slaan. Ik had geen pijlen over en raakte in paniek.' Hij bukte zich naar de grond met zijn handen vol vergiffenis naar het dode lichaam van de jonge tarak en keek weer smekend omhoog naar Bohar. 'Ik wist niet wat ik moest doen.' Zachtjes fluisterde hij in zichzelf dat hij in paniek was geraakt.

'Wij doden geen mensen, deze plunderingen zijn alleen bestemd voor de Shehzanen die honger lijden.' Streng keek hij naar de meelijwekkende Manu. Hij had een korte blik van kil ijs in de ogen van de man opgevangen, maar hij wist niet zeker of het een zinsbegoocheling was geweest of een speling van het licht. Het was te kort geweest om het goed te zien en nu was de blik van Manu zoveel anders.

Met een licht gevoel van ongemak trok hij aan Manu die in zichzelf mompelde dat hij wist dat zij niemand mochten doden en dat hij heel veel spijt had. Hij wenkte hem om mee te helpen met de spullen in te laden en pakte zelf meteen een tweetal kratten met groenten op.

Manu volgde iets langzamer met een krat afgeladen met bonen en een zelfvoldane glimlach op zijn lippen.

*

De zon verwarmde de gezichten van Freno, Malini en Raihan. Lichte dauw glansde op de bladeren van de bomen in het woud. Vrolijk gonsden de bijen over de bloemen en blij kwetterden de vogels om hen heen. Voor hen was er een hut omheind met een hoge, houten hek. De open plek voor de hut was stampvol met kleine dieren zoals de tutuk en de conin met hun lange oortjes en kleine huppelvoetjes.

Al met al bood het een prachtig gezicht, maar dit ging volledig voorbij aan Taniya die snikkend haar armen om Shiba's nek heen had geslagen. De kleine sherien was nu groot genoeg om buiten levensgevaar te zijn. Maar hij moest nog zonder een moeder leren hoe hij zichzelf van voedsel kon voorzien. Hiervoor moest hij leren jagen, vissen en zichzelf kunnen verdedigen tegen andere gevaren.

Om die reden had Raihan voorgesteld om het beest naar Shaka te brengen. Op zijn eigen unieke manier bracht deze dierenliefhebber de oeroude instincten van dieren omhoog en leerde hij ze overleven in het wild. Behalve de wat tammere beesten zoals de tutuk en conins, werkte hij ook met carpichen en sheriens met alleen een handjevol leerlingen.

Met zachte woorden probeerde Freno haar te overtuigen dat het beter was om het beest hier achter te laten, maar Taniya schudde verwoed met haar hoofd. Ze was gek op het beest, ze hield van het beest en niemand kon haar dat ontnemen.

'Hé meissie,' brulde een man hard. 'Maak je niet druk om het beessie, bij mij is hij in goede handen.'

Geschrokken keek Taniya naar een reus van een man. Grote handen waren om de bretels die zijn grote, bruine broek omhooghielden, geslagen. Vriendelijk lachte hij naar Taniya, terwijl hij naast Shiba kwam staan en achter zijn oor begon te kriebelen.

Vergenoegd snorde de sherien van genot en ging plat liggen.

'In korte tijd zal deze mooie jongen een volwaardige jager zijn. Het is een sterk beest.' Shaka tilde de poten van Shiba op om deze te bestuderen met het zicht van een kenner.

'Komt helemaal goed, meissie.' Hij sloeg Taniya op haar schouder, waardoor ze omviel. Shaka begon te bulderen van het lachen, toen Taniya hem beledigd aan keek.

Met haar handen in haar zij stond ze op en keek de man boos aan. 'Hij blijft niet hier, want ik neem hem weer mee.'

Een hand op haar schouder trok haar aandacht naar Raihan, die haar vol medeleven aan keek. 'En wat gebeurd er met hem als er iets met jou gebeurd en je kunt niet voor hem zorgen? Hoe zal hij dan in zijn voedsel voorzien? Hoe zal hij voor zichzelf kunnen opkomen tegen andere wilde, gevaarlijke dieren?'

Taniya keek in het afwachtende, vastberaden gezicht van Raihan en keek daarna hulpzoekend in de ogen van Malini en Freno. Maar beiden wendden zich medelijdend van haar af. Toen het langzaam tot haar doordrong, dat ze geen keus had dan Shiba achter te laten, liet ze zich met een snik vallen en sloeg haar armen weer om haar sherien heen.

'Ik zal goed voor hem zorgen, meissie,' Shaka keek Taniya ernstig aan. 'Je hoeft je geen zorgen te maken.' Verdrietig keek Taniya naar de man en vervolgens knikte ze instemmend, terwijl ze haar tranen snuffend afdroogde.

'Soms keren ze na een tijdje weer terug.' Nu Taniya wat kalmer was en eindelijk had ingestemd, bemoeide Freno zich er weer mee. 'Shibani ging weg en kwam na bijna twee zomers weer terug.'

Kleintjes glimlachte Taniya naar Freno en stond op. Na nog even naar Shiba gekeken te hebben, liep ze langzaam het woud in. De anderen volgden, terwijl Shaka de hevig tegenstribbelende sherien vasthield.

Het zielige gejank van Shiba sneed door haar ziel en verdrietig draaide Taniya zich weer om naar haar sherien. Met ogen vol onbegrip huilde en riep het beest naar haar. Een brok zat vast in haar keel en nieuwe tranen welden op in haar ogen.

Met een ruk draaide Taniya zich om en rende en rende tot ze uit het gezichtsveld van haar lieve Shiba was en zijn gehuil niet kon horen. Raihan die haar was gevolgd, sloeg zijn armen geruststellend om haar heen en fluisterde lieve, geruststellende woorden in haar oor.

*

Doortrokken van een woedegolf die hoor hem heen raasde, gooide Kashish een kandelaar naar één van zijn adviseurs. Met een luide knal kwam deze tegen diens hoofd terecht en uit de ontstane wond begon bloed te stromen. De adviseur jammerde van de pijn, maar Kashish negeerde dit. Toornig keek hij naar zijn overige adviseurs die allemaal geschrokken om de uitbarsting van de Shezna een stap achteruit hadden gedaan.

Het nieuws over de overvallen van de vrijheidsstrijders en de afdrukken die Firoz in zijn dorpen achter liet, waren niet goed gevallen bij Kashish. En toen had de adviseur nog het lef gehad om hem te herinneren aan de nieuwe wetten die hij voor het Sheznaschap had opgesteld. De verdomde wetten die hij voor zijn eigen bescherming had opgesteld, dreigden zich nu tegen hem te keren door zijn bloedeigen dochter. Hij wist niet meer waar hij nu zijn eerste prioriteit moest stellen, nu alles tegen hem gekeerd was.

Grommend wreef hij over de rimpels op zijn voorhoofd en boog zich weer over de uitgespreide kaart van Shehza op de tafel. Houten poppetjes lieten zien waar zijn legerkampen opgesteld waren en waar Firoz zich nu bevond. Kashish baalde van het feit dat hij de hulp van Alba had geaccepteerd. Het volk keerde zich nu in een hogere snelheid dan hij voor ogen had gehad tegen hem en hij wist niet hoe hij de ommekeer bij het volk nu kon bedwingen.

Toen een andere adviseur zijn keel schraapte om wat te zeggen, keek Kashish hem alleen scherp aan om hem het zwijgen op te leggen. Hij wees naar de steden om Shiba heen. ‘Stuur voedselkarren en taraka naar Pular en Messin. Mensen met een volle buik denken niet zo snel aan vechten.’

Weer wilde de adviseur wat zeggen, maar Kashish snoerde hem

weer de mond en beval hem om zijn opdrachten per direct uit te laten voeren.

'Stel nieuwe wachtposten op langs de rivieren. Geen enkele rebel mag Shiba ongezien bereiken. En mocht er toch een rebel bij één van de wachtposten arriveren, dan wil ik deze levend hebben. Ik zal voor eens en voor altijd een einde maken aan deze zogenaamde vrijheidsstrijders.' Met zijn hand wuifde hij zijn adviseurs boos weg tot hij alleen in de werkkamer was. Grimmig trok hij de kroon van zijn hoofd af en keek er verbolgen naar. Inwendig vervloekte hij de zwakke Vashik, als hij er niet was geweest, dan was hij de rechtmatige Shezna geweest. Geen hond die dan nog had durven blaffen naar hem, laat staan een rebel die tegen hem in had durven te gaan, ongeacht de behandeling die hij kreeg. Shehzanen zaten vol eergevoel waar ze tot aan hun dood niet van afweken.

Grotendeels dan, dacht Kashish snuivend van minachting. Natuurlijk waren er wel enkelen zoals hij, maar goed, rotte appels had je overal. Hij gooide de kroon vol afkeer van zich af en kletterend landde deze in de hoek van de kamer.

Na zichzelf een grote beker Vandi ingeschonken te hebben, liet hij zich op een van de met kussens volgepakte banken vallen, maar ook dat gaf hem geen rust en hij klapte in zijn handen om zijn bediende te roepen.

Na een tijdje bracht deze een beeldschone, maar doodsbange vrouw met zich mee. Kashish dronk in één teug zijn inmiddels derde beker Vandi leeg en toen hij al zijn frustraties en lusten op de huilende, jonge vrouw botvierde, voelde hij zich steeds kalmer worden.

*

Een geestdriftige Idre rende de woonkamer van Taniya in en wipte enthousiast van de ene voet op de andere. 'Heb je het gehoord?

'Wat moet ik gehoord hebben, schatje?' Taniya keek geïrriteerd naar het naaiwerkje voor haar. Geconcentreerd had zij de gat in haar broek geprobeerd te dichten, maar het naaien van kleding was niet aan haar besteed. Het gat was inmiddels wel dicht, maar het zag er nog steeds niet uit.

Met een diepe zucht legde Taniya haar broek neer en keek naar

Idre die nog steeds heen en weer wipte. Een vertederde glimlach trok over haar gezicht heen.

'Raihan is een prins!' Na deze mededeling danste hij vrolijk rond door de prachtige, maar eenvoudige kamer van het huis dat Taniya toegewezen had gekregen om in te wonen. Het was een klein huis met twee slaapkamers, een kleine keuken die aan de woonkamer grensde en een net zo kleine voortuin waar zij een hangmat tussen de bomen had opgehangen. Een eettafel had zij niet, maar ze vond het prima om lui op de bank te hangen met een bord op haar schoot.

Sceptisch keek Taniya naar de huppelende Idre. 'Hoe kan hij nou een prins zijn? We hebben maar één prinses en dat is Malini. De Shezna heeft niet nog meer kinderen en het lijkt me overigens sterk dat Malini en Raihan broer en zus zijn.'

Opgewonden trok Idre aan Taniya's arm. 'Kom mee, dan hoor je het zelf.'

Terughoudend volgde Taniya de kleine jongen die haar hart had gestolen naar het grote plein voor het Raadshuis.

Eén van de Raadsleden stond op een verhoging op het plein en hield op heftige toon een toespraak. 'Shehza moet bevrijd worden van alle onrecht! Tientallen jongeren en ouderen sterven door honger, misbruik en armoede. De tijd is er nu om daar wat aan te doen! En dat zullen wij ook!'

Met ogen vol onbegrip keek Taniya naar Idre, maar die was helemaal in de ban van de toespraak en met glimmende ogen knikte hij instemmend. Haar blik werd weer getrokken door Ulf, die doorging met zijn krachtige, maar ook verdrietige toespraak die eindigde met een mededeling waar alle omstanders stil van werden en wat ervoor zorgde dat het bloed uit Taniya's gezicht werd getrokken. 'De nieuwe wetten van de Shezna hebben hem vastgepind aan zijn eigen onnozelheid. Prinses Malini en prins Raihan zullen over twee manen in het huwelijk treden, wat hem het recht geeft om aanspraak te maken op de troon, mits de Shezna aftreedt. En dat zal hij doen ook! Wij zullen hem daartoe dwingen!'

Een luid gejuich steeg op onder het publiek en voeten stampten op de stenen bodem van het plein. Idre liet Taniya's hand los en mengde zich vol gretigheid in het gejoel.

'Een ieder zal terug kunnen gaan naar zijn of haar familie,' vervolgde Ulf vol smart toen het publiek weer stil viel en aan zijn lippen hing. 'Iedereen zal vrij zijn om rond te lopen door Shehza. Niemand zal bang hoeven te zijn voor zijn of haar leven. En dat allemaal dankzij onze prins en prinses.' Hij pakte Raihan en Malini beet bij hun handen en trok deze hoog de lucht in. Zodra hij deze los liet, wankelde Malini de kleine trap van de verhoging af, waar ze werd opgevangen door Freno, die ook wit was weggetrokken. Zonder enig woord te verspillen, loodste hij Malini het woud in, waar ze bleek weggetrokken op een boomstronk neerzakte. Taniya volgde de twee het woud in, waar Malini in de tussentijd van de schok was bekomen en het nu uitsnikte van verdriet. 'Hoe kunnen ze me dit aandoen? Zonder wat te zeggen, zonder te vragen wat ik wil, nemen ze een beslissing. Eerst geven ze me het gevoel dat ik erbij hoor en dan blijkt dat ik alleen maar een hulpmiddel ben.'

Freno boog zich troostend over haar heen, maar Malini schudde hem boos weg.

Toen zag ze Taniya die een eindje verderop zwijgend stond. Verbolgen keek ze vragend naar Taniya, maar die schudde verdrietig haar hoofd als antwoord op Malini's onuitgesproken vraag.

'Ik vlucht van mijn vader voor een gedwongen huwelijk,' zei Malini met een stem vol woede. 'En dan kom ik hier terecht in een nieuw, gedwongen huwelijk. Wat zijn dit voor spelletjes?'

Freno pakte Malini bij haar schouders vast en keek haar in de ogen aan.

'Luister,' zei Freno dwingend. 'Ik wist hier ook niets vanaf. Ik wist niet eens dat Raihan onze prins was. Maar ik begrijp wel waarom ze hebben gekozen voor deze weg.'

'Je deed alleen alsof je om me gaf,' snauwde Malini. 'Puur voor jullie eigen doeleinden.'

'Nee, Malini, ik *hou* van je,' zei Freno met verstikte stem. Hij legde zijn handen om haar gezicht heen en dwong haar om hem aan te kijken.

'Ik hou heel veel van jou. Ik zou mijn leven geven voor je, maar je begrijpt het niet. Shehza is in oorlog. Vanuit jouw paleis heb je het niet gezien. Jonge kinderen worden meegenomen en verkocht als slaven in Palanika en Alba.

Vrouwen worden verkracht, wanneer de mannen de belasting niet kunnen betalen. Zodra jongens de leeftijd bereiken van twaalf zomers oud, worden zij gerekruteerd om te werken als tarak voor jouw vader. En zo gaat het alleen maar verder.

Heel Shehza lijdt. Ouders hebben geen hoop meer in het leven. Het leven van al die dorpelingen en stedelingen zijn verwoest.'

'Dus dan moet ik maar opgeofferd worden,' zei Malini op een bittere toon en trok zich los, zo verraden voelde ze zich door alles en iedereen om haar heen.

Taniya liep naar Malini toe en knielde voor haar neer. Ze pakte beide handen van Malini in haar eigen handen en keek ernaar.

'Eén leven voor duizenden levens,' zei Taniya zacht en keek diep in Malini's verdrietige ogen. 'Je zult de redder van deze mensen zijn, Malini.'

'Maar ik ken deze mensen niet eens,' riep Malini verdrietig uit. 'Ik wil alleen maar gelukkig zijn.'

'Het zijn net zulke mensen zoals jij en ik,' zei Taniya zachtjes. 'Net zoals Freno en de anderen in Mandjira. Alles wat zij willen, is gelukkig zijn. Toen je niet met Firoz wilde trouwen, begreep ik je. Die man leeft alleen voor zichzelf. Maar Raihan is een goede man. Hij is rechtvaardig en zorgzaam. Hij zal Shehza goed doen.'

Afwijzend keerde Malini zich met een snuif af en staarde met haar armen over elkaar heen geslagen langs de bomen heen naar de groep feestvierende mensen op het plein. Boosheid trok door iedere zenuw van haar lichaam heen. Taniya stond op en ging voor Malini staan, waardoor ze gedwongen werd omhoog te kijken naar Taniya.

'Denk je dat Freno gelukkig met je zal kunnen zijn als alle hoop uit de Shehzanen verdwenen zal zijn?'

Mistroostig keek Malini naar de pijnlijke uitdrukking op Freno's gezicht. 'Ik hou heel veel van je, Malini. Ik zou mijn leven geven voor je, maar niet ten koste van het geluk en welzijn van alle levens in Shehza.' Zijn ogen werden vochtig en hij voelde een drukkend gevoel van de brok in zijn keel. Na nog een laatste blik op Malini geworpen te hebben, liep hij met hangende schouders het woud weer uit.

Er rolden tranen uit Malini's ogen en ze wendde zich weer tot

Taniya. Taniya hief haar hand op en begon Malini's tranen troostend te drogen.

'Wanneer ik voor hele moeilijke keuzes stond,' sprak Taniya bemoedigend. 'Dan zei mijn vader altijd dat het geluk van velen om jou heen belangrijker is dan je eigen geluk. Eén keuze kan jou gelukkig maken, maar de rest om je heen doodongelukkig. Is het dan je eigen geluk waard geweest? Zou je gelukkig zijn met Freno in de wetenschap, terwijl hij ongelukkig is over het feit dat hij het geluk van iedere Shehzaan heeft ontnomen?'

Malini schudde verdrietig haar hoofd.

'Als je jezelf dan niet gelukkig kunt maken, leef dan om anderen gelukkig te maken,' zei Taniya met een zachte blik in haar ogen. 'Leef met de gedachte dat jij vele levens hebt gered. Leef met de gedachte dat dankzij jou vele huishoudens met een licht en veilig gevoel naar bed kunnen gaan. Leef met het feit dat jij je liefde hebt bewezen aan de man van wie jij houdt.'

Taniya gaf nog een kneepje in Malini's hand en stond op om weg te lopen.

Malini pakte Taniya's hand vast en vroeg, 'en jij? Zal jij kunnen leven met de gedachte dat hij zal trouwen met een ander?'

Taniya keek haar aan en antwoordde, 'ik heb hem nooit op die manier gezien. Er is niets tussen ons.' Ze wilde zich weer omdraaien, maar aarzelde even.

'En trouwens,' voegde Taniya met een flauw glimlachje op haar lippen er aan toe. 'Ik ben niet gemaakt om gelukkig te zijn.' Ze reikte een hand naar Malini. 'Kom prinses, er wacht een zware taak op je. Geen tijd om te treuren.'

Hoofdstuk 17

Rashmi staarde met een frons uit het raam van haar werkkamer in het Raadshuis. Ze had om Raihan gevraagd, maar blijkbaar was hij zonder verdere kennisgeving vertrokken naar de andere kant van Mandjira, waar hij de beveiliging van de tunnels na liep. Ze zuchtte diep met een kleine steek van verdriet in haar hart. Haar zoon leek er veel meer moeite mee te hebben dan ze had verwacht. Zijn plichtgevoel had altijd boven zijn eigen verlangens gestaan. Ze wist dat het door het meisje kwam, dat haar zoon nu moeite had om aan zijn plichten te voldoen. Ze had haar zoon graag gelukkig zien, maar al het geluk van Shehza hing van dit huwelijk af. Met een lichte wrok dacht ze aan haar overleden echtgenoot en dacht hoe hij zonder enige last van zijn geweten gekozen had voor de makkelijke weg en haar en haar zoon had achter gelaten in zijn puinhoop.

Een licht geschraap van een keel trok haar uit haar mijmeringen en ze richtte zich tot Amala die haar geruststellend aan keek. 'Geef de jongen wat tijd. Hij zal doen wat noodzakelijk is.'

Rashmi knikte nadenkend, maar antwoordde toen gedecideerd dat een beetje hulp geen kwaad kon. Ze wenkte haar assistent en beval haar om Taniya en Malini op te halen.

Geduldig ging ze zonder wat te zeggen zitten achter haar bureau, terwijl Amala met bezorgde ogen naar Rashmi bleef kijken. Maar die gunde haar geen blik waardig.

Een klop op de deur liet haar weten dat beide dames in kwestie waren gearriveerd en Rashmi riep hen binnen. Ongenaakbaar aanschouwde ze de dames die wat onwennig bij de deur waren blijven staan en elkaar ongemakkelijk aan keken.

Het was niet dat ze buitengewoon mooi was, dacht Rashmi, terwijl ze onderzoekend naar het gezicht van Taniya keek. Heel anders dan de mooie prinses, dacht ze een blik werpend op Malini.

'Ben je klaar voor je taak, prinses?' Met een onverbiddelijke blik in haar ogen pinde ze Malini vast, van wie de ogen lichtelijk in paniek heen en weer schoten. Een klein kneepje van Taniya in Malini's hand bracht haar weer terug bij haar positieven. Ze rechtte fier haar rug en met opgeheven hoofd keek ze naar Raihans moeder. Taniya was inwendig trots op haar en een minuscule glimlach trok over haar lippen toen Malini arrogant knikte naar Rashmi zonder enig blijk van haar gemengde gevoelens over het huwelijk.

Met een opgeruimde, maar nog steeds bezorgde blik stond Amala op. 'Dat is heel mooi, dat is alles wat wij wilden weten.' Met haar handen wuivend gaf ze de twee jonge vrouwen het teken dat ze weer weg konden gaan, maar Rashmi stond met een ruk op en keek hen harteloos aan, terwijl Amala met een diepe zucht weer ging zitten. Ze had gehoopt dit gesprek te kunnen voorkomen.

'Een prins is bestemd om met een prinses te trouwen, niet met iemand van het volk.' Met een hardvochtige blik in haar ogen stapte ze om haar bureau heen tot ze voor Taniya stond, die met een blik vol verbijstering naar de vrouw keek.

'Er is niets wat jij kunt doen om dit huwelijk tegen te houden. Dus staak die pogingen om dichter tot mijn zoon te kunnen komen.'

Vol onbegrip keek Taniya naar Malini die haar schouder ophaalde dat zij ook niets wist wat de vrouw bedoelde.

'Denk je dat ik niet heb gezien en gehoord hoe jij hem probeert te verleiden en om je vingers te winden?' Ze schudde hooghartig met haar vinger voor Taniya's ogen, bij wie nu een licht gevoel van irritatie op kwam. Taniya beet op haar tong om niet woedend uit te vallen tegen de vrouw en wachtte af tot de vrouw alles eruit had gegooid.

'Jij zult geen trainingen van hem krijgen. Ik wil je niet zien hangen om hem. Je zult niet meer praten met hem dan nodig is. Zo niet, dan zal je aan de andere kant van Mandjira de carpichengrotten uitmesten voor de rest van je leven.'

Laatdunkend snoof Taniya in Rashmi's gezicht. 'Blijkbaar ken je jouw zoon niet zo goed als dat je denkt, hare majesteit. Hij weet waar zijn plicht ligt en zal daar nooit van afwijken. Niet dat uw woorden waar zijn dat ik één of ander net aan het knopen ben om hem te kunnen vangen.' Vol minachting maakte ze een buiging naar Rashmi en trok de verbijsterde Malini met zich mee de kamer uit.

Ongelovig keek Rashmi naar Amala, maar die haalde alleen haar schouders nietszeggend op.

*

Woedend had Raihan heen en weer gestampt op de open plek in het woud. Hij had één van de kinderen gestuurd om Taniya op te halen voor haar trainingslessen, maar ze had geweigerd om te komen. Toen hij meerdere malen een kind had gestuurd om haar op te halen, had ze eindelijk toegegeven en was ze alsnog gekomen, terwijl hij afwezig naar de bomen in het bos had gestaard.

Met een buiging voor hem vroeg ze de prins wat de reden was van zijn verzoek om te komen. Met ogen vol verbazing antwoordde hij dat hij niet wilde dat zij hem prins zou noemen. Het leek op de een of andere manier afstand te creëren tussen hen en het bezorgde hem een ongemakkelijk gevoel.

Met gevoelloze ogen keek Taniya hem van top tot teen aan. 'Een prins wordt prins genoemd, het is een belediging om hem iets anders te noemen.

Geïrriteerd wuifde hij haar woorden weg. 'Waarom ben je niet gekomen voor je lessen vandaag?'

'Mijn excuses, mijn prins,' zei Taniya met haar ogen bedeesd neergeslagen. 'Ik dacht dat die niet door zouden gaan.'

'De lessen gaan gewoon door,' zei Raihan op een barse toon.

'Zoals u wenst, prins.' Taniya haalde haar schouders op ten teken dat hij de prins was en het maar moest zeggen als hij wat wilde.

Haar gevoelloze gedrag wat hij niet begreep en het feit dat ze hem prins bleef noemen, maakten hem woedend. Boos gooide hij het kleine zakje met kiezels tegen een boom aan en riep uit dat hij geen prins was. Hij woelde door zijn haar en ijsbeerde voor haar heen en weer.

'Dat bent u wel,' zei Taniya met een strak gezicht om Raihans woede-uitbarsting. 'U mag het ontkennen hoeveel u wil, maar u bent de prins. U bent de enige hoop van Shehza. Duizenden levens hebben gewacht op een teken van hoop. Waarom accepteert u dat niet gewoon?' Ze hief haar handen op alsof ze hem door elkaar wilde schudden.

'Omdat ik het niet wil,' riep Raihan gefrustreerd heen en weer lopend uit. 'Omdat ik wat anders had gedacht in mijn leven, omdat ik…' Hij brak zijn zin af en stond met een schok stil voor Taniya. Hij pakte haar bij haar schouders en keek vurig in haar ogen. 'Kijk mij in mijn ogen aan en zeg dat je het niet ook voelt.'

'Ik voel niets wat er niet hoort te zijn.' Haar ontoegankelijke houding zorgde ervoor dat hij overtuigd was van zijn gelijk en het maakte hem nijdig dat ze dit ontkende. 'Er is iets tussen ons en ik weet dat jij het ook voelt!'

Taniya duwde hem weg en sloeg haar armen afwijzend over elkaar. Koel keek ze hem aan en gaf geen reactie.

'Zeg me nu dat je niets voelt.' Hij deed enkele stappen naar voren, greep haar bij haar achterhoofd en trok haar gezicht naar de zijne toe. Boos kuste hij haar op haar mond.

Taniya probeerde zich los te worstelen, maar hij hield haar stevig vast.

Net toen ze bijna wilde toegeven aan de kus, liet hij haar los. Ze strompelde naar achteren. Buiten adem viel ze op haar knieën neer. Zodra haar ademhaling weer wat rustiger was, stond ze op en keek hem met een kille blik in zijn ogen aan. 'Jouw huwelijk met Malini zal een eerste stap naar vrijheid en geluk zijn voor alle Shehzanen. Hoe durf jij jouw plichten te vergeten en je hier bezig te houden met onnozele gevoelens?'

Een licht gevoel van schaamte trok door Raihan heen, maar nog steeds verlangde hij naar een eerlijk antwoord voor zijn eigen gemoedsrust. 'Ik wil alleen maar één ding weten,' zei Raihan dwingend. 'Is er van jouw kant geen greintje gevoel? Voel je echt helemaal niets tussen ons? Lieg niet tegen me, jouw antwoord zal niets uitmaken. Ik *zal* trouwen met Malini.'

Taniya antwoordde niet.

'Kijk mij aan en zeg het me,' drong Raihan aan. Hij pakte haar bij haar kin en hief haar gezicht op, zodat ze hem kon aankijken.

Er kwam een barstje in Taniya's masker van onverschilligheid en haar ogen werden vochtig. Maar ze drong deze weer terug en haar gezicht werd weer strak.

'Nee,' zei ze hem in de ogen aankijkend. 'Ik voel niets tussen ons. Er is niets tussen jou en mij. Het spijt me als ik op de een of andere manier die indruk heb gegeven aan jou. Het zou beter zijn als wij elkaar nooit spraken of elkaars wegen kruisen.'

Ze trok zich los en rende terug naar de stad. Raihan bleef met zijn vuisten gebald achter, terwijl hij zijn hoofd moedeloos liet zakken.

*

Geïnteresseerd bekeek Manu zijn nieuwe omgeving. Vol verbazing had hij urenlang Bohar en enkele andere vrijheidsstrijders die hij niet kende de lange, donkere tunnels in gevolgd. Hij hield niet van smalle, donkere ruimtes, dus hij was ook behoorlijk opgelucht toen hij door de deuren naar buiten liep en warm zonlicht op zijn gezicht voelde. In één oogopslag op de deuren achter zich, was het hem duidelijk geworden dat hij zonder hulp Mandjira ook niet zou kunnen verlaten, maar goed, dat was een probleem voor later. Eerst had hij hier een andere taak voor ogen, een taak wat hem een hoop plezier zou opleveren en als een balsem over zijn getroffen trots en verloren dromen zou smeren.

Manu kon erg geduldig zijn, wanneer hij zijn doelen moest bereiken en dat leverde hem nu al profijt op. Hij was in het hol van de vrijheidsstrijders gekropen en verheugde zich nu al op de uitkomst als hij wraakgevoelens had geuit naar een betreffende dame toe. Met een grimmig lachje bekeek hij de omgeving, terwijl Bohar met een stel paarden aan het tuig aan kwam lopen, die hen naar hun woonruimte zou brengen.

Bij de woonruimte aangekomen, bekeek Manu deze zonder veel interesse. Na de gebruikelijke informatie over Mandjira en de werkploegen vond hij het wel mooi geweest. De meeste interesse had hij in de kookruimte, waar bijna iedereen kwam om te eten. Vol ongeduld wachtte hij tot Bohar eindelijk het voorstel deed om iets te gaan eten en haastig liep Manu achter hem aan. Waarschijnlijk had hij voor Bohar uit gerend als hij had geweten waar de kookruimte was, maar helaas voor hem wist hij dat niet.

Verbaasd keek Bohar naar Manu die eindelijk aangekomen in de kookruimte meer oog had voor de omgeving dan voor het vele voedsel dat op de tafels lag. Hij had gedacht dat hij verging van de honger omdat hij zo ongeduldig deed, maar dit leek niet het geval te zijn. Een licht gevoel van wantrouwen trok door hem heen, maar toen Manu enthousiast kennis maakte met de dinerende Mandjiranen trok dit weer gauw weg. Schouderophalend vulde hij zijn eigen bord en ging smakelijk eten, terwijl hij Manu's levendige gesprekken over alledaagse dingen met de Mandjiranen volgde.

Zo gingen er meerdere zonnedagen voorbij, waarin Manu binnen korte tijd een hoop mensen om zijn vingers had gewonden en zich helemaal thuis leek te voelen. Iedereen mocht hem. Het was een hardwerkende kerel met een charmante lach en langzaamaan liet Bohar hem steeds meer met een tevreden gevoel los om zijn eigen gang te gaan en Mandjira te verkennen.

Na enkele kwart manen begon er toch een licht gevoel van ongeduld in Manu te knagen. Het uitmesten van de grotten van de carpichen begon zijn keel uit te hangen en daarnaast zat de ingebakerde angst voor carpichen te diep in hem om te kunnen vergeten. Van buiten af liet hij niets blijken, maar inwendig was hij altijd weer opgelucht als hij de grotten heelhuids had verlaten. Ondertussen had zijn zoektocht naar Taniya ook nog geen vruchten afgeworpen. De kookruimte was zo groot dat je dit niet in één keer kon overzien en daarnaast hadden de verschillende werkploegen verschillende tijden waarop ze hun maaltijden konden nuttigen.

Tot nu toe was hij opgescheept met dezelfde mensen die hetzelfde, vermoeiende werk deden. De enige afwisseling waren diegenen die af en aan in Mandjira liepen om ingezet te worden voor de strijd. Tot nu toe had hij de boot weten af te houden, maar vroeg of laat zou zijn onwil achterdocht opwekken bij Bohar. Dit moest hij zien te voorkomen, dus duwde hij zijn hand op een dag hard in de hooivork waarmee hij de grot ging uitmestten. Met stamelende woorden had hij uitgelegd dat hij niet door had gehad dat hij de hooivork niet goed vast had gehouden, terwijl één van de mannen met snelle, deskundige vingers de wond verbond en de anderen hem verbaasd hadden aangekeken.

Daarna kon hij uiteraard tijdelijk niet het zware werk aan en om ervoor te zorgen dat zijn tijd niet nutteloos werd opgevuld, werd hij naar een ander deel van Mandjira gestuurd. Quasi verdrietig had hij afscheid genomen van iedereen, ondertussen inwendig in zijn vuistje lachend.

*

Malini keek naar het vermoeide gezicht van Taniya toen ze de deur open deed na haar klop. 'Ik heb je hulp nodig,' viel ze met de deur in huis binnen.

Verbaasd keek Taniya haar aan, toen Malini haar omhelsde. 'Je ziet er verschrikkelijk uit.'

'En bedankt,' antwoordde Taniya met een droog lachje.

Malini wuifde haar opmerking met een ongeduldig gebaar weg. 'Ik wil nog wat tijd doorbrengen met Freno, voordat ik een huwelijk, die ik niet wil, in stap. Maar dat gaat natuurlijk niet zonder dat mensen vreemd gaan denken. Ik had Shilpa willen vragen, maar je weet hoe ze is. Als zij eenmaal begint met haar plagerijtjes dan houdt ze niet op.'

Steeds meer verbaasd luisterde Taniya naar Malini's stormvloed aan woorden, maar ze begreep niet zo goed wat zij van haar wilde, dus hief ze haar hand op om haar af te remmen. 'Waarmee kan ik je helpen?'

'Kan je onze chaperonne zijn?' Malini keek Taniya met smekende ogen aan, die met een lichte afkeer haar neus omhoog trok. Ze had er weinig behoefte aan om tussen twee geliefden in te zitten en een vrolijk gezicht op te trekken, maar Malini bleef haar met puppyogen aankijken. Met een diepe zucht gaf ze zich gewonnen en vroeg wanneer ze haar nodig hadden. 'Nu,' antwoordde Malini haar aan haar hand meetrekkend door haar voortuin over de paden diep het woud in, waar Freno en Raihan druk in gesprek waren met elkaar.

Met een schok stond Taniya stil. 'Je hebt mij niet verteld dat er nog iemand bij zou zijn.'

'Het spijt me,' zei Malini smekend. 'Maar hij vroeg ons hem te helpen. Jij negeerde al zijn berichten om te praten met hem en uiteindelijk vroeg hij aan ons om jou hier te brengen.'

Taniya keek Malini boos aan en wilde zich omdraaien om terug te lopen naar huis.

'Alsjeblieft, Taniya,' zei Malini smekend. Hoor hem alleen even aan. Wij zijn in de buurt. Hij zal heus niets geks doen.'

Het liefst was Taniya weggelopen, maar dat zou niet zonder een hoop drama zijn, aangezien Malini haar hand niet los liet. Met een zucht gaf ze zich gewonnen en liep met Malini in haar kielzog naar de mannen toe.

'Freno, prins Raihan' begroette ze de twee mannen.

'Bedankt voor het komen,' zei Freno. 'En dat je onze chaperonne wil zijn.'

'Hou maar op,' zei Taniya droog. 'Malini heeft al gezegd hoe het zit.'

Taniya keek naar Raihan en vroeg, 'u wilde mij spreken, hoogheid?'

'Kan je me niet gewoon Raihan noemen,' vroeg Raihan lichtjes geïrriteerd, 'net als eerst?'

'Nee,' zei Taniya resoluut. 'Toen stonden de zaken er anders voor.'

Freno pakte Malini haastig bij haar arm en zei, 'we zijn een stuk verderop.' Hand in hand liepen beiden na een korte blik op de twee dieper het woud in. Binnen korte tijd hadden ze nergens meer oog voor dan voor elkaar.

'Ja,' vroeg Taniya met opgetrokken wenkbrauwen, 'was er iets, prins?'

Geïrriteerd keek Raihan haar aan, maar zweeg. Na enkele tellen gezwegen te hebben, zei hij, 'ik wilde mijn excuses aanbieden voor die dag.'

'Wanneer,' zei Taniya kribbig. 'Toen u me besprong?'

Beschaamd keek Raihan naar beneden. 'Ik weet niet wat in mij opkwam,' zei Raihan. 'Ik denk dat alles teveel was geworden.'

'U heeft ook veel informatie in korte tijd moeten verwerken,' gaf Taniya schoorvoetend toe.

'Mijn hele leven ben ik gewoon Raihan geweest,' riep Raihan uit. 'En nu is alles veranderd. Iedereen noemt me prins, gedraagt zich anders, hoewel ik gewoon dezelfde persoon ben.'

'Zelfs jij gedraagt je anders,' vervolgde Raihan met een blik op Taniya.

'Ik gedraag me niet anders,' zei Taniya. 'Ik noem u alleen een prins, omdat u er één bent. Als je denkt dat ik mij anders gedraag vanwege die kus, dan kan ik je garanderen dat dat niet zo is. Mijn reactie was precies hetzelfde geweest.'

'Waarom?' vroeg Raihan. 'Omdat je me zo afstotelijk vindt?'

'U weet niets van me af,' zei Taniya aarzelend. 'Ik heb een heel leven achter de rug. U bent niet afstotelijk. Mijn verleden laat mij niet toe een man in mijn leven toe te laten.' Ze aarzelde weer, maar zweeg toen de anderen weer in het zicht kwamen.

'Het spijt me dat ik u van alles heb verweten,' zei Taniya verontschuldigend. 'Kunnen we het niet gewoon vergeten?'

'Op één voorwaarde,' zei Raihan. Hij keek naar de anderen die al bijna binnen gehoorsafstand waren en richtte zich daarna weer op Taniya's vragende gezicht.

'Als je ophoudt mij een prins te noemen en mij weer als vanouds bij mijn naam noemt.'

Ondanks dat ze haar lach probeerde te verbijten om zijn kinderlijke blik, knikte ze ernstig instemmend.

Hoofdstuk 18

Opgewonden kwam Idre op Taniya en Malini af rennen. 'Het is feest,' schreeuwde hij vrolijk.

'Wat voor een feest dan?' vroegen Taniya en Malini nieuwsgierig.

'Het is lentefeest in Mandjira. Dan worden er toneelstukjes opgevoerd, gedanst en gegeten,' riep de jongen opgewonden uit. 'En er zijn ook spelletjes. Het is echt leuk!'

Taniya keek de jongen aan, vertederd om zijn kinderlijke enthousiasme. Idre probeerde zich altijd als een volwassene te gedragen, maar dit feest haalde het kind weer in hem naar boven.

'Ik moet mijn kleren tevoorschijn halen,' zei Idre enthousiast. 'En mijn schoenen poetsen.'

'Ik ga dat nu gauw doen,' bedacht hij ineens hardop nadenkend en rende weer weg.

Hoofdschuddend keken Malini en Taniya hem na.

'Nou, ik ben benieuwd over wat voor een feest hij het heeft,' zei Malini nieuwsgierig.

'We merken het vanzelf wel,' zei Taniya schouderophalend.

De volgende morgen kwam Nashmi naar het huis van Taniya met een bundel kleren.

'Nash,' riep Taniya aangenaam verrast uit. 'Waar was jij? Ik heb je al zolang niet gezien.' Nashmi liet zich uitgebreid omhelzen door Taniya.

'Ik moest een aantal klusjes klaren buiten Mandjira,' zei Nashmi ontwijkend. 'Je hoort er nog wel van. Maar hoe is het met je? Hoe bevalt Mandjira je?'

'Ik vind het heerlijk hier,' zei Taniya blij. 'Ik kan mijn eigen gang gaan. Niemand valt me lastig, zolang ik mijn klusjes maar op tijd af heb. Ik heb wel moeite met de worstellessen. Ik was zelfs uit de groep gehaald.'

'Echt?' vroeg Nashmi verbaasd, terwijl ze zich met een bons op Taniya's bank liet ploffen en wachtte tot Taniya naast haar kwam zitten en thee inschonk in de kleine bekers. 'En toen?'

'Nou, Raihan besloot om mijn lessen over te nemen. Ik kreeg privéles van hem,' zei Taniya luchtjes.

'Zo zo,' lachte Nashmi ondeugend. 'Les van onze bloedeigen prins.'

'Ja, maar die zijn ook geëindigd sinds is bekend gemaakt dat hij een prins is,' zei Taniya ernstig. 'Dus ik krijg nu geen lessen.'

Nashmi knikte begripvol en stapte vervolgens over op een ander onderwerp.

'Waar ik eigenlijk voor kwam,' legde Nashmi uit. 'Deze kleren moest ik van Raihans moeder brengen. Ze dacht dat je deze wel nodig zou hebben voor het festival. Jullie zullen nog wel niet veel kleren hebben verdiend tot nu toe. Het is bedoeld als een gift om jullie nogmaals welkom te heten in Mandjira.'

Sceptisch om het zogenaamde, warme welkom van Raihans moeder in Mandjira, negeerde Taniya de bundel en richtte zich nieuwsgierig tot Nashmi met de vraag waarvoor het festival was.

'Dit festival kondigt de aankomst van de lente aan,' verklaarde Nashmi plechtig. Ze stond met opgeheven hoofd op. 'En dat vieren wij met veel gelach en dans.' Ze gooide haar armen zweverig in de lucht, de kamer rond dansend. 'Het is de tijd waarin de planten weer opbloeien, de dieren paren en er nieuwe liefdes ontstaan.' Plagerig knipoogde ze naar Taniya die hard in lachen uitbarstte. Quasi beledigd keek Nashmi haar aan en voegde haar gelach toe aan die van Taniya. Zo bleven de twee vriendinnen nog met elkaar kletsen tot het tijd werd om afscheid te nemen van elkaar.

Aan het einde van de volgende noen keek Taniya goedkeurend naar Malini, die ze had geholpen om zich klaar te maken voor het festival. Iedereen in de omgeving liep over van opwinding, maar Taniya had weinig zin in het feest.

'Dit is net als vroeger.' Giechelend bewonderde Malini zichzelf heen en weer draaiend in de spiegel. 'Jij kleedt me aan en maakt me op.'

'Inderdaad,' zei Taniya met een lach en nog een laatste rukje aan Malini's kleding. 'Maar nu vind ik je veel aardiger.'

'Het lijkt zo lang geleden,' zei Malini mijmerend. 'Hoewel het bijna drie manen geleden is, sinds ik ben vertrokken uit het paleis.' Taniya knikte begripvol.

'Ik voel me hier veel gelukkiger dan ik ooit in mijn leven ben geweest,' verzuchtte Malini met een gelukkige glimlach dromend over een bepaald jongeman met een lieve glimlach. Taniya vond het niet nodig om haar te herinneren aan de realiteit van Malini's leven en hield wijs haar mond. Ze gunde Malini nog het beetje geluk wat ze kon krijgen tot haar gevreesde huwelijk met Raihan. Terwijl Malini dromerig in de spiegel staarde, kleedde Taniya zich met snelle bewegingen om en bond haar haren in een dikke staart.

'Ik ben er klaar voor. Laten we gaan.' Zonder een antwoord van Malini af te wachten, trok ze de voordeur open om weg te gaan, maar bleef meteen stokstijf stil staan. Voor de deur stond een opgewekte Chen, haar gezicht versierd in vrolijke kleuren en met kleding in de kleuren van de regenboog. Naast haar verbleekte Taniya met haar eigen, eenvoudige roodkleurige broek en topje.

Na vol bewondering te hebben gefloten over Malini's verschijning, keek Chen ongelovig naar Taniya, waarop ze met een strenge blik die geen tegenspraak duldde Taniya de kamer weer in duwde. 'Jij gaat zo mooi niet naar het feest.'

Ondanks de protesten van Taniya, begon Chen in snelle bewegingen haar gezicht op te maken en trok daarna met een harde ruk haar haren weer los. Chen keek knorrig naar Malini, terwijl ze efficiënt door ging met haar werk. 'Hoe kan je haar zo het huis uit laten gaan?'

Malini haalde haar schouders op, 'ze luistert nooit naar mij, hoor.'

Taniya rolde met haar ogen, maar een grom van Chen zorgde ervoor dat ze weer stil zat.

Terwijl Chen bezig was met haar haren, vroeg Taniya nieuwsgierig, 'waarom heet je eigenlijk Chen? Klinkt dat niet een beetje jongensachtig?'

Chen lachte en zei, 'mijn naam is eigenlijk Cheyenne.'

'Oh,' zei Taniya verrast. 'Maar waarom dan...?'

'Nou, ik kan vechten als een jongen,' zei Chen lachend. 'De meesten vonden mij meer een jongen dan een meisje.'

'Niet qua uiterlijk, hoor,' voegde Chen eraan toe, toen ze de ongelovige blikken van Taniya en Malini zag. 'Maar meer qua vechtstijl. En zo gaven ze me de naam Chen. Tijdens de oefening is het ook makkelijk om gewoon Chen te zeggen in plaats van Cheyenne. Snap je?'

Taniya knikte begrijpend en zei, 'Cheyenne is wel een mooie naam.'

Malini beaamde dat ook ondertussen geïnteresseerd over Chens schouders meekijkend die net de laatste slag in haar werk had gezet.

Nadat Shilpa ook was gearriveerd, liepen de meiden gezellig kletsend het plein op. Hier en daar floten er mannen naar hen en Freno die dat hoorde liep haastig op hen af. 'Jullie zien er prachtig uit hoor, meiden.'

'Jullie, of bedoel je één iemand in het bijzonder,' plaagde Shilpa knikkend naar Malini. Die sloeg met een blos op haar wangen haar ogen neer.

'Laat dat kind met rust.' Chen, die ook wel zin had in een plagerijtje, bemoeide zich ook met het gesprek. 'Zie je niet dat ze helemaal verlegen wordt. Als dat de kleur is die liefde uitstraalt, dan hoeft het voor mij niet hoor.'

'Mij ook niet gezien hoor,' plaagde Shilpa verder. 'Blij toe dat Freno al die hitte naar Malini uitstraalt en niet naar ons.'

Taniya, Chen en Shilpa barstten in lachen uit, maar Freno negeerde hen. Zacht vroeg hij aan Malini of hij later met haar mocht dansen. Ze knikte instemmend, maar keek niet op. Freno liep weer weg en de vier meiden vervolgden hun weg langs de vele kraampjes op het plein. Chen legde uit dat je er niets kon kopen. Je kon eten en drinken als je dat wilde en als je mee wilde doen met spelletjes dan kon je dat gewoon doen. Het was de bedoeling dat iedereen gewoon plezier kon maken zonder zich om muntstukken druk te maken. Ook was dit de gelegenheid waar iedereen in Mandjira elkaar weer kon zien.

De meiden keken hun ogen uit naar de prachtig gekleurde kraampjes en genoten van het plezier die iedereen uitstraalde, zonder door te hebben dat een eindje verderop de jongens het over hen hadden.

Shai floot goedkeurend toen hij de meiden in het oog kreeg. Shai en Raihan draaiden zich om om de bron van de goedkeuring van Shai te achterhalen. Raihans hart sloeg een slag over, maar hij liet niets blijken aan de rest. In plaats daarvan keerde hij zich naar Freno die een opgewekt deuntje aan het fluiten was en naar hen toe liep.

'Waarom ben jij zo vrolijk?' Shai keek achterdochtig naar Freno.

Freno lachte plagerig naar Shai. 'Ik zag jou al loeren als een kat, dus ik dacht ik reserveer mijn plek maar alvast.'

'Echt waar? Bij wie dan?' Shai keek belangstellend naar de meiden en daarna naar Freno, maar die lachte alleen en antwoorde niet. Nieuwsgierig voor een antwoord draaide Shai om Freno heen, maar die wuifde hem alleen plagerig weg en gaf geen antwoord op zijn vraag.

Toen Raihan hem onderzoekend aankeek, wendde Freno zijn ogen met een glans van verdriet weg en haalde zijn schouders op. Raihan knikte met een zachte blik in zijn ogen en wendde zijn ogen weer af naar het meisje waar zijn ogen automatisch steeds weer op terug vielen. Haar glanzende, lange, zwarte haren die tot over haar middel heen vielen, benam hem de adem en als ze lachte voelde hij een warm gevoel door zich heen trekken.

'Nou, ik weet in ieder geval naar wie ik zeker niet hoef te kijken.' Sikkeneurig wees Shai met een vinger naar Taniya.

'En naar die hoef je ook niet te kijken.' Gan pakte de vinger van Shai en verschoof die naar Shilpa. Met een zelfvoldaan lach op zijn gezicht zei hij dat hij die al had gereserveerd en sloeg Shai op zijn schouders. Ze wisten allemaal dat hij bang was om gevloerd te worden door Chen en Malini hoefde hij niet eens te proberen in verband met het verwachte huwelijk. Grinnikend keken de drie jonge mannen naar Shai's ontstemde gezicht, terwijl ze de groep meiden achterna liepen.

Shai schraapte ineens zijn keel en tikte Raihan aan. Hij wees naar een groep mannen, wiens interesse ook was gewekt door de meiden. Druk wijzend en pratend liep de groep naar het kraampje waar de meiden waren gestopt.

Raihan staarde stuurs naar de groep mannen die op de vier meiden afliep. Hij kende de mannen erg goed, het waren flirters van de eerste klasse en al waren ze dat niet geweest, dan nog hadden ze niks te zoeken bij de meiden. Met een boze frons bleef hij naar ze kijken. Toen rechtte hij zijn rug en liep met grote stappen naar het kraampje tot hij vlak achter de meiden stond. Met een woeste gezichtsuitdrukking bleef hij de mannen aan staren tot ze gedwee wegliepen.

Shai, Gan en Freno volgden Raihan iets langzamer met een grote grijns op hun gezichten. Ze hadden zelden meegemaakt, dat Raihan de controle over zijn emoties verloor en de jongens hadden nu echt dikke lol bij zijn gelaatsexpressie. Raihan negeerde hen en ging achter Taniya staan.

'Jeetje, dat is een mooie enkelband,' riep Taniya vol verrukking uit. Ze had niet door dat Raihan achter haar stond. Hij wierp een blik over haar schouder om te kijken waar ze het over had.

'Wel, sla je slag dan, mooie dame. Je kunt gratis meedoen,' riep de man bij het kraampje uit.

'Wat is dan de bedoeling?' vroeg Chen wantrouwig met haar armen over elkaar aan de man.

Raihan lachte om haar houding en trok vragend zijn wenkbrauw op naar Shai. Die schudde hard met zijn hoofd ter ontkenning, terwijl de andere twee hem plagerig op de schouders sloegen.

'Het is heel simpel,' zei de man. Hij pakte een pijl en de boog van de tafel en hield de boog voor zich, terwijl hij de pijl richtte op een fles die horizontaal voor een draaiende schijf lag. 'Je schiet de pijl door de open uiteinde van de fles en als je dan de roos op de draaiende schijf raakt, mag je een prijs uitkiezen.'

'Dat is onmogelijk,' riep Malini verontwaardigd uit. Ze boog zich diep over de tafel heen om kritisch de open fles en draaischijf te bestuderen. Toen Taniya sprak, trok Malini zich weer terug.

'Dat lukt me nooit,' zei Taniya teleurgesteld. 'Zo goed ben ik niet met boogschieten.'

'Je kunt het altijd proberen, mooie dame,' zei de man vrolijk. 'Je hebt drie kansen om te schieten.'

'Kom op, Taniya, wat heb je te verliezen,' riep Shilpa uit. Ze duwde Taniya lichtjes naar de tafel toe 'Probeer het gewoon.'

'Goed, waarom ook niet,' zei Taniya berustend in al het commentaar. Ze stak haar hand uit naar de man die haar de pijl en boog aanreikte. Daarna legde ze de pijl aan de boog en concentreerde zich op haar doelwit. Na een paar tellen haar doelwit bestudeerd te hebben liet ze pijl los. Met een gezoem vloog deze weg door de fles heen in de schietschijf, doch was het ver naast de roos.

Raihan sloeg zijn armen over elkaar en leunde nonchalant tegen een paal aan. Hij wachtte geduldig tot ze de tweede pijl had aangelegd aan de boog.

'Kom op, nog een keer,' riep Chen uit. Malini en Shilpa knepen in elkaars hand van de spanning. Taniya pakte een nieuwe pijl en probeerde het weer. Dit keer ging de pijl niet eens door de fles heen. Met een zucht zei Taniya, 'dit lukt toch nooit, laat maar gaan. We verspillen onze tijd hier.'

'Zal ik het eens proberen?' Met een geamuseerde lach keek Raihan naar de blos die over Taniya's wangen heen trok toen ze de vier mannen achter hen zag staan. In een poging om haar waardigheid te behouden, overhandigde ze hem quasi onverschillig de boog en de derde pijl.

Raihan woog enkele tellen de pijl en de boog in zijn handen. Daarna legde hij de pijl aan en spande de pees van de boog. Nauwlettend bestudeerde hij zijn doelwit, terwijl hij voelde hoe Taniya's ogen over zijn gezicht ging en ze zich daarna meteen afwendde. Zichzelf afsluitend van alles en iedereen om zich heen concentreerde hij zich alleen op zijn doelwit. Terwijl iedereen van de spanning zijn adem inhield, haalde hij rustig een paar keer diep adem voor hij de pijl losliet. De pijl bleef met een luide knal trillend midden in de roos hangen. Raihan hoorde Shilpa een opgetogen kreet slaken, maar hij had alleen oog voor de bewonderende ogen van Taniya. Zonder zijn ogen af te wenden van haar stak Raihan zijn hand uit naar de man die hem de enkelband aanreikte.

Gefeliciteerd!' riep de man uit en wendde zich meteen tot de andere omstanders. 'Dit is het bewijs dat het mogelijk is. Probeer het uit, kom hier mensen!' Enkele omstanders begonnen nu ook naar voren te dringen om een kansje te wagen.

Taniya werd tegen Raihan aangedrukt. Buiten adem stamelde ze dat ze onder de indruk was van zijn schietkunsten en dat ze dat ook wel graag van hem had geleerd als de situatie anders was geweest. Raihan glimlachte flauwtjes naar haar en haalde zijn schouders op.

Ze schraapte haar keel en wilde langs hem heen lopen, maar Raihan pakte haar hand vast. Hij liet de enkelband voor haar gezicht bungelen. 'Ik dacht dat je deze zo mooi vond.'

'Ik vind het ook heel mooi,' gaf Taniya toe. 'Maar ik heb het niet gewonnen.'

'Ik heb niet zoveel aan een enkelband en jij vindt het mooi,' zei Raihan luchtjes. 'Waarom neem jij het niet?' Zogenaamd ongeïnteresseerd reikte hij haar de enkelband aan.

Weifelend keek Taniya om zich heen en toen weer naar hem. 'Maar gaan mensen dan niet de verkeerde indruk krijgen?'

'Nee hoor,' zei Raihan ongenaakbaar. 'We zijn toch vrienden? En trouwens je hebt nog geen welkomstgift gehad van mij.'

'Misschien is het beter om het niet te doen,' zei Taniya nog steeds weifelend. Ze stak afwijzend haar rechterhand op, maar Raihan pakte resoluut haar hand vast en deed de enkelband erin.

'Misschien is het beter om het wel aan te nemen,' zei Raihan beslist. 'Als je het niet wil, dan gooi je het maar weg. Maar ik heb het alleen maar gewonnen voor jou.' Hij draaide zich om en liep met een rechte rug en opgeheven hoofd weg.

Taniya keek naar de enkelband en sloot haar vuist erom heen. Met een vreemd gevoel van binnen liep ze naar de andere meiden toe.

Inmiddels was de zon bijna onder. Vuren werden aangestoken en de kraampjes werden afgebroken. Er werd ruimte gemaakt op het grote plein en lage banken werden in een cirkel aan de rand van het plein opgesteld. Hier zouden de toneelstukken worden afgespeeld.

De toneelstukken waren altijd erg grappig en gingen vaak over kleine, huishoudelijke ruzies. Er werd dan een grappige draai gegeven aan de dagelijkse geschillen tussen mannen en vrouwen, zoals de rommel opruimen of het vuil buiten zetten.

Langzaam stroomden de bankjes vol met Mandjiranen. Het vrolijke rumoer daalden langzaam neer in zacht gefluisterde stemmen van de toneelspelers die zich op het plein klaar maakten. Malini liet haar hoofd zakken op de rechterschouder van Taniya, terwijl ze dromerig rondkeek. Een zachte blos op haar wangen gaf haar het jeugdige uiterlijk van een kind. Taniya liet even haar gezicht rusten op Malini's haren en keek lichtjes glimlachend naar Shilpa en Chen die in een luidruchtige discussie verwikkeld waren.

Toen het toneelstuk begon, werd het doodstil in het publiek en luisterde aandachtig naar de toneelspelers. Maar Taniya kon zich niet goed concentreren op het stuk, omdat ze het gevoel had bekeken te worden. Ze zocht het publiek af en zag Raihan aan de andere kant van het plein zitten. Hij keek naar haar. Met een blos op haar wangen keerde Taniya zich van hem af en richtte haar aandacht zogenaamd weer op het stuk. Maar ze bleef zijn ogen op haar gericht voelen, wat ook werd bevestigd als ze af en toe stiekem naar hem keek. Het toneelstuk liep af en met een zucht van opluchting stond Taniya op van haar plaats. Daarna namen enkele mensen met muziekinstrumenten de plek van de toneelspelers in en zetten een vrolijk deuntje op.

'Kom mee,' riep Shilpa enthousiast. 'Dansen!' Ze trok Taniya mee naar het midden van het plein. Anderen volgden hun voorbeeld en kwamen ook de dansvloer op. Met de anderen om zich heen voelde Taniya zich minder bekeken en ze begon mee te dansen. Haar heupen bewogen op het ritme van de muziek en ze maakte een draai. Een eindje verderop danste Raihan met zijn vrienden, maar nog steeds keek hij naar haar. Toen ze zag dat hij haar had gezien, lachte hij speels naar haar. Met een blos wendde Taniya zich snel af. Eindelijk was het nummer afgelopen en met heel veel moeite sleurde ze Shilpa van de dansvloer af.

Terwijl Shilpa wegliep om een drankje te halen, liet Taniya zich vermoeid zakken op een bankje. Een dronken jonge man waggelde op haar af en stak zijn hand naar haar uit. 'Mag ik deze dans van u?' vroeg de man. Er was net een langzame deun ingezet. Taniya huiverde bij de gedachte dat de handen van de dronken man aan haar lichaam zouden zitten.

'Nee, dank je, liever niet,' zei Taniya hoofdschuddend. 'Ik ben moe.'

'Maar ik wil maar één dans,' zei de man op dwingende toon. Hij negeerde haar protesten en pakte haar bij de hand. Ruw probeerde hij haar mee te trekken, terwijl Taniya zich woedend schrap zette.

'Laat me los, debiel,' siste Taniya boos. 'Ik heb toch al gezegd dat ik niet wil.' Ze voelde haar pols al licht schrijnen door de lompe handen van de man.

'De dame wil niet, dus laat haar los.' Raihan tikte de man hard op zijn schouder. De man liet Taniya los en mompelde binnensmonds vervloekingen, maar Raihan negeerde de man en stak zijn hand uit naar Taniya. 'Ik kom mijn dans halen,' zei hij. Taniya pakte dankbaar zijn hand vast en samen liepen ze weg voor de man hen kon tegenhouden.

'Mooi, hij is weg,' zei Taniya opgelucht. Ze wilde Raihans hand loslaten, maar hij hield haar stevig vast. 'Je kunt me wel weer loslaten, Raihan.'

Raihan keek verbaasd naar Taniya. 'Maar ik kom mijn dans halen. En jij hebt al ja gezegd.'

'Ja, maar ik zei alleen ja om van die man af te komen,' protesteerde Taniya en probeerde zich los te rukken uit de stevige greep van Raihan.

'Maar dat wist ik niet,' zei Raihan quasi verbaasd. 'En nu heb je al ja gezegd.' Voor Taniya kon reageren, leidde hij haar naar de dansvloer. Hij plaatste zijn handen om haar middel en trok haar tegen zich aan. Taniya hield haar adem geschrokken in.

Raihan begon heen en weer te wiegen op het ritme van de langzame muziek. Hij boog zijn hoofd naar haar linkeroor en fluisterde plagend, 'je mag nu wel weer ademhalen hoor, straks val je flauw.'

Taniya haalde haperend adem. Ze vond Raihan al erg aantrekkelijk als hij zijn normale stuurse zelf was, maar wanneer hij plagerig naar haar lachte, werd hij onweerstaanbaar. Haar hart sloeg over toen Raihan zich voorover boog naar haar. 'Geniet nou maar van deze dans,' fluisterde hij zachtjes in haar oor. 'Laat jezelf voor een keer gaan.'

Taniya sloot haar ogen met een zucht en legde toen haar gezicht tegen zijn borstkas. Ze liet zich wegdrijven op de rustige tonen van de muziek.

*

Manu had vol ongeduld uitgekeken naar het festival. Iedereen zou er aanwezig zijn en eindelijk kon hij vrijuit lopen en op zoek gaan. Hoewel hij af en toe kletste en dan weer danste met een mooie, willekeurige dame, bleven zijn ogen afdwalen in de menigte op zoek naar zijn prooi. Om niet teveel op te vallen, voegde hij zich bij het grote gezelschap dat hij al kende om samen te eten onder de lange tafels die vol gestald waren met allerlei lekkernijen. Daarna volgde hij hen toen de toneelstukken begonnen en terwijl hij ernaar keek irriteerde hij zich aan de vrouwelijke hoofdrolspeelster die af en toe een snauw naar haar zogenaamde man toe wierp. Als het zijn vrouw was geweest, had hij haar dat wel meteen afgeleerd, dacht Manu grimmig. Ongelooflijk dat dit soort onzin hier wordt toegelaten. In Palanika zouden ze allang al de Handhavers op hen hebben afgestuurd of de Vrouwenhouders. Een forse aframmeling was wat deze vrouwen nodig hadden.

Vrouwen hadden in zijn beleving geen greintje verstand en hadden maar te doen wat hun man zeiden. Voor het gemak vergat hij even de domme mannen die nog minder verstand hadden dan Taniya in een knokkel van haar hand had.

Zichzelf met moeite beheersend wachtte hij tot het toneelstuk afgelopen was en stond bijna meteen op terwijl iedereen nog aan het applaudisseren was. Een ietwat aangeschoten man blokkeerde hem de weg en automatisch gaf Manu hem een duw, zodat de man over zijn eigen benen heen struikelde. Druk aan het nagenietend van het toneelstuk viel dit niemand op en hard gelach steeg nog steeds rondom hem op.

Vastbesloten om Taniya te vinden, liep Manu weer alle eettafels langs. Een tijdje ging hij op een bankje zitten om de voorbijgangers te bestuderen. Ook al kookte hij inwendig van woede, wees hij alsnog vriendelijk een dame die met hem wilde dansen af. Hij stond weer op om nogmaals overal rond te kijken. Een licht gevoel van twijfel trok door hem. Was zij wel hiernaar toe gekomen of hadden die vrijheidsstrijders haar ergens onderweg gedumpt? Als zij hier niet was, dan kon ze overal zijn. Het zou zoeken naar een naald in een hooiberg zijn en dan zou hij haar nooit kunnen vinden.

Een gevoel van brandende hitte trok van boven tot aan zijn tenen heen en het koste hem heel veel moeite om zich te beheersen en het gevoel van twijfel van zich af te zetten. Met zijn vuisten gebald ging hij weer op zoek en keek weer over de menigte heen naar de dansvloer.

Iets trok zijn blik weer terug naar een dansend stel. De lange zwarte haren en de bewegingen kwamen hem vaag bekend voor. Hij zag hoe de man zich voorover boog om iets in haar oor te fluisteren, waarop zij haar hoofd in zijn armen vleide.

Een kil gevoel trok door hem heen toen hij de handen van de man om het middel van de vrouw zag glijden en een moment voelde hij pure moordzucht opkomen. In zichzelf wees hij zichzelf terecht, het was nu niet het juiste moment iets te doen. Eerst zou hij haar laten lijden, net zoals zij hem had laten lijden.

Het dansende koppel draaide om elkaar heen en de dromerige blik die zij onbewust op Manu wierp, veranderde binnen een tel in een blik vol herkenning en doodsangst.

Manu zag haar lippen zijn naam vormen, terwijl ze met grote ogen naar hem keek. Hij beantwoordde haar angstige reactie met een valse brede grijns op zijn lippen en ogen die beloofden dat hij nog niet klaar was met haar.

Hoofdstuk 19

Met een gevoel van onbehagen keek Taniya ongerust om zich heen, maar de bron van haar angst zag zij niet terug. De groep kwebbelde er gezellig op los en ze probeerde zich daarop te richten. Er leek een klein vriendengroepje te zijn ontstaan met Shilpa, Chen, Malini, Shai, Gan, Freno, Raihan en haar. Ieder vrij moment dat ze vonden, renden ze naar het meer om daar te zwemmen of op een kleedje samen te eten.

Taniya had zich steeds veiliger gevoeld in de groep tot Manu was gearriveerd. Nu had ze het gevoel alsof er een stilte was voor een zware heftige storm en ze kon niet genieten van het luchtige gezelschap van de anderen. Een aantal dagen na het festival had ze Manu niet nogmaals gezien en nu wist ze niet meer zeker of het een zinsbegoocheling was geweest of dat het de werkelijkheid was geweest.

Terwijl Taniya keek hoe Shai een gewaagde poging maakte om Chen het water in te gooien, probeerde ze haar angstige gevoelens te onderdrukken en te genieten van haar maal op het kleine kleedje. Malini lag met haar hoofd geleund op de schouder van Freno en ondertussen wierpen Gan en Shilpa elkaar plagerige opmerkingen toe. Allen behalve de laatste twee was het overduidelijk dat de twee gevoelens hadden voor elkaar, dacht Taniya met een lichte glimlach op haar lippen die meteen weer bij de gedachte aan Manu verdween en een frons trok over haar voorhoofd. Gedachteloos speelde ze met het beschuitje aan haar lippen tot ze ineens door Raihan naar hem toe werd getrokken. Hij dirigeerde haar hoofd op zijn schoot en ze probeerde zich gauw los te rukken om afstand te bewaren tussen hen, maar hij liet haar niet los. Met een zucht gaf ze het op, het voelde fijn aan in zijn nabijheid. Ze voelde zijn nadenkende blik op haar gezicht, terwijl hij met haar haren speelde. De anderen in de groep bekeken hen glimlachend, maar zeiden niets om het moment tussen hun niet te verstoren.

'Waar denk je aan?'

Taniya keek omhoog in de vragende ogen van Raihan. 'Dat dit

niet goed is.'

Raihans vragende blik veranderde in een geamuseerde en haar hart sloeg een tel over. 'We zijn gewoon vrienden, daar is toch niets mis mee?'

Sceptisch beantwoordde Taniya zijn blik, maar zei niets. Zo lag ze een tijdje zonder woorden, tot een harde roep haar met een ruk omhoog deed schrikken.

Een eindje verderop liep een brede, gespierde man op hen af van middelbare leeftijd. Zijn zwarte haren zagen er verwilderd uit door de wind, maar zijn donkere ogen straalden vriendelijkheid uit. In zijn kielzog liep Manu die een scherpe blik op Raihan en Taniya wierp.

Bezorgd vroeg Taniya zich af hoeveel hij had gezien en na een korte glimp van valsheid in zijn ogen, die meteen werd vervangen in een vriendelijke, wist ze dat hij alles had gezien.

Bohar heette de man, begreep ze uit het gesprek met Raihan die ook was opgestaan en hen tegemoet was gelopen. Enthousiast vertelde de man dat Manu hem had geholpen in zijn avonturen tegen de taraka van de Shezna. Manu keek alleen schaapachtig naar de grond, waarbij hij af en toe een gemene blik die onzichtbaar was voor de anderen naar haar toe wierp.

Bohar had Manu nu meegenomen naar Raihan, zodat hij ook kennis kon maken met hem en wellicht hem ook op één van zijn escapades binnen het rijk kon meenemen.

Het volledige relaas ging aan Taniya voorbij, die zich met een bonzend hart hardnekkig afvroeg wat de werkelijke reden was van de komst van Manu. Als zij die reden was, dan had zij een groot probleem. Een inwendige stem zei dat er een kleine kans bestond, dat hij veranderd was. Maar een ander inwendige stem lachte haar hard in haar gezicht uit. In tweestrijd gekomen, besloot ze dat ze nog zou wachten.

*

Manu genoot van de jacht nu hij zijn prooi weer had gevonden. Een gevoel van opwinding golfde door hem heen, maar deze onderdrukte hij. *Nog niet,* wierp hij zichzelf streng tot de orde. Eerst gaan wij nog even spelen. Dus werkte hij wekenlang braaf mee in alle ploegen waar hij werd ingedeeld. Vroeg of laat wist hij, zou hij in een ploeg met haar ingedeeld worden. En eindelijk was die dag dan nu gekomen.

Met een grote grijns liep hij naar de ploegleden tot hij Taniya zag. Maar een licht gevoel van irritatie trok door hem heen, toen hij zag dat die Raihan en die achterlijke vrienden van haar er ook bij waren. Maar hij onderdrukte zijn ergernis en wachtte geduldig af tot de groepsleden onderverdeeld waren in paren en taken.

Manu werd ingedeeld met Gan en Taniya tot zijn ongenoegen met Raihan. Zonder dat zijn werkpartner het door had, loodste Manu hem in de buurt van het koppel dat zijn misnoegen had gewekt. Hij zou voor nu zijn moment afwachten en doen wat hij moest doen.

Hij verlegde zijn aandacht naar Gan die hem in een paar woorden zijn werkzaamheden uitlegde en lachend en dollend begonnen ze aan hun werkzaamheden. Na een tijdje wees Manu naar Taniya. 'Wie is die mooie dame?'

Gan, die net een stapel takken op de grote berg hout gooide, klopte zijn handen af en liep naar Manu toe. Over zijn schouder keek hij wie Manu's aandacht had getrokken. Met een grijns legde hij uit dat zij Taniya was en dat ze meerdere manen geleden met de prinses in Mandjira was gearriveerd. Met een spijtige blik op Manu zei Gan dat het weinig zin had om achter haar aan te gaan. Er was een band tussen Taniya en de prins, ook al zou hij over een tijdje in het huwelijk treden met de prinses, Manu zou daar niet tussen kunnen komen.

Quasi teleurgesteld keek Manu nu naar Taniya. Grappend zei Gan dat Manu misschien na het huwelijk van de prins een poging moest wagen. Wellicht dat hij dan wel verder zou komen. Samen bulderden ze van het lachen, terwijl Manu nog een laatste keer keek naar Taniya en ze beiden weer aan het werk togen.

Gan ging dieper het bos in en Manu sneed de takken kleiner en bond deze in bundels vast met een touw. Zo was hij een tijdje bezig en toen hij zeker wist dat Gan niet in de buurt was, sloop hij naar het gedeelte waar hij Raihan en Taniya voor het laatst had gezien. Taniya was druk bezig om de takken te bundelen, zoals hij had gedaan en met een wrede glimlach op zijn lippen, besefte hij dat ook

Raihan net als Gan dieper het bos in was getrokken. Hij genoot nu al van haar o zo voorspelbare, angstige reacties.

Nonchalant leunde hij tegen een boom aan en bestudeerde haar van top tot teen. Na een paar tellen zag hij haar onbehaaglijk de omgeving verkennen.

Bewust stapte hij op een takje en een luide kraak weerklonk door de stille omgeving. Hij verstopte zich snel achter de boom zodat ze hem niet zag, en na een paar tellen leunde hij weer tegen de boom aan. Aan de snel op en neer gaande beweging van haar borstkas wist hij dat ze was geschrokken. Toen ze zich nogmaals omdraaide, bleef hij deze keer staan.

Een gevoel van voldoening trok door zijn lichaam heen, terwijl hij met een hardvochtige blik in zijn ogen zag hoe ze geschrokken naar achteren struikelde.

In een paar stappen stond hij bijna met zijn neus tegen haar neus aangedrukt en een wrede glimlach trok over zijn lippen. 'Ik heb lang moeten zoeken naar je liefje. Je weet dat ik niet van zoeken hou en je weet dat ik je altijd zal vinden, waar je ook bent.'

Hij trok een wenkbrauw vragend op met een scheef lachje op zijn gezicht en keek tevreden toe hoe ze naar achteren deinsde en uiteindelijk met haar rug tegen een boom stond. Ze had een hand voor haar mond geslagen en haar andere hand opgeheven naar hem, alsof dat hem zou kunnen tegenhouden.

Weer stapte hij naar haar toe, greep haar handen en drukte deze opzij langs haar hoofd. In haar oor siste hij dat ze straf kon verwachten. Hij drukte een kus in haar nek, terwijl hij haar hoofd aan haar haren achterover trok. Daarna keek hij kil in haar doodsbange ogen en er trok weer een wrede, scheve glimlach over zijn lippen.

Ruw duwde hij haar van zich af en verdween weer tussen de bomen. Toen hij een eindje verderop weer een laatste blik op haar wierp, zag hij dat ze zich in de armen van een ongeruste Raihan wierp, die geen antwoord kreeg op zijn onophoudelijke vragen wat er aan de hand was. Grimmig lachte Manu in zijn vuist en bedacht dat hij ook een passende straf voor de prins moest bedenken.

*

Een caloresi te paard draafde met grote snelheid naar het tarakakamp toe, maar aan de rand van het kamp werd hij tegengehouden. Na hevige woorden gewisseld te hebben met de wacht, werd hij te voet door gelaten. Dex keek ongemakkelijk neer op de taraka die aan de voorzijde van de tenten zaten, hun zwaarden te scherpen en messen te slijpen.

Met een gevaarlijke blik in hun ogen staarden ze Dex aan, maar niemand hield de tarak tegen.

Hier en daar klonk er af en toe kreten en gehuil op van vrouwen en toen Dex langs de opgeslagen flappen gluurde, zag hij de reden van het ongemak van de vrouwen.

Dex herkende de Shehzaanse vrouwen aan hun kledij, die beurtelings door een groep taraka in een lange rij werden verkracht. Hun geschreeuw van pijn door de zware mishandeling gaf hem een steek van verdriet in zijn hart, maar hij kon niets doen om hun pijn te verlichten. Hij was in opdracht van de Shezna deze kamp binnen getreden en hij had een missie te volbrengen. Zijn Shezna behandelde de vrouwen waarschijnlijk net zo wreed als de taraka hier, maar de Charalam en Cratussen deelden tenminste nog onverbiddelijke straffen uit als de taraka buiten het boekje gingen. Alleen de jongere vrouwen liepen gevaar om doorverkocht en verkracht te worden, maar in dit kamp werd geen onderscheid gemaakt tussen jonge kleutermeisjes en oude, gekrompen vrouwen.

Dex probeerde hardnekkig alle geluiden buiten te sluiten, terwijl hij naar de grootste tent binnen het kamp toe liep. Het duurde bijna een uur voor hij eindelijk binnen werd gelaten.

Prins Firoz en zijn vriend Baram lagen languit op de twee banken. Een half ontklede, mooie dame lag te soezen in de armen van Baram en prins Firoz nam een grote hijs van de waterpijp die in het midden van de banken stond. Verbluft bleef Dex een moment stil staan bij deze schaamteloze vertoning van de prins en keek met een mond vol tanden naar beide mannen. Hoe een leider zich in zo'n staat voor de boodschapper van de Shezna durfde te vertonen, kon Dex niet begrijpen.

Even was hij zijn woorden kwijt, tot Firoz hem bedwelmd van de drank en iets wat ongetwijfeld in de waterpijp zat, vroeg wat de reden van zijn komst was. Toen schraapte Dex zijn keel en deelde de mannen mee, dat de Shezna had bevolen terug te keren naar het paleis.

Firoz bulderde van het lachen, maar Dex bleef met een onwennig gevoel staan. Baram voegde zijn eigen gelach toe aan het bulderende gelach van de prins. Terwijl hij opstond, duwde hij ruw het meisje van de bank af. Ze slaakte een kreetje van pijn, maar bleef bewegingloos van de bedwelming op de grond liggen.

Over haar heen stappend, bleef Baram voor Dex staan en wees met een vinger naar hem. 'Jouw Shezna heeft niets te bevelen over ons. Dit is prins Firoz, prins van Alba en zijn toekomstige schoonzoon en toekomstige heerser over Shehza!'

Strak keek Dex met een gevoel van walging naar de dronken man. Hij duwde hard de vinger van Baram met zijn hand weg. 'Toekomstig betekent dat daar op dit moment geen sprake van is. Zolang de prins zich in Shehza bevindt, heeft hij zich te houden aan de regels van de Shezna. En zijn bevel is, dat je je per direct terug trekt naar het paleis.'

Ook Firoz stond nu op en duwde Baram opzij. Met een grom pakte hij de kraag van Dex beet, maar die bleef hem onbeweeglijk zonder angst aan staren. 'Zeg maar tegen de Shezna, dat ik zijn dochter zal vinden en met haar zal trouwen. En nadat ik een tijdje plezier van haar heb gehad, dan kom ik achter hem aan om de rechtmatige heerser te worden.'

Ruw duwde hij Dex naar achteren, maar die liet zich niet weg jagen. 'Is dat uw laatste antwoord?'

Met een boze grom gooide Firoz de Vandi-karaf naar hem, die Dex met gemak ontweek. Ervan uitgaand dat dit inderdaad het laatste antwoord van de prins was, verliet hij het kamp en spoedde zich weer naar het paleis.

Zoals verwacht was Kashish niet blij met het antwoord van de prins en Dex keek wel uit dat hij hem niet voor de voeten liep. Hij was nog niet vergeten wat er met Cratus Pilahi was gebeurd. Hardop vloekend riep de Shezna zijn adviseurs, die haastig en over hun voeten struikelend, het afgesloten gedeelte van de tuin bestemd voor alleen de Shezna binnen vielen.

Daar de Shezna hem niet de opdracht had gegeven om de tuin te verlaten, maar ook niet dat hij moest blijven, bleef Dex ongemakkelijk met een stramme rug in de tuin staan. De Shezna leek vergeten te zijn dat zijn boodschapper er nog stond en met harde stem discussieerde hij met zijn adviseurs over de te ondernemen stappen nu ook de prins hem had verraden. De discussie die steeds heftiger werd, begon pijn te doen aan het hoofd van Dex, maar nog durfde hij zich niet te bewegen.

Woedend gooide Kashish met een armzwaai de taraka-poppetjes en de kaart op de grond. 'Ik heb helemaal niets aan jullie stelletje achterlijke idioten. Waarschijnlijk zou het achterwerk van een borgho meer hersenen bevatten, dan jullie samen in jullie hoofden hebben.' Voorbereid op een nieuwe uitbarsting van de Shezna, deden de adviseurs wijs een aantal stappen achteruit tot ze buiten zijn handbereik waren.

Het gewoonlijk bleke gezicht van Kashish was nu tomaatrood van kleur door zijn boosheid, terwijl hij kwaad zijn adviseurs één voor één aanstaarde tot ze hun hoofden lieten zakken van angst en schaamte.

Vervolgens wierp de Shezna een blik op Dex, die hem ongemakkelijk aankeek. Met toegeknepen ogen wenkte Kashish hem, terwijl hij met zijn andere hand de bedienden seinde om de troep op te ruimen. De bedienden begonnen de tafel weer te ordenen tot elk poppetje stond waar het hoorde te staan. Ondertussen liep Dex met voorzichtige stappen naar de Shezna. Met zijn hand wees Kashish naar de kaart op de tafel. 'Wat denk jij?'

Kashish wachtte met een blik op het nadenkende gezicht van Dex geduldig af. Ondertussen stommelden de adviseurs weer terug naar de tafel. Voor ze iets konden zeggen, legde hij hen met een doordringende blik het zwijgen op en richtte zich tot de hardop nadenkende Dex.

'Prins Firoz heeft op dit moment veel macht, omdat hij zichzelf de toekomstige schoonzoon waant. Datzelfde geldt voor de Vrijheidsstrijders.'

Dex keek naar de Shezna of hij hem volgde en toen die instemmend knikte, ging hij verder met zijn standpunt.

'En als je nou die dreiging als eerst weg haalt? Ontneem prinses Malini de troonopvolging en niemand heeft wat aan haar. De Vrijheidsstrijders doen een stap terug, omdat ze nieuwe plannen moeten maken en prins Firoz heeft er niets aan, als hij haar toch nog vindt. In die tijd kunnen wij legers op prins Firoz af sturen om hem te verwijderen uit Shehza. Eén grote dreiging is dan weg, waarop wij onze legers weer maximaal kunnen inzetten op zoek naar de Vrijheidsstrijders om ook die dreiging definitief te vernietigen.'

Dex viel stil en keek de Shezna met een licht gevoel van gêne aan. Het gezicht van de Shezna had intussen weer zijn oorspronkelijke bleke huidskleur teruggekregen. Met toegeknepen ogen keek hij naar Dex, wat hem een onzekerder gevoel bezorgde. Had hij zichzelf in de hand gesneden en zijn eigen graf gedolven door iets onnozels te zeggen? Zijn handen werden klam van het zweet, maar toch bleef hij afwachtend staan.

Ineens veranderde de uitdrukking van Kashish in een opgetogen blik en hij sloeg met zijn hand op de schouder van Dex. Onbewust had Dex zijn adem van lichte angst ingehouden en opgelucht haalde hij nu weer adem, terwijl hij toekeek hoe de Shezna opdracht gaf aan zijn adviseurs om het bericht te verspreiden dat de prinses was verwijderd uit de troonopvolging en dat als zij gevonden werd met de dood gestraft zou worden.

Een licht onwennig gevoel trok door Dex heen toen hij het laatste hoorde, maar hij rechte zijn rug in de hoop dat de Shezna bijtijds weer tot zinnen zou komen en zijn dochter levend en wel in huis zou verwelkomen.

Nadat de adviseurs haastig afscheid hadden genomen van Kashish, bleef Dex alleen met hem achter. Hier en daar liepen wel bedienden af en aan om de bekers met Vandi aan te vullen.

Op verzoek meldde nu de Charalam zich ook bij de Shezna. Met een stramme rug en opgeheven hoofd wachtte hij op de orders van Kashish, maar die hief zijn hand naar Dex. 'Ziehier, de nieuwe Charalam, buig voor hem.' Met een ongelovige blik op Dex bleef de man onbeweeglijk staan. Boos gooide de Shezna de inhoud van zijn beker Vandi in het gezicht van de man. 'Buig voor hem!'

Terwijl de man krampachtig met een boze blik in zijn ogen een buiging maakte voor hem, voelde Dex zich aan de ene kant schuldig ten opzichte van zijn leider, maar ergens binnen in voelde hij ook een licht gevoel van trots. Stijfjes knikte hij naar de man, die de tuin weer met grote stappen verliet. Kashish negeerde de boze man en met een arm op de schouder van Dex, leidde hij hem weer naar de tafel met de landkaart toe om verdere stappen te bespreken.

*

Angstig keek Taniya naar de frons van Rashmi en voelde de onderzoekende ogen van Raihan op haar branden. Om te voorkomen dat Manu zich te diep in de groep van Mandjira zou begeven, had Taniya een gesprek aangevraagd en geprobeerd Rashmi en Raihan te waarschuwen. Maar aan Rashmi's gezicht te zien, werden haar woorden niet geloofd en met een zwaai van haar hand had ze haar assistent geroepen om Manu op te halen.

Na even gewacht te hebben, stapte Manu kordaat met een vrolijke lach op zijn gezicht de kamer in.

'U heeft mij geroepen, hoogheid?' vroeg Manu, terwijl hij een moment nieuwsgierig naar Taniya keek om zich daarna weer te richten tot Rashmi. Het was even stil en toen nam Rashmi het woord. Raihan ging zwijgend op de rand van het bureau zitten met zijn armen over elkaar heen geslagen.

'Taniya beweert dat jij hier niet bent om ons te helpen, maar voor haar. Volgens haar ben jij de reden dat zij Palanika is ontvlucht en naar Shehza kwam. Haar mening is dat jij Mandjira wil vernietigen met alle inwoners erin. Heb jij daar wat op te zeggen?' vroeg Rashmi op een strenge toon. Het klonk haar al gek in de oren wanneer ze het hardop zei, maar deze kwestie zou voor eens en altijd opgelost worden. Ze hield er niet van als er rare geruchten door Mandjira liepen en keek naar de gekwetste houding van Manu.

'Heeft Taniya ook verteld waarom ze precies voor me aan het vluchten was?'

'Volgens haar ben jij een wrede man die alles en iedereen om zich heen pijn doet.' Weifelend keek Rashmi naar de man op wiens gezicht geen greintje wreedheid te zien was. Manu keek naar Taniya, maar die weigerde hem hardnekkig aan te kijken.

'Heeft Taniya ook verteld dat ze met mij getrouwd is?' Koel keek hij naar Rashmi en vervolgens naar Raihan op wiens gezicht niets af te lezen was, behalve zijn lichtelijk verwijde pupillen.

Taniya voelde Raihans ogen op haar gericht, maar ze ontweek zijn blik. Terwijl ze haar handen achter haar rug in elkaar wriemelde van de spanning, tuurde ze naar de grond alsof ze erin wilde verdwijnen.

'Ja, prins,' zei Manu. Hij richtte zijn kille blik op Raihan en richtte zijn langzaam uitgesproken woorden nu rechtstreeks tot hem. 'Ze is met mij getrouwd. Taniya houdt van de aandacht van mannen. Op een dag kwam ik erachter dat ze vreemd ging.'

Geschrokken hief Taniya haar gezicht op naar Raihan. 'Hij liegt. Dat is niet waar!'

Maar Manu vervolgde zijn verhaal. 'In mijn woede gooide ik haar een aantal verwensingen naar het hoofd. Maar na een paar dagen besefte ik dat mijn liefde voor haar groot is en gaf haar een nieuwe kans. Ze kwam terug, maar na een maan was ze er met al mijn geld vandoor.'

Vol ongeloof staarde Taniya naar Manu, terwijl ze met haar blikken probeerde Raihan te overtuigen om Manu niet te geloven. Manu deed alsof hij niets zag en vervolgde zijn verhaal.

'Ik ging naar de Handhavers toe en kwam erachter dat ze naar Shehza was vertrokken. In de hoop om haar toch nog terug te kunnen winnen en mijn levenslang gespaarde muntstukken terug te krijgen, ben ik haar gevolgd naar Shehza. Niet alleen ik, maar haar hele familie is diep in verdriet.

'Dat is niet waar,' jammerde Taniyanu. Met opgeheven handen keek ze smekend naar Raihan en Rashmi in de hoop dat zij haar zouden geloven. 'Hij liegt. Ik heb geen familie. Mijn vader is overleden. Geloof hem niet.'

'Als je mij niet gelooft, vraag het haar dan.' Manu wees met zijn rechterhand naar Taniya. 'Is ze met mij getrouwd of niet?'

Raihan keek naar het wanhopige gezicht van Taniya en toen naar zijn moeder. Rashmi, die begreep dat haar zoon de vraag niet durfde te stellen, vroeg in zijn plaats aan Taniya of ze getrouwd was met Manu. Een blos van schaamte trok over Taniya's wangen heen en ze boog haar hoofd, terwijl ze zachtjes instemmend knikte.

Het kleine knikje van haar hoofd, voelde als een vuur door Raihans lichaam en langzaam ging deze over in een gevoel van verdoving door de pijn van haar verraad. Toen ze ook bevestigend knikte dat ze uit liefde met Manu was getrouwd, bleef hij nog steeds wachten op een uitleg, op iets dat het kon verklaren, maar Taniya sloeg haar ogen neer. Hoe kon ze hardop praten over hoe ze meerdere keren was vernederd, mishandeld, in de steek gelaten door

Manu. Hoe kon zij uitleggen dat zij door haar wanhoop stappen had ondernomen. Wat had een uitleg voor zin, als niemand haar geloofde? Ze dacht aan het ongeloof van haar eigen naasten, haar tante Binsa.

Met een ruk stond Raihan ineens op en met boze stappen liep hij naar de deur. Maar de wanhopige stem van Taniya liet hem stil staan. 'Je had het beloofd, weet je nog?' Hij draaide zich om naar haar en bekeek haar smekende gezicht. Een beeld van de open plek in het woud trok voor hem op, waar hij Taniya had beloofd dat hij haar nooit pijn zou doen, wat er ook zou gebeuren.

'Dat was voor ik wist dat je een leugenaar was.' Na nog een minachtende blik op haar gezicht geworpen te hebben, verliet hij de kamer.

Rashmi die haar kans schoon zag om het meisje nu voor eens en altijd uit het leven van haar zoon te verwijderen, hief haar hand op om eventuele woorden van het koppel tegen te houden. 'Het is onwenselijk dat er onnodig ruimte wordt ingenomen, terwijl deze beperkt is. Net zoals alle normale koppels in Mandjira, zullen jullie ook zo gaan wonen. Manu, jij zult per direct in haar woning intrekken, daar deze groter is dan waar jij nu woont. De Raad zal haar niet verdere straffen opleggen, daar de misdaad buiten Shehza is gepleegd.'

Manu knikte instemmend met grote ogen van dankbaarheid, maar Taniya wilde weer tegenstribbelen. Rashmi legde haar met één opgeheven hand het zwijgen op en verliet de kamer. Wanhopig liet Taniya zich op haar knieën zakken met haar handen in het gezicht, maar Manu trok haar hardhandig weer omhoog en bekeek haar tranende ogen vol plezier. 'Ik win altijd, dat weet je nu ondertussen toch wel?' Aan haar hand sleurde hij haar de kamer uit.

Hoofdstuk 20

Taniya hoefde niet zoveel te werken nu Manu alle dagelijkse werkzaamheden in de ploeg deed. Zoals vanouds was haar leven weer beperkt tot de vier muren van wat Manu een huis noemde. Iedere dag weer dezelfde angsten, dezelfde momenten van pure paniek. Manu raakte haar met geen vinger aan, maar het waren de mentale spelletjes die haar gek maakten. Haar eetlust ging achteruit en slapen deed ze bijna niet, nu hij iedere nacht naast haar in bed lag. Iedere streek van een hand of een been die per ongeluk langs haar lichaam streek, zorgde ervoor dat ze verstarde van de angst. Pas wanneer er geen verdere actie kwam, durfde ze weer adem te halen. Op de weinige dagen dat ze wel moest werken of de trainingen van de vechtlessen die ze nu weer met de groep volgde, merkte ze dat ze zich afsloot. Ze sprak bijna niemand aan en haar vrienden wierpen vaak bezorgde blikken op haar, die zij niet zag. Elke maaltijd bracht ze zwijgend in de kookruimte met Manu door. Haar afstandelijke reactie zorgde ervoor dat één voor één al haar vrienden waren afgedropen en samen aan een andere tafel gingen zitten. Raihan zag ze bijna niet en als ze ergens een glimp van hem opving, draaide ze altijd haar gezicht weg.

Manu daarentegen was continu bij haar in de buurt. Er was geen ontsnappen aan hem. Ze raakte er gefrustreerd van. Als hij met haar sprak, antwoordde ze kortaf. Ze keek hem niet eens aan wanneer ze tot hem sprak.

Taniya's lichaam was continu gespannen als een boog en op een dag hield ze het niet uit. Toen Manu het huis verliet om zijn plichten in de ploegen te vervullen, sloop zij stiekem naar het meer waar ze lang naar het water staarde.

Ineens hoorde ze stemmen opkomen en omdat zij geen behoefte had aan gezelschap verdween ze tussen de bomen. Maar ze herkende de stemmen van haar vrienden en een gevoel van gemis trok door haar heen. Voorzichtig sloop ze terug en gluurde tussen de bomen door.

Malini, Freno en Shilpa liepen samen naar het meer. Enkele voet verwijderd van Taniya sloegen ze het kleed uit en begonnen het eten uit te stallen. Maar niemand leek veel trek te hebben en ze keken elkaar alleen in stilte aan.

'Ik geloof die man niet,' zei Malini ineens sceptisch. Ze boog zich voorover naar de anderen en keek streng naar hen. 'Hij kijkt Taniya altijd aan alsof hij haar wil opeten.'

'Maar zo kijkt Freno altijd naar jou,' zei Shilpa zogenaamd plagerig, een licht gevoel van zogenaamde huivering onderdrukkend. Malini keek haar alleen afwerend aan en boog zich nu ernstig naar Freno toe. 'Nee, er is iets met die man. Hij heeft iets donkers over zich heen. Voelen jullie dat niet?'

'Ik snap wat je bedoelt,' zei Freno instemmend. 'Manu doet heel vriendelijk en charmant, maar dat is alleen het oppervlak.' Malini en Shilpa keken hem aandachtig aan, terwijl ze toekeken hoe hij een stuk brood pakte en deze besmeerde met een beetje boter en salade. Peinzend staarde Freno in de verte over het water en nam een hap van zijn brood. 'Volgens mij is er van binnen veel meer gaande. Heb je ook gezien hoe Taniya kijkt als hij bij haar in de buurt komt? Ze is schrikachtig en duikt iedere keer in elkaar als die man haar aanraakt.'

'Ze heeft diezelfde blik als toentertijd met die worsteltrainingen,' beaamde Malini. 'Toen dook ze ook in een reflex in elkaar en keek net zo angstig. Er is iets goed mis met die man.'

'Misschien,' zei Shilpa peinzend. 'Maar waarom vertelt ze ons niet wat er aan de hand is? Misschien zouden wij haar kunnen helpen.' Ze gooide haar vlecht naar achteren en bukte zich ook naar het brood toe. Met snelle bewegingen smeerde ze een broodje en overhandigde deze aan Malini, maar die duwde het met een schamper lachje op haar gezicht weg. 'Net als prins Raihan zeker. Zonder te weten wat er is, zonder er zelfs naar om te vragen, heeft hij zich geschikt naar het oordeel van zijn moeder. En wij? Wij doen net zo hard mee. Vind je het gek dat ze ons niet vertrouwt?'

Met vochtige ogen van dankbaarheid om het geloof van haar vrienden, drukte Taniya een vuist in haar mond om het niet hardop uit te snikken. Ze zette een stap richting haar vrienden, maar andere voetstappen in de verte verdreven haar weer naar haar schuilplaats. Voorzichtig gluurde ze om de boom heen en zag Nashmi en

Raihan naderen.

'Hé jongens,' begroette Nashmi de groep vrolijk. 'Wat zijn jullie aan het doen?'

'Niets, een beetje aan het kletsen over Taniya's lot,' antwoordde Malini. Ze staarde somber over het water uit. Freno klopte haar geruststellend op haar schouder.

Raihans gezicht verstrakte, terwijl hij zich samen met Nashmi op het kleed liet zakken. Het gesprek negerend, belegde hij een broodje en schonk een beker hete soep voor zichzelf in.

'Ja, we vroegen ons af wat Taniya verbergt, want we geloven niet dat haar man de waarheid spreekt,' terwijl Freno voorzichtig naar Raihan keek die niet reageerde op zijn uitspraak.

'Vroeger,' begon Nashmi langzaam, terwijl ze haar haren nadenkend achter haar oren streek. 'Toen we nog in het paleis woonden, deelde ik mijn kamer met Taniya. Ze had vaak nachtmerries. Meestal werd ze dan schreeuwend van angst wakker en begon dan te huilen. Een keer vertelde ze me dat ze droomde over een monster die achter haar aan kwam en haar wilde vermoorden. Ze bleef wegrennen van het monster, maar uiteindelijk vond hij haar toch. En dan werd ze huilend wakker. Misschien was dat monster Manu?' Bedrukt bleef de groep zwijgen. Niemand wist wat hij of zij moest zeggen en dacht na.

'Ze verbergt niets, de man sprak de waarheid,' zei Raihan stug, zich met het gesprek bemoeiend. 'Ze wist dat ze ons kon vertrouwen. Als er wat was, had ze het vast wel verteld.'

Een steek van verdriet trok door Taniya heen en voorzichtig stapte ze weg van de groep. Toen een wortel vast bleef haken aan haar voet, vloekte ze zachtjes. Ze spiedde snel om zich heen en liep daarna voorzichtig weg tot ze van schrik een kreet slaakte toen ze een stem achter zich hoorde.

'Je vindt hem wel erg leuk, hè.'

'Ik vind niemand leuk.' Stamelend deinsde ze achteruit naar het wrede gezicht van Manu kijkend. 'Denk je niet dat je liever met onze mooie prins in één huis zou willen wonen? Denk je nooit aan hoe het zou zijn om bij hem in bed te liggen? Denk je nooit aan hoe het zou zijn om met hem de liefde te bedrijven?' Terwijl Manu op een sarrende toon met haar sprak, pakte hij de angstige Taniya bij haar armen beet en drukte zijn nagels in haar armen van woede.

'Nou?' siste Manu woedend. Een spier trok bij zijn kaken van de ingehouden woede. Hij trok haar tegen zijn harde lichaam aan.

'Nee,' stamelde Taniya. Ze probeerde hem met haar handen op zijn borstkas af te weren. 'Ik denk daar niet aan. Ik voel niets voor hem of iemand anders.'

'Zeg het me,' zei Manu ongevoelig in haar angstige ogen kijkend. 'ik wil horen van wie je bent.'

'Ik ben van jou,' fluisterde Taniya meteen snikkend van angst.

'Harder,' beval Manu met een grom.

'Ik ben alleen van jou,' zei Taniya luid.

Manu sloeg triomfantelijk zijn armen om haar heen. Hoewel Taniya hem het liefst van zich af wilde duwen, durfde ze niet te bewegen van angst. Toen hij haar eindelijk losliet, trok de harde stem van Shilpa haar aandacht die tegen niemand in het bijzonder sprak. 'Of we hadden het mis.'

Manu trok Taniya eerst dichter tegen zich aan en draaide haar toen met haar gezicht naar de groep. Genietend van de blos op haar wangen en de paniekerige blik op Raihan, sloeg hij zijn arm over haar schouders heen. Raihan bekeek het koppel met een strak gezicht. Uit zijn gezichtsuitdrukking was geen enkele emotie af te lezen, terwijl de anderen juist ongemakkelijke blikken op hen wierpen.

Verbolgen keek Manu naar Raihan die in de verte in gesprek was met een aantal Mandjiranen. Ondertussen lepelde hij vol smaak zijn stoofpot naar binnen.

'Ik irriteer me aan die man. Hij doet niets, maar toch irriteert hij me. Dat komt waarschijnlijk,' zei Manu hardop nadenkend, 'omdat hij mijn vrouw heeft aangeraakt. Niemand raakt mijn vrouw aan en komt ermee weg zonder straf.'

Hij keek naar Taniya, maar die reageerde niet en staarde naar haar bord.

Met een ruk stond Manu op en wenkte Taniya met hem mee. Het interesseerde hem niet dat zijn vrouw geen ene hap van haar maaltijd had gegeten. Als ze uiteindelijk honger kreeg, zou ze vanzelf wel gaan eten. Zijn gedachten gingen naar die waardeloze prins, waar hij iets aan moest doen. Toen ze thuis kwamen, wilde Taniya meteen de slaapkamer in gaan, maar Manu beval haar terug te komen en naast hem op de bank te zitten. Als hij haar zag, werd hij continu er aan herinnerd waarom hij een oplossing voor Raihan moest vinden.

Terwijl hij op de bank zat, tuurde hij nadenkend naar Taniya en wreef over zijn kin. 'Ik zou vergif in zijn voedsel kunnen doen. Maar dat zal mij geen plezier geven. Het liefst wil ik die man in elkaar slaan, maar dat lijkt me niet handig, gezien onze situatie hier.'

Manu stond op van de bank en liep als een jager rondom Taniya, alsof ze een vette prooi was die hij van plan was te verorberen. 'Zijn zwakke plek is Shehza en Mandjira. Daar moet ik hem op pakken. Die blik van verslagenheid, wanneer alles waar hij zijn leven lang voor heeft gewerkt instort, zal voldoening geven aan mijn ego.' Met een brede glimlach keek hij naar Taniya die haar geschrokken blik probeerde te verbergen om te voorkomen dat hij het zag.

Manu pakte zelfvoldaan zijn jas en liep naar de voordeur. Daar draaide hij zich om, om nog een blik op zijn nerveuze vrouw te werpen. 'Vrouw, jij blijft hier en gaat nergens naar toe. Heb je dat begrepen?' Toen Taniya gauw knikte, keek Manu haar donker aan en verliet het huis op zoek naar een ander slachtoffer.

*

Meerdere kwart manen gingen voorbij, terwijl Manu naar iemand zocht die maar een greintje ontevreden was over de gang van zaken in Shehza.

Taniya was aan de ene kant blij dat Manu niet meer continu om haar heen hing, maar aan de andere kant was ze ook bang voor het gevaar dat hij vormde. Ze wist dat hij op zoek was naar iets of iemand die hem uit Mandjira kon helpen ontsnappen. En als hij zou ontsnappen, zouden de Mandjiranen het erg zwaar krijgen, want ze wist heel zeker dat hij de geheime schuilplaats zou verraden om Raihan pijn te kunnen doen. Zijn onverholen woede voor Raihan had hij de afgelopen periode luidkeels aan haar kenbaar gemaakt. Waarschijnlijk was dat ook de reden dat hij haar nog niet had aangeraakt, bedacht ze.

Op dit moment was zij niet het middelpunt van zijn woede. Het middelpunt van zijn aandacht was iets of iemand vinden die hem in zijn zaak zou kunnen helpen. Nadat Taniya wist dat Manu vandaag weer tot na zonsondergang weg zou blijven, besefte ze dat het tijd werd om Raihan of iemand anders te waarschuwen. Om die reden vertrok ze vlak na Manu. Ze wist dat ze rond dit tijdstip de meeste kans had om één haar vrienden in de kookruimte te vinden en ging erop af.

Zodra ze de zaal rusteloos in rende en paniekerig rondkeek, zag ze de groep waar haar vreugde niet van op kon. Shai, Freno, Gan en Raihan zaten samen aan een tafel in de kookruimte met elkaar te praten en ondertussen te eten. De mannen keken haar verbaasd aan toen ze op hen af rende.

Freno stond ongerust op en pakte Taniya bij haar elleboog. ‘Taniya, wat is er?

Taniya hijgde van de korte sprint die ze van haar huis naar de kookruimte had getrokken. Haperend vertelde ze dat Manu van plan was Mandjira te verraden aan de Shezna en dat hij op zoek was naar iemand die hem kon helpen Mandjira te verlaten.

De mannen keken ongelovig naar elkaar, maar Raihan keek alleen met een stugge blik in zijn ogen naar Taniya. Zijn ogen stonden emotieloos en hij antwoordde dat er in heel Mandjira niemand was die hun schuilplaats zou verraden. Hij maande haar om weer snel terug te rennen naar haar man en hen met rust te laten.

‘Je begrijpt het niet,’ hield Taniya vol. ‘Hij wil jou pijn doen. Omdat hij ons had gezien. Hij denkt dat er wat speelt tussen ons.’

‘Nou, er speelt niets tussen ons, dus je maakt je onnodig zorgen,’ zei Raihan op een koele toon en wendde zich af van Taniya en keek star naar de muur. ‘Ik kan heel goed voor mezelf zorgen,’ liet hij erop volgen.

‘Ik weet dat er niets speelt tussen ons,’ zei Taniya woedend. ‘Maar hij *denkt* dat er wat speelt. Hij zoekt continu naar wegen om jou pijn te doen.’

Ze pakte met beide handen Raihans gezicht vast zodat hij gedwongen werd naar haar te kijken. Boos rukte Raihan zich los en pakte Taniya bij haar schouders. Hij trok haar dicht naar zich toe en siste in haar gezicht, ‘Jij hebt al één keer gelogen en nu denk je dat ik je ooit weer zal vertrouwen?’

Met een ruwe beweging duwde hij haar van zich af. Ze struikelde en viel achterover op haar achterwerk. Machteloos, met ogen vol tranen keek ze naar Raihan.

Freno probeerde haar overeind te helpen, maar Taniya weerde hem af. Ze krabbelde overeind in het besef dat ze niet veel tijd meer over had voor Manu terug zou zijn en rende zonder nog wat te zeggen weg.

'Ik weet dat haar verhaal nogal ongeloofwaardig is, maar dat was dus echt niet nodig.' Onvriendelijk staarde Gan vol afschuw Raihan aan. Die haalde alleen onverschillig zijn schouders op en negeerde hem.

'Volgens mij is er echt iets mis met die man, Raihan,' zei Freno nadenkend. 'Waarom zou Taniya ons anders komen waarschuwen? Waarom kijkt ze iedere keer zo angstig? Er klopt iets niet aan die man.'

'Natuurlijk kijkt ze angstig,' zei Raihan op barse toon. 'Dieven en leugenaars kijken altijd angstig. Mensen die verkeerde dingen doen, kijken altijd angstig, bang dat ze betrapt worden. En waarom ze elke keer naar ons toe komt? Omdat ze van haar man af wil. Ze probeert ons te manipuleren, zodat we haar helpen te ontsnappen.'

'Weet je zeker dat jouw gekwetste ego nu niet aan het praten is?' Nijdig keek Freno naar het koele gezicht van Raihan. Ergens schraapte Shai waarschuwend zijn keel, maar Freno negeerde hem. 'Want ik geloof niet dat het zo is. Ik heb Taniya gezien. Ik heb met haar gewerkt. Het enige wat ik in haar zag, was goedheid. Ze hielp altijd de mensen om haar heen. Ze klaagde nooit, maar werkte hard. Ze heeft iedere keer Malini geholpen wanneer haar iets teveel werd.'

'Weet je zeker dat jij je niet laat verblinden door jouw liefde voor Malini?' vroeg Raihan bits. 'De dame is erg afhankelijk van Taniya, van jou, van anderen. Laat je jezelf niet verblinden door dat feit?'

'Daar gaat het niet om,' zei Gan voorzichtig, terwijl hij zich in het gesprek tussen de twee mannen mengde. 'Het gaat nu om Taniya. Je kent haar. Je hebt haar gezien, werkend met ons, etend met ons en feestend met ons. Denk je echt dat ze liegt?'

'Ik dacht dat ik haar kende,' hield Raihan stug vol. 'Maar het waren allemaal leugens. En als het geen leugens waren, waarom vertelt ze dan de waarheid niet? Ze is gewoon een leugenachtig kreng.'

'Je baseert jouw oordeel op het feit dat ze je heeft gekwetst.' Freno keek nijdig naar Raihan. Het maakte hem woest dat Raihan niet luisterde naar wat hij zei. Als hij nou een legitieme reden had gehad om Taniya af te wijzen, dan was het anders geweest. Maar het leek alsof hij zelfs op zijn eigen oordeel en kennis niet durfde te vertrouwen. 'De enige reden waarom je haar niet wil geloven is, omdat jij van haar houdt en zij getrouwd blijkt te zijn. Maar je snapt niet dat er blijkbaar iets gebeurd moet zijn, dat ze de waarheid niet wil vertellen.'

'Ze liegt alleen,' siste Raihan nu vol pijn en woede in zijn stem. 'En we zijn nu klaar met dit onderwerp.' Afwijzend draaide hij zijn lichaam weg van de anderen.

'Nee, dat zijn we niet,' riep Freno kwaad uit. Hij trok Raihan aan zijn schouder. 'Hoe lang blijf je alles ontkennen?'

Raihan hield het niet meer uit. Met een kreet van woede draaide hij zich om naar Freno en haalde met kracht uit naar zijn hoofd in de hoop zo zijn mond te snoeren. Freno die dit niet had zien aan komen, kon niet uitwijken. De vuist raakte hem hard op zijn kaak. Bloed begon langs zijn mond naar beneden te stromen.

Gan repte zich naar Freno om de schade vast te stellen, terwijl Shai ondertussen Raihan vastgreep bij zijn nek. 'Waar slaat dit op, mannen?' vroeg Shai boos. 'Gaan we nu hier onderling vechten om een meisje? Dit slaat nergens op.'

Freno probeerde zich uit de greep van Gan los te rukken en terug te stormen naar Raihan. Toen het niet lukte, schreeuwde hij woedend. 'Je bent onrechtvaardig geweest, Raihan! Je hebt dat arme meisje voor niets in de armen van die engerd geduwd. Als er wat met haar gebeurd dan zal het jouw fout zijn.'

'Laat mij los, Shai!' Furieus probeerde Raihan zich los te maken, maar Shai bleef hem stevig vasthouden. 'Je zeikt alleen maar aan mijn hoofd, omdat jouw eigen liefje met mij moet gaan trouwen. Om die reden kom je mij de slechterik maken.'

'Dat slaat nergens op,' riep Freno boos uit. 'Waarom wil je niet gewoon inzien dat je van Taniya houdt en dat dit alles puur te maken heeft met het feit dat je pijn hebt?'

'Genoeg,' bulderde Shai met zijn harde stem. Hij schudde Raihan hard door elkaar. Half verbaasd bleef ook Freno staan en Gan slaakte een zucht van opluchting.

'Jij,' wees Shai kalm naar Freno, 'bemoeit je met zaken die jou niet aangaan. Het maakt niet uit op wie Raihan verliefd is, want hij trouwt sowieso met Malini. Dus houdt je kop dicht.'

'En jij,' wees Shai naar Raihan. 'Je bent een leider. Je hoort te luisteren naar de adviezen van je weldoeners. Maar nee, in plaats daarvan ga je slaan als het gesprek je niet bevalt? Biedt allebei nu onmiddellijk je excuses aan en verdwijn uit deze keuken.'

Beschaamd bogen Freno en Raihan hun hoofden, maar geen van beiden boden hun verontschuldigingen aan. Shai liet Raihan met een zucht los. Ook Gan liet Freno los.Koppig ontweken beide mannen elkaars ogen en liepen zo de kookruimte uit, verbaasd nagekeken door het kleine aantal mensen in de zaal.

Taniya was ondertussen, voordat Manu er was, thuis gekomen. Opgelucht dat hij nog niet thuis was en verdrietig dat ze niet was gehoord door Raihan ging ze in bed liggen. Maar de slaap wilde niet komen, dus probeerde ze te bedenken wat ze nog kon doen. Wellicht kon ze één van de Raadslieden aanspreken.

Na een tijdje hoorde ze de deur open gaan en een dronken Manu liet zich in bed vallen, maar gelukkig liet hij haar met rust.

*

Manu werd wakker met een tevreden gevoel en sloeg zijn arm om Taniya heen. Die schoof snel van hem af, maar hij was zo blij dat het hem niet boeide. Aan haar geschrokken blik te zien, wist ze meteen dat hij in zijn doel was geslaagd en dat was hij ook. Terwijl hij zich met een voldaan gevoel achterover liet vallen in zijn kussens, droeg hij Taniya op om iets te eten te brengen voor hem. Wachtend op zijn ontbijt, dacht hij aan de twintig zomers jonge man die hij gister had ontmoet. Zeke was zijn naam. Het was niet zijn uiterlijk die Manu's aandacht had getrokken, hoewel de jongen een knappe verschijning was met zijn smalle gezicht, lichtbruine huidskleur, korte, stekelige haren en een goed gespierd lichaam, maar het was de uitbrander die hij kreeg van Mayrin, het wat oudere Raadslid.

Manu had zoals elke dag naar zijn ingedeelde ploeg gewandeld toen hij een gesprek tussen Mayrin en Zeke opving. Zeke vond dat hij al lang genoeg had getraind en dat hij er klaar voor was om buiten Mandjira te treden. Maar Mayrin die zelden van haar denkwijzen, gebaseerd op de regels, afweek en erg principieel was, had gezegd dat het niet mogelijk was. Zolang hij niet de leeftijd van 21 zomers had bereikt, was het verboden om Mandjira te verlaten om mee te vechten met de strijders.

Het maakte niet uit hoeveel Zeke tegensputterde en smeekte, maar Mayrin bleef haar hoofd ontkennend schudden. Uiteindelijk had de jongen het opgegeven en met een ontevreden blik in zijn ogen had hij zich afgewend.

Manu die zijn kansen zag groeien, volgde de jongen geruisloos tot hij bij het trainingsveld aankwam. Daar waagde de jongen nog een poging bij Raihan, maar die had het heel erg druk en wuifde de jongen met een handgebaar weg. Misnoegd liep de jongen weg.

Triomfantelijk balde Manu zijn vuisten en besloot dat hij diezelfde schemering nog aan het werk zou gaan om de jongen om te praten. Zoals ze altijd zeiden, je moet het ijzer smeden als het heet is en nog heter dan dit zou het niet worden.

Na zijn werkdag at hij ongeduldig zijn voedsel op en nog voor Taniya klaar was met haar maaltijd, stond hij al op om haar naar huis te begeleiden. Waarschijnlijk als hij had geweten dat ze, nadat hij weg was, de woning zou verlaten om de anderen te waarschuwen over zijn plannen, dan was hij thuis gebleven, maar hij verkeerde nog in onwetendheid daarover.

Na zonsondergang was hij her en der vragend op zoek gegaan naar Zeke's woning. De jongen woonde daar alleen, hij had alleen zijn moeder die aan de andere kant van Mandjira woonde en zijn vader leefde al niet meer.

Manu was op zijn charmante manier in gesprek gegaan met Zeke en had zo een uitnodiging naar zijn huis ontfutseld. De onderwerpen die zij bespraken verliepen van algemene dingen over Shehza tot diepgaande gesprekken over de structuur in Mandjira.

Terwijl ze steeds meer bekers Vandi hadden gedronken, was gebleken hoe diep Zeke's afkeer voor Raihan en de regels van Mandjira zat. De jongen wilde uitstijgen boven alles en iedereen om hem heen en hij was jaloers op Raihan dat hij de prins was en dat het niet iemand zoals Zeke was geweest. Hij had hem al meerdere malen gesmeekt om hem mee te nemen naar de strijd, iedere dag in de ploegen werken was niets voor hem.

Hij wilde de wereld zien en niet beperkt zijn tot Mandjira, waar ieder maan hetzelfde was. Hij was geboren en getogen in Mandjira en in het verleden had zijn moeder hem heel veel over de mooie dingen in Shehza verteld. Tot op heden had hij hier niets van kunnen zien en zijn ontevredenheid was gestegen naar mate de afwijzingen die hij had gekregen.

Manu werd losgerukt naar het heden toen Taniya hem zijn ontbijt bracht. Vol smaak begon hij te eten, terwijl hij zelfvoldaan dacht aan hoe hij in zo'n korte tijd, de jongen zo ver had gekregen om zijn geboortegrond te verlaten.

Hoofdstuk 21

Rashmi keek zorgelijk toe hoe een groep strijders zich diep in de nacht opmaakten om Mandjira te verlaten. Zojuist hadden ze het bericht ontvangen, dat er in het dorpje Navgat problemen waren ontstaan met de taraka van de Shezna. Blijkbaar had Kashish om versterking voor de steden nabij Shiba, de hoofdstad van Shehza, gevraagd.

De taraka hadden de jonge jongens opgeëist om zich aan te sluiten bij hen, maar de ouders hadden geweigerd de kinderen mee te sturen. Dit was op een heftig gevecht uitgelopen, die de Navgaten uiteindelijk wel hadden gewonnen, maar ze hadden zware verliezen geleden. Blijven in Navgat was geen optie, dus hadden ze besloten verder naar het zuiden te trekken.

Zodra Rashmi en de Raadsleden dit bericht hadden ontvangen, hadden ze unaniem besloten dat deze groep dappere Shehzanen opgevangen moest worden, dus hadden ze hun strijders opgeroepen om de groep te begeleiden naar hen toe. Zoals altijd had haar zoon zich als één van de eerste aangeboden en nu stonden hij en nog zeven andere strijders gehuld in de zwarte gewaden met de kap getrokken over hun hoofden klaar voor vertrek.

Het zou minstens een kwart maan duren voor ze terug waren en zoals altijd was Rashmi doodsbenauwd wanneer Raihan weg ging. Je wist maar nooit dat ze onderweg problemen zouden tegen komen, maar ze had geen keus dan hem te laten gaan. Hoe kon ze verwachten dat andere zonen wel zouden gaan en zij haar eigen zoon uit het gevaar kon houden? Hij had een plicht te doen en ook zij had deze. Dus rechtte ze haar rug en keek de groep na, terwijl ze één voor één de tunnels in verdwenen.

Nadat Manu uitgebreid had ontbeten in bed, nagenietend van zijn gesprek met Zeke de vorige schemering, stond hij op om aan de slag te gaan met de ploegen. Hij had nog geen duidelijk antwoord gehad van Zeke, maar hij wist zeker dat hij hem had overtuigd om hem te helpen.

Goedgeluimd verrichte hij zijn schoonmaakwerkzaamheden. Normaliter had dit werk altijd zijn meest diepgewortelde weerzin naar boven gehaald, omdat hij vond dat schoonmaken vrouwenwerk was en het beneden zijn waardigheid was om zich hiermee bezig te houden. Maar met de gedachte dat dit bijna voorbij was, hij Raihan de vernietiging in zou helpen en daarna vol trots naar Palanika zou gaan om zijn status als HoogereMan op te eisen met zijn vrouw, werkte hij fluitend aan zijn schoonmaakklusjes.

Tijdens noen nam hij Taniya mee naar de kookruimte voor zijn maal. Doch voor hij de ruimte binnen kon lopen, werd hij bij zijn arm vastgepakt door Zeke. Met zijn schorre stem fluisterde hij tegen Manu dat hij bereid was om hem te helpen, maar dat hij wel iets moest weten. Hij gluurde naar Taniya, die zogenaamd niet mee luisterde. 'Zij is gister de kookruimte in geweest en probeerde de prins te waarschuwen. Hoewel hij niet heeft geluisterd, moet haar wel de mond gesnoerd worden. Anders kom jij niet alleen in de problemen, maar ik ook.' Na die onheilspellende woorden gefluisterd te hebben, vertrok hij.

Manu keek hem een ogenblik na en draaide zich toen ijzig naar de verstarde Taniya om.

'Ben jij gister naar de kookruimte geweest, terwijl ik specifiek zei dat je niet weg mocht?' vroeg Manu met een kille blik op Taniya.

Angstig keek ze naar hem en daardoor wist hij het antwoord op zijn vraag. Hij voelde hoe hij zijn zelfbeheersing verloor en gaf haar zo'n harde klap in haar gezicht, dat ze op de grond viel.

Ze slaakte zelfs geen kreet van pijn, dus pakte hij haar ruw omhoog bij de arm. Woedend trok hij haar met zo'n grote snelheid richting hun huis, dat ze een paar keren struikelde. Maar hij voelde geen medelijden. Daarvoor was de boosheid in zijn lijf veel te groot en hij sleurde haar mee.

Er waren weinig mensen om hen heen. De meeste mensen waren al naar hun volgende werkploeg gegaan of zaten nog aan een heerlijke maaltijd in de kookruimte. De weinige omstanders die er wel waren, waren voornamelijk kinderen en ouderen en die deden niet meer dan van schrik hun handen voor hun mond slaan. Niemand durfde hem tegen te houden, terwijl hij Taniya aan haar haren over de grond voortsleurde.

Taniya gilde dat hij haar los moest laten, maar Manu negeerde haar en na een voor haar gevoel een eindeloze, pijnlijke tocht, bereikten ze hun huisje.

Manu sleurde haar boos het huis in en deed de voordeur op slot. 'Hoe durf je tegen mijn bevelen in te gaan.' Met een furieuze blik in zijn ogen trapte hij in haar zij en ze schreeuwde het uit van de pijn. Maar het deed hem niets, gefrustreerd dat hij was dat ze bijna al zijn plannen in de war had geschopt. 'Ik had het je nog gezegd, je blijft thuis, maar nee, wat doe je? De eerste de beste mogelijkheid ren je naar die achterlijke vent toe.' Hij deed zijn handen in zijn haar en liep boos heen en weer.

'Je vindt het leuk om gestraft te worden.' Manu liep weer naar Taniya toe en gaf haar een trap tegen haar benen. Hij boog zich voorover en trok haar aan haren omhoog.

'Maandenlang heb ik je gezocht en nu is mijn geduld ten einde, hoor je dat?' Hard schreeuwde hij in haar oor, terwijl ze haar handen ophief om zich tegen hem te beschermen. Manu lachte grimmig, alsof haar handen haar konden beschermen tegen hem. Trappen waren niet meer voldoende en met grote stappen liep hij naar de bezemkast en pakte de lange stok van de bezem. 'Mijn geduld is ten einde,' schreeuwde hij. 'Je moet en zal naar me luisteren. Goedschiks of kwaadschiks.'

Met alle kracht begon hij haar te slaan op haar benen, haar rug en haar hoofd. Elk onbeschermd plekje werd door hem bewerkt met de stok.

Taniya huilde van de pijn en dook in elkaar om zichzelf te beschermen. Maar Manu voelde geen greintje spijt. Dit had ze allemaal aan haarzelf te denken. Het enige wat ze hoefde, was naar hem luisteren en dat deed ze niet. Ze verdiende het om afgestraft te worden, anders zou ze het nooit leren.

De stok brak af, maar de woede van Manu was nog steeds niet afgekoeld. Hij ging op haar zitten en trok haar ruw naar zich toe.

'Voor die man heb je mijn bevelen genegeerd,' schreeuwde hij boos. 'Voor een bedelaar die denkt dat hij een prins is. Ik gaf jou alles en je rende weg van mij! Recht in de armen van die man.'

Manu irriteerde zich aan haar gezicht, de zogenaamd huilende gelaatsexpressie die verschillende emoties in mannen teweeg bracht. Toornig duwde hij haar gezicht van hem af en begon vervolgens met zijn vuisten in haar gezicht te slaan. Hij zou ervoor zorgen dat niemand nog naar dat mooie hoofdje zou kijken. Daarna pakte hij haar bij haren beet en ramde met haar hoofd tegen de vloer. Een moment bleef Taniya duizelig liggen, terwijl Manu opstond en uit één van de laden een mes pakte. 'Ik zal je leren!'

Terwijl hij zich voorover boog, zag hij haar ogen open sperren en hij begreep niet waar ze de kracht vandaan haalde, maar ze trapte hem in zijn maag. Met een kreun greep hij zijn buik en liet het mes uit zijn hand vallen.

Taniya rolde er met grote snelheid naar toe, sprong op en haalde met het mes uit naar zijn zij. Een scherpe pijn trok door zijn middel en hij voelde bloed over zijn hand gutsen. Maar het leek niet diep genoeg te zijn, dus wendde hij zich weer tot haar.

Een nieuwe, razende golf van woede trok door hem heen in het besef dat ze hem had willen neersteken. Met een sprong was hij bij haar en draaide haar pols ruw om tot ze het mes weer liet vallen. 'Ik zal je leren om mij ongehoorzaam te zijn,' siste hij boos. 'Ik zal je leren om naar een andere man dan ik toe te gaan.'

Hij trok haar mee naar de slaapkamer en gooide haar op het bed, terwijl Taniya het in doodsangst uitschreeuwde. 'Voor die man kon je jouw benen wel spreiden,' zei Manu met een wrede stem, 'maar toen ik aankwam? Wat voor een welkom kreeg ik? Maandenlang blijf je ver van me, deins je weg als ik je aanraak en dan verraadt je me voor diezelfde man?'

Met snelle bewegingen trok hij zijn kleren uit. Toen Taniya probeerde weg te rennen, trok hij haar aan haar been terug het bed op. Hij voelde haar enkel dubbelklappen en ze schreeuwde van de pijn. Mooi, dan kan ze ook niet weg rennen, dacht hij zelfvoldaan.

Met een ruk scheurde hij haar kleren open en ging op haar liggen. Terwijl zij kronkelde om los te komen, beet en kneep hij haar overal in haar lichaam. Net voordat hij bezit kon nemen van haar lichaam, voelde hij hoe alle weerstand uit haar lichaam verdween. Met een grimmig lachje op zijn lippen, bedacht hij dat ze het had opgegeven.

*

'Freno, Freno,' riep Idre buiten adem aan gekomen bij het gevechtsveld. 'Je moet me helpen. Kom nu mee!'

Freno keek ongerust naar de jongen, zo benauwd had hij hem nooit gezien. Bevreesd en met een onheilspellend gevoel vroeg hij wat er was gebeurd. Terwijl Idre hem probeerde mee te trekken, riep de jongen dat Manu Taniya had geslagen en haar had meegenomen naar haar huis. 'We moeten haar helpen. Kom mee!' Ongeduldig trok hij Freno mee, die eindelijk met hem mee stormde.

Over zijn schouder wierp Freno een blik op Shai en Daruk die net aan een training zwaardvechten waren begonnen. Shai knikte hem toe en samen met Daruk stormde hij achter Freno en Idre aan naar het huis van Taniya. Een groep omstanders stond voor het huis, waar ze Manu's boze geschreeuw en Taniya's pijnlijke kreten hoorden opstijgen.

Freno rammelde aan de voordeur om deze open te krijgen, maar de deur was op slot. Met een grom ramde Shai met alle kracht die hij in zich had de deur in een poging het open te krijgen. Maar het lukte niet. Hij kaatste terug en viel met een harde klap op zijn achterwerk. Shai krabbelde weer snel op en bonsde woedend op de deur. 'Maak deze deur open! Als je haar ook maar een haar krenkt, ben je er geweest!'

Ineens vielen Taniya's kreten weg en geschrokken keken Shai en Freno elkaar aan tot ze door Daruk werden geroepen naar het raam van de woonkamer. De woonkamer was overhoop gehaald en overal lagen bloedspetters. Het was een puinhoop, maar nergens zagen ze Taniya noch Manu.

Ongerust mompelde Freno turend door het raam waar ze waren. Ineens wees Daruk boos de woonkamer in. Freno zag niet wat hij bedoelde en keek verward de woonkamer in, maar Shai begon ineens te vloeken en rende naar de voordeur. Met hernieuwde kracht begon hij in de beuken op de voordeur.

'Wat?' vroeg Freno niet begrijpend tot hij ineens besefte wat hij zag. Het was de hoek van een bed, waar hij een gedeelte van een naakt vrouwenlichaam zag en de man op haar, die haar overal beet. Het lichaam van de vrouw was bewegingsloos en er was geen spoor van verzet te zien.

Daruk rende weg en pakte een grote kei op de weg. Met geweld sloeg hij het raam in, net op het moment dat het Shai lukte om de deur open te slaan. Daruk dook door het raam naar binnen en rende door de woonkamer, terwijl Shai rechtstreeks richting de slaapkamer rende. Via de voordeur volgde ook Freno hen haastig. Een angstig voorgevoel maakte zich van hem meester.

Nog voordat Manu Taniya's lichaam kon binnen dringen, sloeg Shai zijn arm om zijn nek heen en sleurde hem van haar af de woonkamer in. Vol woede begon hij samen met Daruk de man een pak rammel te geven.

'Waarom deed je dat,' bulderde Shai tegen Manu. Hij gooide hem in een hoek van de kamer, alsof de man niets woog. Met een klap kwam Manu met zijn hoofd tegen de muur aan. Hij kreunde even van de pijn en bekeek de man woedend. 'Het is mijn vrouw. Wat ik wel of niet met haar doe, gaat jullie geen ene moer aan.'

'Geen ene moer,' schreeuwde Daruk, 'geen ene moer? Waar denk je wel niet dat je bent? In Shehza raakt niemand zijn vrouw op een gewelddadige manier aan, heb je dat begrepen?' Hij viel Manu aan, maar Manu verdedigde zich en de twee raakten in een hevig gevecht verwikkeld. Shai kwam er weer tussen en trok Manu van Daruk af. Er liep een straaltje bloed langs Daruks mond en uit Manu's hoofd.

Shai schudde Manu door elkaar. 'Wij lieten jou toe in ons land en dit is ons bedankje,' bulderde hij nog steeds uitzinnig van woede.

Freno was ondertussen de slaapkamer in gelopen, terwijl de andere twee Manu afhandelden. Taniya lag bewegingsloos en naakt op het bed. Haar lichaam zat onder het bloed en de blauwe plekken. Uit haar mondhoeken en neusgaten droop bloed. Haar linkerwang was blauw gekleurd. Geschrokken liep Freno langzaam naar het bed. Er was geen enkele plek op haar lichaam onaangetast gebleven.

Angstig fluisterde Freno haar naam, maar ze reageerde niet. Met opengesperde ogen keek ze voor zich uit en haalde zwakjes adem. Toen Freno haar heen en weer schudde om haar uit haar roerloze staat te halen, keek ze hem een moment met grote ogen van schrik aan. Daarna zag hij haar ogen naar boven rollen en haar ogen vielen dicht.

Freno wikkelde haar in de deken dat op het bed lag en tilde haar op om de kamer uit te lopen.

Met grote ogen keken Daruk en Shai naar de in de deken gewikkelde Taniya in Freno's armen. 'Ik neem haar mee naar het Verpleeghuis. Nemen jullie dat stuk onheil mee en zet hem vast, totdat de Raad heeft besloten wat er met hem gaat gebeuren.'

Met grote stappen liep hij het huis uit zonder op de reactie van de anderen, die Manu bevalen om kleren aan te trekken, af te wachten. Shai trapte uit boosheid tegen de benen van Manu aan, toen die zich bewust langzaam aankleedde. Nog voor hij zijn broek had aangetrokken, trok Shai Manu mee het huis uit.

De omstanders keken Manu met afschuw aan. Maar Shai en Daruk besteedden daar geen aandacht aan. Ze duwden Manu voor zich uit, tot er ineens een steen naar Manu toe vloog die hem vol in zijn gezicht raakte. 'Daar,' schreeuwde Idre huilend, 'dat had je nodig.' Manu wierp een donkere blik naar de jongen toe. Maar voor hij kon reageren, werd hij van achteren door Shai en Daruk voortgeduwd tot ze voor een groot gebouw stonden.

Ze liepen de trappen af van een groot, grijs gebouw tot ze in de kelder bij de gevangeniscellen aan kwamen. Manu werd door één ervan naar binnen geduwd en een zware, eikenhouten deur werd dichtgegooid. De cel was leeg op een stenen verhoging en emmer na. Het enige zonlicht kwam binnen via een open gat met tralies ervoor, bovenaan de cel. Nadat Manu veilig was weggeborgen, liepen de mannen direct door naar het Verpleeghuis.

*

Taniya keek met wezenloze ogen voor zich uit. Ze at niets. Ze dronk niets. Met moeite deden de verplegers om de dagdeel enkele druppels water in haar mond. De eerste paar zonnedagen hadden ze haar ingespoten met een slaapmiddel, zodat haar wonden in alle rust konden helen. Nachtenlang hadden de verplegers haar horen schreeuwen en huilen in haar nachtmerries. Haar wonden waren nog lang niet geheeld. Haar gezicht was blauw en opgezwollen. Haar haren vielen als stro om haar gelaat heen. Haar ogen staarden vaak leeg voor zich uit. Ze had een korstje bij haar lippen, waar Manu haar had geslagen. De rest van haar lichaam lag onder de dekens.

Freno, Malini, Shai, Daruk en Shilpa kwamen vaak langs. Maar niemand kon het lang aan om Taniya zo levenloos te zien. Ze konden het maar niet begrijpen hoe iemand zo wreed als Manu kon zijn. Vandaag hadden alleen Malini en Freno haar bezocht. Malini ging naast Taniya op het bed zitten. Freno hielp Taniya overeind en bracht een beker water met een rietje naar haar mond, maar Taniya dronk niet. Uiteindelijk gaf hij het op en zette de beker naast haar op de tafel.

Malini pakte Taniya's hand. 'Hij zal je nooit meer pijn doen,' zei Malini geruststellend. 'Hij zit nu vast. En als Raihan terug is van Navgat, gaan ze beslissen wat ze met hem gaan doen. Waarschijnlijk wordt hij ergens ver weg geëxporteerd. Hij zal nooit meer bij je kunnen komen.'

Taniya trok haar benen omhoog en sloeg haar armen om haar knieën heen, terwijl ze haar hoofd liet rusten op haar armen. In die beweging viel de deken van haar armen weg en geschokt staarde Malini naar de armen van Taniya. Overal zag ze blauwe plekken en rode striemen. Op enkele plekken zag ze ook bijtafdrukken en nagelsporen.

Maar Taniya ontging de reactie van de anderen en wiegde alleen angstig heen en weer. 'Hij vindt me toch wel,' fluisterde ze voor zich uit. 'Hij vindt me overal. Hij zal me nooit laten gaan, hij vindt me wel.'

Freno boog zich met een frons voorover om te horen wat Taniya voor zich uit zat te mompelen.

'Ik vluchtte uit Palanika. Ik stal het geld uit die woning en ging naar Shehza,' mompelde ze. 'Ik dacht.. hij zal me hier niet vinden, maar hij vond me toch. Dit is mijn straf, omdat ik was weggelopen van hem. Dit is mijn straf, omdat ik had gestolen in die woning. Ik ben een slecht mens en daarom gebeurt dit. Ik verdien dit alles. Raihan zei ook dat ik een slecht mens was. Daarom stuurde hij me terug.' Ze bleef voor zich uit mompelen en heen en weer wiegen.

'Taniya, dit is niet jouw schuld.' Grote tranen rolden uit Malini's ogen, terwijl Freno haar van achteren bij haar schouder vasthield en verdrietig toe keek.

Taniya draaide zich met een waanzinnige blik in haar ogen om naar Malini. 'Nee, dit is mijn eigen schuld, ik ben een slecht mens. En slechte mensen krijgen alleen maar slechte dingen.'

Ze sperde haar ogen ineens wijd open in doodsangst en schreeuwde, 'ga weg, je moet niet bij mij komen. Hij zal iedereen pakken die bij mij in de buurt komt. Ga weg!'

Taniya begon panisch om haar heen te slaan. 'Ga weg,' schreeuwde ze hysterisch, 'voordat hij weer komt.'

Freno probeerde Taniya te kalmeren, maar ze bleef schreeuwen dat iedereen weg moest gaan. Dat als ze niet weggingen Manu hen ook wat zou aan doen. Gehaast kwamen de verplegers door haar geschreeuw de kamer weer in. 'Het is beter als jullie weggaan,' zei een verpleger met een ongeruste blik op Taniya en prikte een verdovingsdoorn in haar arm. Malini begon harder te snikken, terwijl Freno haar wegleidde, het Verpleeghuis uit.

*

Raihan, Gan, Chen, Nashmi en nog vier andere strijders keerden na bijna een kwart maan terug naar Mandjira. Een groep van ongeveer vijfendertig dorpelingen sjokten moedeloos achter hen aan. Het was een lange, moeizame tocht geweest, waarbij ze zich voortdurend hadden moeten verstoppen voor de taraka van de Shezna. Eén keer waren ze te laat geweest, maar gelukkig hadden zijn strijders afgerekend met de taraka, voordat zij alarm hadden kunnen slaan.

Met een gevoel van opluchting bereikte hij uiteindelijk Mandjira. Hij gaf een aantal Mandjiranen de opdracht te zorgen voor de dorpelingen. 'Ze hebben veel meegemaakt,' zei Raihan ernstig, 'maar ze hebben zich dapper geweerd. Zorg goed voor ze.'

De Mandjiranen knikten en namen de vermoeide dorpelingen mee naar de kookruimte. Daarna konden ze zich wel opfrissen.

Raihan en zijn strijders daarentegen liepen eerst naar het meer om het vuil en bloed van hun lichamen af te wassen. Nashmi zat in een bedrukte stemming. Ernstig vroeg ze zich hardop af of de dorpelingen ooit over het trauma heen zouden komen. Het dorp had bestaan uit meer dan 150 inwoners en daarvan waren er slechts 35 heelhuids vanaf gekomen. Tenminste, heelhuids kon je het niet noemen, want een groot deel van hen was wel gewond. Was het niet lichamelijk dan wel geestelijk.

Chen tuurde verdrietig voor zich uit. 'Is dit het wel waard om voor te vechten, Raihan? Zoveel verliezen.' De groep had zich de afgelopen periode sterk gehouden, maar het aanblik van al die lijken in het dorp was hun zwaar gevallen. Het was niet dat ze het niet eerder hadden gezien, het was meer het feit dat dit de zoveelste keer was dat er weer onrecht was voorgevallen.

Raihan klopte op de schouders van zijn strijders en spoorde hen aan om te bedenken waarom zij deze strijd voerden. Zodat dit soort situaties nooit zouden voorvallen, zodat een ieder een beter leven kon leiden. Als ze dat voor ogen hielden, zou hun leed er niet lichter op worden, maar het zou hen de moed blijven geven om door te gaan.

Gan, die niet veel had gezegd maar wel aandachtig had geluisterd, tuurde nog even over het water en knikte instemmend. Hij stond op en reikte Chen zijn hand, terwijl Raihan op zijn beurt een hand reikte naar Nashmi en ze trokken hen omhoog.

'Raihan!' Een harde roep trok zijn aandacht en hij keek om zich heen waar de stem vandaan kwam. Zijn moeder kwam haastig op hem aflopen en nadat ze hem van top tot teen had bekeken en zichzelf had gegarandeerd dat alles goed ging met hem, sloeg ze zacht mompelend, haar armen om hem heen. 'Ik weet dat het nodig is, dat je moet gaan. Maar ik zal er nooit aan kunnen wennen.'

Zachtjes streelde Raihan, met ogen die werden verzacht door de liefde die hij voelde voor zijn moeder, haar over het hoofd. 'Alles is goed met mij, moeder. Op een paar akkefietjes na is de tocht goed verlopen.'

Rashmi knikte opgelucht naar de groep, maar daarna veranderde haar blik in een schuldige en onwennig schuifelde ze met haar voeten. 'Ik moet je wat vertellen, Raihan.'

Nashmi, Chen en Gan keken elkaar vragend aan, maar Raihan hief zijn hand op.

'Straks, moeder, we zijn erg vermoeid en hongerig. Laat ons eerst wat eten.'

Rashmi keek even alsof ze nog wilde tegenstribbelen, maar terwijl ze haar schouders liet hangen, bedacht ze dat het misschien beter was als ze eerst hadden gegeten. Wie weet of haar zoon daarna nog eetlust zou hebben. 'Prima, kom als je gegeten hebt meteen naar mijn werkkamer.' Ze wierp een blik op de anderen en gaf aan dat zij er ook beter bij konden zijn en ze knikten instemmend naar haar. Niet wetend, dat de groep kort erna al zou horen wat er was gebeurd in Mandjira, liep Rashmi nerveus naar het Raadshuis toe.

Hoofdstuk 22

Met een hongerig gevoel liepen Gan, Nashmi, Chen en Raihan de kookruimte in, waar ze verrast bleven staan. De kookruimte was normaal altijd gevuld met gelach en geklets van de Mandjiranen, maar nu heerste er een bedrukte sfeer. Hier en daar werd er zachtjes met elkaar gefluisterd, maar verder had het de sfeer van een begrafenis.

Nashmi wees naar de tafel rechts achter in de kookruimte. Daar zaten Malini, Freno en Shai zwijgend te eten.

Gezamenlijk liepen de vier naar de andere drie vrienden. Op een barse toon vroeg Raihan wat er aan de hand was. Maar behalve een korte, boze blik van Freno en Malini kreeg hij geen enkele reactie. Hij wendde zich tot Shai en vroeg hem nogmaals wat er aan de hand was, maar ook hij bleef hardnekkig zwijgen. Bezorgd keken de vier groepsleden elkaar aan. Wat was er gebeurd in Mandjira tijdens hun afwezigheid, wat ervoor zorgde dat hun eigen vrienden niet meer met hen praatten? Raihan keek de kookruimte rond. De steelse blikken van de Mandjiranen ontgingen hem niet en een ongerust gevoel trok door hem heen.

Daruk, die een eindje verderop aan een andere tafel had gegeten, stond op en liep naar hen toe. Hij pakte Raihan bij de arm vast en trok hem de kookruimte uit. ‘Om het te begrijpen, moet je het zien.’

Met een naderend gevoel van onheil liet Raihan zich na een korte tocht het Verpleeghuis in trekken. Chen, Shai en Gan volgden hen geruisloos.

Na door de lange gangen van het Verpleeghuis gelopen te hebben, bleef Daruk aan het einde van de gang voor een gesloten deur staan. Toornig keek hij naar Raihan en wenkte hem naar de deur. ‘Ga maar naar binnen. Daar is jouw antwoord.’

Voorzichtig trok Raihan de deur open en liep naar binnen. Geschreeuw, wat eerst door de deur gedempt was, bezorgde hem een angstaanjagend gevoel. Hij zette aarzelend een aantal stappen vooruit en probeerde langs de verplegers die iemand hadden vastgeklemd op het bed, heen te kijken. Toen ze de zieke hadden vastgebonden, stapten ze zwijgend langs hem heen om de kamer te verlaten.

Nashmi en Chens adem stokte in hun keel en ze sloegen hun handen voor hun monden, terwijl ze met grote snelheid de kamer weer uit liepen. Dit trok Raihans aandacht weer naar de ziekte op het bed en met een schok bleef hij verstijfd staan.

Geschokt dwaalde zijn ogen over het mishandelde gezicht, de armen en benen van de zieke. Een korte blauwe jurk verborg eventuele andere wonden op haar buik, maar meerdere kleine bloedvlekken kleurden langzaam rood op het jurkje en lieten hem weten, dat de wonden er wel degelijk waren. Een tel later besefte hij dat hij naar het gezicht van Taniya keek die nu verdoofd met grote ogen naar het plafond staarde. Hij deinsde geschrokken achteruit.

Ineens begon ze weer te kronkelen in het bed, terwijl de riemen om haar polsen en benen haar op haar plek hielden. 'Ga weg. Hij zal jullie ook vinden als je bij me blijft. Hij zal jullie pijn doen. Hij zal me vinden, hij zal me vinden!'

Ineens viel Taniya weer stil en zakte achterover in haar kussens. Zonder dat Raihan het door had gehad, was één van de verplegers langs hem heen gelopen en had haar verdoofd. Raihan keek ongerust naar de man die met een diepe zucht aan zijn uitleg begon. 'We hebben haar weer een slaapprik gegeven. We wilden het eigenlijk niet doen, maar ze wordt hysterisch en dan beginnen haar wonden weer te bloeden. We kijken al bijna tegen de volgende volle maan aan, maar haar toestand lijkt er niet beter op te worden. Maar goed, ten opzichte van haar aankomst tijdens de wassende maan, ziet ze er nu wel iets beter uit.'

De verpleger liep met een zacht klopje op zijn schouder weg. In shock vroeg Raihan zich onwillig af, dat als dit een betere toestand was, hoe ze er dan in eerste instantie uit had gezien. Hij liep naar het bed toe en hield haar hand vast, maar een licht gevoel van misselijkheid en benauwdheid trok door hem heen, dus hij liep snel het Verpleeghuis uit.

Hij balde zijn vuisten toen hij Daruk met gebogen hoofd en hangende schouders naast Nashmi zag zitten op het bankje voor het Verpleeghuis. Chen en Gan stonden naast hem.

'Wat is er met haar gebeurd?' vroeg Raihan met een ijskoude stem.

'Dit is haar straf geweest, omdat ze jou was komen waarschuwen. Manu is er achter gekomen.' Meer zei Daruk niet, wat was er nog te zeggen? Moest hij in details beschrijven hoe ze haar hadden gevonden? Vertellen hoe Manu haar over de straten heen had gesleurd? Wat had het voor zin, bedacht Daruk en staarde verdrietig naar de grond.

Schuldgevoel sloeg als een grote golf door Raihan heen en hij staarde Daruk aan in afwachting van wat er nog meer zou komen. Daruk hief zijn hoofd uiteindelijk naar hem op en vertelde in het kort hoe ze door Idre waren gewaarschuwd en zij naar het huis waren gestormd. In die tijd was Manu al flink tekeer gegaan tegen haar. Hij vertelde hoe ze haar hadden gevonden en haar meteen naar het Verpleeghuis hadden gebracht. Sindsdien was zij blijven hangen in haar momenten van waanzin, terwijl haar wonden veel te langzaam heelden.

Bloeddorstig keek Raihan naar Daruk. 'Waar is hij?'

Maar Daruk zweeg en zei niets. Met boze stappen liet Raihan hen achter en rende naar de kookruimte. 'Waar is hij?' Met een helse blik in zijn ogen keek hij naar Freno, maar die reageerde nog steeds niet.

Gefrustreerd haalde Raihan zijn handen door zijn haren, maar toen begon Freno met een lege blik in zijn ogen te spreken en zijn woorden bezorgden hem grote vlagen van schuldgevoelens en kippenvel over zijn armen. Malini en Shai bleven stilletjes zitten.

'Heb je haar in een bui vol waanzin gezien of in een kalme bui?' Een blik op Raihan vertelde Freno dat het de eerste was geweest. 'Haar waanzinnige buien zijn al erg genoeg, maar van haar kalme buien gaan je haren recht overeind staan. Ze zegt dat dit haar straf is, omdat ze een slecht mens is. Ze zegt dat dit haar straf is, omdat ze was weggelopen bij hem. Omdat ze had ingebroken in dat huis. Ze zegt dat dit haar verdiende loon is, omdat ze een slechte mens is. Ze schreeuwt in paniek uit, wanneer wij te dicht bij haar komen.' Bitter keek Freno naar Raihan die hem met ogen vol smart aan keek, maar hij ging genadeloos door.

'Hij zal haar altijd vinden! Freno zwaaide zijn handen met boze gebaren voor zich uit. 'Hij zal haar nooit laten gaan! Hij zal haar altijd vinden! Hij zal iedereen pijn doen van wie ze houdt. Ze blijft dat continu schreeuwen. Ze wordt hysterisch en dan zijn de Verplegers gedwongen haar een slaapprik te geven.'

Raihan keek de man met ogen vervuld van schuld aan.

'Het is allemaal onze schuld,' zei Freno zacht. 'Wij dwongen haar om met die man te gaan leven. Wij dwongen haar om bij hem te blijven. Jij velde je oordeel, maar niemand van ons kwam voor haar op.' Zijn ogen vulde zich met tranen en Malini legde troostend haar hand op zijn schouder, maar hij schudde deze weg. 'Wij lieten haar allemaal stikken.'

Freno sloeg zijn handen in elkaar en staarde ernaar, terwijl hij met een verstikte stem verder ging. 'Als je zag hoe ze op dat bed lag. Naakt, helemaal onder het bloed en bewegingsloos. Ik dacht dat ze dood was. Ze staarde met lege ogen voor zich uit. Toen ze eindelijk bijkwam en me aankeek, was ik opgelucht. Maar daarna zag ik in haar ogen de doodsangst en viel ze flauw.'

De tranen rolden nu over zijn wangen. Malini sloeg haar armen snikkend om Freno heen.

Shai die al die tijd had gezwegen en bij wie de boosheid al weer aan het stijgen was, sprak nu tot Raihan. 'Wat wil je doen, als je naar Manu gaat? 'Wil je die man in elkaar slaan? Wil je hem doodmaken?'

Raihan antwoordde niet, maar de bloeddorst in zijn ogen zei genoeg. Shai sprak op een woeste toon verder. 'En dan? Wat dan? Zal dat haar tranen drogen? Zal dat haar wonden helen? Zal dat haar angst weghalen? Ze denkt dat ze slecht is, Raihan, omdat jij dat hebt gezegd tegen haar. Ze denkt dat ze alles heeft verdiend, omdat wij het hebben toegelaten dat zij deze straf kreeg.'

Alle boosheid van Raihan zakte in een keer weg door de pijnlijke waarheid en gevoelens vol schaamte en schuld trokken door hem heen.

Met haar arm om Freno's schouders geslagen, keek Malini met een ferme blik in haar ogen naar Raihan. 'Ze hield van je, wist je dat? Maar hoe kon ze alle vernederingen die Manu haar had toegebracht, vertellen aan ons? Hij was de reden van haar angsten, haar nachtmerries en haar reden om Palanika te ontvluchten.'

Malini haalde verdrietig haar schouders op. 'Nu begrijpen wij het pas, nu het veel te laat is. Wij hadden haar meteen moeten vragen hoe alles in elkaar stak, ook al hield jij ons daarin tegen. Jij ging er vanuit dat ze loog en tegen beter weten in lieten wij de zaak ook rusten. Wij allemaal zijn schuldig aan haar huidige situatie, tegen wie wil je wat uithalen? Begin dan bij je zelf.'

Na haar woorden viel er een stilte over de groep heen, terwijl een ieder in zijn of haar gedachten verzonk.

*

Bohar liep met zachte, voorzichtige stappen naar het meer omringd door de hoge bomen met brede bladerdaken. Het zonlicht scheen hier en daar door de bladeren heen en de lucht gonsde van de zoemende bijen. Op het water deinden lichtjes prachtig gekleurde padini-bloemen op de grote, groene bladeren, waarop kleine kikkertjes vrolijk kwaakten.

Bohar kreeg Raihan in het oog en liep naar hem toe. Terwijl hij zich naast hem met zijn benen in het water liet zakken, keek hij aandachtig naar Raihan die in gedachten verzonken voor zich uit zat te staren. Meerdere kwart manen waren voorbij gegaan sinds Manu's aanval op Taniya en ondertussen waren haar koortsdromen en paniekaanvallen gezakt. Eindelijk had Bohar haar mogen bezoeken, daarvoor was het bezoek alleen toegestaan voor een handjevol mensen die Taniya aan het hart lagen. Hij had zijn excuses willen maken voor zijn aandeel in Manu's aankomst in Mandjira, maar hij had er de woorden niet voor gevonden.

De ene keer had Raihan naast het bed van Taniya gezeten en ze had hem met verdrietige ogen aan gekeken. Zachtjes had ze van alles gemompeld, maar waar het op neerkwam, was dat ze Raihan aansprak op zijn belofte haar nooit pijn te doen en dat hij het haar ondanks haar smeekbedes had toegestaan dat zij naar Manu terug moest. Tranen hadden over haar wangen gerold. Bohar wist dat dit niet het moment was om zich in het gesprek te mengen en na een korte blik op de zwijgende Raihan met ogen vol schuld, was hij weggegaan.

Op een andere dag was hij weer teruggekeerd en was ze alleen. Aan het raam gezeten, staarde ze gedachteloos voor zich uit. Hij was zachtjes naast haar gaan zitten tot ze zich naar hem toe zou wenden, maar dat had ze niet gedaan. Uit het raam starend begon ze te vertellen hoe Manu een rad voor haar vaders en haar ogen had gedraaid en zij met hem was getrouwd. Daarna was hij begonnen te veranderen.

Toen had ze medelevend naar Bohar gedraaid, die nog steeds geen woorden had gevonden en haar alleen vol schuldgevoel had aangekeken. 'Het is niet jouw schuld, Bohar. Manu is er heel erg goed in om mensen te bespelen, zo was hij ook opgeklommen vanuit de LaagereKlasse naar de MiddenKlasse en binnen korte tijd had hij ook deel kunnen uitmaken van de HoogereKlasse in Palanika. Als hij jou als prooi had uitgekozen, dan had je daar nooit uit kunnen komen.' Bitter had Taniya zich afgewend van Bohar en weer uit het raam gestaard.

Stamelend had Bohar alsnog zijn excuses aangeboden, maar Taniya had deze weggewuifd. Na een tijdje stil bij haar te hebben gezeten, was hij naar het meer gegaan om zijn schuldige gedachten te ontlopen. 'Probeer je ook je verkeerd gemaakte keuzes te ontlopen?' Met een spijtig glimlachje keek hij naar Raihan. Hij nam een trek van zijn opgestoken pijp en overhandigde deze daarna aan Raihan. Terwijl hij de rook uitblies, zuchtte Raihan diep.

'Waarom heb je die man hier gebracht, Bohar?'

'Om dezelfde redenen als jij Taniya terugstuurde naar haar man,' antwoordde Bohar kalm. 'Ik liet mezelf ook een rad voor ogen draaien door die man. In al die tijd dat hij bij mij was, heeft hij geen spoortje geweld tegenover mensen getoond, behalve de taraka dan. Ik dacht dat ik veel mensenkennis had, maar nu blijkt maar weer hoe naast ik er zat.'

Verdrietig haalde hij zijn schouders op, terwijl Raihan hem somber aankeek. Ze vielen beiden stil en overdachten hun daden en keuzes. Na een tijdje zei Raihan dat hij wilde dat hij het ongedaan kon maken of op zijn minst haar lijden kon verminderen.

Schuldbewust stemde Bohar spijtig in. 'Helaas kunnen wij onze keuzes niet ongedaan maken, prins Raihan.

'Ik ben geen prins.' Kribbig hief Raihan zijn hand afwerend op naar de kalme Bohar.

'Daarentegen,' zei Bohar op rustige toon. 'Je bent die titel zeer zeker waardig. Je zult dit land op een rechtvaardige manier leiden.'

'Ja,' zei Raihan smalend. 'Het bewijs daarvan hebben we al gezien. Ondanks alle tegenwerpingen van mijn vrienden ben ik niet in staat geweest om op de juiste manier te handelen.'

'Fouten maken is menselijk, prins,' zei Bohar nuchter. 'Zolang je maar leert van je fouten en het probeert te voorkomen in de toekomst. Ook ik heb geleerd, dat ik niet moet afgaan op de uiterlijke schijn van mensen. Ik dacht dat Manu voor de vrijheid van Shehza vocht met de taraka die eerste zonnedag dat ik hem zag. Maar nu weet ik, dat hij dat puur voor zichzelf deed. Het had niets te maken met vrijheid. Hij had gewoon teveel trots en egoïsme in zich om op te staan van die bank.'

Het werd weer even stil tussen beide mannen.

'Ik heb je in de afgelopen tien zomers zien groeien tot de man die je nu bent geworden, Raihan,' zei Bohar ernstig. 'Je zult een goede Shezna worden en ik denk dat zelfs Taniya dat zal beamen wanneer ze weer beter is.' Hij stond op en liep weer weg, terwijl hij Raihan voor zich uit hoorde prevelen dat ze dat nog wel zouden zien op een sombere toon.

*

Manu lag in het donker op een harde, stenen bed in zijn cel. Het enige licht kwam van het maanlicht schijnend door de tralies in het plafond in de cel. Als het regende, dan zou zijn cel onderlopen en alle ratten zouden dan een hogere bestemming dan zijn tenen zoeken. Met een huivering trok hij zijn benen op het bankje en staarde voor zich uit. Zijn kokende boosheid was allang gezakt tot een licht smeulende woede, hij had al meerdere pogingen gedaan om een uitweg te vinden. Maar hier zou hij nooit zonder hulp uit komen, wat waarschijnlijk ook de reden was, dat hij in de lagere delen van de gevangenis was gestopt.

Bewakers die hij kon bewerken, liepen hier vrijwel niet en eenmaal per zonnedag werd een kleine mand met voedsel voor hem via de tralies in het plafond middels een touw neergelaten. Dit alles ging gepaard met een doodse stilte en niemand reageerde op zijn pogingen om een gesprek aan te knopen.

Manu had zelfs verwacht dat één van Taniya's vrienden of de

prins hem vast wel zouden komen bezoeken om hem nog een aframmeling te verkopen. Op die mogelijkheid had hij zelfs gehoopt, omdat het hem nieuwe kansen bood, hoe gering ook. Maar zelfs dat gebeurde niet. Als hij niet dagelijks het voedsel had gehad, dan had hij gedacht dat ze hem waren vergeten. Maar de dagelijkse toevoer aan het weinige eten en drinken liet hem weten dat hij nog bestond. Wanhopig probeerde hij niet de moed te verliezen en geduldig af te wachten.

Zonnedagen, kwart manen, hij wist niet hoe lang, gingen voorbij en nog bleef hij wachten tot het moment eindelijk aanbrak waarin een zacht gefluisterde stem zijn aandacht trok. Manu keek om zich heen, maar zag niemand en keek daarna omhoog naar de in het donker gehurkte gestalte bij de tralies. Een gevoel van irritatie en opluchting trok door hem heen toen hij Zeke herkende. 'Nou, dat heeft lang geduurd.'

In het donker zag hij Zeke verontschuldigend zijn schouders ophalen en met zijn altijd schorre stem begon hij uit te leggen dat de gemoederen hoog waren opgelopen na Manu's actie en hij niet zonder argwaan te wekken naar zijn cel had kunnen komen.

Manu wuifde met een ongeduldig gebaar de verontschuldigingen van de man weg. 'Kan je mij hieruit halen?' Hij wees naar de cel om zich heen.

Zeke knikte haastig. 'Maar ik heb tijd nodig.' Voordat Manu kon vragen hoeveel tijd, zag hij Zeke ongerust om zich heen kijken. Zonder afscheid te nemen, liep Zeke weer weg, Manu vol vragen achterlatend.

Weer gingen er zonnedagen voorbij en met een licht gevoel van twijfel vroeg hij zich af of Zeke niet gewoon als een lafaard zijn besluit had ingetrokken en hem hier zou laten rotten in zijn cel. Met een onrustig gebaar stond hij op en liep heen en weer in de cel. Hij voelde hoe golven van paniek door hem heen begonnen te trekken bij de gedachte dat hij nooit deze donkere cel zou verlaten. Hij voelde nog steeds geen greintje schuldgevoel voor het gebeuren en elke keer als hij er wel aan dacht, oversteeg de woede zijn paniekgevoelens. Maar op dit moment hielp zelfs zijn woede niet. Hij moest en zou uit deze cel komen, maar hij wist niet hoe hij dit zonder hulp voor elkaar kon krijgen.

Vol afkeer keek hij naar de mand met voedsel die langzaam middels een touw naar beneden werd gezakt door iemand die hij niet kon zien, maar de schorre, gefluisterde stem klonk weer op in het donker. Een gevoel van opluchting trok door Manu heen en aandachtig luisterde hij naar de snel sprekende man.

'Voor zonsondergang bevrijd ik je uit deze cel. Sta dus klaar. Ik vertel je later hoe we Mandjira uit kunnen. Ik moet nog de laatste voorbereidingen treffen.' Haastig verdween de man weer, terwijl er een kille lach op Manu's gezicht verspreidde en hij zich al op zijn vrijheid verheugde. 'Denk maar niet dat je van me af bent, liefje.' Met een zelfingenomen lachje liet hij zich op het bed zakken. De mand met voedsel was hij allang vergeten.

Hoofdstuk 23

Met een groepje van dertig taraka had Charalam Dex de kamp van prins Firoz en Baram omsingeld met de donkere nacht als een deken gehuld om hen heen. Het was tijd dat de prins weer terug ging naar zijn geboorteland en niet meer het volk van Dex zou tarten en martelen. Er waren meerdere boodschappers naar Firoz gestuurd, nadat het nieuws bekend was gemaakt dat de prinses ter dood was veroordeeld, zodra ze gevonden was, met het verzoek Shehza te verlaten.

Maar tot op heden had Firoz het verzoek genegeerd en zijn meedogenloze toer voortgezet. Dit was de reden dat Dex had besloten om het nette verzoek om te zetten in een hardvochtig verdrijven van de prins uit zijn land.

Urenlang had hij met de Shezna en zijn adviseurs overlegd en uiteindelijk had Kashish toegestemd hem te laten gaan om het plan uit te voeren.

Dagenlang had Dex zijn taraka geïnfiltreerd in het kamp van Firoz. Toen die zich allemaal goed verspreid in het kamp hadden gevestigd, had hij het teken gegeven om de volgende stap te ondernemen. Zijn mannen hadden een lichte, smaakloos vergif in het voedsel van de taraka van Firoz toegevoegd. Omdat zij hier zelf ook van aten, had niemand argwaan, maar niemand wist dat zij in de schemering een grote slok van het antigif innamen.

Eén voor één werden de taraka van Firoz steeds zieker en de ziekenbroeders begrepen maar niet hoe dit kon. Lichamelijke symptomen vertoonden de taraka niet, maar allemaal waren ze lusteloos en hadden weinig kracht in hun lichamen. Het normale rumoer in het kamp was al afgestorven tot een doodse stilte, af en toe onderbroken door een zacht gemompeld gesprek.

Tevreden keek Dex het kamp door, terwijl hij met zijn mannen de grote tent van Firoz in haastte. Net als zijn taraka waren Firoz en Baram ook in een lusteloze, krachteloze staat. Op een sein van Dex werden beide mannen overrompeld en pas nadat deze een pak slaag hadden ontvangen, seinde Dex hen om te stoppen. De vermoeide, pijnlijke gezichten van Firoz en Baram vertrokken toen ze op een stoel werden neergedrukt.

Dex boog zich over beide mannen heen. 'Het is tijd om te vertrekken, prins Firoz. Neem je uitschot mee en verlaat Shehza. We zullen het niet nogmaals vragen.'

Firoz keek Dex alleen door de spleetjes van zijn dichtgeslagen ogen aan en antwoordde niet. De woedende blik in Barams ogen was nauwelijks zichtbaar en Dex negeerde hem. Met grote stappen liep hij de tent uit, terwijl zijn mannen hem volgde. Aan de rand van het kamp gooide hij een zakje naar de verbaasde ziekenbroeder. 'Het antigif. Meng het met heet water en verspreid dit over de taraka. Binnen twee zonnedagen zijn ze weer helemaal gezond.' Vervolgens liep de Charalam het kamp uit en vertrok te paard weer naar Shiba.

*

Taniya sloeg haar ogen op en keek om haar heen, terwijl ze voelde hoe de warme zon haar gezicht verwarmde. Een hand op haar arm trok haar aandacht naar Raihan, die stilletjes naast haar bed zat. Met een flauwe glimlach beantwoordde ze zijn verdrietige ogen.

'Misschien is het beter als ik bij jou uit de buurt blijf. Dit is al de tweede keer dat je door mij in het Verpleeghuis bent beland.' Mistroostig keek hij met hangende schouders naar haar.

Taniya kneep zachtjes in zijn hand en liet toen los. Met een bittere stem zei ze dat hij niet de enige was die de donkere kant van Manu niet had gezien. Ook zij was er één van geweest. Na het hele gebeuren met Manu, kon ze het nu aan om Raihan meer te vertellen. En zo vertelde ze hem langzaam over de kleine incidenten die er waren als zij nog niet klaar was met koken of als het eten te koud was bij zijn aankomst, de woede-uitbarstingen als zij met iemand sprak, het maakte niet uit of het een man of vrouw was.

Een glimp van boosheid kwam op in Raihans ogen, maar hij onderdrukte deze. 'En je vader dan? Waar was hij?'

'Mijn vader?' Een traan rolde uit Taniya's ogen. 'Mijn vader hield heel veel van mij. Hij zou het niet hebben aangekund dat Manu mij pijn deed. Hij zou hem vermoord hebben. Ik wilde niet dat mijn vader in de cel terecht zou komen door mijn foute keuzes. Dus vertelde ik hem niets.'

'Maar merkte hij niets op dan?' vroeg Raihan. 'Hij moet toch aan jou hebben gezien hoe Manu je mishandelde?'

'Ik mocht mijn vader niet zien,' antwoordde Taniya bitter. 'In de twee zomers dat ik met Manu getrouwd was, heb ik mijn vader geen ene keer gezien. Zelfs toen hij overleed,' vervolgde Taniya met een verstikte stem. 'Zelfs toen hij overleed, mocht ik niet naar zijn begrafenis gaan. In plaats daarvan sloeg Manu mij in elkaar, omdat ik huilde om mijn vader.'

Raihan keek Taniya vol medelijden aan en probeerde weer haar hand vast te pakken. Maar Taniya schudde zijn hand af en keek hem met een ferme blik recht in de ogen aan. 'Ik hoef geen medelijden van iemand. Ik heb geleden door de foute keuzes die ik heb gemaakt. Juist om deze blikken wilde ik niet dat iemand wat zou weten. Die blikken vol afschuw en medelijden kan ik niet verdragen!' Ze sloeg haar armen over elkaar heen en tuurde langs Raihan heen.

Raihan legde een hand op haar wang. De medelijdende blik uit zijn ogen had plaatsgemaakt voor lichte trots. Taniya kalmeerde en even bleven ze zo stil zitten tot ze eensklaps zei dat ze naar buiten wilde en of hij haar kon meenemen. Met een glimlach had Raihan haar bevestigend toegeknikt.

*

Met ieder spier in zijn lichaam strak gespannen, volgde Manu de man voor zich uit in de ochtendschemering. Enkele ogenblikken geleden had Zeke hem bevrijd uit zijn cel. Niemand kon er zonder hulp uit, dus was er ook bijna geen bewaking geweest. De Mandjiranen hadden teveel vertrouwen in elkaar, dacht Manu smalend. Maar dat zal hen nu duur komen te staan.

Heel Mandjira leek nog in een diepe slaap te zijn. De straten waren uitgestorven en behalve het steeds meer opkomende getjirp van de vogels was er geen ander geluid te horen. Terwijl Manu rende, verbeet hij de pijn aan zijn nog steeds niet volledig genezen heup. Door de inspanning voelde hij deze weer steken en inwendig vervloekte hij Taniya tot hij het woud bereikte.

'Snel,' siste Zeke. Hij glipte geruisloos het woud in. Manu volgde hem gehaast. Zo renden ze een tijdje zigzaggend tussen de bomen door. Af en toe voelde Manu zijn handen nat worden als hij tegen een tak met bladeren vol ochtenddauw opliep. Dan kwam er een harde vloek over zijn lippen die Zeke dan weer probeerde te dimmen door aan te geven dat ze er bijna waren. Uiteindelijk hielden ze stil bij een grot, waar Zeke hem een bundel overhandigde.

'Wat doen we hier?' vroeg Manu op harde toon een blik werpend op het bundeltje kleding. Zeke siste boos naar Manu. 'Straks hoort iemand je. Draag dat eerst en dan praten we verder.' Manu kleedde zich snel om in het zwarte gewaad dat de man hem had gegeven.

'Mooi,' knikte Zeke goedkeurend. 'Nu lijk je op één van ons.'

Manu keek de man met één wenkbrauw opgetrokken aan. Geringschattend nam hij de man voor zich op. Net als Manu had Zeke een zwart gewaad aan. Lichtgrijze ogen keken Manu op dezelfde manier aan, terwijl hij Manu maande om te gaan zitten.

Toen Manu eindelijk zat, rolde Zeke een kaart uit en wees naar de verschillende uitgangen van Mandjira. Er waren vier uitgangen die via de watervallen bereikt konden worden en daarnaast waren er nog zeven uitgangen via de tunnels. Zeke wees op de uitgang ten noordwesten van de stad. 'Via die tunnel ben jij gekomen en zoals je weet, wordt die zwaar bewaakt.' Manu knikte instemmend en bestudeerde aandachtig de kaart, terwijl hij Zeke's wijsvinger volgde.

Zeke wees op een ander tunneluitgang ten noordoosten van het meer. 'Deze wordt bijna niet bewaakt, omdat er een labyrint van tunnels is onder de grond. Als iemand de weg niet kent, dan zal die daar verdwalen en er vast en zeker de dood vinden.'

'En jij kent de weg wel?' vroeg Manu met een blik op Zeke die bevestigend knikte.

'Waarom neem je mij dan mee?' vroeg Manu sceptisch. 'Je kunt dan toch in je eentje ontsnappen?'

'Omdat er meerdere personen nodig zijn om de in- en uitgangen te ontsluiten. De ingang heeft een zes voet lange en zes voet brede deur met een slot erin. Het slot is alleen open te krijgen door de juiste stenen aan beide weerszijden van de deur in de juiste volgorde in te drukken. Het probleem is dat dit gelijktijdig moet gebeuren. Ik kan het dus niet alleen,' zei Zeke met een zucht. 'Anders was ik allang vertrokken.'

'Hoe zit het met de deur aan het einde van de tunnel?' vroeg Manu geïnteresseerd, terwijl hij met zijn vingers over zijn kin wreef.

'Daar heb je hetzelfde probleem. De deuren kunnen alleen worden ontsloten door gelijktijdig de stenen in te drukken,' antwoordde Zeke nogmaals met een zucht.

Manu knikte goedkeurend bij de gedachte dat Zeke hem niet zou kunnen verraden, zodra ze Mandjira achter zich hadden gelaten.

'Goed,' zei Manu terwijl hij weer opstond. 'Dan moet ik alleen nog even iemand ophalen.'

'Je kunt haar niet meenemen,' zei Zeke kalm.

Manu draaide zich kil om met zijn vuisten gebald en vroeg langzaam, 'en waarom kan dat niet?'

'Ze ligt nog steeds in het Verpleeghuis,' antwoordde Zeke onaangedaan door het machtsvertoon van Manu. 'Ze is nog steeds niet genezen en wordt ieder moment in de gaten gehouden. Je zult haar nooit ongezien mee kunnen nemen.'

'Ik heb haar te lang gezocht om haar nu achter te laten.' Nog steeds zijn vuisten gebald, keek hij naar Zeke die hem geruststellend aankeek.

'Dat hoeft ook niet. Ze gaat nergens naar toe. We verlaten eerst Mandjira en treffen een regeling met de Shezna. Je zult daarmee je vrouw terugkrijgen en onze mooie prins ook raken.'

Manu keek hem licht verrast aan en een kille glimlach trok over het spitse gezicht van Zeke. 'Ik heb je wel zien kijken naar onze prins.'

'Wat win jij eigenlijk met deze onderneming?' vroeg Manu opeens nieuwsgierig.

'Voldoening,' zei Zeke grimmig. 'Ik deel jouw gevoelens wat betreft onze prins. Ik kan niet wachten om die zelfvoldane glimlach van zijn gezicht af te vegen.'

Manu knikte grimmig en vroeg, 'en nu?'

'Nu wachten we tot de wacht wordt gewisseld bij onze tunnel. Het is bijna zover,' zei Zeke met een blik op de lucht.

*

Taniya lag in de armen van Raihan, terwijl hij haar naar het meer bracht. Ze had niet gewild dat hij haar optilde, maar met haar ene voet in het verband kon ze ook niet lopen. Gelukkig was tijdens haar aanvaring met Manu haar enkel niet gebroken, maar alleen gekneusd.

'Waar wil je precies naar toe, dame?' vroeg Raihan met een schalkse lach in zijn ogen.

'Naar die waterval,' zei Taniya en wees naar het meer. 'Ik kan niet wachten om het vuil van mijn lichaam af te wassen.'

Raihan probeerde zijn warme gevoel te onderdrukken en glimlachte alleen kort naar haar. Zodra ze het Verpleeghuis hadden verlaten, was Taniya zienderogen opgeknapt.

Bijna iedereen in Mandjira sliep nog en af en toe kwamen ze een vroege vogel tegen die hen dan met een glimlach opnam en hen vriendelijk groette. Het zou nog even duren en dan zouden de straten weer gevuld worden met het drukke gewoel van de mensen.

Eindelijk bij het meer gearriveerd, liet Raihan haar voorzichtig aan de rand van het meer zakken.

Vrolijk hinkte Taniya over de platte keien naar de waterval toe waar het water gestaag het meer in liep. Met haar handen als een kom gevormd, liet zij deze in het water zakken en gooide het water in haar gezicht.

Met een licht gevoel van onrust stapte Raihan achter haar aan, maar hield haar niet tegen. Taniya maande hem aan om niet te kijken en hij draaide zich om. Even later kreeg hij haar natte jurk overhandigd, terwijl ze zei dat ze zich even snel ging wassen en dat hij niet moest kijken.

Lang hield Raihan het niet vol en zijn blik werd ongewild naar haar lichaam getrokken en het bloed begon in zijn oren te ruisen. Hij slikte hard, terwijl hij ondanks haar verwondingen werd overweldigd door haar schoonheid.

'Je kijkt toch niet?' Taniya keek over haar schouder naar hem en snel haalde hij zijn blik met een lichte blos op zijn wangen van haar weg. Hij schudde ontkennend zijn hoofd en Taniya draaide zich weer van hem af. Toen ze klaar was, nam ze het jurkje weer van hem over en trok dit aan.

Nogmaals slikte Raihan en wendde zijn blik af. Het jurkje plakte aan alle kanten op haar lichaam en ze had net zo goed naakt kunnen zijn. Hij pakte haar uitgestoken hand aan en dwong zichzelf om naar haar gezicht te kijken, terwijl hij haar weer de keien afhielp.

Met een tevreden zucht liet Taniya zich plat in het gras vallen en genoot met haar ogen dicht van de warme zonnestralen op haar gezicht.

Na een tijdje voelde ze Raihans peinzende blik op haar gezicht en langzaam opende ze haar ogen weer. Raihan had zich op zijn zij laten vallen en terwijl hij op zijn ene arm leunde en met zijn andere hand speelde met een natte haarlok van haar, bekeek hij haar aandachtig. 'Vertel me eens…'

Taniya keek hem vragend aan.

'Wat heb je eigenlijk met de enkelband gedaan?' vroeg Raihan langzaam.

Taniya glimlachte. 'Toen ik Manu op het feest zag, heb ik meteen aan Malini gevraagd om deze voor mij te bewaren en er nooit over te spreken. Als de tijd rijp was, zou ik de enkelband weer komen ophalen. Ze keek mij aan alsof ik gek was, maar toch had ze het aangenomen.'

'Dus het is nu bij haar?' vroeg Raihan begripvol knikkend.

'Nee,' zei Taniya met een grijns op haar gezicht. 'Het is niet bij haar.'

Raihan keek verward naar Taniya, die schalks naar hem lachte. Ze ging rechtop zitten en trok haar verbonden voet tussen Raihan en haar in. Na even onder het verband gepulkt te hebben, schoof de enkelband omhoog.

'Het is weer hier bij mij.' Vrolijk lachte Taniya naar hem en een brede glimlach trok over Raihans gezicht. Ineens verlegen wendde ze zich van hem af, maar hij pakte haar hand en drukte er zachtjes een kus op.

*

'Wacht,' riep Zeke waarschuwend. Hij hief zijn hand op om Manu tot voorzichtigheid te manen. 'Voorzichtig. Er zijn daar mensen.'

Hij wees Manu op de twee figuren bij de waterval aan de overkant van het meer.

'Die twee hebben het te druk met elkaar, zo te zien,' zei Zeke geconcentreerd kijkend naar de twee figuren in de verte. 'Maar we kunnen het ons niet veroorloven om gezien te worden. Dus wees voorzichtig en kom.'

Manu tuurde ook naar de twee figuren in de verte. Op de één of andere manier kwamen ze hem vaag bekend voor en een licht gevoel van naderend onheil trok door hem. Zeke pakte Manu bij de arm en probeerde hem mee te trekken, maar Manu schudde het van zich af.

'Kom nou,' zei Zeke nu ongeduldig. 'Het is bijna tijd!'

Manu negeerde hem en deed een aantal stappen richting het meer om een beter zicht op het tweetal te krijgen. Enkele tellen tuurde hij met zijn ogen half dicht geknepen naar de overkant van het meer, maar nog zag hij het niet goed.

Zeke mompelde boos, maar Manu negeerde hem en deed nog een aantal stappen naar het meer toe. Het gelach klonk hem bekend in de oren en hij schudde de hand van Zeke van zich af, terwijl die op hem in bleef praten. 'Kom op, we hebben hier geen tijd voor. De wachten gaan zo wisselen!'

Maar Manu herkende het tweetal en was dusdanig afgeleid, dat hij Zeke niet hoorde. Zijn bloed begon te koken en hij rende door het woud langs de rand van het meer. Toen hij bijna het tweetal had bereikt, zag hij Taniya's ogen groot worden van herkenning. Hij maakte zich klaar om Raihan ongezien aan te vallen, maar een geluid rechts van hem trok zijn aandacht. Met een ruk trok Manu zich terug het woud in en zag hoe Freno en Shai het tweetal naderde. Zachtjes vloekte hij in zichzelf.

Zeke kwam hijgend tot stilstand bij Manu. Hij fluisterde dwingend, 'je kunt het niet winnen. Ze zijn met z'n drieën. Ik zou je wel kunnen helpen, maar we kunnen het nooit winnen. Het zijn alle drie gedreven vechters.'

Manu die zich Shai's vuisten nog goed kon herinneren, gromde van boosheid.

'Er is voor alles een moment,' siste Zeke verder. 'En dit is niet het moment. Laat ze nog maar even lachen en praten. Als wij bij de Shezna zijn geweest, dan is dat ook voorbij.'

Kort staarde Manu langs de bomen heen naar de groep, maar aan Taniya's verwarde gezicht te zien en het uitblijven van een waarschuwing naar de anderen, dacht ze dat hij een zinsbegoocheling was geweest.

Zeke pakte Manu weer bij zijn schouders en fluisterde dwingend, 'kom mee!'

Manu liet zich eindelijk overtuigd weer het woud in trekken tot ze vlakbij de ingang van de tunnel waren. Zeke wees op een gebouw en zei, 'kijk, daar wisselen de wachten. We zijn nog op tijd. Ze zijn net naar binnen gegaan.' Hij wachtte een tel en rende daarna naar de grote deur. Hij wenkte Manu naar de zijkant van de rechterkant van de deur en legde hem snel uit. 'Wanneer ik mijn duim opsteek, druk je heel snel achter elkaar op deze steen en dan op deze.'

Hij wees naar de stenen. 'Wanneer ik dan mijn duim weer opsteek, druk je deze middelste steen in. Je moet het niet eerder of later doen, dan wanneer ik het aangeef.'

Manu knikte begrijpend en geconcentreerd wachtte hij tot Zeke aan de andere kant van de deur stond. Toen hij zijn duim opstak, drukte Manu eerst de linkersteen en vervolgens de rechtersteen in. Het ging redelijk makkelijk, alsof de stenen vaak werden ingedrukt.

Weer keek hij naar Zeke, die nogmaals zijn duim opstak en samen drukten ze de middelste steen aan hun zijde in. Afwachtend keek Manu naar Zeke, maar er gebeurde niets.

Zeke keek hem op zijn beurt fronsend aan, terwijl hij nog steeds luisterde. Een korte klik weerklonk en Zeke rende naar de deur. Hij drukte de hendel in en trok toen aan de deur. Toen de deur op een kier open stond, lachte Zeke zachtjes met een triomfantelijk gezicht. Maar een geluid in de tunnel liet hem zijn opwinding weer vergeten. Gejaagd wenkte hij Manu en ze schoten snel de gang in.

Samen trokken ze zo snel en zacht mogelijk de deur weer dicht. Daarna begonnen ze te rennen door het labyrint aan tunnels. Met korte tussenpozen renden beide mannen urenlang de tunnels door tot ze een soortgelijke deur als bij de ingang van de tunnel hadden bereikt.

Ze herhaalden het proces van het openen van de deur tot deze weer open klikte.

Zeke en Manu keken elkaar een ogenblik aan en sprintten toen samen het woud in tot ze een ruime afstand hadden bereikt van de tunnel. Uiteindelijk lieten ze zich hijgend vallen op een open plek in het woud. Vrijheid, dacht Manu verheugd en sloot tevreden zijn ogen.

*

Onrustig wachtten Shai en Rashmi tot Raihan en zijn vrienden in Rashmi's werkkamer arriveerden. Shai had zoals hij wel vaker had gedaan, eten gebracht naar de cel van Manu. Toen de gebruikelijke uitroepen van boosheid en wanhoop waren uitgebleven, had Shai zich gebogen over de tralies om er door heen te turen. Hij had geen glimp van Manu opgevangen, dus was hij snel de lagere verdiepingen af gegaan om de zware deur te openen en de cel te controleren. Deze was leeg geweest. Bevreesd had hij zich tot Rashmi gewend, die geduldig zijn relaas had aangehoord.

'Hij moet hulp hebben gehad van iemand.' Met een strak gezicht van de spanning had ze Shai aangekeken, maar het wilde er bij hem niet in dat een Mandjiraan hen zou verraden. Maar hoe meer hij erover nadacht, hoe meer hij overtuigd was geraakt van het gelijk van Rashmi. Dit nieuws zou paniek kunnen brengen onder de Mandjiranen, dus had Rashmi haar assistent opgedragen om Raihan en zijn vrienden te roepen.

Zodra Raihan de kamer in liep, zag Shai dat hij meteen begreep dat de situatie ernstig was. Kort legde Rashmi aan iedereen uit wat er aan de hand was en hoe gevaarlijk deze situatie voor de Mandjiranen kon zijn. Gan vloekte hardop, terwijl de meiden elkaar met angstvallige blikken bekeken.

Rashmi wees naar de meiden en beval hen om Taniya te ondervragen om na te gaan met wie Manu de afgelopen periode in contact was geweest. Maar Malini antwoordde dat dit een paniekreactie zou kunnen veroorzaken bij Taniya en dat het niet slim was om haar te ondervragen. Rashmi knikte alleen. 'En daarom vraag ik jullie meiden om dit te doen. Stel de vragen, maar laat op geen enkele manier blijken dat hij ontsnapt is.'

Daarna wendde ze zich tot de mannen, maar Raihan had het gesprek al gedecideerd overgenomen. 'Kam heel Mandjira uit. Maar laat op geen enkele manier aan iemand blijken dat er iets mis is. Geen woord tegen de bewoners! Hebben jullie dat begrepen?'

Iedereen knikte en verspreidde zich om te gaan zoeken.

Hoofdstuk 24

Shilpa liep Raihans werkkamer in en ging op de stoel tegenover hem zitten.

'Nog nieuws?' Raihan wierp een ernstige blik op Shilpa, maar boog zich meteen weer over de kaart voor zich.

Shilpa schudde ontkennend haar hoofd. 'We kunnen hem nergens vinden. We hebben alle huizen doorzocht dus hij is niet in de stad. We doorzoeken nu het woud, maar het is groot en de kans dat we hem daar vinden is erg klein.'

'Het is nu al meer dan tien zonnedagen geleden dat die man is verdwenen,' zei Raihan verbeten. 'En geen enkel spoor van hem.'

Met een gefrustreerd gebaar ging hij met zijn handen door zijn haar. 'Hij kan toch niet van de aardbodem zijn verdwenen?'

'Iemand heeft hem uit zijn cel gelaten,' zei Shilpa nadenkend. 'Er is niets opengebroken en er is ook geen spoor van een worsteling. Iemand van binnenuit moet hem hebben geholpen.'

'Maar wie?' vroeg Raihan onrustig achter zijn bureau vandaan lopend. 'We kunnen niet zomaar iedereen ondervragen. Dat zal het vertrouwen schaden in onze mensen. Wantrouwen zal verdeeldheid onder de Mandjiranen veroorzaken.'

Shilpa haalde onwetend haar schouders op en zweeg.

'Hoe ver ben je met Taniya?' Met een zucht antwoordde Shilpa dat ze niet veel verder was gekomen dan een zwijgen van Taniya. Ze wilde het domweg niet over de man hebben.

Raihan knikte teleurgesteld, maar ging er niet over door. 'Doorzoek de wouden. Als hij niet in de stad is, dan is hij in de wouden. Dat kan niet anders.'

Iemand klopte op de deur van zijn kamer en Raihan riep hem naar binnen. Shai kwam de kamer in met een bundel kleren en een rol in zijn armen. Raihan en Shilpa keken hem afwachtend aan, terwijl hij de kleren op tafel gooide. 'Dit zijn de kleren die Manu droeg toen we hem in de cel hebben gezet. Blijkbaar heeft hij deze omgewisseld voor andere kleren.'

Nadenkend keek Raihan naar de bundel kleren en keek twijfelend naar zijn vrienden. 'Hij kan dat ook uit één van de woningen gestolen hebben. Het is geen bewijs dat iemand hem heeft geholpen.'

'Ja, maar hoe is hij uit zijn cel gekomen?' vroeg Shilpa geprikkeld. 'Iemand *moet* hem hebben geholpen.'

'Daar kunnen we nog steeds niet zomaar van uitgaan,' zei Raihan onwillig om te geloven dat een Mandjiraan hen had verraden. Hij wierp een blik op de rol en vroeg, 'wat is dat?'

Shai gooide de kleren van de tafel en rolde de kaart uit. Hij pakte de inktpot op de tafel om de ene hoek van de kaart te klemmen.

'Het is een kaart van Mandjira,' antwoordde Shai gespannen. 'De ingangen naar Mandjira zijn aangekruist en deze ingang is omcirkeld.' Hij wees naar de cirkel rechtsboven op de kaart.

'We kunnen het niet meer ontkennen.' Shilpa wierp een verontruste blik op Raihan, die er ook niet onderuit kon dat ze waren verraden en zijn schouders voor een tel liet hangen.

Toen rechtte hij zijn rug en beval Shai op een grimmige toon om de wachters bij de omcirkelde ingang te ondervragen. Daarna keek hij naar Shilpa die hem afwachtend aan keek. 'Ik wil dat Taniya onder geen beding alleen is. Zij moet ieder moment bewaakt worden voor het geval haar achterlijke man nog in Mandjira is. Maar laat niet blijken dat hij is ontsnapt,' blafte hij haar toe.

Shilpa knikte en liep samen met Shai de kamer uit, terwijl Raihan zich met een verbeten blik op zijn gezicht over de kaarten boog.

*

Taniya stond op van haar tafel in de kookruimte om nog even te genieten van haar vrije zonnedeel, voor ze naar het gevechtsveld moest. Haar wonden waren nog niet volledig geheeld en er waren nog blauwe plekken zichtbaar. De verplegers hadden haar afgeraden om nu al aan het werk te gaan. Maar Taniya was het zat om continu in bed te liggen.

Inmiddels waren er al meer dan twee kwart manen voorbij en ze voelde zich steeds onrustiger geworden. Haar enige uitje was met Raihan bij de waterval geweest en sindsdien had ze hem niet gezien.

Om de verveling te verdrijven, wilde ze haar werkzaamheden

weer oppakken en haar huisje op orde krijgen, zodat ze daar snel weer kon intrekken. Raihan had namelijk bevolen dat zij haar eigen woning niet in kon, zolang de anderen het niet hadden opgeknapt en de ravage hadden opgeruimd. Tot die tijd moest zij bij Shilpa wonen, die erg aardig was maar wel urenlang erop los kon kwebbelen. Hoe sneller haar huis was opgeknapt, hoe eerder ze haar rust terug zou krijgen.

Taniya snapte niet waarom de grote schoonmaak zolang duurde, maar Shilpa had haar op het hart gedrukt dat ze hard hun best deden, maar dat er ook nog de dagelijkse verplichtingen waren en zij niet nog sneller konden werken. Dus had Taniya besloten om ondanks de protesten van Shilpa mee te helpen. Shilpa had haar laten beloven dat ze niet in haar eentje aan de slag zou gaan, dus met een diepe zucht en een grote behoefte aan rust liep Taniya nu naar buiten.

Gan groette haar vrolijk toen hij haar tegen kwam op de weg en vroeg waar ze naartoe ging. Toen Taniya antwoordde dat ze naar het meer ging, zei Gan opgewekt dat hij met haar mee zou gaan. Bedrukt staarde ze hem aan, maar ze kon de smekende blik in zijn ogen niet weerstaan en met een diepe zucht gaf ze toe. Ze had het gevoel alsof ze continu werd omringd door mensen en ze snakte naar een momentje van eenzaamheid.

Gan praatte voortdurend tegen Taniya die af en toe reageerde met een kort antwoord tot ze bij het meer kwamen en gingen zitten. Na een tijdje stond Gan op en nam afscheid van haar. Taniya kreunde bijna van opluchting, terwijl ze hem uit zwaaide. Eindelijk was ze dan alleen en ze sloot haar ogen om te genieten van de stilte.

Een moment hoorde ze alleen de vogels tjirpen en het water klateren in het meer en ze voelde zich ontspannen. Doch hoorde ze een mannenstem haar naam roepen en binnensmonds vloekte ze in zichzelf. Boos sloeg ze haar ogen open en keek naar Daruk die op haar af stapte en haar begroette.

Taniya onderdrukte haar irritatie en groette hem terug.

'Wat doe jij hier?' Lichtelijk chagrijnig keek ze hem aan.

'Ik wilde een dagje ontspannen bij het meer.' Met een schijnbaar vrolijke lach keek hij naar Taniya die hem op haar beurt argwanend met een frons op haar gezicht bekeek. Daruk en genieten van het meer? Sinds ze in Mandjira was gekomen, had zij hem nog geen enkele dag gezien bij het meer. De man was continu bezig, de ene keer in de kookruimte, dan weer op het gevechtsveld. Het was wel erg vreemd dat hij een dag vol ontspanning nodig had op het moment dat zij er ook was. Nu ze erover nadacht, was het ook vreemd dat er continu mensen om haar heen waren. Het had haar juist bevallen in Mandjira, waar iedereen zijn eigen ding deed en haar voornamelijk met rust liet, tenzij ze hun gezelschap zelf op zocht.

'Daruk,' vroeg Taniya langzaam met een blik op het gezicht van de quasi opgewekte man, 'is er wat gebeurd?'

Daruk wendde zijn blik ongemakkelijk van haar af. 'Nee, hoe kom je daarbij?'

'Kijk me eens aan,' zei Taniya op strenge toon. Daruk keek haar aan, maar zijn ogen flitsten steeds weg.

'Er is wat gebeurd, hè?' vroeg Taniya weer met een naderend gevoel van onheil.

Daruk begon ongemakkelijk heen en weer te schuiven. Langzaam begon het Taniya te dagen. De mensen continu om haar heen, haar blijven vasthouden in het ziekenhuisbed, terwijl ze al bijna beter was. Dat ze niet alleen mocht wonen. De laatste dagen had ze alleen maar mogen werken met de ervaren strijders. Taniya keek Daruk weer aan en stamelde onthutst, 'hij is ontsnapt.'

Daruk antwoordde niet, maar ze las het antwoord af in zijn gezicht.

'Wanneer?' vroeg ze verbeten aan Daruk.

'Tien zonnedagen geleden,' antwoordde Daruk met zijn blik naar beneden gericht.

Meer dan een kwart maan geleden, dacht Taniya geconcentreerd. Dat was toen we bij het meer waren.

Een beeld schoof voor haar ogen. Freno en Shai die op Raihan en haar af liepen. Een beweging die haar aandacht in een flits had getrokken. Een man in zwarte kleren, die verdacht veel had geleken op Manu. Toen ze zich had verschoven om beter te kunnen kijken, was de man verdwenen. Taniya had het beeld weggeschoven met de gedachte dat het een zinsbegoocheling was. Daarna had ze steeds een angstig voorgevoel gehad, dat maar niet weg ging. Nu begreep ze waarom. Taniya balde haar vuisten en stond toen op.

'Waar ga je heen?' vroeg Daruk op een voorzichtige toon.
'Naar Raihan,' zei Taniya kordaat.

Raihan hoorde gebekvecht voor zijn deur. Ineens ging de deur open en Taniya stormde naar binnen met Daruk in haar kielzog.
'Waarom heb je het me niet verteld,' zei Taniya op een boze toon.
Raihan keek ontstemd naar Daruk.
'Ik heb niets gezegd,' mompelde Daruk ongemakkelijk. 'Ze heeft het geraden.' Lichtelijk geïrriteerd keek Raihan hem aan en verlegde zijn aandacht toen weer naar de boze Taniya.
'Hij is ontsnapt en dan verzwijg je dat voor mij?'
'Ik wilde je niet bang maken.' Sussend hief hij zijn hoofd. 'Ik dacht dat we hem wel gauw zouden vinden. '
'Maar je hebt hem niet gevonden,' zei Taniya langzaam, terwijl ze boos naar hem tuurde met half dichtgeknepen ogen.
'Nee, alle woningen zijn doorzocht, maar hij is daar niet. We denken dat hij Mandjira al heeft verlaten.' Raihan keek even naar de kaart die voor hem lag en Taniya wierp er ook kort een blik op. Met ogen die flitsten van woede keek ze naar Raihan en ze sloeg haar armen over elkaar. 'Is er toevallig een uitgang bij het meer?'
Daruk ging geïnteresseerd naast haar staan en Raihan keek Taniya vragend aan, terwijl hij instemmend knikte.
'Ik heb jou al eerder gezegd dat hij iemand zocht die hem kon helpen Mandjira te verlaten, maar jij wilde niet luisteren.'
Raihan keek haar beschaamd aan, maar bleef naar haar luisteren, terwijl ze over haar voorhoofd wreef en nadacht.
'De volgende morgenstond kwam er een man naar Manu en zei dat hij hem zou helpen. Ik denk dat hij hem in de gevangenis heeft opgezocht en hem geholpen. Volgens mij heb ik Manu bij het meer gezien toen jij en ik daar waren.'
'Maar waarom zei je dan niets?' Verbaasd keek Freno naar Taniya. Hij was tijdens haar verhaal met Bohar de kamer in gelopen en had maar een deel gehoord.
'Omdat ik dacht dat mijn angsten spelletjes speelden met mijn hoofd,' antwoordde Taniya. Een diepe frons vol rimpels trok over haar voorhoofd, terwijl ze een moment naar Freno keek en toen weer naar Raihan. 'Als jij niet de grote redder had uitgehangen en

mij gewoon over zijn ontsnapping had verteld, had je hem inmiddels gevonden.'

Ze wierp een nijdige blik op Raihan. Taniya begreep wel waarom hij niets had gezegd, maar ze had het toch liever geweten. 'We vinden hem wel,' zei Raihan geruststellend.

'Manu's enige doel is om jou en mij te vernietigen en of hij daarbij Mandjira meesleurt interesseert hem niet. En alleen om die reden heeft hij die man overgehaald om mee te werken.'

De mannen bleven zwijgend toekijken, terwijl Taniya nu rusteloos heen en weer liep door de kamer. 'Ik weet dat je mij alleen probeerde te beschermen. Maar nu heeft hij een grote voorsprong. Ik wil niet dat heel Mandjira ten onder gaat door mij. Hij zal niet terugdeinzen om alle geheimen van Mandjira te verraden, ook al zal het ten koste van de inwoners gaan.'

'Weet je zeker dat hij dit van plan is?' Bohar wierp een kalme blik op Taniya die stellig knikte.

'Kan je de man beschrijven die Manu had aangesproken in de kookruimte?' Bohar voelde Raihans indringende blik op hem, maar hij negeerde dit.

Taniya begon de man te beschrijven en naarmate haar beschrijving vorderde, begon Raihan steeds meer een beeld voor ogen te zien van een jonge man die hem smeekte om Mandjira te mogen verlaten. Hij voelde Bohars vragende blik op zijn gezicht. 'Jij weet al wie het is.'

Raihan knikte en stond met een ruk op en keek naar Freno. Hij blafte kort bevelen naar hem, waarop Freno haastig de kamer verliet, de anderen in een staat van ongerustheid achterlatend.

*

Bijna een maan later bereikten Manu en Zeke de hoofdstad Shiba, waar ze ongeduldig wachtten tot de poortwachter hen naar binnen liet. Laatdunkend antwoordde de poortwachter dat de Shezna niet met Jan en alleman sprak en het razend druk had. IJzig antwoordde Manu dat de wachter in de problemen zou komen als hun nieuws de Shezna niet zou bereiken. Maar de poortwachter was niet overtuigd en wilde de mannen niet binnen laten. Uiteindelijk stuurde hij hen naar de enige Cratus die aanwezig was in het paleis.

Na uren gewacht te hebben, werden ze eindelijk de werkkamer van de Cratus in geroepen. De man bekeek de armoedige verschijning van Zeke en Manu en had al meteen zijn oordeel klaar dat dit tijdverspilling was. Terwijl hij druk op het perkament schreef met de ganzenveer in zijn hand, keek hij met één oog de mannen aan.

'We hebben belangrijke informatie over de voorvechters van Shehza.' Zeke, geïntimideerd door de verschijning van de man, stamelde onhandig.

Cratus Farell reageerde niet en bleef verwoed zijn verslag schrijven. Af en toe krabbelde hij aan zijn oor of krulde hij zijn dikke, zwarte snor op zijn bovenlip met zijn vingers. Zijn zware wenkbrauwen waren in een frons naar elkaar toegetrokken en zijn dunne lippen waren getuit van de concentratie.

Zijn woede verbijtend bleef Manu voor de tafel staan. Zeke stond naast hem en keek Manu af en toe hulpzoekend aan, maar beiden zwegen afwachtend op een reactie.

Het duurde en duurde maar en Manu begon zijn geduld te verliezen tot hij uiteindelijk woedend met een zwaai de tafel leeg veegde van Cratus Farell. De inktpot vloog met een boog de tafel af en de inkt begon zich langzaam te verspreiden over het dure, stoffen tapijt.

Met een boze kreet sprong Cratus Farell op, maar voor hij een stap kon zetten, had Manu hem al bij zijn kraag vastgepakt. Met een blik vol vuur staarde Manu de man woedend aan.

'Wij hebben informatie over de locatie van de schuilplaats van de rebellen in Shehza.'

Cratus Farell zag de kille blik van Manu en hij huiverde licht. Hij opende zijn mond om de wachters bij de deur te roepen, maar Manu schudde hem ruw door elkaar. 'Wij gaan nu naar de Shezna. Eén verkeerde beweging en ik knak je nek in tweeën.' Angstvallig knikte Cratus Farell met zijn hoofd.

Toen Manu zijn kraag losliet en hem bij de arm pakte, leidde Cratus Farell beide mannen naar de werkkamer van Kashish.

Zeke schuifelde zenuwachtig naar voren, terwijl ze vol ongeduld de lange gangen door liepen. Hij voelde de ogen van de bewakers in de gangen in zijn rug branden, maar gelukkig liet Cratus Farell niets blijken. Zonder problemen bereikten ze de werkkamer van de Shezna waar Farell zonder te kloppen of zich aan te kondigen de kamer in liep.

Verstoord keken Charalam Dex en Kashish op van de grote kaarten die op de tafel uitgestald waren.

Dex wierp een vragende blik op zijn Cratus, wiens gezicht inmiddels nat was van het zweet en een rode kleur vertoonde. ‘Wat is er aan de hand?’

Manu duwde de Cratus opzij en zag hoe de hand van de Charalam al naar zijn zwaard om zijn middel ging. Zeke slaakte een kreetje van angst. ‘Wij hebben informatie over de in- en uitgangen van de schuilplaats van de rebellen.’ Voor de zoveelste keer probeerde Manu weer zijn verhaal te doen en toen de Charalam zijn zwaard terug schoof in de schede, wist hij dat hij nu eindelijk zijn verhaal kwijt kon.

Na een vragende blik op de instemmend knikkende Shezna geworpen te hebben, knikte Dex geïnteresseerd naar Manu dat hij verder kon met zijn verhaal.

‘We hebben informatie over alle in- en uitgangen van Mandjira, de plaats waar de rebellen zich verschuilen. ‘ Manu duwde Zeke die op zijn benen stond te trillen opzij en liep naar de tafel met de landkaart toe. ‘We hebben ook informatie over het aantal mensen dat daar woont. We kunnen een volledige beschrijving geven van de stad Mandjira, de werkzaamheden, de mensen en alle rivieren en meren eromheen. En verder hebben we waardevolle informatie over uw dochter en hun tactiek om u aan te vallen.’

‘En wat wil jij voor deze informatie terug?’ Op zijn hoede keek Dex naar Manu, terwijl hij voelde dat Kashish zich al opgewonden gewonnen had gegeven voor wat de man dan ook zou vragen.

‘Vernietiging van het gehele volk,’ zei Manu wreed. ‘En er is daar een vrouw. Met haar wil ik persoonlijk afrekenen.’

‘En jij?’ vroeg Dex zich wendend tot de onzekere Zeke. ‘Ik wil alleen maar mijn vrijheid om te gaan en staan waar ik wil met genoeg rijkdom om dit te kunnen realiseren.’ Gluiperig keek Zeke uit zijn ogen nu hij wist dat de Shezna overstag zou gaan.

‘En dat kan ik alleen bereiken door onze, enige echte Shezna te dienen.’ Met een zwierig gebaar boog hij diep voor Kashish die hem goedkeurend aankeek.

Charalam Dex keek vragend naar de Shezna die weer instemmend knikte. 'Prima, wij gaan akkoord.' Hij wenkte Zeke en Manu, terwijl hij een beker Vandi inschonk voor beiden. Daarna wenkte hij een bediende om alles te noteren. Na een grote slok Vandi gedronken te hebben, begonnen beide mannen te praten over alles wat ze van Mandjira wisten.

*

De voltallige Raad zat in de vergaderzaal van het Raadshuis.

'We zijn te laat,' zei Ulf. 'Manu en Zeke hebben het paleis bereikt.' Hij keek op van de rol perkament die door een columbae, een kleine vogel afgericht om boodschappen in korte tijd over te brengen, was gebracht in opdracht van een spion in het paleis.

Met een strenge blik op Raihan vroeg Mayrin hoe dit had kunnen gebeuren, ondanks de zware bewaking in Mandjira. Hij antwoordde dat ze teveel tijd hadden verspild om binnen Mandjira te zoeken, terwijl de mannen allang waren vertrokken. Hierdoor hadden zij een te grote voorsprong gehad, die zij ondanks alle inspanningen niet hadden kunnen inlopen. Terwijl de Raadsleden nadenkend naar elkaar keken, gaf Raihan aan dat als de geheimen van Mandjira bekend waren, zij zich moesten voorbereiden op een oorlog. De Shezna was al meerdere zomers op zoek naar hun schuilplaats om hen van de aardbodem te kunnen vegen.

'Als we ons gaan voorbereiden op een oorlog, dan maken we het volk bang,' zei Uriel nadenkend. 'En dan zal er chaos komen. Dat kunnen we ons niet veroorloven, zolang we geen zekerheid hebben.'

'We weten het wel zeker. Taniya gaf aan dat Manu al tijden broedde om Mandjira ten val te brengen. En nu heeft hij het paleis ook bereikt.' Woedend keek Raihan naar Uriel, maar die bleef hem kalm aan kijken. Opal hief haar hand kalm op en de omstanders wachtten nieuwsgierig af.

'We kunnen niet alleen uitgaan van de woorden van het meisje.'

'Maar haar woorden zijn wel waar.' Verbolgen sloeg Raihan zijn handen in zijn haren, terwijl hij met boze ogen naar de Raadsleden tuurde. Hij voelde een barstende koppijn opkomen, maar hij onderdrukte het gevoel.

Qabil, die verslagen maakte van de vergaderingen legde zijn ganzenveer neer. 'Ik denk dat Raihan gelijk heeft. Ik ken Zeke. De laatste tijd zat het hem erg dwars dat hij op geen enkele missie mee mocht. Hij begreep niet dat hij er nog niet klaar voor was en dat Raihan hem daarom weigerde. Zeke is samen met Manu verdwenen. Hij zal ons zeer zeker verraden.'

'Maar ook dat weten we niet zeker,' zei Mayrin op een afgemeten toon.

'Stuur een paar spionnen naar Shiba en laat hen uitzoeken wat de plannen zijn van de Shezna,' zei Rashmi beheerst. 'Tot die tijd is het beter om af te wachten.'

'Als we afwachten, dan zijn we te laat. 'De inwendige storm negerend probeerde Raihan nogmaals de Raadsleden te overtuigen. 'Er kunnen onnodig doden vallen. We moeten nu actie ondernemen. Stuur de kinderen en ouderen weg van hier en laat de rest voorbereiden op het gevecht.' Aan de hoofdschuddende gezichten te zien, waren de Raadsleden op enkelen na het niet eens met Raihan. Op bedaarde toon richtte Ulf zich nu tot Raihan.

'Ik ben het met je moeder en de anderen eens, Raihan. We kunnen niet op basis van de woorden van één meisje actie ondernemen. Het zou Mandjira ten val kunnen brengen. We sturen spionnen naar Shiba. Is iedereen het hiermee eens?'

Iedereen, behalve Raihan, knikte instemmend. Zelfs Kanti die normaal altijd gedreven was om actie te ondernemen, knikte instemmend om af te wachten. Met een boze kreet van frustratie stond Raihan op en stormde de vergaderzaal uit.

Hoofdstuk 25

Karie pakte zijn spullen in en liep samen met Handhaver Kadjira en Bila naar het schip dat vandaag naar Palanika zou vertrekken. In tegenstelling tot wat de havenmeester hem had verzekerd, was door zware stormen het schip meerdere weken verlaat geweest. Wat Karie betrof had het al veel te lang geduurd en hij kon nu niet wachten om naar huis te gaan en zijn vrouw en dochter in zijn armen te sluiten. Terwijl hij de loopplank op liep met de sjouwers van zijn spullen in zijn kielzog, voelde hij een gevoel van opluchting opkomen.

Nadat hij de sjouwers had gewenkt om zijn spullen in zijn vertrekken te zetten, liep hij met langzame stappen naar het dek en wierp zijn blik op de o zo mooie Shiba. In de verte zag hij de mooie, ronde torens van het paleis boven de daken van de kleinere huizen uit. De lanen met de hoge bomen met brede bladerdaken vond hij net zo prachtig als toen hij het voor het eerst zag, maar hij vond het niet erg om het achter te laten. Hij wilde zich net omdraaien toen een figuur in zijn ooghoeken zijn aandacht trok. Verbaasd keek hij beter en het bleek inderdaad Manu te zijn.

Op zijn gemak wandelde Manu over de kade tot hij bij één van de Brouwers stil stond en na een moment zijn omgeving aanschouwd te hebben, betrad hij de drinkgelegenheid.

Nieuwsgierig hoe het met hem was afgelopen, liep Karie de loopplank over en volgde Manu de Brouwer in. Terwijl zijn ogen zich aan het donker probeerde aan te passen, tuurde Karie langs de tafels heen op zoek naar Manu tot hij hem eindelijk in de hoek van de Brouwer aan een ronde tafel met een beker Vandi in zijn hand zag zitten. Met grote, opgewonden stappen liep Karie naar Manu die verbaasd opkeek.

'En? Is het gelukt? Heb je binnen kunnen dringen?'

Manu siste Karie toe dat hij stil moest zijn, terwijl hij rond keek of iemand meeluisterde en wenkte toen Karie naast hem op de stoel. Toen Karie ging zitten, zag hij hoe een grote grijns over Manu's lippen heen trok. Opgewonden wachtte Karie af.

Manu boog zich over Karie en fluisterde dat het hem inderdaad was gelukt.

'En het medaillon?' Opgewonden fluisterde Karie naar hem terug.

'Ik heb het meisje gevonden, maar voor ik haar onder druk kon zetten, hebben ze mij gevangen gezet. Met behulp van één van hen ben ik ontsnapt.'

Teleurgesteld keek Karie naar het woedende gezicht van Manu. Zijn haren zagen er pas opgefrist en geknipt uit en aan zijn kaaklijn te zien, had hij zich recent nog geschoren. Dat betekende dat hij al een tijdje weer terug was en dat er geen mogelijkheden meer over waren om zijn medaillon terug te krijgen. Met een zucht wilde Karie opstaan, maar Manu legde zijn arm op zijn schouder om hem tegen te houden.

'Ik heb een nieuw plan, maar het is staatsgeheim, dus kan je je mond erover houden?'

Achterdochtig keek Karie naar Manu. 'En wat wil je ervoor terug?'

'Als ik thuis kom, wil ik dat je mij bevorderd tot de Hoogere-Klasse. Jij bent rijk genoeg en hebt voldoende aanzien om dit te kunnen realiseren.'

Nieuwsgierig wat Manu hem kon vertellen, knikte Karie instemmend. Hij boog zich voorover terwijl Manu begon te vertellen over zijn plan met de Shezna. Hoe meer hij hoorde, hoe meer Karie ervan overtuigd was dat Manu niet alleen een sadist was, maar dat hij daarnaast ook nog niet goed bij zijn hoofd was. Een heel volk uitroeien voor één vrouw? Hij kon er niet bij, maar Karie's innerlijke strijd was niet zichtbaar in zijn gezicht en houding. Na zijn verhaal te hebben aangehoord, nam hij afscheid van Manu, die zijn afspraak met Karie nogmaals benadrukte.

Langzaam liep Karie de Brouwer uit terug naar het schip. De innerlijke strijd woedde nog steeds in hem voort en hij wist niet goed wat hij moest doen. Er was inderdaad iets duisters aan Manu, dacht hij. Zonder enige emotie had hij Karie verteld over een heel volk wat uitgeroeid zou worden. Het deed Manu niets, in tegenstelling tot Karie's geweten dat nu al aan hem vrat.

Terwijl hij zijn vertrekken op het schip binnen liep, bedacht hij dat hij dit niet kon laten gaan. Deze mensen streefden hetzelfde doel als hem na, zij verdienden het niet om zonder een waarschuwing ten onder te gaan. Toen hij eindelijk zijn besluit nam, ging hij achter zijn bureau met een ganzenveer en een rol perkament zitten. Met snelle bewegingen zette hij de zaak uiteen. Nadat hij klaar was, liet hij het inkt op de rol enkele ogenblikken drogen en rolde het daarna op. Met het perkament in zijn hand verliet hij het schip en ging op zoek naar het huis van de Zoekers.

Daar leverde Karie het perkament samen met een zak goudstukken in. Hij gaf de opdracht om zo snel mogelijk naar Kratsj te gaan en op zoek te gaan naar een man genaamd Bohar, de man met wie Manu veel had opgetrokken. Het perkament mocht niemand onder geen enkel beding lezen. Het was alleen bedoeld voor de Raad en het moest met spoed afgeleverd worden. Daarna liep Karie met een bezorgd gevoel terug naar het schip dat aanstalten maakte om te vertrekken. Hij ging op het dek staan terwijl het schip de haven uitvoer.

Met een zucht keek hij hoe de afstand tussen het schip en Shehza groter werd en fluisterde binnensmonds, 'veel succes, Mandjiranen, meer dan dit kan ik niet doen.'

*

Ongerust keek Taniya naar Malini die op een stoel voor de kaptafel zat en met verdrietige ogen in de spiegel keek. Grote, violetkleurige ogen keken Taniya vanuit een bleek gezicht aan. Malini's haren waren los, maar een eenvoudige tiara hield ze bij elkaar. Grote, roodkleurige oorbellen bengelden aan haar oren. Een ketting in dezelfde kleur als haar oorbellen sierde haar hals. Ze droeg een goudkleurige jurk die strak om haar borsten sloot. De jurk liep wijd af tot de grond. Het was een betrekkelijk eenvoudige jurk, maar het was afgewerkt met rode, glinsterende steentjes.

Malini knikte zachtjes ter geruststelling naar Taniya, haar lippen tot een dunne streep getrokken. Ze sloeg haar handen zachtjes ineen en wriemelde met haar vingers. Onrustig gleden haar ogen naar haar handen.

Taniya sloeg haar armen om Malini heen en hield haar alleen zwijgend vast. De tijd was eindelijk aangebroken dat Malini en Raihan in het huwelijk zouden treden en er was niets wat zij daaraan konden doen. Een klop op de deur liet hen beiden opschrikken.

'Ik wil dit niet doen, Taniya. Wat moet ik doen?' Met grote ogen keek Malini nu smekend naar Taniya die alleen verdrietig haar hoofd schudde en vervolgens snel de sluier aan Malini's tiara vastmaakte. Daarna opende ze de deur.

Freno liep met grote stappen naar binnen en verklaarde dat hij was gestuurd om te kijken hoe ver de bruid was. Taniya trok alleen één wenkbrauw zwijgend op en stapte toen opzij. Freno brak zijn zin halverwege af en stond met een ruk stil, terwijl Malini hem zwijgend bekeek met haar vuisten gebald in haar schoot.

Na enkele tellen stapte Freno langzaam op haar af en knielde voor haar neer. Hij pakte haar gebalde vuisten en drukte er zacht een kus op tot deze ontspanden. Malini hief haar rechterhand en legde deze zacht op zijn linkerwang. Een tel sloot Freno zijn ogen. Daarna stond hij weer ferm op en verliet zonder wat te zeggen de kamer.

Zwijgend bleven beide dames wachten tot Malini opgehaald zou worden. Toen Chen er was, begeleidden Taniya en zij Malini aan haar handen vasthoudend naar het altaar op het grote plein toe, waar de plechtigheden voltrokken zouden worden.

Een grote groep mensen zat op de daarvoor bestemde stoelen op het plein. Er was een pad vrijgelaten waar Malini met de twee meiden door konden lopen naar het midden van het plein. Aan het uiteinde van het pad stonden Raihan, Freno en Gan. Achter hen waren meerdere tafels neergezet. De voltallige Raad, behalve Raihan, zat achter de tafel.

Taniya gaf een kneepje in Malini's hand, voordat ze samen het pad betraden. Ze haalde diep adem en keek voor zich uit. Toen stokte haar adem in haar keel.

Raihan zag er erg mannelijk en knap uit. Hij had een losse, beigekleurige broek en een tuniek in dezelfde kleur als Malini's jurk aan. Ook deze was bewerkt met goudkleurige draden en rode steentjes, waardoor Malini's en zijn kledij perfect bij elkaar pasten. Zonder dat Taniya het door had, kneep ze Malini's handen haast fijn. Die keek Taniya bezorgd aan en stopte met lopen, maar Taniya trok haar zachtjes verder het pad op. Chen en Taniya leidden

Malini tot ze voor Raihan stond en deden vervolgens een aantal stappen achteruit.

Ulf begon aan een lange toespraak die aan Taniya en Malini voorbij ging, waarom dit huwelijk nodig was en gaf daarna het woord aan Mayrin. Ondertussen keek Rashmi verdrietig naar de groep mannen en vrouwen die zich achter haar zoon en de prinses hadden geschaard. Om haar twijfels te verbergen, suste ze haar geweten door in haar hoofd te blijven herhalen dat er geen andere weg was. Ze voelde hoe Mayrin naast haar op stond om de eed voor te leggen, waarmee het koppel zich zou verbinden. Mayrin legde uit hoe man en vrouw voor elkaar klaar hoorden te staan. Dat ze elkaar in voor- en tegenspoed moesten steunen en voor elkaar moesten zorgen. En zo ging ze door met een hele lijst van beloften waaraan de koppel zich moest houden, zodra het huwelijk was voltrokken.

Rashmi keek naar haar zoon. Ze hield veel van hem, net zoals ze veel van haar man had gehouden. Maar haar man was zwak geweest. Gelukkig was haar Raihan dat niet.

Raihan was *haar* zoon, dacht ze trots in zichzelf. Hij is sterk, eervol en houdt zich aan zijn plicht, ook al zou hij zijn eigen geluk ervoor moeten opgeven.

Rashmi hief haar ogen op naar de hemel en vervloekte het moment dat ze haar belofte had gedaan aan de oude en zieke Shezna. Deze generatie heeft meer dappere zielen dan uw en mijn generatie, oude man, sprak Rashmi in haar hoofd tot de oude Shezna. Ze keek weer om naar de groep en dacht somber; was er maar een andere manier. Een beweging trok Rashmi's aandacht.

Shai kwam het plein op stormen en rende langs Raihan en Malini heen, totdat hij voor de Raadsleden stond. 'Bohar is zojuist gearriveerd met een vreemdeling,' zei hij hijgend. 'Hij zegt dat ze een dringende boodschap hebben voor de Raad.'

'Dat moet dan maar even wachten,' zei Mayrin streng. 'Ik weet niet of je het hebt opgemerkt, maar er is hier een bruiloft aan de gang.'

'Dat weet ik,' zei Shai hijgend. 'Maar de vreemdeling zei dat het niet kan wachten. Mandjira is in gevaar!'

De Mandjiranen die op de stoelen zaten, keken elkaar verontrust aan. Mayrin wierp een vragende blik op Rashmi en Ulf. Rashmi keek de leden van de Raad één voor één aan en stond vervolgens op uit haar stoel.

'Als de boodschap zo dringend is dat het niet kan wachten,' sprak Rashmi tot Shai. 'En Mandjira is misschien in gevaar, dan moeten we nu de boodschap aanhoren.'

'Laten we naar het Raadshuis gaan,' zei ze tegen de leden.

Ze wenkte Raihan om mee te komen, terwijl ze even naar Malini keek die zich zwak in een stoel liet zakken met haar handen in haar haren gestoken, ondertussen opgevangen door haar vrienden.

De zes mannen en zes vrouwen liepen naar het Raadshuis toe, de inwoners achterlatend in opperste staat van verwarring. Zodra de raadsleden allemaal aan de ovalen tafel zaten, werd Bohar en de vreemdeling naar binnen geroepen.

Met een streng gezicht keken alle leden naar Bohar, die kort uitlegde dat de vreemdeling Bastion was en in opdracht van een man uit Palanika een boodschap moest overbrengen aan de Raadsleden.

Bohar seinde de man dat hij zijn boodschap mocht overbrengen en vol spanning hoorden ze het verhaal aan hoe Karie het bericht van Manu had ontvangen over de opkomende oorlog.

De ademhaling van de Raadsleden stokte bij het horen van Manu's naam. Onbehaaglijk wierpen ze elkaar onrustige blikken toe, maar onderbraken het verhaal van de man niet.

Karie, zo ging de man verder, die dezelfde doelen nastreefden als hen, wilde jullie waarschuwen voor dit gevaar. Bastion overhandigde de perkamentrol aan Ulf, die hardop de boodschap van Karie voorlas:

Mijn naam is Karie. Wie ik ben en wat ik hier in Shehza deed, zal Bastion jullie vast en zeker wel hebben uitgelegd. Ik had mijn zoektocht naar het meisje al opgegeven. Doch voordat ik kon vertrekken uit Shehza, kwam ik Manu tegen. Hij vertelde dat hij mijn spullen terug kon bezorgen. Hij zei dat hij samen met een man, genaamd Zeke, naar de Shezna was gegaan. Ze hadden alle geheimen van Mandjira onthuld in ruil voor rijkdom en vrijheid voor Zeke en het meisje voor Manu. Manu wilde niet alle plannen van de Shezna aan mij uitweiden.

Maar ik begreep wel uit zijn verhaal dat de Shezna jullie zeer zeker zal aanvallen. Wanneer deze brief jullie bereikt, dan zal hij sinds de nieuwe maan vertrokken zijn naar Mandjira. Jullie hebben dus nog een kwart maan om voorbereidingen te treffen om of te vechten of om te vluchten. Ik raad jullie aan om te vluchten, want het voltallige leger kunnen jullie niet aan. Ik heb geprobeerd Manu te overtuigen om de Shezna tegen te houden, maar dit is mij niet gelukt. Het spijt mij heel erg dat ik niet meer voor jullie kan doen, dan alleen een waarschuwing sturen.

Ik wens jullie veel sterkte, moed en kracht in de komende strijd.

Jullie weldoener en misschien ook wel een schuldige,
Karie

Nadat hij klaar was, viel er een verontrustende stilte, tot Rashmi met een stramme rug en strak gezicht op stond. 'Het huwelijk met de prinses moet voltrokken worden en daarna maken wij plannen om de Shezna van zijn troon af te halen. Daarmee zal er een oorlog worden voorkomen.'

Bastion keek met een frons naar de vrouw voor hem. 'Welk huwelijk? Hebben jullie het bericht niet ontvangen, dat de prinses ter dood is veroordeeld? De wetten gelden niet meer.'

Een hard gemompel trok door de Raadsleden heen, maar Rashmi keek alleen naar het opgeluchte, maar toen weer ernstige gezicht van haar zoon.

Langzaam begon er een rumoer op te stijgen onder de leden, waaronder Xanthi die angstig voorstelde om Mandjira te verlaten en een Kanti die op haar beurt weer hartstochtelijk ervoor pleitte om te vechten. Na een tijdje hief Rashmi haar hand op en keek Bohar vragend aan. 'We hebben nog maar een kwart maan de tijd, dus we moeten nu knopen doorhakken.'

'Een kwart maan is te weinig tijd om met iedereen op tijd te kunnen vluchten, ook al zouden we naar Shurat willen gaan.' Bohars voorhoofd rimpelde nadenkend toen hij sprak.

Shurat was een eiland dat ten zuidwesten van Shehza lag. Het was bijna een maan reizen om dan vanaf de nieuwe tot aan de wassende maan op zee te varen, voordat men een glimp opving van de hoge muren om het eiland heen. Tot op heden had Shurat alleen goederen aangeleverd om de strijd voort te kunnen zetten, maar voor de rest had het zich weinig bemoeit met de oorlog. Shurat behoorde bij Shehza, maar was een rijk op zichzelf waar haar inwoners zich alleen hielden aan hun eigen regels en wetten. Tot op heden waren ze echter wel een waardevolle bondgenoot gebleken.

Qabil dacht ondertussen hardop na. 'De Mandjiranen zijn met een te groot aantal om zich snel genoeg te kunnen verplaatsen. De Shezna zal ons met zijn legers zo ingehaald hebben.' Instemmend knikte een aantal Raadsleden, terwijl anderen weer ongerust protesteerden dat een gevecht ook geen oplossing was.

'We hebben geen andere keus,' overwoog Yair kalm. 'We kunnen het nooit winnen. We moeten naar Shurat.'

Raihan die tot nu toe niets had gezegd, keek de tafel rond en nam het woord. 'We hebben een kwart maan de tijd om actie te ondernemen. Ik stel voor dat de ouderen en kinderen zo snel mogelijk Mandjira verlaten naar Shurat.'

'Dat redden ze nooit,' begon Yair meteen weer tegen te strubbelen. 'De Shezna zal ons inhalen.'

'Niet als we vechten,' zei Raihan rustig. Kalm sloeg hij zijn armen over elkaar en hoorde de protesterende reacties van de Raadsleden aan.

'Maar je kunt het niet winnen,' barstte Qabil uit en een instemmend geroer steeg weer op.

Raihan liet hen uitrazen en ging weer onaangedaan verder. 'We gaan ook niet vechten om te winnen.' De Raadsleden keken hem verward aan, terwijl Rashmi haar zoon met een gevoel van onheil aan keek.

Raihan begon langzaam uit te leggen, dat ze tijd moesten winnen om ervoor te zorgen dat de ouderen en kinderen heelhuids Shurat zouden bereiken. Dit hield in dat de overige Mandjiranen zouden vechten tegen de taraka van de Shezna om hen op te houden.

'En de Raad dan?' Angstig keek Xanthi naar Raihan en de Raadsleden.

'De Raad uiteraard ook,' zei Raihan met een korte blik op Xanthi. 'De ouderen en kinderen moeten nu weg. En diegenen die willen vechten, blijven achter. We gaan niet vechten om van de Shezna te winnen. We gaan vechten om tijd te winnen voor onze mensen. We houden het leger een aantal dagen op bij de poorten en vertrekken dan zelf ook met een omweg naar Kale.'

Ulf knikte en zei goedkeurend, 'het lijkt me de enige optie.'

'Jij gaat mee,' zei Rashmi gebiedend tegen Raihan, maar hij keek onverbiddelijk naar haar. Niemand zou hem kunnen dwingen mee te gaan. Hij schudde zijn hoofd.

'Iemand moet de troepen leiden,' viel Kanti Raihan bij. 'En Raihan kan dat het beste doen. Hij is een leider. Iedereen luistert naar hem.'

'Je bent te waardevol,' zei Rashmi stug, de woorden van Kanti negerend. 'Je gaat mee.'

'Ieder leven is waardevol, moeder,' merkte Raihan met een kalme blik op, die liet weten dat een discussie nergens toe zou leiden. Hij was niet van plan om weg te gaan, hoeveel ijskoude blikken zijn moeder ook naar hem wierp. Toen ze nogmaals herhaalde dat hij mee moest, keek hij haar alleen strak aan. 'Toen je zei dat ik moest trouwen, luisterde ik naar je. Toen je zei dat ik je moest helpen jouw woord te vervullen, luisterde ik naar je. Maar genoeg is genoeg, moeder. Je wilt dat ik Shehza ga leiden? Het moment is hier, moeder. Het is er *nu*. Ons volk is in gevaar en we verspillen nu tijd met onnodige discussies. Leiden is ook het volk beschermen tegen gevaren.'

Rashmi keek hem zwijgend aan, terwijl een lichte blos van schaamte over haar wangen trok. Raihan, die wist dat hij dit gevecht had gewonnen, wendde zich af naar de Raadsleden.

Hoofdstuk 26

Nadat de Raadslieden uren hadden vergaderd, werden eindelijk knopen door gehakt en liepen ze naar het plein om de Mandjiranen op de hoogte te brengen van de plannen.

Een geschokte stilte trok door de menigte heen toen deze het nieuws vernam. Rashmi vermeldde opzettelijk niet wie Mandjira had verraden. Het had weinig zin om de menigte in woede te doen ontsteken gericht naar de verkeerde personen toe.

Taniya drukte haar nagels in haar handpalmen, terwijl ze met ogen vol verdriet naar de Raadsleden en Raihan keek. Raihan nam het gesprek over en legde uit dat ze binnen zeven zonnedagen Mandjira verlaten moesten hebben en dat de tijd dus drong. De volgende morgenstond zouden de ouderen en kinderen al bij zonsopgang vertrekken naar Shurat. Diegenen die mee wilden konden mee en diegenen die wilden vechten konden blijven. Ook legde hij uit dat het de bedoeling was om tijd te rekken en dit gevecht niet bedoeld was om de oorlog te winnen. Hij eindigde zijn toespraak met de mededeling dat de Mandjiranen niet moesten denken dat het gevecht voor de vrijheid voorbij was, maar dat zij de strijd zouden aan gaan op een tijdstip bepaald door hun en niet door de Shezna. Daarna stuurde hij iedereen weg om hun spullen in te pakken.

De menigte verspreidde zich boos mopperend in groepjes naar huis, maar Freno, Shai, Gan, Chen, Malini en Taniya bleven staan. Bohar, Bastion en Raihan kwamen op hen af lopen.

'Wij blijven,' zei Freno meteen. Iedereen knikte.

Raihan zette een hand op Freno's schouders en knikte, 'ik had niet anders verwacht.'

Met ogen vol dankbaarheid keek hij de groep rond tot hij Malini en Taniya zag. Een harde, strenge blik kwam in zijn ogen. 'Jullie gaan mee.'

Malini schudde ontkennend haar hoofd. 'Ik blijf hier bij Freno. Ik heb niets te zoeken in Shurat, waar hij niet is.'

Freno draaide zich naar Malini toe en plaatste zijn handen op haar schouders. 'Als jij meegaat met de groep, dan weet ik dat je veilig bent. Ik kan dan geconcentreerd vechten. Als ik weet dat je hier gewond kan raken, dan zal mijn aandacht verdeeld zijn.'

Malini wilde tegensputteren, maar toen Freno er gedecideerd aan toevoegde dat ze zou gaan, liet ze haar schouders verdrietig hangen en knikte toen berustend.

Ondertussen was er een felle discussie gaande tussen Raihan en Taniya. Het felle was voornamelijk afkomstig van Taniya, omdat zij boos aangaf dat hij haar niet kon tegen houden als zij wilde blijven en hij kalm en onverbiddelijk haar mededeelde dat zij zou gaan.

Nadat de groep een tijdje de discussie gevolgd had, besloot Shai zich ermee te bemoeien en met een woeste blik in zijn ogen keek hij naar Taniya die met tranen in haar ogen zei dat iedereen door haar hun huis moest verlaten en zij iets moest doen om te helpen. Hij pakte haar bij de schouders vast en schudde haar door elkaar.

'Het is niet jouw schuld! Als je wil helpen, help die mensen tijdens hun doortocht naar Shurat. Het is een weg vol gevaren en ze hebben bescherming nodig. Hou ze veilig! Geen discussie hierover, jij gaat mee!

Taniya hield haar mond geschrokken dicht en keek Shai met grote ogen aan. Daarna keek ze naar Raihan, maar hij keek haar onvermurwbaar aan. De anderen wendden hun gezicht van haar af toen ze naar hen keek.

'Ook goed,' riep Taniya furieus uit. Ze draaide zich om en rende naar huis.

'Het spijt me,' zei Shai verontschuldigend tegen Raihan.

'Het maakt niet uit,' mompelde Raihan grimmig. 'Zolang ze maar meegaat, vind ik alles best.'

De volgende morgenstond stond een lange stoet, bestaande uit mensen, volgeladen karren en paarden, klaar voor vertrek. Ze hadden besloten om de borgho's achter te laten, omdat die niet met de boot mee konden. De paarden gingen daarentegen wel mee als lastdragers en hadden volgeladen zadelzakken op hun rug hangen. Berichten waren al over heel Mandjira verspreid over de vlucht naar Shurat en steeds meer mensen sloten zich van alle kanten aan de stoet. De komende dagen zou de stoet alleen maar langer worden met Mandjiranen die wat verder van het hoofdkwartier woonden, maar het gros van de Mandjiranen was al aanwezig.

Terwijl Raihans ogen inspecterend over de stoet gleed, liepen Taniya en Malini samen naar het einde van de stoet. Hij volgde hen even met zijn ogen tot ze bij Freno en Shai stopten om afscheid te nemen. Nadat hij met een lichte onrust in zijn stem Ulf verzocht om de groep veilig weg te leiden en hij een geruststellende klap op zijn schouder van hem kreeg, liep Raihan naar de twee meiden toe. 'Hou je goed, prinses.' Warm keek hij de prinses aan, die hem even toe knikte en zich daarna ter afscheid zich in Freno's armen vleide. Shai gaf Malini een klopje op de schouder en omhelsde daarna Taniya kort. Daarna liet hij hen achter.

Lichtelijk ongerust wierp Raihan een blik op Taniya die zijn ogen ontweek en grimmig naar de grond staarde. Toen Raihan haar voorzichtig zei dat ze veilig moest blijven, vertrok haar gezicht even, maar ze bleef hardnekkig zwijgen. 'Je bent daar veiliger dan hier.' Een hoorn blies ten teken dat de stoet ging vertrekken. Raihan plaatste even zijn hand op Taniya's schouder en liep toen naar het woud.

Met een verschrikte blik keek Taniya enkele tellen naar de groep die zich langzaam in beweging zette. Twijfelend zette ze een stap, maar draaide zich toen om naar het woud. Ze schreeuwde iets onverstaanbaars naar Malini en rende vervolgens achter de mannen in het woud aan. Een eindje verderop zag ze hen lopen en ze schreeuwde naar ze. De mannen liepen zich van niets bewust door.

Zichzelf tot nog meer spoed manend, schreeuwde ze Raihans naam die zich eindelijk omdraaide. Terwijl haar hart klopte in haar keel, zei ze weer Raihans naam. Shai en Freno keken elkaar aan en liepen toen zonder iets te zeggen door, terwijl Raihan met een vragende blik bleef staan. Hijgend stond Taniya voor hem stil. Terwijl ze op adem probeerde te komen, begon Raihan weer tegen haar te zeggen waarom ze niet mee kon, maar Taniya hief haar hand op om hem tot zwijgen te brengen. Zijn stem brak af en geduldig wachtte hij af tot ze wat zou zeggen. Eindelijk op adem gekomen, begon ze van alles tegen hem te stamelen, maar ze wist niet meer wat ze hem had willen zeggen. Ze wilde zoveel kwijt en ze had niet zoveel tijd. Aan de ene kant wilde ze zeggen dat hij ook veilig moest blijven en dat ze hem zou missen, aan de andere kant wilde ze bij hem blijven, maar wist ze dat dat niet kon. Uiteindelijk liet ze met een machteloos gebaar haar handen zakken langs haar zij. Maar Raihan begreep het en hij trok haar in zijn armen. Haar hart klopte nog steeds gejaagd en ze zei tegen hem dat hij voorzichtig moest zijn.

'Altijd,' fluisterde hij zachtjes in haar oor en gleed met zijn rechterhand over haar haren. Hij was gek op haar haren en zachtjes snoof hij de zoetgeurende lokken op. Daarna liet hij haar los en spoorde haar aan om zich weer bij de groep te voegen. Taniya knikte en met nog een laatste blik op hem, rende ze weer terug naar de groep.

Raihan keek haar na tot hij haar niet meer zag. Hij draaide zich om met een kleine steek van pijn in zijn hart en liep vervolgens vastberaden met een rechte rug door het woud naar het gevechtsveld toe.

*

Taniya en Malini volgden de stoet nu al enkele zonnedagen over de paden door het woud heen. Paarden trokken karren volgeladen met bezittingen van de inwoners gestaag voort. In enkele karren zaten oudere Mandjiranen en kleine kinderen. De zieken waren gelegd op meerdere karren bij elkaar, zodat de verplegers niet heen en weer hoefden te gaan door de stoet om hen te verzorgen. De leden van de Raad hadden zich verspreid over de stoet en hielden de inwoners nauwlettend in de gaten. Ulf liep aan het hoofd van de stoet om de groep mensen naar de tunnel te leiden.

Volgens Ulf waren ze bijna bij de zuidoostelijke uitgang van Mandjira. Daar zouden ze door een tunnel gaan en dan de weg volgen naar Bari. Over iets meer dan een kwart maan zouden ze Bari bereiken.

Bezorgd hield Malini haar vuisten voor haar borstkas. 'Denk je dat de anderen het goed maken?' Ze hadden zojuist van Ulf gehoord, dat de taraka bijna gearriveerd moest zijn bij de andere ingangen van Mandjira. Daar deze de meest zuidelijke ingang was, verwachten zij hier geen taraka van de Shezna.

Taniya keek geruststellend naar Malini. 'Het gaat vast en zeker goed met Freno. Hij is een goede vechter. En misschien hoeft het niet uit te lopen tot een gevecht. Raihan heeft meerdere vallen gelegd bij de ingangen om het leger te vertragen, zodat wij tijd hebben om veilig in Kale aan te komen.'

Ondanks Taniya's geruststellende woorden, bleef Malini bezorgd kijken. Taniya begreep haar bezorgdheid wel. Ze deelde deze met Malini, dus ze zweeg weer, terwijl ze langzaam voortstapten. Hun bezorgdheid werd ook gedeeld door de andere Mandjiranen, die na het nieuws van Ulf in een bezorgd stilzwijgen waren vervallen. Bijna een ieder had wel een geliefde man, zoon of dochter die samen met Raihan aan het vechten was om tijdswinst voor hen te behalen. Hoewel een deel van hen het liefst rechtsomkeert had gemaakt, wisten ze dat ze de in de strijd geharde vechters alleen maar in de weg zouden lopen. Dus lieten ze zich langzaam in de karren voort wiebelen of liepen ze verdoofd van bezorgdheid over de lange paden.

Malini liep schoorvoetend naast Taniya. Ineens wees ze geschrokken tussen de bomen richting het woud. 'Wat is dat?'

Taniya tuurde in de richting van Malini's vinger, maar zag niets. Nerveus trok Malini aan Taniya's arm, die een paar stappen richting het woud had gezet.

Aan haar linkerarm had Taniya een boog gehangen en op haar rug een pijlenkoker vol met pijlen. Met een speer in haar rechterhand liep ze Malini afwerend het bos in. Met grote ogen bleef Malini wachten. Taniya wenkte geruststellend naar Malini dat alles in orde was en dat Malini kon doorlopen, ze zou hen straks weer inhalen.

Taniya had namelijk in het woud iets tot haar vreugde geconstateerd. Met een uitroep van blijheid rende ze naar haar inmiddels tot haar schouder gegroeide sherien en sloeg haar armen om hem heen. Het was haar inmiddels niet meer zo kleine Shiba! Terwijl ze hem vol blijheid bekeek, kreeg ze een lik van zijn grote tong over haar gezicht. Lachend duwde ze zijn hoofd van haar gezicht weg. Ze liep een eindje weg van hem en riep hem daarna om haar te volgen.

Shiba die dacht dat het een spelletje was, keek Taniya even kort aan en schoot toen met grote snelheid het bos in. Taniya schreeuwde zijn naam, maar hij kwam niet terug, dus rende ze achter hem aan. Af en toe ving ze een blik van hem op die hier en daar vanachter de bomen verscheen en haar met een ondeugende blik in zijn ogen bekeek.

'Shiba,' beval Taniya op strenge toon toen ze de sherien weer in het oog kreeg. 'Kom nu meteen hier.'

Weer rende Shiba met een kwispelende staart weg en Taniya rende er weer achter na. Toen ze hem niet te pakken kreeg, liet ze zich uiteindelijk gefrustreerd op een boomstronk zakken.

Na een tijdje kwam hij met voorzichtige stappen weer op haar af en duwde met zijn hoofd tegen haar gezicht aan. Taniya pakte met beide handen zijn hoofd vast, zonder vrees voor zijn gevaarlijke hoektanden en keek hem diep in de ogen aan. Een traan rolde van blijheid over haar wang. 'Je bent weer terug, mijn lieve schat. Ik heb je zo gemist.'

Ze kriebelde hem achter zijn oren en knuffelde hem. Na een tijdje herinnerde ze zich het aankomende gevaar in Mandjira weer en ze beval Shiba om haar te volgen.

Taniya liep terug in de richting van het pad en hij volgde haar vrolijk. Na een tijdje keek ze met een frons om zich heen op zoek naar het pad, maar zag dit niet. Waar was het pad nou gebleven? Naar haar gevoel liep ze richting het zuiden, dus waarom kwam ze dan het pad niet tegen? Weigerend om het op te geven, liep ze het ene moment de ene richting op en daarna weer de andere kant op. Ze spitste haar oren op ieder klein geluid, maar ze hoorde niets. Uiteindelijk gaf ze het op en bleef met een diepe zucht staan. Nadenkend keek ze om zich heen en daarna naar Shiba die tegen haar been aan duwde. Misschien weet hij waar het pad is of kan hij de groep horen. Het is het proberen waard, want zo kwam ze ook niet vooruit, bedacht ze.

Ze boog zich voorover en keek Shiba in zijn ogen aan. Met een lieve stem vroeg ze of hij wist waar de mensen waren. Ze wees naar zichzelf en zwaaide vervolgens met haar armen naar het woud. 'Waar?' Hij keek haar niet begrijpend aan, maar rende daarna ineens het woud in. Met een tak in zijn bek geklemd, rende hij terug en keek hij verwachtingsvol naar Taniya, maar die schudde haar hoofd.

Toen probeerde ze het nogmaals. 'Mensen, zoals ik, zoals Raihan. Waar?'

Shiba rende weer weg, maar toen ze niet volgde, rende hij terug en pakte een stuk van haar tuniek beet en trok haar mee het woud in. Toen Taniya hem eindelijk zuchtend volgde, liet hij haar los, maar hij wierp wel steeds blikken op haar om te kijken of ze nog volgde.

*

Raihan bekeek de half afgeronde werkzaamheden van de afgelopen kwart maan met een diepe frons op zijn voorhoofd. Ze gingen te traag. Met grote rotsblokken probeerden ze de in- en uitgangen naar Mandjira te blokkeren. Tot nu hadden ze het voor elkaar gekregen om vier van de zeven tunnels te blokkeren door de gangen in te laten storten. De drie tunnels in het westen waren al geblokkeerd voor de legers van de Shezna. Tevens hadden ze de meest rechtse tunnel in het zuiden, waar het volk door was gevlucht, geblokkeerd.

De uitgang van de tunnel waaruit Manu en Zeke waren ontsnapt, had hij volledig laten instorten. Die doorgang was voorlopig ontoegankelijk vanaf het woud aan de andere kant van de bergkam.

Shai en zijn ploeg probeerden de noordwestelijke waterval te blokkeren. Raihan hield de werkzaamheden van zijn ploeg bij de twee watervallen in het noorden in de gaten. De noordoostelijke waterval werd door Freno en zijn ploeg afgesloten.

De watervalingangen vergden veel werk. Ze konden moeilijk de waterval laten instorten, dus hadden ze besloten om de weg te blokkeren door grote rotsblokken en boomstammen te plaatsen voor de ingangen.

Meteen voor de tunnels en watervallen had hij grote valkuilen laten graven. In de diepe kuilen staken grote speren uit de grond. De kuilen waren afgedekt met gevlochten matten met een laagje aarde erover. De plaatsen van de kuilen waren nauwelijks zichtbaar.

De bruggen bij de kleine rivieren door het woud, had hij laten afbreken. Enkelen liet hij staan, terwijl hij de palen ervan voor een deel liet afzagen.

In het woud had hij verschillende valstrikken laten zetten, waaronder touwen die strakgespannen tussen de bomen zaten. Wanneer deze brak, vielen stenen of dunne, puntige boomstammen met een hoge snelheid uit de bomen.

De meeste tunnelingangen baarden Raihan weinig zorgen. Deze zouden wel een aantal dagen stand houden, maar de watervallen waren nog steeds een reden voor bezorgdheid. Maar beter kon hij het hier niet versterken. Hij hoopte de overige tunnels nog te kunnen afsluiten, voordat het leger arriveerde voor de ingangen van Mandjira.

Zathi en Daruk liepen op Raihan af bij de noordoostelijke waterval.

Raihan keek Zathi aan, terwijl zijn gezicht betrok. Hij had met veel moeite geprobeerd Zathi te overtuigen om mee te gaan met de stoet. De man had domweg geweigerd om Mandjira te verlaten. Hij vond dat zijn plek hier op het gevechtsveld was en dat hij echt niet met een stel oude wijven op de vlucht zou slaan. Toegegeven, de man had Raihan veel steun gegeven. Hij was met goede ideeën gekomen, maar toch had Raihan liever gehad dat de man veilig in Shurat was.

'Hoe staat de zuidwestelijke tunnel ervoor,' informeerde Raihan met een blik op Daruk.

De bewaking van de zuidwestelijke tunnel had Raihan aan Daruk en zijn ploeg toegewezen. 'Mijn ploeg heeft de tunnel laten instorten, maar eigenlijk hebben we tijd nodig om de blokkade te verstevigen,' antwoordde Daruk onrustig.

'Die hebben we niet,' mompelde Raihan. 'Maar het houdt voorlopig wel stand?'

Daruk knikte bevestigend en zei, 'de Shezna heeft zeker wel twee zonnedagen nodig om daar door heen te graven.'

Raihan knikte goedkeurend en zei, 'kijk maar hoeveel je het nog kan versterken in de tijd die we hebben, maar helemaal ondoordringbaar zal het niet kunnen worden.'

Daruk knikte begrijpend.

'En is het nog gelukt met de zuidelijke tunnel?' vroeg Raihan zich nu wendend tot Zathi. Bij de zuidelijke tunnel werkte Zathi met zijn ploeg aan de blokkade.

'De tunnel is al afgesloten,' zei Zathi bars. 'We houden ons nu bezig met het graven van de kuilen en verstevigen van onze blokkade. Daarnaast zetten we ook nog andere valstrikken in de omgeving.'

Weer knikte Raihan goedkeurend en wendde zich af. Hij keek met een schattende blik om zich heen.

'Maak je niet te druk,' zei Zathi geruststellend. 'Ons doel is niet winnen van de Shezna, weet je nog? Ons doel is tijd winnen voor ons volk, zodat zij kunnen vluchten.'

Raihan knikte, maar keek Zathi somber aan. Vervolgens wendde hij zijn gezicht weer af en keek naar de werkzaamheden bij de waterval voor zich. Shai probeerde samen met zijn ploeg de watervalingang te blokkeren. Na een korte inspectie liep Raihan weg naar de werkzaamheden van zijn eigen ploeg. Daruk en Zathi volgden hem.

Raihan keek naar de groep mensen die af en aan stenen rolden over de weg of sjouwden naar de watervallen. Achter zijn rug waren de grote akkers van Mandjira. Raihan had bevolen deze akkers in brand te steken, zodat wanneer de taraka doorbraken bij de andere tunnels, hen niet via de stad door de akkers heen konden bereiken. Het was bedoeld om hen in de rug te beschermen tegen onverwachte aanvallen.

Een eindje verderop zag hij een groep strijders werken aan de valkuilen. Iedereen was druk aan het werk, behalve enkelen die pauze namen. Om zijn mensen niet teveel te vermoeien, had hij ze de opdracht gegeven om afwisselend een moment van respijt in te lassen. Zijn strijders zouden alle kracht nodig hebben die ze hadden voor het aankomend gevecht.

Raihan had zijn eigen rustmoment gebruikt om de voortgang bij de dichtbijzijnde watervallen te bekijken. Hij gaf nu enkele mensen de opdracht om te stoppen met werken en even te rusten, terwijl anderen het werk van hen overnamen.

'Gaan jullie ook maar terug naar jullie gedeelte,' zei Raihan kalm. 'Als alles goed gaat, zien we elkaar over enkele dagen bij het afgesproken punt.'

Daruk en Zathi knikten en liepen naar het woud toe. Ineens bleven ze stokstijf stilstaan. Raihan keek vervreemd op naar het tweetal. Een beweging in het woud trok zijn aandacht en een gevoel van naderend onheil trok door hem heen, terwijl hij Daruks verbouwereerde uitroep hoorde weerklinken in zijn hoofd als een echo.

Een golf van woede en bezorgdheid sloeg door Raihan heen Taniya met haar sherien het woud uitliep. Terwijl zij met grote ogen vol verbazing haar omgeving bekeek, had ze niet door dat Raihan

een moordlustige blik op zijn gezicht had en met grote stappen op haar af liep.

Daruk schraapte zijn keel en keek haar schaapachtig aan toen Raihan naast hem stond en Taniya's blik werd naar hem getrokken. Hij zag hoe haar lippen geluidloos de woorden o nee formuleerden en haar gezicht in ontsteltenis veranderde toen ze besefte waar ze was.

Met een bulderende stem vol woede boog Raihan zich over Taniya heen. 'Wat doe jij hier? Jij ging toch weg?'

Taniya keek een beetje schaapachtig en schuifelde met haar voeten heen en weer, terwijl ze Shiba tot rust maande die door het geschreeuw, zacht grommend naast haar was komen staan. Kort legde ze stamelend uit dat ze achter de sherien aan was gegaan en dat ze vervolgens was verdwaald. Shiba had haar blijkbaar een aantal dagen lang hier heen geleid.

'En het kwam niet bij je op,' zei Raihan op dreigende toon. 'Dat hij de stoet waarschijnlijk niet eens gezien had en jou terug bracht naar de enige plek waar hij ooit mensen heeft gezien?'

Taniya keek hem een beetje onnozel aan.

'Nee, daar had je dus niet aan gedacht,' zei Raihan driftig. 'Waarom ging je in eerste instantie überhaupt achter hem aan? Is dit gewoon een smoes om alsnog hier te blijven?'

Taniya schuifelde ongemakkelijk met haar voeten heen en weer.

'Het was geen smoes,' antwoordde Taniya schuchter. 'Het is gewoon... Ik was zo blij om hem te zien en dacht er niet bij na. Ik dacht dat ik de groep zo weer in kon halen. Ik had niet door dat ik te ver was afgedwaald.'

Raihan keek haar nog steeds woedend aan.

'Ik had hem gewoon zoveel gemist,' vervolgde Taniya treurig. 'Ik heb al zoveel verloren. Ik wilde hem gewoon nog een keer omhelzen.'

Raihan kalmeerde een beetje, terwijl er langzaam begrip opkwam in hem. Het was ook meer zijn bezorgdheid om haar veiligheid dan om haar aanwezigheid, dat hij was uitgevallen tegen haar.

Chen en Freno naderden de groep.

'We hebben de rechterwaterval afgesloten,' begon Chen. Ze wilde verder praten, tot ze Taniya zag.

'Wat doet zij hier?' vroeg ze, terwijl haar mond open viel van verbazing.

'Ze vroeg de sherien om de weg te wijzen naar de stoet toe,' zei Raihan droog. 'Maar blijkbaar kende hij alleen de mensen van hier.'

Hoofdschuddend lachte Chen Taniya uit, die nu verlegen naar de grond keek. Als het zo hardop werd gezegd, voelde ze zich aardig dom. Toen Freno haar vroeg of Malini ook de stoet had verlaten, stelde ze hem gauw gerust.

Freno keek opgelucht en sprak daarna ernstig met Raihan alsof er geen onderbreking had plaatsgevonden. 'De ingang bij de waterval is afgesloten. Alle versterkingen eromheen zijn ook al klaar en ik heb iedereen de opdracht gegeven om de komende uren goed uit te rusten.'

Goedkeurend knikte Raihan naar Freno en wendde zich naar Zathi die met een norse knik gericht op Taniya, vroeg wat hij met haar van plan was. Kort dacht Raihan na, maar hij wist dat hij nu niemand kon missen om haar weg te brengen. Ze zou dus alsnog hier moeten blijven.

Onwillig om het hardop te zeggen keek hij Zathi alleen aan tot Chen zich bemoeide met het gesprek. 'Ze zal het veiligst zijn bij de zuidelijke ingang, want ik denk dat het grootste deel van het leger via de noordelijke ingangen zal binnen dringen.'

Met een beteuterd gezicht keek Zathi naar Chen. Toen de rest van de groep kort had nagedacht, knikte deze ook instemmend en Zathi liet een diepe zucht die uit zijn tenen leek te komen. Alleen Taniya schuifelde ongemakkelijk met haar voeten, terwijl er een chagrijnige blik in Zathi's ogen verscheen. 'Goed, goed,' zei hij humeurig. 'Ik neem haar wel mee. Maar als je maar weet, vrouwen geven altijd alleen maar problemen.'

Chen begon te schaterlachen. Over Raihans gezicht vloog even een flits van een glimlach en de anderen grinnikten. Taniya die besefte dat ze met Zathi mee moest, keek de anderen even smekend aan, maar zag dat ze van hen geen hulp hoefde te verwachten.

Zathi tuurde boos naar de anderen, maar wendde zich toen abrupt af. 'Kom,' zei hij kortaf tegen Taniya. Schoorvoetend volgde Taniya hem naar de meest zuidelijke ingang in Mandjira.

Raihan keek haar en de sherien meewarig na. We zitten midden in een oorlog, dacht hij hoofdschuddend. En deze dame gaat achter een sherien aan. Hij draaide zich om en probeerde zich weer te concentreren op de werkzaamheden die nog voor hem lagen.

Hoofdstuk 27

De tijd begon steeds meer te dringen voor de Mandjiranen. De Shezna kon ieder moment Mandjira bereiken. Doch waren nog steeds niet alle verdedigingswerkzaamheden rond. Raihan keek verontrust om zich heen. Hij stond op zijn plek tussen de twee noordelijke watervallen in. Zijn ploeg was nog steeds bezig met de werkzaamheden. Het was ondertussen wel gelukt om de twee watervallen te blokkeren. Nu waren ze voornamelijk bezig met verstevigingwerkzaamheden.

Eén van zijn strijders kwam op Raihan af rennen. Hij keek verontrust naar de paniekerige vrouw. Het was Daya, de leidster van de ploeg bij de midden zuidoostelijke tunnel. Het was hen nog niet gelukt om deze tunnel in te laten storten en hij had gehoopt goed nieuws te krijgen. Maar aan het gezicht van Daya te zien, was er iets misgegaan.

'De tunnel is opengebroken,' zei Daya hijgend. 'We probeerden de tunnel in te laten storten en het was ook bijna gelukt.'

Ze viel even stil om op adem te komen. 'Maar het leger van de Shezna is er al,' vervolgde ze toen steunend.

Raihan vloekte binnensmonds.

'Onze ploeg probeert hen tegen te houden, maar ze zijn met teveel.' De vrouw stamelde de woorden nog nahijgend van het rennen eruit. Raihan begon op topsnelheid na te denken en hardop vroeg hij of het nog mogelijk was de tunnel alsnog af te sluiten.

De vrouw keek hem met een gejaagde blik aan en knikte. 'Als de stroom van taraka een moment ophoudt, dan kunnen we de tunnel nog laten instorten. Het probleem is dat we niet met genoeg mensen zijn om dit voor elkaar te krijgen.'

'Goed,' zei Raihan gedecideerd. Hij liep naar zijn ploeg toe en gaf een twintigtal strijders de opdracht Daya te volgen. Als de tunnel was gebarricadeerd, moesten zij hier weer terug komen.

'Maar wees wel snel,' voegde Raihan aan zijn bevelen toe.

De strijders vertrokken in hoge snelheid naar de midden zuidoostelijke tunnel toe. Een deel van de strijders stortten bij aankomst na enkele uren zich meteen in het gevecht. Met veel moeite drongen ze het leger weer terug de tunnel in.

Ondertussen was het andere deel van de strijders bezig om de rotsblokken bovenaan de tunnel te kantelen in de tunnel. Hierdoor zou de ingang worden geblokkeerd. De strijders staken hun schoppen, speren en zwaarden in de kieren van de bergwand om de losse rotsblokken in beweging te krijgen. Met veel moeite lieten enkele rotsblokken los en rolden naar de uitgang van de tunnel.

'Opgepast,' riepen de strijders naar hun medestrijders in de tunnel.

Gauw trokken de strijders zich weer terug uit de tunnel. De rotsblokken vielen aan hun voeten neer. Een deel van de legermacht dat bij de uitgang stond, werd verpletterd. Ongelukkigerwijs werden enkele strijders die niet op tijd waren weggekomen, ook eronder verpletterd. Voordat de legermacht over de rotsblokken heen kon klimmen, lieten de strijders nog meer rotsblokken vallen bij de ingang.

Uiteindelijk was de ingang geblokkeerd. Ze hadden weer even respijt gekregen. Met een kreet van opluchting en hartzeer lieten ze zich vallen op de grond om op adem te komen.

De resterende strijders vertrokken na een korte pauze met een handzwaai weer terug naar het gebied waar Raihan stond. 'De tunnel is afgesloten,' informeerde een strijder Raihan. 'Er zijn wel enkele doden gevallen zowel onder hen als onder ons.'

Droefheid maakte zich van Raihan meester, maar hij rechtte zijn rug en knikte kort.

De strijder rende terug naar de waterval om zijn werkzaamheden weer op te pakken.

Raihan keek naar zijn krijgers en de door hen opgezette barrières. Met een onrustig gevoel hoopte hij met heel zijn hart dat deze voldoende zouden zijn.

*

Zathi richtte zijn blik op Taniya, die zonder te klagen hard aan het werk was om de barricades te verstevigen. Peinzend bedacht Zathi dat hij haar wel mocht. Tot nu toe had ze hem weinig last bezorgd en ze was niet zoals de meeste vrouwen die om ieder klein ding zeurde en zanikte. Samen met haar sherien die ook meehielp door kleine rotsblokken in zijn bek te klemmen en deze naar de versteviging te brengen, had ze hard gewerkt zonder een moment van rust.

Taniya sjouwde stenen weg en hielp mee met de graafwerkzaamheden van de kuil. Het was een schrander meisje, dacht Zathi goedkeurend. En ze had veel geestkracht. Hoewel het tillen van de stenen al haar krachten vergden, bleef ze doorgaan met haar werk. De strijders om haar heen boden haar continu hulp aan, maar die wees ze elke keer af. Af en toe accepteerde ze een slok water uit de waterflessen voor ze zich weer haastig verder spoedde aan haar werkzaamheden. Af en toe had Zathi één van zijn mannelijke of vrouwelijke voorvechters gestuurd om haar te dwingen te rusten en wat te eten. Maar lang bleef ze niet zitten voor ze weer draafde naar haar werkzaamheden.

Toen een groep met emmers water bij de tunnel aan kwam, hielp ze het zand om mengen tot modder die ze tussen de gleuven in de blokkades stopten. Als deze op tijd droog zouden zijn, dan zou het een onneembare muur zijn dus Zathi bad in zichzelf om meer tijd.

Toen Taniya op keek van haar graafwerkzaamheden en over haar pijnlijke spieren wreef, viel haar blik op Zathi. Hij knikte kort naar haar en ze ging met een knikje terug naar hem, gedecideerd verder met haar werk.

Het geluid van voetstappen trok zijn aandacht naar het woud en afwachtend bleef hij staan tot Daruk naast hem stond. 'Hoe doet ze het?' Daruk keek naar de hardwerkende Taniya, terwijl Zathi zuchtte.

'Zonder geklaag en zonder rustmoment.' Bezorgd keek hij naar Daruk, die even knikte en de bezorgde ogen van Zathi beantwoordde. 'Is er nog nieuws?'

Met een vertrokken gezicht knikte Daruk. 'Het leger is er eerder dan verwacht. De tunnel bij Daya was doorbroken. Ze hebben met moeite het leger kunnen terugdringen. Uiteindelijk hebben ze de ingang gelukkig weer kunnen afsluiten.'

Zathi knikte goedkeurend, maar keek daarna Daruk weer ernstig aan. Hij had het gevoel dat Daruk nog niet alles had verteld, want een treurige blik was in zijn ogen zichtbaar.

'Maar er zijn wel vijf doden onder ons gevallen,' besloot Daruk treurig zijn nieuws.

Met een grimmig gezicht drukte Zathi zijn nagels in zijn handpalmen. Hij zag dat Taniya naar hen toe kwam lopen met een bezorgde blik. Toen ze vroeg wat er was gebeurd, vertelde Daruk haar het verhaal nogmaals en onthutst keek ze hen aan.

Zwijgend bekeken ze even de aan en af lopende strijders met grote en kleine rotsblokken in hun handen en kruiwagens. Wie wist hoevelen van hen het na het einde van de strijd nog zouden leven? Uiteindelijk nam Daruk afscheid van hen en met een hand nog in een groet opgeheven, rende hij het woud weer in.

Zathi zag hoe Taniya de man verdrietig nakeek, terwijl ze afwezig over het hoofd van de sherien aaide. Zijn eigen verdriet wegslikkend, zei Zathi op barse toon tegen haar dat er in een oorlog doden vallen, maar dat zij niet de luxe hadden om daarover te grieven. Op dit moment had hun volk tijd nodig om te vluchten en zij waren het enige wat tussen hen en de taraka in stonden.

Een hardheid kwam in Taniya's ogen en ze balde verbeten haar vuisten. 'Denk je dat onze barricades het houden?'

Op een hardvochtige toon liet Zathi haar weten dat ze al blij mochten wezen als de barricades het vijf zonnedagen zouden uithouden, laat staan de tijd die hun volk nodig had om te ontkomen. Daarna zou het op vechten aan komen.

*

Charalam Dex boog zich nadenkend over de door Zeke getekende kaart heen. Zijn legers hadden zich verspreid over de uitgangen ten noorden, westen en oosten van de gemarkeerde ingangen op zijn kaart. Ondertussen hadden de berichten over de barricades hem al bereikt, maar veel zorgen maakte hij zich niet. Zijn legers hadden de middelen en de kennis om de blokkades omver te werpen. Zodra hij nieuws ontving over de vorderingen van zijn taraka, verplaatste hij de poppen op de kaart om de voortgang bij te kunnen houden.

Manu en Zeke waren op zijn bevel mee gegaan. Mocht er toch weer nieuwe informatie in hun hoofd opkomen, dan wilde hij ze binnen handbereik hebben.

De sluwe Manu had hem ook af en toe op ideeën gebracht,

waardoor de vorderingen tot zijn vreugde sneller verliepen. Na een aantal dagen werd zijn diepe concentratie ernstig verstoord door Cratus Farell en met een ernstig gezicht hoorde hij het bericht aan.

Prins Firoz en Baram hadden Shehza ondanks zijn bevel nog steeds niet verlaten en hielden zich op in de stad Bari. Inmiddels waren er genoeg versterkingen aangekomen vanuit Alba, wat een tweede oorlog voor de Shezna kon betekenen. Met een frons wreef hij over zijn kin, terwijl hij nadacht over de mogelijkheden die hij had. Na goed nagedacht te hebben, besloot hij dat hij de aanval op Mandjira zou doorzetten, omdat er zich niet nogmaals zo'n kans zou aanbieden. Wel beval hij Cratus Farell om hem meteen op de hoogte te brengen als er een nieuwe beweging kwam vanuit het leger van Firoz. De nieuwsgierige blikken van Zeke en Manu negeerde Dex, terwijl hij zich weer over de kaart boog.

Enkele zonnedagen later vernam hij het nieuws dat een groep Mandjiranen zich vanuit de zuidoostelijke uitgang richting Bari toe was gevlucht. Omdat de groep voornamelijk uit kinderen, ouderen en vrouwen bestond, besloot hij zijn aandacht niet te vestigen op de groep. Deze groep vormde op dit moment geen gevaar, hij moest het hart van het verzet raken door een einde te maken aan zijn strijders. En hij wist zeker dat die zich nog in Mandjira bevonden in een poging hem te vertragen. Er moest een einde komen aan het bloedbad, dacht Dex met zijn vuisten gebald en dat kon alleen door het verzet tot in de wortels uit te roeien. Meerdere zonnedagen ploeterden zijn taraka verder, maar de ingangen waren beter beveiligd dan Dex had verwacht. Toch beval hij hen zonder te stoppen door te blijven gaan.

Toen de eerste doorbraak er eindelijk was, glimlachte hij grimmig in zichzelf en beval een bediende om Manu en Zeke op te halen, zodat hij het goede nieuws met hen kon delen. Maar zijn glimlach vervaagde snel toen hij te horen kreeg, dat beiden een aantal dagen geleden waren vertrokken. Niemand had hen tegengehouden en niemand wist waar die twee waren. Omdat hij ze niet echt nodig had, liet hij grimmig de zaak gaan. Hij zou geen krachten verliezen door zijn taraka te sturen om hen te zoeken.

*

Malini keek nijdig naar Ulf. 'We hadden op haar moeten wachten.'

De stoet was meerdere zonnedagen geleden vertrokken vanaf Mandjira ondanks Malini's tegenwerpingen. Ze wist dat het niet reëel was om van de groep te verwachten dat ze zouden wachten op een enkel meisje dat uit zichzelf was vertrokken, maar Malini gaf om Taniya en maakte zich doodongerust om haar.

Ze had verwacht dat Taniya de stoet al dagen geleden zou inhalen, maar er was nog steeds geen spoor van haar te vinden, hoe vaak Malini ook over haar schouder keek. Mayrin was al woest tegen haar uitgevallen, toen Malini had geprobeerd te voorkomen dat de groep zonder Taniya verder de tunnels in trok, dus ze hield het nu alleen op af en toe nijdige blikken naar Ulf, die de groep leidde, na. In het begin had hij nog geprobeerd het uit te leggen, maar daarna was zijn geduld op geraakt en had hij de boze ogen van Malini genegeerd.

Ook nu negeerde hij haar, maar ze wist zeker dat hij haar wel had gehoord.

Malini wendde haar blik af van hem en bekeek haar omgeving met een onrustig gevoel van de zorgen die ze om haar vrienden had. Langzaam stapte ze achter de groep aan tot ze eindelijk mochten rusten. De volgende morgenstond zouden ze weer verder trekken en iedereen had die rust ook hard nodig. Met een bezwaard gevoel wijdden ze zich aan hun taken om het kamp op te zetten en vielen daarna één voor één stil om nog een beetje rust mee te krijgen voor ze verder zouden trekken.

Toen de zon onder ging liep Malini weer naar het einde van de stoet met ergens nog een klein beetje hoop dat Taniya zich alsnog bij hen zou voegen. Uiteindelijk gaf ze het uren later op in het onontkomelijke besef dat Taniya was achtergebleven in Mandjira. Somber sjokte ze achter de groep Mandjiranen aan tot een tijdje later een beweging achter de bomen in de verte haar aandacht trok.

Nieuwsgierig tuurde Malini ernaar en zag een man zwakjes tegen een boom aan liggen. Af en toe hoorde ze een kreun van pijn op komen en Malini aarzelde.

Zou ze aan Ulf vragen of hij naar de man wilde kijken? Maar de uitbarsting van Mayrin kwam op voor haar ogen en ze wist dat de stoet niet zou vertragen voor een gewonde man die zij niet kenden.

Weer aarzelde ze een moment en daarna besloot ze om er alsnog naar toe te gaan. Met snelle stappen rende ze naar de man, terwijl de stoet gestaag voortploeterde.

Toen ze bij de man stond en zich voorover wilde buigen naar hem, trok iemand haar ruw aan haar arm achter de boom. Een hand omklemde haar mond, zodat ze niet kon schreeuwen. Met grote, angstige ogen keek ze in de kille, lichtgrijze ogen van Manu.

'Gegroet, prinses,' fluisterde Manu met een wrede glimlach.

Malini probeerde zich bang los te rukken, maar Manu keek haar dreigend aan. 'Eén verkeerde beweging, prinses, en ik wurg je eigenhandig,' zei hij op ijzingwekkende toon.

Malini stond meteen bewegingloos en keek hem alleen bevreesd aan. Manu blikte om de boom heen en zag dat de stoet steeds verder uit het zicht raakte.

Inmiddels was Zeke opgestaan en keek onwennig naar de prinses. Manu bond met snelle bewegingen een touw om Malini's polsen en een touw in een lus om haar nek. Aan de lus trekkend, sleurde hij Malini met zich mee tot ze een donker bos in liepen. Weer probeerde Malini zich los te rukken, maar het touw om haar nek begon meteen te knellen.

Zo werd ze dagenlang hijgend van de pijn meegesleurd tot ze een kleine hut verstopt in het bos bereikten. Manu duwde Malini zo hardhandig het huisje in, dat ze struikelde en op de grond viel. Angstig keek ze om zich heen. Het huisje stelde niet veel voor. Er stond een oude, lederen bank, een salontafel waarvan de rand was afgebroken en twee stoelen. Op één van de stoelen ging de man zitten die haar had gelokt door te doen alsof hij gewond was. Hij had net als Manu lichtgrijze ogen, waarin angst en spijt blonk, maar hij zei niets. Zijn donkere tuniek was smerig van de modder, maar hij leek dit niet eens te merken. De man wendde zijn ogen af naar Manu en ook Malini wierp een blik op hem.

De angstaanjagende verschijning van Manu zorgde ervoor dat haar hart in haar keel klopte en ze probeerde weer op te staan.

Manu ging voor haar staan en boog zich met een wrede blik in zijn ogen naar haar toe. 'Waar is mijn vrouw?' De ijskoude blik in zijn ogen deed een rilling door haar heen gaan die ze tot in haar tenen voelde, maar moedig keek ze hem minachtend aan en antwoordde niet. Ze zou haar vriendin niet verraden aan deze achterlijke man. Ze verdiende het om gelukkig te zijn, als ze het tenminste in Mandjira zou overleven. Een licht gevoel van onrust trok weer door haar heen, maar deze verdween in één keer toen Manu haar een klap in haar gezicht gaf. Een golf van pijn trok over haar wang en door haar hoofd heen, terwijl het laatste achterover klapte. Maar voor zij zich kon herstellen, trok Manu haar gezicht weer terug naar hem toe. 'Ik vroeg je wat, prinses.'

Een rode vlek sierde op de linkerwang van Malini en er welden tranen van pijn in haar ogen op. Hardnekkig bleef ze zwijgen.

Een golf van onbeheersbare woede sloeg door Manu heen. Agressief stond hij op en ijsbeerde heen en weer. 'Ik vraag het je nog een keer, prinses, waar is ze?'

Met een vuile blik keek Malini hem aan en bleef zwijgen. Razend van woede denderde Manu op de prinses af. Malini probeerde geschrokken achteruit te gaan, maar hij pakte met beide handen haar keel vast en begon te drukken. Malini kreeg geen adem. Haar gezicht liep rood aan, maar Manu liet haar niet los. Hij schudde haar boos door elkaar en schreeuwde, 'als ik je een vraag stel, geef je er een antwoord op. Heb je dat gehoord?'

Tranen rolden uit Malini's ogen van angst en pijn.

Zeke was immiddels opgesprongen en probeerde Manu van haar af te trekken. Maar Manu schudde hem van zich af en liet niet los. Terwijl Zeke naar de hoek van de kamer rende, begon de kamer al voor Malini's ogen te vervagen.

Een plons ijskoud water wat over Manu en haar heen werd gegooid, zorgde ervoor dat de greep van Manu om haar keel verslapte en opgelucht happend naar adem wendde ze zich van hem af.

Druipnat van het water keek Manu woedend naar Zeke die nog met een lege emmer in zijn hand afwachtend stond. Voordat Manu moordlustig op hem af kon stappen, stamelde Zeke snel dat Manu niet had willen luisteren en met zijn gedrag hun zaak zou schaden. Zonder haar zou het plan niet werken.

Boos greep Manu hem bij de kraag, maar gooide hem na een paar tellen grommend van zich af de kamer door. Terwijl Zeke versuft bleef liggen, liep Manu onaangedaan het huisje uit om zijn woede buiten af te koelen.

Kreunend stond Zeke op en pakte een beker water. Langzaam liet hij Malini ervan drinken, maar aan haar gezicht te zien, deed iedere slok haar pijn aan haar keel. ‘Kan je mij alsjeblieft laten gaan?’ Smekend keek ze naar Zeke, maar die schudde ontkennend zijn hoofd.

Voor ze nog wat kon zeggen, draaide hij zich uitwendig onaangedaan, maar inwendig verscheurd van haar af.

*

Niemand van de stoet had opgemerkt dat Malini was verdwenen. Stug sjokten de Mandjiranen voort op de verlaten weg tot ze eindelijk met een opgelucht gevoel de stad Bari bereikten. Meer rennend dan dat ze liepen, ging een groot deel van de Mandjiranen het stadje in op zoek naar warm voedsel, drinken en een warm bed om in te slapen.

De Raadsleden en een groep van ongeveer honderd Mandjiranen bleven buiten de stad en zetten daar hun kamp op.

‘Wat is er?’ vroeg Rashmi aan Ulf. De man was al een tijdje strak in de richting van de stad aan het turen.

‘Valt jou niets op?’ vroeg Ulf nadenkend aan Rashmi.

Rashmi tuurde ook naar de stad. Een naderend gevoel van onheil trok door haar heen. ‘Het is zo rustig,’ mompelde ze ongerust.

‘Het is *te* rustig,’ zei Ulf bedaard.

Qabil die het gesprek opving tussen de twee leden ging naast hen staan. ‘Deze plek is niet veilig,’ zei met een donker gezicht na even gekeken te hebben. ‘Het is er te stil. Het is verlaten. Er klopt iets niet.’

‘We moeten hier weg,’ zei Ulf ineens bevreesd.

‘Maar hoe moet het met ons volk dat naar de stad is vertrokken?’ vroeg Rashmi nerveus om zich heen kijkend.

‘Ik ga ze waarschuwen,’ zei Qabil gedecideerd. ‘Vertrekken jullie nu meteen met alle vaart die jullie hebben op de paarden. Neem mee, wie je mee kan nemen en verschuil je ergens op een plek tot het veilig is om verder te trekken.’

‘Maar,’ begon Rashmi te protesteren.

‘Geen discussies,’ zei Qabil met een woeste blik in zijn ogen. ‘Vertrek NU!’

'Ik blijf hier,' zei Ulf kalm.

'Nee, je gaat mee,' zei Qabil grimmig. 'Jij bent één van de weinigen die de weg kent. Ze hebben je nodig.'

'Maar,' begon Ulf ontdaan.

'Nee,' kapte Qabil hem vastbesloten af. 'Ik zei, geen discussies. Neem iedereen zo snel mogelijk mee. Laat alle bagage achter en vlucht zo snel als je kunt.'

Ulf knikte verslagen en liep snel weg met Rashmi.

Qabil zadelde zijn paard op en begon te galopperen naar de stad. Iemand anders te paard kwam naast hem galopperen. Qabil wierp een blik naast zich en zag Yair. Ze knikten elkaar toe in het besef dat dit waarschijnlijk de laatste keer was dat ze elkaar zagen. Zodra ze de stad in reden, bulderden ze allebei naar de Mandjiranen dat de stad een valstrik was en dat iedereen moest vluchten. In paniek begonnen de Mandjiranen weg te rennen, maar de deuren van de woningen gingen al open en taraka renden schreeuwend door de straten heen.

Qabil en Yair stortten zich op de taraka en slachtten er zoveel mogelijk af. De twee mannen ontweken de pijlen van de boogschutters en zigzagden tussen de caloresies en Mandjiranen door. Om zich heen zwaaiend met hun zwaarden namen ze elk zeker wel dertig levens van de tarakamacht.

Maar twee strijders kunnen weinig beginnen tegen een overmacht van honderden taraka en caloresies en uiteindelijk vloeide het leven langzaam uit hen toen ze door de pijlen en zwaarden werden geveld.

Hoofdstuk 28

Daya vocht verwoed met haar voorvechters bij de midden zuidoostelijke tunnel. Maar het was een verloren zaak. Op de zevende zonnedag brak het leger van de Shezna door de blokkade van de tunnel. Haar strijders vochten heldhaftig, maar één voor één werden ze uiteindelijk geveld door de zwaarden van de taraka.

'Waarschuw Freno's troepen dat deze blokkade is gebroken.' De voorvechter keek zijn leidster aarzelend aan, onwillig om haar in de steek te laten.

'Nu!' schreeuwde Daya onbuigzaam. Hij aarzelde nog even, maar haastte zich met grote, angstige ogen weg. Daya vocht onbeschroomd verder totdat ze uiteindelijk ook viel door één van de zwaarden. Voordat ze heenging, dacht ze nog met lichte spijt in haar laatste ademtocht, *moge jullie beschermd blijven in deze oorlog, mijn dappere strijders.*

*

Freno's troepen stonden bij de noordoostelijke waterval. Dit was een waterval wat vanaf vijftien voet hoog het meer in stroomde. Achter deze waterval liep een pad van de ene kant naar de andere kant van het meer. Een zijtak van het pad leidde tot een tunnel diep in de berg, waar de waterval vanaf stroomde. De tunnel kwam uit aan de andere kant van de bergkam.

Freno stond met honderd strijders aan de rechterkant van deze waterval. Voor de ingang van de tunnel had hij grote rotsblokken laten rollen. Tot nu toe hadden de rotsblokken hun werk goed gedaan. Geen enkele tarak van de Shezna had deze volledig kunnen doorbreken. Aan de andere kant van de waterval stond Chen met haar troepen. Zij verstevigden de tunnel vanaf de linkerzijde.

Het leger van de Shezna probeerde met puntige boomstammen de rotsblokken uit de weg te duwen, maar Freno's en Chens strijders hadden de gaten elke keer vlug opgevuld met andere stenen.

Ieder lichaam dat was verschenen uit de gaten in de barrière, werd genadeloos door een deel van de strijders afgeslacht. Veel keus hadden zij niet, het was of de dood van het leger of de dood van de strijders. Ondertussen bracht een ander deel van de strijders nieuwe rotsblokken aan om de gaten in de barrière op te vullen. De blokkade had inmiddels acht zonnedagen lang stand gehouden.

Vandaag was de negende zonnedag en de hoeveelheid beschikbare stapel rotsblokken begon in aantal te slinken. Freno keek radeloos naar de weinige rotsblokken die er nog over waren. Ik had nog maar een aantal dagen nodig om deze weg vrij te stellen voor de rest, dacht Freno ontsteld. En Daya's troep is ook al gevallen. Hoe moet ik in godsnaam twee troepen taraka van ons afslaan?

Raihan had met alle leiders afgesproken, dat iedereen zich na tien zonnedagen zou verzamelen in één van de tunnels. Niemand zou de overige troepen helpen. Iedere leider moest met zijn ploeg proberen de blokkade minstens acht zonnedagen stand te houden en dan zo snel mogelijk te vluchten naar de tunnel.

Het was de taak van Freno en Chen om de omgeving rond de doorgang van de vluchttunnel vrij van taraka te houden. Het zou nu op vechten aan komen, dacht Freno verbeten. Hij keek naar Chen die aan de overkant van de rivier bij de waterval stond, ook met honderd strijders.

Freno gaf haar het teken zich op te stellen.

Chen draaide zich om en gaf aan vijfentwintig boogschutters de opdracht zich terug te trekken in het woud. Ook Freno gaf aan zijn kant dezelfde opdracht. De boogschutters trokken zich geruisloos terug in het woud, spanden hun bogen en keken met gespannen ogen, in spleetjes getrokken, toe.

Een plons klonk op toen het eerste rotsblok het water inviel. Na enkele ogenblikken volgde er weer een plons. Stemmen klonken op vanuit de tunnel.

Freno en Chen keken elkaar even aan. Chen hief haar zwaard op naar Freno. Hij beantwoordde beheerst haar groet.

Na meerdere plonsen in het water, zagen ze enkele taraka voorzichtig op het pad achter de waterval schuifelen. De strijders stonden aan de rand van het woud, net onzichtbaar voor de mannen van de Shezna.

Steeds meer taraka volgden elkaar op vanaf de achterkant van de waterval. Zodra ze achter de waterval vandaan kwamen, stelden ze zich op aan het meer. Doch voordat er teveel mannen uit de tunnel kwamen, gaven Chen en Freno het bevel om aan te vallen. De taraka die hier niet op bedacht waren, stoven verschrikt in chaos alle richtingen uit. De strijders begonnen verbeten met ze te vechten.

Een ander deel van de strijders had zich opgesteld aan de rand van de waterval. Iedere tarak die de tunnel uit stormde, werd meteen afgeslacht. De taraka op de oever die dit zagen, probeerden hun maatjes te hulp te schieten. Maar Freno rekende samen met zijn strijders en een grote zwaai van zijn zwaard met hen af. Hij was een bedreven zwaardvechter en er waren maar weinigen die tegen hem bestand waren. Moeiteloos maaide hij de taraka die op hem af kwamen neer.

Zijn strijders brachten het helaas niet zo goed van af. Van beide kanten vielen er doden. Een aantal taraka achter de waterval duwde elkaar hard naar voren aan de rechterkant van de rand van de waterval. De strijders werden hierdoor gedwongen om ruimte vrij te geven. Maar andere strijders namen hun plek weer over en vochtten verwoed verder. Doch langzaamaan begonnen ze vermoeid te raken.

Freno keek naar de overkant waar Chen wild dansend met haar zwaard tientallen taraka neer maaide. De mannen die niet vanaf zijn kant de oever konden bereiken, probeerden dit via haar kant van de waterval te doen.

Maar Chen en haar strijders gaven hen daar niet de kans voor. De taraka konden geen kant op. Chens vlecht zwaaide met iedere beweging van haar hoofd mee, terwijl ze aanhoudend met ze vocht. Maar zelfs zij met haar gebruikelijke onvermoeibare energie, begon moe te worden.

Freno wenkte één van de strijders in het woud om de hoorn te blazen.

Chen keek Freno aan toen ze het hoorngeschal hoorde. Hij wenkte haar om terug te trekken. Ze knikte met haar hoofd ten teken dat ze het begrepen had.

Langzaam begonnen de twee groepen zich terug te trekken. Zodra ze het woud bereikten, draaiden de strijders zich om en begonnen te rennen. De mannen met zwaarden in hun handen probeerden hen te volgen, maar de boogschutters die aan de zijkanten van de waterval in het woud geïnstalleerd waren, lieten hun pijlen los.

Vele taraka werden geraakt door de pijlen en vielen dood neer. De groep werd gestremd in hun vaart en bleef stil staan. Waakzaam keken ze om zich heen beducht op een nieuwe aanval van de strijders.

De caposquadre, die werd aangestuurd door zijn Cratus, bereikte de oever van het meer en beval alle taraka om te verzamelen aan de kant van de oever waar Freno had gevochten. Hij besloot daar hun kamp op te slaan. Zo kon de rest van zijn legermacht veilig de oever bereiken. En begon ondertussen ook donker te worden en hij wilde beslist niet in de nacht door het woud trekken zonder dat hij zeker wist waar hij tegenaan zou botsen.

Maar Chen en Freno waren met hun strijders al dieper het woud in gevlucht. Ze volgden een eindje de loop van de rivier tot ze op de afgesproken plek kwamen. Daar staken Chen en haar ploeg de rivier over via een brug. Ze besloten op deze plek de nacht door te brengen en te rusten. Morgen zou er weer een zware slag zijn. De wachten werden uitgezet. Het was een donkere en koude nacht, maar toch werden er geen vuren aangestoken.

*

Zathi, Daruk en Taniya hadden zich met hun strijders verstopt in het woud. De blokkade bij de zuidwestelijke tunnel was na de vijfde zonnedag al doorgebroken, maar ze hadden het voor elkaar gekregen om het leger te stremmen.

Zodra het leger doorbrak bij de tunnel, hadden als eerst de vele valkuilen rondom die omgeving, een deel van het leger verwoest. Daarna waren de taraka waakzamer geworden. Ze verplaatsten zich langzamer door het woud heen. Maar de strijders waren de zuidelijke rivier al overgestoken en wachtten hen daar op.

Na twee zonnedagen had het leger de rivier bereikt, waar de mannen zagen dat alle hangbruggen afgebroken waren. Om de stad te bereiken, moesten ze de rivier over, dus bouwden ze een vlot, waarop een twintigtal taraka de rivier overging. Aan beide zijden werkten de taraka twee zonnedagen lang hard om één van de gebroken hangbruggen weer te verbinden.

Zodra dit was gelukt, denderden ze met grote vaart naar de overkant van de rivier. Al die tijd hielden de boogschutters een waakzaam oog op het woud aan de overkant. Zodra de legermacht de rivier was overgestoken, zetten ze hun tocht weer voort naar de stad.

Ook hier waren er vele hinderlagen opgezet, zoals valkuilen en koorden die braken wanneer iemand er doorheen liep. De taraka werden dan doorboord door de speren of andere dodelijke wapens. Ook stonden er meerdere boogschutters van de strijders klaar om een grotere groep taraka in één keer uit te schakelen.

Zo stond op de tiende zonnedag van hun missie Zathi al klaar met zijn boog gespannen. Taniya stond samen met Shiba vlak achter hem en wachtte gespannen af wat hij zou doen. Een eindje verderop stond Daruk. De andere strijders waren ook verspreid in die omgeving.

Taniya tuurde in de richting van de pijlpunt van Zathi. Deze wees een eindje naar het zuiden, maar wel in de richting van iets wat hoog in de bomen was. Ze staarde omhoog tot ze zag wat het doel van Zathi was. Door de boombladeren heen zag ze een groot net vol met rotsblokken erin. Zathi richtte op het touw dat het net vasthield.

Vervolgens keek Taniya weer naar beneden. Een troep taraka naderden hen langzaam, zonder dat het in de gaten had dat Taniya en Zathi dicht bij hen stonden. Stil keken ze toe hoe de taraka hen in onwetendheid naderden.

Ineens zoefde er een pijl langs Taniya heen in de rechterkant van Zathi's rug. Hij slaakte een zachte kreet van pijn en bloed kleurde zijn tuniek rood. Taniya keek hem ontzet aan en draaide zich vervolgens vliegensvlug om. Een tarak was hen van achteren genaderd zonder dat ze dit door hadden gehad. Hij legde een nieuwe pijl aan zijn boog en richtte deze op haar. Taniya keek verschrikt om zich heen, maar zag geen ene uitweg. De tarak grijnsde en wilde net de pijl loslaten, toen zijn nek werd doorboord door een ander pijl. Bloed spoot op uit zijn mond en keel, terwijl hij langzaam in elkaar zakte.

Verward keek Taniya om zich heen tot ze Daruk zag. Hij stak

een duim op naar haar. Ze knikte hem dankbaar toe. Ze richtte zich daarna op Zathi en knielde naast hem neer. Ze duwde het nieuwsgierige hoofdje van Shiba opzij en keek bezorgd naar de steeds groter wordende bloedvlek. 'Gaat het?' fluisterde ze bezorgd. Zathi kreunde alleen zachtjes van de pijn en probeerde de boog in haar handen te duwen.

Taniya keek op naar de troep taraka op wie Zathi het in eerste instantie gemunt had. De groep was blijven staan en keek op hun hoede om zich heen. Maar de taraka begrepen niet waar de geluiden vandaan waren gekomen. Ze deden weer enkele weifelende stappen naar voren, maar stonden nog steeds enkele voet van de plek af waar het net zou vallen.

Zathi wenkte Taniya en fluisterde dwingend, 'schiet.' Hij wees naar boven.

'Ik kan het niet,' fluisterde Taniya overstuur. 'Zo goed kan ik niet richten.'

'Schiet,' mompelde Zathi weer en probeerde opnieuw de boog in haar handen te duwen. Shiba bleef waakzaam naast haar staan, toen Taniya weer om keek naar de plek waar ze Daruk de laatste keer had gezien. Maar hij had zich blijkbaar al verplaatst naar de volgende valstrik. Hij had niet gezien dat Zathi gewond was geraakt.

Trillend pakte Taniya de boog en plaatste de pijl erop. Met moeite probeerde ze zich te concentreren en tuurde omhoog tot ze haar doel zag. Toen de groep taraka weer behoedzaam verder trok en onder het net stond, liet ze de pijl los. Maar door haar trillende handen miste ze het. Inwendig jammerend pakte ze een nieuwe pijl en haalde diep adem toen ze zich weer richtte tot haar doel.

Vanuit haar ooghoeken zag ze een tarak voor zich in de groep die zijn boog spande toen hij haar opmerkte. Hij stond samen met de anderen onder het net, maar ze hadden deze nog steeds niet opgemerkt. Ze wist dat de pijl van de man haar zou raken, maar ze kon het risico niet nemen dat de groep weg liep van het net hoog in de boom. En daarom bleef ze staan en schoot de pijl weg, terwijl de man tegelijkertijd ook zijn pijl los liet. Het touw in de boom schoot los en de stenen in het net vielen met een donderend geraas boven op de taraka.

Taniya had hier geen ogen voor en keek alleen naar de op volle snelheid naderende pijl en wist dat die haar vol in de buik zou raken zonder dat zij wat kon doen.

Ineens sprong Shiba op haar af en duwde haar opzij. Helaas was het niet snel genoeg geweest, maar in plaats van dat de pijl haar vol trof in haar buik, schampte het nu af langs haar zij.

Ondanks dat de pijl was afgeschampt, deed het alsnog veel pijn en met een kreet zakte Taniya door haar knieën. Ze voelde hoe het bloed langzaam haar kleding doorweekte aan haar linkerzij. Ze kermde zachtjes van de pijn, maar beet toen op haar lippen om zichzelf tot zwijgen te manen.

Shiba duwde ongerust met zijn hoofd aan haar arm en zachtjes stelde ze hem gerust met een aai over zijn hoofd. Tevreden dat het goed ging met Taniya, hield hij weer waakzaam de omgeving in de gaten.

Om de pijn te verbijten, klemde Taniya haar kaken hard op elkaar en keek toen pas of haar pijl haar doel had bereikt of niet. Tevreden zag ze dat de groep inclusief de tarak die op haar had geschoten, was verpletterd onder de stenen.

Naast haar kreunde Zathi zachtjes en voorzichtig kroop Taniya met een pijnlijk gezicht naar Zathi. Op een dwingende toon zei ze, 'we moeten hier weg, Zathi, kom op.'

Zathi keek haar met half geknepen ogen van de pijn aan en vroeg zachtjes, 'is het gelukt?'

'Ja, het is gelukt,' zei Taniya ferm. 'Maar we moeten hier weg.'

Ze kroop onder zijn linkerarm door en probeerde op te staan. Zathi gebruikte al zijn wilskracht om zichzelf omhoog te hijsen. Taniya hielp hem door hem omhoog te trekken. Steunend op haar, begaven Taniya en Zathi zich richting de stad. Shiba volgde hun speurend om zich heen. 'We moeten naar het Verpleeghuis,' mompelde Taniya koortsachtig. Aan Zathi had ze even niets. De man gebruikte al zijn kracht om te lopen. Zijn ogen keken wazig voor zich uit. De bloedvlek rondom de wond in zijn rug breidde zich nog steeds uit, maar daar kon Taniya op dit moment niets aan doen. Ze probeerde de pijl die nog uit zijn rug stak, zo min mogelijk aan te raken. Uiteindelijk bereikten ze de stad die volledig verlaten was. Moeizaam sleepten de twee elkaar voort tot ze eindelijk het Verpleeghuis bereikten.

'Zathi, je moet me hierbij helpen,' zei Taniya. Ze had verband en alcohol gepakt om Zathi's wond schoon te maken en te verbinden. Aandachtig bekeek ze de wond en zag dat de pijl gelukkig niet heel diep in zijn rug zat. In plaats van dat de pijl er door heen zou duwen, besloot ze om ongeacht Zathi's pijn de pijl eruit te trekken in plaats van door te duwen de andere kant uit.

Ineens werd Taniya duizelig en ze haalde een paar keren diep adem totdat haar draaierigheid weg trok. Door het ademhalen voelde ze de pijn in haar zij verergeren, maar ze negeerde deze en keek of Zathi luisterde. 'Zathi, je moet me helpen. Ik moet de pijl eruit trekken, maar ik kan het niet alleen.'

Zathi keek haar heel even met een heldere blik aan en knikte. Zijn ogen werden weer wazig, maar hij zette zich godzijdank wel schrap aan de spijlen van het bed.

Taniya ging op het bed staan en plantte haar beide knieën op zijn rug. Toen pakte ze met beide handen de pijl beet en trok uit alle macht tot deze losschoot.

Zathi richtte zich schreeuwend van de pijn op, waardoor Taniya het bed af struikelde en viel toen met een zucht bewusteloos neer op het bed. Taniya liet hem maar liggen toen ze constateerde dat hij nog wel ademde en begon snel en efficiënt zijn wond te ontsmetten en te verbinden. Toen dat eindelijk was gelukt, stapte ze af van het bed en behandelde ook haar eigen wond. Nadat ze klaar was, ging ze op een stoel zitten naast het bed waar Zathi op lag, tot hij weer bijkwam.

Taniya kon niet meer. Ze was zo moe en alles deed pijn. Vermoeid legde ze haar hoofd voor een tel neer op het bed, maar door haar duizeligheid doezelde ze weg.

Na uren werd ze met een schok wakker. Waar was ze, vroeg Taniya zich verschrikt af. Langzaam drong het tot haar door dat ze in het Verpleeghuis waren en dat ze beiden gewond waren. Paniekerig keek ze naar Zathi die nog steeds met zijn ogen dicht op het bed lag, maar hij haalde nog steeds adem. Opgelucht liet ze zich weer zakken op de stoel en keek naar Shiba die loyaal de wacht hield, terwijl zij had geslapen.

Alle kracht verzamelend stond Taniya op en schudde Zathi

zachtjes wakker. Na een tijdje sloeg hij langzaam zijn koortsachtige ogen open. 'We moeten verder, Zathi,' zei ze dwingend. 'We kunnen hier niet blijven. De taraka zullen hier gauw arriveren. We moeten weg.'

Zathi hoorde haar niet, maar Taniya bleef door mompelen. Eindelijk leek het tot Zathi door te dringen wat Taniya zei en hij knikte. Ze kroop weer onder zijn linkerarm door, verbeet haar eigen pijn en trok hem omhoog. Moeizaam liepen ze het Verpleeghuis uit. De zon was al onder, constateerde Taniya met een schok, toen ze het donker in liepen. Het was al diep in de nacht en we hadden al bij de vluchttunnel moeten zijn!

Haastig keek Taniya rond om te bepalen welke richting ze op moesten. Ineens hoorde ze harde stemmen opklinken vanuit de verte in het donker. Ze liet Zathi langzaam en geruisloos zakken op één van de bankjes bij het plein en rende behoedzaam op het geluid af. Vanuit de verte zag ze een groep taraka die de stad vanuit het oosten naderde.

Ze moeten de oostelijke tunnel doorgebroken hebben, dacht Taniya ontsteld. Ze rende terug naar Zathi en dwong hem om zo snel mogelijk mee te gaan naar de kookruimte in de hoop daar afgeschermd te zijn van de blikken van de taraka. Zelfs Shiba begreep dat hij stil moest zijn en volgde hen geruisloos. Taniya kon wel huilen van de pijn, maar haar overlevingsinstinct leek haar extra kracht te geven.

'We moeten hier weg,' dacht Taniya zachtjes hardop na, terwijl ze langzaam voortstapte door de kookruimte. 'Het zuiden van de stad is straks omspoeld met de taraka vanuit de oostelijke en westelijke tunnels. Via de akkers gaan is geen optie, die staan in brand.'

'De ramen,' hoorde ze Zathi stamelen. Verward keek Taniya naar hem tot ze begreep dat hij de ramen van de opslagplaats bedoelde. Haar gezicht lichtte op en ze sleepte hem zo min mogelijk geluid makend door de kookruimte naar de opslagplaats. Daar liepen ze meteen door naar de meest noordelijke ramen van de opslagplaats. Taniya opende het raam en hielp Zathi er doorheen. Daarna tilde ze Shiba door het raam heen en klom er toen zelf door.

Zathi had weinig kracht over. Taniya beet haar tanden op elkaar en worstelde om vooruit te komen met hem. Na een tijdje bereikten ze de rivier. Hoe moeten we hier in godsnaam oversteken, dacht Taniya wanhopig een blik op de rivier werpend. Ze durfde Zathi niet meer los te laten, bang dat ze hem met de weinige kracht die hij nog bezat niet meer omhoog zou krijgen en keek paniekerig rond.

'Tunnel,' mompelde Zathi weer. Hij wees naar een groep struiken en zei, 'daar.' Hij liet zijn hoofd weer hangen. Taniya keek hem warrig aan, maar besloot dat ze niet veel andere opties had. Dus sleepte ze de man met moeite naar de struiken toe.

'En nu?' vroeg Taniya onzeker aan Zathi. Ze dacht dat de man aan het raaskallen was. Doch knielde Zathi neer en kroop de struiken in. Taniya keek hem met een frons na, maar toen hij niet terug kwam, begon ze zich zorgen te maken. Ze knielde ook neer en kroop de struiken in. Daar zag ze een gat waarin een tunnel schuin naar beneden afliep. Ze wenkte Shiba om haar te volgen en braaf kwam hij achter haar aan.

De tunnelingang was net groot genoeg om een brede man door te laten. Ze kroop de tunnel in tot ze op een gedeelte uit kwam waar de tunnel breder en hoger werd. Water sijpelde langs de muren van de tunnel. Ze zag Zathi zitten, geleund op de slijmerige muur met zijn ogen dicht. Snel kroop ze naar hem toe. 'Kom op, Zathi,' smeekte Taniya. 'We moeten verder.'

Zathi reageerde niet.

'Kom op, Zathi,' verzocht Taniya met tranen in haar ogen. 'We zijn er bijna.'

Nog steeds reageerde Zathi niet op haar smeekbeden. Er rolden tranen uit Taniya's ogen. Eindelijk sloeg Zathi met moeite zijn half ogen open. Kermend ging hij weer op zijn knieën en kroop langzaam verder. Taniya duwde hem af en toe op zijn achterste om hem in beweging te houden.

'Jij voor,' kermde Zathi toen ze na een tijdje bij de uitgang van de tunnel kwamen. Taniya die bedacht dat het inderdaad het beste was, dat zij eerst ging om na te gaan of de omgeving veilig was, stemde in. Met Shiba in haar kielzog kroop ze voorzichtig de tunnel uit en keek behoedzaam om zich heen. De sherien rende weg, maar Taniya riep hem niet terug in de wetenschap dat hij de nabije omgeving verder ging verkennen.

Zorgelijk keek ze weer naar de tunnel. Zathi was er nog steeds niet uit gekomen, terwijl hij er ondanks zijn gewonde staat, er al had moeten zijn. Ze bukte zich om de tunnel weer in te gaan en zag toen Zathi die vijf voet van de uitgang was gestopt.

Vliegensvlug, haar eigen pijn verbijtend, kroop Taniya naar hem toe. 'Nee,' zei ze vastberaden. 'Je bent te ver gekomen. Je gaat het niet opgeven. Je *mag* niet opgeven!'

Taniya pakte hem onder zijn oksels vast en trok. Ze drukte haar rug tegen de bovenkant van de tunnel aan, zodat ze meer kracht kon zetten op haar armen. Bloed drupte uit haar zij op de ondergrond in de tunnel.

Zathi opende zijn ogen en zei kreunend, 'ga.'

'Nee,' zei Taniya verwoed met haar hoofd schuddend. 'Niet zonder jou.'

Zathi hijgde en met moeite kroop hij een stukje vooruit. Taniya kroop achteruit de tunnel weer uit. Na wat een uur leek, had ze Zathi eindelijk de tunnel uitgekregen. Buiten adem liet ze zich vallen op haar rug, terwijl er zweetdruppels op haar gezicht parelden. Ze hoorde Zathi zich met moeite omdraaien tot hij op zijn rug lag en zuchtend blies hij zijn adem uit, terwijl hij naar de lucht staarde en iets mompelde.

Taniya draaide haar hoofd naar hem toe in een poging te horen wat hij zei. 'Wat zeg je?'

Zathi keek haar een ogenblik aan en mompelde weer. 'Vrouwen geven alleen maar problemen, dat blijf ik zeggen.'

Taniya grinnikte zachtjes, maar antwoordde niet. Na enkele ogenblikken dwong ze zichzelf om weer op te staan. Zathi bleef doodstil liggen, dus schudde Taniya hem door elkaar. 'Kom op, we moeten verder!'

Er was geen beweging in Zathi te krijgen.

Taniya rende ongerust naar de rivier en maakte de onderkant van haar tuniek nat. Ze veegde Zathi's gezicht ermee, maar ook door het koude water werd Zathi niet wakker.

'Nee, kom op,' zei Taniya paniekerig. 'Je kunt niet dood zijn. Kom op.'

Ze schudde de bewegingloze Zathi weer door elkaar. 'Sta op, Zathi,' huilde Taniya.

Hoofdstuk 29

Daruk had zich achter een boom verscholen. Zijn strijders waren hier en daar verspreid door het woud. Ze hadden meer dan een kwart maan het leger van de Shezna gestremd. Maar ze hadden wel zware verliezen geleden. Tweehonderd strijders hadden zich aan het begin van het gevecht achter Daruk geschaard. Daarvan waren er nu nog maar zesentachtig over.

Vermoeid, maar nog steeds waakzaam hield Daruk het woud nauwlettend in de gaten. Af en toe dwaalden zijn gedachten af naar het voorgaande gevecht en de vele doden die het met zich mee had gebracht.

Het grote aantal doden bracht zijn strijders gelukkig niet tot wanhoop. Onverzettelijk bleven ze zich vechten en brachten zware klappen toe aan het leger.

Nog enkele zonnedelen, dacht Daruk verbeten zijn tanden op elkaar klemmend. En dan gaan we naar de tunnel. Hij draaide zijn gezicht weer gespannen naar de valstrik voor zich. Eén van zijn strijders stond vijf voet voor hem te wachten op zijn bevel. Een tiental taraka liep in de richting van de strijder. Zoals gepland, liet de voorvechter zich zien en vluchtte vervolgens weg. De groep taraka rende achter hem aan.

Daruk spande zijn boog en schoot het touw, dat een vierkant plateau met speerpunten eraan vasthield, door. Twee mannen struikelden net onder het plateau voor deze de grond raakte, vandaan, maar de rest van de groep had niet zoveel geluk en werd verpletterd.

De strijder die de groep had gelokt, draaide zich weer om en keerde terug. Samen met een andere krijger, die zich bij hem had gevoegd, begon hij het gevecht aan met de twee resterende taraka.

Dit kunnen ze wel afhandelen, dacht Daruk tevreden. Hij wendde zijn blik af en keek om zich heen. Een kreet van pijn vulden zijn oren. Met zijn voorhoofd gefronst zocht Daruk geconcentreerd de omgeving af. In de verte zag hij een tarak zijn boog spannen. Vliegensvlug legde Daruk een pijl aan zijn boog en schoot. Zijn pijl doorzeefde de keel van de man. Toen pas zag Daruk op wie de tarak het gemunt had, voordat hij hem had neergeschoten. Hij stak geruststellend zijn duim op naar Taniya en wendde zich weer af naar zijn vechtende strijders. Twintig taraka hadden de strijders bereikt en schoten hun makkers te hulp. Meerdere van Daruks strijders wierpen zich nu ook in de strijd, maar de taraka waren nog steeds in de meerderheid.

Met een vloek rende Daruk, het zwaard uit zijn schede pakkend, naar de strijders toe. Drie mannen omringden hem meteen, woest naar hem kijkend. Met een waakzaam oog bekeek Daruk hen en pakte een dolk uit de schede aan zijn riem in zijn vrije hand.

Een tarak stapte met een opgeheven zwaard op hem af. Daruk blokkeerde de aanval met de kling van zijn zwaard. Hij draaide zijn lichaam meteen door en stak met zijn dolk in de zij van de man. De man zakte met een kreet van pijn door zijn knieën.

De andere twee taraka renden nu ook op Daruk af en begonnen verwoed te vechten. Met zijn dolk en zijn zwaard schermde Daruk de zwaardstoten van de mannen af. Hij was gedwongen zichzelf te verdedigen, maar kreeg de kans niet om aan te vallen. Twee van zijn strijders schoten hem te hulp en Daruk kreeg meer lucht.

Nu hij zich volledig kon concentreren op de aanvallen van één tarak, kon hij deze veel beter pareren en meteen overgaan in de aanval. Na een aantal slagen was het tij gekeerd en het lukte hem om de tarak te overmeesteren. Ook zijn strijders hadden de taraka, waarmee hij in eerste instantie in gevecht was geweest, overwonnen. Nadat het gevecht over was, keek Daruk met zowel een opgelucht als een somber gevoel naar het aantal doden.

Daruk vocht puur om te overleven en om tijd te winnen voor zijn volk. Hoewel het een noodzaak was, gaven de afslachtingen hem op geen enkele wijze plezier of een gevoel van tevredenheid. Misnoegd en met een stramme rug liep hij met zijn resterende strijders weg van de lijken van de taraka, in de richting waar hij Taniya voor het laatst had gezien. Maar hij zag noch haar, noch ving hij een glimp op van Zathi die Taniya onder zijn hoede had genomen.

Met een frons keek Daruk om zich heen. Voor hij op zoek kon gaan, trok het geluid van zachte stemmen zijn aandacht en hij wenkte zijn strijders om zich te verschuilen. Langs de bomen heen tuurde hij in het woud tot hij de bron van de geluiden ontdekte. Een vijftigtal taraka bewoog zich behoedzaam door het woud.

Dit kunnen we niet winnen, dacht Daruk zich bewust van de overmacht voor hem. Hij wenkte zijn strijders om zich terug te trekken.

Met nog een laatste berouwvolle blik om zich heen, zoekend naar Taniya, vertrok Daruk met zijn strijders naar het noorden van het woud.

*

'We kunnen dit niet langer volhouden,' schreeuwde Shilpa wanhopig naar Shai die met zijn stok in zijn hand met alle kracht in beukte op de tarakastroom.

Shilpa, Shai en hun strijders vochten bij de noordwestelijke kant van het woud. Op de vierde zonnedag was de blokkade bij de meest linkse tunnel in het noorden doorbroken door het leger. Door vele afleidingsmanoeuvres was het hen tot nu toe gelukt, om de taraka af te laten dwalen in het woud. Maar de mannen van de Shezna werden steeds voorzichtiger en lieten zich minder snel afleiden.

Onoverkomelijk liep het uit tot een gevecht, waarin Shai en zijn strijders ruw en genadeloos vochten met de taraka. Woest als een wild dier maaide Shai de mannen om zich heen neer. Shilpa volgde hem op de voet en maakte het karweitje met haar zwaard af. Aan beide kanten vielen heftige verliezen, maar nog steeds onvermoeibaar vervolgde Shai zijn weg.

Af en toe hadden ze wat respijt als de donkere nacht viel, want dan trokken de taraka, terughoudend om in het donkere, onbekende gebied te vechten, zich terug. Maar terwijl zij een voltallig leger hadden om de wacht te houden en te rusten, moest de kleine groep Mandjiranen elkaar onderling hierin afwisselen. De weinige rust zorgde voor steeds meer vermoeidheid, maar toch vochten ze verbeten verder.

Weer schreeuwde Shilpa wanhopig naar Shai, 'we kunnen dit niet volhouden. We moeten weg.'

Shai blikte kort op Shilpa. In haar ogen zag hij een smekende blik en ze zei met een oververmoeide klank in haar stem, 'ik kan niet meer.'

Shai sloeg nog enkele taraka neer die op hem af kwamen en knikte toen instemmend naar Shilpa. 'Goed, we gaan.' Hij beval zijn strijders om zich terug te trekken en op te maken voor hun vlucht naar de tunnel. Vechtend trokken ze zich terug in het woud. Hier en daar vielen zijn strijders bloedend dood neer op de harde grond van het woud. Shai onderdrukte zijn gevoel van woede en verdriet. Eindelijk hadden ze de taraka verder achter hen gelaten en konden ze omdraaien en zich naar het oosten spoedden.

Na enkele zonnedelen gerend te hebben, liet Shai zijn resterende troep van een vijftigtal strijders even rusten. Toen Shai zijn blik op de vermoeide Shilpa wierp en wat wilde zeggen tegen haar, trok een luide brul zijn aandacht. Hij draaide zich vliegensvlug om en zag de aanstormende massa taraka.

Een gevoel van ongeloof trok door hem heen en hij wist dat zij ook dit gevecht niet konden winnen. Hij wierp een blik op Shilpa, die zag wat er door hem heen ging en instemmend knikte. Een korte blik op zijn dodelijk vermoeide strijders vertelde hem alles wat hij zelf al wist en hij beval zijn op scherp staande strijders om te vluchten.

De strijders, inclusief Shilpa en Shai begonnen weer te rennen tussen de bomen door. Maar het was een verloren zaak. Vanuit zijn ooghoeken zag hij vele afgematte strijders geveld worden door de zwaarden van de taraka. Een kreet van pijn trok Shai's aandacht. Hij draaide zich om en zag Shilpa tien voet achter zich liggen op de grond. Haar gezicht was vertrokken van de pijn. Shai rende terug, maar hij wist bij voorbaat al dat hij het nooit zou redden.

Doch voor één van de taraka Shilpa kon doorboren met zijn zwaard, werd hij geveld door een zwaard. De eigenaar van de zwaard trok Shilpa overeind, legde haar arm over zijn schouders en sleurde haar mee. Shilpa zag bleek van de pijn, maar rende alsnog door, steunend op de arm van de man.

'Dat was net op het nippertje,' begroette de krijger Shai met een knik toen hij hem was genaderd.

'Daruk,' zei Shai vol verbazing.

'We hebben nu geen tijd om te kletsen,' zei Daruk verbeten. 'Rennen.'

Shai sloeg Shilpa's andere arm over zijn schouder heen. Gedrieen renden ze weer verder.

Een brandlucht bereikte een tijdje later hun neus. Shai keek om zich heen en zag de brandende akkers. Spijtig bleef hij voor een tel staan.

'Rouwen kan later nog,' zei Daruk afgemeten. 'Doorgaan nu!' Ze renden langs het meer bij de linker waterval in het noorden. In de verte zagen ze een groep mensen fel in gevecht. Mandjira's strijders vochten tegen de overmacht aan taraka.

'We moeten proberen er ongezien langs te komen,' zei Daruk treurig. 'Wij kunnen ze niet helpen.'

Shai knikte somber, terwijl ze dicht langs het vuur van de brandende akkers renden. De hitte zorgde ervoor dat het zweet langs hun gezicht en lichaam droop. Moeizaam vervolgden ze hun weg tot ze bijna langs de vechtende mensen waren.

'Dat zijn Raihan en Gan,' zei Shilpa opeens. Zwakjes wees ze naar de twee strijders in de menigte. 'Wat,' riep Shai onthutst uit. Hij keek om naar de vechtende strijders. Ook Daruk tuurde door de mensen heen in de richting waar Shilpa wees.

Daar zagen ze Raihan met twee zwaarden in zijn hand, dansend over het gevechtsveld heen. Overal waar hij kwam, vielen taraka dood neer door de zwaarden in zijn handen. Onvermoeibaar en met hoge snelheid raasde Raihan langs de mannen heen. Gan volgde Raihan op de voet om zijn rug te dekken. Raihans strijders vochten, aangemoedigd door Raihans moed en souplesse, met nog meer animo door. Maar zelfs moed, souplesse, snelheid en enthousiasme kunnen niet tegen een overmacht van taraka op en overal op het veld werden vele strijders geveld.

'We moeten hem helpen,' zei Shilpa ruw. Ze trok zichzelf onder de armen van de twee mannen door en rende, met haar ene voet pijnlijk trekkend, naar het veld. Daruk en Shai keken elkaar aan en renden toen ook achter haar aan. Met een brul schoten ze langs Shilpa heen en stortten zich in het gevecht. Daruk baande zich een weg door de vechtende strijders heen, tot hij bij Raihan aankwam. 'Je kunt dit niet winnen,' bulderde Daruk tegen Raihan. 'We moeten hier weg.'

'Nee,' zei Raihan bloeddorstig. '*Jullie* moeten weg. Ik hou ze nog een tijdje tegen. Ga!'

'We gaan niet zonder jou,' zei Daruk en vocht verbeten door. Samen met Gan dekte hij Raihans rug en flank. Hardnekkig vocht Raihan door. Woede raasde door zijn lichaam heen. Hij zag alleen de vele doden van zijn strijders voor ogen en wraakzuchtig slachtte hij de ene op de andere tarak af.

'We hebben ons doel al bereikt,' schreeuwde Gan nu ook tegen Raihan, terwijl hij door vocht. Hij weerde een slag van een tarak af en zei, 'we hebben de taraka vertraagd voor ons volk. Nu moeten we zelf ook weg.'

'Nee,' zei Raihan halsstarrig. 'Gaan jullie, dan vertraag ik ze tot jullie veilig zijn.'

Ondertussen was Shai ook vechtend door de tarakamassa heen gekomen bij Raihan en hoorde het laatste deel van hun gesprek. 'We gaan niet zonder jou,' zei Shai met een vastberaden blik op Raihan.

Raihan schudde zijn hoofd en weerde een aantal slagen van een tarak voor hem af. Terwijl hij met een beweging van zijn zwaard, de keel van de man doorkliefde, zei hij weer, 'nee, jullie moeten nu gaan!'

Met een woedend gezicht bleef Daruk voor Raihan staan en zei vastberaden, 'je kunt koppig gaan doen, maar zonder jou vertrekken we niet. Je bent onze prins, ons laatste hoop voor een vrije Shehza. Ons leven ligt in jouw handen.' Daruk draaide zich weer weg en weerde weer een slag van een tarak af.

Voor Raihan wat kon zeggen, trok een beweging vanuit zijn ooghoeken zijn aandacht. Een zwaard doorkliefde het lichaam van Shilpa, die ook vechtend had geprobeerd in de buurt van Raihan te komen. Maar ze was gestruikeld door de pijn in haar voet. De tarak had meteen gebruik gemaakt van haar moment van zwakte en haar lichaam doorboord met zijn zwaard.

'Nee,' riep Raihan ontsteld uit. Hij wilde op de man afrennen, maar Daruk trok hem terug aan zijn arm.

'Je kunt niets voor haar doen,' zei Shai met tranen in zijn ogen. 'We moeten nu weg, anders houden we geen enkele strijder over.'

Vertwijfeld keek Raihan hen aan, maar daarna verhardde zijn blik weer.

'We gaan,' beval hij zijn strijders.

Vechtend baanden ze een weg vrij door de tarakatroep tot ze in het woud waren en renden toen alsof de duivel hen op de hielen zat door naar de vluchttunnel.

*

Twee verkenners slopen behoedzaam langs de oever van de rivieren. Hun caposquadre had hen op pad gestuurd om te kijken of het veilig was om verder te vorderen. Een luid gesnik trok hun aandacht. Voorzichtig slopen ze verder.

Een eindje verderop zagen ze een vrouw in een lichtgroene tuniek bevlekt met rode bloeddruppels, snikkend bij het lichaam van een oude man. De verkenners keken elkaar vragend aan en knikten tegelijkertijd grimmig. Ze richtten zich weer tot de vrouw en liepen op haar af.

'Die ouwe is geloof ik dood,' zei de ene verkenner een blik werpend op het lichaam van de oude man.

De rechterverkenner knikte bedachtzaam.

'We kunnen haar meenemen en ondervragen waar al hun troepen zijn opgesteld,' zei de verkenner luid. 'Aan haar boog te zien is ze ook één van de strijders.'

Taniya's hart stond stil toen ze de woorden van de verkenners hoorde. Langzaam draaide ze zich om op haar knieën. Haar wangen waren nog nat van de tranen.

De adem van de taraka stokten. Wat was ze nog jong en onschuldig, dachten ze verward. Is dit wel een strijder? Daarna dachten ze boos aan hun verloren makkers. Velen waren afgeslacht door vrouwen zoals dit meisje. Haar onschuldige uiterlijk was slechts schijn. Behoedzaam naderden ze het meisje en de man.

De ene verkenner bleef peinzend voor haar neus staan, toen hij zag dat ze behalve haar boog geen ander wapen had. De andere verkenner liep om hen heen en schopte tegen het lichaam van de man. Zathi kreunde bijna onhoorbaar.

'Deze leeft nog,' riep de verkenner uit. 'Maar hij is geen gevaar. Er zit nog weinig leven in hem.'

Taniya's gezicht lichtte op. Hij leeft nog, dacht ze hoopvol gestemd.

'Maak hem toch maar af,' hoorde ze de tarak voor haar zeggen tegen zijn maat.

Nee, dacht Taniya wanhopig om haar heen zoekend naar een wapen.

'Wat zoek je, meisje,' zei de tarak bruusk. 'Wij zijn met z'n tweeën. Je kunt ons niet verslaan.'

Radeloos bleef Taniya om zich heen kijken, zoekend naar iets wat haar zou kunnen helpen. Ze wierp een blik op het bos of ze Shiba zag, maar die was nog niet teruggekeerd.

'Hou daarmee op, meisje,' zei de man ferm. Hij nam een stap naar Taniya toe.

Taniya hoorde de kling van de tarak die bij Zathi stond uit de schede glijden. Toen, zonder na te denken, gleed haar hand langs het been van de man voor haar omhoog tot ze bij zijn beenbeschermer kwam. Vliegensvlug pakte ze het heft van de dolk dat uitstak uit zijn beenbeschermer en stak de dolk diep in zijn bovenbeen. Ze voelde het warme bloed van de tarak over haar hand heen stromen. Met een pijn van kreet zakte de man door zijn been. De andere tarak verstarde in zijn beweging en keek ongerust naar zijn makker.

Taniya hief zich op en trok het zwaard van de gewonde man met beide handen uit de schede en draaide het in hoge snelheid om haar heen. De punt van het zwaard trok een diepe snee in de keel van de verstarde tarak. Het bloed spoot uit zijn nek en met een asgrauw gezicht viel de man achterover.

Ondertussen probeerde de tarak, die voor haar had gestaan, het mes uit zijn been te trekken. Voordat hij daarin was geslaagd, duwde Taniya het zwaard in het lichaam van de man. De man wankelde met een kreet van pijn achteruit en viel neer op de grond. Geschokt keek Taniya de twee mannen beurtelings aan.

Bewegingloos bleef ze enkele tellen op haar plek staan tot Zathi weer zacht kreunde. Het geluid haalde haar uit haar verstarde houding en ze boog zich over hem heen. 'Zathi, kan je lopen?' vroeg Taniya op een jachtige toon. Zathi reageerde niet, maar bleef met zijn ogen dicht kreunen. Ze keek om zich heen. Toen liep ze naar de tarak met de doorkliefde keel. Ze rolde hem met al haar kracht om tot hij op zijn buik lag en trok de mantel van zijn schouder. Deze legde ze neer naast het lichaam van Zathi en rolde hem met heel veel moeite om tot hij op de mantel lag. Vervolgens pakte ze het uiteinde van de mantel met twee handen beet en begon Zathi moeizaam weg te slepen.

Het ging te traag. In de verte hoorde ze alweer nieuwe geluiden van stemmen opkomen. Taniya voelde zich beroerd, tevens veroorzaakt door de pijn in haar zij, maar ze gaf niet op. Bij iedere stap die ze deed, voelde ze langzaam bloed druppelen uit haar zij. Ze begon duizelig te worden en sterretjes dansten voor haar ogen.

Maar nog steeds weigerde Taniya het op te geven en ze bleef trekken aan de mantel. Shiba was inmiddels ook terug gekeerd en probeerde een stuk van de mantel met zijn tanden te klemmen en mee te trekken. Maar veel hulp kon de kleine sherien haar niet bieden, want de mantel gleed steeds tussen zijn tanden vandaan.

Nu hoorden ze de stemmen veel luider opklinken. Haar ogen werden wazig en tranen stroomden over haar wangen. Een tel voor het haar zwart voor het ogen werd, hoorde ze iemand roepen, 'daar zijn ze!'

Hoofdstuk 30

Shai en Gan stonden aan de weerszijden van een deur. Deze deur sloot de ingang van de tunnel af. De twee mannen keken elkaar aan en knikten. Gelijktijdig drukten ze de stenen in de juiste volgorde in, zodat de deur zich ontsloot.

Daruk hield de deur open, terwijl Raihan, Gan en Shai naar binnen liepen. Na een blik om zich heen te hebben geworpen, volgde Daruk de mannen met een gevoel van opluchting naar binnen. Na urenlang gerend te hebben, hadden ze eindelijk de vluchttunnel bereikt. Hier konden ze een moment uitrusten voor ze weer verder zouden trekken.

Binnen de tunnel stond een aanzienlijke groep strijders wachtend bij de ingang. Toen ze Raihan zagen, groetten ze hem met een opgeluchte knik, maar niemand van hen zei een woord.

De afgelopen dagen hadden hen in een bezwaarde gemoedstoestand gebracht en niemand van hen had de behoefte aan een gesprek. Vol spanning wachtten ze op de strijders die langzaam terugkeerden, terwijl ze tegelijkertijd in hun hart rouwden om de doden.

De mannen liepen zwijgend door. Ze volgden een wirwar van tunnels die door de fakkels werden verlicht. Na enkele uren bereikten ze een grot.

De grot was een verzameling van tunnels die in verschillende richtingen uitliepen. Een zacht schijnsel van een lamp deed de grot oplichten. Aan de wanden van de grot waren grote kasten gevuld met voedsel en medicijnen. Een smal stroompje water sijpelde uit de zijkant van de grot.

Raihan keek de grot met een frons rond. In de grot waren ongeveer honderdentwintig strijders verzameld. Moedeloos staarden de meeste strijders voor zich uit. Enkele strijders liepen bedrijvig rond en verbonden de wonden van de strijders. Niemand merkte de vier mannen op.

'Raihan,' hoorde hij ineens een stem vol opluchting uitroepen. Hij draaide zijn hoofd om naar de vrouw.

'Gelukkig, je leeft nog,' huilde Chen van opluchting.

Vele hoofden draaiden zich om richting de vier mannen. Raihan hoorde opgewonden stemmen zijn naam fluisteren en zeggen, 'hij leeft nog. Niet alles is verloren.' Kreten van blijdschap en opluchting welden rondom hem op.

Raihan knikte de mensen berustend toe en wendde zijn gezicht weer af naar Chen. 'Waar is Freno?' vroeg hij langzaam.

'Die is met een tiental strijders het gebied rondom de tunnel aan het verkennen, om eventuele gewonde strijders naar de tunnel toe te helpen,' antwoordde Chen ernstig.

Belangstellend vroeg Shai hoe het met hen was afgelopen met de taraka.

'We hebben ze een tijdje afgeleid,' legde Chen uit. 'Maar uiteindelijk werd de overmacht ons te groot. De laatste keer dat we de legermannen zagen, trokken ze naar het zuiden richting de stad. Dit gebied is praktisch tarakavrij.'

Daruk knikte goedkeurend, hoewel Raihan bedachtzaam keek. 'Welke troepen zijn al teruggekeerd?'

'Daya's troepen zijn volledig afgeslacht,' zei Chen treurig. 'Bij de eerste kwart maan werd haar tunnel doorbroken.' Ze viel even stil, terugdenkend aan hoe de sombere boodschap hen midden in een verwoed gevecht had bereikt.

'Ze stuurde nog een strijder met een waarschuwing voor ons mee, maar ik denk niet dat ze het zelf heeft overleefd,' vervolgde Chen somber. Shai, Gan en Daruk keken haar terneergeslagen aan, terwijl een flits van woede over het gezicht van Raihan heen trok. Afgemeten vroeg hij, 'en de overige troepen?'

Chen keek Raihan somber aan, wees naar de mensen in de grot en zei, 'dit zijn de resten van jullie troepen. Dit is alles wat is teruggekeerd. Ik verwacht ook niet dat er nog velen zullen komen.'

Verslagen keken de mannen naar de teruggekeerde mensen. Zoveel doden, dacht Raihan moedeloos naar de groep kijkend.

'Raihan,' zei Chen aarzelend.

Raihan wendde zich weer tot Chen, die haar handen zenuwachtig in elkaar wreef en hem met een voorzichtige blik in haar ogen bekeek.

'Taniya en Zathi zijn ook niet teruggekeerd.'

Raihan keek haar een paar tellen zonder emotie aan. Toen drong het tot hem door wat ze zei en overstuur draaide hij zich naar de uitang om de grot te verlaten. Maar Daruk plaatste een hand op zijn schouder en hield hem tegen. 'De laatste keer dat ik haar zag, werd ze belaagd door een boogschutter van het leger. Ik schoot de man neer, maar ik had daarvoor wel een kreet van pijn gehoord.'

Raihan keek hem werktuiglijk aan, maar zei niets.

'Ik denk nu achteraf dat Zathi geraakt was,' drong Daruk aan om Raihan de waarheid onder ogen te laten zien. 'Ik kwam in een gevecht terecht en toen ik later terugkeerde naar de plek waar ik haar het laatst had gezien, waren ze er niet meer. Mijn strijders en ik waren gedwongen door een overmacht van het leger te vluchten naar het noorden. Ik denk niet dat ze het overleefd kan hebben, niet als Zathi gewond was.'

Emotieloos staarden Raihans ogen hem aan.'Heb je haar lichaam gezien?'

Daruk schudde zijn hoofd, maar zei dwingend, 'ze *kan* dit niet overleefd hebben. Ze is geen ervaren vechter. Ze kan niet tegen de taraka van de Shezna op. Dat zijn geoefende en geharde strijders.'

'Zolang ik haar dode lichaam niet heb gezien,' zei Raihan hard, terwijl hij Daruk wegduwde, 'geloof ik niet dat ze dood is. 'Hij draaide zich om, maar nu blokkeerden Shai en Gan zijn weg.

'Jij gaat nergens heen,' zei Shai ferm, terwijl hij breed voor Raihan ging staan.

'Nee,' zei Gan instemmend. 'Het volk heeft jou hier nodig.'

'Ik ga haar zoeken,' zei Raihan bars. 'Misschien heeft ze me nodig.'

'Jij gaat niet,' herhaalde Shai beslist. 'Je kunt niet al onze hoop laten vervliegen voor één meisje. Er zijn de afgelopen dagen goede mensen dood gegaan, voor jou, voor Shehza. Laat je dat allemaal varen om op zoek te gaan naar een meisje van wie de overlevingskansen erg klein zijn?'

Radeloos keek Raihan hen aan, maar wist niets meer te zeggen.

'Ik geef ook om haar,' zei Gan zachtjes met een dwingende blik in zijn ogen. 'Maar je kunt niet jouw leven in de waagschaal stellen. Jij moet hier blijven.'

Chen zette een hand op de schouder van Raihan en draaide hem naar de mensen toe. De strijders hadden nog steeds een sombere blik in hun ogen, maar ze keken hem ook hoopvol aan. Raihan knikte en liet zich gewonnen op de grond zakken.

'Waar gaan jullie,' hoorde hij Chen even later tegen Shai en Gan zeggen.

'Wij gaan op zoek naar Taniya,' antwoordde Shai, terwijl hij wegliep.

'Als ze leeft, dan zullen we haar vinden,' zei Gan vastbesloten. Samen liepen de twee mannen weg.

*

Freno en een tiental strijders liepen waakzaam door het woud. De afgelopen dagen waren ze steeds vaker gewonde strijders tegengekomen. Met moeite hadden ze hen geholpen naar de tunnel. Daar werden ze overgenomen door de strijders die hij bij de ingang van de tunnel had geplaatst. Deze hielpen de strijders verder naar de grote grot, waar iedereen zich zou verzamelen.

Vermoeidheid raasde door Freno's lichaam, maar hij bleef volhardend zoeken. Ieder leven dat hij kon redden, zou hij ook redden, dacht hij vastbesloten. Teveel waren er overleden in de afgelopen dagen, dacht hij treurig. Wiens dood hij kon voorkomen, zou hij ook met alle man en macht er alles aan doen om het te voorkomen.

Ingespannen luisterden en tuurden ze in hun omgeving in de hoop om hun vrienden te horen of te zien. Toen ze bijna bij de rivier waren, rende één van zijn verkenners op hem af. 'Ik hoor geschreeuw van die kant op komen,' zei de man wijzend naar het westen van het woud.

'We gaan,' zei Freno knikkend. 'Maar wees wel voorzichtig.' Met snelle stappen liepen ze door, goed om zich heen kijkend dat ze niet een valstrik in liepen, toen de verkenner wees naar de plek waar hij de geluiden vandaan had horen komen. 'Daar zijn ze!'

Freno hoorde geen geluiden en met een licht kloppend hart rende hij met zijn strijders door tot hij bij de oever van de rivier kwam. Slippend kwam hij tot stilstand en kil ijs trok door zijn bloed heen toen hij besefte wat hij zag.

Twee taraka lagen onder het bloed aan de rand van de rivier. Een eindje van het tweetal lag een man ook onder het bloed op de mantel. Iemand anders, hij kon niet zien wie het was, maar hij had wel een vermoeden toen hij de sherien zag, lag voor de gewonde man op de mantel. Een deel van zijn strijders renden naar de randen van het woud om na te gaan of er gevaar dreigde, terwijl een ander deel op de dode taraka afstoof om zich te vergewissen dat er inderdaad geen leven in hen was. Freno stapte iets langzamer op zijn eigen gewonde strijders af en toen hij dichterbij kwam, herkende hij Zathi.

Met snelle bewegingen voelde hij aan de polsen en nek van Zathi. Opgelucht knikte Freno. Zathi leefde nog, maar moest wel snel geholpen worden. Na een snelle controle van de wonden op zijn lichaam, wenkte hij zijn strijders om Zathi mee te nemen en liep toen naar het meisje toe. Met een bezwaard gevoel streek hij haar haren van haar gezicht af en zijn vermoeden werd bevestigd. Het was inderdaad Taniya.

Shiba duwde ongerust met zijn hoofd tegen Freno's arm en dan weer snoof hij aan Taniya's hand. Freno boog zich ondertussen over haar lichaam en voelde aan haar polsen en nek. Haar hartslag was steviger dan die van Zathi, maar ook haar tuniek was doorweekt aan haar zij met bloed. Freno trok haar tuniek omhoog tot aan haar borst. Hij zag dat er een verband om haar middel gewikkeld was. Het verband en haar volledige zij waren doorweekt met bloed. Freno trok haar tuniek weer naar beneden, omdat hij wist dat hij hier niets voor haar kon doen. Hij nam haar in zijn armen en wenkte de rest van zijn groep om hem te volgen. Op zijn bevel volgde ook Shiba met aarzelende stappen de groep strijders.

Na enkele uren bereikten Shai en Gan de uitgang van de tunnel. Daar heerste een hoop bedrijvigheid. 'Wat is hier aan de hand,' mompelde Shai binnensmonds. De twee mannen versnelden hun stappen naar de groep opgewonden strijders.

'Het is Freno,' riep Gan blij uit. Hij liep verder tot hij dicht bij hem stond en het pakket in zijn armen zag. 'Hij heeft Taniya in zijn armen,' zei hij nu verbaasd.

Shai fronste en vroeg, 'maar waarom ligt ze zo levenloos in zijn armen?'

'Wat is er gebeurd?' vroeg Gan ontdaan uit, toen ze bij de groep aankwamen.

'Leeft ze nog?' vroeg Shai bevreesd.

Freno knikte met een gejaagde blik in zijn ogen. 'Ze leeft, maar is wel gewond. Ik weet niet wat er is gebeurd.'

'Zathi is ook gewond,' vervolgde Freno met een korte blik op de man op de mantel. 'Hij leeft nog maar nauwelijks.'

Shai en Gan keken geschokt naar Zathi's levenloze gezicht. De groep begon zo snel als ze konden terug te lopen naar de verzamelgrot die ze na enkele uren eindelijk bereikten.

Raihan liep heen en weer tussen de strijders om hen bemoedigende woorden in te spreken, maar in zijn hart maakte hij zich zorgen om Taniya. Doch kon hij op dit moment niets voor haar doen.

Raihan was net één van de strijders aan het helpen om een wond van een andere strijder te verzorgen, toen opgewonden stemmen zijn aandacht trok naar de ingang van de grot. Shai en Gan liepen de grot in. Een groepje strijders bracht het lichaam van een man mee, gedragen in een soort kleed. Achter hen liep Freno naar binnen met Taniya in zijn armen.

Raihans hart stond stil. Gauw liep hij naar de groep toe en vroeg, 'wat is er gebeurd?' Hij keek gespannen naar Taniya's bleke gezicht en bebloede tuniek.

'Ze leeft nog,' zei Freno sussend. 'Maar ze heeft wel een open wond in haar zij. Die moet zo snel mogelijk verzorgd worden.'

Raihan keek hem zowel opgelucht als bezorgd aan toen Freno verder liep om Taniya op één van de open plekken te leggen. Terwijl één van de strijders naar hem toe repten om Freno te helpen, keek Raihan angstvallig naar Zathi's levenloze lichaam in de mantel. De mannen die Zathi droegen legden Zathi naast Taniya.

'Zathi leeft nog nauwelijks,' zei Freno somber. Hij knikte met zijn hoofd naar een groep strijders die haastig kwam aanrennen met pure alcohol, naalden, zalfjes en verband. Ze togen meteen aan het werk om de wonden te behandelen van beide gewonden, terwijl het groepje vrienden met bezorgde ogen toekeek.

Taniya werd na bijna vierentwintig uur wakker van de pijn. Ze kermde zachtjes, toen ze zich probeerde op te richten.

'Voorzichtig,' zei Raihan sussend en ondersteunde haar.

Verward keek Taniya hem aan. 'Waar ben ik? Hoe kom jij hier?'

'Hoe voel je je?' vroeg Raihan haar vragen negerend.

'Het gaat wel,' zei Taniya met een gezicht dat vertrokken was van de pijn.

'Wat is er gebeurd?' vroeg ze weer.

'Freno en zijn strijders vonden Zathi en jou bij de rivier,' antwoordde Raihan kalm. 'Hij zei dat daar ook twee afgeslachte taraka lagen. Wat is er gebeurd?'

Taniya voelde dat haar herinnering aan die dag weer terugkwam. 'Waar is hij?' vroeg ze paniekerig. 'Waar is Zathi?'

'Hij leeft nog,' zei Raihan geruststellend. 'Maar hij is nog niet bijgekomen.' Hij wees naar de plek naast Taniya. Ze keek naar beneden en zag Zathi met gesloten ogen liggen. Zijn borstkas ging langzaam, maar regelmatig op en neer. 'Gaat alles goed met hem?' Met onzekere ogen keek ze naar hem.

'Het zal even duren,' stelde Raihan Taniya gerust. 'Maar ik denk dat hij het wel redt.'

Met een gerust gevoel liet Taniya zich weer zakken en Freno, Daruk, Shai en Chen kwamen naast Taniya zitten. 'Een tarak schoot Zathi neer,' zei ze zacht. 'Daruk redde mij nog net op tijd, maar verdween daarna. Zathi zei tegen mij dat ik het touw moest doorschieten van onze valstrik. Op de een of andere manier lukte het me om het te doen. Maar voordat het net viel, kon een tarak nog een pijl op mij afschieten. Shiba duwde me op tijd weg, anders had de pijl mij vol in mijn buik geraakt. Nu schampte de pijl alleen langs mijn zij.'

'En toen?' vroeg Chen ademloos.

Taniya vertelde verder hoe ze het Verpleeghuis hadden bereikt, hoe ze via het raam in de opslagplaats van de kookruimte waren ontsnapt en een tijdje hadden gestrompeld in de richting van de ontmoetingsplek. Via de tunnel waren Zathi en zij bij de rivier gekomen en vervolgens hadden de taraka hen aangevallen.

Chen slaakte tijdens het verhaal geschokte en verraste uitroepen, terwijl de anderen met een donkere blik in hun ogen zwijgend luisterden.

Taniya vertelde hoe ze ontsnapt waren aan de legermannen en ze Zathi had geprobeerd mee te trekken. Wat er daarna was gebeurd, herinnerde ze zich niet meer.

Raihan keek peinzend naar haar. Haar ogen hadden emotieloos geleken tijdens het hele verhaal, hoewel het toch schokkende ervaringen waren voor iemand die nog nooit een oorlog had meegemaakt. Hij besloot om later met haar te praten en er nu niets over te zeggen.

Raihan keek hoe Chen en Gan grapjes maakten en hoe Taniya erop reageerde. Haar lach bereikte haar ogen niet en afwezig aaide ze Shiba over het hoofd. Toen iedereen weer stil was, draaide Taniya haar gezicht nadenkend naar Gan toe. 'Waar is Shilpa?'

Uit zijn bedroefde ogen en zijn schouders die slap gingen hangen en aan de reactie van de anderen, wist ze dat Shilpa het niet had overleefd. Haar ogen werden vochtig en ze wendde zich van iedereen af en ging liggen in het geïmproviseerde bed.

Tien zonnedagen waren voorbij sinds de overlevende strijders waren vertrokken uit de tunnel. Via schepen zouden ze vertrekken naar de havenstad Kale. Daar zouden andere schepen hen brengen naar het eiland Shurat. Raihan staarde met een peinzende blik over de rand van het open dek naar het water. Deze weg had hij al vaak genoeg afgelegd. Het zou nog elf zonnedagen duren, voordat ze Kale zouden bereiken. Daarna was het nog driekwart maan varen naar het eiland Shurat.

In een melancholieke bui bedacht hij, dat het nooit zo zwaar was geweest om naar Shurat te reizen. Hij had in het verleden altijd geweten dat hij weer terug zou keren naar zijn geliefde Mandjira, maar dit keer zou er geen terugreis zijn. Mandjira was nu volgestroomd met de taraka van de Shezna. Mistroostig wendde hij zich af van het water en keek uit over het dek tot hij het meisje zag met de sherien op haar schoot. Afwezig aaide Taniya het hoofd van de sherien en staarde in gedachten verzonken voor zich uit. Taniya's gezicht was nog bleek, maar ze had nu wel minder pijn. Ze had grote wallen onder haar ogen, alsof ze dagenlang niet geslapen had. Ze keek op toen een donkerharig man neerknielde voor haar en met haar in gesprek ging. Raihan kon haar gesprek met Freno niet volgen, maar hij wist dat hij haar vroeg hoe het met haar ging. De twee bleven een tijdje met elkaar praten en toen Raihan tranen in haar ogen zag op komen, liep hij op hen af. Ineens boog Freno zich voorover en nam Taniya in zijn armen. Shiba was geschrokken van Taniya's schoot af gesprongen en keek haar vanaf een eindje verward aan. Het arme beestje begreep niet wat er mis was met zijn bazin.

Raihan bleef stokstijf staan, terwijl Freno haar omhelsde. Taniya's losse haren waaiden lichtjes door de wind. In haar bleke gezicht keken haar ogen gekweld voor zich uit en er rolden dikke tranen over haar wangen. Freno trok haar voorzichtig overeind tot ze stevig stond.

Daarna begeleidde hij Taniya benedendeks en kwam na een tijdje met Shiba in zijn kielzog weer aan dek. De sherien vond het maar niets op het deinende schip in gesloten ruimtes te zitten en had Taniya achter gelaten om achter de vertrouwde Freno aan te gaan.

Freno keek om zich heen tot hij Raihan in het oog kreeg. Met snelle stappen liep hij op hem af, terwijl Raihan afwachtte tot Freno wat zou zeggen.

'Ik heb Taniya weer naar haar kamer gebracht.'

Raihan gaf geen reactie en keek met een onverschillige blik in zijn ogen uit over het water.

'Het gaat niet zo goed met haar.' Met ongeruste ogen keek Freno ook uit over het water en toen weer naar Raihan die hem weigerde aan te kijken.

'Gelukkig ben jij er dan om voor haar te zorgen,' zei Raihan stuurs kijkend naar de werkzaamheden van de strijders op het schip.

'Waar slaat dat nou weer op?' vroeg Freno onthutst.

'Niets,' zei Raihan afgemeten. Hij balde zijn vuisten in een poging zich in te houden.

Freno keek hem aan en ineens begon het hem te dagen. 'Ben je jaloers?' Met een frons keek hij naar Raihan.

'Nee,' zei Raihan bars. 'Is er wat belangrijks, anders ga ik weer aan het werk.'

Freno zuchtte en ging verder met de reden van zijn komst bij Raihan.

'We moeten haar laten gaan,' zei hij zacht.

'Waar naar toe?' vroeg Raihan stuurs.

'Waar ze maar wil. Naar Shakshida, naar Alba, desnoods terug naar Palanika,' zei Freno met een wijds gebaar. 'Overal, zolang het maar niet hier is.'

'Waar heb je het over,' blafte Raihan boos.

'Deze oorlog,' zei Freno langzaam. 'Het maakt haar kapot. Ze slaapt niet sinds ze die taraka heeft vermoord. Ze is oververmoeid, doordat beelden van de dode man haar achtervolgen.'

Raihan keek Freno aan en wilde wat zeggen. Freno hief zijn hand op om hem tot stilte te manen. 'Ik heb haar een slaapdrank moeten geven, zodat ze in slaap zou vallen. Maar daarmee ontvlucht ze haar pijn niet. Zodra ze wakker wordt, zal die er nog steeds zijn. Ze heeft een veilige plek nodig, zodat haar wonden kunnen helen. Zowel de lichamelijke als de wonden aan haar ziel.'

Freno keek naar Raihan die nu stil voor zich uit staarde.

Even zei niemand wat en toen plaatste Freno zijn hand op Raihans schouder, zodat hij gedwongen werd naar hem te kijken. 'Ik weet dat ik veel van je vraag,' zei Freno zacht. 'Maar als je echt om haar geeft, laat haar dan gaan. Hier zal ze kapot gaan. Je zult haar niet herkennen zoals ze was toen ze de eerste keer naar Mandjira kwam.'

Hij trok zijn hand weg en liep naar de andere strijders om te helpen met de werkzaamheden.

Raihan draaide zich om en keek bedroefd over de reling naar het water.

Hoofdstuk 31

De Raadsleden die achter waren gebleven, terwijl Qabil en Yair de stad Bari te paard binnen drongen, bleven met een ongerust gevoel achter. Zoals besproken met Qabil leidden ze de groep Mandjiranen die bij hen waren gebleven weg van de stad. Maar achter hen klonk het geschreeuw en de pijnkreten van de mensen steeds harder op in de stad achter hen. Met pijn in hun hart hoorden ze het aan. Ze zouden overspoeld worden door de grote hoeveelheid taraka aanwezig in de stad, dus moesten ze redden wie ze konden redden. Maar toch bleef het smart van het achtergebleven volk aan hun geweten knagen.

'We moeten ze helpen,' mompelde Rashmi koortsachtig in haar handen wrijvend.

Ulf zette zijn hand op Rashmi's hand. 'We kunnen niets doen,' zei hij somber.

Rashmi knikte verdrietig en liet haar paard verder stappen met haar mensen achter zich aan.

Mayrin stopte ineens en keerde om. 'Gaan jullie verder,' riep ze kalm. 'Red wie je redden kan. Ik ga de anderen helpen.'

'Je zal het niet overleven,' zei Rashmi met tranen in haar ogen.

'Ik ga niet om te overleven,' zei Mayrin vastberaden. 'Ik wil de mogelijkheid creëren voor zoveel mogelijk van onze mensen, zodat ze kunnen ontsnappen. Vaarwel, mijn vrienden.' Na een warme blik in haar ogen en een opgestoken hand ter afscheid, draaide ze zich om en galoppeerde weg. De leden van de Raad keken elkaar ongemakkelijk aan.

Xanthi mompelde angstig. 'Ze gaat haar dood tegemoet. Ze kreeg de kans om te ontsnappen en dan gaat ze terug. Onbegrijpelijk.'

'Nee,' zei Kanti geestdriftig. 'Ik begrijp het helemaal. Ik ga ook terug.'

Voor iemand kon antwoorden, keerde ze haar paard om en galoppeerde achter Mayrin aan. Opal en Uriel keken elkaar aan en knikten toen instemmend. 'Moge jullie reis behouden blijven,' wensten ze Rashmi en de anderen toe en galoppeerden ook weg.

Rashmi keek hen met grote ogen na. Ze maakte een beweging alsof ze ook wilde omkeren.

'Nee,' zei Ulf streng. 'Jouw plicht is hier blijven en deze mensen in veiligheid te brengen.'

Rashmi liet haar schouders verslagen hangen. Maar daarna knikte ze met een strak gezicht en leidde de groep zo snel mogelijk weg van de stad.

De vier vrouwelijke strijders galoppeerden ondertussen terug naar de stad in het besef dat ze waarschijnlijk hun dood tegemoet gingen. Ze raasden de stad met getrokken zwaarden in.

'Hierheen,' riep Mayrin naar de in paniek geraakte Mandjiranen, terwijl ze enkele taraka doorkliefde met haar zwaard. De anderen galoppeerden verder en begonnen een baan vrij te maken, zodat de Mandjiranen konden ontsnappen. Ze dekten elkaars rug, zodat niemand hen van achteren kon aanvallen.

Een deel van de Mandjiranen lukte het om de stad uit te komen. In paniek geraakt, renden ze alle richtingen op. Zolang ze maar veilig zijn, dacht Mayrin. In een moment van onoplettendheid trok een tarak haar van haar paard af. Mayrin kwam op haar knieën terecht, maar rolde meteen verder en sprong op. Met de zwaarden in beide handen vocht ze verwoed verder.

Het was een hopeloos gevecht. De overmacht was te groot en langzaam begon ze vermoeid te raken. Toch bleef ze vechten, zodat de Mandjiranen een kans hadden om te vluchten. Vanuit haar ooghoeken zag ze dat Opal geveld werd door de kling van een zwaard. Als in vertraging, zag Mayrin haar met een kreun neervallen. Een golf van verdriet spoelde door Mayrin heen, maar ze bleef hardnekkig vechten.

Ineens vloog een pijl dwars door haar hand heen. Een vlammende pijn steeg op vanuit haar hand en ze liet haar zwaard vallen. Met in haar andere hand nog het zwaard greep ze haar pijnlijke hand vast, terwijl het bloed over beide handen gutste.

Een tarak kwam met een opgeheven zwaard op haar af. Mayrin wist dat dit haar einde was. Ze had geen kracht om verder te vechten. Voordat de tarak haar met zijn zwaard kon doorklieven, sprong Kanti voor het lichaam van Mayrin om haar af te schermen en raakte in gevecht met de tarak.

'Voor Mandjira,' schreeuwde Kanti vurig. 'Voor Shehza!' Ze vocht dapper met de taraka die haar naderden, terwijl Mayrin moeizaam probeerde op te krabbelen.

Kanti bleef ondertussen gepassioneerd schreeuwen zonder enig blijk van angst. 'Voor onze prins, voor een vrije Shehza, dood aan Kashish de verrader!'

De Mandjiranen die ook aan het vechten waren voor hun leven, hoorden haar. Eén voor één namen ze haar kreten over.

Overal om haar heen hoorde Mayrin haar mensen Kanti's strijdkreet uitroepen. Met hernieuwde kracht en moed stond Mayrin met een ruk op, de pijn in haar met de pijl doorboorde hand, negerend. Ze nam weer deel aan het gevecht.

Weer werd een deel van de taraka afgeslacht, maar het mocht niet baten. De mannen uit het leger waren met teveel. Langzaamaan werden de Mandjiranen beurtelings geveld met de strijdkreet nog op hun lippen. Ook Uriel en Kanti werden doorboord met vele pijlen en zwaarden.

Mayrin werd verblind door de tranen in haar ogen, maar nog steeds bleef ze om zich heen zwaaien met haar zwaard tot ze uiteindelijk ook werd geveld. Vervuld van een spijtige blik, verdween het licht langzaam uit Mayrins ogen.

In de verte hoorden de resterende Raadsleden de doodskreten van de Mandjiranen steeds minder vaak opstijgen. Met tranen in haar ogen stapte Rashmi door op haar paard, hier en daar de vermoeide Mandjiranen aansporend om haast te maken. Even had ze een vonk van hoop gehad, toen ze de strijdkreten in Bari hoorde oplaaien. Misschien maakte haar volk nog een kans. Maar daarna waren de strijdkreten ook beurtelings weggevallen tot ze niets hoorde.

Omdat de Mandjiranen geen keus hadden dan hun reis te vervolgen, gingen ze zo snel mogelijk verder. De taraka uit Bari kwamen niet achter hen aan.

Zo stapten ze drie zonnedagen door naar het zuiden van het land. Onderweg rustten ze maar enkele momenten uit om dan opnieuw met vermoeide en wanhopige blikken weer verder te gaan. Rashmi leed onder het gewicht van haar verdriet en stapte moedeloos voort op haar paard, terwijl de overige Raadsleden te paard verspreid over de inmiddels in grote aantal geslonken stoet nauwlettend de omgeving in de gaten hield op verdachte bewegingen. Na een tijdje stuurde Ulf zijn paard naar Rashmi. Zacht plaatste hij een hand op haar schouder.

'We hadden geen keus,' zei Ulf zacht tegen Rashmi.

'Ik weet het,' zei Rashmi op bittere toon.

'We hebben je nodig,' zei Ulf weer zacht. 'Dit volk heeft jou nodig.'

'Waarom?' vroeg Rashmi verbitterd. 'Wat heeft het voor nut? Al die doden, waarom?'

'Voor een vrije Shehza,' zei Ulf kalm.

'Dat zal voor deze mensen niets uitmaken,' snauwde Rashmi. 'Ze zijn dood! Ze zullen geen vrije Shehza zien. Is dit het wel waard? Is een vrije Shehza al die doden wel waard?' Boze tranen rolden over haar wangen.

'Ja,' zei Ulf bedaard. 'Dat is het wel waard. Heb je die mensen niet gehoord? Ze wisten dat hun einde naderde, maar toch bleven ze tot het eind onze strijdkreten uitschreeuwen. Strijdkreten over een vrije Shehza.'

Rashmi keek hem met rode ogen aan. Ulf rechtte trots zijn rug, terwijl hij even in gedachten verzonken in de verte tuurde. Hij richtte zich weer tot Rashmi. 'Deze mensen vochten om hun ware Shezna op de troon te zien,' zei hij overtuigend. 'Om te leven in vrijheid, om te ontkomen aan een wrede Shezna.'

Rashmi keek alleen diep bedroefd naar hem, maar reageerde niet.

'Deze mensen vochten voor een beter leven,' riep Ulf uiteindelijk gepassioneerd uit. Dwingend tuurde hij in de ogen van Rashmi.

Rashmi vroeg met een stem vol smart, 'maar al die doden? Er waren kinderen en ouderen bij. Misschien moeten we het maar opgeven? Welke toekomst heeft Shehza zonder onze kinderen?'

'Hou op,' zei Ulf kalm. 'Je beledigt onze gevallen mensen. Als je nu opgeeft, zijn onze mensen voor niets gestorven. Zij wisten waarvoor ze vochten. Zij wisten dat het gevaarlijk zou kunnen worden. Dit is het leven wat zij zelf hebben gekozen om onder het juk van de Shezna uit te komen.'

Rashmi boog haar hoofd hoofdschuddend.

'Ik weet dat het je nu heel veel pijn doet,' vervolgde Ulf met een meelevende blik in zijn ogen. 'Maar je kunt het offer van hen niet zo makkelijk terzijde gooien. We moeten blijven vechten, hoeveel pijn het ook doet!'

Rashmi wendde haar gezicht af. Ulf keek haar doordringend aan en wachtte af. Na enkele tellen rechtte ze haar rug en keek naar Ulf. Vastberaden knikte ze met haar hoofd en zei met een harde stem, 'de Shezna zal boeten voor al onze doden.'

*

Raihan liep met Freno, Shai en Gan het schip af naar het huis van de havenmeester. De drie mannen bleven continu om Raihan hangen. Ze probeerden het zo onopvallend mogelijk doen, maar Raihan had het toch opgemerkt. Herhaaldelijk had hij de afgelopen elf zonnedagen op het schip, geprotesteerd tegen de continue aanwezigheid van de mannen. Maar de mannen weigerden domweg naar hem te luisteren. Waakzaam hielden ze alles en iedereen rond Raihan in de gaten. Hij had niet eens de kans gehad om een rustig gesprek met Taniya te voeren. Voor hij het wist had het schip aangelegd in de haven van de stad Kale.

Kale was een grote, bedrijvige stad. Overal om hen heen liepen mensen af en aan. De een wandelde rond op de kade, de ander werkte hard om de kost te verdienen. Kleine kinderen renden langs de grote balen en kratten, tikkertje spelend. Overal hoorde je het vrolijke gelach. Uit niets bleken er zorgen over een naderende oorlog te zijn.

Raihan keek waakzaam om zich heen. Hij had nu andere zorgen aan zijn hoofd dan zijn protesten tegen de voortdurende bewaking van de mannen. Met grote stappen liep hij naar de deur van het huisje van de havenmeester en klopte aan. De havenmeester riep hem naar binnen.

Freno en Shai stelden zich zonder wat te zeggen aan weerszijden van de deur op en hielden de omgeving in de gaten. Gan liep achter Raihan het huisje in.

Raihan ging op de stoel tegenover de havenmeester zitten en groette hem kort. De havenmeester gaf een knikje terug. Gan posteerde zich achter de stoel van Raihan, terwijl hij de kamer waakzaam rond keek.

'Waarmee kan ik u van dienst zijn?' vroeg de havenmeester met een onbewogen gezicht naar Raihan.

'Wat kunt u een arme doler bieden,' vroeg Raihan rustig.

'Wat u maar wilt,' antwoordde de havenmeester onaangedaan. 'Brood, water, geld. Wat heeft u nodig?'

'En uw leven?' vroeg Raihan weer. Geringschattend bekeek hij de man van top tot teen.

'Voor de ware Shezna en zijn onderdanen buigt mijn nederige hoofd altijd,' antwoordde de havenmeester weer en boog zijn hoofd naar Raihan.

Gan volgde het vreemde gesprek met een frons aan. Hij had gehoord dat Raihan vaker naar Shurat was geweest en begreep niet waarom het nodig was om een vreemd gesprek met deze man te voeren. Hij volgde de woordenwisseling met de frons nog steeds op zijn gezicht.

'Ik ben maar een nederige dienaar,' zei Raihan. 'Het liefst zou ik willen dwalen over de velden in het paradijs.'

'Het paradijs kan ik u niet bieden,' zei de havenmeester met een glimlach. 'Maar ik ken een plek wat daar dicht in de buurt komt.' Hij stond op en liep met zijn armen wijd naar Raihan toe.

Raihan stond op en omhelsde de man lachend. De man gaf een aantal klappen op Raihans rug en liet hem vervolgens los. Beide mannen gingen weer zitten.

'Hoe is het in Shurat?' vroeg Raihan met een belangstellende blik in zijn ogen.

Gan keek de twee vreemd en in de war aan. Toen begon het hem te dagen. Blijkbaar waren bepaalde wachtwoorden nodig, voordat men toegang kreeg tot Shurat. Zijn frons verdween en hij glimlachte flauwtjes.

'Het gaat goed,' antwoordde de havenmeester glimlachend. 'We hebben een goede oogst gehad. De velden zijn groen, de mensen zijn vrolijk en het vee heeft veel vlees aan hun botten.'

Raihan knikte goedkeurend met zijn handen in elkaar geschoven.

'En hoe gaat het in Mandjira?' vroeg de havenmeester vrolijk.

De gezichten van Raihan en Gan betrokken en ze keken elkaar

even aan.

'Wat is er?' vroeg de havenmeester, een ongeruste blik werpend op Raihan en Gan. Een moment bleef het stil.

'Heb je het niet gehoord?' vroeg Raihan voorzichtig.

'Wat moet ik gehoord hebben dan?' vroeg de havenmeester met een frons.

'Mandjira is gevallen,' zei Raihan somber.

'Wat?' riep de havenmeester onthutst uit.

'Hoe kan je het niet gehoord hebben?' vroeg Raihan verward. Hij stond met een ruk op en begon te ijsberen, terwijl hij verwoed zijn gedachten probeerde te ordenen.

'Van wie moet ik wat gehoord hebben dan?' vroeg de havenmeester ontdaan. 'De laatste Mandjiraan die ik heb gezien was zes manen geleden.'

'Wat?' riep Gan nu geschrokken uit. 'En ons volk dan?' Hij boog zich over de geschrokken man heen.

'Uw volk?' vroeg de havenmeester met een gezicht vol verwarring. Hij stak zijn handen op om Gan af te weren, maar die had zich al met een ruk afgewend naar Raihan. Ontzet keken de twee elkaar aan. Raihan wendde zich weer tot de havenmeester en vroeg op een dwingende toon, 'mijn volk zou ongeveer acht zonnedagen geleden gearriveerd moeten zijn. Heeft u ze niet gezien?'

'Er is niemand van uw volk bij mij geweest in de afgelopen zes manen,' zei de havenmeester nog steeds verward.

'Zijn er nog andere personen bij wie ze terecht kunnen om naar Shurat te gaan?' vroeg Gan bevreesd aan Raihan.

'Nee,' zei Raihan op een verslagen toon. Hij liet zich terneergeslagen zakken in de stoel. 'Alleen via de havenmeester.'

'En wat houdt dat in?' vroeg Gan in paniek rakend. 'Waar is ons volk dan?'

De havenmeester keek nadenkend en vroeg, 'via welke weg zouden zij naar Kale komen?'

'Via Tahya, Bari en dan naar Kale,' antwoordde Raihan mistroostig.

Het bleef even stil.

Raihan keek naar de havenmeester die nerveus wiebelde met zijn benen.

'Wat?' vroeg Raihan nu gespannen.

'Misschien', begon de havenmeester aarzelend.

'Wat is er, man?!' riep Gan ongeduldig uit toen de man weer stil werd.

'Bijna een maan geleden,' zei de havenmeester langzaam,' is er bij Bari een massaslachting geweest door de taraka van prins Firoz. Ik dacht dat het volk in Bari wat geflikt had, maar misschien was de aanval niet op het volk van Bari.'

Hij keek Raihan beschroomd aan. Een gevoel van wanhoop welde in Raihans lichaam op. Hij kreeg het tegelijkertijd warm en koud. Zijn handen knepen hardhandig in de stoelleuningen.

'Weet je het zeker?' vroeg Raihan gespannen vooroverbuigend naar de havenmeester.

'Ik weet niet of de massaslachting van de Mandjiranen was,' zei de havenmeester somber. 'Maar ik weet wel zeker dat er een massaslachting is geweest. Niemand heeft het daar overleefd, ook niet de inwoners van Bari.'

Met een ruk stond Raihan op en liep zonder iets te zeggen met ferme passen naar buiten. Gan en de havenmeester volgden hem tot hij bij het schip stil stond. Ook Freno en Shai volgden hem ongerust.

Raihan stak zijn handen in zijn haren en begon te ijsberen over de kade. Ineens gaf hij met een boze uitroep een trap tegen een ton die op de kade was gezet. Trillend viel de ton om en rolde heen en weer.

'Wat is er gebeurd?' vroeg Shai ongerust aan Gan. Freno ging naast de twee mannen staan om mee te luisteren. 'Ons volk is hier nooit gekomen,' zei Gan met gekwelde ogen.

Geschokt keken Freno en Shai elkaar aan.

'Waar zijn ze dan?' vroeg Freno zacht met een kil gevoel van angst.

'Er is een massaslachting geweest bij Bari,' zei Gan overstuur. 'Maar we weten niet of dat van onze mensen was.'

Furieus balden Freno en Shai hun vuisten. Ze zeiden niets tot Raihan weer toornig op hen af liep. 'Jullie gaan aan boord van het schip en vertrekken naar Shurat,' zei hij grimmig. Voor de anderen konden reageren, keek Raihan naar de havenmeester. 'Zorg ervoor dat ze veilig in Shurat komen.'

De havenmeester knikte en vroeg, 'en jij?'

'Ik ga naar Bari,' zei Raihan ziedend van woede.

'En wij gaan mee,' zei Shai. Vastberaden sloeg hij zijn armen over elkaar heen, terwijl Freno en Gan instemmend knikten.

'Nee,' zei Raihan witheet van woede. 'Jullie gaan met het schip mee.'

'Je kunt ons niet dwingen, prins,' zei Shai brommend. 'We gaan met je mee of we volgen je alsnog.'

Met een vloek op zijn lippen, draaide Raihan zich om en schopte weer tegen een ton. Na enkele tellen ontspanden zijn gebalde vuisten en hij haalde diep. 'Goed, maar alleen jullie drieën gaan mee.'

De drie mannen knikten.

'Zijn de schepen al gereed om te vertrekken?' vroeg Raihan met een blik op de havenmeester die instemmend knikte.

'Maak iedereen klaar voor vertrek,' zei Raihan gedecideerd.

'Kom, we gaan,' zei hij resoluut zich tot de drie mannen wendend.

De havenmeester stak een hand ter groet op en liep naar het schip waarmee de groep was gearriveerd.

*

Taniya stond vanaf de reling van het schip naar de vijf mannen te kijken. Raihan keek om de één of andere reden erg boos. Shai, Gan, Freno en een onbekende man stonden bij Raihan.

Ze hoorde Raihan in de verte schreeuwen, maar ze kon niet verstaan waar het over ging.

Ongerust keek Taniya naar de groep en begreep er niets van. Ze hoorde voetstappen naast haar en wendde zich tot de persoon. Het was Daruk. De laatste dagen bleef de man continu om haar heen hangen, alsof hij haar wilde beschermen tegen iets. In het begin had ze het vervelend gevonden, maar nu raakte ze er wel aan gewend.

'Hoe is het met Chen?' vroeg Taniya. Ze wendde haar hoofd van de mannen af en keek naar Daruk.

Hij grinnikte en antwoordde, 'ze is nog steeds groenig van kleur, maar ze voelt zich wel beter. Het enige waarmee het niet beter gaat, is haar humeur. Ze vervloekt nog steeds alle schepen op de wereld.'

Taniya glimlachte. Opmerkelijk genoeg had zij helemaal geen

last gehad van zeeziekte. Chen had helaas minder geluk. De hele weg had ze brakend door gebracht. Waarschijnlijk zou ze niet eens van het eiland Shurat af gaan, wanneer ze dat eiland eenmaal had bereikt, puur om niet weer een schip te hoeven betreden.

Taniya draaide haar gezicht weer nadenkend naar de mannen. 'Wat denk je dat er aan de hand is?' vroeg ze zacht aan Daruk.

Daruk tuurde fronsend naar de mannen en antwoordde, 'ik zou het niet weten, maar ik heb Raihan zelden zo boos gezien.'

Taniya's ongerustheid begon steeds meer te groeien, terwijl ze samen met Daruk zwijgend naar de mannen keek. Uiteindelijk liepen de vier mannen weg van het schip. De onbekende man liep daarentegen naar het schip toe en daarna de loopplank over om aan boord te komen. De strijders die Raihan vanuit Mandjira hadden gevolgd, gingen nieuwsgierig om de vreemdeling heen staan. Taniya en Daruk bleven van een afstand naar de man kijken.

'Mijn naam is Wood,' zei de havenmeester luid tegen de groep mensen. 'Raihan heeft mij de opdracht gegeven om jullie naar te brengen.'

Opgeluchte, maar ook verwarde ogen keken de man aan.

'En prins Raihan dan?' vroegen enkelen ongerust.

'Die moet hier een aantal klusjes klaren,' zei Wood vaag. 'Maar daarna zal hij jullie volgen.'

Een onrustig gemompel ging door de groep heen. Eén van de strijders vroeg wanneer ze zouden vertrekken.

'Jullie vertrekken over een zonnedeel,' zei Wood luid naar de hele groep. 'Pak je spullen in en dan vertrekken we met een ander schip.' Hij weerde met zijn hand de opkomende vragen af, tot de de strijders zich onder luid gemompel verspreidden om hun spullen op te halen uit de kamers. Wood bleef net als Taniya en Daruk op het dek staan.

Daruk liep met ferme passen naar de man met Taniya in zijn kielzog. 'Waar is Raihan naar toe?' vroeg hij afgemeten.

'Hij moest een aantal klusjes klaren,' zei Wood ontwijkend.

'Wat voor klusjes?' vroeg Taniya sceptisch.

'Weet ik niet precies,' zei Wood nerveus met zijn handen wriemelend.

'Niet liegen, man,' bulderde Daruk. Hij pakte hem bij de kraag beet. 'Ik heb je toch net zien praten met Raihan. Wat is er aan de hand?'

Sissend maande Wood hem tot stilte, zenuwachtig om zich heen kijkend. Enkele hoofden hadden zich naar hen toe gedraaid 'Kom mee,' zei hij tegen Taniya en Daruk. Samen liepen ze de loopplank af en de kade op.

Afwachtend keek Taniya naar de man. Het was een lange, brede man met een dichte baard. Zijn baard had dezelfde donkerbruine kleur als zijn haren, maar was op bepaalde plaatsen grijs gekleurd. De man had een groene broek aan met een bruine trui die tot aan zijn middel kwam. De trui bolde naar voren op door zijn dikke buik. Hij had iets weg van een grote beer, besloot Taniya uiteindelijk, nadat ze klaar was met haar korte inspectie.

'Vertel op, man,' zei Daruk ongeduldig, toen de man niets zei.

'Raihan is naar Bari gegaan,' zei Wood zachtjes.

'Naar Bari?' vroeg Daruk met een frons. 'Wat is er in Bari?'

'Niets zeggen tegen iemand,' zei Wood smekend. 'Ik wil niet dat er paniek uitbreekt onder de strijders.'

'Waarover heb je het?' vroeg Taniya geërgerd. 'Wees wat duidelijker.'

'Jullie volk,' zei de man moeizaam slikkend.

'Wat is er met hen?' vroeg Daruk nijdig toen de man weer stil werd.

'Ze zijn hier niet aangekomen,' zei Wood met een onheilspellende blik in zijn ogen. Daruk en Taniya vielen stil en keken de man geschokt aan.

'Ze hadden hier acht zonnedagen geleden gearriveerd moeten zijn,' vervolgde de man en staarde voor zich uit.

'En wat is Raihan in Bari gaan doen?' vroeg Daruk dreigend.

'Een maan geleden is er een massaslachting geweest in Bari door prins Firoz en zijn leger,' zei Wood langzaam zich weer tot Daruk wendend. 'Raihan is gaan kijken of het jullie volk was.'

Sprakeloos keken Taniya en Daruk de man aan. De man sloeg zijn ogen verdrietig neer. Een snik welde in Taniya's keel op. Ze dacht radeloos aan alle mensen die met de stoet waren meegelopen. Ze hadden gedacht dat ze aan het ontsnappen waren aan de taraka van de Shezna. Doch waren ze recht in de armen van een andere vijand gelopen. Verbijsterd schudde ze vol verdriet en onbegrip haar hoofd.

Hoofdstuk 32

Raihan, Freno, Shai en Gan galoppeerden met hoge snelheid naar Bari. Ze hadden in Kale enkele paarden geronseld voor een aantal goudstukken. Toen ze Mandjira verlieten, hadden ze geen enkel goudstuk bij zich gehad, maar gelukkig hielden ze altijd een deel verborgen in de schepen. Het duurde bijna twaalf zonnedagen om Bari te bereiken vanaf Kale. De groep rustte weinig en bereikte na tien zonnedagen al de rand van de stad Bari.

Wanhopig keken ze naar de ravage in de stad. Deuren hingen uit hun voegen en kraampjes waren omver gestoten. Bruine vlekken bevlekten de kurkdroge grond. Het was opgedroogd bloed. Maar dit was nog niet eens het ergste.

Het ergste waren de lijken. Overal om hen heen lagen ontbindende lijken. De stank van rottende lichamen vulden hun neusgaten. Vliegen en andere insecten kropen over de levenloze lichamen.

Bloed en lichaamsvocht bevlekten de kleren en de ondergrond waar de lijken op lagen. Hier en daar lagen losse armen, benen of hoofden. Kleine lichamen, grote lichamen, mannelijke en vrouwelijke lichamen. Er was geen onderscheid gemaakt tussen de verschillende personen. Iedereen was genadeloos afgeslacht.

De gezichten van Raihan en Freno begonnen steeds strakker te trekken, maar ze liepen verder. Het kostte hen alle kracht om niet in woede te ontvlammen.

Shai had een groenige kleur gekregen en deed moeite om niet over te geven.

Gan liep wat langzamer, kokhalzend met een doek voor zijn neus en mond, achter de anderen aan. 'Is het ons volk,' stamelde hij met een vertrokken gezicht.

Iedereen zweeg. Ten einde raad bleef Raihan na enkele ogenblikken met gebalde vuisten stil staan. 'Dit zijn onze mensen,' zei Raihan met een hopeloze blik om zich heen.

'De wapens bevatten ons merkteken.' Tranen van boosheid en verdriet vulden zich in zijn ogen. 'Ze hebben niemand in leven gelaten. Zelfs de kinderen niet.'

Hij zakte door zijn knieën van verdriet. Geluidloos vielen er tranen uit Freno´s ogen. Hij zette een hand op Raihans schouder.

'We hadden hier moeten zijn,' bracht Raihan verstikt uit. 'We hadden hen moeten helpen. Het is allemaal mijn schuld, ik heb hen alleen op pad gestuurd.'

'Het is niet jouw schuld,' zei Shai met een harde stem, waarin de diepte van zijn verdriet weerklonk. 'Wij dachten allemaal dat het veiliger zou zijn voor ons volk als zij de tijd kregen om te ontsnappen. We wisten niet dat het leger van Firoz hen hier opwachtte. We hadden het niet kunnen weten in de korte tijd die wij hadden.'

Maar Raihan staarde alleen, zich ellendig voelend, naar de grond. Iedereen viel stil, maar daarna zei Freno na enkele tellen met een wraakzuchtige stem, 'maar we kunnen wel nog meer doden voorkomen.'

Diep bedroefd keek Raihan om zich heen.

'We gaan er alles aan doen om de Shezna van de troon af te stoten,' zei Shai nu ook woedend. 'Prins Firoz en hij zullen boeten voor hun daden.'

Een harde blik kwam in Raihans ogen. Hij stond met gebalde vuisten op, rechtte zijn rug en zei, 'zoek brandbare vloeistof, giet het over onze mensen heen en verbrand ze. Ze zijn al te lang voer gebleven voor ongedierte.'

De mannen verspreidden zich met een ellendig, maar wraakzuchtig gevoel.

*

Vermoeid bereikten Taniya en Daruk de stad Bari. De havenmeester was na zijn verhaal weer terug gegaan naar het schip. Taniya had gezegd dat ze achter de mannen aanging. Daruk had in eerste instantie geweigerd Taniya te laten gaan, maar hij was zelf ook gedreven om actie te ondernemen.

Uiteindelijk had hij ermee ingestemd om naar Bari te gaan. Freno, Shai, Gan en Raihan waren al meer dan een zonnedeel geleden vertrokken, dus Taniya en Daruk moesten snel zijn, wilden ze hen bijhouden. Chen hadden ze achter gelaten op het schip. Aan haar hadden ze toch niet veel. Na al die dagen overgeven, had Chen niet veel kracht in haar lichaam over.

Na tien vermoeiende zonnedagen hadden Taniya en Daruk eindelijk de stad bereikt. Zodra ze de stad in galoppeerden, vulde een rottende stank hun neuzen. Daruk trok alleen zijn neus vol afkeer op, maar Taniya werd misselijk. Ze drukte een doek voor haar gezicht, terwijl ze van de paarden afstapten en voorzichtig verder te voet gingen.

Enkele straten verder zag ze wat de bron was van de stank. Tientallen rottende lichamen lagen verspreid door de stad heen. De lichamen waren onherkenbaar verminkt door de taraka en door het ongedierte wat over de lichamen kroop. Taniya wendde zich af en begon over te geven. Daruk wreef over haar rug, terwijl ze de inhoud van haar maag leegde op de grond. Toen ze weer wat gekalmeerd was, liet Daruk haar los.

Met tranende ogen keek Taniya om zich heen. 'Zijn dit de Mandjiranen?' vroeg ze ontdaan.

Daruk knikte verdrietig. 'Kom,' zei hij. 'We gaan op zoek naar de anderen.'

Taniya volgde hem zwijgend. Enkele straten verderop roken ze de geur van verbrande lijken.

'Hierheen,' zei Daruk de geur volgend. Kriskras liepen ze door de straten langs de rottende lijken heen. Na een tijdje kwamen ze op een groot plein terecht, waar de vier mannen roerloos stonden. Met een frons stapte Daruk op hen af met Taniya in het kielzog.

'Waar kijken jullie naar?' vroeg Daruk langzaam.

De vier mannen draaiden zich verschrikt om en stonden binnen een tel klaar met hun zwaarden in de hand om in de aanval te gaan. Toen ze Daruk zagen, borgen ze hun zwaarden weer weg. 'Waar kijken jullie naar?' vroeg Daruk weer.

De vier mannen schoven op. Ontsteld keek Daruk naar het zicht voor hem. Naast zich hoorde hij Taniya eerst kokhalzen en het even later wanhopig uitschreeuwen. Geschrokken door de heftigheid van haar reactie keek hij bezorgd naar haar. Ook de anderen draaiden zich ongerust naar haar om.

Taniya was om Daruk heen gelopen om te zien waar de mannen naar hadden gestaard. Kokhalzend had ze gekeken naar het scenario voor zich. Een twintigtal hoofden waren afgehakt en gespietst op manshoge staken. De gezichten waren onherkenbaar, maar aan de kleine vorm van de hoofden te zien, waren dit kinderen geweest. Taniya had vol onbegrip, machteloze woede, afschuw en verdriet gekeken naar de hoofden op de staken.

Ineens had een ketting met een groene, glanzende steen als hanger haar aandacht getrokken. De ketting was gebonden onder het hoofd aan de staak. Ze had omhoog gekeken naar het afgehakte hoofd en een gevoel van herkenning was in haar opgekomen. Vol afschuw en wanhoop, had ze geschreeuwd. 'Nee,' schreeuwde Taniya huilend. 'Nee, dat kan niet.' Ze rende naar de staak toe.

De mannen keken haar ontsteld aan, maar niemand hield haar tegen. Huilend viel ze op haar knieën voor de staak neer. 'Idre,' schreeuwde Taniya huilend. 'Nee, dat kan niet.'

Maar het kon wel. In haar hoofd wist ze dat het wel kon, maar haar hart weigerde te geloven dat het kleine, rottende hoofd op deze staak haar kleine vriend was.

Taniya stak huilend haar handen in haar haren en wreef koortsachtig over haar hoofd en wangen. De tranen rolden uit haar ogen.

'Waarom heb je haar hier gebracht?' vroeg Raihan met een woedende blik op Daruk. Zonder op een antwoord te wachten, liep hij met grote passen naar Taniya. Hij ging doelbewust voor haar staan, zodat haar blik onttrokken werd van het kleine hoofd. Hij pakte Taniya bij haar schouders en trok haar omhoog.

'Idre,' snikte Taniya wanhopig. 'Dat is Idre, Raihan, dat is Idre. Kijk naar die ketting. Dat is die ketting die ik hem had gegeven.' Haar handen grepen in Raihans overhemd bij zijn borstkas en ze keek hem radeloos aan, terwijl hij haar vast bleef houden.

'Het is al te laat. We kunnen niets voor hem doen,' zei Raihan zacht. 'Kom mee.' Hij begon haar weg te trekken van het hoofd van de jongen.

'Nee, Raihan,' schreeuwde Taniya nu ontkennend. 'Dat kan Idre niet zijn. Dat kan niet.'

Totaal overstuur keek ze weer naar het kleine hoofdje, maar een inwendige stem zei, dat het *wel* Idre was.

Raihan zei niets, maar bleef Taniya met zich mee trekken. Taniya huilde hardop en probeerde zich los te rukken en naar Idre toe te rennen, maar Raihan pakte haar op bij haar heupen en tilde haar weg van deze plaats. Met een stem vol smart bleef Taniya schreeuwen en huilen, net zolang tot Raihan haar buiten de stad had gebracht. Daar bleef Taniya huilend op grond liggen, terwijl hij machteloos toekeek.

De vijf mannen hadden onvermoeibaar en met strakke gezichten twee zonnedagen lang alle lijken van de Mandjiranen verbrand. De kleding, het postuur en de wapens van sommige lijken hadden Raihans aandacht getrokken.

Een golf van verdriet was door Raihan heen geslagen, toen hij de lijken van de leden van de Raad had herkend. Met een gevoel van wanhoop had hij de dode lichamen verbrand. De hoofden van de kinderen hadden ze van de staken getrokken en ook verbrand.

Het was een verschrikkelijke taak, maar zijn volk verdiende beter dan opgevreten te worden door aasgieren en andere aaseters. Nadat ze klaar waren met hun taak, bleven Freno, Gan, Daruk en Raihan met een mistroostig gevoel staan op het grote plein.

Ondertussen zaten Shai en Taniya op een kleine afstand van de stad af onder een groepje bomen. Shai had de opdracht gekregen om Freno af te wisselen van de taak om Taniya in de gaten te houden. Met een brok in zijn keel keek Shai naar het meisje voor hem. Ze leunde met haar knieën opgetrokken tegen een boom aan. Een deken was om haar ranke lichaam gewikkeld en ze staarde emotieloos voor zich uit.

De afgelopen twee zonnedagen had Taniya voornamelijk gehuild. Tussendoor was ze in slaap gevallen van vermoeidheid, maar zodra ze wakker werd, jammerde ze weer van verdriet. Nu huilde ze niet , maar was ze in een soort trance geraakt. Dit baarde Shai meer zorgen dan toen ze nog huilde. Grote, rode ogen staarden in gedachten verzonken naar de stad.

Shai had geprobeerd haar over te halen om op een ander plek te gaan zitten, waar ze de stad niet zou zien, maar ze had geweigerd op te staan. Uiteindelijk had hij het opgegeven en was hij tegenover haar gaan zitten. Wat speelt er in haar gedachten af, vroeg Shai zich onwillekeurig bezorgd af.

Taniya staarde met brandende ogen naar de stad. Haar lichaam voelde gevoelloos aan. Een diepe pijn had zich verankerd in haar hart. Ze wilde huilen, maar haar ogen waren uitgedroogd door het vele huilen van de afgelopen dagen.

Gevoelloos dacht ze aan haar tijd in Mandjira. Toen haar kleine vriend Idre continu om haar heen had gehangen. Ze dacht aan het jongetje dat de eerste keer zoveel moeite had gedaan om als een volwassene over te komen. Ze dacht aan de keren dat Idre naar haar toe was komen draven om een nieuwtje te vertellen. De jongen had haar met zijn geestdrift en enthousiasme vertederd.

Uiteindelijk had ze de jongen in haar hart gesloten.

Soms hadden ze samen gewandeld in het woud van Mandjira. Idre had vaak opgewonden springend op zijn voeten, planten en dieren aangewezen en verteld hoe ze heten. Hoewel Taniya niet veel interesse had gehad voor planten, had zijn enthousiasme altijd aanstekelijk gewerkt op haar.

Idre had geen ouders en in Taniya had hij een moeder gezien. Als ze bij het meer zaten te niksen, had hij vaak zijn hoofd in haar schoot gelegd. Meestal hadden Shiba en Idre vriendschappelijk om een plek op haar schoot gevochten. Maar uiteindelijk deelden ze het dan weer broederlijk.

Op een dag had Taniya een mand met wortels geruild voor een glanzende, groen steen. De kleur van de steen had haar aan Idre's ogen doen denken. Daarom had ze de steen door een handwerker laten bewerken tot het de vorm had van een druppel. Er omheen had ze een ovalen cirkel van donkerbruin glas, in dezelfde kleur als haar eigen ogen, laten zetten. De hanger werd vastgehouden door een dikke, zwart touw.

Taniya herinnerde zich dat moment nog heel goed, toen ze de ketting aan Idre had gegeven. Ze was samen met Shiba en hem gaan wandelen. De kleine jongen had vrolijk haar hand vastgehouden en had aan één stuk door gekwebbeld.

Uiteindelijk waren ze bij het meer gekomen en daar gingen ze met z'n drieën zitten. Vermoeid van het praten, was Idre uiteindelijk stilgevallen. Hij was met zijn ogen dicht gaan liggen in het gras, genietend van de zon. Shiba had zijn hoofd op Idre's buik gezet. Vertederd had Taniya naar haar twee dierbaren gekeken.

'Ik heb wat voor je, Idre,' had Taniya zachtjes gezegd.

Idre had zijn ogen geopend en haar verward aangekeken.

'Ik heb een cadeautje voor je,' had Taniya liefdevol gezegd met een warme blik in haar ogen. Ze had zijn hand gepakt en de ketting in zijn hand gelegd.

Idre had zich verschrikt omhoog gehesen, waardoor Shiba achterover was gevallen. Stamelend keek hij haar met grote ogen aan. 'Voor mij? Een cadeautje? Ik heb nog nooit in mijn leven een cadeautje gehad.' Hij had vol verwondering naar de mooie ketting gekeken. 'Het is echt mooi.'

'Kijk,' had Taniya gezegd, terwijl ze de ketting in haar hand had genomen. Ze had hem de groene steen laten zien en gezegd, 'het is de vorm van een druppel, net als een traan. Dat ben jij, want jij leeft in mijn ogen.'

'En zie je dit,' had Taniya gewezen naar de bruine cirkel om de druppel heen. 'Dit is mijn oogkleur.'

Daarna had ze naar de groene steen gewezen, 'dit is jouw oogkleur. Zo zullen we voor altijd bij elkaar zijn.'

Ze had de hanger een halve slag gedraaid, 'kijk maar, lijkt het niet op een oog?'

Idre had er niet op gereageerd, maar alleen met tranen in zijn ogen naar Taniya gekeken. 'Vind je het niet mooi?' had Taniya hem bezorgd gevraagd.

'Het is prachtig,' had de jongen snikkend gezegd. Hij was om Taniya's hals gevallen en bleef snikken.

'Ik hou van je, Taniya,' had de jongen gesnikt. 'Je bent de enige moeder die ik ooit heb gekend. Ga alsjeblieft nooit weg.'

Taniya had hem over zijn hoofd geaaid en zacht in zijn oor gefluisterd, 'je leeft in mijn hart en in mijn ogen, Idre.'

'Ik zal er altijd zijn,' had ze de jongen geruststellend beloofd.

En enkele manen later zouden ze Mandjira samen verlaten. Maar Taniya was achter Shiba gegaan en had Idre achtergelaten met de gedachte dat ze zich binnen korte tijd weer bij hem zou voegen. Maar ze was de stoet kwijt geraakt en ze had hem niet veilig kunnen houden.

Het beeld vervaagde voor Taniya's ogen. Met droge ogen keek ze levenloos voor zich uit. Ze had haar belofte niet kunnen houden. Idre was dood en zij was er niet geweest om hem te beschermen.

Taniya balde haar vuisten en sloeg haar blik tegelijkertijd beschaamd als diep bedroefd neer.

'We vertrekken over een uur,' zei Raihan tegen zijn groep nadat alle lijken waren verbrand. Hij wilde hier niet langer blijven dan nodig was. Terwijl hij zich vooroverboog naar Taniya, vroeg hij hoe het met haar ging. Taniya keek hem alleen vastberaden aan en stond op.

Een beweging achter haar trok zijn aandacht en bruusk pakte hij Taniya's arm en trok haar achter zich. Beschermend ging hij voor haar staan. Freno, Shai, Gan en Daruk gingen naast hem staan.

Manu kwam achter de bomen vandaan, langzaam naar hen toe lopend. Een wrede grijns sierde zijn gezicht.

'Hallo, jongens,' zei Manu met een opgewekte stem. 'Lang niet gezien.'

'Ik maak hem af,' mompelde Shai en wilde naar Manu toe stormen.

'Nee nee,' zei Manu liefjes met zijn wijsvinger heen en weer schuddend. 'Niet als je jouw lieve prinses nog levend wil zien.'

'Leeft Malini nog?' vroeg Freno met een hoopvol gezicht.

'Ja natuurlijk,' zei Manu met een scheef lachje. 'Je denkt toch niet dat ik mijn voornaamste troef zou laten uitmoorden?'

Taniya balde haar vuisten achter Raihans rug.

'Wat wil je?' vroeg Raihan afgemeten.

'Niets bijzonders,' zei Manu. 'Gewoon een kleine ruil.' Verveeld keek hij naar zijn nagels en wachtte de woedende reacties van de anderen af.

'Wat wil je ruilen?' Met een woeste blik in zijn ogen keek Freno naar Manu.

'Mijn vrouw voor jouw liefje natuurlijk,' zei Manu met een ongelovige blik in zijn ogen dat iemand zo dom kon zijn.

'Waar is ze?' vroeg Freno woedend, terwijl hij zoekend om Manu heen keek.

'Oh, een eindje verderop,' zei Manu onverschillig. 'Met een mes op haar keel. We willen toch niet dat jullie gekke trucjes gaan uithalen?'

'Nee nee, mijn maatje houdt haar in de gaten,' vervolgde Manu zogenaamd vriendelijk.

'Dus als ik het goed begrijp,' vroeg Gan langzaam, 'wil je de prinses inruilen voor Taniya?' Manu knikte weer verveeld.

'Hoe weten we zeker dat de prinses leeft?' vroeg Gan sceptisch.

Manu stak een hand op en wees een eindje verderop achter zich. Achter de bomen vandaan kwam Zeke tevoorschijn. Hij had een mes gedrukt op Malini's keel en keek naar de mannen.

Shai staarde moordlustig naar Zeke en schreeuwde, 'Zeke, wacht maar tot ik je te pakken krijg, jij hondsvot. Voor je eigen verlangens, heb je jouw eigen mensen laten uitmoorden. Ik scheur je aan stukken.'

Zeke deinsde angstig achteruit, Malini met zich meetrekkend.

'Tut tut,' zei Manu tegen Shai alsof hij het tegen een kind had. 'Zoveel boosheid is niet goed. En ik vind het niet fijn als jij mijn maatje loopt te bedreigen. Eén wenk van mij en hij snijdt de keel van de prinses door.'

'Niet als ik je eerst vermoord,' mompelde Shai ziedend van woede.

'Wat zei je?' vroeg Manu verveeld. 'Ik verstond je niet, maar mocht je moordlustige plannen hebben, dan waarschuw ik je alvast. Eén verkeerde beweging naar mij toe en mijn maatje snijdt alsnog haar keel door.'

Malini keek met angstige ogen naar de groep.

'Maak je niet druk,' zei Manu sussend. 'Ik geef je een tiental minuten om erover na te denken. Ik ga daar lekker zitten en als je het weet, dan moet je me vertellen wat jullie keuze is.'

Manu draaide zich om en liep op zijn gemak naar een boom, die een eindje verderop stond. Daar ging hij zitten met zijn rug geleund tegen de boom aan. Met een gemeen lachje keek hij naar Raihan.

Raihan kookte van woede. Die man haalde letterlijk het bloed onder zijn nagels vandaan. Het liefst wurgde hij de man eigenhandig, maar hij kon de prinses niet in gevaar brengen. Het ging hem niet eens om het feit dat ze de prinses was en ze haar nodig hadden. De afgelopen tijd was hij de prinses steeds meer gaan mogen. Van haar onverschillige en arrogante houding toen ze in Mandjira kwam, was niets over. Hij had haar zien groeien tot een liefhebbende, vriendelijke en sterke vrouw. Ze was bereid geweest om alles wat haar gelukkig maakte op te offeren voor de mensen van

Mandjira. Raihan was veel gaan geven om de prinses.

'Raihan,' zei Taniya zachtjes. Hij draaide zich om naar haar. Tot nu toe had Taniya geen enkel woord gezegd. Hij keek haar in haar sombere ogen aan.

'Doe het', zei Taniya zacht. 'Maak de ruil.'

Raihan schudde zijn hoofd en wilde wat gaan zeggen.

Taniya legde een vinger op zijn lippen en zei, 'nee, doe het gewoon. Deze man heeft ervoor gezorgd dat honderden mensen zijn gestorven, puur uit wraakzucht. Laat hem niet nog een leven nemen.'

Raihan schudde zijn hoofd weer.

'Maak mijn schuld niet nog groter,' zei Taniya met smekende ogen.

'Nee,' zei Raihan koppig. 'Ik laat je niet gaan.'

'Je hoeft niet te gaan,' zei Freno instemmend met Raihan.

'Jawel,' zei Taniya zonder haar blik van Raihan af te wenden. 'Teveel levens zijn genomen door mij.'

'Het was niet jouw schuld,' zei Shai bruusk.

'Nee, Taniya, we verzinnen wel wat anders,' zei Gan nu ook.

Taniya negeerde de mannen die haar probeerden te overtuigen dat ze wel een andere plan zouden verzinnen en richtte zich alleen smekend tot Raihan. 'Laat me alsjeblieft gaan. Ik kan het niet aan als er in mijn naam nog een leven wordt genomen.'

Raihan keek in haar ogen die hem vol verdriet en wanhoop aankeken. Alles in hem schreeuwde het uit om haar tegen te houden en haar bij zich te houden, waar ze veilig zou zijn. Maar hij kon ook geen weerstand bieden tegen haar smekende ogen. Inwendig twijfelend worstelde hij met zijn gevoelens.

'Niet doen, Raihan,' hoorde hij Freno zacht zeggen.

Raihan zag in Taniya's ogen de pijn die ze voelde om het verlies van al de mensen die ze had verloren.

'Alsjeblieft,' zei Taniya weer smekend. Ze hief haar handen smekend op.

Toen knikte Raihan langzaam toegevend. Taniya's gezicht lichtte op. Ze draaide zich om en wilde naar Manu lopen. Ineens veranderde ze van gedachten en draaide zich weer om naar Raihan.

'Beloof me,' begon ze zacht. 'Beloof me dat je Shehza zal bevrijden, wat het je ook kost.'

Raihan keek haar alleen verdrietig aan toen ze zijn hand vastpakte.

'Beloof me dat je de dood van Idre zult wreken,' zei ze op een hardvochtige toon.

Raihan knikte en zei vastberaden, 'ik beloof het.'

Taniya liet zijn hand gerustgesteld weer los. Ze wilde zich weer omdraaien, maar Raihan pakte haar hand weer vast. Ze voelde een kleine dolk in haar hand glijden. Vervolgens liet hij haar hand weer los. Taniya liet de dolk in haar mouw glijden, knikte hem toe en liep naar Manu toe.

Hoofdstuk 33

Onbewogen had Manu naar de groep gekeken, terwijl ze met elkaar bespraken of ze de prinses wel of niet zouden omruilen voor zijn vrouw, maar inwendig kookte hij van woede. Hij kon het niet hebben dat Taniya zo met de prins sprak. Nu draaide ze zich weer naar hem toe om zijn hand vast te pakken en zei weer wat. Toen ze wilde weglopen, had de man haar hand weer vastgepakt. Verbolgen keek hij naar de twee mensen die voor elkaar stonden en naar elkaar keken. Bijna verloor hij zijn zelfbeheersing, maar met moeite hield hij zich in. Nog niet, dacht hij grimmig. Nog even geduld.

Taniya kwam nu op hem af. 'Maak de ruil,' zei ze vastberaden.

Manu stond met een zelfvoldaan lach op en liep naar Zeke. Taniya volgde hem in zijn kielzog. Toen ze naast Malini en Zeke stonden, nam Manu het mes over van Zeke en zette deze op de keel van Taniya.

'Laat haar maar gaan,' zei Manu met een blik op Malini.

'Taniya,' zei Malini angstig toen Zeke haar losliet.

Geruststellend knikte Taniya haar toe en zei kalm, 'ga maar.'

'Maar...' aarzelde Malini.

'Ga maar,' zei Taniya weer dwingend.

Zeke gaf Malini een duw in haar rug, zodat ze naar de groep mannen zou lopen.

'Blijf met je poten van haar af,' zei Taniya met een kille stem.

Geschrokken deed Zeke een stap achteruit toen hij de blik in Taniya's ogen zag. Zodra Malini begon te lopen, trok Manu Taniya met zich mee uit het zicht van de mannen.

Bijna een kwart maan liepen ze door het bos ten zuidwesten van Bari. Ze wist dat de anderen haar niet in gevaar zouden brengen door hen te volgen, Manu was heel duidelijk geweest daarin en ze kende hem goed genoeg om te weten dat hij ook nu op iets zat te broeden.

'Waar gaan we naar toe?' vroeg Taniya woedend aan Manu. Hij gaf geen antwoord, maar liep met ferme passen door het woud.

Taniya wist dat het geen nut had om te proberen te vluchten. Manu zou haar zo inhalen. Daarnaast hield de man achter haar, Taniya ook in de gaten.

Taniya begreep Zeke niet. In de korte tijd dat ze in Mandjira was geweest, had ze gehouden van de stad en haar inwoners. Ze begreep niet hoe Zeke al die goede mensen had kunnen verraden. Ze keek even snel om naar de zwijgende man.

Zeke keek stuurs voor zich uit en sjokte moedeloos achter hen aan.

Na een tijdje bereikten ze een kleine houthakkershut en ze gingen naar binnen. De hut leek verlaten. Het was daarentegen niet vervallen. Binnen waren twee banken geplaatst om een salontafel heen. Een eettafel stond in de hoek met vier stoelen. Tussen de bank en eettafel lag op de vloer een zwarte, schapenwollen tapijt. Aan de linkerkant van de banken was een open haard. Het huisje was in donkerbruine en zwarte kleuren ingericht. Op zich leek het een gezellig en knus huisje, maar toch was het leeg.

'Waar zijn de mensen die in deze hut woonden?' vroeg Taniya vol verwarring aan Manu.

'Die zijn... verplaatst,' zei Manu, terwijl een wreedaardige glimlach op zijn gezicht verscheen.

Taniya keek hem verschrikt aan.

'Oh, ik heb ze niet vermoord hoor, liefje,' zei Manu met een blik op haar verschrikte gezicht. 'Ik heb ze alleen overgehaald om te verhuizen.'

Taniya slaakte een zucht van opluchting.

'Moeten we niet terug naar de Shezna?' vroeg Zeke aarzelend.

'Nee, nog niet,' zei Manu kil. 'Eerst gaan we rusten.'

Zeke zweeg ontstemd, maar durfde er niets tegenin te brengen.

*

Freno, Shai, Gan, Daruk, Malini en Raihan waren nu al twee zonnedagen onderweg naar Kale. Raihan, Shai, Malini en Freno draafden voorop. Achter de vier ruiters reden Gan en Daruk om de achterhoede te vormen.

Raihans blik gleed steeds weer over Malini's opgezwollen linkerwang. Malini had verteld dat Manu haar had geslagen, omdat ze Taniya niet had willen verraden. Zijn blik gleed omlaag naar de rode vlekken in haar hals. Daarover had ze niets gezegd, maar aan de afdruk te zien, had Manu geprobeerd haar te wurgen.

Iedere keer wanneer hij aan Taniya dacht, sloeg een golf van kille angst door hem heen. Ze had hem geen keus gegeven dan de ruil te maken. Taniya wilde niet dat er meer levens werden opgeofferd voor haar. Hij had haar gekwelde blik niet kunnen verdragen en uiteindelijk ingestemd.

Shai kwam dicht langs Raihan galopperen en zei met een blik op Malini,' zullen we even pauzeren? De dame ziet er vermoeid uit.'

Raihan wierp een blik op Malini's vermoeide gezicht en knikte. Ze stopten en iedereen liet zich meteen uitgeput op de grond zakken. Hij bleef daarentegen nadenkend op zijn paard zitten. 'Ik ga kijken of er in de buurt ergens water en voedsel te vinden is,' zei hij tegen de groep. Iedereen was te vermoeid om wat te zeggen en knikte alleen.

Raihan spoorde zijn paard aan om verder te galopperen. Hij staarde naar zijn omgeving, zonder te beseffen wat hij zag. In gedachten was hij nog steeds verzonken in het beeld van Malini's gewonde gezicht en maakte hij zich zorgen om Taniya's lot. Hij keek om zich heen. Hij was uit het zicht van de groep verdwenen. Toen draaide hij zich weer om naar zijn omgeving.

Hij kon het niet, dacht Raihan twijfelend. Hij kon haar niet aan haar lot overlaten. Maar de prinses en zijn strijders dan? Die zouden niet veilig zijn als hij hen mee nam. Raihan bleef twijfelend om zich heen kijken tot hij eindelijk zijn besluit nam. Met een omtrekkende beweging langs de groep heen, begon hij met hoge snelheid terug te galopperen naar Bari.

Het maakte hem niet uit wat Taniya zei, dacht Raihan vastberaden. Hij liet haar niet in de steek. Hij had meerdere keren gefaald in zijn belofte om haar te beschermen tegen pijn en hij zou het niet nog een keer toelaten.

*

'We zijn hier al bijna een maan verstopt,' riep Rashmi uit tegen Ulf en Amala. 'Zo kan het niet langer door gaan. We zijn hier niet veilig.'

Amala knikte langzaam en vroeg, 'wat stel je voor?'

Xanthi ging nieuwsgierig naast de drie leden van de Raad staan.

'Ik stel voor dat we ons uit het bos wagen en proberen Kale alsnog ongezien te bereiken,' zei Rashmi kalm.

'Maar we zijn hier veiliger dan buiten dit bos,' riep Xanthi ontzet uit.

'We hebben hier geen toekomst,' zei Rashmi met een doordringende blik op Xanthi.

'Maar als we doodgaan, hebben we die ook niet,' zei Xanthi angstig om zich heen kijkend.

Ulf schraapte zijn keel. Zowel Rashmi als Xanthi keek hem hoopvol aan.

'We hebben al eerder keuzes gemaakt voor ons volk,' zei Ulf zacht. 'En die waren verkeerd. Velen hebben de dood gevonden. Het is niet eerlijk om van hen te vragen door te vechten.'

Rashmi wilde protesteren, maar zweeg toen berustend. Xanthi keek daarentegen opgewekt.

'Maar,' begon Ulf weer na een korte stilte. 'Velen hebben ook gehoord hoe hun familie en vrienden stierven met de strijdkreet op de lippen voor een vrije Shehza. De wilskracht om te vechten is nu alleen maar groter geworden.'

Xanthi's gezicht betrok weer na Ulfs woorden en hij liet zijn schouders hangen.

'Wat stel je voor?' vroeg Rashmi belangstellend.

'We vragen aan het volk wat zij willen,' antwoordde Ulf kordaat. Rashmi en Amala knikten instemmend. Xanthi keek nog steeds met een betrokken gezicht, maar legde zich neer bij Ulfs besluit.

*

Met grote stappen liep Daruk heen en weer terwijl hij in de verte tuurde. Ongerust keek hij naar de anderen. 'Raihan is nog steeds niet terug.'

Malini die met haar rug geleund tegen Freno's been aan had gezeten, hief zich ongerust op, terwijl Shai en Gan hun felle discussie over de kortste weg naar Kale onderbraken en ook ongerust naar Daruk keken. Iedereen ging naast Daruk staan en tuurden met hem mee de verte in, maar ze vingen geen glimp op van Raihan.

'Hij zal toch niet terug gegaan zijn?' Met een onrustig gevoel keek Malini naar Freno, die zijn schouders licht op haalde.

'De kans is groot, dat hij dat wel heeft gedaan.'

Grimmig staarde Shai de verte in en balde zijn vuisten. 'Kunnen we hem nog inhalen?'

Daruk schudde ontkennend zijn hoofd en gaf aan dat ze ook niet wisten waar ze hem konden vinden. Freno knikte instemmend en liet zich toen weer op de open plek op de zanderige grond zakken. Met een grasspriet spelend gaf hij aan dat ze het beste konden wachten. Raihan was een uitstekende spoorzoeker en hij was te paard. Binnen korte tijd zou hij Manu hebben ingehaald en Freno wist met heel zijn hart dat hij daarna zou terug keren met Taniya. Ze konden het beste hier wachten op hem.

Shai wilde protesteren, maar Daruk antwoordde in Freno's plaats dat de kans groot was dat ze Raihans positie zouden verraden als ze als een stelletje borgho's het bos zouden afzoeken. Raihan kon zich ongezien verplaatsen in het bos.

Met een diepe zucht waarmee Shai zijn protesten opgaf, liep hij weg hardop mompelend dat hij maar hout ging sprokkelen voor vuur. Gan volgde hem en ook Daruk liep weg om water en voedsel te zoeken.

*

Ondertussen bukte een man met lange, donkerzwarte haren in een staart gebonden, naar de harde bosgrond en zocht naar sporen. Grondig bestudeerde hij de grond tot hij de drie paren voetstappen vond. Hij volgde de sporen en zag dat ze in de zuidwestelijke richting het bos in liepen. Met een grimmig gezicht, hief hij zijn gezicht op en speurde om zich heen. Het was doodstil om hem heen. Toen volgde hij de voetsporen.

Na enkele uren begon het te schemeren. Gefrustreerd slaakte Raihan een zucht, maar hij had geen keus dan te stoppen. In het donker zou hij makkelijk de sporen kwijt kunnen raken.

Moeiteloos klom hij in een hoge boom om de nacht veilig, zonder angst voor gevaarlijke dieren en mensen, door te brengen. Vanuit de hoge boom keek Raihan het bos in. De bomen wierpen donkere schaduwen om hem heen. Het zag er griezelig uit, maar hij voelde geen greintje angst.

Hij pakte een bundel uit de zak op zijn rug en opende het. In de bundel lagen nog enkele stukjes brood en drie appels. Hij haalde het brood eruit en nam een paar hapjes. Langzaam kauwend, dacht Raihan over van alles en nog wat na.

Nadat hij klaar was, pakte hij een appel uit de bundel. Deze begon hij ook bedachtzaam op te eten. Vervolgens zette hij de bundel weg en nam enkele slokjes uit de kruik die aan zijn middel hing. Het water was lauw, maar het leste wel zijn dorst. Vervolgens sloot Raihan zijn ogen en doezelde weg.

*

Ze waren nu al tot aan de wassende maan onderweg naar Kale.

Ulf keek waakzaam om zich heen. Tot nu toe waren ze geen taraka tegen gekomen, maar hij wilde het zekere voor het onzekere nemen. Ze vorderden langzaam, maar zolang iedereen veilig was, maakte het Ulf niet veel uit. Hij keek naar de stramme rug van Rashmi. Ze zat een eindje verderop vanaf haar paard toe te kijken hoe de stroom mensen langs haar heen sjokten.

Het grote aantal doden had ook bij haar de tol geëist, dacht Ulf peinzend. En de vraag was ook nog hoeveel doden waren gevallen in Mandjira. De strijders zouden vast en zeker alles hebben gegeven om tijd te rekken voor hen, maar het was voor niets geweest, peinsde Ulf wrang verder. Het leger van Firoz had hen opgewacht in Bari, wisten ze inmiddels, en als een stel beesten af laten slachten.

Ulf wendde zijn gelaat af en keek weer naar de stroom mensen. Door al het leed van de afgelopen manen, waren hun gezichten gehard. Ze sjokten verbeten door met de gedachte dat ze vroeg of laat de Shezna en nu ook Firoz zouden laten boeten voor hun daden.

Ulf duwde met zijn hiel in de flanken van zijn paard en reed naar Amala.

Amala wierp een blik op hem, maar zweeg. Ook zij was niet ongeschonden gebleven van de gevolgen van deze oorlog. Haar anders zo wijze en kalme gezicht, stond nu onrustig. Haar ogen bewogen rusteloos heen en weer om na te gaan of ze niet werden gevolgd.

'Ik denk dat Firoz de massaslachting in Bari voldoende vond

om de vechtlust van de mensen te breken,' zei Ulf nadenkend.

Amala knikte langzaam en zei, 'maar toch kunnen we het beter rustig aan doen. We moeten waakzaam blijven zolang we niet in Kale zijn gekomen. Ik wil niet dezelfde fout maken als in Bari. Weten we trouwens wel zeker of Kale veilig is en niet een valstrik zoals in Bari?'

Ulf knikte goedkeurend om de schranderheid en wijsheid van de oude vrouw.

'We zullen enkele verkenners moeten sturen naar Kale, voordat we daar arriveren,' zei Ulf peinzend. 'Pas als het veilig is, zal de rest van de mensen volgen.'

Amala knikte weer. 'Ondanks alles wat er is gebeurd, ' zei ze zacht met een verdrietige blik in haar ogen, 'heeft ons volk nog steeds de moed om door te gaan. Toen we hen een halve maan geleden vroegen wat zij wilden, was ik er zeker van dat ze zouden weigeren uit angst voor de dood. Maar integendeel, ze hadden alleen maar gewacht tot we verder zouden trekken.'

Ulf knikte en dacht terug aan die dag.

Rashmi, Xanthi, Amala en Ulf hadden afgesproken dat ze het volk de keus zouden geven. Ze waren vrij om te gaan waar ze wilden of ze konden hen volgen naar Kale.

Rashmi was voor het volk gaan staan op de overgebleven stam van een afgezaagde boom en had met een luide stem gezegd, 'wij, leden van de Raad hebben vele fouten gemaakt. Dit kostte ons een hoop levens van onze dierbaren. Een maan geleden zijn wij hier naar toe gevlucht, in het nauw gedreven door de taraka. Hier konden we veilig een tijdje rusten en onze wonden voor een deel laten helen.'

Het volk had haar geboeid aangekeken en had intens geluisterd.

'Maar mijn wonden helen niet,' had Rashmi vurig geschreeuwd. 'Mijn wonden kunnen niet helen! Al die doden door de wreedheid van de Shezna en prins Firoz, is als ijs in mijn bloed. Het verkilt mijn hart, als ik bedenk dat het niet bij de slachting bij Bari zal blijven. Kashish en Firoz zullen ieder Shehzaan vernietigen met hun wreedheden.'

Het volk had met gebalde vuisten woedend toegekeken.

'Onze mensen zijn gestorven,' had Rashmi zacht, met een verdrietige blik in haar ogen gezegd. 'En we kunnen hen niet terughalen.' Ze was even stil gevallen.

'Maar we kunnen er wel voor zorgen dat de dierbaren van anderen niet ontnomen worden,' zei ze daarna weer vurig. 'We kunnen er wel voor zorgen dat ons leed niet ook iemand anders leed wordt!'

Toen was ze weer stilgevallen en had naar beneden gekeken. Het volk wachtte nog steeds verwachtingsvol op de woorden van Rashmi.

'De Raad heeft foute keuzes gemaakt,' zei Rashmi daarna weer op een zachtere toon. 'En deze fouten willen we niet nog een keer maken. Daarom wil ik vragen, wie geeft het nog niet op en wil doorvechten voor een vrije Shehza? Voor wraak op onze overleden dierbaren? Voor de toekomst van onze overgebleven kinderen?' Gespannen wachtte de Mandjiranen tot Rashmi verder sprak.

'Diegenen die niet willen vechten, mogen hun eigen weg opgaan, maar ik zal doorgaan tot er geen kracht over is in mijn lichaam,' had Rashmi gepassioneerd uitgeroepen. Hartstochtelijk had ze het publiek weer aangekeken. Het was even stil gebleven, maar toen was het volk losgebarsten. Overal waren harde kreten opgekomen. 'Voor Mandjira,' had het volk vurig geschreeuwd. 'Voor Shehza! Voor onze ware Shezina en Shezna! Dood aan Kashish de verrader en Firoz de beul!'

Zo bleven verscheidene kreten van alle kanten opkomen. Met tranen in haar ogen, had Rashmi gekeken naar de onwankelbare trouw van haar volk.

En zo waren ze een halve maan geleden vertrokken vanuit de wouden bij de stad Aswan, dacht Ulf met een vermoeide, maar trotse zucht. Nog vijf zonnedagen en dan zouden ze Kale bereiken. Hij hoopte met heel zijn hart dat de havenstad veilig was en zijn volk op de schepen naar Shurat gezet kon worden.

Hoofdstuk 34

Opgewonden rende Gan naar zijn groep toe. 'Je gelooft nooit wat ik zojuist heb gezien.' Zijn ogen glommen van blijdschap.

Nieuwsgierig vroeg Malini wat hij had gezien, terwijl de anderen ook verwachtingsvol naar Gan keken. Maar hij antwoordde niet en wenkte hen om mee te komen.

Gan steeg weer op zijn paard met de volgeladen zadelzakken en wachtte tot de anderen ook waren opgestegen. Toen leidde hij de groep weg tot ze bij een lage heuvel kwamen. Daar stapten ze van hun paarden af en klommen de heuvel op, de paarden aan hun hand leidend. Vanaf de top van de heuvel keken ze nieuwsgierig naar beneden. Een grote stroom mensen liep in de noordoostelijke richting.

'Wie zijn dat?' Freno tuurde nieuwsgierig, met een hand op zijn voorhoofd om het felle zonlicht af te schermen, in de verte.

'Herken je die ruiter vooraan de stoet niet?' Opgewonden gebaarde hij naar de stoet en wees naar de ruiter. 'Kijk goed.' De groep tuurde weer in de verte.

'Is dat,' vroeg Shai langzaam, 'is dat Ulf?'

'Ja, dat is Ulf,' riep Daruk nu ook opgewonden uit.

'Dan moet dat ons volk zijn,' zei Freno langzaam. Zijn ogen werden groot.

Gan knikte geestdriftig en sprong op en neer.

'Niet iedereen is in Bari afgeslacht.' Met tranen in zijn ogen en een lichte glimlach op zijn lippen, keek Freno hoe de stoet langzaam verder trok.

'Ja,' jubelde Gan. 'Er zijn overlevenden.'

Met een gevoel van opluchting en blijdschap omhelsde de groep elkaar. Met tranen in hun ogen keken ze weer naar beneden.

'Kom, we gaan naar ze toe,' zei Malini uitgelaten. Ze wilde al naar beneden rennen, maar Freno hield de ongeduldige groep tegen. Ze konden niet als een dolle op hen af rennen. Het volk had veel mee gemaakt, straks zouden ze in paniek raken en alle kanten op vluchten. 'Laten we ze voorzichtig naderen, zodat ze genoeg tijd hebben om te zien wie er aan komen.'

De groep knikte begripvol en draaide zich weer om. Heel wat rustiger dan de strijders net van plan waren, leidden ze de paarden met hen mee naar beneden. Na een tijdje merkte de stroom mensen hen op. Hoofden draaiden wantrouwig hun richting op. Vier ruiters kwamen naast elkaar staan en tuurden in hun richting. Toen ze wat dichterbij kwamen en werden herkend, zagen ze de gezichten van de ruiters oplichten.

'Het zijn onze strijders,' hoorde Freno de vrouwelijke ruiter roepen naar het volk. Hij herkende Rashmi, Raihans moeder. De groep liep verder tot ze voor de vier ruiters stonden. De ruiters waren van hun paarden afgestegen en hadden de teugels aan een aantal mensen van het volk gegeven.

'Jullie leven nog,' zei Ulf blijmoedig.

'Jullie ook,' zei Daruk glimlachend.

Daruks glimlach verdween meteen en hij voegde eraan toe, 'we dachten dat niemand het had overleefd in Bari.'

Ulfs glimlach verdween ook en hij antwoordde, 'we zijn maar ternauwernood ontsnapt aan de taraka. De overige leden waren terug gegaan om de anderen te helpen.'

'Dat weten we,' knikte Shai somber.

'Hebben jullie nieuws van hen ontvangen?' vroeg Amala hoopvol gestemd.

'Nee,' zei Shai neerslachtig. 'We hebben hun lijken verbrand.'

De hoopvolle gloed verdween uit Amala's ogen.

'Hoe is het in Mandjira gegaan?' vroeg Rashmi bevreesd van onderwerp veranderend. Koortsachtig zocht ze de groep af, maar zag haar zoon niet bij hen. Met een bevreesd hart keek ze naar Daruk.

'Zoals we van plan waren, hebben we zoveel mogelijk tijd gerekt,' zei Daruk diep bedroefd. 'Maar we hebben zware verliezen geleden. Van de honderden strijders, keerden maar honderdentwintig terug naar de tunnel. We hebben nog enkele dagen gewacht, maar er kwamen alleen nog negen gewonde strijders.'

Bedrukt keken de Raadsleden elkaar aan.

'Uiteindelijk zijn we aan boord van de schepen gegaan en vertrokken naar Kale,' zei Freno treurig.

'Toen we bericht kregen over de massaslachting in Bari, zijn wij daar naartoe gegaan,' vertelde Shai verder. Hij vertelde hoe ze in Bari de lijken hadden gevonden en verbrand. Ook vertelde hij dat ze gedwongen waren geweest om Taniya om te ruilen voor Malini.

'Waar is Raihan?' vroeg Rashmi met een strak gezicht.

De strijders keken elkaar bedrukt aan en antwoordden niet. Rashmi's vrees groeide dat haar zoon het niet had gered en ze drukte een hand ontdaan tegen haar mond.

'Hij leeft nog.' Haastig deed Freno een paar stappen naar Rashmi om haar te kalmeren, want aan haar gezichtsuitdrukking had hij begrepen dat ze had gedacht dat haar zoon niet leefde. Opluchting en verwarring trok door Rashmi heen. 'Maar waar is hij dan?'

Kort vertelde Freno dat Raihan hen had achtergelaten en achter Manu aan was gegaan.

Inwendig nijdig dacht Rashmi woedend aan Taniya en aan Raihans overhaaste, zonder na te denken, genomen beslissing. Zijn plaats was hier bij zijn volk, ook al wist ze waar zijn hart op dit moment lag. Doch gooide ze door haar bevreesde hart, bittere woorden eruit.

Shai keek Rashmi woedend aan.

'Mandjira zou vroeg of laat toch wel gevonden worden,' snauwde Shai haar af. 'De Shezna zocht al steeds hardnekkiger naar ons. Het was slechts een kwestie van tijd. En Zeke heeft ons verraden, niet Taniya. Zeke heeft alle vluchtwegen doorgegeven aan de Shezna. En Zeke was een Mandjiraan.'

Rashmi keek grimmig naar Shai en antwoordde, 'ja, maar zonder haar gestoorde ex-man, zou Zeke niet hebben besloten om Mandjira te verlaten.'

'Dat had hij wel gedaan,' zei Gan nu ook boos.

Freno hief zijn hand op om de anderen tot stilte te manen. Hij ging voor Rashmi staan en zei zacht, 'Zeke was een Mandjiraan, maar toch rende hij met een buitenstaander naar de Shezna, zodra de mogelijkheid zich voordeed. Hij verraadde al onze geheimen, waardoor ons volk was verdoemd. En u heeft het over Taniya?'

Rashmi opende haar mond om wat te zeggen, maar Freno onderbrak haar meteen.

'Ze vocht met ons mee,' zei Freno overtuigend. 'Ze doodde taraka. Maar dat was niet eens het allerbelangrijkste.'

Freno keek naar Rashmi die stil geworden was en vertelde hoe moedig Taniya Zathi had gered, terwijl ze zelf gewond was geweest. Zonder een greintje zelfbehoud, had ze de oude man meegesleurd in een poging hem te redden.

'Ja,' zei Shai naar voren lopend. 'Wij hebben haar niet geruild voor de prinses. Ze koos er zelf voor. Omdat ze niet wilde dat er nog een leven door haar genomen zou worden. Ze is zelf een slachtoffer, maar voelt zich de schuldige. We konden haar niet tegenhouden om zichzelf op te offeren. En ze deed het, zonder een greintje angst in zich, terwijl wij allemaal hebben gezien wat voor een hond haar ex-man is.'

De strijders draaiden zich met deze woorden woedend om en lieten Rashmi achter om hun woorden te overdenken. Stil keek Rashmi hen na, maar ze bleef nog altijd bevreesd voor het leven van haar zoon.

*

Taniya keek Manu verbolgen aan, maar antwoordde niet. De afgelopen twee zonnedagen waren ze in de blokhut gebleven. Manu liep continu sarrende opmerkingen te maken, maar Taniya wist dat hij haar uit de tent probeerde te lokken. Ze hoefde maar één ding te zeggen en hij zou uithalen naar haar.

'Maar je wilde wel terug naar me,' zei Manu treiterend. 'Ik ben meer een man dan jouw lieve prinsje. Ik kan je veel meer geven.' Hij zette zijn hand bij zijn kruis en maakte een onkuise beweging.

Denk aan wat anders, dacht Taniya zichzelf kalmerend. Ze had de neiging om iets naar Manu's walgelijke hoofd te gooien. Wat had ik in mijn hoofd, toen ik besloot om met hem te trouwen, dacht ze vol afkeer. Maar ze wist het antwoord al. In het begin had Manu het liefhebbende vriendje gespeeld. Hij was totaal veranderd nadat ze getrouwd waren. Het begon eerst heel langzaam met kleine dingen, maar hoeveel ze ook haar best had gedaan, Manu was steeds meer gaan eisen.

In het begin had ze zijn dwang om overal mee te gaan, gezien als liefde naar haar toe. Ze dacht dat hij niet zonder haar kon. Maar hij wilde nooit mee naar haar vader en alleen liet hij haar ook niet gaan. Om hem te plezieren en een goede vrouw te zijn, had Taniya zwijgzaam alles van hem gepikt.

Uiteindelijk was het zo ver uit de hand gelopen met zijn irritaties, dat hij fysiek geweld was gaan gebruiken.

Manu genoot van de macht over haar en dat wist Taniya. Daarom gunde ze hem die nu niet. Wat er ook gebeurde, ze zou haar mond dicht houden, dacht Taniya vastbesloten, terwijl ze luisterde naar Manu's treiterende woorden. Ze stelde zich voor dat ze in Mandjira was en wandelde met Shiba en Idre. Ze zag de lachende gezichten van haar vrienden voor zich. Ze zag het beeld voor zich toen ze met Raihan had gedanst op het feest. Taniya dacht aan alles wat haar blij had gemaakt in Mandjira. Ze kreeg een glazige blik in haar ogen, maar Manu merkte niets op.

Hij bleef doorgaan met zijn denigrerende opmerkingen, maar Taniya negeerde hem gewoon. Ze was in gedachten verzonken in haar eigen wereldje.

Meerdere zonnedagen gingen voorbij. Taniya, Manu en Zeke vertoefden nog steeds in de blokhut, terwijl ze op, ze wist niet wat, aan het wachten waren. Wel merkte Taniya op dat Manu steeds geïrriteerder werd, omdat ze niet reageerde op zijn vervelende opmerkingen. Hij kon haar niet sarren en dat maakte hem boos.

Ineens hief hij zich met een glimlach vanaf de bank op en keek toen met een gejaagde blik in zijn ogen naar Taniya. 'Weet je wat grappig was, Taniya?'

Taniya keek hem aan met een glazige blik in haar ogen. Ze wist dat als ze hem niet zou aankijken, hij ervoor zou zorgen dat ze hem aankeek.

'Meer dan een maan geleden had ik Malini gevangen,' zei Manu met een blik op Taniya. 'We gingen daarna verder naar het stadje Bari. Is wel grappig, want we bleven precies achter de stroom Mandjiranen, maar niemand had het door.'

Taniya luisterde ondanks het glazige beeld voor haar ogen naar de woorden van Manu. 'Dus een tijdje later liepen de Mandjiranen de stad Bari binnen, zonder dat ze wisten dat de taraka van Firoz daar verstopt waren. Ik had ze namelijk al weken van te voren verteld over de naderende groep Mandjiranen en Firoz had mij een prachtaanbod gedaan.'

Met een bevreesd hart luisterde Taniya, maar nog steeds reageerde ze niet. Ze voelde de kille ogen van Manu op haar gericht, terwijl Zeke vol spanning zat over de ommekeer van Manu's humeur.

'Toen de taraka hen afslachtten, hoorde je van alle kanten hun geschreeuw en kreten van pijn.' Manu vervolgde zijn verhaal met plezier en minachting in zijn stem. 'Dat was precies wat zij verdienden.'

Taniya kneep haar handen haast fijn van woede, maar nog steeds onderdrukte ze haar emoties en staarde hem strak aan. Manu had het geweten, dacht ze ziedend van woede. Hij had ze kunnen waarschuwen, maar hij deed het niet. Al die mensen, vermoord om niets.

'Die mensen,' vervolgde Manu grimmig en hij pakte Taniya bij haar haren, 'hadden me in de cel gegooid. Terwijl ik alleen maar kwam opeisen, wat van mij was.'

Ruw trok hij Taniya's hoofd naar achteren en liet het toen weer los.

'Maar nee, ze gaven je aan die minderwaardige bedelaar die zich een prins noemt,' zei Manu furieus heen en weer lopend. Hij bleef even stil en ging vervolgens verder.

'Daar hebben ze zwaar voor geboet,' zei Manu nu met een zelfvoldaan glimlachje.

Taniya bleef zich inhouden, maar inwendig kookte ze van woede. Terwijl ze Zeke met een angstige, voorzichtige stem hoorde vragen wanneer ze terug zouden gaan naar de Shezna, probeerde ze zich zelf onder controle te krijgen. Ondertussen blafte Manu Zeke af dat ze naar de Shezna zouden gaan, wanneer hij daar zin in had. Toen de man geschrokken zijn adem inhield en weer terug zakte op zijn stoel, liep Manu naar de andere kant van de kamer.

Taniya richtte zich tot Zeke en keek hem doordringend aan. 'Hij geloofde het niet, wist je dat?' Zeke keek haar verward, maar zei niets. 'Niemand kon het geloven.'

Een vragende blik trok over het onzekere gezicht van Zeke.

'Alle Mandjiranen zagen je als familie. Voor hen was je een broer, een zoon en een goede vriend,' zei Taniya weer. 'Ze konden niet geloven dat jij hen had verraden.'

Zeke keek beschaamd weg.

'Weet je wat Raihan tegen mij zei?' vroeg Taniya melancholisch.

Zeke keek Taniya weer aan.

'Hij zei dat het hem speet dat hij je niet had begrepen,' zei Taniya zacht. 'Hij zei dat je een hele goede jongen was met veel potentie. Dat je er bijna klaar voor was geweest om mee te gaan met de missies. Hij zei dat je de beste leerling in Mandjira was geweest en hij je had willen voorbereiden voor een speciale missie.'

Zeke keek Taniya met grote ogen aan.

'Ze bespeelt je,' zei Manu op verveelde toon naar zijn nagel kijkend. Manu had een beker Vandi ingeschonken en was gaan zitten aan de tafel, toen hij Taniya hoorde spreken. Belangstellend had hij naar haar woorden geluisterd, maar het verveelde hem inmiddels weer. Zeke keek Manu kort aan en keek toen weer naar Taniya.

'Ik lieg niet,' zei Taniya zacht. 'Je hebt mijn woord.' Ze loog ook inderdaad niet. Op een dag was Raihan verdrietig en hulpeloos naar haar toe gekomen. Hij had toen van alles geuit over Zeke. Hij zocht geruststelling dat het niet zijn schuld was geweest, maar in zijn hart bleef Raihan zichzelf de schuld geven voor het verraad van Zeke.

Taniya ging weer verder, 'Raihan zei dat het hem speet dat je door hem je huis had verlaten, dat hij het anders had aangepakt als hij had geweten hoe diep je verlangen ging om Mandjira te verlaten. Hij wilde je nooit pijn doen.'

Zeke keek haar ongelovig aan en zei op sarcastische toon. 'Ja, natuurlijk, ik heb Shai zelf horen zeggen dat hij mij aan stukken wilde scheuren.'

'Dat was niet zijn woede die sprak,' legde Taniya zacht uit. 'Dat was zijn pijn. De pijn om jouw verraad. De pijn door al de doden van de Mandjiranen. Heb jij helemaal niets gevoeld toen jouw volk als een beest werd afgeslacht?'

Zeke keek haar met een verdrietige blik aan, maar zei niets.

'Ik lieg niet,' hield Taniya vol. 'Ik geef je mijn woord. Ik lieg echt niet. Alles wat ik zei is waar.' Ze viel stil en boog het hoofd.

Zeke bleef haar verward en treurig aankijken. Taniya had ook gelijk gehad. Hij had zijn volk niet dood gewild. Hij had ze alleen een lesje willen leren en zijn vrijheid terug krijgen.

Hij had alleen niet terug kunnen stappen toen hij al bij de Shezna was. Hij was bang, bang voor pijn, bang voor de dood. Hij wilde niet dood, hij wilde leven. Dus was hij verder gegaan met zijn verraad. Zijn angst had de dood van heel zijn volk gekost. Zwaarmoedig wendde Zeke zijn hoofd af. Manu bleef nog steeds verveeld om zich heen kijken.

Meer dan een uur na het gesprek tussen Taniya en Zeke, bestudeerde Manu Zeke. De man was na dat gesprek hardnekkiger gaan zeuren aan Manu's hoofd om de blokhut te verlaten. Blijkbaar hadden Taniya's woorden hem geraakt en wilde hij zo snel mogelijk bij haar uit de buurt vandaan gaan. Manu vroeg zich onbewogen af, of het veilig was om de man alleen weg te sturen. Peinzend keek hij de man aan. Hij keek met een onverzettelijke blik terug en Manu besloot dat hij beter mee kon gaan. 'Goed,' zei hij uiteindelijk. 'We gaan morgen.'

Zeke draaide zich gerustgesteld om en ging zitten op de stoel naast Taniya, die zwijgend voor zich uit zat te staren. Manu pakte een stoel, draaide de leuning om en ging voor Taniya zitten, zijn handen rustend op de leuning. Hij bestudeerde haar aandachtig.

'Herinner je je die kleine jongen nog,' vroeg Manu opeens aan Taniya, 'in Mandjira hing hij altijd om jou heen. Hij had nog een steen naar mijn hoofd gegooid en mij dit litteken bezorgd.' Manu wees naar een klein litteken op zijn voorhoofd. Hij had het over Idre, besefte Taniya met een gevoel van naderend onheil. Manu ging weer verder met zijn verhaal.

'Ik kwam hem tegen in Bari. Ik vond het zo prettig om te zien hoe de Mandjiranen afgemaakt werden, dat ik het niet kon laten om de stad in te gaan. Ik sloop stiekem één van de huisjes binnen en ging daar rustig voor het raam zitten genieten van de show.'

Minachtend keek Taniya Manu aan, maar zei verder niets.

'De jongen was ver uit het zicht van de taraka verstopt in de woning waar ik zat,' vervolgde Manu. Schouderophalend zei hij, 'waarschijnlijk zouden ze hem niet eens vinden. Zelfs ik, ik had hem niet eens gezien.'

Taniya keek Manu verward aan.

Manu die zag dat hij nu haar volledige aandacht had, grijnsde breed met een ijzige blik in zijn ogen. 'Maar de jongen was dom.

Zodra de jongen mij zag, probeerde hij me stilletjes met een mes in zijn hand te naderen.'

Taniya keek Manu, die haar alleen onverschillig aan keek, angstvallig aan.

'Blijkbaar kon hij er nog steeds niet tegen dat ik was ontsnapt.' Manu haalde zijn schouders onwetend op. 'Maar in ieder geval, voordat hij met het mes kon uithalen, greep ik hem beet. Ik pakte zijn mes af en gooide het weg.' Hij zweeg voor een tel voor het dramatische effect. Hij genoot hiervan en hij wilde dat al zijn woorden Taniya hard zouden raken.

'Hem wilde ik met blote handen villen,' ging Manu grimmig verder.

Taniya keek hem vol afschuw aan.

'Ik gaf de jongen een aantal vuisten, totdat het hem begon te duizelen. Maar de jongen bleef terugvechten en riep, voor Taniya, jij monster, voor Shehza, voor ons volk.'

Manu lachtte geamuseerd, terwijl Taniya hem furieus aan keek. Hij genoot ten volle van het feit dat hij nu haar volledige aandacht had. Onverstoorbaar ging hij verder.

'Ondertussen was het gevecht buiten al voorbij. Ik besloot de jongen een lesje te leren. Ik trok hem naar buiten, waar de taraka de hoofden van de kinderen afhakten om op de staken te zetten.'

Taniya's oren begonnen te suizen en haar hart klopte sneller.

'Eén van de taraka had gezegd om hem te laten gaan. Dat hij niemand kwaad kon doen. Ze hadden al bereikt wat ze wilden bereiken. Maar ik besloot om dat niet te doen,' zei Manu kil.

Taniya begon het steeds warmer te krijgen van de boosheid die in haar begon op te komen.

'Ik nam een mes van één van de mannen aan,' zei Manu op kwaadaardige toon. 'En zette het aan de keel van de jongen. De jongen keek mij eerst met doodsangst aan en voor een moment twijfelde ik om hem te laten gaan, maar daarna kreeg hij een harde blik in zijn ogen. Ik trok het mes langs zijn keel en voelde het warme bloed van de jongen over mijn hand gutsen. Daarna liet ik de jongen los en hij viel op de grond.' Manu keek boosaardig naar Taniya, maar nog steeds hield ze zich in. Ze wilde weten wat er verder was gebeurd. Ze wilde alle koelbloedige details van Idre's onnodige dood weten.

'Ik ging rustig naast de jongen zitten toekijken hoe het leven langzaam uit hem weg sijpelde,' zei Manu boosaardig.

Taniya balde haar vuisten en probeerde zich in te houden. Ze wist dat Manu nog niet klaar was, dat hij het 'beste' gedeelte bewaarde voor het laatst.

'Maar,' zei Manu met een ongeduldig gebaar met zijn hand. 'De jongen ging maar niet dood. Het duurde veel te lang. Dus toen ik het wachten zat was, pakte ik een bijl en hakte in één slag zijn hoofd eraf.'

Alle spieren in Taniya's lichaam spanden zich.

'Ik schopte zijn hoofd naar de taraka toe,' zei Manu met een zelfvoldaan lachje. 'En zei dat ze deze absoluut op de staken moesten zetten. Zodra de man zijn hoofd op de staak had gezet, pakte ik de mooie ketting die hij in zijn hand had geklemd. Die plaatste ik om de staak heen, zodat het beeld van de jongen weer compleet was.' Achteloos keek Manu om zich heen, terwijl hij Taniya's reactie genietend afwachtte. Maar lang hield Taniya het niet uit. Met een schreeuw op haar lippen, sprong ze met heel haar lichaam op Manu af.

Manu die had verwacht dat ze in huilen zou uitbarsten, was niet bedacht op haar aanval. Hij tuimelde achterover met zijn stoel, terwijl Taniya hem begon te schoppen en te slaan. Ze schold hem voor alles uit wat in haar hoofd opkwam. Tranen van woede waren in haar ogen gesprongen en een rood waas trok voor haar ogen. Alle lessen die ze van Raihan had gehad was ze vergeten. Het enige wat ze wilde doen, was Manu net zoveel pijn bezorgen als hij Idre had bezorgd.

Het duurde niet lang voor Manu zich had hersteld van zijn val. Hij duwde Taniya van zich af en begon haar terug te slaan. Maar Taniya voelde de pijn niet. Haar woede overheerste en ze bleef vechten.

Hoofdstuk 35

Het duurde vijf zonnedagen voor het volk en de strijders de stad Kale bereikten. Terwijl iedereen zich schaarde op de kade van de haven, liepen de Raadsleden door naar het huis van de havenmeester. Even later kwamen ze met de opgewekte man naar buiten. Blijkbaar was de man erg opgelucht over het feit dat er nog overlevende Mandjiranen waren, dacht Freno de aankomende groep aanschouwend.

Freno, Shai, Gan, Daruk en Malini waren met de stoet meegetrokken. Het had Daruk veel beter geleken om de groep overlevenden te beschermen dan te wachten op Taniya en Raihan. 'Raihan kent de weg naar Kale toe,' zei Daruk schrander. 'Hij heeft ons niet nodig. We kunnen op dit moment veel meer betekenen voor deze mensen.'

De hele groep had daarmee ingestemd. En zo waren ze met de stoet meegegaan naar Kale.

Malini ging geruisloos naast Freno staan en keek ook naar de groep Raadsleden en havenmeester die nu voor het volk stonden. Met een luide stem sprak Rashmi de Mandjiranen toe. 'We vertrekken zo snel mogelijk naar Shurat. Als er onder jullie vrijwilligers zijn, die willen helpen het schip gereed te maken, dan kunnen we op zijn vroegst na zonsopgang al vertrekken.'

De vier mannelijke strijders en een deel van het volk repten zich meteen achter Wood aan om te helpen. Ze werkten tot diep in de nacht door om het schip klaar te maken voor vertrek.

De volgende morgenstond keken Shai en Gan toe hoe de stroom mensen via een loopplank het schip op ging. 'Gaan jullie niet mee?' vroeg Freno die naast hen kwam staan.

'We gaan wachten op Raihan,' zei Shai zonder zijn ogen af te wenden van het schip.

Freno knikte en zei, 'dat dacht ik al. Ik blijf ook, maar ik heb Malini wel overgehaald om met het schip mee te gaan.'

'Overgehaald of gedwongen?' vroeg Daruk schalks, terwijl hij naast de mannen kwam staan. 'Ze keek niet zo blij toen ik haar zojuist zag.'

'Ik zie het als overhalen,' zei Freno liefjes. 'Maar waarschijnlijk zal zij het zien als dwingen. Maar het interesseert me niet. Ik wil haar hier veilig weg hebben.' Met een bezorgde frons voegde hij er meteen aan toe, 'ik hoop alleen niet dat er weer zoiets als in Bari gebeurd.'

Shai wendde zijn gezicht af van de mensen en keek Freno aan. Hij gaf een klap op Freno's schouders en keek hem joviaal aan. 'Maak je niet druk. Op dit schip zitten ze goed en zelfs Zeke kende de weg niet naar Shurat toe.'

Freno knikte bedachtzaam, terwijl zijn ogen gleden over het grote zeilschip. Het houten schip was goed onderhouden en nergens was een spoortje rot te zien. De grote zeilen bolden lichtjes op door de zwakke windstoten en een grote bedrijvigheid heerste op het dek.

De havenmeester liep de loopplan af, nadat iedereen van het volk zich had verzameld op het schip. Met een frons keek hij naar de vier strijders. 'Gaan jullie niet mee?'

Gan schudde ontkennend zijn hoofd. 'Nee, we wachten op Raihan.'

'Ik heb maar twee schepen die de reis naar Shurat aan kunnen.' Streng keek hij naar de strijders, die alleen maar hun schouders ophaalden. Wood wees met zijn vinger naar het schip dat klaar gemaakt werd voor vertrek. 'Dat is het tweede schip dat nu naar Shurat vertrekt. Mijn eerste schip met jullie strijders is al vertrokken naar Shurat, zoals jullie ongetwijfeld wel weten.'

'Als het goed is, zijn zij daar drie zonnedagen geleden aangekomen,' vertelde Wood verder.

'Meestal blijven de bemanningslui een kwart maan in Shurat, voordat ze weer vertrekken naar Kale toe. Waarschijnlijk varen zij dus pas over vier zonnedagen met het lege schip weer terug. Op z'n vroegst zijn ze hier pas over iets minder dan een maan. Als je naar Shurat wil gaan, zal je moeten wachten tot één van de schepen weer terug is.'

De groep knikte begripvol, maar weken niet van hun besluit om te wachten af. Wood bestudeerde de vier vastberaden gezichten van de strijders aan en deed geen moeite om hen te overtuigen mee te gaan met het schip.

'Goed,' zei Wood en hij liep weg. 'Kom maar, dan zoeken we een slaapplek voor jullie.'

De vier strijders volgden hem, terwijl het schip vertrok naar Shurat.

*

Zeke keek met geschokte ogen naar het vechtende tweetal.

'Dit wilde ik,' zei Manu met een agressieve, zelfvoldane lach. 'Ik wilde je zien lijden. Ik wilde dat je eerst zou lijden voordat ik je zou afmaken.' Hij hijgde van het gevecht, maar gaf Taniya alsnog een mep in haar gezicht en ze viel achterover. Hij gaf een trap tegen haar knie en ze voelde een stekende pijn waardoor ze het uitgilde van de pijn, maar haar been brak gelukkig niet. Toen stapte hij over haar heen en pakte met beide handen haar hals vast. 'Ik wil je zien sterven,' zei Manu met een sadistische blik in zijn ogen. 'Ik wil je ogen zien wanneer je doodgaat.'

Taniya keek hem zonder angst aan en probeerde zich los te wringen. Het lukte niet. Terwijl ze bijna het bewustzijn verloor door het zuurstoftekort, hoorde ze ineens een harde klap. Manu's handen schoten los en hij viel met heel zijn gewicht op Taniya. Ze bleef geschokt liggen, tot iemand hem van haar af rolde, haar hand vastpakte en haar omhoog trok.

'Kom mee,' schreeuwde Zeke gejaagd.

Taniya keek, terwijl ze nog nahijgde door het zuurstoftekort, verward naar Manu.

Een gebroken kruik lag bij Manu's benen. Een stroompje bloed gleed van de achterkant van zijn hoofd naar beneden. Voordat het tot haar doordrong wat er was gebeurd, trok Zeke haar mee door de deuropening. Hij had haar ene arm om zijn nek geslagen om haar te ondersteunen. Zwaar hijgend van de pijn en de kracht die het haar kostte om vooruit te komen, kwam Taniya moeizaam vooruit. Ze waren nog maar twintig voet vooruit gekomen, of ze hoorden Manu achter hen rennen.

'Laat mij achter,' zei Taniya hijgend. 'En ren zelf door.'

'Nee,' zei Zeke op een afgemeten toon. 'Die andere levens heb ik niet kunnen redden, maar deze zal ik wel redden.' Hij liet Taniya los en draaide zich om.

Manu kwam slippend tot stilstand en bekeek de man met één wenkbrauw opgetrokken. 'Het huiskatje denkt dat hij een sherien is geworden,' zei hij minachtend spugend naar Zeke die hem nu al voor de tweede keer had gedwarsboomd. De twee bekeken elkaar een paar tellen en renden daarna tegelijkertijd naar elkaar toe. Ze raakten in een verwoed gevecht.

Taniya zat op de grond en keek angstig om haar heen zoekend naar een wapen.

Zeke gaf Manu vele rake klappen en Manu zou het gevecht beslist verloren hebben, maar Zeke struikelde en viel achterover door een uitstekende boomwortel. Taniya zag Manu een groot mes pakken uit zijn rechterlaars en met opgeheven hand naar Zeke toe lopen.

Zeke probeerde achteruit te kruipen. 'Nee,' gilde Taniya door het dolle heen. Ze hees zichzelf met moeite overeind en strompelde zo snel mogelijk naar de twee mannen toe. Zeke had zich ondertussen omgedraaid om weg te kruipen, zodat er wat afstand tussen hem en Manu zou ontstaan. Hij wilde net vlug opstaan, toen Manu in een aantal stappen achter hem stond. Voor Zeke kon omdraaien, stak Manu het mes hard en diep in de rug van Zeke.

Zeke schreeuwde het uit van de pijn. 'Dit komt ervan als je mij verraadt,' fluisterde Manu sissend in Zeke's oor. Vervolgens duwde hij hem van zich af. Zeke viel met zijn gezicht voorover op de grond. Manu boog zich over hem heen om het mes uit zijn rug te trekken.

Op dat moment bereikte Taniya de twee mannen. Ze trok haar dolk uit de band van haar broek onder haar tuniek vandaan en wierp zich op Manu.

Manu probeerde haar van zich af te gooien, maar Taniya had zijn nek met haar ene arm stevig omklemd. 'Jij, vuile hond,' snikte Taniya, terwijl ze hem bleef vasthouden. Met haar rechterhand waarmee ze het mes vasthield, stootte ze toe in zijn nek. Bloed kleurde Manu's nek rood en hij viel neer op zijn zij.

Taniya liet de dolk vallen en kroop snel naar Zeke toe. 'Zeke,' jammerde ze zachtjes. 'Zeke.'

Taniya rolde hem om tot hij op zijn rug lag. 'Zeke,' jammerde

Taniya weer angstig.

Zeke sloeg langzaam zijn ogen open. 'Ren,' fluisterde hij.

'Nee,' zei Taniya snikkend. 'Ik kan je hier niet achterlaten.'

'Het spijt me,' fluisterde Zeke met berouwvolle ogen. Toen doofde het licht in zijn ogen.

'Zeke,' snikte Taniya en schudde hem door elkaar.

'Jij verdomde vrouw,' hoorde Taniya ineens achter zich. Ze draaide zich met een ruk om. Manu stond een aantal stappen van haar af. Hij drukte met zijn hand op de wond en probeerde het bloeden te stelpen. Maar het bloed doorweekte zijn hand.

Woedend liep hij op Taniya af, terwijl zij snel weg probeerde te schuiven. Maar was Manu te snel, ondanks zijn bloedende nek. Hij gaf haar één harde vuist in haar gezicht, waardoor het Taniya begon te duizelen. Het werd zwart voor haar ogen. Manu pakte haar met één hand bij haar haren vast en begon haar terug te sleuren naar de hut. Met zijn andere hand bleef hij zijn nek vasthouden.

Voor hij de hut in ging, keek hij zijn omgeving rond, maar zag niemand.

Terwijl Taniya weer bij kwam, verbond Manu de wond in zijn nek. Hij had ondertussen veel bloed verloren, dus hij voelde zich zwakjes. Zodra Manu zag dat Taniya was bijgekomen, pakte hij grijnzend een pook uit het haardvuur en liep wankelend naar Taniya toe.

Verbeten stond Taniya moeizaam op en keek koel naar Manu.

In zijn hand hield Manu een ijzeren pook, dat roodgloeiend was van de warmte van het haardvuur. Hij grijnsde niet meer, maar keek Taniya alleen woedend aan. Hij wisselde de pook steeds uit van de ene hand naar de andere hand.

Maar Taniya was niet meer bang. Een vuur brandde in haar aderen, een vuur die haar verteerde van woede om de dood van Idre, om de dood van Zeke die op het laatste moment nog had besloten om het juiste te doen, om de dood van alle goede mensen in Mandjira. Haar woede was als een ijskoud vuur die haar van top tot teen verkilde, terwijl haar zenuwen op scherp stonden. Met een kalme blik in haar ogen keek ze naar Manu en wachtte bewegingloos af. Toen Manu haar bijna bereikte, deed ze enkele stappen terug.

'Je kunt nergens vluchten, liefje,' zei Manu haatdragend. Hij wankelde weer even, maar rechtte zijn rug en stapte weer op haar af.

Taniya had geen ogen voor hem, maar keek onder haar voeten naar het dikke, schapenwollen tapijt op de vloer. Zodra Manu een aantal wankele stappen op het tapijt zette, stapte ze ervan af, bukte ze vliegensvlug en pakte de uiteinden van het tapijt. Met alle kracht die ze in zich had, trok ze aan het tapijt. Het tapijt schoof enkele duimen naar haar toe. Manu, die al onstabiel was door het bloedverlies tuimelde geschokt achterover.

Taniya rende naar hem toe en trapte op zijn pols, zodat hij de pook zou loslaten. Manu verloor een tel zijn grip op de pook, maar greep het toen net zo hard weer vast. Weer gaf Taniya een trap op zijn pols. Met een kreun liet Manu de pook nu vallen. Voor hij zich kon herstellen van de pijn, sprong Taniya naar de zijkant en gaf Manu luid schreeuwend een harde trap aan de linkerkant van zijn gezicht. Manu's gezicht draaide met een ruk de rechterkant op en een straaltje bloed droop uit zijn mondhoek. Ze liep naar de pook, pakte het op en ging voor hem staan.

Manu probeerde met moeite overeind te krabbelen, maar Taniya duwde hem met haar voet naar achteren. Toen Manu haar angstig aan keek, hief Taniya de pook ter hoogte van zijn borstkas op en keek naar zijn hulpeloze gezicht. Een moment liet ze de pook boven hem hangen en toen liet ze met een luide schreeuw de pook neer komen.

Manu bleef verstard liggen met grote ogen, maar Taniya stopt een duim voor zijn borstkas. 'Ik kan je nu vermoorden,' siste ze boos. 'Maar dan zou ik net als jij zijn. Ik geef je nog een kans. Verdwijn uit mijn leven en kom nooit terug.' Ze gooide de pook neer en strompelde naar de deur.

*

Raihan keek verstopt achter de bomen van een redelijk grote afstand naar de kleine hut. Een aantal dagen geleden was hij gearriveerd bij de plek waar Taniya door Manu was meegenomen. Hij had daar geslapen in een boom toen het te donker werd om de sporen nog te kunnen volgen.

Bij het eerste zonlicht had hij zich gespoed om de sporen weer op te pikken. Deze hadden hem uiteindelijk na dagen geleid tot deze kleine hut in de verte.

Met waakzame ogen bestudeerde Raihan de hut. Als hij naar binnen zou stormen, zou Manu schade kunnen berokkenen aan Taniya voor hij hem kon tegenhouden. Hij besloot om te wachten op het juiste moment en eerst de omgeving te bestuderen.

Geruisloos bewoog Raihan zich door het bos om de hut heen. Hij keek zo geconcentreerd naar de hut, dat het niet tot hem doordrong dat er iets voor hem lag tot hij er met zijn teen tegenaan stootte.

Verschrikt keek Raihan naar beneden. Lichtgrijze ogen in een smal gezicht keken hem levenloos aan. Hij keek in het gezicht van de jongen met de lichtbruine haren en de iets donkerdere huidskleur. Raihan huiverde en boog over de jongen heen.

Het was Zeke. Raihan voelde aan de polsen en de nek van de jongen, maar de jongen haalde geen adem. Het lichaam van Zeke was nog wel warm. De jongen moest kort geleden overleden zijn.

Met een frons vroeg Raihan zich af wat hier gebeurd was. Er waren bloedspetters op het lichaam van de jongen, maar hij zag geen open wond. Hij rolde Zeke om tot hij op zijn buik lag en zag toen wat de dood van de man had veroorzaakt.

Op Zeke's rug zag hij een diepe steekwond, wat Taniya nooit kon hebben gemaakt met de korte dolk die hij had gegeven. Peinzend keek Raihan naar het lichaam in de hoop meer antwoorden te vinden, maar dat leverde hem helaas niets op.

Een korte scheut van spijt trok door hem heen. Voor hij verder kon nadenken over de nieuwe ontwikkelingen en zijn omgeving beter kon bestuderen, trok een luid geschreeuw binnen de hut zijn aandacht.

Raihan draaide zich om en rende zo snel als hij kon naar de hut. Zijn hart klopte in zijn keel, terwijl hij voortraasde in de hoop niet te laat te komen. Desnoods zou hij met geweld de hut binnen dringen, maar hij moest en zou zijn weg naar binnen vinden.

Ineens stond hij met een schok stil. Een kil gevoel van angst trok door zijn lichaam heen. Het geschreeuw was opgehouden. Hij bad in zichzelf dat hij niet te laat was en stormde weer naar de hut. Voor de deur merkte hij op dat deze niet op slot was en hij sloeg de deur met een knal open om naar binnen te rennen. Zijn ogen gleden met hoge snelheid door de kamer heen en toen bleef hij verward staan.

Taniya liep naar de deur toe, maar toen ze hem in het oog kreeg, verscheen een verraste blik in haar ogen. Een korte blik op haar stelde hem gerust dat ze in orde was en hij speurde verder de kleine houten hut af. Overal lagen meubelstukken overhoop gegooid en hier en daar zag hij grote druppels bloed. Weer keek hij naar Taniya om zich te vergewissen dat ze in orde was en ze knikte hem geruststellend toe. Langzaam liep ze naar hem toe, terwijl een gevoel van opluchting door hem trok.

Een lichte beweging vanuit zijn ooghoeken trok ineens zijn aandacht. Een gevoel van angst trok in golven door zijn lichaam en deed hem voor een tel verstarren. Manu die bewegingloos op de grond had gelegen, was overeind gekrabbeld. Met een paar stappen was de pook weer in zijn hand en rende hij op Taniya af.

Raihan begon ook op haar af te rennen om haar te beschermen, maar hij wist dat hij haar nooit op tijd zou kunnen bereiken. Terwijl een licht verbaasde glimp in haar ogen op kwam en toen het besef wat er op haar af kwam, deed Raihan nog steeds een poging haar op tijd te bereiken. Hij schreeuwde haar toe dat ze uit moest kijken, maar Taniya bleef stil staan en keek hem alleen kalm aan. Met een schok bleef Raihan staan, terwijl hij haar in de ogen aan keek.

Met een warme blik in haar ogen keek ze hem aan en probeerde hem gerust te stellen. Toen veranderde haar warme blik in een van opperste concentratie, terwijl Raihan verstijfd zag hoe Manu haar bereikte. Hij hief de pook hoog op en duwde deze daarna met volle kracht richting Taniya.

Een kreet verstilde op Raihans lippen, terwijl hij een hand ophief om het gebeuren tegen te houden. Maar hij was te ver van hen en in een vertraagde beweging zag hij hoe de pook Taniya bijna raakte en zijn hart stond een moment stil van de paniek die door hem heen sloeg.

Net voordat de pook haar bereikte, draaide Taniya een kwartslag om en de pook gleed voorlangs haar lichaam. Met haar rechterhand pakte ze de pook beet, terwijl ze tegelijkertijd haar elleboog op trok. Met alle kracht die ze in haar had stootte ze Manu vol in het gezicht.

Manu die hier niet bedacht op was geweest, wankelde achteruit, meer van schrik dan door de kracht van haar arm en liet de pook los.

Taniya pakte de pook met beide handen vast en sloeg Manu met alle kracht in haar armen met de pook. Hij strompelde wankelend naar achteren, terwijl een kreet van pijn zijn lippen bereikte. Weer hief Taniya de pook op en sloeg hem ermee. Ze bleef hem net zolang slaan, tot hij struikelde en achterover viel.

Toen hief ze de pook hoog op en doorboorde dit keer zonder na te denken Manu's linkerborst. Manu's lichaam schokte van de kracht, waarmee de pook zijn lichaam doorboorde. Taniya bleef de pook naar beneden duwen, totdat de man niet bewoog. Zelfs toen de man roerloos bleef liggen, liet Taniya de pook nog niet los. Gevoelloos keek Taniya naar de wijde, levenloze ogen van Manu.

Raihan die al die tijd verstard was geweest door de aanblik van Taniya's kalme tegenaanval, kwam weer in beweging. Langzaam liep hij op het meisje af. Hij legde zijn hand op haar schouder, maar ze gaf geen reactie. 'Je kunt hem loslaten,' zei Raihan voorzichtig. 'Het is voorbij.'

'Ik wist dat hij de kans die ik hem had gegeven niet zou aanpakken,' zei Taniya emotieloos. 'Ik wist dat hij me weer zou aanvallen. Ik gaf hem een kans om te leven, maar ik wist dat hij mij die kans nooit zou geven.'

Raihan hoorde het verbaasd aan, terwijl hij wachtte hoe Taniya roerloos verder praatte.

'Al die mensen had hij geen kans gegeven. Hij had Idre geen kans gegeven. Hij heeft hem koelbloedig vermoord.'

Raihan bukte zich nu naar de pook toe om haar vingers los te maken van de pook. Toen leidde hij haar de kleine hut uit, terwijl hij nog een laatste blik wierp op het roerloze lichaam van Manu. De man had gekregen wat hij verdiende, maar het speet hem dat Taniya zijn bloed aan haar handen had gekregen. Ook dit zou haar tol bij haar eisen.

Hij liet haar zitten naast de waterput en trok met snelle bewegingen het emmer gevuld met water uit de put. Daarna schepte hij water op om het bloed van haar gezicht en armen te wassen. Gelaten liet Taniya het zonder iets te zeggen toe.

Toen Raihan klaar was, omvatte hij haar gezicht met zijn natte handen en streek haar lange haren naar achteren. Met geruststellende ogen keek hij haar diep in de ogen aan. 'Het is over.'

De glazige blik in Taniya's ogen ging over in een besef dat het inderdaad over was. Manu zou nooit meer iemand pijn kunnen doen. Een gevoel van verdriet om haar geliefde Idre trok weer door haar heen, maar het gevoel van dat ze zijn dood had gewroken, verzachtte voor een deel haar pijn. Ze beantwoordde Raihans blik en knikte instemmend fluisterend herhalend. 'Het is voorbij.'

Taniya haalde Raihans handen bij haar gezicht zachtjes weg en sloeg toen haar armen om zijn nek heen. Zachtjes bleef hij haar sussen, toen ze begon te huilen, terwijl hij haar over haar haren bleef strelen.

Hoofdstuk 36

Hardop nadenkend zat Gan op de veranda van het huis van Wood te kauwen op een grasspriet. 'Waar denk je dat ze zijn?'

Het huis van de havenmeester was erg groot. Het had minstens tien kamers. De precieze hoeveelheid wisten ze niet zeker, omdat ze niet elk gedeelte van het huis hadden gezien. In ieder geval was het huis niet ver van de haven af.

Gan richtte zijn blik op de man op de schommelstoel aan de rechterkant van de veranda.

'Ik weet het niet,' zei Shai peinzend. 'Maar ik wed dat hij al op de terugweg is.'

'Hoe lang is hij nu al onderweg?' Freno die aan de linkerkant van de veranda in een hangmat lag, boog zich over de rand van de mat naar de anderen toe.

Daruk die op het trapje van de veranda zat, beantwoordde Freno's vraag, die alweer klaar stond met de volgende vraag.

'Denk je dat hij haar heeft gevonden?' In gedachten verzonken staarde hij de verte in en volgde vervolgens met zijn ogen de grote vogels die over het water vlogen, terwijl kleine zeilscheepjes over het water scheerden. Af en toe klonk een opgewonden gejuich vanuit de boten op.

'Ik weet wel zeker dat hij haar heeft gevonden,' zei Shai ferm. 'Als Raihan wat wil, dan zorgt hij ervoor dat hij het voor elkaar krijgt.'

Freno knikte instemmend en liet zich weer in de hangmat zakken, terwijl hij naar het plafond staarde. Hij hoorde Gan vragen hoe lang hun volk inmiddels onderweg was, waarop Daruk antwoordde dat ze over iets minder dan een kwart maan in Shurat zouden aankomen.

Met een zucht fluisterde Freno hardop nog steeds naar het plafond starend. 'Ik hoop dat ze een veilige reis hebben.' Hij zuchtte nogmaals diep van ongerustheid en zijn gedachten vlogen naar Malini. Ze had zo boos gekeken, toen hij haar had gedwongen mee te gaan met het schip. Hij verlangde zo erg naar haar dat het bijna pijn deed aan zijn hart.

'Maar hoe lang blijven...' Gan onderbrak zijn zin toen hij de havenmeester met een man in zijn kielzog naar hen toe zag rennen. Freno boog uit de hangmat en ging meteen rechtop zitten met zijn benen over de rand van de mat geslagen. Ook Shai, Gan en Daruk keken de mannen beducht aan.

'De taraka van de Shezna zijn onderweg hier naartoe.' Hijgend bukte Wood voorover met zijn handen over zijn knieën om op adem te kunnen komen.

Verschrikt keek de groep elkaar aan.

'Jullie moeten nu meteen hier weg.'

'Maar wat zijn hun plannen dan,' vroeg Shai, 'Kale overnemen? Dat lukt hen toch nooit? En hoe wil je dat we zonder een schip wegkomen? Jouw schip is nog niet terug.'

De man die achter Wood aan was gekomen, antwoordde zijn plaats. 'Wat hij van plan is, weten we niet. Maar het is hier niet veilig. Ze zijn van plan om alle schepen te verbieden de haven te verlaten, zodat ze hun controle kunnen uitvoeren. Je gaat de komende tijd niet weg kunnen.'

'Hoe lang duurt het voordat de taraka hier zijn?' Een diepe frons trok over zijn voorhoofd heen. De man antwoordde dat ze er over enkele dagen zouden zijn.

Ongerust keken de groepsleden elkaar weer aan. Het schip naar Shurat zou nog lang niet arriveren in de haven, dus ze konden niet weg.

Wood begon op een geduldige toon zijn plan uit te leggen, terwijl hij druk gebaarde met zijn handen om zijn uitleg te ondersteunen. 'Kijk, over elf zonnedagen komt het schip hier pas aan. Ik heb geen grote schepen meer die het redden naar Shurat toe, maar ik heb wel kleinere schepen voor kortere reizen. Als jullie aan boord van één van de kleinere schepen gaan, dan komen jullie over vijf á zes zonnedagen het grote schip terugkerend van Shurat wel tegen. Daar stappen jullie over. Het grote schip zal dan terug keren naar Shurat, terwijl mijn bemanningslui mijn kleine schip terugvaren hier naar toe.'

'Het klinkt als een degelijk plan,' knikte Daruk instemmend, maar de rest van de groep keek hem onzeker aan. Gan antwoordde voorzichtig als reactie op het plan. 'Maar Raihan en Taniya zijn nog niet terug. We kunnen hen toch niet achterlaten.'

Wood schudde ontkennend zijn hoofd. 'Ik laat het schip alvast klaarmaken voor vertrek. Mijn spion zal in de gaten houden hoe ver de taraka van Kale zijn verwijderd. Wanneer de tijd rijp is, zullen jullie moeten vertrekken. Als Taniya en Raihan er dan nog niet zijn, zullen ze moeten wachten op een nieuwe mogelijkheid om naar Shurat te vertrekken. Er is geen ander keus als je het levend ervan af wil brengen.'

Onwillig stemde de groep in met het plan, daar zij geen andere mogelijkheden zagen om te overleven.

*

Taniya en Raihan waren inmiddels al tien zonnedagen onderweg naar Kale, maar waren vaak gedwongen te stoppen. Taniya's paard hadden de strijders aan Malini gegeven na de ruil, dus reden ze samen op Raihans paard, dat hij aan een klein meer in het bos had achtergelaten toen hij de sporen van Taniya volgde. Hij had het beest vastgebonden aan een lang stuk touw, zodat het paard hier en daar kon knabbelen aan de struiken en het gras en ook nog zijn dorst kon lessen bij het meer.

Na vier zonnedagen door het bos gereisd te hebben, haalden ze het paard op en vertrokken naar Kale. Omdat de reis te vermoeiend zou zijn voor het paard met de twee mensen op zijn rug, gingen ze ook vele uren lopen. Na een zeer vermoeiende dag besloten Raihan en Taniya te rusten vlakbij een waterbron bij een groep bomen. Taniya ging op zoek naar eetbare knollen en vruchten, terwijl Raihan op zoek ging naar hout om een vuur te kunnen stoken.

Taniya had de onderkant van haar tuniek omhoog getrokken en gebruikte het als een mand voor de wortels die ze vond. Toen er niets meer bij paste, stond ze op om terug te lopen naar hun rustplek.

Harde stemmen trokken ineens haar aandacht. Ze verstopte zich achter de bomen en keek voorzichtig toe. 'Ik snap niet waarom de Shezna heeft besloten om Kale aan te vallen.' Een tarak sprak met een luide stem tegen zijn medetarak.

'Misschien is de overwinning in Mandjira hem naar het hoofd

gestegen.' Laatdunkend snoof de tarak ten antwoord naar zijn partner.

Een derde man mengde zich hooghartig in het gesprek. 'Hij heeft groot gelijk. Elk reden voor een opstand moet meteen neergeslagen worden. En Kale is een broeinest van terroristen.'

'Nou, ik weet het niet hoor,' zei de eerste man weer bedachtzaam. 'Vele onschuldige mensen sterven ook in deze oorlog.'

'De Shezna is helemaal niet van plan om Kale frontaal aan te vallen,' zei de tweede tarak. 'Hij wil gewoon een aantal mensen daar oppakken en martelen voor informatie. Wij moeten alleen maar mee, zodat niemand zich zal verzetten.'

'Ja maar,' begon de eerste tarak weer.

'Je bent gewoon een zeikerd,' onderbrak de derde man hem. 'Je wil gewoon terug naar je vrouw en kinderen.'

'Zoek snel hout voor de vuren, voordat onze legermacht hier arriveert,' zei de tweede tarak van onderwerp veranderend. 'En praat wat minder. Als we niet klaar zijn, voordat onze caposquadre er is, dan zal er wat zwaaien voor ons.'

'Ja ja,' mompelde de derde tarak, maar toog toch gauw aan het werk.

Taniya hoorde het gesprek van de drie mannen met een verschrikt hart aan, maar durfde niet te bewegen. Pas nadat de mannen weg waren, rende ze weer terug naar de rustplek.

Daar was Raihan al bezig om het hout brandend te krijgen, maar hij keek ongerust omhoog toen hij Taniya's paniekerige gezicht zag. Taniya vertelde hem gauw wat ze had gehoord.

Raihan hoorde het met een diepe frons aan. 'We moeten hier weg,' zei hij, nadat ze klaar was met haar verhaal. Taniya knikte instemmend. Ze bestegen het paard en galoppeerden weer weg.

Na lange zonnedagen achter elkaar gegaloppeerd te hebben op het paard en de lange wandelingen met hele kleine rustpauzes kon Taniya niet meer. Oververmoeid smeekte ze Raihan om te stoppen, die na een blik op haar gezicht instemde. Ze stegen af van het paard en lieten zich vermoeid op de grond zakken.

Taniya had geen kracht meer over in haar lichaam. Ze had bijna niets gegeten in de afgelopen tien zonnedagen en had vreselijke honger en dorst.

'We zijn er al bijna,' zei Raihan geruststellend. Taniya knikte zwakjes. Ze ging liggen en deed haar ogen dicht.

'Ik ga kijken of er ergens een waterbron in de buurt is,' zei Raihan.

Taniya was te moe om nog te knikken en hield haar ogen dicht. Ze hoorde hoe Raihan opstond en wegliep. Ze doezelde na een aantal tellen weg.

Na een tijdje hoorde ze een zware mannenstem vragen wie zij was. Taniya was nog half in slaap en het drong niet echt tot haar door wat ze hoorde.

'Iemand van het volk,' antwoordde een andere mannenstem in haar plaats.

'Maar is het een vriend of een vijand?' vroeg de eerste man wantrouwig.

'Vraag het dan,' zei de tweede mannenstem schamper.

Iemand schopte zacht tegen Taniya's laars. 'Hé, jij daar,' zei de man. 'Sta op.'

Taniya sloeg voorzichtig haar ogen open en keek de man half slaperig aan.

'Jij, sta op,' zei de man weer en schopte wat harder tegen haar laars.

'Wie ben jij?' De tarak bekeek haar argwanend van top tot teen. Ze herkende de stem die als eerst had gesproken.

'Ik ben... ik was...' Stamelend probeerde Taniya iets zinnigs uit te brengen, toen de tweede tarak op een vaderlijke toon met haar sprak. 'Maak je geen zorgen, meid. We willen alleen weten wie je bent en wat je hier zo alleen doet.'

'Het is niet veilig op de weg,' zei de eerste man weer. 'Een groep voortvluchtige terroristen dwaalt hier rond. Wij zijn op zoek naar hen.'

Taniya besefte dat de twee mannen haar niet herkenden en dat ze op zoek waren naar de Mandjiranen. Ze sloeg nederig haar ogen neer. 'Ik was op weg naar Kale. En ik ben niet alleen. Mijn man en ik reizen samen. Hij is op zoek gegaan naar water. Ik was zelf in slaap gevallen.'

De tarak die haar vaderlijk had toegesproken, keek haar vriendelijk aan. 'Wil je dat we op zoek gaan naar hem?'

'Nee,' zei Taniya geschrokken. Ze herstelde zich meteen en zei weer op zachte toon, 'dat is niet nodig, hij zal zo wel weer terugkomen.'

'Dan wachten we hier wel samen met je op hem,' zei de tarak goedaardig.

'Nee nee, dat is niet nodig,' zei Taniya gehaast. 'Hij zal er zo wel zijn. Ik wil jullie geen last bezorgen.'

Precies op dat moment naderde Raihan hen geruisloos. Voordat hij actie kon ondernemen, riep Taniya keihard uit, 'oh, kijk daar is mijn man al.' Raihan keek haar verwonderd aan en liep voorzichtig naar hen toe.

'Deze vriendelijke taraka wilden de wacht bij mij houden tot je was teruggekeerd, manlief,' zei Taniya op veelbetekenende toon. 'Ze dachten dat ik hier alleen op het land dwaalde. Ze zijn op zoek naar *terroristen*.'

Ze herhaalde het laatste woord nadrukkelijk en keek hem veelzeggend aan. Begrip begon langzaam in Raihans ogen op te dagen. Taniya pakte hem bij zijn hand en trok hem naar de taraka toe. 'Dit is mijn man,' zei ze liefjes. De mannen knikten Raihan toe.

'Bedankt voor het waken over mijn vrouw,' zei Raihan nederig, nu ook toneelspelend.

'Geen dank,' zei de ene tarak die zijn achterdocht had laten varen, nadat hij Raihan zag. 'Maar je moet wel wat beter letten op je vrouw. Het zijn gevaarlijke tijden.'

'U heeft gelijk,' beaamde Raihan met een knik. 'Ik zal in de toekomst opletten.'

De oudere man knikte gerustgesteld. Beweging trok Raihans aandacht en zijn ogen vernauwden zich toen hij de groep caloresie zag die hen langzaam naderde. 'Zullen we dan nu maar verder gaan, schat?' vroeg hij dwingend. 'Heb je al genoeg gerust?'

Taniya had de groep ook gezien. Ze knikte gauw en bedankte de taraka voor hun zorgen. De twee mannen knikten hen weer toe. Raihan tilde Taniya op het paard en steeg vervolgens zelf ook op. Ze wilden net weg galopperen toen één van de taraka de teugel vastpakte. Taniya's hart stond stil. Verschrikt keek ze naar hem.

'Wacht even,' zei de man dwingend. 'Je ziet er erg hongerig uit, meisje, alsof je ieder moment in elkaar kan zakken.'

Taniya schudde verwoed haar hoofd.

'Haal die brood uit je zadeltas,' beval de tarak aan zijn maatje. Hij liet de teugels van het paard niet los. Taniya voelde hoe Raihans greep op de teugels verstrakte.

'Nee, dat is echt niet nodig,' zei Taniya met een gejaagde blik op de groep die steeds dichterbij kwam. Dat deze twee taraka hen niet hadden herkend, betekende niet dat de caloresies hen niet zouden herkennen.

'Nee, neem het van me aan,' zei de vriendelijke man aandringend.

'Maar het is echt niet nodig,' zei Taniya nerveus.

De groep was hen bijna genaderd.

'Verkenner,' riep de aanvoerder naar de tarak dat voor Taniya en Raihan stond. 'Nog enig nieuws?'

Taniya liet haar haren voor haar gezicht glijden, zodat deze niet zichtbaar was. De caposquadre stapte ondertussen van zijn paard af en liep op de twee taraka af. De tarak die het brood had aangeboden, wendde zich af van Taniya en Raihan en richtte zich tot zijn leider. De caloresies stapten ook van hun paarden af.

'Niets bijzonders te melden, meneer,' zei de verkenner.

Inmiddels stond de leider nu naast het paard van Raihan en Taniya. Belangstellend keek hij naar ze.

Taniya gluurde langs haar haren heen naar de man, die hen peinzend aan keek en daarna naar de andere kant van het paard liep om een beter zicht op Taniya te hebbben.

Een blik van herkenning kwam in zijn ogen, toen hij Taniya's gezicht zag. 'Dit is de Lana van de prinses,' riep de caposquadre uit, wenkend naar zijn caloresies. 'Ze was samen met haar verdwenen. Ze is een verrader.'

Voor hij een bevel kon uitroepen, had Raihan zijn zwaard al vliegensvlug uit zijn schede getrokken en op het keel van de leider gezet. 'Eén verkeerde beweging en ik zal de nek van deze man doorklieven met mijn zwaard,' zei Raihan hard. 'Iedereen naar achteren.'

De taraka en caloresies deden een paar onbeholpen stappen naar achteren.

'Meer,' snauwde Raihan.

De tarak die Taniya het brood had willen geven, keek haar beschuldigend aan. Ze beantwoordde de ogen van de man met een verontschuldigende blik. De taraka en caloresies zetten nog een aantal stappen naar achteren. Toen ze ver genoeg waren, gaf Raihan de caposquadre een duw met zijn linkervoet, zodat de man achterover tuimelde. Hij gaf zijn paard de sporen en galoppeerde in grote vaart weg.

'Volg hen,' schreeuwde de man woedend overeind krabbelend, terwijl zijn caloresies naar de paarden renden en met volle vaart weer opstegen.

Er komt ook geen einde aan het vluchten en vechten, dacht Taniya vermoeid met haar lippen strak opeen geklemd en ze vluchtten zo snel mogelijk te paard weg van de mannen.

*

'De taraka zijn nog een halve dagreis hier vandaan,' zei Wood tegen de vier strijders.

Shai keek de man onbewogen aan en zei, 'we wachten nog heel even.'

'Je mag wachten hoeveel je wil,' zei Wood waarschuwend. 'Maar als je niet op tijd weg bent hier, dan kom je ook niet weg.'

'Dat weten we al,' zei Gan ongeduldig. 'Maar toch willen we nog even wachten.'

Wood knikte en zei vastberaden, 'maar over twee zonnedelen vertrekken we.'

Geen van de strijders antwoordde. Kom op, Raihan, dacht Daruk verbeten. We moeten weg. Waar blijf je? Twee zonnedelen gingen sneller voorbij dan ze wilden en nog steeds was er geen spoor van Raihan en Taniya.

'We moeten nu echt gaan, 'zei Wood op een strenge toon.

De vier strijders knikten, zich neerleggend bij het feit dat ze Raihan en Taniya niet mee konden nemen. Langzaam liepen ze op het schip af.

'Misschien moeten we toch maar hier blijven,' zei Shai weifelend.

'En dan opgepakt worden door de taraka zeker,' zei Wood schamper.

'We moeten wel weg,' zei Freno zacht. 'Hier kunnen we geen hulp bieden als we gevangen zijn.'

De vier strijders liepen berustend in hun keuze door naar het schip. Aan boord van het schip bleven ze op het dek staan en keken uit naar de kade. Wanhopig zochten ze de kade af in de hoop een glimp op te vangen van Raihan en Taniya. Toen de trossen los werden gegooid, draaiden Shai, Gan en Freno zich diep teleurgesteld om.

Ineens opgewonden wees Daruk naar de kade. 'Wat is dat?'

De drie strijders draaiden zich weer hoopvol om.

'Zijn dat...' vroeg Shai turend naar de kade, 'zijn dat… Raihan en Taniya?'

'Ja,' jubelde Gan. Hij rende naar de havenmeester en zei dat ze moesten wachten. Taniya en Raihan galoppeerden op één paard aan de linkerkant van de kade.

'Hier,' schreeuwde Gan opgewonden zwaaiend naar de ruiters. 'We zijn hier!'

Raihan en Taniya waren te ver om de stemmen te horen. Ze galoppeerden in volle vaart verder. Met een frons zei Daruk, 'ze rennen alsof de duivel hen achter de hielen zit.' Ineens kwam een achttal caloresies de hoek om.

'Verdomme,' riep Daruk ontsteld uit. 'We moeten hen helpen.' Hij rende naar de plaats waar de loopplank hing. De andere drie strijders volgden hem in volle vaart.

Ineens stopte Daruk verbijsterd. Freno en Shai konden op tijd stoppen, maar Gan die als laatst in de rij had gerend, knalde tegen Freno op. Wankelend vroeg hij boos, 'wat doe je nou?'

Freno keek met open mond naar de plaats waar de loopplank normaal werd gehangen. Deze was er niet meer.

'Waar is de loopplank?' vroeg Gan verbaasd.

'Die hebben we weggehaald, omdat we gingen vertrekken,' zei Wood kalm terwijl hij hen naderde.

'Zet het dan terug, man,' zei Freno gejaagd. 'We moeten naar de kade.'

'Ik heb mijn mannen al de opdracht gegeven om de loopplank neer te leggen,' zei Wood kalm. 'Ze zijn het gaan halen.'

'Dit duurt te lang,' zei Shai ongeduldig. Hij duwde de anderen opzij en liep naar achteren. Vervolgens nam hij een aanloop en sprong op de kade.

Het was een sprong van twee voet.

Zodra Shai op de kade terecht kwam, rende hij richting het galopperende paard van Raihan. Freno volgde Shai's voorbeeld, sprong ook op de kade en rende achter hem aan.

De overige twee strijders durfden de sprong niet aan en wachtten vol ongeduld in zichzelf grommend dat het te lang duurde tot de mannen van Wood eindelijk de loopplank hadden gezet. Zodra deze de kade raakte, renden Gan en Daruk achter de andere twee strijders aan.

Hoofdstuk 37

In volle vaart galoppeerden Raihan en Taniya op hun paard met de acht caloresies in hun kielzog. Taniya's lange haren waaiden door de wind, terwijl ze zich stevig aan Raihan had vastgeklemd. Ze kon niet veel van haar omgeving zien, maar ze wist dat ze hen op hun hielen zaten. Terwijl ze voortraasden op de kade zonder enig idee waar ze naar toe konden vluchten om de hardnekkig achtervolgende caloresies te kunnen ontlopen.

'Opzij,' schreeuwde Raihan tegen de mensen voor hem die het aankomende gevaar niet hadden gezien. Hij zag hier en daar mensen geschrokken opzij springen, terwijl ze hardop tierend en schuddend met hun vuisten bleven staan. Ineens zag hij een man voor zich die hem wel erg bekend voor kwam op hen af komen rennen.

Met een ruk aan de teugel remde Raihan zijn paard af, terwijl Taniya langs zijn rug keek naar de reden ervan. Met een opgetogen blik riep ze de naam van Shai. Achter zijn rug zagen ze ook Freno opdagen. Verheugd liet Raihan aan een arm Taniya van het paard zakken en steeg toen zelf ook af. Terwijl de caloresies van de Shezna ook stopten en afstegen van hun paarden om gewapend naar de groep toe te lopen, hoorde Raihan de brommende stem van Shai opklinken. 'Hulp nodig?'

'Blij jullie te zien.' Raihan omhelsde de mannen kort en wendde zich toen weer af naar de caloresies. Met zijn strijders erbij waren de kansen gekeerd, ook al wisten zijn tegenstanders dat nog niet en ook Taniya had een opgeluchte blik in haar ogen gekregen.

Ondertussen hadden Daruk en Gan zich ook bij de groep gevoegd en even knikten Raihan en zij elkaar blij toe, waarna hun onverschrokken blikken zich weer op de groep mannen vestigde. De caposquadre stapte naar voren en wees naar Taniya. 'Wij moeten deze dame meenemen. Zij weet waar de prinses is.'

Raihan sloeg zijn armen over elkaar en keek de man strak aan, terwijl hij zijn hoofd schudde.

De leider keek even boos terug en zette nog een aantal stappen naar voren. 'Wij hebben haar nodig voor de ondervraging en daarna mag ze weer gaan.'

Maar Raihan schudde weer zijn hoofd en duwde Taniya achter hem die langs hem heen probeerde te spieken om te kijken wat er gebeurde. Freno duwde haar weer achter Raihan en ging met een onverzettelijke blik naast Raihan staan. 'En als wij haar niet laten gaan?'

Met een strak gezicht antwoordde de caposquadre dat hij dan de hele groep moest inrekenen. Hij seinde naar zijn caloresies die met hun speren voor zich uit op de groep af kwam.

Met een agressief gebaar knakte Shai met zijn vingers en bekeek de mannen dreigend. 'Dat moet je eens proberen.'

De man was inmiddels zijn geduld kwijt en beval zijn caloresies om het meisje en de mannen om haar heen in te rekenen. Met een harde schreeuw renden de mannen op de groep strijders af.

Maar Raihan en de strijders stonden paraat. Taniya hadden ze achter hen geduwd, zodat ze niet werd betrokken in het gevecht. Het werd een heftig, maar kort gevecht. De vijf strijders waren goed getraind en hielden met gemak alle slagen van de caloresies tegen.

Dit waren geen geharde strijders, dacht Daruk, terwijl hij met gemak de speer van één van de caloresies tegenhield en deze afpakte. Waarschijnlijk zijn ze enkele manen geleden gerekruteerd door de Shezna om deel te nemen aan zijn oorlog. Veel training hadden ze waarschijnlijk niet gehad.

'Dood ze niet,' schreeuwde Raihan naar de andere strijders. Ze schakelden de mannen uit tot ze niet durfden op te staan. Raihan liep naar de trillende aanvoerder toe. 'Neem ze mee en laat ons gaan. Als je door blijft vechten, dan zullen wij wel tot de dood doorvechten. De keus is aan jou.'

De caposquadre knikte trillend en riep zijn mannen terug. Raihan had zich van de man afgewend en liep weer terug naar zijn strijders. Taniya ging naast hem staan.

'Hoe komen jullie eigenlijk hier?' vroeg Raihan verbaasd. 'Ik dacht dat jullie allang al waren vertrokken naar Shurat.'

'Nee,' zei Daruk glunderend. 'We hebben gewacht tot jullie kwamen.'

'Jullie?' Verbijsterd keek ze naar de groep. Hoe hadden ze geweten dat Raihan haar zou vinden? Met een brede lach op hun gezichten keken de mannen haar alleen aan, terwijl Freno plagerig knipoogde naar Taniya. 'Je denkt toch niet dat Raihan zou terugkeren zonder jou te hebben gevonden.'

Een lichte blos trok over Taniya's wangen heen en ze keek naar Raihan, maar hij hield zijn gezicht onbewogen. Schaterlachend bekeken de mannen nu elkaar, waardoor Taniya's gezicht nog roder werd.

Daruk wenkte Taniya en Raihan mee naar het schip die hen uit Kale zou wegbrengen. Nadat ze eindelijk geïnstalleerd waren, gaf Wood de opdracht om de haven te verlaten. Uren later vlogen ze over het water, waarbij af en toe een meeuw langs hun hoofd scheerde.

Taniya staarde over het water uit, terwijl de mannen elkaar bij praatten. Zij had geen behoefte aan de ellendige herinneringen van hun gevechten en de overledenen en liet haar gedachten afdwalen naar de toekomst. Nu Manu er niet meer was, lag voor haar de weg vrij om te gaan en staan waar ze maar wilde. Ze wist niet zeker of zij in Shehza wilde blijven, terwijl er een oorlog op komst was. Alhoewel, een oorlog was er al geweest en dit was alleen een korte rustpauze, net als een stilte voor een zware storm.

Intussen waren de mannen al zo'n beetje uitgepraat en viel het gesprek stil. Tot Shai ineens bloeddorstig naar Raihan keek. 'En wat heb je gedaan met die vuile hond van een ex-man van haar?'

Ook Gan mengde zich wraakzuchtig in het gesprek. 'Ja, heb je zijn hoofd niet onder gedompeld in een emmer vol met paardenpis?'

Raihan wierp een korte blik op Taniya die over de reling van de boot tuurde en antwoordde zacht dat hij niets gedaan had. Hij was te laat geweest, maar zij had het zelf al opgelost.

Verbijsterd keken de strijders elkaar en toen Raihan aan met in hun achterhoofd de vraag hoe zij dit dan had opgelost.

'Hij leeft niet meer.' Kort vertelde Raihan hoe de situatie met Taniya en Manu was geweest toen hij was gearriveerd en wat de uitkomst was geweest. Bezorgd keek hij naar Taniya wiens haren licht in de wind wapperden, terwijl ze zich over de reling boog om de tuimelaars vrolijk in het water te zien springen en vroeg zich weer af in hoeverre dit als een last meegenomen zou worden door haar.

De strijders keken Taniya tevens onthutst aan. Vervolgens stond Shai op en liep naar Taniya die verbaasd op keek toen ze een goedkeurende klap op haar rechterschouder kreeg. 'Goed zo, meid,' bromde hij goedkeurend. 'Dat had die man ook verdiend.'

'Mag ik je wat vragen?' vroeg Daruk, terwijl hij naast Taniya ging staan en ook over het water staarde. De andere strijders inclusief Raihan voegden zich bij hen.

Taniya knikte, maar bleef over het water uit kijken.

'Wat is er met Zeke gebeurd?' vroeg Daruk voorzichtig.

Taniya draaide zich naar de strijders om die haar verwachtingsvol aan keken.

Ze antwoordde met een verdrietige klank in haar stem, 'Zeke besloot uiteindelijk dat hij spijt had van zijn verraad aan Mandjira. Hij probeerde mij te helpen ontsnappen, maar Manu stak hem neer met een mes in zijn rug. Met zijn laatste woorden vroeg hij om vergiffenis voor alles wat hij had gedaan.' Verdrietig knikte Daruk alsof hij niets anders had verwacht. Een bedrukte stilte viel over hen allen, terwijl Taniya zich naar Raihan wendde.

'Het was niet jouw schuld. Zeke had niet van zichzelf begrepen hoeveel hij van de Mandjiranen hield tot hij van de Shezna's plan hoorde. Hij durfde zich niet meer terug te trekken, omdat hij bang was dat hij nooit opgenomen zou worden door jullie en uit angst voor de dood.'

'Hij was altijd welkom geweest bij ons,' zei Raihan zacht op droevige toon en de anderen knikten instemmend met een treurige glans in hun ogen.

Vijf zonnedagen later kwamen ze het grote schip van Wood tegen. Verbaasd keken de bemanningslui naar de verwoed, wenkende Wood. Nadat de schepen naast elkaar voeren, werden de ankers uitgegooid en gooiden ze lange, dikke touwen naar elkaar toe. De bemanningslui trokken deze dicht tot elkaar en bonden het vast aan de schepen. Een loopplank werd tussen de boten in gezet en Wood liep met grote stappen naar het andere schip toe.

'Jullie moeten hen naar Shurat brengen,' zei Wood en wees naar de groep.

'Geen probleem,' zei de kapitein van het schip zonder morren en vragen te stellen. Hij wist dat Wood het niet zou vragen als het niet belangrijk was. 'Breng ze maar over.'

Raihan ging als eerst de loopplank over en keek gespannen toe hoe Taniya de loopplank op liep. Terwijl Taniya liep, keek ze angstig naar beneden naar het water.

'Niet naar beneden kijken,' riep Raihan naar Taniya.

Ze keek weer voor zich uit en bereikte zonder problemen het andere schip.

Nadat de andere strijders ook waren overgestoken, liet Wood de touwen losgooien. Met een luide groet, liet hij de zeilen reven en voer met hoge snelheid weg. De kapitein van het schip liet zijn ankers ophalen en keerde om weer terug te varen naar Shurat.

Met de wind in zijn haar vroeg Freno aan Shai, 'wat ga jij als eerste doen als je aan komt in Shurat?'

'Ik ga als eerste op zoek naar een lekkere, warme maaltijd,' zei Shai over zijn buik wrijvend. 'De laatste keer dat ik een normale maaltijd heb gehad, kan ik mij niet eens herinneren.'

Taniya en Gan lachten.

'Nou,' zei Gan schalks. 'Ik ga als eerst op zoek naar een mooie dame en even... eh... genieten van de warmte.' Hij wierp een ondeugende blik op Taniya en stak zijn tong uit naar de anderen. Taniya begon nog harder te lachen.

'Wat ga jij doen?' vroeg Freno aan Taniya.

'Het enige wat ik wil is slapen,' zei ze met een flauwe glimlach. 'Ik heb het gevoel alsof ik ieder moment in elkaar kan zakken.'

'Aan jou hoeven we niet te vragen, wat jij gaat doen, Freno,' zei Gan plagerig. 'Jij gaat vast en zeker op zoek naar de prinses.'

Freno lachte alleen, maar gaf geen antwoord. De anderen lachten met hem mee.

Tien voet verderop zat Raihan aan de zijkant van het dek. Hij hoorde de groep praten en moest lachen om het gespreksonderwerp. Maar verder had hij voornamelijk alleen oog gehad voor het meisje met haar lange, zwarte haren.

Hoewel ze met de groep mee lachte, bleef ze verdriet uitstralen. Haar schouders hingen een beetje, alsof ze een zware last meezeulde. Over een aantal dagen zouden ze in Shurat aankomen en dan moesten er een hoop beslissingen genomen worden.

Wat zou de volgende stap worden, dacht Raihan somber. Hij dacht aan al de verloren levens in de afgelopen manen. Uiteindelijk had het hen niets dan alleen smart en pijn opgeleverd.

Misschien had Freno gelijk, overdacht Raihan peinzend. Misschien gingen sommige mensen wel kapot in Shehza. Hij wierp weer een blik op Taniya en merkte dat hij in een tweestrijd raakte. Terwijl hij in zelf naar een oplossing zocht om het dilemma op te lossen, werd hij gewenkt door de anderen om zich bij hen te voegen. Raihan knikte met de gedachte dat hij nog tijd genoeg had om erover na te denken en voegde zich bij de vrolijk kletsende groep.

Na een lange zeereis meerde het zeilschip eindelijk aan in de haven van Shurat, nadat er onderling druk was geseind tussen de schiplui op het zeilschip en de bewakers in de hoge torens. Met een gevoel van opluchting en blijheid sprongen de strijders inclusief Taniya de loopplank af en genoten van het gevoel van een vaste bodem onder hun voeten.

Taniya keek geïnteresseerd om haar heen om de omgeving te bekijken. De muren met om de paar voet hoge torens met openingen, waar ze af en toe wachters zag verschijnen, liepen om het volledige eiland en de haven heen. Ze keek achterom en zag dat er een lang traliewerk omlaag werd geschoven, zodat geen ene schip zonder toestemming in of uit kon varen.

Toen de mannen verder liepen om de stad in te kunnen gaan, staarde Taniya bewonderend meer omhoog dan dat ze voor haar voeten keek waar ze liep.

Hoge, stenen bouwwerken wierpen zich op tussen de kleinere, witte huisjes met de rode daken. Nieuwsgierig vroeg ze zich af hoe lang het geduurd zou hebben om de hoge torens te bouwen tot ze bijna struikelde over haar eigen voeten. Raihan pakte haar bij de arm vast en keek haar quasi streng aan. 'Niet met je hoofd in de lucht lopen, maar let op waar je loopt.' Taniya trok zijn neus voor hem op en hij lachte hoofdschuddend, maar ze lette nu wel weer op waar ze liep.

De brede straten in Nizhni, de hoofdstad van Shurat, waren brandschoon en er was geen ene zwerver of bedelaar te zien. De goed onderhouden wegen en stoepen maakten hen duidelijk dat er in Nizhni geen sprake was van armoede en dat Shurat op het oog een welvarend eiland was.

Na een lange wandeling van enkele uren arriveerden ze eindelijk bij het grote paleis. Toen ze de grote tuin door liepen, riep iemand haar naam. Toen Taniya zag wie het was, schreeuwde ze verheugd en rende naar Malini toe. Shiba was ook bij haar en sprong enthousiast om haar heen. Toen Taniya haar armen om Malini heen sloeg, duwde hij met zijn hoofd tegen haar benen om ook een knuffel te krijgen. Met een lach bukte ze zich voorover om ook haar armen om de sherien te slaan.

'Hij is de hele reis op het schip onrustig geweest, is mij verteld. De strijders voelden zich geloof ik, niet op hun gemak bij hem, maar ik denk dat dat gevoel wederzijds was. Zodra hij mij zag, sprong hij letterlijk tegen me op en sindsdien volgt hij mij overal, ook als ik even een moment voor mezelf nodig heb.' Malini keek quasi wanhopig naar Shiba, maar inwendig had ze wel genoten van haar tijd met hem. Maar toch vond ze het niet erg om hem weer te overhandigen aan Taniya, die nog steeds blij haar sherien omhelsde. Daarna werd Malini weer ernstig. 'Ik ben blij dat je weer terug bent.'

Taniya's glimlach verflauwde. 'Ik ook,' zei ze zacht en weer omhelsden ze elkaar.

Vervolgens keek Malini over Taniya's schouder heen en een opgetogen glimlach die ze meteen probeerde te onderdrukken verscheen op haar gezicht bij het zien van de strijders. Ze liet Taniya weer los en keek de strijders één voor één aan tot ze bij het gezicht van Freno kwam. Freno keek haar warm aan, maar Malini keek hem alleen boos aan met haar armen over elkaar geslagen.

Shai, Daruk, Gan en Raihan keken hen lachend aan, maar liepen door om de koppel wat tijd met elkaar te gunnen en hun boosheid eruit te gooien. Het zou vast wel goed komen met ze. Met z'n zessen liepen ze door naar het grote paleis op de heuvel. Onderweg begroetten mensen hen vriendelijk. Enkele Mandjiranen keken hen met tranen in hun ogen van blijdschap na. Toen ze bij de poort kwamen, bogen de twee poortwachters naar Raihan en zeiden, 'welkom, prins Raihan.'

Raihan keek hen met een frons aan en vroeg zich af hoe zij wisten wie hij was. Eerder hadden ze hem nooit zo begroet.

De wachten maakten de poort open. Raihan liep samen met de anderen door de poort heen het paleis in. Ook daar bogen de wachten voor hem met dezelfde begroeting.

Wat was hier aan de hand? vroeg Raihan zich ongerust af. Hij leidde de groep naar de grote zaal, waar hij verwachtte zijn moeder te vinden. Zodra hij de zaal binnen kwam, hoorde hij overal verheugde kreten, 'prins Raihan is weer terug!'

Met een gezicht vol verwarring keek Raihan om zich heen. De anderen keken daarentegen glunderend naar de mensen.

Aan het einde van de zaal, zag hij een grote tafel waarop verscheidene soorten eten waren uitgestald. Hij hoorde bijna Shai's maag knorren, terwijl die verlekkerd naar de tafel keek. Raihan liep door tot hij voor de tafel stond. Daar zag hij zijn moeder, Ulf, Xanthi en Amala en nog een paar andere bekende gezichten zitten.

Rashmi stond op en hief haar armen verwelkomend op. 'Welkom in Shurat. We zullen later praten. Ik weet dat jullie nu moe en hongerig zijn. Dus schuif aan tafel.'

Dat liet Shai zich geen twee keer zeggen. Hij schoof meteen aan tafel en begon zijn bord vol te laden. Ook de anderen schoven aan tafel. Raihan bleef daarentegen star staan.

'Wat is er hier aan de hand, moeder?' vroeg Raihan stug. 'Waarom noemt iedereen mij een prins?'

'Omdat ik de waarheid heb verteld aan de Shuratanen,' antwoordde Rashmi kalm. 'Het werd tijd dat het volk op de hoogte werd gesteld van jouw ware identiteit.'

Raihan wilde nog meer vragen stellen, maar Rashmi kapte hem af.

'Later gaan we praten, mijn zoon,' zei Rashmi op strenge toon. 'Eet nu wat.'

Gedwongen ging Raihan aan tafel zitten en schepte zijn bord vol, terwijl zijn moeder hem inwendig blij van top tot teen bekeek om zichzelf ervan te verwittigen dat haar zoon in orde was.

Nadat ze klaar waren met het eten, maande Rashmi hen aan om te gaan rusten en dat ze de volgende dag zouden praten. Hoewel ze moe waren, hadden de strijders geen behoefte aan slaap en gezamenlijk liepen ze naar de grote tuin, waar Malini en Freno zich arm aan arm bij hen voegde Terwijl Malini zich op een schommel liet glijden, bekeek ze haar vrienden met een ernstige blik in haar ogen. 'Op dit moment is er een rouwperiode ingesteld om de doden in Mandjira en Bari. Zodra deze voorbij is, zullen jullie opgeroepen worden door de Raad van Shurat.'

Met een frons keek Taniya naar Malini, terwijl ze zich ophief van haar luie plek in het gras, waar ze tegen Shiba aan had geleund. 'Niet iedereen hoeft daarbij aanwezig te zijn toch?'

Malini knikte zuchtend en antwoordde dat dit wel degelijk het bevel van Rashmi was. Schoorvoetend gaf ze toe dat zij er ook weinig behoefte aan had om uren lang te discussiëren over de volgende stappen. Zij had genoeg vertrouwen in Raihan om te weten dat hij de juiste keuzes zou proberen door te drukken.

'Je hoeft er niet bij te zijn, ook al zegt mijn moeder van wel.' Raihan knikte de meiden vriendelijk toe. Ook Shai probeerde zich hoopvol in het gesprek te mengen, maar zijn gretige blik verdween meteen toen hij de strenge blik van Raihan zag. 'Jij zal ons wel vergezellen.'

Beteuterd keek Shai naar Raihan en wendde zich teleurgesteld weer af, terwijl de andere mannen hard grinnikten. Gan die binnen handbereik van Shai was, kreeg een elleboogstoot in zijn zij.

'Weet iemand waar Chen is?' Met een gemene grijns keek hij naar Gan die de pijn in zijn zij probeerde te onderdrukken en vervolgens vragend naar de anderen.

'Hoezo? Mis je haar?' Plagerig ontweek Gan een tweede elleboogstoot gericht aan hem.

'Nee, ik wil weten waar ik veilig kan schuilen, want ze zal nog lang niet klaar zijn met ons dat wij haar hebben achter gelaten op het schip.' Ietwat bezorgd keken Freno, Gan en Daruk elkaar aan, terwijl Shai boosaardig naar ze glimlachte.

Malini hief haar arm op om de mannen gerust te stellen. 'Chen is aan de andere kant van het eiland, waar ze al begonnen is met haar trainingen. Na de lange zeereis die zij voornamelijk brakend en duizelig heeft doorgebracht, voelde ze zich erg verzwakt en ze wilde weer aansterken.'

Opgelucht keken de mannen elkaar aan, maar Malini wierp een

blik op Shai. 'Overigens heeft ze wel gezegd, dat ze nog niet klaar met je was, aangezien je haar zonder wat te zeggen, hebt achter gelaten.'

Shai slikte moeilijk en keek lichtelijk in paniek naar Malini. 'Meen je dat nou?'

De andere mannen begonnen bulderend te lachen, toen Malini lachend haar hoofd ontkennend schudde bij het zien van het paniekerige gezicht van Shai.

Na een tijdje viel de groep stil. Een ieder was in zijn eigen gedachten verzonken en had geen oog voor de mooie, felgekleurde vlinders die af en toe langs hem of haar heen vlogen over de verschillende kleuren bloemen in de tuin. Een korte tijd tuurde Shiba ook naar de vlinders, maar toen besloot hij dat hij de stilte enerverend vond en hij sprong op om het paleis in te rennen. Taniya bleef op de grond liggen staren naar de lucht in de wetenschap dat hij weer terug zou keren. Het warme zonlicht viel op haar gezicht en ze sloot voor een moment haar ogen.

Na een poos werd de stilte onderbroken door een woedend geschreeuw. Verschrikt keek iedereen om zich heen, zoekend naar de bron van het geluid.

'Jij verdomde sherien, laat dat los,' schreeuwde een man met een rood aangelopen gezicht. In zijn hand had hij een slagersmes en hij rende zo snel als hij kon achter Shiba aan. Verbaasd keek de groep naar de kok en toen naar de sherien, die met een groot stuk vlees in zijn bek wegrende van de man.

De kok dribbelde met kleine pasjes achter hem aan, ondertussen verwensingen uitroepend.

Iedereen behalve Taniya begon te lachen om de gekke capriolen van Shiba en de kok.

'Shiba,' riep Taniya streng. 'Laat dat los!'

De sherien keek haar met een zielige blik aan, terwijl hij een moment stopte. De kok boog hijgend over zijn knieën heen en wees dreigend met zijn mes naar de sherien.

'Nu,' riep Taniya bevelend naar Shiba. Met een boze grom liet de sherien het stuk vlees los en rende weg.

Met een paar vervloekingen op zijn mond, bukte de kok om het stuk vlees op te pakken. Maar Shiba had ongezien een omtrekkende beweging naar de kok toe gemaakt. Zodra deze bukte, rende hij op het grote achterwerk van de kok af en knalde er met grote vaart tegen aan. De kok wankelde en rolde voorover in het gras. De sherien keek trots naar de groepsleden en kwispelde vrolijk met zijn staart.

De groep barstte keihard in lachen uit. Ook Taniya kon het niet uithouden en ze sloeg een hand voor haar mond om haar lach te verbergen. Maar toen Shai bulderend van het lachen over de grond rolde, stroomden de tranen uit haar ogen van het lachen.

De man was inmiddels overeind gekomen en keek met een roodaangelopen gezicht naar de lachende groep. In een poging zijn waardigheid te behouden, hief hij zijn gezicht op en sloeg het gras van zijn broek af.

Nauwlettend hield hij Shiba in de gaten, terwijl hij het stuk vlees oppakte. Voor hij kon omdraaien en weglopen, stormde de sherien weer op hem af. Een geschrokken gil als een meisje kwam uit de mond van de kok en hij hief zijn armen op om Shiba af te weren. Maar Shiba bleef een paar passen voor de man staan en keek hem vrolijk aan met zijn tong uit zijn bek.

Argwanend bekeek de man de sherien en na een paar tellen besloot hij dat het veilig was. Hij tikte Shiba even onbeholpen op zijn hoofd en toen deze hem een likje aan zijn hand gaf, ontdooide de man. 'Ach wat, genoeg vlees in het paleis.' Hij hief zijn beide handen op om zich gewonnen te geven en gooide toen het stuk vlees voor Shiba.

Met een grote sprong, waar de kok licht van schrok en de groep weer van begon te lachen, belandde Shiba op het stuk vlees en luid smakkend begon hij dit te verorberen. De kok keek even kritisch naar hem en voegde toen zijn lach ook hoofdschuddend toe aan die van de anderen.

Hoofdstuk 38

De rouwperiode ging voorbij en de strijders werden opgeroepen voor de vergadering van de Raad. Shai, Freno, Gan, Daruk en Raihan repten zich naar de grote zaal. Daar waren alle leden van de Raad van Shurat en de resterende leden van de Raad van Mandjira al aanwezig. De mannen gingen aan tafel zitten en keken de leden afwachtend aan.

'Nu iedereen er is,' begon de voorzitter van de Raad van Shurat te spreken, 'kunnen we beginnen met de vergadering. Als eerst wil ik nog een keer mijn diepe eerbetoon brengen en mijn medeleven betuigen aan de dappere, gestorven Mandjiranen en hun families. Zij vochten voor een zaak, waar nog steeds geen einde aan is gekomen. Om deze mensen te eren, is het onze taak om dit op te lossen door de Shehza van de troon af te zetten.'

'En hoe wil je dat doen?' Rustig keek Raihan de tafel rond naar alle Raadsleden, benieuwd wat zij dit keer hadden bedacht.

'Je zou alsnog kunnen trouwen met Malini,' opperde Rashmi voorzichtig.

'Dat is uitgesloten.' Met een uitgestreken gezicht wat liet weten dat dit punt niet nogmaals ter discussie zou komen, keek Raihan naar zijn moeder.

'Maar als het Shehza kan redden,' zei de voorzitter weifelend. 'Dan is het dom om die optie niet te kiezen.'

'Ja, maar we kunnen Shehza niet redden op die manier,' zei Daruk, zich in het gesprek mengend. 'De Shezna heeft al besloten dat hij Malini inclusief haar man zal vermoorden, wanneer ze met iemand anders trouwt dan wie hij heeft gekozen.'

Raihan knikte instemmend.

'Hoe zit het met het medaillon?' vroeg Ulf kalm. 'Al enig nieuws daarover?'

'Welk medaillon?' Verbaasd keek Freno naar zijn vrienden, maar die keken even verrast terug.

'Het medaillon van onze vroegere Shezna's,' zei Ulf. 'De weg naar de kroon.'

'Maar dat medaillon was toch in de zee gegooid,' zei Shai verbaasd. 'Wat heeft dat te maken met onze volgende stap?'

De voorzitter knikte en zei, 'het medaillon is inderdaad in de zee gegooid, maar vissers hadden het gevonden. Daarna is het weer gestolen. We proberen nu al meerdere zomers in het geheim een spoor te vinden van het medaillon.'

'En heb je wat gevonden?' Belangstellend keek Raihan naar de voorzitter, maar die zuchtte ontkennend. 'Nee, we hadden wel bericht gekregen dat het misschien terecht was. Maar uiteindelijk is het weer gestolen. Ieder spoor loopt tot nu toe dood.'

'Dan is dat ook geen optie,' zei Raihan grimmig.

'We kunnen altijd nog voor het duel gaan,' zei een ander mannelijk Raadslid nadenkend.

'Welke duel?' vroeg Daruk verwonderd. De Raadsleden keken verbijsterd naar de strijders. Hoe wisten zij zo weinig, terwijl zij al zolang vochten voor een vrij Shehza? Losten ze alles op met geweld of dachten ze ook na over manieren om het bloedvergieten te voorkomen?

'Zijn jullie daar niet van op de hoogte?' vroeg het Raadslid verbijsterd. 'Dat is de derde optie van de wetgeving van de huidige Shezna.'

'Wat houdt het dan in?' Ongedurig keek Shai naar de man. Hij had geen geduld voor het ellendige lange gezever. Hij was meer een man die meteen tot de kern van de zaak kwam. De man stond op en schraapte zijn keel. Uit zijn hoofd somde hij het volgende op:

'De Shezna mag uitgedaagd worden door ieder lid van het volk, maar alleen eens in de vijf zomers. Op ieder rond getal van de geboortedag van de Shezna, mag er één uitdager naar voren komen. Komt er niemand, dan vervalt dit recht. Komt er wel iemand, dan zal er een duel gehouden worden. Wanneer de uitdager verliest, worden hij en zijn helpers ter dood veroordeeld.'

'Wat houdt dat in?' Met een frons op zijn voorhoofd overdacht Freno de woorden van de man.

'Dat houdt in,' zei het Raadslid met verheven stem en opgeheven arm, 'dat eens in de vijf zomers, één persoon van het volk de Shezna mag uitdagen. De Shezna wordt over twaalf manen vijftig zomers oud, dus dan zou iemand met hem kunnen duelleren.'

'Ik daag hem wel uit,' zei Raihan meteen.

Het Raadslid keek Raihan doordringend aan. 'Je moet eerst bewijzen dat je een duel waardig bent. Enkele mensen mogen jou helpen. Maar verlies je het duel, dan worden jij en jouw helpers ter dood veroordeeld. Dus onderschat het niet.'

Raihan viel weer stil. Zijn eigen leven kon hij met gemak in de waagschaal zetten, maar als het om zijn medestrijders ging, dan ging hij toch aarzelen. Maar zijn vrienden naast hem knikten al verwoed, dat ze voor deze optie zouden gaan.

'We kunnen altijd nog wachten tot de Shezna uit zichzelf overlijdt,' zei Xanthi droog. 'Als hij al vijftig is, zal hij vast niet lang leven.'

'En ondertussen neemt hij nog meer levens,' zei Shai brommend. 'Mooie plan, zeg.'

Xanthi keek beschaamd weg en het Raadslid ging weer zwijgend op zijn stoel zitten. Een ieder viel een moment in hun eigen gedachten, terwijl ze de voor- en nadelen van de opties overwogen.

Rashmi stond na een tijdje op en bekeek de Raadsleden kalm. ´We hebben drie keuzes. Eén, we wachten tot de Shezna uit zichzelf doodgaat.´ Xanthi knikte instemmend, maar wel terughoudend.

´Dat lijkt me niet echt een goed plan, ´ zei Rashmi met een korte blik op Xanthi. ´Ondertussen zullen er vele levens verloren gaan. De tweede optie is het medaillon. Dit lijkt mij het meest veilige en rechtvaardige manier. En de derde optie is het duel, wat mij te gevaarlijk lijkt.´

´Wat gaan wij doen, Raadsleden?´ vroeg Rashmi met een blik op alle leden en de strijders.

*

Taniya stond op het dakterras van het paleis. Van hier af kon ze de gehele stad zien, zowel de hoge torens als de lagere huizen met de rode daken. Sterren fonkelden in de donkere nacht. Het was een prachtig gezicht en genietend gleden haar ogen over haar omgeving. Shiba was gaan liggen in de hoek van het dakterras. Hij gromde even toen hij iemand hoorde arriveren, maar ging weer liggen toen hij de man herkende.

De man ging naast Taniya staan.´Hier ben je.´

Taniya draaide zich om en keek in de treurige ogen van Raihan. Terwijl ze met haar zij tegen de balustrade van het dakterras leunde, vroeg ze hem wat er was.

Raihan bleef even stil, terwijl hij een haarlok van haar vastpakte en deze om zijn vinger draaide. Weer bedacht hij hoe dol hij was op haar haren. 'De afgelopen maan heb ik veel nagedacht. Jou meenemen vanaf het paleis was een grote fout van mij.'

Taniya keek hem onthutst aan en wilde wat zeggen.

'Nee, onderbreek me niet, ' zei Raihan afgemeten. 'Als ik je niet had meegenomen, dan was jou veel leed bespaard gebleven. Ik heb je vaak zien huilen van ellende en beven van angst om zaken waar jij niets mee te maken hebt. Dat verdien jij niet. Manu is er niet meer, dus voor hem hoef je niet meer bang te zijn. Je kan gaan en staan waar je wil.'

Kort vertelde Raihan over de opties die de Raad had geboden en dat zij hadden gekozen voor de laatste optie. Binnenkort zouden zij de Shezna uitdagen voor het duel, maar wie wist hoeveel strijd en lijden er nog aan zat te komen?

Taniya die een moment afgeleid was geweest toen ze optie twee over het medaillon hoorde, dacht terug aan het medaillon dat bij haar was. Omdat ze bang was geweest het medaillon kwijt te raken, had ze het gebonden om haar enkel heen naast de mooie enkelband die ze van Raihan had gekregen. Daarover heen had ze haar laarzen aangetrokken. Ze overwoog om Raihan te vertellen over het medaillon, maar bedacht toen dat het nooit hetzelfde medaillon kon zijn, waarover Raihan het had. Het zou wel erg toevallig zijn, als die bij haar terecht was gekomen helemaal vanuit Palanika. Ze onderdrukte haar onwennige gevoel en keek weer naar Raihan die zacht verder sprak.

'De komende tijd zal het gevaarlijk worden. Over enkele dagen zal een schip naar Shakshida gaan. Een groot aantal mensen van ons volk zal met dit schip Shurat verlaten.'

Taniya knikte begripvol naar hem, maar hij ging met een gepijnigde stem verder.

'Jij kunt met hen mee gaan, dan is het veiliger.'

Verward keek Taniya hem met grote ogen aan. Waarom wilde hij ineens dat ze zou vertrekken? Dacht hij ook dat zij de oorzaak was van al hun ellende? Had hij besloten dat zij veel beter af waren zonder haar in de buurt?

Een steek van pijn ging door haar heen, terwijl ze met een verstikte stem tot Raihan sprak.

'Goed, als jij dat wil, dan ga ik weg.' Ze wendde zich af en rende met de opgesprongen Shiba in haar kielzog weg.

'Ik wil dat helemaal niet,' dacht Raihan met verdrietige ogen naar de slapende stad starend en balde zijn vuisten. 'Maar het is beter voor jou.' Zacht fluisterde hij voor zich uit, dat hij haar veel verdriet had gebracht en haar niet voldoende had kunnen beschermen.

*

Treurig keek Malini naar Taniya die instemmend knikte. Ze stonden een eindje van een schip aangemeerd op de kade, toe te kijken hoe een stroom aan mensen aan boord ging. Grote pakken werden ingeladen door de werkers in het schip, terwijl anderen het schip klaar maakte voor vertrek over enkele dagen.

'Wil je niet bij ons blijven?' Malini keek smekend naar Taniya, maar besloot wel in haar hoofd dat ze haar niet zou dwingen om te blijven, niet zoals ze had gedwongen om mee te gaan naar Mandjira toen ze het paleis ontvluchtten.

'Ik heb jullie alleen maar leed bezorgd. Dat weet jij, dat weet ik, dat weet Raihan ook. '

Diepbedroefd keek Taniya naar Malini. 'Het is beter als ik weg ga.'

'Heeft Raihan gezegd dat jij ons leed hebt bezorgd?' vroeg Malini geschrokken met een hand voor haar mond. 'Maar dat is helemaal niet waar. Niets van dit alles was jouw schuld.'

'Hij zei het niet letterlijk, ' zei Taniya met een stem doortrokken met pijn. 'Maar ik begreep het wel uit zijn woorden.'

'Dat kan niet,' zei Malini vol overtuiging. 'Hij kan dat nooit gezegd hebben.'

'Laat het gaan, Malini, ' zei Taniya zacht.

'Nee, ik laat het niet gaan,' zei Malini boos en stormde zonder iets te zeggen weg. Taniya keek haar met een zucht na, terwijl ze ging zitten. Shiba liet zich ook met een dreun naast haar vallen.

Taniya had weinig bezittingen en was dus allang klaar om te gaan, maar ze moest wachten tot haar medepassagiers ook klaar waren voor vertrek. Met een licht gevoel van ongeduld keek ze hoe het schip werd ingeladen.

Inmiddels rende Malini hijgend het paleis in en vroeg op een bitse toon aan Freno waar Raihan was. Hij antwoordde met een verbaasde blik dat hij in de tuinen was, maar voor hij iets kon vragen stormde Malini al weg. Terwijl ze over het lange pad langs de bloembedden en banken rende, bereikte haar woede tot een kookpunt.

Met een nijdige blik bleef ze uiteindelijk voor Raihan staan die op een bank met Gan en Shai aan zijn weerszijden diep in een gesprek zat.

'Waarom heb je Taniya weggestuurd?' Boos sloeg ze haar armen over elkaar om te voorkomen dat ze hem door elkaar zou schudden, maar Raihan keek haar alleen verward aan en antwoordde toen op een stugge toon dat hij haar niet had weggestuurd, maar zelf weg ging.

'Ze wil helemaal niet weg,' schreeuwde Malini nu boos met haar vuisten opgeheven naar Raihan. 'Jij hebt haar de schuld gegeven van alles wat in Mandjira is gebeurd. Hoe kon je dat doen?!'

Gan draaide zijn hoofd met een ruk naar Raihan toe. 'Maar het is niet eens haar schuld.'

Ook Shai keek aandachtig naar Raihan en vroeg waarom hij dat had gezegd. Maar Raihan snauwde alleen terug dat hij dat nooit had gezegd.

Boos vroeg Malini waarom Taniya dat dan zei. Ze zette een stap naar Raihan om hem boos bij zijn kraag te pakken, maar haar aandacht werd getrokken door Freno die inmiddels ook de tuinen in was gelopen en met een harde stem vroeg wat er aan de hand was. Malini herhaalde haar gesprek met Taniya en wees beschuldigend naar Raihan. Een frons trok over het voorhoofd van Freno heen.

'Luister!' riep Raihan nu zwaar geïrriteerd. 'Ik heb dat helemaal niet tegen haar gezegd.'

'Ze zegt anders van wel,' zei Malini nog steeds nijdig.

'Wat heb je eigenlijk wel gezegd tegen haar?' Freno wierp een nadenkende blik op Raihan die kalm antwoordde.

′Jij zei laatst dat ik haar moest loslaten, omdat ze anders kapot zou gaan hier,′ zei Raihan met een afstandelijke blik op Freno. ′Ik zei alleen dat het beter voor haar was als ze naar Shakshida zou vertrekken.′

′En Taniya kennende,′ zei Freno peinzend wrijvend over zijn kin met zijn ene hand, ′zal ze gedacht hebben dat we haar kwijt wilden.′ Hij zuchtte diep en schudde zijn hoofd. 'Ze beseft nog steeds niet dat wij veel om haar geven.'

De nijdige blik van Malini veranderde in een blik vol verwarring. 'Maar wat moeten wij nu doen dan?'

Shai, Freno en Gan sloegen hun armen over elkaar en keken streng naar Raihan die schaapachtig terug keek naar hen en toen met een diepe zucht op stond.

Enkele dagen gingen voorbij en Raihan had Taniya nog steeds niet kunnen spreken. Na het gesprek in de tuin was hij meteen op weg gegaan om haar te zien. Maar hij werd steeds weggeroepen om aan zijn verplichtingen te voldoen. De Raadsleden hadden de afgelopen dagen verwoed gezocht naar informatie over de nieuwe wetten van de Shezna en bij ieder nieuwtje werd de hele Raad weer bijeen geroepen. Het begon hem inmiddels de keel uit te hangen. Hij snapte ook niet waarom ze hen niet bij elkaar riepen als ze de volledige informatie verzameld hadden. Dan konden ze tenminste in één keer plannen maken in plaats van steeds weer dat geneuzel.

Vandaag zou het schip naar Shakshida vertrekken en dit was zijn laatste kans om haar tegen te houden. Hij wist nog steeds niet wat hij tegen haar moest zeggen, zodat ze zou blijven. Het laatste gesprek had er juist voor gezorgd dat hij haar had weggedreven. En ergens dacht hij nog steeds dat het beter voor haar was, als ze zou vertrekken uit alle ellende in Shehza.

Weifelend over wat hij moest doen, liep hij heen en weer door de lange gangen in het paleis tot Shai hem bruusk bij de schouders pakte. 'Het schip gaat binnen enkele zonnedelen vertrekken. Als je haar wil tegen houden, moeten wij nu gaan.'

Ineens met een gevreesd hart nam Raihan zijn besluit. Ook al zou hij haar niet tegen houden, hij wilde alsnog een laatste blik op haar werpen. Met snelle stappen liep hij het paleis uit waar Gan en Freno zich bij hem voegden. Een boodschappenjongen liep op hem af, maar Shai keek hem dreigend aan tot de jongen zich angstig terug trok.

'We hebben niet veel tijd.' Raihan hoorde Freno ongerust mompelen, maar probeerde het lichte gevoel van paniek te onderdrukken. Eindelijk na uren lopen kwam de haven in het zicht en Raihan wierp een blik op de menigte speurend naar Taniya of een teken van Shiba. Maar door het drukke rumoer in de menigte ving hij geen glimp van haar op.

Ineens hoorde hij Malini aan de rechterkant van de kade roepen naar Taniya. Driftig wenkte Malini de mannen naar haar toe, terwijl Taniya zich verwonderd naar haar omdraaide.

Raihan bleef staan en bekeek haar van top tot teen, terwijl de andere mannen zich naar haar toe haastten. Eén voor één omhelsden ze haar en fluisterden haar toe dat ze moest blijven, maar Taniya schudde alleen verdrietig haar hoofd. Nadat ook Malini afscheid had genomen, liepen ze gezamenlijk weg en bleven in de verte staan om streng naar Raihan te kijken.

Raihan zag hoe Taniya's blik vanuit de groep naar hem verschoof. Afwachtend keek ze hem aan, maar toen hij bleef staan, draaide ze zich om naar het schip. Een gevoel van radeloze angst trok door hem heen en toen wist hij dat hij haar niet kon laten gaan. Met grote stappen rende hij naar haar toe en pakte haar arm vast. Geschrokken draaide ze zich naar hem toe, terwijl hij haar diep in de ogen aan keek. 'Waarom wil je weg?'

Verward keek Taniya hem met grote ogen aan en wendde toen haar gezicht af. Zacht antwoordde ze dat het beter was dat ze weg ging.

'Beter voor wie?' Vragend keek hij haar aan.

'Beter voor iedereen.' Ze keek hem een moment treurig aan en wendde weer haar blik af toen Raihan haar met een frons bekeek.

'Is het ook beter voor jou?'

Taniya antwoordde niet, maar zei daarvoor in de plaats, ´het schip gaat zo vertrekken. Ik moet gaan.´ Ze draaide zich om en wilde weglopen, maar weer hield hij haar tegen en onwillig draaide ze zich weer om. 'Wil je zelf weg?'

Taniya knikte. 'Ja, ik heb hier alleen maar ellende gebracht.'

´Jij hebt ons geen ellende gebracht, maar wij jou,´ zei Raihan bruusk.

Taniya keek hem in de war aan en Raihan herhaalde zijn vraag. Nog steeds verward knikte ze weer naar hem. 'Iedereen is beter af zonder mijn donkere schaduw over zich heen.'

'Maar wij willen dat je blijft, ' zei Raihan met harde stem. 'Dus ik vraag je nog een keer, wil je zelf weg? Geef een antwoord zonder aan anderen te denken en vertel mij alleen wat jij wilt. Wil jij weg?'

Taniya keek hem met een gekwelde blik in haar ogen aan en antwoordde, 'nee, ik wil niet weg.'

Raihan deed een stap naar haar toe en pakte haar rechterhand met zijn linkerhand vast. Zijn rechterhand legde hij over hun handen heen. 'Blijf dan,' zei Raihan met een dwingende blik in zijn ogen.

'Maar...' begon Taniya ontdaan. Voor ze verder kon gaan, drukte Raihan een vinger op Taniya's lippen om haar tot zwijgen te manen.

'Blijf,' zei Raihan weer met een doordringende blik in zijn ogen, maar Taniya keek hem alleen weifelend aan.

'Blijf voor mij, ' zei Raihan langzaam, terwijl hij met zijn donkerbruine ogen dwingend, maar met een oprechte blik naar haar grote verdrietige ogen keek. 'Ik wil dat je blijft,' fluisterde hij en drukte zacht zijn lippen op de bovenkant van Taniya's hand en keek haar weer aan. Er lag een warme blik in zijn ogen. Maar nog zei ze niet de woorden waar hij op wachtte. Hij zei niets, maar keek haar alleen afwachtend aan. Een paar tellen keken ze elkaar alleen bewegingloos aan en toen knikte ze langzaam één keer.

Een gejuich van blijdschap trok de aandacht van Taniya en ze keek naar de groep in de verte die inmiddels op hen af kwam rennen. Ineens werd Taniya omringd door vijf paar armen en terwijl ze naar adem hapte, keek ze naar Raihan die haar met oprechte blijdschap in zijn ogen en een prachtige glimlach op zijn lippen bekeek.

Enkele kwart manen gingen voorbij en Taniya had zich inmiddels geïnstalleerd in de voorlopig aangewezen gastenkamer. Melancholiek keek ze nu van haar balkon uit naar de man die met haar inmiddels niet zo kleine sherien aan het stoeien was. Er waren al twaalf manen voorbij sinds haar aankomst in Shehza en er was zoveel gebeurd.

Shiba was nu meer dan negen manen oud. De sherien was haar beste maatje geworden. Malini was van een feeks veranderd in een echte prinses. Nashmi zag ze bijna niet. Ze leefden niet meer in Mandjira, maar in Shurat.

Taniya slaakte een diepe zucht.

Raihan had ze ook bijna niet gezien. Sinds ze was gebleven, was hij continu bezig geweest met de voorbereidingen voor het naderende gevecht. Raihan had haar verteld wat het besluit van de Raad was geweest en hoe belangrijk de voorbereidingen waren, maar ze had niet beseft hoe weinig ze hem zou zien. Na die dag had ze hem nog nauwelijks gezien en ze verlangde naar zijn mooie glimlach.

Aangezien Raihan dacht dat Taniya sliep, was hij maar met Shiba gaan spelen in de tuin. De sherien was bijna net zo gek op hem als op Taniya.

Taniya was wakker geworden door het vrolijke gelach van Raihan en het opgewonden geblaf van Shiba. Met haar nachtjapon nog aan keek ze vanuit haar balkon naar Raihan en haar geliefde sherien. Ze glimlachte warm, terwijl haar hand gleed naar de ketting om haar hals. Ze voelde de groene steen met de bruine, glazen rand. Een steek van pijn ging door haar heen en haar glimlach verdween.

Taniya had er niet aan gedacht om de ketting mee te nemen vanaf de staak waarop Idre's hoofd was geprijkt. Maar blijkbaar wist Raihan hoe diep haar verdriet en liefde ging om de kleine Idre. Hij had de ketting meegenomen en bewaard tot ze eraan toe was geweest om de dood van Idre los te laten.

Taniya miste Idre nog steeds. In haar hart bleef ze nog steeds rouwen om de jongen. Maar naarmate de tijd vorderde, verwerkte ze gestaag haar pijn. Verdrietig staarde Taniya voor zich uit. Na een tijdje zag Raihan haar op het balkon. Glimlachend zwaaide hij verwoed om haar aandacht te trekken en haar blik werd weer naar Raihan getrokken. Ze glimlachte terug naar hem en stak haar hand naar hem op. Ze leunde met haar armen over de balustrade heen, terwijl ze nadacht. Ze zou wel zien wat haar toekomst haar zou brengen, maar voorlopig was ze hier. Voorlopig was ze veilig en gelukkig.

Met een serene glimlach bleef ze kijken naar de man en de sherien.

Dit was het, bedacht ze. *Een nieuw begin… In een ander land… Dit is het heden… En we zullen wel zien welke nieuwe uitdagingen de toekomst zal brengen. Het leven zal misschien keer op keer slechte ervaringen brengen, maar met de mensen om haar heen van wie ze zielsveel hield, zou ze het wel redden.*

Het verleden had haar hier gedreven, peinsde Taniya aan Manu denkend. Haar blik gleed over de twee mannen van wie ze het meest hield in haar leven en dacht glimlachend en het heden zal mij brengen naar mijn toekomst…